# 怪奇疾走

ジョー・ヒル
白石 朗、玉木 亨、安野 玲、高山真由美 訳

FULL THROTTLE
BY JOE HILL
TRANSLATION BY ROU SHIRAISHI,
TORU TAMAKI, RAY ANNO, MAYUMI TAKAYAMA

ハーパー
BOOKS

FULL THROTTLE

BY JOE HILL



Published by arrangement
with William Morrow, an imprint of HarperCollins Publishers.



Published by K.K. HarperCollins Japan, 2021

この一冊を夢想家のライアン・キングに。
愛してるよ。

（白石 朗 訳）

目次

# 怪奇疾走

# 序文
# きみの父さんはだれ？

わが家には夜ごと、新顔のモンスターがあらわれていた。

そのころのぼくが大好きだった本は、『悪党どもを連れてこい』（原題：*Bring on the Bad Guys*）だった。大判で厚みのあるペーパーバックで、中身はコミックブックのコレクション。題名から想像はつくだろうが、ヒーローたちの物語の本ではなかった。それどころか正反対、最低最悪のワルたちの物語のアンソロジーだった――だれもかれも〈おぞ《アボ》ましきもの《ミネーション》〉のような名前をもつ凶悪無比のサイコパスで、その名に見あう顔のもちぬしぞろいだった。

そしてぼくは、父に毎晩その本を読んでもらった。父に選択の余地はなかった。『千夜一夜物語』のシェヘラザードにも通じる父と子の約束だった。父さんが本を読んでくれなければ、ぼくはベッドにはいろうとしなかった。そういうときは〈帝国の逆襲〉のベッドキルトの下から這《は》いだして、スパイダーマン・モチーフの〈アンダルー〉の下着姿のまま、ふやけた親指を口に入れてしゃぶり、汚れたお気に入りの毛布を片っぽの肩にかけた姿で家のなかをふらふら歩いたものだ。気分が許せば、そのまま夜っぴて家のなかを歩きつづけることもできた。父はぼくの瞼《まぶた》が重くなって、もうあけていられなくなるまで本を読みつづけなくてはならなかったし、そうなっても外でタバコを一服したらすぐもどるという口実なしにはベッドを離れられないことになっていた。

（母はぼくの子供時代の不眠症の原因が、あるトラウマだったと主張して譲らない。五歳のとき、雪かきシャベルで顔面を強打されて病院に一泊したことがあった。溶岩が浮き沈みするファンタムライトと毛足の長いシャギーカーペットが流行し、航空機でタバコが吸えたあの時代には、怪我《けが》をした子供の付き添いに保護者が病院に泊まりこむことが許可されていなかったのだ。きいた話だと、真夜中にたったひとり目を覚ましたぼくは父母を見つけられず、病院から脱走をこころみたという。ナースたちが尻を丸出しにして廊下をうろついていたぼくをつかまえてベッドに連れもどし、さらにぼくの脱走を防ぐためにベッドにネットをかぶせて縛りつけた。ぼくは声が嗄《か》れるほど悲鳴をあげつづけた。ここまですばらしいほど恐ろしいゴシック的物語となると、だれでもこの話は事実だと考えるしかない。あとはただ小児患者用ベッドが黒くて錆《さび》だらけで、ナースのひとりがこう耳打ちしてきたことを願うばかりだ――「ぜんぶあんたのせいよ、ダミアン！」）。

ぼくは『悪党どもを連れてこい』に出てくる〝人間もどき〟の連中を愛していた――彼らは理不尽な要求を金切り声でわめきたて、思いどおりにならなければ激怒し、手をつかってものを食べ、やたらに敵に嚙《か》みつきたがっていた。ぼくが彼らを愛したのも当然だ。当時ぼくは六歳。ぼくと〝人間もどき〟には共通点が多々あった。

そのたぐいの話をぼくに読んでくれたのは父だ。父はぼくが眠気にぼけた目でもアクションを追えるように、コマからコマへと指を動かしてくれた。キャプテン・アメリカはどんな声かとたずねる人がいたら、ぼくには答えられる――うちの父そっくりの声だと。ドレッド・ドーマムゥの声も。そしてインヴィジブル・ウーマンことスー・リチャーズの声も――その声は、父が女の子の声を真似《まね》る裏声そっくりだった。

そう、その全員が父だった――ひとり残らず。

たいていの男の子は、二種類のカテゴリーのどちらかにあてはまる。

まず自分の父親を見あげて、こう思うタイプだ。《このクソ男、マジでむかつく。なにがあっても、ぜったいこんな大人になってやるものか》

そして、自分の父親のようになりたいと願う男の子もいる――一糸まとわぬごとく自由《じゆう》闊達《かったつ》で、心やさしく、くつろいでいられるように。そういった子供は、言動が父親に似てくることを恐れはしない。そういった子供が恐れるのは、自分の能力不足のほうだ。

最初のタイプの男の子は、ぼくにいわせると父親の影のなかで本当に迷ってしまった子供だ。表面だけ見れば、にわかには信じられないだろう。なんといっても、そこにいるのは自分のパパを見て、精いっぱい速く精いっぱい遠くまで父親から正反対の方向へ逃げていこうと心に決めた男の子だ。この男の子が本当の自由を得るためには、いったいどれほどの距離を自分と父親のあいだに置かなくてはならないのか？

それなのに、われらがこの男子は人生の十字路にさしかかるたびに、父親が自分のすぐ背後に立っていることに気づく。人生最初のデートのとき、結婚式のとき、就職のための面接のとき。決断を迫られるたびに父親の実例と比較されてしまうので、われらがこの男子は父親と反対のことをすることを学び……そんな流儀で関係はますます悪化の一途をたどる。たとえ父と子が何年もひとことも話していなくても。それだけの悪戦苦闘もむなしく、この男子は結局どこへも行きつけない。

もう一種類の男子なら、〝われらはしょせん、真昼に父親が落とす影にも及ばぬ存在だ〟というジョン・ダンの詩の引用を耳にしたら、こくんとうなずき、《くそ、だけどそれって真実じゃないか？》と思う。この男子は幸運だった――それもすさまじいほど幸運、不公平で愚かしいほどの幸運だった。思いのまま、どんな自分にでもなれるからだ。なぜなら、父親もそうだったから。実際には、父親は影を落とさない。それどころか父親は明るい光のみなもとになり、前方の領域をこれまでよりも少しだけはっきりと見すかして、自分独自の道筋を見つけるための手だてになる。

ぼくは自分がどれだけ幸運だったのかを忘れまいとしている。

いまの時代なら、気にいった映画をくりかえし見られることは当たり前だろう。ネットフリックスで見てもいいし、iTunesで購入してもいい。あるいは、特典映像がどっさり収録されているDVDボックスを買う手もある。

しかし、おおまかにいって一九八〇年以前には、映画館で映画を見ても、それがたまたまテレビで放映されないかぎり、二度と見られないのが普通だった。だからたいていの映画は、記憶のなかで再視聴するしかなかった――記憶とは、あまり信頼できず、実体もないメディアだが、だからといって長所がまったくないわけでもない。ぼやけた記憶のなかで見るのがいちばんいいという映画は、じっさいにはかなりの本数にのぼる。

　ぼくが十歳のとき、父がレーザーディスクのプレーヤーを買って帰ってきた——現代のDVDプレーヤーの前駆者ともいうべき機械だ。父はいっしょに三本の映画も買ってきた。〈ジョーズ〉と〈激突！〉と〈未知との遭遇〉だ。映画がおさめられていたのは、ぴかぴか輝く大きな円盤だった——〈トロン〉でジェフ・ブリッジスが投げる〝死のフリスビー〟に少し似ていないこともなかった。虹色に輝く大皿には、両面それぞれに二十分の映像が収録されていた。片面の二十分の再生がおわると、父は立ちあがってディスクを裏返さなくてはならなかった。

　その夏のあいだじゅう、ぼくたちは〈ジョーズ〉と〈激突！〉と〈未知との遭遇〉をくりかえし見ていた。やがてディスクがごっちゃになった。天空に輝くエイリアンの光にたどりつくべく〈デビルズタワー〉の急斜面をリチャード・ドレイファスが必死に登るシーンを二十分見たあとは、ロバート・ショウが鮫《さめ》と戦ったあげくに体をまっぷたつに嚙みちぎられる場面を見るといった具合。しまいには、はっきりした物語の流れがわからなくなって、不可解な物語が織りなす一枚のキルトのようになった——できあがったパッチワークは、目を血走らせた男たちが執拗《しつよう》に追いかけてくるものから必死に逃げつつ、助けを求めて満天の星を見あげる物語になっていた。

　その年の夏は、湖に泳ぎにいって水中にもぐり、そこで目をあけるたびに、暗闇から巨大なホオジロザメがぼく目がけて突き進んでくるにちがいない……と妄想していた。寝室に足を踏み入れるときには、上空を通過するＵＦＯが放射するエネルギーの力で超自然の生命を吹きこまれたおもちゃが愉快に跳ね踊っている場面を期待した。

そして父とのドライブでは、ふたりで〈激突！〉ごっこをするのが定番だった。スティーヴン・スピルバーグが二十歳になるやならずで監督した〈激突！〉は、プリマスを走らせている平凡な臆病男（デニス・ウィーヴァー）が、名前も顔もわからない男の運転で轟音《ごうおん》とともに疾駆するピータービルトのタンクローリーにしつこく追いかけられ、カリフォルニアの砂漠を半狂乱になって逃げまくる話だ。灼熱《しゃくねつ》の陽光に焼かれたヒッチコック風味の作品であり、この監督の底知れぬ才能を示すクロームめっきがほどこされたショーケースだった（し、いまもそうありつづけている）。

父とふたりでドライブに出かけると、ぼくたちは例のトラックに追いかけられているというごっこ遊びに興じた。空想上のトラックが背後からぶつかってきたときには、父はアクセルを一気に踏みこみ、いかにもうしろから追突されたか車が横滑りを起こしたかのような演出をした。ぼくは助手席で悲鳴をあげながら、体を前後左右にふり動かした。もちろんシートベルトなど締めていなかった。これは一九八二年、いや、八三年のことだったか。運転席と助手席のあいだにはビールの六缶パックが置いてあった……父が一本飲みおわれば、空き缶は父のタバコの吸殻を道づれに窓から外へ飛んでいった。

やがてトラックがぼくたちの車を轢《ひ》きつぶすと、父はぼくたちが死んだことを示すために悲鳴じみた金切り声をふりしぼりながら、車を右へ左へとうねうね蛇行させた。おまけに自分が完膚なきまでにトラックに叩きつぶされたことを示すため、べろをだらんと突きだして眼鏡を斜めにかしがせたまま、たっぷり一分も車を走らせた。父と子と、精霊ならぬ忌まわしき邪悪な十八輪の大型トラック――三者が道路で同時に死ぬこの遊びは、いつでも最高に楽しかった。

父はグリーン・ゴブリンの話を読んでくれたが、母の読みきかせはナルニアにまつわる物語だった。母の声は、その年最初の雪なみに心を落ち着かせてくれるものだった（し、いまも変わらない）。裏切りや残酷な殺害行為のくだりを読むときにも、死からの復活や救済のくだりを読むときと変わらず、耐えて変わらぬ確信をうかがわせる声だった。母は宗教一辺倒の人間ではないが、本を読む母の声をきいていると、天を衝《つ》いて聳《そび》えるゴシック建築の大聖堂の内部へ――光に満ち、広大な空間の存在が感じられる場所へ――導かれているような気分が、わずかながら芽生えもする。

アスランが石舞台で死ぬところも、そのあと死体を縛りつけているロープを一匹の鼠《ねずみ》が噛むくだりも覚えている。ぼくにたしなみの原則を教えてくれたのは、まさにこのくだりではなかっただろうか。たしなみのある暮らしを送ることは、ロープをかじる鼠になることとほぼ変わりない。一匹の鼠だけでは力が足りなくても、それなりの数のぼくたちがたゆまず噛みつづけていれば、〝なにか〟を解き放ってやれるかもしれず、いつかその〝なにか〟が最悪なものからぼくたちを救ってくれるかもしれない。それどころか、ぼくたち自身からぼくたちを救うことすらできるかもしれない。

同時にぼくはいまでも、書物にはこの作品に出てくる魔法の洋服箪笥《ワードローブ》とおなじ原理による効果があると信じている。狭い空間のなかにもぐりこんでいけば、その先には広大な秘密の世界が――いまいる世界よりもずっと恐ろしく、ずっとすばらしい世界が広がっている、という意味で。

　両親は物語を読むだけではなかった――ふたりとも物語を書いていた。おまけに、たまたま両人ともその筋では達人だった。父は小説家として大成功をおさめ、その甲斐《かい》あってタイム誌の表紙を飾ったほどだ。それも二回！　父は〝アメリカのブギーマン〟と呼ばれていた。そのころにはアルフレッド・ヒッチコックが没していたため、だれかがその称号を受け継ぐ必要があったのだ。父は気にかけていなかった。〝アメリカのブギーマン〟は、すこぶる実入りのいい稼業だった。

　映画監督たちは父の作品のアイデアに興奮させられ、プロデューサーたちが大金に興奮させられた結果、父の作品の多くが映画化された。そして父は、高く評価されている独立系の映画監督であるジョージ・A・ロメロと知りあいになった。ロメロはひげもじゃで反逆者気質の個性派主義《オトゥール》の監督であり、〈ナイト・オブ・ザ・リビングデッド〉でゾンビによる世界終末テーマを発明したといえるが、うっかり著作権を明記するのを忘れてしまい、そのため映画で大金持ちになることはかなわなかった。ドラマシリーズ〈ウォーキング・デッド〉の製作者一同は、ロメロの傑出した監督手腕のみならず、ロメロが知的財産の保護の面ではお粗末だったことに、今後ずっと感謝しつづけなくてはならない。

　ジョージ・ロメロと父は似たような種類のコミックブックを熱心に読んでいた――一九五〇年代、すなわち議員と精神分析医たちがタッグを組んで子供時代をふたたび退屈なものにつくりかえてしまう前に出版された、血まみれでお下品なコミック誌の数々。テイルズ・フロム・ザ・クリプトやザ・ヴォールト・オブ・ホラー、ホーント・オブ・フィアー。

そしてロメロと父は共同して映画をつくると決めた——題名は〈クリープショー〉、往年のホラー・コミックスに通じる作品を、映画のかたちでつくることにしたのだ。しかも父は映画に出演までした。父が演じたのは異星由来の病原菌に感染し、体が植物に変わりつつある男だった。撮影はピッツバーグでおこなわれた。父はひとりになるのがいやだったのだろう、ぼくをその場に連れていってくれ、ぼくも映画に出演することになった。ぼくが演じたのは、コミックブックをとりあげられた仕返しに、父親をヴードゥー人形で呪い殺す少年だった。映画で父を演じたのはトム・アトキンス——本人は気立てがよくて人好きのする人物で、とても殺す気にはなれなかった。

完成した映画には、げ、ろ、げ、ろなお下劣シーンがたっぷり盛りこまれていた——断ち落とされた生首、ゴキブリの大群で膨れあがった死体がぱっくりと割れるシーン、そして生き返った死体が汚泥《おでい》から自分の体を引きあげるシーン。ロメロは特殊メーキャップ効果のために、人体毀損《きそん》の達人を雇いいれた——トム・サヴィーニ。映画〈ゾンビ〉でゾンビをつくりあげたお下劣アートの魔術師その人である。

サヴィーニは黒革のライダーズジャケットを着て、バイク用のブーツを履いていた。悪魔を思わせる口ひげをたくわえ、アーチを描く眉毛はスポック似だった。ハウストレーラーの書棚のひと棚には、人体解剖の写真が満載されている本が詰まっていた。〈クリープショー〉でサヴィーニはふたつの仕事をすることになった——特殊メーキャップ効果の仕事と、ぼくの子守り役だ。ぼくは丸々一週間サヴィーニのトレーラーに寝泊まりして、サヴィーニが生傷を描いたり、彫刻細工で鉤爪《かぎづめ》をつくったりするのを見ていた。ぼくにとってサヴィーニは最初のロックスターだった。口から出てくる言葉のすべてが愉快で、同時に――不気味なほど――真実をついていた。サヴィーニはヴェトナム従軍経験があり、彼《か》の地で自分が成しとげた偉業が誇りだ、とぼくに話してくれた――偉業とは戦死をまぬがれたことだった。サヴィーニは、映画の世界で虐殺現場を再訪するのはセラピーの一種だと考えていた――ただし金を払ってもらえるセラピーだ、と。

ぼくは彼が父を沼地のモンスターにつくりかえていくのを見まもっていた。見ているとサヴィーニは父の眉毛に苔《こけ》を植え、両手に草の茂みを植え、さらに舌の上に見事な出来栄えの芝を植えつけていた。一週間のうち半分は、ぼくは父親をなくしていた――代わりにそばにいたのは、ふたつの目をもつ緑の庭だった。当時の父の体からは、秋の落葉の下にある湿った土のにおいがしていた記憶があるが、これはぼくの想像力の産物かもしれない。

ぼくの父役のトム・アトキンスは、演技でぼくをひっぱたいたように見せなくてはならず、サヴィーニはぼくの左頰に平手打ちがつくった痣《あざ》を描いてくれた。撮影は夜遅くまでかかり、ようやくセットをあとにするころには、ぼくは腹ぺこになっていた。父は車でぼくを最寄りの〈マクドナルド〉へ連れていってくれた。ぼくは疲れすぎで頭がぶっ飛んでしまい、飛んだり跳ねたりしながら大声で叫んでいた――チョコレートミルクシェイクが飲みたい、父さんはミルクシェイクを買ってくれるって約束したじゃないか。騒ぎの途中で父はようやく、〈マクドナルド〉の半ダースほどの従業員たちが怯《おび》えたような、責めるような目つきでぼくたちを見ていることに気がついた。ぼくはといえば頬に手形がついたままで、しかも父はそんなぼくを夜中の一時に連れだし、ミルクシェイクを飲ませようとしている……なんのために？　父の児童虐待を通報しないようにするための賄賂《わいろ》か？　父は、だれかが児童保護局に通報の電話をかけないうちに急いで店を出た――そしてそれっきり、ピッツバーグをあとにするまで、ぼくたちは〈マクドナルド〉にありつけなかった。

そののち父に連れられて家路につくころには、ぼくにはふたつの事実がわかっていた。ひとつは、ぼくには俳優としての将来はおそらくないし、それは父も同様だということ（ごめん、父さん）。もうひとつは、たとえ鼠のケツほどの演技すらできないにしても、それでもぼくが天職というか、人生の目標を見つけたということだった。ぼくはたっぷり七日のあいだ、トム・サヴィーニが芸術家の手腕で人々を虐殺しては、忘れがたい異形のモンスターを創りあげる場面を目《ま》のあたりにしてきて、これこそ自分がやりたいことだとわかったのだ。

というか……最終的に行き着いたのは、その仕事にほかならない。

これで、この序文でいいたかった話にたどりつくことができた。子供の親はふたりだけだが、その子供が芸の道で食べていけるほど幸運なら、最終的に数人の母と父にめぐりあうことになる、ということ。だれかが作家に「あなたのお父さんはだれですか？」とたずねたら、「話せば長くなります」というのが唯一の誠実な答え方だ。

ハイスクールでは、スポーツ・イラストレイテッド誌を毎号全ページ読むようなスポーツ・マニアがいたし、聖書を研究する献身的な研究者なみにローリングストーンズ誌を毎号読みふけるロック・マニアもいた。ぼくはといえば四年分のファンゴリア誌を読んでいた。ファンゴリア——忠実なる愛読者にとっては〝ファンゴ〟——はスプラッター映画を専門にする雑誌だった。たとえばジョン・カーペンターの〈遊星からの物体X〉やウェス・クレイヴンの〈ショッカー〉のような映画、そして題名に〝スティーヴン・キングの〟という文字がはいっている相当数の映画だ。ファンゴ誌には毎号、折りこみの見ひらきグラビアがあった——プレイボーイ誌とおなじようなものだが、ファンゴ誌の場合には足を大きくひらいた女性ではなく、どこかのサイコパスが人の頭蓋骨を斧《おの》でかち割っているところの写真だった。

ファンゴ誌は一九八〇年代のありとあらゆる重要な社会政治問題へのわがガイドブックだった。たとえば——フレディ・クルーガーはそんなに笑えるだろうか？　史上最高に下劣きわまる映画はなにか？　そして——決定的に重要な疑問——〈狼男アメリカン〉の人狼変身シーン以上に、下品で身の毛もよだつ変身シーンが存在するだろうか？（最初のふたつの疑問については、議論の余地がある——ただし、三番めの質問への答えは簡単、ノーのひとことだ）

当時のぼくはおよそどんなものも怖がらなかったが、〈狼男アメリカン〉はかなりいい線までいった。あの映画はぼくのなかに不気味な感謝の念をかきたてたのだ。ぼくにはあの映画が、真に偉大なありとあらゆるホラー物語の表面のすぐ下で蠢《うごめ》いているアイデアに、毛むくじゃらの前足をかけているように思えた。具体的にいうと、人間になるということは、寒くて敵意に満ちた太古からある国の旅人になることだ、という考え方だ。あらゆる旅人の例に洩《も》れず、ぼくたちも楽しみを求めている……多少の笑いやちょっとした冒険、それにセックス。しかし、この地ではあっけなく道を見うしなってしまう。一日はあまりにも早くおわるし、道は頭がこんがらがるほどで、外の闇のなかには牙を生やしたものが潜んでいる。ここで生き延びるなら、ぼくたちも牙を見せつける必要があるかもしれない。

ファンゴリア誌を読みはじめたころ、ぼくは小説を書きはじめた。毎日だ。ぼくにとって小説を書くのはごく自然のことだった。とにかく毎日学校から家に帰れば、母はいつもトマト色をした専用のＩＢＭセレクトリックを前にすわって小説を書いていた。父もやはり小説書きを仕事にしていた――ワング製のワードプロセッサ専用機のスクリーンに顔を近づけて。ちなみにこの専用機は、父がレーザーディスクのプレーヤーのあとで家に買ってきた、いちばん未来的な品だった。スクリーンは黒の歴史のなかでももっとも黒い黒、モニターに表示される文字は、ＳＦ映画では死の放射能の色である毒々しさ満点の緑だった。夕食の席での話題といえば小説の〝もっともらしさ〟とかキャラクターとか設定、あるいはストーリーのひねりやシナリオといったことばかり。仕事中の家族を観察し、家族のテーブルトークに耳をかたむけた結果、ぼくは論理的な結論に到達した。ひとりで机を前にすわり、毎日欠かさず二時間なにかを書きつづけていれば、遅かれ早かれ、だれかがその労力に大金で報いてくれる、と。たまさか、のちにこの結論は真実だと判明した。

「小説をどうやって書くか？」をグーグルにたずねれば、検索結果は百万ヒットになるだろう。しかし、汚《けが》らわしい秘密がある――ただの算数の問題だ。高度な数学ですらない

——一年生で習う足し算だ。一日三ページ、毎日書きつづける。それを百日間つづければ三百ページになる。そうなったら〝完〟とタイプする。完成だ。

ぼくが最初の作品を書きあげたのは十四歳のときだ。題名は『真夜中の食事』。舞台は私立学校で、カフェテリアを仕切る高齢の女性たちが生徒たちを切り刻み、ほかの生徒たちに昼食として食わせるという物語だった。〝食べたものが人をつくる〟という言葉がある——ぼくはファンゴ誌を食べ、ビデオスルーのスプラッター映画と同等の文学的価値のある作品を書いた。

ぼくの作品を結末まで読みとおした人が——おそらく母だけは例外として——ひとりだっていたとは思えない。さっきも話したとおり、小説を書くのは算数の問題だ。いい作品を書くのは、それとはまったくの別問題である。

ぼくは小説の腕をあげたかったし、たまたまぼくはひとりばかりか、ふたりの天才作家とひとつ屋根の下に住んでいた——いうまでもなく、しじゅう玄関をくぐってやってくるありとあらゆる種類の作家たちの存在もあった。メイン州バンゴアのウェストブロードウェイ四七番地の家は、世界でいちばん無名な小説学校だったが、ぼくには宝の持ち腐れだった。それにはもっともな理由がふたつあった。ぼくが人の話をちゃんときけないことと、ぼくが不出来な生徒だったことだ。不思議の国で迷ったアリスは、たびたび自分で自分にいいアドバイスをしてはいるが、それを実行することはめったにない、と述懐している。ぼくにはよくわかる。子供時代のぼくは良質のアドバイスをたっぷり与えられながら、どれひとつ役立てなかった。

目で見て学ぶ人もいる。また講義や教室での議論から、多くの有用な情報を得るタイプの人もいる。ぼくはといえば、これまで小説の執筆について見つけだした答えは、いずれもが書物から学んだことだ。ぼくの脳味噌《のうみそ》は人との会話についていける速度では動かないが、ページの上の言葉はぼくを待ってくれる。本は学びの遅い生徒にも辛抱づよく接してくれる。本以外の世界はちがう。

両親はぼくが書くことを愛していると知っていたし、ぼくの成功を望んでもくれた。そのうえ、ぼくになにかを説明しようとするのは、ときには犬に話しかけるのも同然だとわかっていた。わが家のコーギー犬のマーロウは、〝歩け〟とか〝食べろ〟という重要な単語こそ理解できたが、現実にはそこどまりだった。自分が犬よりもずっと成長しているとはいえなかった。そんなこんなで、両親はぼくに二冊の本を買ってきた。

母がくれたのは『ブラッドベリがやってくる——小説の愉快』だった。人の創造力を解き放つための良質な提案がみっしり詰まった一冊。でも、ぼくの頭をもっと刺戟《しげき》したのはブラッドベリの書きぶりだった。ブラッドベリの文章は、七月の暑い夜にぽんぽんとつづけざまに爆発する爆竹のように炸裂《さくれつ》していた。ブラッドベリを発見したことは、〈オズの魔法使〉でドロシーが納屋から虹のすぐ彼方《かなた》にある世界に踏みだした瞬間に似ていた——黒と白だけのモノクロの世界から、あらゆるものがテクニカラーの色彩をそなえている地に移動したようなものだった。マクルーハンいわく、メディアはメッセージだ。

いま読み返せば、ブラッドベリの文章がいささか鼻につくことは認めよう（なにもすべての文章が、サーカスで一輪車に乗りつつ松明《たいまつ》でジャグリングをするピエロである必要はない）。しかし十四歳のぼくには、巧みに紡《つむ》がれた想像力に富む文章は爆発にも匹敵するパワーをそなえることを実証してくれる人物が必要だった。『ブラッドベリがやってくる――小説の愉快』を読んだあと、しばらくはブラッドベリ一辺倒の日々だった――『たんぽぽのお酒』『華氏451度』、そして最高にすばらしい『何かが道をやってくる』。ミスター・ダーク率いるカーニバルの不気味で現実を歪《ゆが》めてしまうような乗り物の数々に――とりわけカーニバルの中心にある回転木馬、子供たちを老人に変えてしまうあのメリーゴーラウンドに――ぼくがどれほど夢中にさせられたことか。それからブラッドベリの短篇《たんぺん》の数々――だれもが知っている短篇小説、ほんの十分もあれば読みおえられて、しかも永遠に思い出に残る作品の数々だ。だ。たとえば「いかずちの音」――恐竜狩りができるものなら気前のいい金をぽんと出すハンターたちの話。あるいは「霧笛」、灯台に恋をした先史時代の生物の話はいかが？　ブラッドベリの創作はどれも天才的で目もくらまんばかり、いかにも自然な書きぶりだった。ぼくは『ブラッドベリがやってくる――小説の愉快』をくりかえしひもといては、この作家がどうやって書いているのかを知ろうとした。じっさい、ブラッドベリはこの本で創作を学ぶ学生にとっては頼りになる実践的なツールを披露している。そのひとつが、物語のアイデアを産みだすような名詞のリストを作成するというトレーニングだ。ぼくはいまもなお、この方法の一変種を利用している（このトレーニングを自分なりにアレンジして、〝エレベーターの穴〟と名づけた）。

父が買ってくれたのは、『嘘で楽しく稼ぎましょう』（原題：*Telling Lies for Fun and*

*Profit*）というローレンス・ブロックの本だった。ブロックがライターズダイジェスト誌に寄せたコラムをあつめた一冊である。この本はいまも手もとにある。うっかりバスタブに落としてしまったため、いまでは膨れあがって、長い段落にぼくが引いたアンダーラインのインクがにじんでしまっているけれど、ぼくにとってはフォークナーの署名いり初版本なみに価値のある一冊だ。ブロックからは、小説の執筆も手職、たとえば大工のような手職のひとつであるということを教わった。創作の神秘という霧を払うため、ブロックはあえて細目に焦点をあわせる。たとえば――すばらしき冒頭の文章とは？　どこまで書くとディテールの書きすぎになるのか？　ショッキングな結末が成功する作品もあれば、ぶっちゃけ目もあてられない失敗になる作品もある理由とは？

そして――ぼくにとって特段に魅力的だった部分だが――別名義のペンネームで執筆することの効能とは？

ブロックは別名義と無縁ではない。それどころかバスケットいっぱいの別名義があり、特定の種類の小説を書くときにはそれに見あう人格をつくりだして別名義をつかってきた。かつてバーナード・マラマッドは、作家の最初の、そしてもっともハードルの高い創作はおのれ自身だとの卓見を述べた――作家としての自分自身をつくりあげれば、その仮想人格《ペルソナ》から物語が自然に湧いて出てくる、と。ブロックが時と場合に応じて新しい顔をさっとかぶり、それ自体が創作である〝別人格〟になって小説を書くという話がぼくには愉快に思えた。

「ああ、そのとおり」父はいった。「ブロックがポール・キャヴァノー名義で書いた『あの手の男たちは危険』（原題：*Such Men Are Dangerous*）を読むといい。小説というよりも、路地に引きこまれて強盗にあうような一冊だぞ」

『あの手の男たちは危険』の主人公は元兵隊だった——戦地で外聞をはばかるような所業をしでかし、帰国してからは、この地で外聞をはばかるような所業をしでかそうと思っている。最初にこの作品を読んでから何十年もたったいまでも、父の評言は正しかったと思っている。ブラッドベリの散文は夏の夜の爆竹だった。キャヴァノーの散文は鉄パイプの一撃だった。ローレンス・ブロックは愛すべきナイスガイに思えた。ポール・キャヴァノーはちがった。

　このころからぼくは、自分がぼくでなくなったら、いったいだれになるのかと考えだしていた。

　ハイスクール時代には、さらに三作の長篇を書きあげた。三作には共通する創作上の特徴があった——どれも駄作だったのだ。とはいえ、当時でさえこれも当然だとわきまえていた。早熟の神童はほぼ例外なく悲劇の人物だ——二年ばかりはまばゆい輝きを発するものの、そのあと二十歳になるころにはすっかり燃え殻になる。それ以外の人たちは、おなじ道をもっとゆっくりしたペースで、苦労しながら進んでいく——一度にシャベルひとすくい分の退屈な泥をかきだしながら。この時間のかかる重労働には、精神と感情両面の筋肉を鍛えられるという見返りがあるうえに、キャリアを築くための堅牢《けんろう》な基礎をつくることにも通じるかもしれない。さらには逆境にあっても、その心がまえができていることにもなる。なぜなら、逆境なら以前にも出会っているからだ。

カレッジに進むと、当然ながらぼくは自作を商業出版したいと願うようになった。そのかたわら、本名で作品を投稿することに怖気《おじけ》づいてもいた。自分が読む価値のあるものをまだ一篇も書いていないことはわかっていた。いつになればそれなりにいい作品、本当にいい作品を書けるようになるのかはだれにもわからない。送った作品が不出来でも、ぼくの苗字《みょうじ》を見た人が手っとり早く金を稼げる好機到来と考えて、そのまま刊行されてしまうのではないかと不安だった。当時ぼくは不安定な状態で、おりおりに特異な（そして非現実的な）不安にとり憑《つ》かれてもいて、自作が売れたなら作品そのものの力で売れたことを――自分ひとりだけでも――きっちり確認しておきたかったのだ。

そんな次第で、ぼくは苗字を落としてジョー・ヒルの名前で書きはじめた。なぜヒルにしたのかって？　ミドルネームのヒルストロム（Hillström）を縮めたものだ――しかし、いまにしてふりかえるなら、当時のぼくはいったいなにを考えていたのか？　o《オー》の上についているウムラウトは、およそ英語につかわれる各種の記号のなかで、もっともハードロックっぽいものでありながら、それをつかわなかった。ヘヴィメタルになれるチャンス、それをみずから棒にふったのだ。

またぼくは恐怖小説を避けて、独自の題材をさがすべきだとも考えた。その結果、離婚問題や手のかかる子供を育てること、中年期の不安などをテーマにしたニューヨーカーっぽい短篇をたくさん書いた。このあたりの作品にはそこかしこに読める文章があるけれども、総じて人にすすめられるしろものではない。なにせ離婚について発言できるほどの知識はなかった――結婚さえ未経験だった！　手のかかる子供を育てる件についても同様。手のかかる子供相手の経験といえば、自分がそのひとりだったことだけだ。さらに当時二十代なかばだったのだから、中年期の挫折について書くには文句なく不適格だった。

そういったあれこれ以外にも、ニューヨーカーっぽい作品を書くうえでの本当のハードルがあった――ぼくがニューヨーカーっぽい作品を好きでなかったことだ。ひまなときにぼくが読んでいたのはニール・ゲイマンやアラン・ムーアのぶっ飛んだホラーコミックスであって、アップダイクやチーヴァーが中産階級の倦怠《アンニュイ》とやらを書いた小説ではなかった。

そのうち――というのは原稿返送票が二百枚ばかり溜《た》まったころだった――ぼくはちょっとしたことに目をひらかされた。もしぼくがジョゼフ・キングの名前で作家活動をはじめて、いまここでホラー小説に手を染めたら困ったことになるのはまちがいない。ぼくが父の上着の裾を両手で必死につかんでいるように見られてしまうだろう。でも、ジョー・ヒルなら、世間に珍しくもないジョー・なんとかのひとりにすぎない。ヒルの父親と母親のことはだれも知らない。だから、なりたければどんな種類のアーティストにもなれる――そしてジョー・ヒルの望みは、ページの上でトム・サヴィーニになることだった。

人には生きていくべき人生がある。この先もものを書く気なら、それがその人のインクだ。人にはそのインクしかない。ぼくの場合、インクが真っ赤だっただけだ。

こうして超自然の要素がある恐怖小説を書くことを自分に許すと、それまでの数々の悩みは一夜にして消え失《う》せ、〝ニューヨークタイムズ・ベストセラー〟という言葉をいいおわらないうちから、ぼくはベストセラー作家になっていた――わはははは、ただの冗談だ。それからもぼくは延々と駄作の山を積みあげるしかなかった。それ以降ひねりだした長篇は全部で四作あって、どれもいっさいものにならずじまい。『ペーパー・エンジェルズ』はコーマック・マッカーシーの三流パスティーシュ。ヤング・アダルトむけファンタジーが一冊——題名は『ルルド博士の邪悪な凧』（ええい、ちっくしょう、超カッコいい題名じゃないか）。『ブライアーズ』は、夏のあいだ殺人ゲームに興じるふたりのティーンエイジャーを主人公にしてジョン・D・マクドナルド流スリラーを目指したものの、収拾がつかずにおわった失敗作。四作でいちばん出来がよかったのは、『恐怖の樹』というJ・R・R・トールキン風の作品だった——書きあげるまでに三年かかり、淫夢《いんむ》のなかでは世界的ベストセラーになった。夢ならぬ現実世界では、この長篇はニューヨークのあらゆる出版社から断わられ、ロンドンのあらゆる出版社から門前払いされた。タマを蹴り飛ばされる決定打になったのは、カナダのあらゆる出版社から拒否されたことだ。これはあらゆる人々にとって教訓となる——落ちるところまで落ちたと思っても、まだまだ下に落ちるものだ。

（いや、そんなつもりじゃないよ、カナダくん）

　列車事故のような長篇をひねりだしているかたわらで、ぼくは短篇小説も書いていた。そうやって何カ月ものあいだ（さらには何年も——まいったね！）書きつづけるうちに、いいことが起こりはじめた。非行少年と空気で膨らませる風船人間の少年の友情を描いた短篇が、高く評価されているユダヤ系マジック・リアリズム小説のアンソロジーに収録された——ぼくは非ユダヤ教徒《ゴイ》だったが、編者は気にかけなかった。また、小さな町の映画館に出没する幽霊を描いた作品が、ハイプレーンズ・リテラリーレヴュー誌に掲載された。この事実はたいていの人にはあまり大きな意味をもたないだろうが、ぼくにとってハイプレーンズ・リテラリーレヴュー誌（発行部数は約一千）に自作が載るのは、チョコレートバーの包装紙を剝《は》がしたら、当たりの金のチケットが出てきたようなものだ。さらに数篇の出来のいい短篇がつづいた。孤独なティーンエイジャーの少年がカフカ化して巨大な蝗《いなご》に変身する話を書いた――結局少年は人間でいたほうがよかったと思うことになる。電話線のつながっていない旧式の電話機の話も書いた――おりおりに死者がかけてくる電話の呼出音が鳴るのだ。エイブラハム・ヴァン・ヘルシングの悩める息子の話も書いた。そんな調子。無名の文学賞をふたつばかり受賞し、傑作選に自作が収録されもした。マーヴェル・コミックスの新人スカウト担当がぼくの短篇を読んで、十一ページのスパイダーマンもののオリジナルを書くチャンスを与えてくれもした。

たいしたことではないが、なにごとも過度はいけないという意味の〝満腹はごちそうもおなじ〟という言葉がある。二〇〇四年のある日――『恐怖の樹』が日の目を見ることはないと明らかになったころ――ぼくは長篇作家としての才能がないことを受け入れる心境になっていた。全力を尽くし、勝負に出て、完敗した。それでもかまわなかった。かまわないどころではなかった。スパイダーマンの原作を書かせてもらえたし、たとえいい長篇を書く方法がずっとわからなくても、少なくとも満足のいく出来の短篇を書く力はあるとわかったのだから。父のレベルに達することはないかもしれないが、それはまあ、納得できないこともない。それにぼくの頭のなかに長篇小説が存在していないとしても、だからといってコミックブックの世界で仕事にありつけないこともないだろう。ぼくが大好きな物語のいくつかはコミックブックだ。

そうこうするうちに一ダースほどの作品が手もとにたまって、一冊の短篇集にまとめられそうになってきた。そこでまとめた作品をあちこちに見せて、ぼくの作品集に賭けてもいいと考える人が世の中にいるかどうかを確かめたくなった。大手の出版社各社から断られても、意外ではなかった——大手の会社は商業上のもっともな理由から、短篇集よりも長篇を好むからだ。そこで思い立って小出版社の世界に挑んでみたところ、二〇〇四年の十二月、イングランド東部にあるとても小さな出版社であるPSパブリッシング社の傑出した紳士、ピーター・クロウザーが電話をかけてきた。自身でも怪奇小説を書くピーターは、風船人間の少年を描いた「ポップ・アート」をとても気にいってくれた。ピーターは短篇集『20世紀の幽霊たち』をごく小部数で刊行すると申し出ることで、ぼくにとうてい恩返しできないほどの温情をほどこしてくれた。しかし、ピートは——ピートだけではなくリチャード・チズマーやビル・シェイファーといった小出版社の世界の人々はみな——多くの作家たちにそのような親切をほどこし、自分が儲《もう》かるからという理由ではなく作品に惚《ほ》れこんだという理由で、本を出版しているのだ（えへん。これはPSパブリッシングやセメテリーダンス・パブリケーションズやサブテラニアン・プレスなど各社のウェブサイトを訪問してほしいという、みなさんにむけての合図だ。訪問したら、各社の刊行物のどれか一冊を買うことで新進気鋭の作家たちを支援していただきたい。さあ、どうかご遠慮なく——その一冊はあなたの本棚できっと映えるはずだ）。

ピートはぼくに、短篇集のためにあと数篇を書きおろしてほしいと頼んできた――そうすれば、短篇集が初出の〝ほかでは読めない〟作品を収録できるからだ。ぼくは承諾し、インターネットで幽霊を買う男の話を書きはじめた。この物語はなぜかぼくの手を離れて進み、三百三十五ページまで書き進んだところで、ぼくは結局のところ自分のなかに長篇があったことに気づかされた。その長篇にぼくは『ハートシェイプト・ボックス』という題名をつけた。

いやはや、まるでスティーヴン・キングの長篇そっくりだ。公平を期せば、これは両親から正当に受け継いだものだ。

ぼくは昔から遅咲きタイプだった。最初の本である『20世紀の幽霊たち』を刊行したのが三十三歳のとき。これを書いているいまは四十六歳で、いざ出版されるときには四十七歳になっている。日々はフルスロットルでぼくたちの前を走りすぎ、残されたぼくたちは息を切らすばかり。

小説を書きはじめたころのぼくは、自分がスティーヴン・キングの息子だと世間に知られることを恐れていた。そこで仮面をかぶって、他人のふりをした。しかし、物語はつねに真実を告げる――これ以上はない真実を。すぐれた物語は、例外なくそういったものなのだろう。ぼくがこれまでに書いてきた作品は、どれをとっても彼らの創造力というDNAの産物だといえる――ブラッドベリとブロック、サヴィーニとスピルバーグ、ロメロとファンゴ誌、スタン・リーとC・S・ルイス、そしてだれよりも忘れてはいけないのはタビサとスティーヴンのキング夫妻だ。

鬱々としているクリエイターは、自分がほかのもっと大きなアーティストの影になっているとわかり、そのことを恨む。けれども、もし幸運なら――前に話したとおり、ぼくは人なみ以上の幸運に恵まれてきた身だし、神さま、どうかこの先も幸運がつづきますように――自分以外のもっと大きなアーティストたちが、先々の道を照らす光を投げかけてくれる。

だいたい、先のことはだれにもわからない。いつの日か、ヒーローのひとりと並走して仕事ができるようになるかもしれない。現にぼくは父との共作の機会に二度恵まれて、そのチャンスをつかんだ。楽しい経験だった。みなさんにも共作を楽しんでほしい――二篇とも本書に収録されている。

ぼくは数年のあいだ仮面をつけていた。でも仮面を顔からはずしたいま、前よりも楽に息ができるようになった。

さしあたり、ぼくが話しておきたいことはここまでだ。これからしばらくはドライブだ。さあ、乗って。出発しよう。

悪党どもを連れてこい。

ジョー・ヒル
ニューハンプシャー州エクセター
二〇一八年九月

# スロットル

白石 朗[訳]

（スティーヴン・キング共作）

# THROTTLE

虐殺《ぎやくさつ》の場をあとにした一行は西へ——さまざまな色あいの地層が露出している砂漠地帯を抜けて西へ——ひた走り、現場から百五十キロ以上も離れるまで一回も休まなかった。そして午後になってようやく、外壁は白い化粧漆喰《しっくい》、店の前のコンクリートアイランドにガソリンの給油機がある一軒の簡易食堂《ダイナー》に立ち寄った。一同が近くを走ると、エンジンの音が幾重にも重なりあって、窓ガラスをびりびりと震動させた。彼らは建物の西側にとまっている長距離トラック群のあいだにバイクをとめ、キックスタンドをおろしてエンジンを切った。

ここまでずっと先頭を走ってきたのはレース・アダムスン。この男のハーレーが、ほかの面々のバイクより四、五百メートルばかり先を走ることもあった。先頭を走るのは、砂漠の国で二年過ごしたのちに一同のもとへ帰ってきてからの癖《くせ》だ。ほかの面々よりもずっと先を走るそのようすが、追いついてみろと一同に挑みかかっているかのように見えることもあれば、そのまま一同を引き離して置き去りにする意図があるかのように見えることも珍しくない。レースは休みたがらなかったが、ヴィンスは無理にバイクをとめさせた。ダイナーが見えてくると、ヴィンスはスロットルをひねってレースを追い、猛然と追い抜いてから、すかさず片手を左に突きだしたのだ――〈トライブ〉の面々が熟知している合図だった。《おれについてハイウェイを降りろ》という合図。〈トライブ〉の面々はヴィンスの手ぶりの合図に従った。これも、レースがヴィンスをきらっている理由のひとつだった。ちなみにこの若者には、ヴィンスをきらう理由がポケットいっぱいにあった。

レースはまっ先にバイクをとめたうちのひとりだったが、いちばん最後まで降りてこなかった。降りたあともバイクの横に立ったまま、革のライディンググローブをゆっくりと手から引き剝《は》がし、ミラーシェイドごしにほかの面々をにらみつけていた。

「坊主にきっちり話をつけたほうがいいな」レミー・チャプマンがヴィンスに話しかけながら、レースがいる方角にむけてうなずいた。

「ここじゃない場所でだ」ヴィンスはいった。話しあいなら、ラスヴェガスにもどってからでもいい。とにかく、旅をおわらせたかった。しばらく暗闇《くらやみ》に静かに横たわりたかったし、ぎゅっとよじれてむかむかする胃がほぐれるだけの時間が欲しかった。しかし、いちばんの望みはシャワーかもしれない。血は一滴も浴びていなかったが、それでも体が汚染された気分は拭《ぬぐ》えなかったし、午前中の悪臭を肌から洗い流さなければ人心地がつきそうもなかった。

ヴィンスはダイナーにむけて一歩足を踏みだしたが、それ以上先に進まないうちに、レミーがその腕をつかんだ。「いいや、ここで話をつけろ」

ヴィンスは自分の腕をつかんだ手を見おろし――メンバー全員中ただひとりヴィンスを恐れぬ男であるレミーは、それでも手を離そうとしなかった――ついで、若僧に視線をむけた。といっても、じっさいにはもう若僧という年齢ではない。何年も前から。いまレースは後輪の上にあるハードケースをあけて持ち物をかきまわし、なにかをさがしていた。

「なにを話すというんだ？　クラークは消えた。金もだ。打てる手はなにもない。きょうの朝にはね」ヴィンスはいった。

「レースもおなじ考えかどうかをききだす必要があるぞ。いいか、このところあの若僧は、一時間のうち四十分はあんたに怒りをぶつけていた……それなのに、あんたはあの若僧と足並みそろえてると思いこんでた。ついでだから話しておくよ、ボス。ここの連中のなかにには、レースが仲間に引っぱりこんだのもいる。クラークとの取引に噛《か》めばどれだけ大金持ちになれるかって話で、連中を派手に煽《あお》り立ててな。だから、これからどうするかって話をきかせる必要のある相手は、レースひとりじゃないかもしれん」

いいながらレミーは意味深な目つきで、ほかの面々を見わたした。それでヴィンスも初めて、一同がダイナーにむかって歩いてはおらず、それぞれのバイクのわきにとどまったまま、自分とレースをうかがっていることに気がついた。みんな、なにかが起こるのを待っているのだ。

ヴィンスは話などしたくなかった。話すことを考えただけで気が重い。最近ではレースと話すのは筋トレ用の大きな革張りボール《メディスンボール》を投げあうようなもの、疲れるだけの無駄骨折りでしかなかったし、いまは気力がなかった――あんなものから逃げて走ってきたのだから、なおさらだ。

それでもヴィンスは従った――〈トライブ〉を守る段になったら、レミーの意見がほぼつねに正しかったからだ。ふたりがメコンデルタで初めて会ったとき、全世界が狂気《ディンキー・ダウ》そのものだったあの当時からずっと、ヴィンスは十二時の、レミーは六時の位置にいる。四十年近くたったいまも、ふたりの関係はほとんど変わっていなかった。

　ヴィンスは自分のバイクを離れて、レースに近づいていった。レースは自分のハーレーとトラック——タンクローリー——のあいだに立っていた。探し物は首尾よくバイク後部のハードケースから掘りだしたようだ。見た目は紅茶そっくりだが、紅茶ではない飲み物のはいったポケット瓶。レースは日に日に早くから飲みはじめるようになっていて、これもヴィンスには気にいらなかった。レースは瓶の中身をひと口飲むと、口もとを拭ってヴィンスに瓶を差し出した。ヴィンスはかぶりをふって断わった。

「話をきこう」ヴィンスはいった。

「六号線にはいれば——」レースはいった。「三時間でショウロウの街に着ける。あんたの乗ってる、あのちんけな日本製の〝ライスバーナー〟が追いついてこられればね」

「ショウロウになにがある？」

「クラークの姉貴がいる」

「なんであいつの姉に会いたい？」

「目的は金だ。あんたは気づいてないかもしれないが、おれたちはおよそ六万ドルを騙《だま》しとられたばかりだぞ」

「で、クラークの姉貴がその金をもっていると考えてるのか？」

「とっかかりだよ」

「その件は、ヴェガスにもどったら話しあおう。あっちで、どんな手がとれるかを考えるんだ」

「だったら、いま考えてもいいだろ？　おれたちが踏みこんだとき、クラークが電話をしてたのは見てるな？　ドアごしに、あいつの声がちらっときこえたんだよ。姉貴を電話でつかまえようとしていたみたいだ――でも電話でつかまらなかったので、姉貴の知りあいに伝言を残してたんだと思う。なあ、おれたちがドライブウェイに勢ぞろいしてるのを見たとたん、クラークの野郎が電話であのあばずれに連絡をとろうとしたのは、なぜだと思う？」

別れの言葉をかけるつもりだったんだろうよ――ヴィンスは思ったが、レースの前で口にはしなかった。「姉貴はこっちの件とは無関係だろう？　だいたい、なんの仕事をしてる？　やっぱり覚醒剤《かくせいざい》づくりか？」

「いいや。売女《ばいた》だ」

「あきれたな。なんて一家だ」

「どの面《つら》さげていってるんだよ」と、レース。

「それはどういう意味だ？」ヴィンスはたずねた。侮辱の意図をたっぷりと行間にはらんだ言葉が気に障《さわ》ったのではない――気に障ったのは、むしろレースのミラーシェイドだった。ヴィンス自身の姿が、そのレンズに映りこんでいた――日焼けした顔、すっかり白髪の増えた口ひげ、しかめ面のように皺《しわ》だらけになった老いた顔が。

レースはふたたび陽炎《かげろう》がゆらゆら立ち昇る路面に目をむけており、口をひらいて出てきた言葉は質問への答えではなかった。「六万ドルが煙になって消えたのに、あっさりあきらめんのか」

「なにもあきらめちゃいない。とにかく、そうなったのは事実だ。金が煙になって消えたのは」

レースとディーン・クラークはファルージャで出会った――いや、ティクリートだったかもしれない。クラークは鎮痛術を専門にしている衛生兵であり、得意の治療法はワイクリフ・ジョンの音楽の助けをたっぷりと借りた最高級麻酔薬の投与だった。一方レースの得意技といえば、ハンヴィーを走らせることと弾丸《たま》に当たらないこと。娑婆《しゃば》に帰ってきてからもふたりの交友はつづき、いまから半年前クラークがレースのもとにやってきて、スミス湖畔に覚醒剤工場をつくる話をもちかけた。当座の開業資金として必要なのは六万ドルだが、じきにひと月あたりそれ以上の利益をあげられるはずだ、というのがクラークの見とおしだった。

「マジもののグラスだ」というのがクラークのセールストークだった。「緑色の安物なんかじゃない、マジもののグラスだけだよ」そういってクラークは片手を頭の上にもちあげ、現金が山盛りになっているところを示した。「儲《もう》かって儲かって、笑いがとまらないぜ、よお？」

《よお》。いまにして思えば、クラークの口からこの言葉が出たとき、すぐに手を引くべきだった。そう、その瞬間に。

しかし、ヴィンスは手を引かなかった。それどころか、怪しみながらも自腹を切って、レースに二万ドルの金を融通してやりもした。クラークはだらしない身なりの男で、ブロンドの髪を長く伸ばしてシャツを重ね着しているところは、どことなくカート・コバーンに似ていた。なにかといえば《よお》、誰彼かまわず《なあ、あんた》と呼びかけ、ドラッグがいかにしてオーバーマインドの抑圧の力を突破するのかを語った──どんな意味なのかはともかく。さらにクラークは知的な才能でレースを驚かせ、虜《とりこ》にした──サルトルの戯曲やら、詩の朗読とレゲエダブをいっしょに収録したテープなどで。

おねえ言葉と黒人英語が混ざりあった駄法螺《だぼら》語で、やたらに霊的革命がどうのこうのとインテリぶったことをしゃべりちらす男だったが、ヴィンスがクラークを不愉快に思ったのはその点ではなかった。最初に顔をあわせるなり不愉快に思ったのは、その時点でクラークがすでに悪臭ただよう〝メスマウス〟症状を起こしていたことだった。メタンフェタミン濫用《らんよう》者によく見られるように、歯が何本も腐って抜け落ち、歯肉に斑点《はんてん》ができていた。覚醒剤を金儲けの道具にするのもかまわないと思っていたヴィンスだが、口から腐臭を漂わせるほどの濫用者には反射的に不信をいだいた。

それでもヴィンスは金を積んだ。レースに打ちこめる対象をつくってやりたいと思ったからだ。あんなふうに軍隊から叩《たた》きだされたあとだったのだから、なおさらだ。そのあとしばらく、レースとクラークが計画の詰めをおこなっているあいだ、ヴィンスはこれなら儲けが出るかもしれないと半分本気で信じこむようになっていた。短いあいだとはいえ、レースは小生意気とさえいえる自信をただよわせているかに思えたし、投資からの莫大《ばくだい》な見返りを期待して、ガールフレンドに車を──中古のマスタングを──買ってやったりもしていた。

だけど、覚醒剤工場が火事にあったんだぜ、よお？　稼働しはじめたその当日、工場はものの十分で骨組みだけの姿に焼け落ちてしまった。工場で働いていた不法滞在のメキシコ人たちは窓から逃げだしたが、彼らが火傷《やけど》と煤《すす》にまみれた姿で近くに茫然《ぼうぜん》と突っ立っていたときに消防車が到着した。いま、労働者のほとんどが郡拘置所にいる。

レースが火事のことを知ったのはクラークからではなく、やはりイラクで友人になったボビー・ストーンからだった。ボビーは、噂《うわさ》にきくマジもののグラスとやらを一万ドル分買おうとしてスミス湖まで車を走らせたが、火事の煙と消防車の明滅する緊急灯を目にしてあわてて逃げ帰ってきたのだ。レースはクラークを電話で叩き起こそうとしたが、相手がつかまらなかった。その日の午後も。夜になっても。そして十一時には、〈トライブ〉の面々がハイウェイに繰りだし、クラークを見つけるべく東にむかった。

一同が丘陵地帯の自宅キャビンでクラークを見つけたとき、この男は荷づくりをすませて高飛びしようとしていた。レースに会いにいこうとしていたところだ、なにがあったのかを話して、新しく計画を練るつもりだった……クラークはそう一同に話した。全員に金をきちんと払いもどすつもりだ、とも話した。いま金は手もとに一セントも残っていないが、金策のあてはいくつもあるし、万一に備えた予備計画もある、と話した。みんなにはめちゃくちゃ申しわけなく思っている、とも話した。話の一部はまっ赤な嘘《うそ》で、一部は真実だった。とりわけ、めちゃくちゃ申しわけなく思っている、という部分は。しかし、ヴィンスにはどれひとつ意外には思えなかった。その場でクラークが泣きはじめたときでさえ。

ただしヴィンスを——というか、その場の全員を——驚かせたことがあった。クラークのガールフレンドが、ヒナギクのプリントがはいったパンティと《コーマン・ハイスクール代表チーム》という文字のはいったトレーナーだけの姿でバスルームに隠れていたことだ。十七歳、メタンフェタミンで完全にラリっていたばかりか、手には小型の二二口径の銃があるという申しぶんのない状態で。ガールフレンドは、ロイ・クロウズがあの女はここにいるのかとクラークにたずねたのをきき、あの女がおれたち全員にフェラをしたら、その場で借金から二百ドルさっぴいてもいい、と話すのもきいていた。そのあとロイはバスルームに行き、小便をしようとズボンから一物をとりだした。しかし女はロイがジッパーを下げた目的を勘ちがいして、銃の引金を引いた。一発めはあさっての方向に飛び、二発めは天井に命中した。というのも、その時点でロイが愛用の大鉈《マチェーテ》で女を叩き切っていたからだ。その瞬間を境に、すべてが赤い穴に落ちこんでいった。すべてが現実の世界から遊離して、悪夢の世界に滑りこんでいった。

「たしかに、あいつは金の一部をなくしてるとは思う」レースはいった。「場合によっちゃ、おれたちからあつめた金の半分をふいにしててもおかしくない。だけど、ディーン・クラークが六万ドルのありったけを一カ所に積みあげていたと思ってるのなら、あんたには打つ手なしだ」

「クラークが金の一部をどこかに隠したってことは考えられる。おまえの見立てがまちがってるとはいってない。でも、おまえがそれでどうしてクラークの姉に目をつけるのかがわからない。姉に預けるくらいなら、密閉できるガラス瓶に金を詰めこんで裏庭に埋めるほうがずっと簡単だったはずだ。興味本位で、みじめな売女に目をつけるような真似《まね》には賛成できん。まあ、その売女の金まわりが急によくなったというのなら、話はべつだが」

「おれはこの取引にもう半年も費やしてる。この話にたんまり賭《か》けているのは、おれひとりじゃないんだし」

「オーケイ。だったらラスヴェガスに着いてから、どうやってかたをつけるかを話しあおう」

「話しあいでなにが解決するっていうんだよ。駆けつけてこそ解決だ。あいつの姉貴はきょうショウロウにいる。でももし、弟のクラークが恋人ともども、いまじゃキャビンの壁のペンキになってると知ったら――」

「おっと、あんまりでかい声でしゃべらないほうがいい」

レミーはヴィンスの左側で、腕組みをしてじっと話をきいてはいたが、ふたりのあいだに割ってはいる必要が出てきたら、すぐにでも進みでられる体勢をとっていた。ほかの面々はふたり、あるいは三人のグループをつくって立っている。いずれも髪が乱れたひげづら、道路の砂埃《すなぼこり》まみれで、身につけた革のジャケットやデニムのベストにはチームのワッペンが縫《ぬ》いつけられていた。先住民スタイルの羽根飾りをつけた髑髏《どくろ》マーク。その下には《トライブ・道路に生きて道路に死す》というチームのモットーが記されていた。彼らはずっと以前から、この〈部族《トライブ》〉をチーム名にしていた。といっても、本物の先住民はひとりもいない。ピーチズだけは、チェロキー族の血を半分受けついでいると公言してはいるが、この男にしても気分次第で半分はスペイン人だとか、半分はインカ族だということもある。ドクは、それであの薄ら馬鹿の気がすむのなら、半分はイヌイットで半分はヴァイキングだとでもなんとでも、好きにいえばいい、と話していた。

「金はなくなったんだ」ヴィンスは息子にいった。「半年の時間もだ。現実を見ろ」

息子はその場に突っ立っていた。あごの筋肉が隆起したが、なにもいわない。ポケット瓶を握りしめている右手の関節が白くなっていた。そんな姿を見ていて、息子のレースが六歳だったころの姿がいきなり脳裡《のうり》によみがえってきた。いまとおなじような土埃だらけの顔で、自宅の砂利敷きのドライブウェイを緑色の〈ビッグホイール〉の自転車で走りまわりながら、のどの奥で〝ぶおんぶおん〟とバイクのエンジン音を真似ていた姿だ。ヴィンスと妻のメアリは腹の皮がよじれるほど笑った。息子が一心に精神を集中させているしかめ面がおかしかったからだ。幼稚園児の道路戦士。しかしいまの息子の姿に、笑いを誘われることはなかった。つい二時間前に、ひとりの男の頭をスコップでかち割ったばかりのレースの姿には。レースは昔から駿足《しゅんそく》だった。女の発砲がきっかけで引き起こされた大混乱のなかでクラークが逃げようと走りだしたが、いちばん最初に追いついたのはレースだった。殺すつもりはなかったのかもしれない。スコップを叩きつけたのは一回だけだった。

ヴィンスはさらに言葉をつづけようと口をひらいたが、気づけば話すべきことはなにもなかった。体の向きを変え、ダイナー目ざして歩きはじめる。しかし三歩も進まないうちに、背後からガラス瓶が砕けちる音がきこえてきた。ふりかえると、レースがタンクローリーの側面に携帯用のガラス瓶を投げつけたことがわかった——つい五秒前まで、ヴィンスが立っていた場所を狙《ねら》って投げつけたのだ。あるいは、ヴィンスの影に投げつけたのかもしれない。

凸凹《でこぼこ》だらけのタンクの表面を、ウイスキーとガラスの破片が伝い落ちていった。タンクローリーの側面をちらりと見あげたヴィンスは、目に飛びこんできたものに思わず体をぎくりとさせた。タンクの側面にステンシルで文字が書きこまれており、それが〝虐殺〟を意味する《SLAUGHTERIN《スローターリン》》に見えたのだ。しかし、そうではなかった。書かれていたのは《LAUGHLIN《ラフリン》》という文字だった。ヴィンスのフロイトについての知識は二十語以下で要約できる——気どった白ひげの葉巻男、持論は〝子どもは親をファックしたがる〟だ。しかし心理学の知識がろくになくても、いまここで罪悪感がどんなふうに働いているのかはわかった。思わず声をあげて笑っていてもおかしくなかった——つぎに目に飛びこんできたものさえなかったら。

タンクローリーの運転手は運転席にすわっており、窓から腕がだらりと垂れ下がっていた。二本の指にはさまれたタバコから煙があがっていた。前腕の中央より上の部分に、色が薄れたタトゥーがあった。《不名誉よりは死》。つまり運転手は帰還兵だ。ヴィンスはその事実を——どこか気もそぞろなまま——意識し、すぐ頭の奥にしまいこんだ。あとで考えをめぐらすためだったのかもしれないし、そうではないかもしれない。ついでヴィンスは、男がどんな話を耳にしただろうかと考え、危険の可能性を計算し、ラフリンという名前の男を運転席から引きずり降ろして、ひとつふたつ道理を叩きこんでやる緊急の必要性があるかどうかを思案した。

ヴィンスがまだ考えているとき、タンクローリーがうなりをあげ、排ガスの悪臭ただよう騒々しい命をとりもどした。運転席のラフリンはタバコを駐車場に投げ捨て、空気ブレーキを解除した。排気パイプがディーゼルオイルの黒煙を噴きあげ、タンクローリーはタイヤで砂利を踏みしだきながら動きはじめた。タンクローリーが遠ざかっていくと、ヴィンスは緊張がほぐれていくのを感じつつ、ゆっくりと息を吐いた。あの運転手は話の一部なりとも耳に入れたのだろうか？　いや、話をきかれたとして、それが問題になるだろうか？　少しでもまっとうな頭のある人間なら、こんなクソ溜《だ》まりに自分から足を突っこみたがるわけがない。ラフリンもおそらく盗みぎきを勘づかれたと察し、逃げられるうちに逃げようと思いたっただけにちがいない。

十八輪の巨大なタンクローリーが二車線の幹線道路に滑りでていくころには、ヴィンスは早くも体の向きを変えて仲間のあいだを歩きながら、ダイナーにはいるよううながしていた。ヴィンスがふたたび問題のタンクローリーを目にするのは、それから一時間ばかりあとのことだった。

ヴィンスはまず小用を足しにいき――五十キロ近く走りづめだったので、膀胱《ぼうこう》のせいで死ぬような思いをさせられていた――洗面所から引き返す途中で、ふたつのボックス席に陣どっている仲間の近くを通りすぎた。みんな静かだった――フォークが皿にあたる音やグラスがテーブルにもどされる音以外、しんと静まりかえっている。しゃべっているのはピーチズだけで、それもひとりごとだ。ピーチズは囁《ささや》き声でなにかしゃべり、ときおり想像上の蚊柱《かばしら》に包囲されているかのように、体をぎくしゃくと動かしていた。人の癇《かん》に障るピーチズの不愉快な癖だ。ほかの面々は自分だけの宇宙に引きこもり、おたがいの目を避け、他人にはうかがい知れない内面のなにかに視線を据えているだけ。ロイ・クロウズが少女を叩き切ったあとのバスルームの光景を見ている者もいるだろう。裏口を出たところの地面に押しつけられていたクラークの顔を思い出している者もいるかもしれない——尻《しり》を突きあげ、ズボンのなかに盛大にクソを垂れ、スチール製のスコップのブレードが頭《ず》蓋骨《がいこつ》にはまりこみ、その柄《え》が宙に突き立っていたあの姿を。さらに数は少ないだろうが、〈アメリカン・グラディエイターズ〉の放送時間までには家に帰れるだろうかとか、きのう買った宝くじが当たりだろうかと考えている者もいるはずだった。

クラークに会いにいく道中はちがった。もっといい雰囲気だった。夜明けの直後、〈トライブ〉はここことおなじようなダイナーを見つけて立ち寄った。決してお祭り騒ぎの雰囲気ではなかったが、馬鹿話はどっさりと出てきたし、コーヒーとドーナツにはつきものと決まっている無駄なおしゃべりもそれなりにあった。あのときはドクがボックス席にすわってクロスワード・パズルを解いており、ほかの面々がまわりにすわって肩ごしにのぞきこんでは、これほど教養ある人物と同席できる名誉について、おたがいに邪気のない冷やかしを応酬していた。ドクもほかの大半の面々とおなじく刑務所暮らしの経験があったし、数年前に警官の警棒を食らってへし折れた歯の代わりに金歯が差してあった。しかしドクは遠近両用の眼鏡をかけ、貴族的とさえいえる細面《ほそおもて》、新聞を読む習慣があり、ケニアの首都がどこで、映画〈ローズ家の戦争〉の出演者がだれだとか、その手の知識もそなえていた。ロイ・クロウズがそんなドクのクロスワード・パズルを横目で見ながら、こんなことをいった。「おれに必要なのは、バイク修理とプッシー狩りネタのパズルだな。たとえば……〝おれがおまえのママになにをするか。四文字〟といったら答えはなんだと思う、ドク？　おれにはわかるぜ」

ドクは眉《まゆ》を寄せた。「〝repulse〟──〝むかむかさせる〟が答えといいたいところだが、これは七文字だ。となると、答えは〝gall〟じゃないか」

「ゴールだって？」ロイは口ひげを搔《か》きながらいった。

「そのとおり。おまえは彼女を怒《ゴール》らせる。おまえが目の前にあらわれると、彼女が唾《つば》を吐きかけたい気分になる、って意味だよ」

「ああ。それこそ、おまえのママでいちばん腹が立ったところだ。おれがずっと飲みこめと躾《しつ》けてるのに、おれの顔を見ると唾を吐いてきたんだぜ」

それをきいて男たちはスツールから転がり落ちそうなほど激しく笑った。隣のボックス席の面々も、やはりシートからずり落ちそうなほど笑っていた。ピーチズが精管切除手術を受けた理由を説明していたからだ。「おれがきっぱりと心を決めたのは、この手のパイプカットは手術代の支払いが一回ですむとわかったからだ……だけどな、みんな、中絶手術ってやつは一回こっきりとはかぎらない。それどころか、理屈でいえば回数は上限知らずだよ。きりがないんだ。精虫ってのは、一回出すたびにとんだ金食い虫に育ってもおかしくないしろものだ。だいたいジュニアを便器に流しておさらばしちまうと、男と女はもにするだけで他人を笑わせることができたのである。
ピーチズはジョークをいっているわけではなかった。この男は、頭に浮かんだことを口
との関係にはもどれない。そういうもんだ。いいか、これは経験者の生の声だぞ」

そしていまヴィンスは、腑抜《ふぬ》けのようになって目を赤くした男たちのあいだを歩いて、カウンターのレミーの隣のスツールに腰をおろした。

「ヴェガスに帰りついたら、このクソにいったいどんな手当てをほどこせばいいと思う?」ヴィンスはたずねた。

「逃げろ」レミーはいった。「だれにも教えずに逃げるんだ。うしろをふりかえるんじゃないぞ」

ヴィンスは笑った。レミーは笑わなかった。コーヒーのカップを唇まで半分のところにもちあげたが、数秒ばかりじっと見つめただけで、口をつけずにカップをカウンターにもどした。

「コーヒーがどうかしたのか?」ヴィンスはたずねた。

「どうかしてるのはコーヒーじゃない」レミーは答えた。

「おいおい、まさか高跳びの話を本気でいってるんじゃないだろうな?」

「そうやって、なにかから逃げるのはおれたちにかぎった話じゃない」レミーはいった。

「ロイがバスルームで女になにをしたか、わかってるんだろう?」

「あの女に撃ち殺されそうになったからだ」ヴィンスは、だれにも話をきかれないように声を殺した。

「だけど、まだ十七歳だったんだぞ」

ヴィンスはなにも答えなかったし、どのみち答えが期待されていたのでもなかった。

「この連中のほとんどが、あんなヘビーなものを見た経験がなかったに決まってるし、何人かは——とくに抜け目のないやつらは——機会があればすぐに、この地球の隅々にまで散り散りになろうとするだろうな。そうやって、人生の新しい目的を見つけるわけさ」それを耳にしてヴィンスはまた笑ったが、レミーは横目でにらんだだけだった。「いいか、キャプテン。おれは十八のとき、めちゃくちゃ酔っぱらって車を運転したことで兄貴を殺しちまった男だ。意識がもどると、体じゅうから兄貴の血のにおいが立ち昇っていたっけ。その埋めあわせに死んでやろうと思って海兵隊にはいっても、黒い野良着《ブラック・パジャマ》を着たヴェトナム兵たちはまったく助けてくれなかった。あの戦争でなにがいちばん記憶に残っているかといえば、足が〝ジャングル腐れ〟の皮膚病になったときの悪臭だよ。自分の足ながら、便所をブーツに詰めこんで歩いてる気分だった。あんたとおなじで、牢屋《ろうや》にぶちこまれたこともある。牢屋のなにが最悪って、おれがやったことや、他人がやられてたことなんかじゃない。最悪だったのは、いっしょにいた連中全員の体のにおいだ。わきの下やケツの穴のにおいだ。そりゃあもう、あれ以上ないほどひどいもんだった。だけど、おれたちがバイクを走らせて逃げてきたあれ、チャーリー・マンソンもまっ青のあれに肩をならべるものなんかひとつもないね。あそこに立ちこめてた悪臭からは、逃げようたって逃げられない。あれがおわったあとの悪臭はね。だれかがクソをひったクロゼットに閉じこめられたみたいだった。空気が足りないんだよ。おまけにあそこには、まともなものがひとつもなかった」レミーは言葉を切ると、スツールの上で体をひねり、横目でじっとヴィンスを見つめた。「バイクを走らせているあいだ、おれがずっとなにを考えていたと思う？　デンヴァーに引っ越して、自動車の整備工場をはじめたロン・リーファスのことさ。あいつ、おれにボールダーの有名な岩山、〈フラットアイアンズ〉の絵葉書を送ってよこしたぞ。それで、ずっと考えていたんだ。自分に代わってレンチをつかう老いぼれをロンが雇ってくれないか、とね。あのへんは松が多いけど、そのにおいにも慣れるんだろうな、とね」

　レミーはまた口をつぐみ、ボックス席にいるほかの面々に視線をさまよわせた。

「残り半分のおさらばしない連中は、なくしたものを――多少の差はあっても――とりかえそうとするだろうし、連中がそんなことをするとなったら、かかわらないほうが身のためだ。この覚醒剤《メス》がらみのいかれた騒ぎがエスカレートする一方だからさ。こんなのは、まだ序の口だ。高速道路にはいるときの料金所みたいなもんでね。あれだけの金がかかってれば手を引くに引けないし、売ってる連中はみんなクスリをやってる。で、クスリをやってる連中は、クソたわけた騒ぎを引き起こすと決まってる。ロイを銃で殺そうとしたあの女の子もクスリをやってた。だからロイを殺そうとしたんだ。ロイもクスリでラリってた。だからこそ、クソったれな大鉈《マチエーテ》を四十回も振りおろして、あの子を叩き切ったんだ。だいたい、ヤク中以外にどこのだれがあんな刃物をもち歩く？」

「頼むから、ロイの話はふらないでくれ。おれは前からあいつのケツ穴に〈リトルボーイ〉を突っこんで、やつの両目から光が出てくるところを見たいと思ってたんだから」ヴィンスがそういい、今回はレミーが笑う番だった。〈リトルボーイ〉のこの邪悪な利用法を思いつくのは、昔からのふたりだけのジョークだった。ヴィンスはつづけた。「さあ、先を話せよ。いいたいことをいっちまえ。この一時間、ずっと考えていたんだろう？」

「どうしてわかった？」

「おまえが背すじをぴんと伸ばしてバイクを走らせてるのを見たときに、その意味がわからないおれだとでも思ってるのか？」

レミーはうめき声を洩《も》らした。「警察は遅かれ早かれ、ロイなりヤク中のだれかなりをつかまえる。つかまったやつは、ほかの連中を道づれにするに決まってる。というのも、ロイやあいつと似た連中は、犯行現場から盗んだ品を捨てるってことができないからだ。おつむが弱いから、自分がしてきたことをガールフレンドに吹聴するのは控えるべきだともわきまえてない。ひでえもんだ。いまだって半分の連中がクラックをもってるはずだ。ああ、断言したっていい」

ヴィンスは片手で頰《ほお》のひげをこすりあげた。「さっきから、連中を半分にわけて話をしてるな。さっさととんずら決めこむ側と、そうじゃない側と。レースはどっちだと思う？」

レミーは頭をめぐらせると、おもしろくもなさそうににやりと笑って、ふたたび欠《か》けた歯をのぞかせた。「きかなくちゃわかんないのか？」

その日の午後三時ごろに一同が追いついたとき、車体側面に〈ラフリン〉の文字のあるタンクローリーは苦しげに山道を上っているところだった。

このあたりの幹線道路は長い上り勾配《こうばい》になっており、何度も折りかえしながら、じわじわと着実に山の上を目ざして延びていた。カーブが多いため、簡単に追い越せそうな場所は見あたらなかった。レースはふたたびチームの先頭を走っていた。ダイナーを出発するとレースはたちまちスピードをあげて、〈トライブ〉のほかの面々を後方に大きく引き離し、ヴィンスにその姿が見えなくなるほど間隔をあけることさえあった。しかし一同がタンクローリーに追いついたときには、レースは巨大な車のバンパーに張りつくようにして走っていた。

〈トライブ〉の十人は、タンクローリーの沸きたつ航跡ともいうべき排ガスに包まれたまま、山道を上っていった。ヴィンスの目がうるみ、涙があふれてきた。

「クソったれトラックが！」ヴィンスが怒声をあげ、レミーがうなずいた。ヴィンスの肺がぎゅっと締まった。排ガスを吸いこんだせいで胸が痛くなり、目が見えづらくなる。

「見苦しいでぶっ尻《ちり》をどかしやがれってんだ、ぼろトラックめ」ヴィンスは罵声《ばせい》を張りあげた。

ここでトラックに追いつけたことが驚きだった。あのダイナーからそれほどの距離を走ってきたわけではない……せいぜい三十キロちょっとだ。となると、〈ラフリン〉はどこかほかの店で休憩をとっていたにちがいない——ただし、そんな店は一軒もなかった。あるいは、路上の大きな立て看板がつくる日陰にタンクローリーをとめて、昼寝でもしていたのだろうか。いや、タイヤがパンクして停車せざるをえず、やむなく新品に交換したのかもしれない。それが大事なことだろうか？　いや、ちがう。なぜこんなことがひっかかるのか、ヴィンス自身にもわからなかったが、なぜか気になったことは事実だった。

つぎのカーブを抜けたところで、レースはハーレー・ソフテイルデュースを対向車線に乗り入れ、頭を低くする姿勢をとって、それまでの時速五十キロ弱から一気に百十キロ以上にまで加速させた。バイクの車体が沈みこんだかと思うと、跳躍した。タンクローリーを追い越したレースが、巨体の鼻先をかすめるようにして右側車線にもどると同時に、左の対向車線を淡い黄色のレクサスが猛然と走り抜けていった。レクサスを運転していた女性はクラクションを連打していたが、その音も圧倒的な音量をもつタンクローリーのエアホーンの轟音《ごうおん》にたちまちかき消された。

ヴィンスはその前からレクサスを目にとめており、一瞬ではあったが息子がレクサスと正面衝突するにちがいないと思いこんだ——ついさっきまではレース、一秒後には路上の生肉。のどもとにまで迫《せ》りあがっていた心臓が定位置にもどるには、なお何秒かの時間が必要だった。

「とことん、いかれた野郎だ」ヴィンスはレミーに叫んだ。

「タンクローリーの運転手のことか？」エアホーンの最後の轟音が消えていくと、レミーは怒鳴りかえした。「それともレースか？」

「両方だよ！」

つぎのカーブをまわりこんだとき、タンクローリーの運転者であるラフリンは多少の理性をとりもどしたらしく、ようやくミラーをのぞきこみ、〈トライブ〉の面々がバイクのエンジン音を轟《とどろ》かせながら後方を走っていることに気づいたようだった。ラフリンが窓から手を突きだし——黒く日焼けして静脈の浮いた手、関節が節くれだち、短くずんぐりとした指――一同に〝追い越していけ〟と合図を送ってきたのだ。

即座にロイをはじめとする三人が対向車線にはみだし、タンクローリーを轟然と追い抜いた。ほかの面々も二列になってつづいた。ひとたび許可が出たあとでは、追い越しはなにほどのこともなく、そのあいだタンクローリーは苦しげに時速五十キロを下まわる速度で走っていた。ヴィンスとレミーは最後に対向車線に飛びだし、つぎのヘアピンカーブの直前でタンクローリーを抜いた。追い抜きざま、ヴィンスは運転席をちらりと見あげたが、窓から突きだされてドアにかかっている黒っぽい手以外はなにも見えなかった。五分後には一同はタンクローリーを大きく引き離し、エンジン音もきこえなくなっていた。

このあたりで道は高地のひらけた砂漠を通っていた。セージや大きなサボテンが生えており、右側は崖《がけ》、地面はチョークを思わせる黄色と赤の土のストライプ模様になっていた。いま一同は沈みかけた太陽にむかって突き進み、彼ら自身の次第に長くなりつつある影がぴたりと追いすがっていた。見るも哀れな申しわけ程度の町を走り抜けると、数軒の家とトレーラーハウスがたちまち後方に去っていく。バイクの行列は八百メートル近くにも伸びていた。ヴィンスとレミーは、最後尾近くを走っていた。しかし町を抜けてほどなくして、路傍《ろぼう》に寄り集まって立っている〈トライブ〉の面々の姿がヴィンスの目に見えてきた――州道六号線との交差点のすぐ手前あたりだった。

交差点の先の西方向では、これまで〈トライブ〉が走ってきた幹線道路の舗装が切り裂かれて、未舗装の道に変わってしまっていた。オレンジ色の菱形《ひしがた》の標識には、**《これより三十キロ工事区間・停止準備せよ》**とあった。はるか遠くに目をむけると、数台のダンプやモーターグレーダーが見えた。赤っぽい土煙のなかで作業員たちが働き、掘りかえされた粘土から舞いあがった土埃が高原の卓状地を駆け抜けていた。

目的地にむかったときにはこのルートをつかわなかったので、ここで道路工事がおこなわれていることをヴィンスはまったく知らなかった。帰途は裏道をつかおうというのはレースの提案であり、ヴィンスも否やはなかった。二重殺人事件の現場から走って逃げようというとき、できるだけ姿を目立たなくさせるのはいい考えに思えたからだ。しかし、もちろんレースがこのルートを提案した理由はちがった。

「どうした?」ヴィンスはバイクの速度を落として、地面に両足を突いた。まるで、まだ事情がわかっていないかのような口調で。

レースは道路工事の現場とは異なる方向、六号線の先を指さした。「こっちの六号線を南に行けば、州間高速の四〇号線に出られるな」

「ショウロウに行くわけか」ヴィンスはいった。「そうきいても、なぜだかちっとも意外じゃないよ」

つぎに口をひらいたのはロイ・クロウズだった。ロイは、工事用のダンプの方向にぐいっと親指を突き立てた。「こんなクソみたいな道路をここから三十キロも、時速五キロののろのろ運転で行くよりはずっとましだ。こっちの道は願い下げだね。それよりは楽な道を走るほうがいいし、途中で六万ドルをとりかえせるならなおさらだ。ま、これがおれの考えだよ」

「痛くなかったかい?」レミーがロイにたずねた。「初めて頭をつかって考えたんだろ?

いやな、初めてのときは痛いって話をきいたんだ。初めてのセックスで女が処女膜を破られるときみたいに」

「ふざけんな、てめえ」ロイがいった。

「おまえに考えてほしいときには」ヴィンスはいった。「ちゃんと頼むようにするよ、ロイ。だけど、断じておまえの口を封じたりしないからな」

レースが落ち着いた静かな口調で話しはじめた。「おれたちはなんとしてもショウロウへ行くつもりだ。でも、あんたたちがいっしょに来る必要はない。あんたたちのどっちもだ。もしおれたちといっしょに行かないとなっても、それを根にもつやつはいないさ」

つまりは、そういうことだ。

ヴィンスは一同の顔を順ぐりに見つめていった。若い連中はしっかりと視線を受けとめた。古株の年寄り連中、何十年もいっしょにバイクを走らせてきた連中はちがった。

「根にもつやつがいないとわかってほっとしたよ」ヴィンスはいった。「それが心配だったからね」

ふっと、ある記憶がよみがえってきた。息子を車に……GTOに乗せて運転していたときのことだ。あれは真人間になろうとしていた時期、メアリのために家庭的な男になろうとしていた時期のこと。そのときなぜ車を走らせていたのか、くわしい事情は忘れてしまった。どこから車を走らせていたのかも、どこにむかっていたのかも、いまとなっては思い出せない。覚えているのは、バックミラーごしに見ていた息子の、埃っぽく汚れた仏頂面だけだ。その前にふたりはハンバーガー店に立ち寄ったが、息子は夕食はいらない、おなかがすいていない、の一点ばりだった。結局、息子が食べてもいいと妥協したのはアイスキャンディだけ、しかもヴィンスがライム味を買って車に引き返すと、グレープ味がよかったと文句をいい、それっきり食べようともせず、アイスキャンディが溶けて革ばりのシートに垂れ落ちるにまかせていた。そのあげく、ハンバーガー屋から三十キロばかり離れてから、レースは自分の腹がぐうぐう鳴っている、といいだした。

ヴィンスはバックミラーごしに息子と目をあわせ、「いいか、これだけは覚えておけ。おれはおまえの父親だが、だからといっておまえが好きだということにはならないんだぞ」といった。レースは父親をにらみかえしてきた――あごを小刻みにわななかせ、必死に涙をこらえていたが、目をそらしはしなかった。ぎらぎらと光る憎しみの目でにらみかえしてきた。なぜ、あんなことを息子にいったのだろうか？　いってきかせるにしても、ほかの言い方をしていれば、息子がファルージャに行くこともなく、迫撃砲の砲弾が落ちてくるなかで自分の部隊を見捨て、ハンヴィーに飛び乗って逃亡することも、その結果として不名誉除隊を食らうこともなかったかもしれない――そんな考えが頭をかすめた。そうなっていれば息子がディーン・クラークと会うこともなく、覚醒剤工場をつくることもなかったはずだ。つねにチームの先頭を切って走らずにはいられない気持ちになることも、ほかの面々が時速百キロで走っているときに改造をほどこした大型バイクを百十キロ以上ものスピードで走らせることもなかっただろう。息子がうしろに払い捨てたい存在は、父親である自分にほかならなかった。レースはこれまでずっと、父親を残して突き進みたいと思いつづけていたのだ。

ヴィンスは目を細くして、自分たちがやってきた方角をながめた……あのいまいましいタンクローリーがまた見えてきた。路面からゆらゆらと立ち昇る陽炎のなかに見えるタンクローリーは、そのそびえたつ排気パイプも銀のグリルも含めて、なかば蜃気楼《しんきろう》のようにしか見えなかった。〈ラフリン〉……いや、フロイト流儀にならって〈虐殺《スロータリン》〉でもいい。

ヴィンスは顔をしかめた。ふっと意識がこの場からただよい……どうして一時間も前にダイナーを出発した男に自分たちが追いつき、しかも追い越すことができたのだろうか、という疑問がふたたび頭をかすめた。

ドクが口をひらき、まるで恥じいりながら謝るような声でいった。「ま、それがいいかもしれないな。ひとつ確かなのは、三十キロも土埃のなかを走るのにくらべたら、こっちのほうがましってことだ」

「たしかに。おまえたちのだれひとり、体が汚れてほしくないしな」ヴィンスはいった。

それからヴィンスはバイクを押して路肩から離れ、スロットルをぐいっとひねって左折し、一同の先頭に立って六号線をショウロウへとむかいはじめた。

背後のずっと遠くから、タンクローリーがギアを入れ替える音がきこえた。しだいに音量もパワーも増しつつあるエンジンの咆哮《ほうこう》は広大な平原を轟きわたり、かすかなうなりとなって耳に届いていた。

大地は赤と黄色の石、狭い二車線道路をほかにつかっている者はいなかった。緊急車《しゃ》輛《りょう》用の路側帯はない。〈トライブ〉一行は丘をひとつ上りつめ、今度は渓谷《けいこく》の隙間《すきま》にむかって降りていった。道路はカーブをくりかえしながら、着実に山の下にむかっていた。左側はくたびれたガードレール、右側はほとんどが切りたった崖になっていた。

最初のうちヴィンスはレミーとならんで先頭を走っていたが、やがてレミーが後方に去っていき、代わってレースが隣でパートナーをつとめはじめた。ならんで走る父と息子の図だ。吹きつける風が、映画スターを思わせるレースの長い黒髪をひたいから吹き流していた。いまでは西の空に沈みつつある太陽が、レースのミラーシェイドのレンズで燃えていた。

ヴィンスはつかのま、横目でレースの姿をながめやった。一片の贅肉《ぜいにく》もない引き締まった体。バイクにまたがっている姿勢や、カーブを曲がりこむさいにアスファルトの路上で車体を四十五度にまで傾かせるようなときでさえ、なにかに攻撃を仕掛けているかのように見えた。レースが生まれつきそなえる優雅な運動能力は羨《うらや》ましかったが、その反面でレースにはどことなく、バイクを走らせることを仕事にしているような印象もつきまとった。一方ヴィンスがバイクに魅せられているのは、仕事とは正反対に位置するものだからだ。レースは一度でも、自分自身や自分がしていることに馴染《なじ》んだ気分を味わったことがあるのだろうか――ヴィンスはぼんやりとそう思った。

なにかを擂《す》り潰《つぶ》しているかのような、巨大なエンジンの雷鳴のごとき轟音が背後からきこえ、ヴィンスは頭をめぐらせ、なにげなく後方に視線を投げた。一同にぐんぐんと迫ってくるタンクローリーが目に飛びこんできた。じっと身を潜めていたライオンが、オアシスの水飲み場でくつろぐガゼルの群れにいきなり襲いかかるところのように。〈トライブ〉

一行はいつものように寄り集まったまま、おおよそ時速七十キロ前後で折りかえしをくだっていた。一方タンクローリーはといえば、時速百キロ近いスピードで飛ばしていた。《やつにはスピードを落とす気がないぞ》ヴィンスがかろうじてそう考えるだけの時間はあった――つぎの瞬間、〈ラフリン〉は列の最後尾を走っていた三人に突っこみ、スチール同士がぶつかりあう鼓膜が破れるような衝突音が響きわたった。

バイクが跳ね飛ばされた。ハーレーの一台が岩壁に正面衝突し、ライダー――ベイビー・ジョンと愛称で呼ばれることもあるジョン・キッダー――の体が前方に勢いよく投げだされて崖に激突、跳ねかえされて路面に落ちたところで、〈ラフリン〉のスチールベルトのはいっているタイヤの下に吸いこまれて消えた。べつのライダーが（ドク、嘘、嘘だろう、ドクが……）、バイクごと左側の反対車線に押しだされていった。ほんの一瞬だったが、ヴィンスにはドクの驚愕《きょうがく》した顔が見えた。口を大きくＯ《オー》の字の形にひらき、自慢にしていた金歯がきらりと輝いていた。コントロールをうしなったバイクがぐらぐら揺れながらガードレールに激突し、ドクの体がハンドルバーの上をすっ飛んで、宙にほうりだされた。ドクのハーレーが宙返りをしてあとにつづいた。空中でハードケースがひらいて、洗濯物がまきちらされた。タンクローリーは路上に倒れたほかのバイクを嚙み砕いて進んでいた。巨大なグリルが、歯を剝《む》きだしてせせら笑っている口に見えた。

ついでヴィンスとレースは、すべてを後方に残したまま、またしても出現したヘアピンカーブをまわりこんだ。

ヴィンスの心臓に血液の奔流《ほんりゅう》が流れこみ、つかのま締めつけられるような危険な痛みが胸部に生じた。必死になって、ようやくつぎの息を吸いこむことができた。ひとたび惨劇の場が見えなくなった瞬間、あれが現実の出来ごとだったとは信じられない気分になった。道路を疾駆していたバイクが、ぐんぐん速度をあげてきたタンクローリーから逃げきれなかったことも現実だとは信じられない思いだった。しかしちょうどカーブをまわりきったそのとき、ふたりの前方の路面にドクの体が叩きつけられるように落ちてきた。つづいて落下してきたバイクがドクの体を下敷きにし、うつろな金属音を響かせた。そのあとから、ドクの衣類がふわふわと舞い落ちてきた。いちばん最後に落ちてきたのは、デニムのベストだった。ベストは風をはらんで風船のようにふくらみ、さらに一瞬だったが上昇気流を受けた。ヴェトナムの国土がシルエットで描かれ、そこに金色の糸でこんな文字が縫い取りされていた——《天国はおれを迎え入れてくれるはず／地獄は一九六八年に鉄の三角地帯《アイアン・トライアングル》で経験ずみさ》。衣類と衣類のもちぬし、そのもちぬしのバイクは、ともに上方の岩棚から、百メートル以上も下の路面まで落ちてきたのだった。

ヴィンスはハンドルバーをいっぱいにひねり、つぎはぎだらけのアスファルトに片方のブーツの踵《かかと》をこすりつけるようにして、からくも落下現場をかわした。交友三十年におよぶ親友のドク・レジスが、いまでは〝潤滑油《じゅんかつゆ》をあらわす六文字の単語〟というだけの存在になっていた——〝grease《グリース》〟に。ドクは路面にうつぶせになっていた。左耳の横に広がったぬらぬらと光る血だまりのなかに、何本もの歯が落ちており、そのなかには例の金歯もあった。両足の脛《すね》の骨がともに足の裏側から飛びだしてジーンズを貫き、ぎらぎら光る赤い骨のポールとなって突き立っていた。そのすべてを一瞬で見てとったヴィンスは、見た記憶を消してしまいたいと思った。のどの奥の筋肉が嘔吐《おうと》反応にひくつき、それを力まかせに飲みこんで抑えると、焼けつくような胆汁の味が残った。

レースはヴィンスの反対側を通って、ドクとドクのバイクの残骸《ざんがい》を迂回《うかい》し、ちらりと横目でヴィンスを見やってきた。ミラーシェイドに隠れた目は見えなかったが、顔はこわばって茫然とした表情をのぞかせていた。それは就眠時間をとうに過ぎたあと、両親がおぞましいスプラッタホラーのＤＶＤを見ている場に足を踏みいれてしまった幼い子どもの顔そのままだった。

うしろをふりかえると、残っている〈トライブ〉の面々が先ほどのカーブをまわりこんでくるのが見えた。いまでは七人になってしまった。そのうしろから、タンクローリーが追いかけてきていた。かなりのスピードでカーブをまわろうとしていたせいで、うしろに牽《ひ》いている大型のタンカーが大きく片側にかしぎ、あやうくそのまま倒れそうになった。タイヤとアスファルトの路面がこすれあう部分から黒煙が噴きあげた。ついでタンクローリーは車体を安定させてまっしぐらに突進、エリス・ハービスンに追突した。エリスは、まるで飛びこみ板からジャンプしたかのように、まっすぐ上方へ投げだされた。青空を背景に大きく両腕を広げて、くるくると回転しているその姿は滑稽《こっけい》でさえあった——といっても、滑稽に見えたのはエリスが路面に落ちて、タンクローリーの車体の下に吸いこまれるまでだった。エリスが乗っていたバイクはばったりと横に倒れ、ついで十八輪の大型タンクローリーにあっけなく弾《はじ》き飛ばされた。

さらにヴィンスは、ディーン・カルーがタンクローリーにとらえられる瞬間をちらりと目にしてしまった。トラクターはディーンのバイクの後輪に体当たりした。衝撃でディーンは横ざまに吹き飛ばされ、勢いよく路面に叩きつけられたのち、時速八十キロものスピードで州道の路面を転がっていった。アスファルトがディーンの皮膚を剝がし、頭部は何度も何度も激しく路面に叩きつけられ、舗装路面という黒板にひとつながりの赤い句読点を残した。

一瞬後、タンクローリーはディーンのバイクを下敷きにした。どん、ずしん……ぐしゃり……そして、ディーンがいまなお月賦《げっぷ》を払いつづけているローライダーが爆発した。タンクローリーの車体の下に、炎のパラシュートが一気に花ひらいた。ヴィンスの背中に圧力と熱が渾然《こんぜん》一体になった波が押し寄せて体が前に押しやられ、バイクのシートから尻が浮きあがりかけた。タンクローリーそのものも爆発すると思った——噴きあがった火柱で、うしろに牽いているオイルタンクが引火して爆発、道路から吹き飛ばされるにちがいない。と思ったのだ。しかし、爆発はしなかった。タンクローリーは炎のなかを猛然と突き進んできた——車体下部から吐きだされる煤《すす》と黒煙を車体左右の側面にたなびかせてはいたが、それ以外にはなんの被害もなく、一段と速度をあげさえしていた。マック社のトラクターが速く走れることはヴィンスも知っていた——なにせ、四百八十五馬力のエンジン搭載だ。それにしても、この化物は……。

もしやスーパーチャージャーが装備されているとか？　そもそも、クソったれなセミトラクターにそんなことができるのか？

ヴィンスはスピードを出しすぎていた。前輪の動きが不安定になりはじめたのが感じられた。一同は下り坂の終点付近に近づいていた。この先で道路は平坦《へいたん》に延びている。レースはわずかに前方を走っていた。リアビューミラーをのぞくと、わずかな生存者の姿が見えた――レミーとピーチズとロイの三人だ。しかもタンクローリーは、またしても距離を刻一刻と詰めつつあった。

上り坂があれば――それこそ一瞬で――タンクローリーを引き離せるはずだ。しかし、その上り坂がどこにもなかった。記憶が確かなら、この先三十キロ以上は坂道がない。タンクローリーは、つぎにピーチズを餌食《えじき》にするはずだった。ピーチズ、真剣になればなるほど人の笑いを誘うピーチズ。ピーチズは恐怖もあらわな顔で、ちらりと後方を見やった。その目になにが映っているのか、ヴィンスにはわかっていた。クロームめっきの断崖《だんがい》だ。しかも、着々と迫りくる崖。

《とにかく、なにか考えろ。おまえが先に立って連中を助けるんだ》

そう、ヴィンス以外にその役はいない。レースはいまでもバイクをちゃんと走らせていたが、オートパイロット・モードに切り替わっていた。顔は凍りつき、まるで首を骨折してギプスをはめてでもいるように、まっすぐ前を見つめたままだ。ふと、ヴィンスの頭をこんな思いが――恐ろしいことだが、奇妙にも事実だという確信をともなって――かすめていった。ファルージャで部隊を見捨て、迫撃砲の砲弾が周囲に雨あられと落ちてくるなか、ひとり車で逃げだしたときも、レースはこんな顔つきだったにちがいない、という思いだった。

ピーチズが一気にバイクを加速させ、タンクローリーとの距離がわずかにひらいた。タンクローリーのエアホーンが響きわたった——思うにまかせぬ苛立《いらだ》ちの叫びのように。いや、あるいは哄笑《こうしょう》か。いずれにせよ、ジョージア・ピーチズは一時的な死刑執行停止を勝ちとっただけだった。運転手が——名前はラフリンかもしれないし、あるいは〝地獄の悪魔〟かもしれないが——ギアを入れ替える音がヴィンスの耳に届いた。ちくしょう、前進のギアだけでいくつあるんだ？　百か？　タンクローリーが距離を詰めはじめた。ピーチズがこのうえさらに急加速できるとは思えなかった。ピーチズが走らせている平べったいBSA《ビーザー》の旧式バイクは、すでに力をすべて出しきっている。このままではタンクローリーにつかまるか、まずBSAのヘッドガスケットが吹き飛んで、そのあとタンクローリーにつかまるだけだ。

　ぶおん！　ぶおん！　ぶおん－ぶおん－ぶおん！

すでに手のほどこしようもないほど破壊された一日を、さらに破壊する轟音……しかしこの音をきいて、ヴィンスはあることを思いついた。肝心なのは、いま自分たちがどこにいるかだ。この道は知っていた。このあたりの道は知りつくしている。しかし、ここを走るのはかなり久しぶりであるうえ、これほどせっぱ詰まった状態では、現在地だと思っている場所にいるのかどうかさえ判断できなかった。

ロイが後方になにかをほうり投げた。それが日ざしを受けてきらりと光り、タンクローリーの汚れたフロントガラスに当たって跳ねかえった。クソったれな大鉈《マチェーテ》だった。タンクローリーは轟音を響かせ、ふた筋の黒煙を噴きあげながら突き進み、運転手がふたたびあのエアホーンを鳴らし——

ぶおん－ぶおん！　ぶおん！　ぶおん－ぶおん－ぶおん！

――という音が、薄気味わるいことにモールス信号そっくりに鳴りわたった。

《お願いだ、神さま、お願いだから……》

よし、いいぞ。前方に標識が見えてきた。あまりに汚れていて、現在地からの距離表示が、最初の一文字以外は見えなくなっていた。《カンバ　3》。

カンバ。クソったれカンバ。丘の斜面にある、さびれた小さな鉱山町。スロットマシンが五台あるほかは、ラオスあたりでつくられたナヴァホ族の民芸品を売っている頭のいかれた老人がひとりいる程度、せいぜいそんな町だ。

すでに時速百三十キロ近いスピードで突っ走っていれば、三キロはあっという間でしかない。だから、すばやく動く必要がある。しかも、チャンスは一回だけだ。

ほかの面々はヴィンスのバイクを笑いものにしたが、鋭い刃をそなえていたのはレースの罵倒《ばとう》だけだった。バイクはカワサキのヴァルカン八〇〇型を改造したもので、コブラのパイプと特注シートを装備してあった。火災報知器と見まがうようなまっ赤な革のシートだ。前にディーン・カルーがそのシートをリクライナーになぞらえ、「老いぼれ用のレイジーボーイだ」と評したこともあった。

「勝手にいってろ」ヴィンスが憤然としていいかえすと、ピーチズが聖職者のように真面目《まじ》目《め》くさった顔でこういった。「どうせ、そのシート相手にイッたんだろう？」それで全員が爆笑した。

もちろん〈トライブ〉の面々は、日本製のヴァルカンを米の酒になぞらえて〝ライスバーナー〟と馬鹿にした。ヴィンスの〝トジョモジョ・エルモジョ〟とも呼んだ。ドクは——いまでは後方の道路一面に広がった姿になり果てているドクは——好んで〝ミス・フジヤマ〟と呼んだ。なにをいわれてもヴィンスは、〝おまえたちの知らないことを、おれは知っている〟といいたげに微笑《ほほえ》むだけだった。いや、本当に知っていたのかもしれない。これまでヴァルカンで出したスピードの最高記録は時速百九十キロであり、そこでやめていた。レースだったら、さらに上を目ざしたかもしれない。しかしレースは若い男だし、若い男たるもの切りあげ時を心得るべきだ。ヴィンスは百九十で充分満足だったが、まだ余力があることも知っていた。そしていまヴィンスは、余力がどのくらいかを実地に確かめようとしていた。

ヴィンスはスロットルを強く握りしめると、そのまま限界まで一気にまわした。

ヴァルカンはうなり声ではなく悲鳴で反応し、ヴィンスの下から勝手に飛びだしていきそうな勢いで加速した。息子の白い顔がぼやけて見えたのもつかのま、つぎの瞬間には追い越して先頭に立ち、ロケットのスピードで疾駆していた。砂漠のにおいが鼻を満たす。前方では、汚らしいアスファルトの小道が左にむかって枝わかれしていた。カンバに通じる脇道だ。州道六号線そのものは右方向にゆるいカーブを描いている。ショウロウにむかって。

右のリアビューミラーをのぞくと、ほかの面々が一団となって走っているのがわかったし、ピーチズがまだ健在だということもわかった。その気になればタンクローリーはピーチズを——ほかの面々も——とらえられたはずだが、ヴィンスと同様にこのあと三十キロばかりはずっと平坦な道がつづくことを知っていて、のんびりかまえているのだろう。カンバに通じる道との分岐点を過ぎたのち、州道は築堤《ちくてい》の上を通るようになり、ガードレールが左右両側に出現する。ヴィンスは、行きどまりの罠《わな》へと巧みに追いこまれている動物になったような不吉な連想にとらわれた。この先三十キロ、道路はすべて〈ラフリン〉の天下だ。

《頼むから、この策がうまくいってくれ》

ヴィンスはスロットルをゆるめると、ブレーキハンドルを一定のリズムでひねりはじめた。背後の四人にはこんなものが見えていたはずだ（もしも目をむけていればの話）。まず、ブレーキライトが長く光る……それから短く光って……そのあと長い光がもう一回。いったん間があって、また最初のくりかえし。長い光……短い光……長い光。これを思いついたのは、タンクローリーのエアホーンの音がきっかけだった。あれはモールス信号の音に似ていた。一方、ヴィンスがバイクのブレーキライトを利用して送ったのは、モールス信号そのものだった。

送ったのは、右を示すRの文字だ。

ロイとピーチズには伝わっただろう。レミーに伝わったのは確かだ。ではレースには？　軍はいまでもモールス信号を教えているのだろうか？　息子は戦争に行って、モールス信号を教わってきたのか？　分隊長がGPSユニットを携行し、衛星電波に誘導された爆弾が地形のカーブをまわりこむ戦場で？

カンバに通じる左への分岐点が近づいてきた。わずかな時間のあいだに、ヴィンスはあと一回だけRの字を光らせた。このころにはヴィンスは、ほかの面々とならぶ位置にまで後退していた。そしてヴィンスは、さっと左手を突きだした。〈トライブ〉の面々がよく知っている合図、《おれについてハイウェイを降りろ》という合図だ。ヴィンスの狙いどおり、ラフリンがこれを目にして猛然と加速してきた。同時にヴィンスは、ふたたびスロットルをひねって急加速した。ヴァルカンが悲鳴をあげて、猛然と突き進みはじめた。ヴィンスは車体を傾かせ、道なりに右にカーブしていった。ほかの面々もつづいた。しかし、タンクローリーはついてこなかった。〈ラフリン〉はすでに、カンバに通じる脇道にはいろうとしていたからだ。ここで運転手があわてて進路を変えようとハンドルを切ったりすれば、タンクローリーはそのまま横転していたはずだった。

白熱した高揚感が突きあげてくるまま、ヴィンスはなにも考えずに左手を握りしめて勝利の拳《こぶし》をつくった。《やった！　やってのけたぞ！　あのどでかいデブのタンクローリーがカーブを完全にまわりこむころには、こっちは十キロも先にいて――》

再度リアビューミラーで後方を確かめたとたん、この思考が小枝のようにぽっきりとへし折れた。うしろを走っているバイクは四台ではなく、三台だけだった。レミーとピーチズとロイだ。

ヴィンスは左に大きくハンドルを切った。年老いた背骨がぎしぎしと鳴った。なにを目にすることになるのかはわかっていたし、はたしてそのとおりの光景が目に飛びこんできた。まずタンクローリー。巨大な雄鶏《おんどり》の尾のような赤い土煙をうしろにたなびかせており、タンカー部分は汚れのせいでまったく光っていない。しかし、その前方五十メートルほどのところに、きらりと輝くものが見えた。ハーレー・ソフテイルデュースのクロームめっきのパイプとエンジンの煌《きら》めきだった。レースにはモールス信号の意味がわからなかったか、意味がわかってても中身を信じなかったのだろう。いや、まったく見ていなかったのかもしれない。ヴィンスは息子の青白い顔のこわばった表情を思い出し、合図をまったく見ていなかったというのが正解だろう、と思った。〈ラフリン〉がコントロールをうしなって暴走しているタンクローリーではなく、〈トライブ〉の面々を殲滅《せんめつ》する意図を秘めているとわかった瞬間、レースはほかの面々に注意を払わなくなった——それどころか、他人の存在さえ見えなくなったのだ。かろうじてヴィンスの手の合図だけは見えていたが、視野狭窄《きょうさく》のせいで、それ以外はまったく見えていなかったようだ。どうしたのか？　パニックか？　それとも、動物に通じる一種の身勝手な生存本能か？　あるいは……いや、つきつめて考えれば、この両者はおなじものでは？

　レースのハーレーが滑るようにして、低い丘の向こう側へ姿を消した。そののちタンクローリーもカーブをまわって見えなくなり、もうもうと舞いあがっている砂塵《さじん》だけが残された。ヴィンスは頭をかすめ飛んでいくいくつもの考えをつかまえ、多少なりとも理屈の通った順番にならべなおそうとした。もし自分の記憶が正しいとすれば——といっても、もうこの道を二年以上も通っていなかったのだから、そもそもの前提としても強引だが——カンバにむかって分岐した道は町を通り抜けたのち、十五キロばかり先でふたたび州道六号線に合流しているはずだ。レースがそのときまだ追いつかれていなければ——

　ただし。

ただし、いまもまだあのときのままだったら、カンバの町を過ぎたあとで、道路は土が突き固められただけの未舗装路に変わるはずだ。しかもこの季節であれば、路面がすっかり砂で覆われていると見たほうがいい。あのタンクローリーなら問題なく走れるはずだが、バイクとなると……。

全体で十五キロある脇道の後半七キロ弱を、レースが無事に走り抜けられる見こみは薄かった。その一方でレースがハーレーを捨てたあげくに轢《ひ》き殺される確率となると、すばらしく高い。

レースのさまざまな姿が、ヴィンスの頭を満たそうとしはじめた。〈ビッグホイール〉に乗っている〈幼稚園児戦士〉のレース。GTOの後部座席からにらみつけてきたレース。手にしたアイスキャンディが溶けてぽたぽたと滴《しずく》を落とし、憎しみで目をぎらぎらさせて、下唇を震わせていた十八歳のレース。軍服に身をつつみ、〝クソ食らえ〟といいたげに不敵な笑みを浮かべていたレース。なにひとつ不足なくそろっており、すべてがきっちりと決まっていた。

最後に浮かびあがってきたのは、固い土の路面に横たわって死んでいるレースの姿だった。叩き壊された人形……その体がばらばらにならないよう、つなぎとめているのは着ている革の服だけ。

ヴィンスは頭のなかの数々のイメージを払いのけた。そんなことを思い描いても、なんの助けにもならない。警官だって助けになりはしない。そもそも警官などは、カンバにはいないのだ。タンクローリーがバイクを追いかけている現場を目撃した人がいれば通報先は州警察だろうが、最寄りの分署はおそらくショウロウだ。警官たちはどうせ、ロックーオラ製のジュークボックスがトラヴィス・トリットのカントリーを流している店で、コーヒーを飲んでドーナツを食べながら、ウェイトレス相手のたわいないおふざけで楽しんでいることだろう。

　だから、自分たちしかいないのだ。といっても、目新しいことではない。

　ヴィンスはさっと右に手を突きだし、拳をつくって空気を叩いてみせた。ほかの三人が、ヴィンスの背後の路傍にならんだ。それぞれのバイクのエンジンがパンチの連打めいた音をあげ、まっすぐな排気パイプの上の空気が熱気にゆらめいていた。

　レミーがヴィンスの隣にやってきた。顔がげっそりやつれ、チーズを思わせる土気色になっていた。「やつはブレーキライトの合図を見てなかったな！」と、大声を張りあげる。

「見てなかったか、さもなければモールス信号がわからなかったんだ！」ヴィンスは叫びかえした。体がふるえていた。いや、体の下でバイクが激しく震動していただけかもしれない。「どっちにしてもおなじだ！　いよいよ〈リトルボーイ〉の出番だ！」

　一瞬、レミーには意味が理解できなかったようだ。しかし、すぐに体をひねってバイクの右側のサドルバッグを引きあげた。レミーは、洒落《しゃれ》たプラスティックのハードケースなどつかわない。あらゆる面で、昔の流儀をかたくなに守る男だ。

　レミーがサドルバッグのなかを漁《あさ》っているあいだに、いきなり銃声のような音が轟いた。ロイだった。もう耐えきれなくなったらしい。ロイはバイクを方向転換させると、そのまま猛スピードで東にむかいはじめた。自身の影が、いまでは前方に伸びていた。ガントリークレーンのように痩《や》せこけた黒いシルエットの男として。ロイの革のベストの背中に書かれている文句が、いまではおぞましいジョークになっていた。《決して退却せず、決して降伏せず》。

「もどってこい、クロウズ、腰ぬけ野郎め！」ピーチズが怒声をあげた。その手がクラッチから滑り落ちた。ギアがはいったままのBSAがいきなり前進してヴィンスの足を轢きかけ、ハイオク・ガソリンをエンジンに送りこんだところでエンストを起こした。ピーチズの体が前に投げだされそうになったが、それを意識しているふしはなかった。そのときもまだ、後方に目をむけていたからだ。ピーチズが拳をふりまわした。細長い頭のまわりで、残りわずかになった白髪混じりの髪が大きく波打っていた。「もどってこいよ、へっぽこ腰ぬけビビリ野郎！」

ロイはもどってこなかった。うしろをふりかえることさえしなかった。

ピーチズがヴィンスに顔をむけた。百万回もバイクを走らせ、これまでに飲んだ一千万杯ものビールのせいで肌が黒々と焼けて剝がれた頰に、涙の粒がつたい落ちていた。この瞬間のピーチズは、本人がいま立っている砂漠よりもなお年老いて見えた。

「ヴィンス、おまえはおれよりも力もちだ。でも、ケツの穴のでかさじゃおれは負けない。だから、おまえはあいつの首をねじ切れ。おれはやつの首にクソをひって落とす役をしてやる」

「急いでくれ！」ヴィンスはレミーに叫んだ。「後生だから急いでくれ！」

もしや、レミーが目的の品を見つけられずにおわるのでは……と、ヴィンスが思いかけたそのとき、昔からのバイク仲間のレミーが手袋をした手に〈リトルボーイ〉をつかんで、すっくと背すじを伸ばした。

〈トライブ〉はツーリングに銃器を携行していなかった。アウトローのバイク乗りたちは決して銃器を携行しない。それでなくても、ありとあらゆる前科もちの集団である。ネヴァダ州の警官なら小躍りしながら、懲役三十年にできる銃器所持の罪状でしょっぴくはずだ。だれかひとりを、あるいは全員まとめて。ナイフはあるが、いまの局面ではなんの役にも立たない。ロイの大鉈《マチエーテ》がどうなったかを見ればいい。あの刃物も、ロイ本人と同様にまったく役立たずにおわった。役に立ったのは、ハイスクールのロゴいりトレーナーを着て、ドラッグでハイになっていた小娘を殺したときだけだ。

一方〈リトルボーイ〉は、胸を張って合法的といえる品ではないにしても、銃器ではない。あるときこれを目にとめた警官が（それも〝ドラッグの有無を確認中に〟——あの豚どもは決まってそうする。それで食いぶちを稼いでいるからだ）レミーをあっさり見のがしたことがある。夜間にバイクが故障した場合、こっちのほうがふつうの道路用発煙筒よりも頼りになる、と説明したからだ。警官は自分がなにを発見したのかを知っていたのかもしれないし、知らなかったのかもしれない。しかし、レミーが復員兵であることは知っていた。といっても、レミーのバイクについていた復員兵用のナンバープレートを見たからではなく——プレートは盗品であってもおかしくない——警官自身が復員兵だったからだ。

「アシャウ峡谷、クソのほうが甘い香りに思えるところ」警官がいうと、ふたりは声をそろえて笑い、結局最後には拳を打ちつけあって別れた。

〈リトルボーイ〉とは、M84特殊閃光手榴弾《スタン・グレネード》だった。レミーはかれこれ五年ばかり、この品をサドルバッグに入れており、ヴィンスを含むほかの男たちにからかわれると、これが役に立つ日がいつか来るはずだ、といっていた。

　とうとうその日が来たようだ。

「この年代物はまだつかえるんだろうな？」ヴィンスは受けとった〈リトルボーイ〉のストラップをハンドルにひっかけながら、大声でたずねた。手榴弾《しゅりゅうだん》とはいえ、手榴弾っぽさは少しもない。むしろ、サーモス製の保温水筒とスプレー缶の中間に見える。手榴弾らしさをうかがわせているのは、側面にダクトテープで留められているプルリングだけだ。

「知るか！　そもそも、おまえがなにをするつもりなのかも——」

　ヴィンスには、作戦を話しあっている時間の余裕はなかった。そもそも作戦なるものについては、まだ漠然とした考えしかなかったからだ。「とにかく走らないと！　あのクソ野郎は、いまにもカンバ・ロードから州道にもどっちまう！　そのとき、その場にいあわせたいんだ！」

「そのとき、もしレースがあいつの前を走っていなかったら？」レミーがたずねた。これまではアドレナリンで気分が高揚していたこともあり、ふたりは大声で叫びあっていた。そのせいで、ごく普通の口調で話す声が驚きでさえあった。

「吉と出るか凶と出るか、そのどっちかさ」ヴィンスはいった。「おまえは来なくてもいい。ふたりともだ。ここで引き返したいといっても、その気持ちはわかる。それにレースはおれの息子だ」

「そうかもな」ピーチズがいった。「だけど、おれたちは〈トライブ〉だ。いや、〝だった〟というべきかな」そういってキックペダルを勢いよく踏みこむと、熱いままのエンジンがうなりとともに息を吹きかえした。「いっしょに行くぜ、キャプテン」

　レミーは無言でうなずき、道の先を指さした。

　ヴィンスは発進した。


　ヴィンスが思っていたほど遠くはなかった。十四キロ半と見ていたが、じっさいには十一キロ強だった。道路には車が見あたらなかった。先ほど来た方向で道路工事がおこなわれていたので、人々がこのあたりに車を走らせるのを避けているのだろうか。ヴィンスは一定の間隔で、左に視線を投げた。しばらくは、立ち昇る赤い砂塵が見えていた。タンクローリーは砂漠の半分を巻きあげ、スリップストリームで後方にたなびかせていた。しかし、やがて砂煙も見えなくなり、カンバを通過する脇道は浸食された白亜の岩壁をもつ丘の向こう側に完全に隠れてしまった。

　ストラップで吊《つ》られた〈リトルボーイ〉が前後左右に揺れていた。陸軍放出の余剰物資。先ほどヴィンスはレミーに、《この年代物はまだつかえるんだろうな？》と質問したが、自分についてもおなじ質問が投げかけられると気がついた。最後にこの道でテスト走行をしてから、どれくらいたっている？　ここでひたすら突っ走り、スロットルを全開にしたのはいつのことだ？　全世界が狭まり、きれいに生きのびるか、笑いながら死ぬかの二者択一になってどのくらいたった？ それにわが息子には――新品の革ジャケットとミラーシェイドの姿があれほどクールだった息子には――どうして、こんな単純な方程式が見えていなかったのか？

《きれいに生きのびるか、笑いながら死ぬかだ。逃げちゃいけない。なにがなんでも逃げちゃいけないんだ》

〈リトルボーイ〉はまだつかえるかもしれないし、つかえないかもしれない。しかしヴィンスは自分がいちかばちかの賭けに出るとわかっていたし、そうとわかると小声で笑いたい気分にもなってきた。あの男が運転席の窓をぴったりと閉めていたら、どのみちすべてはご破算だ。しかし、ダイナーの駐車場では窓を閉めていなかった。あの駐車場では、運転手は腕をだらりと車体の側面にさげていた。そのあとも、あいている窓から突きだした手をふって、追い越していけと合図をよこしたのでは？ そう。まちがいない。

十一キロ強。おおざっぱに見積もって所要時間は五分。息子についての思い出を噛みしめるには充分な時間だった。父親である自分はレースにオイル交換の方法は教えたが、釣針への餌《えさ》のつけかたは教えなかった。点火プラグのギャップ調整は教えても、デンヴァー造幣局とサンフランシスコ造幣局でつくられた硬貨の見わけかたは教えなかった。レースが覚醒剤がらみの取引をどう進めているかも知っていたし、愚かしい計画であることも知っていながら、過去の埋めあわせになるように思えたため、自分がどんなふうに調子をあわせてきてしまったか……その点に考えをめぐらせる時間も充分あった。それはそれとして、埋めあわせをする時間はすでに過去のものになった。風圧を避けるために精いっぱい体を低くした姿勢で時速百四十キロに近いスピードでバイクを飛ばしているあいだ、身の毛もよだつような思いが頭をかすめた。思わず内心で恐怖にのけぞったが、その思いを完全に塗り潰すことはできなかった。それは——すべてをひっくるめれば、いっそ〈ラフリン〉が息子を首尾よく轢いてくれたほうがいいのではないか、という考えだった。そんなことを思ったのは、金が消えたことへの甘やかされた怒りまぎれにスコップをふりあげ、手も足も出ない男の頭部に叩きつけていたレースの姿を思い出したからではなかった。もちろん、それだけでも充分に忌《い》まわしい。しかし、理由はほかのところにあった。レースが見当ちがいの道路に——カンバを通る脇道に——バイクを進める前に見せていた表情、なにかに憑《つ》かれたような空虚な表情が理由だった。たしかにヴィンス自身も、峡谷をずっとくだってくるあいだは——あるものはタンクローリーに轢かれ、あるものはあの巨大な車に追いつかれまいとがむしゃらになっていたあいだは——バイクをとめてふりかえり、〈トライブ〉の面々のようすを確かめる余裕はなかった。しかしレースは首が完全にこわばって、そもそも頭をうしろにめぐらせることが不可能になったように見えた。背後には見るべきものはひとつもない、という態度。そんなことは過去に一度もなかったという態度。

ヴィンスの背後から〝か・ぽーん〟という音がしたかと思うと、風の音や絶え間のないヴァルカンのエンジン音にも負けずに罵声がきこえてきた。「ええい、こん畜生!」

リアビューミラーをのぞくと、ピーチズがぐんぐん遅れだしていたことがわかった。パイプの軸のように細い両足のあいだから煙があがり、噴きでたオイルが背後の路面に扇状に広がっていた。バイクのスピードが落ちるのにあわせて、オイルは幅を広げていた。BSAのヘッドガスケットが、ついにいかれたのだ。もっと早く故障しなかったのが不思議なほどだった。

ピーチズは、かまわず前に進めと手をふって合図をしてきた……といっても、ヴィンスにはここでとまる気はなかった。というのも、ある意味ではレースを救えるかどうかという問題がまだ予断を許さないからだ。ヴィンス自身はもう救われない。ほかの面々もおなじことだ。以前にアリゾナ州で一行に停車を命じた警官の言葉が、いま脳裡によみがえってきた。「こいつらは、道路が吐いたげろみたいなものだな」という言葉。なるほど、たしかにそのとおりの存在だった――路上の反吐《へど》。しかし、いま背後の路上に横たわっている死体は、ついきょうの午後まではヴィンスのツーリング仲間であり、ヴィンスがこの世界でただひとつ大切にしていた存在だった。彼らはある意味でヴィンスの兄弟であり、レースは息子だ。家族を車で轢き殺して、そのあとものうのうと生きながらえると思っているとしたら虫がよすぎる。家族を惨殺しても、そのまま逃げていけると思っているなら大まちがいだ。〈ラフリン〉がそのことを知らぬなら、教えてやるまでだ。

もうすぐにも。

・

レミーは、〝トジョモジョ・エルモジョ〟呼ばわりされていたヴィンスのバイクについてこられなかった。しだいしだいに距離がひらく。それはかまわなかった。レミーが六時の位置についていてくれていれば、それだけでうれしかった。

前方に標識が見えてきた。《左からの合流注意》とある。カンバを抜ける道との合流点だ。そちらの道は、やはり恐れていたとおり土が突き固められただけの未舗装路だった。

ヴィンスは速度を落としてヴァルカンを停止させ、エンジンを切った。

レミーがその横にバイクをとめた。カンバ・ロードと州道六号線との合流に近いこのあたりでは、ガードレールがなかった。州道と砂漠は、おなじ高さにあった。とはいえ、この先のあまり遠くないところで、道路はふたたび氾濫原《はんらんげん》よりも高くなり、以前とおなじく行きどまりの罠への一直線の道になってしまう。

「さて、待つわけだな」レミーがいいながら、同様にエンジンを切った。

ヴィンスはうなずいた。タバコをやめていなければよかったと思う。レースはいまもまだ元気でタンクローリーの前を走っているか、そうでないか……そのどちらかだ、と自分にいいきかせた。もはや自分がどうこうできるものではない。なるほど、それが真実にちがいないとしても、心の助けにはならなかった。

「レースはカンバの町で、巧《うま》く逃げこめる場所を見つけたかもしれないな」レミーがいった。「路地なりなんなり、タンクローリーがはいってこられない場所をね」

「それはないと思う。カンバはなにもない町だ。ガソリンスタンドが一軒、それ以外は二、三軒の家がクソな丘の中腹にへばりついているだけだ。道も悪路だ。少なくともレースにとってはね。簡単な逃げ道はないさ」ヴィンスは、外界を完全に締めだしていた空虚なレースの表情のことを……〝いまはバイクのすぐ前の路面以外、なにひとつ目にはいっていない〟と語っていたあの表情のことを話しさえしなかった。そんなレースにとってカンバの町は、かなり遠ざかってはじめて意識する、不明瞭《ふめいりよう》にぼやけた一瞬の光景でしかないだろう。

「もしかしたら——」レミーが口をひらいていいかけたが、ヴィンスはさっと手をかかげて黙らせた。ついでふたりは、そろって左に小首をかしげて耳をすませた。

最初にきこえてきたのは、タンクローリーのエンジン音だった。ヴィンスの心が重く沈んだ。しかし、その大音量の陰に隠れて、もうひとつのエンジンの響きが確かにきこえてきた。全力で突っ走っているハーレーの特徴あるエンジン音を、ききまちがえるわけはなかった。

「あいつは逃げきったぞ!」レミーが歓声をあげ、ハイタッチをしようとして手をあげた。ヴィンスは応じなかった。悪運を呼ぶからだ。それに、息子はとにかく六号線にたどりつかなくてはならない。レースがしくじったなら、そこで一巻のおわりだ。

一分が過ぎた。ふたつのエンジン音が大きくなってきた。二分経過。いちばん近い丘の向こう側に土煙が立っているのが見えた。ついで、ふたつの丘の狭間《はざま》に一瞬、クロームめっきに反射する陽光がいま見えた。ちらりとだが、レース本人の姿も見えた——ハンドルの上に乗りだすように体をぴったりと伏せ、長い髪をうしろになびかせた姿。しかし、すぐに見えなくなった。レースが見えなくなってから一秒後——それ以上に長い時間ではなかった——おなじ丘の狭間にタンクローリーが見えた。二本の排気パイプから煙を噴きあげていた。車体側面の〈ラフリン〉の文字は、もう読みとれなかった。何層もの土埃に埋まっていたのだ。

ヴィンスがスターターを蹴《け》りつけると、ヴァルカンのエンジンが鈍い音をたてて動きはじめた。スロットルをひねると、車体がびりびりと震動した。

「幸運を、キャプテン」レミーがいった。

ヴィンスは返事をしようと口をひらきかけたが、その瞬間あまりにも強烈で予想もしていなかった万感の思いが胸に迫って、のどが詰まった。そこで言葉の代わりに感謝をこめてレミーに短くうなずきかけ、バイクを発進させた。レミーがあとについてきた。昔と変わらず、レミーはつねに六時の位置を守ってくれた。


いまヴィンスの頭はコンピュータになって、速度と距離の関係を計算していた。タイミングを正確にあわせる必要があった。時速八十キロで合流点にむかっていたヴィンスは、いったん六十五キロに減速、レースが姿をあらわすと同時にまたスロットルをひねった。レースのバイクはカーブして回転草《タンブルウィード》をかわし、驚いたことに宙を飛んで地面のこぶをふたつ飛び越えもした。タンクローリーは十メートルと離れずに追いすがってくる。カンバを通過する脇道がふたたび州道に合流するY地点に近づくと、レースは減速した。減速するほかはなかった。その瞬間、〈ラフリン〉がすさまじい急加速で、両者のあいだの距離を縮めていった。

「くそバイクをぶっ飛ばせ！」タンクローリーのエンジン音にかき消されて声が届かないのを承知していながら、ヴィンスはレースに金切り声を張りあげた。「くそバイクをぶっ飛ばすんだ！　スピードを落とすな！」

タンクローリーの運転手は、レースのバイクの後輪に追突して、バイクを弾き飛ばそうとしていた。レースのバイクはY字路のまたぐらに達し、州道に飛びだしてきた。レースは大きく左に体を傾かせ、指先だけでハンドルを操作していた。訓練された野生馬で曲乗りを披露している芸人のようだった。タンクローリーはバイクのリアフェンダーをとらえそこない、わずか〇・一秒前までハーレーの後輪があった空間にずんぐりとした鼻づらを突きこんだ……しかしヴィンスは最初、レースがとうとう追いつかれて、路上から跳ね飛ばされたにちがいないと思いこんだ。

そうではなかった。レースは猛スピードで弧を描いて、州道六号線の反対に達していた。バイクには命とりになる路肩に土煙をあげて近づいたのち、体勢を立てなおして、猛スピードで六号線をショウロウ方面に走りはじめる。

タンクローリーはうなりをあげ、車体を跳ねさせながら、方向転換のためにいったん砂漠に出た。運転手がギアを急いで落としすぎたのだろう、車体全体が激しく震動し、タイヤから巻きあげられた砂煙が青空を白く塗り潰していった。タンクローリーは深い轍《わだち》を残してセージブラシの茂みを踏みつぶしてから、ふたたび州道にもどってヴィンスの息子を追いはじめた。

ヴィンスがグリップをひねると、ヴァルカンが発進した。ハンドルに吊るした〈リトルボーイ〉がせわしなく前後に揺れていた。さあ、ここからは朝飯前だ。自分はこれで死ぬのかもしれない。しかし〈ラフリン〉のエンジン音にまじってレースのバイクの音がきこえてくるまで、レミーとふたりでただ待っていたあの永遠の数分間にくらべれば、ずっと簡単だといえる。

《そうだ、どうせあいつの窓はあいてない。あれだけの砂煙のなかを突っ走ってきたんだから、窓を閉めたに決まってる》

それもまた、ヴィンスにはいかんともしがたいことだ。運転手が窓を閉めていたら、いざその瞬間が来たときも、その条件でやるしかない。

その瞬間はもうじきだ。

タンクローリーは時速百キロ弱で走っていた。もっとずっとスピードを出せるはずだ。しかしヴィンスには、いくつあるとも知れないギアのすべてを運転手に駆使させて、トラクターにワープスピードを出させるつもりはなかった。ふたりのうちのひとりのためにも、これに終止符を打つつもりだった。あるいは、自分のためかもしれない——その思いから、ヴィンスは顔をそむけなかった。なにもできなくても、レースに時間を稼いでやることはできる。まだリードしていることを思えば、レースはタンクローリーに追いつかれずにやすやすとショウロウの町までたどりつけるかもしれない。ただし……息子のレースを守るためだけにとどまらず、いまは天秤《てんびん》のバランスを正す必要があった。これほど短時間で、これほど多くをうしなったのは初めての経験だ。わずか八百メートルほどの距離を走るあいだに、〈トライブ〉の四人までが路上で死んだ。他人の家族にそんな所業をしながら——ヴィンスは改めてその思いを嚙みしめた——のうのうと走って逃げられると思っているのなら大まちがいだ。

しかし、おなじことは〈ラフリン〉にもいえるのではないか……それが、あの運転手の主要な行動原理になっているのではないか……十人対ひとりという不利な情況でも〈トライブ〉に襲いかかってきた動機なのではないか……それがやっとヴィンスにも見えてきた。あの運転手は〈トライブ〉が武装しているのかどうかも知らず、知ろうともしないまま、仲間たちをふたり、あるいは三人まとめて始末した。轢き潰したバイクのどれか一台のせいで、コントロールをうしなって車体が大きく左右に揺れ、最初にトラクターが駄目になり、最後は積載している油が火の玉になる危険があるというのに、だ。まさに狂気の沙汰《さた》だが、まったく理解できない種類のものではなかった。そのときヴィンスは左車線に躍りでて、最後に残った距離を縮めようとしていた。タンカーの尻の部分がヴィンスのすぐ右にあり、恐怖に満ちたこの一日をあっさり要約するばかりか、この恐怖を単純明快に、しかも誤解の余地なく説明する品がそこに見つかった。バンパーステッカー。カンバへの距離を示す道路標識以上に汚れていたが、ステッカーの文字は読みとれた。

《自慢のわが子はコーマン・ハイスクールの優等生！》

ヴィンスは土埃の汚れが筋状についているタンカーと横ならびになった。運転席側の縦に細長いサイドミラーに、なにかが動いているのが見えた。運転手がヴィンスの姿を目にとらえたようだ。同時にヴィンスは、かねてからの憂慮が的中していたことを見てとった――窓ガラスがぴったりと閉まっていたのだ。

トラックは左に車体を寄せてきた。外側のタイヤが車線境界の白線を越えて迫ってきた。

ヴィンスは瞬時の決断を迫られた――後退するか、あるいは突き進むか。ついで頭のなかのコンピュータが、決断の瞬間が過ぎたことを伝えてきた。あえてバイク転倒の危険を承知でブレーキをかけたところで、汚れたタンカーの最後部から一メートル半の部分が、ヴィンスを蠅《はえ》のようにガードレールに叩きつけて潰してしまうに決まっている。

そこでヴィンスは後退せず、左車線が刻々と幅を狭めつつあるあいだも、さらにスピードをあげた。タンクローリーは左に幅寄せをして、膝《ひざ》までの高さの、ぎらぎら輝く金属のリボンへと容赦なくヴィンスを追いつめていった。ヴィンスは閃光手榴弾を手にとって、ストラップを引きちぎった。プルリングを固定しているダクトテープを歯でしっかりくわえて引き剝がすあいだも、ストラップのちぎれた部分が鞭《むち》となって頬を叩いてきた。小さな穴の凹凸加工《ディンプル》がほどこされた〈リトルボーイ〉の側面にプルリングが小刻みにあたって、音をたてはじめた。太陽はまったく見えない。いまヴィンスは、タンクローリーの影のなかを疾駆していた。左のガードレールまでの距離は一メートルを切っている。タンクローリーの側面は右一メートル弱で、こちらも着々と迫りつつあった。ヴィンスは腕を伸ばし、タンカーとトラクターをつなぐ連結器《カプラ》の一部に手をかけた。レースの頭のてっぺんしか見えなくなった——それ以外の部分は、トラクターの汚らしい海老茶色《えびちゃ》のボンネットに隠されている。レースはうしろをまったく見ていなかった。

つぎにどうするか、ヴィンスは考えていなかった。およそ計画も戦略もなかった。これまでの例に洩れず、しょせんは路上の反吐がひとり、全世界にむかって〝クソ食らえ〟と毒づいているだけだ。つきつめて考えるなら、これこそが〈トライブ〉の唯一の存在意義《レゾン・デートル》だ。

タンクローリーが死の横突き攻撃を仕掛けるべく迫ってきて、いよいよ行き場所が完全になくなったそのとき、ヴィンスは右手を突きあげて中指を立て、〝クソ食らえ〟のサインを運転手に見せつけた。

このときヴィンスは、運転席と横ならびになる位置を走っていた。右側にそそりたっているようなトラクターは、さながら汚れきった卓状地だ。ヴィンスを押し潰すとしたら、運転席のあるトラクターだろう。

車室内でなにやら動く気配があった。海兵隊のタトゥーのある黒く日焼けした腕が動いていた。腕の筋肉が盛りあがると同時に、窓ガラスがするすると下のスロットに吸いこまれていった。その気になれば自分を叩き潰せるはずでありながら、トラクターがそれまでの位置を維持していることに、ヴィンスは気づいた。運転手はそのつもりだ。ヴィンスを叩き潰すつもりに決まっている。しかし、その前にある種の返事をしないではいられないのだ。

《ひょっとしてこいつとは、部隊はちがえどおなじ時期に軍務に服していたのかもしれないな》ふっとヴィンスは思った。《アシャウ峡谷で。クソのほうが甘い香りに思えるところで》

窓ガラスが降りきった。手が出てきた。その手が中指を立てはじめ……動きをとめた。先ほど侮辱に中指を立ててきたヴィンスの手がなにかをつかんでいることに、運転手がいま気づいたのだ。指が曲がり、なにかを握りこんでいることに。ヴィンスは相手に考える時間を与えなかった。運転手の顔を確かめもしなかった。見えていたのは、《不名誉よりは死》というタトゥーだけ。立派な心がけだ。完璧《かんぺき》に望みどおりのものを他人に与えられるチャンスに、はたしてどれだけ恵まれるだろうか？

　プルリングを歯でしっかりくわえて引っぱると、内部で化学反応がはじまったことを示す泡立つような音がきこえた。ついで、〈リトルボーイ〉を窓から車内に投げこむ。洒落たハーフコート・ショットにする必要はなかった。みっともなく腕を伸ばして押しこむ必要さえなかった。ただのゆるい下手投げ。ヴィンスはマジシャン、ハンカチをくしゃくしゃに丸めて両手で包み、つぎに手をさっとひらくと、お立ちあい、鳩《はと》が飛びだしてくる。《さあ、おれを殺してみやがれ》ヴィンスは思った。《とっととこいつにけりをつけようじゃないか》

　しかし、タンクローリーはいったんカーブして、ヴィンスから離れた。時間さえあれば、一気に引き返してきたはずだ。いまタンクローリーが遠ざかったのは、反射運動に過ぎない。投げこまれた物体から、運転手のラフリンがとっさに身を遠ざけようとした結果だ。しかし、ヴィンスの命を救うには、それだけで充分だった。なぜなら運転手がコースを修正してヴィンス・アダムスンを路上から消し去るよりも先に、〈リトルボーイ〉がきっちり役目を果たしたからだ。

　トラクターの運転席が、巨大な純白の閃光で光り輝いた。神その人が天空から身をかがめて、スナップショットを撮影したかのように。〈ラフリン〉はカーブして左にもどってくるどころか、どんどん右にそれていき、州道六号線のショウロウ方面への車線に引き返してもまだ動きをとめず、州道右側のガードレールをべりべりと巻きあげていった。銅《あかがね》の色をした火花の幕があがった。火のシャワー。百万もの回転花火に同時に火をつけたかのようだった。いかれたことにヴィンスは、七月四日の独立記念日を連想していた。ふたたび子どもにもどったレースがヴィンスの膝にすわり、まっ赤なまばゆいロケット花火や空中高くで一気に花ひらく爆弾を見あげていた。喜びをたたえた黒い子どもの瞳《ひとみ》に、夜空を照らす閃光がきらきらと輝いていた。

ついでタンクローリーはガードレールを――まるでアルミホイルのようにやすやすと引き裂いて――突き抜けた。〈ラフリン〉は六メートルの築堤上の路面から、砂と回転草ばかりの峡谷の上に鼻づらを突きだしたかたちになった。タイヤがひっかかった。トラクター部がぐるりと回転した。巨大なタンカーが勢いあまってトラクターの後部に追突した。ヴィンスはその地点を走りすぎてから、やっとブレーキをかけてバイクを停止させたが、レミーはすべてを目にしていた。トラクターとタンカーが連結部から折れ曲がってV字をつくり、ふたつにちぎれるところを目撃していたのだ。最初にタンカーが転がり落ちていき、その一、二秒後にトラクターが落ちていくところも目にした。タンカーが破裂し、つぎの瞬間に大爆発を起こしたところも目にした。火の玉が膨《ふく》れあがり、黒々とした油煙の柱が立ち昇った。トラクターは何度もくりかえし回転しながら、爆発の現場を通過していった。最初は立方体に近かったトラクターは、しだいに無意味な海老茶色の塊《かたまり》に化していき、剝きだしの金属部がぎざぎざに裂けた牙《きば》や鉤《かぎ》のような箇所に夕陽があたるたびに、熱い光の破片をほとばしらせていた。

トラクターは、積荷の変わりはてた姿である火柱から二十五メートル弱離れたところで、ようやく運転席側の窓を空にむけてとまった。そのころにはヴィンスは、自身のバイクが路面につけたブレーキ痕《こん》をたどって引き返していた。トラクターの歪《ゆが》んだ窓から自分の体を引きあげようとしている人影が見えた。人影は、ヴィンスに顔をむけていた――顔といっても、そこに顔はなかった。あるのは血の仮面だけだった。運転手は窓から腰を出すところまでは漕《こ》ぎつけたが、そこで力尽きて、ふたたび車室内に落ちていった。火に焼けた片腕が――タトゥーのある腕が――潜水艦の潜望鏡よろしく窓から突きだしていたが、手首から先だけは力なく垂れ落ちていた。

ヴィンスはぜいぜいと荒い息をつぎながら、レミーの横で足をとめた。一瞬、このまま気をうしなうかと思ったが、上体を折って両手を膝についていると、多少は人心地がついてきた。

「やったな、キャプテン」レミーの声は、こみあげる感情でかすれていた。

「念のため確かめたほうがいい」ヴィンスはいった。とはいえ腕が潜望鏡のようにこわばったまま突き立ち、その先にある手がだらしなく垂れているのだから、調べるのもかたちだけだとわかっていた。

「よし、確かめにいこう」レミーがいった。「ちょうど小便をしたかったんだ」

「あいつが生きていようと死んでいようと、かまわず小便をひっかける気じゃないだろうな」ヴィンスはいった。

エンジンの爆音が近づいてきた。レースのハーレーだった。レースはこれ見よがしにタイヤを横滑りさせてバイクをとめると、エンジンを切って降りてきた。顔は埃まみれだったが、喜びと勝利の高揚感に輝いていた。そんな顔を見せているレースをヴィンスが見たのは、息子が十二歳のとき以来だった。あのときレースは、ヴィンス自身が組み立てたレース用ゴーカートを走らせて、ダートトラック・レースで優勝したのだった。ブリッグズ&ストラットン製のエンジンをチューンナップした、まさに黄色い魚雷ともいうべきゴーカートだった。チェッカーフラッグをふられた直後、コックピットから飛びだして駆けよってきたレースは、いまとまったく同様の表情を見せていた。

レースは大きく腕を広げて、ヴィンスを抱きしめた。「やったな！　まじでやったじゃんか、おやじ！　あのクソ野郎を見事にやっつけたんだ！」

ヴィンスはしばし、息子の抱擁に身をまかせていた。ひさしぶりだったからだ。これが、甘やかされた息子がそなえる天使の一面でもあったからだ。人間だれしも天使の面をひとつはもっている――これだけの年齢になって、あらゆるものを見てきたヴィンスだったが、そう信じていた。だから、ひとときは息子に抱きしめられるがまま、息子の体のぬくもりを心ゆくまで味わい、味わいながら決して忘れまいとおのれに誓った。

ついでヴィンスはレースの胸に手を当てて、その体を押しやった。それも力いっぱい。レースは、スネークスキンの特注ブーツを履いた足をよろめかせてあとずさった。愛と勝利の表情が薄れていき――

いや、薄れたのではない。融合していった。その結果できあがったのは、ヴィンスがいやというほどよく知っている表情だった。不信と嫌悪の表情。《よせ、いいかげんにしないか。あれはただの嫌悪じゃない、昔っからちがうんだ》

そう、嫌悪ではない。憎悪だ――ぎらぎらと熱く輝く嫌悪。

《すべてきっちりと決まっています、サー。だから……クソ食らえ》

「あの女の名前は？」ヴィンスはたずねた。

「なに？」

「あの女の名前だよ、ジョン」ヴィンスは何年ぶりかで、レースを本名で呼んだ——いまこの本名を耳にしたのは父と子だけだった。レミーは築堤の柔らかな土の斜面を滑りおり、ついさっきまで〈ラフリン〉のトラクターだったぐしゃぐしゃの金属の塊に近づいていた。父と息子がふたりきりの水入らずの時間を過ごせるよう、とりはからってくれたのだ。

「いったいなんだっていうんだ？」純粋な軽蔑《けいべつ》。しかしヴィンスが手を伸ばして腹立たしいミラーシェイドをむしりとると、レースことジョン・アダムスンの目に真実がのぞいていることがわかった。これがなんの話なのかを、ちゃんと知っているのだ。ヴィンスの話を〝この上なく明瞭に《ファイブ・バイ・ファイブ》〟受信できている。ヴェトナムでは通信時にこんな言いまわしをつかっていた。イラクでもつかっていたのだろうか？　それとも、モールス信号と同様に過去の遺物になったのか？

「ジョン、これからどうするつもりだ？　ショウロウに行くのか？　ありもしない金のことで、クラークの姉貴を問いつめるつもりなのか？」

「金はあそこにあるに決まってる」今度は仏頂面だ。レースは自分を立てなおしつつあった。「金はあそこにあるんだ。クラークのことならわかってる。あいつは売女の姉貴を信用してたんだから」

「じゃ、〈トライブ〉のことは？　まさか……このままにするのか？　あっさり忘れる？

ディーンやエリスやほかの連中のことを？　ドクのことを？」

「やつらはもう死んだんだ」そういって、父親の目をまっすぐに見つめる。「みんな動きがとろすぎた。おまけに、たいていの連中はもう年寄りすぎた」《あんたもな》と、冷ややかな目が語っていた。

レミーがブーツの足もとから土埃をたてながら引き返してきた。なにか考えている顔つきだった。

「あの女の名前は？」ヴィンスは質問をくりかえした。「クラークのガールフレンドの名前だ。なんという名前だった？」

「どうだっていいだろ」そういってレースは口をつぐみ、今度はしゃにむにヴィンスを仲間に引きこもうとしはじめた。「勘弁してくれ。そんなこと、ほっときゃいい。おれたちは勝ったんだ。あいつに目にもの見せてやったんだ」

「おまえはクラークと知りあいだった。ファルージャで知りあい、娑婆に帰ってからもつるんでた。親しい間柄だった。クラークを知っていたんだから、女とも知りあいだったはずだ。で、あの女の名前は？」

「ジェイニー。ジョーニー。そんなような名前だったな」

ヴィンスは息子に平手打ちを食らわせた。レースは驚きに目をぱちくりとさせた。一瞬、すとんと十歳の少年に逆もどりしていた。しかし、その一瞬だけだった。たちまち、あの憎悪の表情がもどってきた――凝固したかのような病的な目でにらみつけてくる。

「あいつは、ダイナーの駐車場でおれたちが話しているのをききつけたんだよ。タンクローリーの運転手は」ヴィンスはいった。噛んで含めるように。目の前の若い男のかつての姿、幼い少年にいいきかせているかのように。この若い男を助けるために、自分は命を危険にさらした。たしかに本能的な行動だったが、やりなおせるとしても、おなじことをするはずだ。この恐怖のひと幕のなかで、それが唯一の善なるものだった。このごみ溜めのようなひと幕で。

「なんの話か、さっぱりわからねえ！」強く吐き捨てるような口調。とはいえ、これは嘘だったし、嘘であることは両者ともにわかっていた。

「あの男はこのあたりの道路を知っていた。それで、地形が自分に有利になるところまで、おれたちを追っていたんだよ。優秀な兵士らしくね」

そのとおり。おまけに、自分の命が危うくなるのがほぼ確実と承知したうえで、たったひとつの目的を胸に秘め、〈トライブ〉を追いかけた。ラフリンはその時点で、不名誉よりも死を選んだ。運転手のことはまったく知らなかったが、ヴィンスはふいに、血をわけた息子よりもラフリンに好意を感じている自分に気づいた。そんな馬鹿なことがあるはずはない……しかし、それが現実だった。

「あんたは頭がいかれちまってるな」レースはいった。

「いいや、ちがう。ダイナーで偶然行きあったあのとき、タンクローリーの運転手が娘に会いにいくところだったとしてもおかしくない。子どもを愛している父親がやりそうなことだ。仕事の段どりをうまくやりくりして、おりおりに娘のようすを見にいけるようにした。頼まれれば、車でどこかに送ってやるつもりだったのかも。パイプとクラック以外のことをする機会をつくってやろうとしてね」

レミーがふたりのもとにやってきた。「死んでたよ」

ヴィンスはうなずいた。

「こいつがサンバイザーにはさんであった」レミーはそれをヴィンスに手わたした。見たくない気持ちは強かったが、それでも目を落としてしまった。髪の毛をポニーテールにまとめた、笑顔の少女のスナップ写真。少女は死んだときとおなじ、《コーマン・ハイスクール代表チーム》という文字のはいったトレーナー姿で、〈ラフリン〉のタンクローリーの前部バンパーに腰かけ、銀色のグリルに背中をあずけていた。父親のものだろう、迷彩模様のキャップを前後逆にしてかぶり、おどけた敬礼の姿勢をとりながら、笑いだすのを必死にこらえている。敬礼の相手は？ 知れたこと、ラフリンその人だ。このときラフリンはカメラをかまえていたのだ。

「女の名前はジャッキー・ラフリン」レースがいった。「その女も死んでる。だから、いっしょにクソ食らえだ」

レミーがつかつかと前に出た。いまにもレースをバイクから引き離し、口もとを殴って歯をへし折りそうな剣幕だったが、ヴィンスはレミーを見つめて引きとめた。ついでヴィンスは、息子に視線をもどした。

「さあ、バイクを走らせろ」ヴィンスはいった。「安全運転で行け」

レースは話が理解できない顔で、父親を見つめた。

「だけど、ショウロウには立ち寄るな。これからおれが警察に電話をかけて、けちな売女の身柄保護が必要だと話すからだ。警察には、どこかのいかれた野郎が売女の弟を殺して、つぎは売女を殺すつもりだと、そう話しておくよ」

「だったらきくが、逆に警察から、どうしてそんな情報を握っているのかを質問されたら、どう答えようっていうんだ？」

「なにもかも話すさ」ヴィンスは落ち着いた声でいった。冷静沈着といってもいい。「ぐずぐずしないほうがいい。とっととバイクを走らせろ。なに、おまえのいちばんの得意技じゃないか。カンバを通る脇道でも、あのタンクローリーに追いつかれなかった……ああ、たいしたもんだ。それだけは褒《ほ》めてやる。おまえには、とにかく猛スピードで逃げきるという才能があるんだ。ほかは能なしだが、その才能はある。だから、とっととここから走って逃げやがれ」

レースはヴィンスを見つめているばかりだった。その顔には不安と、いきなり突きあげてきた恐怖の色があった。しかし、これも長くはつづくまい。いずれ〝クソ食らえ〟の表情をとりもどすに決まっている。レースにあるのはそれだけだ――〝クソ食らえ〟的な態度、ミラーシェイド、そしてスピードの出るバイク。

「おやじ――」

「もう行ったほうがいいぞ、坊主」レミーがいった。「いまにも、だれかがあの煙を目にとめてもおかしくない。となれば、州警の連中が来るのも時間の問題だ」

レースはにやりと笑った。同時に、涙がひと粒だけ左目からこぼれて、顔を汚す土埃にひと筋のラインを描きこんでいった。「残るは老いぼれ弱虫がふたりだけか」

そういってレースは、自分のバイクに引き返していった。スネークスキンのブーツの足の甲にかかったチェーンが金属音をたてた……ちょっと馬鹿みたいな音だ、とヴィンスは思った。

レースは片足をふりあげてバイクのシートにまたがると、エンジンをかけて西へ、ショウロウのほうへ走りはじめた。息子がふりかえるとは最初から思っていなかったので、ヴィンスが失望することはなかった。

ふたりはレースを見おくった。ややあって、レミーが口をひらいた。「あんたもどこかへ行きたいのかい、キャプテン」

「どこに行くあてもないさ。だから、ちょっとばかり腰をおろしていこうかと思う。ここの道ばたにね」

「そうか」レミーはいった。「すわりたけりゃ、それもいい。ついでにおれも、ちょっくら腰をおろしていくか」

ふたりは路肩に寄って胡坐《あぐら》をかいてすわりこむと——売り物の毛布が一枚もない、老いたる先住民の露店商といった雰囲気だった——砂漠で炎をあげながら、情けの一片も見せない群青《ぐんじょう》色の空に黒々とした油煙を立ち昇らせているタンカーをただながめた。油っぽく悪臭をはらんだ煙の一部が、ふたりのいるあたりにも流れてきた。

「場所を変えてもいいぞ」ヴィンスはいった。「このにおいがいやならな」

レミーはわずかに顔を上にむけ、深々と空気を吸いこんだ——高価なワインの芳香《ブーケ》を確かめている人のように。

「まさか、いやなものか。ヴェトナムを思い出すよ」

ヴィンスはうなずいた。

「このにおいには、昔のあれこれを思い出すな」レミーがいった。「ほら、自分で思いこんでいるのと大差ない程度には、まだ体ができぱき動いてくれた時分のことをね」

ヴィンスはまたうなずいた。「きれいに生きのびるか――」

「ああ、そうだ。さもなければ――笑いながら死ね」

それっきりふたりは口をきかず、ただそこにすわって、待っていた。ヴィンスの手には、少女の写真があった。ときにはその写真に目を走らせ、夕陽にかざしてみては、少女がいかに若く見えるか、どれほど幸せそうな顔をしているかに思いを馳《は》せもした。

しかし、おおむね炎を見ていただけだった。

# DARK
# CAROUSEL

昔は絵葉書にもなっていた――遊園地〈ケープ・マギー桟橋《ピア》〉の突端のメリーゴーラウンドは。〈暴れ車輪《ワイルド・ホイール》〉という名前のとおり、かなりのスピードで回転するメリーゴーラウンドだった。ジェットコースターほど高速ではないが、一般的な子供むきのメリーゴーラウンドよりは速かった。〈ホイール〉は全体としては巨大なカップケーキ状のかたちで、金の縁どりがあるとんがり屋根が黒と緑の二色で塗りわけられていた。あたりが暗くなれば、地獄を思わせる赤い輝き――オーブンの内側のような光――をまとった宝石箱のように見えた。〈ウーリッツァー〉の電子オルガンが奏でる曲が、おりおりに砂浜にまで打ち寄せてきた。調子はずれな音楽はルーマニアの円舞曲《ワルツ》のようで、どことなくドラキュラ伯爵と氷のように冷たくて肌が白い花嫁たちが勢ぞろいする十九世紀の舞踏会用の音楽に思えた。

〈ケープ・マギー〉の物悲しくさびれた海岸の遊歩道《ビーチ・ウオーク》のなかでは、このメリーゴーラウンドがもっとも目立つアトラクションだった。ちなみにこの遊歩道は、ぼくの祖父がまだ幼かったころから物悲しくさびれていたという。あたりには綿菓子の甘い芳香がたっぷり立ちこめていた――自然界には存在せず、〝ピンクの香り〟とでも形容するしかないあの香りだ。板張り遊歩道《ボードウォーク》にはいつも決まってだれかの反吐《へど》があり、そういう箇所は避けて歩かなくてはならなかった。反吐にはいつも決まって、水分でふやけたポップコーンが浮かんでいた。海岸にはテーブル席が用意されているレストランが十軒ばかりあって、目の玉の飛びでるような値段のフライドクラムは、注文しても運ばれるまでえんえんと待たされた。海岸ではいつでも、金切り声をあげる日焼けした子供たちを引き連れた、やはり日焼けした大人たちが疲れもあらわな顔になっている姿を見ることができた——家族総出でビーチでのお楽しみを求めてやってきた人々だった。

海に突きでた桟橋の遊園地にはりんご飴《あめ》やホットドッグといった定番の屋台がならんでいたほか、ブリキのさぼてんの裏からぴょこぴょこ顔を出すブリキの悪党たちをコルクガンで撃つ射的の屋台もあった。また大きな海賊船が振子のように派手に左右に揺れるアトラクションもあった——海賊船が桟橋のへりから大海原《おおうなばら》の上へ飛びだすと、夜空に黄色い悲鳴が立ちのぼった。ぼくは内心この乗り物《ライド》を〈ごめんこうむる号《ファック・ノー》〉と呼んでいた。空気で膨らませた大きな建物のなかで、トランポリンのように飛んだり跳ねたりできるバウンスハウスもあった——名前は〈バーサのバウンスハウス〉。入口はおぞましいほど太った巨大な女の顔で、にらみつける目と濡《ぬ》れて光っているような頬をそなえていた。客はハウスの前で靴を脱ぎ、分厚いたらこ唇のあいだから伸びでてうねっている舌の上を歩いて入場する。トラブルが発生したのはそこだった。トラブルを引き起こしたのはゲリ・レンショウとぼく。いずれにしても、小学校高学年の子供たちはもちろんのこと、さらにはティーンエイジャーでさえバウンスハウスで遊んではいけないというルールはなかった。チケットを買えば、だれでも三分間は場内で飛んだり跳ねたりできた——そしてゲリは、バウンスハウスが昔の思い出どおりの楽しい場所かどうかを確かめたいといっていた。

　ぼくたちが五人の子供といっしょに入場すると、音楽が流れはじめた。きんきん声の子供たちが歌う、ハウス・オブ・ペインの〈ジャンプ・アラウンド〉の徹底的に消毒されたバージョンだった。ゲリがぼくの両手をとり、いっしょにぴょんぴょん飛び跳ねはじめた——月面でたわむれる宇宙飛行士そっくりに。右に左に飛び跳ねていくあいだにぼくたちふたりは壁にぶつかり、ゲリがぼくを引きずりおろした。ついでゲリはぼくに馬乗りになると、今度はぼくの体をクッションにして上下に跳ねはじめた。ゲリはもちろんふざけていただけだったが、チケット係の白髪まじりの女性がぼくたちを見とがめて、「**よしなさい！**」と大声を張りあげながら指を突きつけてきた。「**退場！**　ここは家族むけのアトラクションよ」

「はいはい、了解」ゲリはそういうと、ぼくにのしかかってきた——顔にかかるゲリの吐息は温かく、ピンクの香りがした。雲のような綿菓子を食べたばかりだったからだ。このときゲリが着ていたのはストライプ柄のタイトなホールタートップで、日焼けした腹部をあらわにするタイプ。乳房のふくらみが、なんともすばらしいことにぼくの顔のすぐ近くに迫っていた。「これじゃ家族をつくるアトラクションになっちゃう——ちゃんとゴムをつかわなくちゃね」

　ぼくは恥ずかしさに顔から火が出るような気分だったが、笑い声をあげた——我慢できなかった。ゲリにはそういうところがあった。ゲリと兄のジェイクはいつだって、興奮と同時に同程度の困惑をも招く事態にぼくを引きずりこんだ。ふたりのおかげでぼくは、その場では後悔しつつも、あとあと喜ばしい気持ちで思い出すたぐいの場面に引きこまれた。思うに真の罪というのは、両極端の感情を同等に引き起こすものではないだろうか。

そのあと外へ出ていくときには、チケット係の女性は鼠《ねずみ》を食べている途中の蛇か、さもなければせっせと交尾中の二匹のカブトムシを見る目つきでぼくたちをにらんできた。「あわてず騒がずパンツは脱がずっていうじゃん、バーサ」ゲリはいった。「あたしはそのルールを守ってたもん」

ぼくは馬鹿みたいに若気《にやけ》ていたけれど、気分はよくなかった。ゲリとジェイクのレンショウ兄妹は、馬鹿にされても大人しく黙っているタマではなかった。ふたりとも、もの知らずやひとりよがりな正義漢タイプを言葉で叩《たた》きのめすことが大好きだった——ぼけ野郎ども、弱い者いじめ、そしてとりわけバプテストたちを。

ぼくたちが足をふらつかせながら栈橋を横切っていくと、ジェイクはナンシー・フェアモントの腰に腕をまわした姿で待っていた。反対の手には蠟引《ろうび》きされた紙コップのビールがあった。ぼくが近づいていくと、ジェイクは紙コップをぼくにわたした。たまげるほどの旨さだった。生涯最高に旨かったビールといえるかもしれない。切れのある味で、冷えていて、紙コップの側面には結露がびっしりついていて、ビールの風味は潮風のぴりっとした塩味と混ざっていた。

これは一九九四年の八月がおわるころ、ぼくたち四人の全員が、自由気ままな十八歳だった——といっても、ジェイクひとりは三十歳だといっても通っただろう。ナンシーに目をむければ、この女の子がジェイクとつきあっているとはあっさり信じられなかった――

なにせジェイク・レンショウは髪をクルーカットにして、トラブルを絵に描いたような(そしてときにはトラブルそのものにもなった)タトゥーを入れていたからだ。でも、それをいうなら、ぼくみたいな男がゲリといっしょに過ごしているところも簡単には思い描けなかったはずだ。ゲリとジェイクは双子で、どちらも身長は百八十センチちょうどだった——つまりはふたりともぼくより五センチ背が高く、そのためゲリにキスをしようとするたびに背伸びをしなくてはならないことが毎度悩みの種になっていた。ふたりとも力もちで引き締まった体つき、身ごなしは俊敏、髪はブロンド。どちらもオフロードバイクを乗りまわし、放課後はしじゅう居残りの罰をいいわたされながら大きくなってきた。ジェイクには前科があった。ゲリには前科はなかったが、ジェイクによると、単に一度も尻尾をつかまれずにすんだからだという話だった。

一方ナンシーはというと、ティーカップの受け皿なみに大きなレンズのはいった眼鏡をかけ、どこへ行くにもぺったんこの胸に本をぴったりと抱きかかえていた。父親は獣医で母親は図書館の司書。そしてぼくことポール・ホワイトストーンについていえば、自前のタトゥーと前科に憧れをいだいてはいたものの、手もとにあるのはダートマス大学の入学許可証とひと幕ものの創作戯曲でいっぱいのノートだけだった。

この日ジェイクとゲリとぼくは、ジェイクの愛車だった一九八二年型のコルヴェットで〈ケープ・マギー〉にやってきた——ボディは巡航ミサイルなみにスマート、スピードの面でもミサイルと遜色《そんしょく》ない車だった。車はふたり乗りで、昨今だったら当時のぼくたちのような乗り方は許されないだろう。あのときはゲリがぼくの膝にすわり、ジェイクは運転席。シフトレバーの奥にビールの六缶パックがあった。ビールは途中で飲み干した。ぼくたちはルイストンから車を走らせて、ナンシーと落ちあった。ナンシーは夏のあいだずっと、ここの桟橋の遊園地で揚げパンを売るバイトをしていた。ナンシーのバイト時間がおわったら、四人で十五キロばかり車を走らせ、マギー池のほとりにあったぼくの両親の夏別荘へ行く予定だった。両親はルイストンにいたので、別荘はぼくたち四人だけのものになる。大人になる一歩手前で、ぼくたちが最後の抵抗をするには絶好の場所に思えた。

　もしかすると、〈バーサのバウンスハウス〉のチケット係の不興を買った件で気がとがめていたのかもしれない。しかし、そんなぼくの良心の曇りをナンシーがすっかり吹き払ってくれた。

「あそこのミセス・ギッシュは、日曜日のたびに家族計画協会の前の抗議デモに参加して、赤ん坊の死体と称するフェイク写真をかかげたりしてる。笑える話だよね。だってあの人の亭主はこの桟橋にならんでる屋台の半分を所有してて、わたしがバイトしてる〈ファンハウス・ファネルケーキ〉もその一軒だけど、とにかく自分の屋台でバイトする女の子たちは、だれかれかまわずに触ろうとするんだから」

「まさか、いまもそんな真似《まね》を？」ジェイクがたずねた。顔ではにやにや笑っていたが、ゆっくりした話しぶりの冷たい声は、ぼくたちが危険な領域に踏みこみつつあることを示すサインだと経験から知っていた。

「心配しないで、ジェイク」ナンシーはそういって、ジェイクの頬にキスをした。「あの亭主が触るのはハイスクールの女の子だけよ。わたしはもう老《ふ》けすぎてるわけ」

「とにかく、そいつがいたらおれに教えてくれよな」ジェイクはそういうと桟橋の前後に目を走らせた――その場ですぐ問題の男の姿を目でさがしだしたように。


　ナンシーはジェイクのあごに指をかけ、強制的に自分のほうをむかせた。「あなたが逮捕されて海兵隊から蹴りだされでもしたら、わたしたちの夜が台なしになっちゃうけど、そんなことになりたいの？」そう言葉をつづけるナンシーを、ジェイクは笑った。しかし、ナンシーはいきなりジェイクに逆らいだした。「いい、ここで馬鹿な真似をしたら五年の刑を食らってもおかしくないのよ？　あなたがいまもまだ刑務所に行ってない理由はひとつだけ――海兵隊に入れてもらえたから。入れてもらえたのも、この国の軍産複合体がつかい捨てできる平凡な人材の不足に慢性的に悩まされてるから。だから、海岸ぞいの遊歩道をうろついてる変態相手に借りを返すのは、あなたの仕事でもなんでもないってこと」

「おれを確実にメイン州から外に出すのだって、おまえの仕事でもなんでもないぞ」ジェイクは、やさしいとさえ形容できそうな口調でいった。「それに、もしおれが州刑務所にぶちこまれたら、週末にはかならずおまえと会えるわけだな」

「面会になんか行かない」

「いや、おまえは来るね」ジェイクはそういってナンシーの頰にキスをした。ナンシーは顔を赤らめて、困ったような表情をのぞかせた――ぼくたちのだれもが予想していたように。ジェイクがどれほどしっかりナンシーの心をつかんでいて、ナンシーがどれほどジェイクの歓心を買いたがっているかは、まわりのぼくたちが目のやり場に困るぐらいだった。

ぼくにはナンシーの気持ちが正確に読みとれた。ぼく自身がゲリにおなじ気持ちをいだいていたからだ。

この半年前、ぼくたちは四人で〈ルイストン・レーンズ〉にボウリングをしに出かけた。木曜夜のひまつぶしというわけだった。ゲリがボールを手にとるために前かがみになると、隣のレーンにいた酔っ払いがそれを見て下卑《げび》たうめき声をあげ、さらにタイトなジーンズにつつまれたゲリの尻を騒々しい言葉で褒めた。ナンシーは下品な言動を控えるよう男にいった。しかし男は、おまえが心配する理由はない、おまえみたいな〝ちっぱいまんこ《カント》〟をいちいち見る男がいるわけないぞ、と答えた。ジェイクはナンシーの頭のてっぺんにそっとキスをすると、ナンシーが手首をつかんで引きもどす間もないまま、男に強烈なパンチを食らわせた――鼻の骨が砕け、男がばったり地面に倒れたほどのパンチだった。

ひとつだけ問題があった――この男と仲間の全員が非番中の警官だったことだ。パンチにつづく大混乱のなか、ジェイクは床に組み伏せられ、銃身の短い拳銃《スナブ・ノーズ》の銃口を頭につきつけられた姿で手錠をかけられた。公判では、ジェイクがポケットに飛び出しナイフを忍ばせていたことや些細《ささい》な破壊行為の前科があることなどが大袈裟《おおげさ》に語られた。例の酔っ払いは――ただし法廷に出てきたときにはもう酔っ払いではなく、妻と四人の子をもつ立派な法の番人然としていた――ナンシーを〝ちっぱいまんこ《カント》〟とは呼んでいない、自分は〝ちっさいお嬢ちゃん《ラント》〟といっただけだ、と主張した。しかし、警官が現実にどんな発言をしたかは問題にもならなかった。なぜなら判事は、事件当時のゲリとナンシーのどちらもが服装面でも言動面でも挑発的だったので、いささか下品な言葉をかけられたからといって怒るいわれはない、と感じていたからだ。それから判事はジェイクに、刑務所か軍務のいずれかを選べと迫った。二日後、ジェイクは頭をすっかり剃《そ》りあげ、所有品のいっさいがっさいを詰めた〈ナイキ〉のジムバッグを手に、ノースカロライナ州にある海兵隊基地、キャンプ・ルジューンへと旅立った。

そしていまジェイクは、十日間の休暇でこちらへもどっているところだった。翌々週にはバンゴア国際空港で飛行機に乗り、ベルリンでの任務につくためにドイツにむかうことになっていた。ただし、ぼくはジェイクの見送りに行く予定ではなかった——そのころには、ニューハンプシャー州の寄宿舎に引っ越しているからだ。ナンシーもまたどこかほかの地を目指していた。九月の第一月曜日の〝労働者の日〟が過ぎると、ナンシーはメイン大学オロノ校で授業を受けはじめていた。ゲリひとりがほかの土地へは行かずにひとりルイストンに残って、モーテルチェーン〈デイズイン〉の客室係という仕事についていた。暴行傷害事件を起こしたのはジェイクだが、その罪で懲役刑を科されたのはむしろゲリなのではないかと思えることもあった。

ナンシーは休憩中で、次のシフトがはじまる数時間あとまでは自由の身だった。そのナンシーが髪の毛から揚げ物用の油のにおいを払い落としたいといったので、ぼくたちはぞろぞろと桟橋のとっつきへむかって歩いた。ざらついた感触の塩からい風がロープのあいだでうなり声をあげ、かかげられた小旗《ペナント》をはためかせていた。強い海風も吹き寄せていて、おりおりの強い風が人々の帽子を飛ばしたりドアを勢いよく閉ざしたりしていた。海岸にいるときには、海風も夏そのものに感じられる——直射日光に焙《あぶ》られた草と熱くなったアスファルトの香りをはらんだ熱風として。ところが桟橋の先端にまで出てくると、吹きつける強風には脈搏《みゃくはく》を速める効果がある胸ときめく寒気をそなえていた。突端にまで来れば、そこは〝十月のたそがれの国〟だ。

ちょうど回転をおえた〈ワイルド・ホイール〉に近づくと、ぼくたちの足どりはのろくなった。ゲリがぼくの手を引き、メリーゴーラウンドの動物のひとつを指さした。ポニーほどの大きさの黒猫が、ぐったりとした鼠をくわえていた。猫の頭がわずかに傾いているせいで、まばゆく輝く緑の目がぼくたちを熱っぽくにらんでいるように見えていた。

「ほら、あれを見て」ゲリはいった。「ポールとの初デートのときのわたしそっくり」

ナンシーがあわてて手で口をふさぎ、笑い声を押しとどめた。ゲリとぼくのどちらが鼠でどちらが猫だったかを、ゲリが説明する必要はなかった。ナンシーは抑えようもない愛らしい笑いで小柄な体すべてを震わせ、体をふたつ折りにして、顔をピンクに染めていた。

「さあ、行こう。みんな、それぞれ自分の守護動物《スピリット・アニマル》をさがそうよ」ゲリはそういうと、ぼくの手を離してナンシーの手をとった。

〈ウーリッツァー〉の電子オルガンの演奏がはじまった。芝居を思わせる珍奇なメロディーは、奇妙なことにどこか葬送歌を連想させた。木馬たちのあいだを歩きながら、ぼくは〈ホイール〉にいる馬以外の動物たちを興奮と嫌悪が半々の気持ちでながめていた。ぼくの目には、グロテスクなものを結集した唯一無二の不気味なコレクションとしか見えなかった。自転車ほどのサイズの狼がいた——彫刻でつくられたふさふさした被毛は黒と灰色のもつれあった塊《かたまり》で、目はぼくが飲んでいたビールなみに黄色かった。狼は片方の前足を軽くもちあげていたが、足裏は血を踏んだかのように真っ赤だった。またメリーゴーラウンドの外周部では、海蛇が体を伸ばしていた——木の幹ほども太くて鱗《うろこ》のあるロープといったおもむきだった。海蛇にはもじゃもじゃの金色のたてがみがあり、大きくひらいた真っ赤な口に黒い牙がずらりと生えていた。さらに近づくと、牙が本物だとわかった——ならんでいたのは適当にそれっぽく組みあわせた鮫の歯で、長い歳月のあいだに黒ずんでいた。それからぼくは白馬の群れのあいだを通り抜けていった。どの馬も跳躍のさなかに凍りついたようで、首すじには腱《けん》がくっきり浮き、苦悶《くもん》の悲鳴か怒りの絶叫かはいざ知らず、声をあげているように大きく口をひらいていた。真っ白な目をした白い馬——まるでギリシアやローマ時代の彫刻だ。

「この手の木馬は、いったいどこで買ってくるんだ？〈悪魔のサーカス用品店〉とか？」いいながらジェイクは木馬のひとつの口をさし示した。口からは、蛇の舌のようにふた股に割れた舌が伸びでていた。

「ここの木馬はみなテキサス州はナコドーチェズから運ばれてきたのですよ」栈橋のさらに先のほうから、声がきこえた。「つくられたのはかれこれ一世紀前。〈一万の明かりに輝くクーガー・メリーゴーラウンド〉から回収されました——そう、〈クーガー遊園地〉が火災で全焼したのちに。そこの木馬をよく見れば焦げているのがわかりますよ」

メリーゴーラウンドの操作係は、回転ステージにあがるための階段の片側にある操作盤の前に立っていた。正装用とおぼしき制服姿で、貴族たちが夏のあいだ家族で滞在する東欧あたりの格式あるホテルにいた大昔のベルボーイのような外見だった。着ているスーツの上着は緑のビロード生地で、前には真鍮《しんちゅう》のボタンが二列にならび、肩には金の正肩章がついていた。

　操作係はスチール製の魔法瓶《サーモス》を下に置くと、一頭の木馬を指さした。その木馬は顔の半分が焼かれたと見えて、トースト色に焦げていた。バーベキューのマシュマロのようにも見えた。操作係の上唇がめくれて、奇妙にも薄気味わるく思える笑みをかたちづくった。分厚くて赤い唇、若いころのミック・ジャガーを想わせる唇はどことなく猥褻《わいせつ》だった——しかし、そんな唇が皺《しわ》だらけの老いた顔のなかにあること自体に、ぼくは落ち着かないものを感じた。「それで、連中は悲鳴をあげたのです」

「連中って？」ぼくはたずねた。

「馬たちですよ」係はいった、「メリーゴーラウンドが燃えはじめたときにね。悲鳴をきいた証人が十人以上います。馬たちは女の子みたいな悲鳴をあげたそうです」

　ぼくの両腕にさあっと鳥肌が立った。なんともうれしくなる不気味な発言ではないか。

「木馬は残らず回収されたってきいたけど」ナンシーがぼくの背後から声をあげた。ゲリといっしょにメリーゴーラウンドをぐるりと一周して木馬群をながめ、ちょうどぼくたちのところへもどってきたところだった。「去年だけど、ポートランド・プレスヘラルド紙に記事が出てたの」

「あのグリフィンは、ハンガリーにあったセルズニックの遊園地から運ばれてきました」操作係はつづけた。「あそこが破産したあとのことです。また猫は、コロラド州で〈クリスマスランド〉を経営しているマンクスからの贈物です。海蛇は、かの有名なフレデリック・サヴェッジが手ずから彫りあげたもの――サヴェッジは史上もっとも有名なメリーゴーラウンド、〈ブライトン・パレス・ピア〉にある〈ゴールデン・ギャロッパーズ〉をつくった名匠ですね――この〈ワイルド・ホイール〉がお手本としたメリーゴーラウンドです。あなたはギッシュさんのところのお嬢ちゃんですね？」

「そお・だけ・どぉぉ？」ナンシーはことさらゆっくりと答えた。操作係の〝ギッシュさんのところのお嬢ちゃん〟という表現や口調が気にくわなかったのだろう。「たしかに、あの人のファネルケーキの屋台でバイトしてるし」

「ギッシュさんのところのお嬢ちゃんとあらば、最高の場所にすわってもらわなくては」操作係はいった。「ジュディ・ガーランドが乗ったことのある木馬に乗ってみたくはありませんか？」

　係員はそういうと回転ステージにあがってきて、ナンシーに手を差し伸べた。ナンシーはためらいもせずにその手をとった。肉厚の濡れた唇をもっている気味のわるいじいさんではなく、魅力的な若い男からダンスに誘われたかのような雰囲気だった。係員はナンシーを、六頭からなる群れの先頭の馬へ導いていった。ナンシーが金色のあぶみに片足をかけると、係員はナンシーの腰をつかんで木馬にまたがるのを助けていた。

「ジュディが〈クーガー遊園地〉を訪問したのは一九四〇年、映画〈オズの魔法使〉の全国プロモーションツアーのときでした。ジュディは名誉市民として〝市の鍵〟を贈られ、主題歌〈虹の彼方《かなた》に〉を歌ってから、〈一万の明かりに輝くクーガー・メリーゴーラウンド〉に乗ったのです。わたしの専用オフィスには、そのときのジュディの写真、まさにこの木馬に乗っている写真がありますぞ。あなたはいまその木馬に乗っている。ええ、すばらしいご気分ではありませんか？」

「どうせ嘘《うそ》っぱちよ」ゲリがぼくの腕をとりながらいった。声を殺してはいたが、殺し方が足りなかったらしく、係員が顔をひくひくさせるのが見えた。ゲリは片足を黒猫にかけた。「この猫には、だれか有名人が乗ったことあるの？」

「まだおひとりもいません。とはいうものの、いつかあなたご自身が超の字がつく有名人になるかもしれませんな！　そうなったら、そのあとは何年も何年もその当日のことをお客さんに大いに自慢するわけです」年寄りの操作係は大仰な調子でまくしたて、ぼくと目があうとウィンクをしてこういった。「お若いの、そのビールを飲み干してはくださらんか。この乗り物では飲み物をご遠慮願っておりますのでね。そもそもアルコールの必要はないといっても過言ではないですぞ——なに、〈ワイルド・ホイール〉に乗れば、思うぞんぶん酔った気分にもなれますとも」

　ぼくはここへ来るまでの車中で、すでに缶ビールを二本あけていた。手にしている蠟びき紙コップが三杯めだった。板張りにコップを置いてもよかったのだが、飾り気のない提案——《そのビールを飲み干してはくださらんか》——が唯一のまっとうな解決策に思えてしまった。五百ミリリットルに近い量のビールを、ぼくは毎回たっぷりと五口でほぼ片づけた。紙コップを握りつぶして夜の闇に投げ捨てたときには、メリーゴーラウンドはもうまわりはじめていた。

　体がぞくりと震えた。きんきんに冷えていたビールの冷たさがいまでは血のなかに感じられた。眩暈が波になってぼくに襲いかかり、ぼくは手近な乗り物のポールに手を伸ばした——黒い牙をそなえた海蛇だった。ぼくが片足を海蛇にかけるなり、海蛇はポールを軸に上へ躍りあがりはじめた。ジェイクは体を引っぱりあげてナンシーとならんだ馬にまたがり、ゲリは黒猫の首すじに顔を寄せ、猫のようにのどを鳴らしていた。

ぼくたちは海岸が見えるところから桟橋の突端ぎりぎりにまで運ばれた。左側にあるのは黒々とした夜空と、白く砕ける波頭が起伏をつくっている夜空よりもなお暗い夜の海だけだった。〈ワイルド・ホイール〉はさらに加速して、潮の香りのする張りつめた空気のなかへ突き進んだ。いくつもの波が砕けていた。ぼくは目を閉じたが、ほぼ即座に瞼《まぶた》をひらくほかはなかった。ほんの一瞬だったが、ぼくは海蛇にまたがったまま海中へダイブした気分になった。ほんの一瞬だったが、溺れかけた気分になった。

ぼくたちはぐるぐる回った。ぼくの目はサーモスを手にしている操作係の姿をちらりととらえた。ぼくたちに話しかけているあいだ、操作係は満面の笑みをのぞかせていた。しかしメリーゴーラウンドが動きだしたあとにちらりと見えた操作係は、無表情な死んだ顔をしていた——両の瞼が重たげに垂れ、腫れたような唇がすぼめられて渋面《じゅうめん》をつくっていた。そのとき操作係は、ポケットのなかを探っているようにも見えた——といっても見えたのはごく短時間で、そのままなら夜がおわる前に忘れてしまうような光景だった。

〈ホイール〉はそれからも何度も回転しつづけ、ひとまわりするたびにスピードをぐんぐんあげていき、メリーゴーラウンドではなくターンテーブルに載せられたレコードのように、調子っぱずれの音楽を夜空にむかって投げあげていた。四周めの途中で、かなりのスピードが出ていることに気づいて驚かされた。遠心力が重さとして――眉間《みけん》をピンポイントで押される感覚として――感じられ、苦しいほどの満腹感ではちきれそうな腹をぐいぐい引っぱられる感覚としても感じとれた。小便をしたくなった。自分はこの時間を大いに楽しんでいると自分にいいきかせたが、ビールを飲みすぎていて無駄だった。星々のつくるまばゆい群れが猛然と背後へ去っていった。遊園地の物音が爆発の勢いでぼくたちに迫り、ひったくられるように遠ざかっていく。瞼をあけると、ちょうどジェイクとナンシーがそれぞれの馬のあいだの空間をはさんで顔を近づけあい、いささか不格好ながらも甘いキスをかわしている場面が目に飛びこんできた。ナンシーは声をあげて笑い、自分がまたがっている馬の筋肉質な首を撫《な》でていた。ゲリはあいかわらず巨大な猫に上体を押しつけるようにして横たわり、眠そうで訳知《わけし》りげな目でぼくを見つめていた。

そして猫も頭をめぐらせ、後方のぼくを見つめてきた。あわてて目を閉じて体を震わせてから、ふたたび目をひらくと、もちろん猫がぼくを見つめていることはなかった。ぼくたちが乗っていたメリーゴーラウンドはぼくたちを夜空へ射《う》ちだし、何度も何度もぐるぐる回っては、常軌を逸した怒りを思わせるスタイルでぼくたちを闇へと射ちだしていたが、最終的にはぼくたちのだれも、どこかへ行き着いたりはしなかった。

そのあと三時間、潮風がぼくたちに吹きつけては港の遊歩道を吹きおろしていくあいだに、ナンシーのバイトの時間もおわった。ぼくはビールを飲みすぎていたし、そのことは自分でもわかっていたので、もう飲まなかった。突風に背後から襲われたときには、あやうく体が地面から浮きあがるかと思わされた――自分の体が新聞紙ほどの軽さになったかのような気分だった。

ぼくはジェイクと、ゲリとふたりで〈モルドーのすばらしきマシンたち《モルドーズ・マーヴェラス・マシーンズ》〉でひとしきりピンボール合戦をした。そのあと、ゲリとふたりでビーチを散歩した。最初はロマンティックそのものだった――十代の恋人たちが手をとりあって星空を見あげての散歩。それが予想どおり崩れてしまい、ぼくたち定番の笑いながらの浮かれ騒ぎゲームになった。最後にはゲリはぼくの両手をとって、ぼくを海に引っぱりこんだ。ぼくは膝まで水につかってよろめき、海からあがったときにはスニーカーは水びたしで音をたて、ジーンズはぐっしょり濡れたうえに砂がびっしりついた状態だった。一方ゲリはといえば足に履いていたのはサンダルで、おまけに用心深くも〈リーバイス〉の裾を折り返していたので、息ができないほど激しく笑いながらも、おおむね被害ゼロでやりおおせていた。ぼくはベーコンとチーズを詰めこんだホットドッグを二本もたいらげ、ようやく体を温めなおした。

十時半になるとどこのバーも満員御礼になり、あふれた人たちが板張り遊歩道《ボードウォーク》にあふれでてきた。海岸道路では車が数珠《じゅず》つなぎになり、夜は楽しげな大声や車のクラクションの音ですっかりにぎやかになっていた。しかし遊園地のある桟橋まわりではほとんどの店が閉店準備にかかっているか、さもなければすでに店を閉めていた。〈バーサのバウンスハウス〉も海賊船の〈ごめんこうむる《ファック・ノー》号〉も営業をおえていた。

そのころにはぼくは、ビールと遊園地ならではの食べ物とで足をふらつかせていたばかりか、吐き気が兆《きざ》しはじめた不穏な徴候を感じとってもいた。このぶんではゲリをベッドに誘いこんでも、ひどく疲れているか、さもなければ気分がわるくなってことに及べないんじゃないか、という気もしはじめていた。

〈ファンハウス・ファネルケーキ〉は桟橋のいちばん手前にあった。ぼくたちが店の前にたどりついたときには、注文窓口の上にある電飾看板はもう電源を切られていた。ナンシーは、あちこち凹《へこ》んでいるカウンターにこぼれたシナモンの粉やパウダーシュガーを雑巾《ぞうきん》で拭くと、いっしょに屋台で働いていた女の子にお疲れさまと声をかけ、屋台横の出口から出てくるなりジェイクの腕のなかに飛びこんだ。爪先だちをして長くねっとりとしたキスをかわすあいだも、片方のわきの下には本をはさんでいた――ちなみにコーマック・マッカーシーの『すべての美しい馬』だった。

「この街から帰る道中用に、また六缶パックを仕入れたほうがいいかな？」ジェイクが顔だけうしろにめぐらせて、ぼくにたずねた。

そんなことを思うだけで胃がひっくりかえったので、当たり前ながら、ぼくはこう答えた。「仕入れたほうがいいな」

「わたしが奢《おご》るね」ナンシーがいい、ぼくたちの先に立って歩道のへりにむかった――そろそろ午後十一時になるのに、あたりはまだ過ごしやすい摂氏二十度の夜、なににも縛られず、恋人といっしょにいる恋する十八歳としてスキップせんばかりの足どりで。カールしたナンシーの髪を風がかき乱し、海草を思わせるかたちで顔のまわりに浮きあがらせた。

ぼくたちは車の流れが途切れるのを待っていた――すべての歯車が狂いはじめたのは、この瞬間だった。

ナンシーがいきなり自分の尻を平手でぴしゃっと叩くと――挑発的な行為だったし、いささかナンシーらしくない行為でもあったが、このときナンシーは最高にごきげんだった――ポケットに手をいれて現金をさがしはじめた。顔を曇らせた。反対側のポケットを手でさぐった。それから、改めて最初のポケットをさがした。

「ちいぃぃぃくしょぉぉ……」ナンシーはいった。「お金を屋台に置き忘れてきたみたい」

ナンシーはぼくたちの先に立って、〈ファンハウス・ファネルケーキ〉の屋台に引き返した。同僚の女の子が店の最後の明かりを消し、戸締まりをして帰っていたが、ナンシーは店内にはいっていって電灯のコードを引いた。蛍光灯がちかちかまたたき、スズメバチの羽音めいた音をたてて点灯した。ナンシーはカウンターの下をさがし、ここでもまたポケットを確かめ、手にしていたハードカバーの本をひらいて紙幣をしおり代わりにしていないかどうかを調べていた。本を調べているナンシーを、ぼくはこの目で見た。それは断言できる。

「どうしたんだろう？」ナンシーはいった。「五十ドル札があったの。五十ドルよ！　いっぺんもつかわれていないみたいな新しいお札。ね、わたしったら、あのお札をいったい全体どうしちゃったわけ？」

ナンシーは本当にこんな感じの、たとえるならヤングアダルト小説に出てくる天才少女のようなしゃべり方をした。

ナンシーが話をしているあいだ、ぼくの頭にさっとひらめいた記憶があった――木馬に乗ろうとしているナンシーに、メリーゴーラウンドの操作係が手を貸していた光景の記憶だ。あのとき操作係はナンシーの腰に手をかけ、じっとり濡れたような唇を笑みにほころばせていた。そのあと、ぼくたちがそれぞれの乗り物にまたがってぐるぐると回っているあいだ、ぼくは一瞬だけとはいえ操作係の姿を目にとらえた。操作係は微笑《ほほえ》んでいなかった――そして、スラックスの前ポケットに指を差し入れていた。

「そうか」ぼくは声にだしていった。

「なんだ？」ジェイクがたずねた。

ジェイクのハンサムな細面《ほそおもて》やしっかりしたあごのラインや柔和な目を見ていると、突然これから大惨事が起こるにちがいないという予感をおぼえた。ぼくはかぶりをふった。なにもいいたくなかった。

「吐いちまえよ」ジェイクはいった。

返事をしないだけの知恵はあった――しかし導火線に点火して、火がぱちぱち爆《は》ぜながら爆薬へと進んでいくのを見たい、ひたすら大きな爆発音がききたいという思いになぜか抵抗できなかった。それに、ジェイクとゲリのレンショウ兄妹の感情を煽《あお》り立てると、決まってぞくぞくする興奮を感じていたこともある。ゲリとバウンスハウスに行ったのもそれが理由だったし、ここでジェイクに正直な答えをきかせようと決めた理由もおなじだった。

「メリーゴーラウンドの操作係。あいつがなにかポケットに入れていたかもしれないんだ――ほら、ナンシーが木馬に乗るのを助けたあとで――」

その先の言葉はつづけられなかった。

「あのクソ野郎」ジェイクはそう吐き捨てるなり、くるりと体の向きを変えた。

「ジェイク、だめ」

ナンシーがそういってジェイクの手首をつかんだ。しかしジェイクはその手をふり払い、暗くなった桟橋を突端へむかって歩きだしていた。

ぼくは小走りでジェイクに追いついた。

「ジェイク」と声をかける。胃がアルコールと不安とで不穏になっていた。「ぼくはなんにも見てない。決定的なものは見てないんだ。あいつがポケットに手を突っこんでいたのだって、タマの位置を直してただけかもしれないし」

「あのクソ野郎め」ジェイクはくりかえした。「ナンシーの体じゅう、べたべた触ってたんだぞ」

〈ワイルド・ホイール〉はもう暗くなっていて、集団暴走していた動物たちもみんな跳躍の途中で凍りついていた。回転ステージへあがる階段は赤いビロードの太いロープで封鎖されて、そこに《**お静かに！　馬たちが眠っています！　安眠妨害しないでね！**》と書いてあるプレートが吊ってあった。

メリーゴーラウンドの中央には、鏡の壁で囲まれた円筒状のものが立っていた。鏡のパネルの一枚のへりから光が洩《も》れていて、壁の向こう側から派手派手しいホーンのサウンドと、金属的で低く囁《ささや》くような歌声がきこえていた——パット・ブーンが〈アイ・オールモスト・ロスト・マイ・マインド〉を歌っていた。つまり〈ワイルド・ホイール〉の中心部には秘密の小部屋があり、そこに何者かがひそんでいるらしい。

「おい」ジェイクがいった。「おい、そこにいるやつ！」

「ジェイク！　もう忘れて！」ナンシーがいった。いまナンシーは怯《おび》え、ジェイクがなにかしでかすのではないかと恐れていた。「だって、もしかしたらわたしがお金をどこかに置いて、それを風がさらっていったのかもしれないんだから」

そんな話を信じる者はひとりもいなかった。

赤いビロードのロープを最初にまたいだのはゲリだった。ゲリが行くのなら、ぼくがあとを追わないわけにはいかなかった。とはいえ、このときにはぼくも怯えていた。怯えていると同時に、興奮でぞくぞくしてもいた。この事態がどこへむかうのかはわからなかったがレンショウ兄妹のことは知っていたし、ふたりがナンシーの五十ドルをとりかえすか、さもなかったら落とし前をつけようとしていることはわかっていた――いや、目的はその両方かもしれない。

ぼくたちは飛び跳ねている馬のあいだを縫うようにして進んだ。暗いなかで見る馬の顔も、悲鳴をあげているかのように大きくひらいた口も、それに恐怖か激怒を、はたまた狂気をいっぱいにたたえて、ぼくたちを見つめているうつろな目も、なにもかも気にいらなかった。ゲリは周囲の隙間から光が洩れている鏡のパネルに手を伸ばし、拳でがんがんと叩いた。「ねえ、ちょっと。あんた――」

しかしゲリが触れるか触れないかのうちにパネルが内側へむかってひらき、〈ホイール〉の中央部にある機械室が見えるようになった。

機械室は安っぽいベニヤ板で囲われた八角形の小部屋だった。中央の回転ポールを動かしているモーターはつくられてから半世紀はたっているとおぼしき品で、どことなく人間の心臓に似た形のくすんだスチールの塊であり、片側に黒いゴムの駆動ベルトがついていた。ポールの先に、哀れを催すほど小さなキャンプ用ベッドがあった。ジュディ・ガーランドの写真は一枚も見あたらなかったが、ベッドの上の壁はプレイボーイ誌の折込ヌードグラビアで埋めつくされていた。

操作係は折り畳み式のカードテーブルを前にして、すっかり古びてはいるが奇妙にも堂々としている椅子にすわっていた。椅子には湾曲した肘かけがあり、馬巣織《ばすお》りのマットレスがそなわっていた。操作係はテーブルに突っ伏し、片腕を枕にして眠りこけており、ぼくたちが狭い部屋にはいっても身じろぎひとつしなかった。テーブルのへり近くに置いてあるラジオからは、美しいメロディに乗せて自分を憐《あわ》れむパット・ブーンの歌声が流れていた。

ちらりと操作係の顔に目をむけたぼくは、思わずぎくりとした。操作係の瞼は完全には閉ざされておらず、隙間から灰色っぽい濡れ光る白目がのぞいていた。ぼってりした赤い唇は涎《よだれ》で濡れていた。近くにはあけっぱなしのサーモスがあった。小部屋には機械油のにおいと、正体が特定できないなにかの悪臭がたちこめていた。

ゲリが操作係の肩を小突いた。「おい、エロじじい、あたしの友だちがお金を返せっていってるんだけど」

操作係の頭がごろりと転がったが、動きはそれだけだった。ぼくたちの背後からジェイクがこの小部屋に体を押しこめた。ナンシーは部屋にははいらず、木馬に囲まれて待っていた。

ゲリはサーモスを手にとると、においをひと嗅ぎしてから、中身を床にあけた。ロゼのワインだった。ワインは酢のようなにおいだった。

「こいつは酒びたりだよ」ゲリはいった。「びしょびしょの酒びたり」

「ちょっと」ぼくはいった。「ちょっと待てよ。こいつは——。そもそも、ちゃんと息をしてるかどうか確かめたか？」

ぼくの言葉はだれの耳にも届かなかったようだ。ジェイクはゲリを押し退《の》けて、操作係の前ポケットをさぐりはじめた。しかし、すぐ唐突に身をのけぞらせて手をポケットから引き抜いた——針にでも刺されたかのような剣幕《けんまく》だった。その瞬間、防錆《ぼうせい》潤滑スプレー〈WD－40〉の芳香でもほとんど隠せていなかった鼻を刺す異臭の正体がわかった。

「びしょびしょとはよくいったもんだ」ジェイクはいった。「くそっ、こいつは洩らした小便でびしょびしょになってるぞ。こっちまで小便をかぶっちまった」

ゲリは笑った。ぼくは笑わなかった。操作係が死んでいるんじゃないかという思いに囚《とら》われていたからだ。心臓がとまってしまうと、そういう事態に至るのではなかったか？膀胱《ぼうこう》をコントロールできなくなるのでは？

ジェイクはしかめ面《つら》のまま操作係のポケットをさぐりつづけ、くたびれた革財布と持ち手の象牙が黄ばんだナイフをとりだした。持ち手の象牙には飾りの馬が彫りこまれていた。

「だめ」ナンシーがいいながら、ようやく小部屋にはいってきた。ジェイクの手首をつかんで、「ジェイク、そんなことをしちゃだめ」

「はあ？　おれはこいつが盗んだものを取りかえすだけだぞ？」ジェイクは財布をさっとふってひらくと、皺くちゃになった二枚の二十ドル札を引き抜いた——財布にはそれしかはいっていなかった。ジェイクは財布を床にほうり投げた。

「わたしがもっていたのは五十ドル札よ」ナンシーはいった。「それもぱりぱりに新しいお札」

「ああ。でもその五十ドルは、いま酒屋のレジにおさまってる。減ってる十ドルは、ちょうどワイン一本の値段ってところだな。だいたい、おまえはなにに文句をいってるんだ？　こいつが金をポケットにしまうところをポールが見たんだぞ」

いや、はっきり現場を見たわけではなかった。このときにはもう、ぼくが見たのは膀胱の弱った老いぼれが一物の位置をなおしていた現場にすぎなかったのではないか、という気になりかけていた。しかし、口には出さなかった。異をとなえたくなかった。ぼくは老いぼれが生きていることを確かめたいだけ、確かめたら——操作係が身じろぎしたり、だれかがメリーゴーラウンドのそばを通りかかったりする前に——急いでここから引きあげたいだけだった。この冒険に出発したときに感じていた下卑た昂奮《こうふん》は、操作係がただよわせていた悪臭をひと嗅ぎして土気色《つちけ》の顔を見た瞬間、すっかり消えうせていた。

「そいつ、息してるかな？」ぼくはまたたずねたが、今回も答えはなかった。

「なあ、相棒、おれのことを警察に通報するつもりかい？」ジェイクは操作係にたずねた。操作係はなにもいわなかった。

「そのつもりはないみたいだぞ」ジェイクはそういってゲリの腕をとり、ドアのほうへ押しはじめた。

「この人を横向きにして寝かせなくちゃ」ナンシーがいった。声は暗く、不安でわなないていた。「酔いつぶれて寝ちゃったんだったら、もし吐いたりしたら、自分のげろで窒息しちゃうかもしれないし」

「おれたちの知ったことか」とジェイク。

ゲリがいった。「ねえ、ナン、このおっさんはもう千回もこんなふうに酔いつぶれたまま寝てるんだよ。それでも死ななかったんだから、今夜だって死ぬわけないね」

「ポール！」ナンシーがヒステリックといってもいいほど声を張りあげた。「お願い！」

ぼくはといえば
はらわたがぎゅっとよじれ、ポットひとつ分のコーヒーをがぶ飲みしたみたいに神経過敏になっていた。なにをおいても、ここから逃げだしたいのが本音だった。それなのに、自分がどうして手を伸ばして操作係の手首をつかんで脈搏をさぐったりしたのか、いまも説明できない。

「死んでるはずがあるかよ、ぼんくら」ジェイクがいった。

操作係の脈はあった──不規則に乱れてはいたが、指に感じとれるレベルだった。こうやって近づくと、ひどい悪臭だった──それも尿と酒のにおいだけではなかった。凝固した血、腐った血に特有の鼻を刺すにおいが混じっていた。

「ポール」ナンシーが声をかけてきた。「その人をベッドに寝かせて。体を横向きにしてあげて」

「ほっとけ」ジェイクがいった。

ぼくだって手を出したくなかった。しかし、週末の新聞でこの操作係の死亡記事を読まされたら――おまけに四十ドル巻きあげたあとで死んだとなったら――もう自分を許すことができなくなりそうだと思った。そこでぼくは片腕を男の両足の下にさしいれ、反対の腕を背中にまわすと、男の体を椅子からもちあげた。

それからぼくはよろよろ歩いて、キャンプ用ベッドに男を横たえた。緑色のビロードのスラックスは股間部分が濡れて黒くなり、そうでなくてもひくひくしていたぼくの胃が、この強烈な悪臭でさらに活発になった。ぼくは男の体を押して横向きにさせると、頭の下に枕を入れた――寝ながら吐いても、反吐が逆流して気管にはいったりしないようにだ。男はいびきをかいてはいたが、目は覚まさなかった。ぼくは部屋を一周し、コードスイッチを引っぱって蛍光灯を消した。ラジオではジプシー占い師がパット・ブーンに運勢を告げていた。運勢はよくなかった。

ぼくはこれですべてがおわったと思っていた。しかし小部屋から外に出ると、ゲリが自分なりに復讐《ふくしゅう》をしているところに行きあわせた。操作係のものだったナイフを手にして、ジュディ・ガーランドが乗ったという木馬に《くたばれ《ファック・ユー》》と彫りこんでいたのだ。どう見ても詩ではなかったが、いいたいことは伝わった。

板張り遊歩道《ボードウォーク》まで引き返す道々で、ジェイクは例の四十ドル分の紙幣をナンシーにわたそうとした。しかしジェイクに怒っていたナンシーは、金を受けとろうとしなかった。しまいにジェイクはナンシーのポケットに紙幣を押しこめたが、ナンシーはすぐに二枚の二十ドル札を抜きとって桟橋に投げ捨てた。紙幣が風にさらわれて闇のなかへ捨てられてしまう前にと、ジェイクがあわててあとを追いかけた。

　ぼくたちが海岸道路に帰りついたころには車の数も減りかけてはいたが、どこのバーもまだ大にぎわいだった。ジェイクはナンシーに、自分が車をとってくるから、よかったらそのあいだにビールを調達してきてほしいといった。どう見ても、ふたりはこれからセックスをする雰囲気ではなかったし、重苦しい気分を追い払うためにもジェイクは追加のアルコールを必要としていたのだろう。

　このときにはナンシーは金を受けとっていた。笑みを押し隠そうとしてはいたが、それは無理のようだった。こんなふうに、たそがれている自分を演出したときのジェイクが魅力的であることはぼくにもわかった。

　ぼくの両親の夏別荘へむけて出発したときには、ぼくがコルヴェットの助手席にすわって膝にゲリをすわらせ、ナンシーはぼくの尻と助手席ドアのあいだの狭い空間に体を押しこめていた。全員が〈サミュエルアダムス〉のビールを一本ずつもっていた――ジェイクでさえ、太腿に瓶をはさんで運転していた。ぼくひとりはビールを飲んでいなかった。自分の両手には、まだ操作係の悪臭がこびりついていた――腐敗と癌《がん》を連想させる悪臭だった。ぼくは飲みたい気分もすっかり失《う》せ、ゲリが窓をあけて空《から》のボトルを夜の闇に投げ捨てたときには、吹きこんできた新鮮な空気がうれしかった。〈サミュエルアダムス〉の空き瓶が砕け散る音楽的な音が耳をついた。

ぼくたちは無頓着で無責任な集団だった。しかし、あえて弁護させてもらうと、そのことを知らなかった。みなさんにこの物語の時代背景を理解してもらえたかどうかは心もとない。一九九四年には、まだ〈飲酒運転に反対する母親の会〉の広告は背景雑音でしかなかったし、ごみの不法投棄で違反切符を切られたなんて話はきいたこともなかった。四人のだれもシートベルトを締めていなかった。締めようと思ったことすらなかった。

ついでにいえば、みなさんにゲリとジェイクのレンショウ兄妹についても適切に伝えられたかどうかも自信がない。これまでぼくは、ふたりが危ない人物だったことを伝えようとしていた——しかし、そんなふたりも不道徳な人物ではなかった。それどころか、大半の人々よりも強い道徳観念をもち、よからぬおこないをしている人物を見れば、ためらわずに行動を起こした。大宇宙の歯車が狂っていたら、兄妹は歯車を正常にもどさずにはいられないと感じた——たとえ、そのためにはアンティークの木馬を傷つけたり酔い潰れた男から金を奪ったりするとなっても。そしてふたりは、その行為が自分に招く結果にも関心をむけなかった。

だからといってレンショウ兄妹は、決して無思慮で想像力に欠けたワルではなかった。もしワルだったら、ぼくやナンシーは兄妹とつきあいはしなかっただろう。ジェイクにはナイフ投げの腕もあり、綱わたりもこなせた。だれかから、やり方を教わったわけではない。いつの間にか知っていたのだ。ハイスクール最後の年、ジェイクはそれまでいっぺんだって芝居に興味を示したことがなかったにもかかわらず、最高学年のシェイクスピア演劇に名乗りをあげた。キューズ先生はジェイクを、『夏の夜の夢』に出てくる悪戯《いたずら》好きの妖精パックの役にあてた。しかも驚いたことに見事な演技だった。生まれてからずっと弱強五歩格でしゃべっていたかのように、パックの科白《せりふ》を披露したのだ。

　そしてゲリは物真似が得意だった。プリンセス・ダイアナの声も、アニメのスクービー・ドゥー・シリーズに出てくるヴェルマ・ディンクレーの物真似もできた。エアロスミスのスティーヴン・タイラーの真似ときたら腰を抜かすほどだった——タイラーそっくりに話し、そっくりに歌うことができたばかりか、タイラーそっくりに〝ああっ・ああっ・ああっ・よぉ！〟と絶叫することも、髪の毛を右に左にふり乱して細い腰に両手をあてながら、タイラーそっくりに踊ることもできた。

　ゲリみたいに美人で才能があれば女優になるのも夢じゃないと思えた。だからぼくは、ぼくがカレッジを卒業したらふたりでニューヨークへ出るべきだとも話した。ぼくが芝居を書き、ゲリが主演を張る。ぼくがそう話すと、ゲリはまず笑い飛ばしてから、ぼくを見つめてきた。そのときにはゲリの目の意味がわからなかった。いまになれば、それがぼくのあまり知らなかった情を、それまでぼくが他人からむけられたことのなかった感情をこめた目だったとわかる。そう、いまになれば憐憫《れんびん》の目つきだった、と。

　夜空に月は出ておらず、ぼくたちの車が北へむかうにつれて道路はどんどん暗くなってきた。ぼくたちが走っていたのは、沼地や松林のあいだを曲がりくねってつづく二車線の州道だった。それでも最初のうちは、四、五百メートルの間隔で街灯が立っていた。しかし、やがてそれもなくなった。風は夜になってからもひたすら強さを増し、烈風が吹きつけてくると車が揺れて、沼地のガマガエルたちがいっせいに大騒ぎした。

あとひと息でうちの両親の別荘に通じている約二キロ半の未舗装路の入口にたどりつき、そろそろ真夜中に近づこうというころ、コルヴェットがヘアピンカーブをまわりこんだ直後にジェイクがブレーキを踏んだ。力いっぱい。タイヤから金切り声があがった。車体後部がぐらぐらと左右に揺れた。

「な、なんだ、ありゃ……?」ジェイクが叫んだ。

ナンシーの顔がダッシュボードにぶつかって跳ね返った。その手からハードカバーの『すべての美しい馬』がすっ飛んだ。ゲリもダッシュボードに叩きつけられたが、前へ投げだされるなり体を丸めたので、肩をぶつけただけですんだ。

一頭の犬がぼくたちを見つめていたかと思うと——ヘッドライトを浴びて、けだものの目が緑に光っていた——すかさず道路から飛びのいて、木々のあいだに走りこんでいった。もし本当に犬だったらの話、熊でなければの話だ。たしかに犬の仲間ではなく、熊でもおかしくなかった。姿が見えなくなっても、数秒はその獣が藪《やぶ》を踏みわけて進んでいく音がきこえていた。

「たまげた」ジェイクがいった。「今度はおれがびしょびしょになっちまった。ビールがこぼれて、ズボンがすっかり——」

「黙って」ゲリがいった。「ナン、ハニー、あんたは大丈夫?」

ナンシーは体をうしろへ反らし、あごをぐいっと上へむけ、車の天井に目をむけていた。

ナンシーは片手で鼻を覆っていた。

「鼻をぶづげだの」ナンシーはいった。

ゲリが体をねじって、片腕をシートのうしろのほうへ伸ばした。「たしか、うしろにぼろきれがあったはず」

　ぼくは手足をねじるようにしてゲリの足もとへ手を伸ばし、ナンシーの本を拾いあげようとした。『すべての美しい馬』をつかんだ——つかんだところで、ぼくはためらった。フロアのカーペットに、本以外のものが落ちていることに気づいたからだ。ぼくはそれをフロアから拾った。

　ゲリがぼくの膝の上にもどってきた。手には薄汚れたピンク・フロイドのTシャツがあった。

「さ、これをつかって」

「そいつは上等なTシャツだぞ」ジェイクがいった。

「彼女の顔が汚れてるのよ、ったく、馬鹿ね」

「たしかにそうだ。ナン、大丈夫か？」

ナンシーはTシャツを丸め、ほっそりと繊細な形の鼻に押し当てて血を吸わせていった。そうしながら、片手で親指を突きあげるサインを送ってよこした。

　ぼくはいった。「きみの本は拾ったぞ。それから……ええと……これが本といっしょにフロアに落ちてた」

　ぼくはナンシーに小説本を手わたし——さらに手の切れそうな五十ドル札もわたした。きょうの朝つくられたかのように、汚れひとつない新品同然の紙幣。

　血の染みたTシャツのすぐそばにある目が、恐怖に大きく見ひらかれた。

「そんなことって！　嘘！　嘘！　本のなかも調べたもん、なかったんだもん！」

「知ってる」ぼくはいった。「きみがさがしてるところを見てたしね。あのとき見逃したにちがいないよ」

ナンシーの目がみるみるうるみはじめ、いまにも涙があふれそうになった。

「ハニー」ゲリがいった。「ナン。気にしないの。みんな、あいつがお金を盗んだと思いこんだ。ただの思いちがいよ」

「いまの話を警官にすればいいさ」ぼくはいった。「警官がやってきて、遊園地で酔っ払いから金を奪ったかどうかを質問されたらの話だ。そう話せば、警官たちにもわかってもらえるはずだ」

ゲリは一撃で人を殺せそうな視線をぼくに射ちこみ、ナンシーは泣きだし、すぐにぼくは口をつぐんでいるべきだったと悔やんだ——いや、そもそも紙幣を見つけなければよかったと悔やんだ。ぼくはこわごわジェイクの顔色をうかがった——氷のように冷たい視線か、あるいは兄としての敵意をむけられているものと覚悟しながら。しかしジェイクは窓の外に目をむけて、ひたすら夜の闇を凝視しているばかりだった。

「だれでもいい、いまさっきこの道を横切っていったやつの正体を教えてくれないか？」

「犬だったんだろ？」ぼくはとにかく話題を変えたくて、そういった。

「あたしは見てなかった」ゲリはいった。「だって、あのときは顔をダッシュボードにぶつけないようにするのに精いっぱいだったし」

「あんな犬は見たこともないな」ジェイクはいった。「車の半分くらいの大きさだったぞ」

「だったら羆《ひぐま》だったんだ」

「山男《サスカッチ》だったのかも」ナンシーが〝サスカッジ〟ときこえる惨めな声でいった。

全員がいっとき黙りこみ、いまの言葉を噛《か》みしめ――次の瞬間には全員で爆笑していた。ネッシーにはご退場願おう。未確認動物学の分野では、〝サスカッジ〟以上にキュートな動物はつくりだされていない。

カーブミラーのついた二本のポールが、うちの夏別荘に通じている一車線の未舗装路の入口を示していた。別荘はその先にあるマギー池という河口池に面していた。ジェイクはその未舗装路へ車を乗り入れると同時に運転席の窓をおろし、潮の香りのする生ぬるい風をとりこんだ。風はジェイクの髪をひたいからうしろへ吹き流した。

未舗装路にはあちこちに穴があった。なかには、差しわたしが一メートル近く、深さが三十センチにもなる穴もあり、ジェイクは車のスピードを時速十五キロ前後にまで落とさざるをえなかった。車体下部を雑草がこすって音をたてていた。小石が跳ねた。

五百メートルほど進んだところで、大きなオークの枝が道をふさいでしまっているところに行きあたった。ジェイクが悪態をついて、荒っぽく車をとめた。

「わたしがどけてくる」ナンシーがいった。

「いや、おまえはここにいろ」ジェイクはいったが、ナンシーは早くも助手席のドアを大きく開けはなっていた。

「だって足を伸ばしたいんだもの」ナンシーはそういうと、血だらけになっているピンク・フロイドのTシャツを車の床に投げ落として、ドアを荒っぽく閉めた。

見ていると、ナンシーがジェイクの車のヘッドライトの光にはいりこんできた――ピンクのスニーカーを履いた、愛らしくも弱々しい、ちっぽけな女の子。ナンシーは折れた枝の片側にかがみこんで――引き裂けたようになった赤っぽい木の枝が光を浴びて、明るく清潔に輝いていた――引っぱりはじめた。

「あいつだけじゃ動かせっこないね」ジェイクがいった。

「当人がやるっていってた」ゲリがジェイクにいった。

「手伝ってやれよ、ポール」ジェイクがぼくにいった。「ついさっき、余計なことをいってクソ男になった件の埋めあわせになるぞ」

「なにをいうかと思えば。なにか考えていたわけじゃなかったし……本気の言葉でもなんでもなくて……」そういいながら、ぼくの頭は恥の重さで両肩のあいだに垂れ落ちていった。

外の道路では、ナンシーが二メートル半ほどある枝を道路の片側にほぼ寄せおわって、次に枝の反対の端へまわりこんでいった。枝を転がして道路から側溝に落とすつもりだろう、と思えた。

「五十ドルを見つけても、そのままシートのあいだに突っこんでおけばよかったんだよ。こうなったらナンシーはもう今夜は眠れなくなる。わかるだろう、おれたちふたりきりになったとたん、頭がぶっ飛ぶほど大泣きしはじめるに決まってる」ジェイクはいった。

「そんなナンシーの相手をするのはおれなんだぞ――」

「ちょっと、いまのなに?」ゲリがいった。

「――おまえじゃなくて」ジェイクはゲリが発言しなかったかのように言葉をつづけた。「おまえは昔ながらのポール・ホワイトストーンならではの魔法を演じてくれたわけだ。楽しい夜を過ごしたあとなのに、アブラカダブラ・くそったれ――」

「いまの音、きこえてる？」ゲリがふたたびたずねた。

ぼくは耳で音をとらえるよりも先に感じた。車が震動した。ついで、激しい雨で地面を叩きながら嵐の前線が接近してくるような物音に気がついた。轟然《ごうぜん》と貨物列車が通過しているさなかに、鉄道線路のすぐそばに車をとめているような雰囲気だった。

そして最初の一頭の馬が、猛スピードで車の左側を駆け抜けていった。あまりにも近くだったので、馬の肩がサイドミラーをこすったほどだった。ナンシーは顔をあげて折れた枝から手を離すと、道路からジャンプで跳びのこうとするような動きを見せた。しかし、残されていた時間はわずか一、二秒であり、それほど遠くへは行けなかった。馬は蹄《ひづめ》をぎらりと光らせながらナンシーを押し倒し、蹄で踏みつけた。そのままうつぶせで道路に横たわったナンシーの体の上を、次の馬が走り抜けていった。ナンシーの背骨の折れる音がきこえた。いや、大樹の枝が折れた音だったのかもしれない。真実はぼくにもわからなかった。

三頭めの馬が風のように走り抜け、四頭めの馬がつづいた。三頭めまでの馬はそのまま駆けつづけ、ヘッドライトが届く範囲を超えて闇に姿を消していった。四頭めはナンシーの体のすぐそばで足をとめた。ナンシーはコルヴェットから十メートルほどの場所にまで、なかば引きずられ、なかば投げだされた格好だった――ヘッドライトの光でようすが見えるぎりぎりの範囲だった。体の大きな白馬は頭を下へ降ろして、ナンシーの髪の毛を噛んでいるように見えた。髪の毛は血まみれでもつれあい、そよ風に吹かれてひくひくと揺れていた。

ジェイクが絶叫した。ナンシーの名前を大声で叫ぼうとしたのだろうと思うが、はっきりとした言葉は出てこなかった。ゲリも悲鳴をあげていた。ぼくは黙っていた。声を出せるだけの空気が肺になかった。ぼくまでもが馬に踏みつけられ、体内からすっかり空気を叩きだされてしまったようにも思えた。

ナンシーのすぐ横に立っている馬は顔に傷を負っていた――片側が大昔の火傷《やけど》のせいで、皮が剝《は》げたようなピンク色になっていたのだ。両目はともに白かったが、火傷で無残なありさまになった側の目は眼窩《がんか》から不気味なほど飛びだしていた。そして、口から滑りだしてナンシーの顔を舐《な》めていたのは馬の舌ではなかった。細く黒い舌は蛇の舌にそっくりだった。

ジェイクは目で確かめないまま、片手でドアハンドルをつかんだ。目はナンシーに釘《くぎ》づけだった――そのため、車のすぐ横に別の馬が立っていることにも気づいていなかった。ぼくたち三人のだれも気づいていなかった。ジェイクは運転席のドアを一気に押しあけ、片足を未舗装路に置いた。そちらに目をむけたぼくには、かろうじてジェイクの名前を叫んで警告するだけの時間しかなかった。

車のわきにいた馬は逞《たくま》しい首をぐいっと下げ、大きな馬ならではの歯でジェイクの肩をがっちりくわえこむと、頭を大きく左右にふった。ジェイクの体が車から完全に引きずりだされ、そのまま道路わきの赤松の幹にむかってふっ飛んでいった。ジェイクの体は大砲から発射されたような勢いで幹に激突し、もつれあった下生えの灌木《かんぼく》のなかに落ちて見えなくなった。

ゲリがぼくの膝から体を浮かせて運転席に移動し、ジェイクを追って車外へ出ていこうというように手をドアに伸ばした。ぼくはゲリの肩をつかんで引きもどした。同時に車の横にいた大きな馬がぎこちなく体を半回転させることで巨大な白い臀部《でんぶ》をドアに叩きつけ、ゲリの目の前でドアを一気に閉ざしてしまった。

次に目にしたジェイクは、道路を這《は》いずってヘッドライトのなかに姿をあらわしたところだった。このときには背骨が折れていたとは思うが、断言はできない。両足は、いかにももう役に立たなくなったかのように引きずられているだけだった。ジェイクはぼくたちに——ぼくに——惑乱しきった目をむけてきた。その視線がぼくの視線とぶつかった。目をあわさなければよかったと思う。あれほどの恐怖がみなぎっている目や、あそこまで理不尽なパニックに満たされている目は、だれの顔でも断じて見たくなかった。

白い雄馬はパレードに参加しているかのように蹄を高くまでかかげる歩き方で、ジェイクを追いかけた。馬はジェイクに追いつくと、思いをめぐらせているかのような顔でジェイクを見下ろしてから、足を踏みおろした——それも、左右の肩胛骨《けんこうこつ》のあいだを狙ったように。たまらずジェイクは完全に地面に突っ伏した。起きあがろうとしたジェイクの顔を、雄馬がまともに蹴り飛ばした。そのひと蹴りで頭蓋骨《ずがいこつ》の大半の部分が——鼻の骨と目の上の眉骨と左右の頬骨が——砕けてしまい、映画スターを思わせるハンサムな顔の中央に真っ赤な傷が抉《えぐ》られた。軍馬はこれだけでジェイク相手の用をすませたわけではなかった。ジェイクがまたばったり倒れると、馬は鼻づらを下げて〈リーバイス〉のジャケットの背部分をくわえ、ジェイクの体を地面からもちあげて、あっさり木立へほうり投げた——まるで、ジェイクが藁《わら》の詰まったかかしでしかないかのように。

ゲリは途方にくれたようすで運転席で動けずにいた。顔は衝撃もあらわで、目はまん丸く見ひらかれていた。運転席側の窓ガラスはおろされたままだったので、コルヴェットの側面に黒い犬が飛びついてきたときには、毛むくじゃらの犬の頭がそのまま車内に躍りこんできた。犬は両の前足を窓の下にかけてゲリの左肩にがぶりと噛みつき、着ていたシャツの襟を袖から引き剝がして、その下にある小麦色に日焼けしたつややかな肌にざっくりと噛み痕を残した。犬の熱い吐息は鼻も曲がりそうな悪臭だった。

ゲリは悲鳴をあげてシフトレバーをつかむと、コルヴェットを発進させた。ジェイクを殺した馬がぼくたちの真正面に立っていた。ゲリは時速三十キロ強のスピードでコルヴェットを馬に衝突させた。車が馬の足をすくいあげた。大きな馬は体重が五百キロはあったにちがいない。コルヴェットの車体前部がひしゃげた。ぼくはダッシュボードに叩きつけられた。馬はボンネットに撥《は》ねあげられてひっくりかえり、夜空にむけて足をばたつかせていたかと思うと、くるりと起きあがり、一本の足の蹄でフロントガラスを蹴りぬいた。蹄はゲリの胸をとらえ、ゲリはシートに叩きもどされた。砕けた安全ガラスが厚手の青い粒になって、運転席一帯にシャワーのように降りかかった。

ゲリはギアをバックに入れ、うしろむきに加速させた。巨大な白い馬はボンネットから転がり落ちて地面に叩きつけられ、その衝撃で路面がびりびりと震動した。馬は未舗装路に落ちると、二本の前足だけでなんとか前半身を起こした。骨の砕けた両のうしろ足は、むなしく引きずられている。ゲリは車のギアを前進《ドライブ》に入れなおすと、ふたたび馬に体当りをしかけようとした。

馬は車の進路から身をかわし、ぼくたちは間一髪で横をすり抜けた——馬の尾が助手席の窓をかすめたほどのきわどさだった。ゲリの運転する車がナンシーの体を轢《ひ》いたのは、おおよそこの瞬間だったと思う。車の前方に一瞬だけナンシーが見えたが、次の瞬間にはコルヴェットがなにかにぶつかったかと思うと、つんのめるように一気に進んで路上の障害物を乗り越えた。ボンネットの下から油っぽい蒸気が吹きあがった。

恐怖の一瞬のあいだ、例の黒い犬が巨大で真っ赤な舌を口から横へむけて伸ばしながら、車に追いすがって走ってきた。しかし、すぐに車は犬をふり切った。

「ゲリ！」ぼくは叫んだ。「窓を閉めろ！」

「無理！」ゲリはいった。

その声は緊張でかぼそくなっていた。肩は筋肉の深さまで深々と牙を突き立てられ、着ているシャツの前身頃《まえみごろ》は鮮血で赤く濡れていた。いまゲリは片手で運転していた。

ぼくはゲリの腰の前を横切るように手を伸ばし、代理でハンドルをまわして運転席の窓ガラスをあげた。同時ににに車が路面の溝に落ちこんで上下にバウンドし、ぼくの頭がゲリのあごに強くぶつかった。目の前で黒い回転花火に火がつき、くるくる回ってから薄れていった。

「スピードを落とせ」ぼくは怒鳴った。「道からはみだしちまうぞ！」

「スピードは落とせないって」ゲリはいった。「ほら、うしろ」

ぼくはリアウィンドウから後方を確かめた。馬たちが車を追いかけていた。蹄が白いチョークの雲を地面近くに舞いあげていた。五頭の馬の姿はあまりにも淡く、雄馬の亡霊が群れているかのようだった。

ゲリが目を閉じて体を沈ませ、あごが胸につくほどうなだれた。車があやうく道路から滑りでそうになる。ついでコルヴェットがヘアピンカーブに走りこんでいくと同時に、ぼくは手を伸ばしてハンドルを握ると、力いっぱい回そうとした。それでもカーブをまわりきれる気がしなかった。ぼくは絶叫した。ゲリはそれで我に返り、痛みの淵《ふち》から自分を引きあげた。コルヴェットはきわどくカーブを回りこんだが、スピードが出すぎていたせいで車体後部が大きく横滑りし、タイヤが小石を弾《はじ》き飛ばした。ゲリが口笛めいた音をたてて、苦しげに息を吸いこんだ。

「どうかしたのか？」ぼくはたずねたが、馬鹿丸出しもいいところだった。なにごともなかったような言いぐさだ。ゲリがいましがた実の兄と親友が踏み殺されるのを目撃したこともなく、この世ならざるものの集団が蹄で轟音《ごうおん》を響かせながらふたりを追いかけていることもない、といいたげな質問だった。

「息ができない」ゲリがいい、その言葉にぼくは馬の蹄がフロントガラスを突き破って、ゲリの胸を強く打ったことを思い出した。肋骨《ろっこつ》が何本も折れたにちがいない。

「もうじき別荘に着く。そうしたら助けを呼ぼう」

「息ができないの」ゲリがくりかえした。「ポール。あいつら、メリーゴーラウンドから出てきたんだよ。あたしたちがあんな真似をしたから追いかけてきたんだ。だからあいつらジェイクを殺したんだ。だからナンシーを殺したんだよね」

　ゲリの口からそんな言葉が出るのをきくのは恐ろしかった。それが事実だということはわかっていた――顔に火傷のある馬を目にした時点で、ぼくはそう悟っていた。そのことを思うだけでも頭がぐらぐらと回転して気が遠くなった。やたらに速いスピードで容赦なくまわるメリーゴーラウンドに乗った酔っ払いになった気分だった。ぎゅっと目をつぶると、自分が世界という回転する円盤のへりに危険なほど近づき、いまにも振り落とされそうになっているような感覚にとらわれた。

「別荘まであとひと息だ」ぼくはいった。

「ポール」ゲリはいった――知りあってから何年もたつのに、このときぼくは涙をこらえているゲリを初めて目にしていた。「胸のあたりでなにか折れた気がする。かなり強くぶつかってきたから」

「そこだ、曲がれ！」ぼくは叫んだ。

　左のヘッドライトが割れて消えてしまっていて、あたりが闇に包まれていたせいだろう、マギー池に通じている道はこれまで千回も走っているはずだが、ぼくたちは別荘に通じている脇道の入口を危うく行き過ぎてしまうところだった。ゲリが急ハンドルを切ると、コルヴェットは自分があげた土煙のなかで旋回した。ぼくたちを乗せた車は音を立てて砂利敷きの急勾配の斜面を滑りおり、カーブを切って別荘の前でとまった。

別荘は緑色の鎧戸《よろいど》のある二階建ての白いコテージづくりで、ポーチは全体が虫除《むしょ》けのネットで囲いこまれていた。ひとつだけの石づくりの短い階段をあがった先がポーチになっている。あと二メートル半ばかり先まで行けば安全だ――ポーチを突っ切っていった先にある正面玄関をくぐりさえずれば。ただし、馬どもがぼくたちをみすみす別荘の建物に入れてくれるはずはない。それは断言できた。

ぼくたちの車がとまるかとまらないかのうちに、馬たちは車をとりかこむと、尾をひくひく動かし、コルヴェットのポーチの車体に肩をぶつけながら周囲を旋回しはじめた。馬たちの蹄が土埃《つちぼこり》を巻きあげて、ポーチを見とおすはずの視界を曇らせた。

車をとめるしかなかったことで、ぼくにはゲリが息を吸うたびにもれてくる、〝ひゅうひゅう〟というかぼそい喘《あえ》ぎがきこえるようになった。ゲリは前へ体を倒し、片手を胸骨のあたりにあてがったまま、ひたいをハンドルにくっつけた。

「さて、これからどうしよう？」ぼくはいった。一頭の馬がかなり激しく体当たりしてきたせいで、車がスプリングの作用で大きく上下に揺れた。

「あたしたちがお金を盗んだせい？」ゲリはそうたずねると、またかぼそい息の音をたててわずかな空気を吸った。「それとも、あたしがナイフで馬に傷をつけたから？」

「そんなことは考えるな。考えるなら、馬どもの隙をついて別荘に逃げこむ手だてを考えてくれ」

ゲリは、ぼくの発言などなかったかのように自分の話をつづけた。「それとも、ただあたしたちを殺す必要があったというだけ？　あたしたちに、なにかいけないところでもあったの、ポール？　うわっ。む、胸が……」

「車をUターンさせて州道にもどるというのも、ひとつの手かもな」ぼくはいったが、ここからまたどこかへ移動できるとは自分でも思わなかった。それに車をとめるしかなかったいまとなっては、もう車が動かないような気もした。車の車体前部は、猛スピードで立木に衝突したような無残なありさまだった。ボンネットはひしゃげて歪《ゆが》み、その下にある機械のどれかが小やみなく〝しゅうしゅう〟と高い音をたてていた。

「あたし、ひとつ思いついたことがある」ゲリはそういって、もつれあった髪の隙間からぼくを見つめた。その目は悲しげで、輝いてもいた。「あたしひとりが車を降りて湖にむかって走ったらどう？　そうやってあたしが馬の注意を惹《ひ》いてるあいだに、あなたは別荘に駆けこめばいい」

「なにをいうんだ。だめだよ、ゲリ、ぜったいに。別荘はもうすぐそこだ。だれかが命を犠牲にする必要なんかない。別荘はすぐそこだぞ。きみが映画みたいな愚かしい真似に打ってでて、馬どもを惹きつけたりする必要なんか、これっぽっちも――」

「あの馬たちの狙いはあなたじゃないかも、ポール」ゲリはいった。その胸がゆっくりとした一定のペースで膨らんでいた。Tシャツは赤く濡れて、肌にべったり貼りついていた。「だって、あなたはなにもしてないから。あたしたちはちがう。だから、あなただけは見逃すかも」

「ナンシーがなにをしたっていうんだ？」ぼくはわめいた。

「あの子はビールを飲んだでしょ？」ゲリは当たり前だといいたげだった。「あたしたちはお金を盗み、盗んだお金でナンシーが買物をして、買ってきたビールをみんなで飲んだ——でも、あなただけは飲んでない。ジェイクは盗んだ本人。あたしは馬にナイフで傷をつけた。じゃ、あなたはなにをしたの？　あなたはあの老いぼれをベッドまで運んで、げろで窒息しないように横向きに寝かせたのよ」

「きみはいま頭が普通じゃない。ほら、血をどっさりうしなって、ジェイクとナンシーが踏み殺される現場を目《ま》のあたりにしたものだから、ショック状態にあるんだ。やつらはしょせん馬だ。復讐を求めたりするものか」

「復讐したがってるに決まってる」ゲリはいった。「でも、あなたはその相手になってないのかも。とにかく話をきいて。気が遠くなりかけてて、あなたと議論を戦わせられる状態じゃないから。とにかくいますぐ行動を起こさないと。あたしは車から降りて、チャンスがあると見てとったら、すぐ左へ走りだす。木立と池の方角へ。浮き台《フロート》にまでたどりつけるかも。馬は泳げるけど、浮き台までは追いかけてこないはずよ。いまは胸がこんな悲惨な状態だけど、浮き台までは泳げると思う。あたしが外へ出たら、あなたは馬たちがあたしを追いはじめるのを待って別荘に逃げむ。それから、この州の警官のありったけをここへ呼んで——」

「だめだ」ぼくはいった。「だめだよ」

「それにね」ゲリはそういうと片方の口角をにいっと吊《つ》りあげて、歪んだ笑みを見せた。「こうなっても、まだあいつに痛い目をあわせてやれるんだから」

ゲリはそういって左手をひらき、操作係の所持品だったナイフを見せつけてきた。持ち手の象牙に細工で彫りこまれている疾駆する馬の像が見えた。

「だめだ」ぼくはいった。ほかの言葉が頭に浮かばなかった。言語能力がぼくのもとから去っていた。

ぼくはナイフに手を伸ばしたが、ゲリがすかさずナイフを握りこんでしまったため、自分の手をゲリの手に重ねただけにおわった。

「前々から、ふたりいっしょにニューヨークに行くなんて話はお笑いぐさだって思ってた」ゲリはいった。「ほら、あたしが女優になって、あなたが劇作家になるっていうあの話。そんなの不可能だってわかってた。でも、もしあたしがここで死なかったら、一回ためしてみてもいいかもね。だってあの話よりも、ここで生き残ることのほうがずっと不可能みたいだし」

ゲリはぼくの手からするりと自分の手を引っこめた。いまにいたるも、自分がこのときどうしてゲリの手を離したのかはわからずじまいだ。

一頭の馬がコルヴェットの正面にまわりこんでジャンプし、ボンネットに前足の蹄をどすんと降ろした。車がスプリングの作用で上下に跳ねた。巨大な白い乗用馬が、煙の色をしたまなこでぼくたちをにらみすえていた。皺の寄った黒々とした歯肉を、蛇の舌がちろちろと叩いていた。馬はいったん体を沈め、以前はフロントガラスがあったところの空間に躍りこんでくるかまえを見せた。

「じゃね」ゲリがやさしいとさえいえる声でいった。

そして次の瞬間、ぼくが顔をそちらへむけもしないうちに、ゲリは車から降り立って走りだしていた。

ゲリはネットで囲われたポーチから走って車の後部をまわり、別荘の角部分とその先の池を目ざして走っていった。木々の幹の黒々としたシルエットのあいまに、夜の闇のなかでも仄《ほの》かに光っている池の水面が見えていた。池のほとりまではそれほど遠くなかった。せいぜい二十五メートル弱といったところだ。

ぼくの正面にいた馬がすばやく頭をめぐらせて、逃げるゲリの姿を目にとめた。馬はすかさず跳躍して車から離れ、ゲリを追いかけはじめた。さらに二頭の馬が追跡に参加したが、ゲリは足が速く、灌木が密生していた。

ゲリがあと一歩で林から池のほとりに出るというときになって、胸ほどの高さのある灌木の陰からあの猫がジャンプして襲いかかった。大きさはクーガーほど、足先は野球のグローブなみのサイズだった。その足がゲリを殴りつけ、衝撃でゲリの体が半回転した。猫はすかさずゲリの上に乗り、のどにつかえたような低い声をあげたが、その声がすぐに動物の疳高《かんだか》い悲鳴に変わった。ゲリが猫をナイフで刺したのだと考えたい。あの場でゲリが、自分にも人間ならではの鉤爪《かぎづめ》があることを猫に思い知らせたのだと、そう考えたい。

ぼくは走った。車から出たときの記憶はない。ただ外に出て両足で立ち、破壊されたコルヴェットの車体前部を速足でまわりこんでいた。スクリーンドアにたどりつくと力まかせに押しあけ、その先にある別荘の正面玄関に突進した。もちろんドアは施錠されていた。鍵はドアのすぐ右に打ってある錆びた釘にかかっていた。鍵をつかんだが落としてしまい、あわてて拾いあげた。それから何度も何度も錠前の穴に入れようとした。このときのことは、いまでも夢に見る——夢でぼくは震える手で鍵を前に突きだし、あけなくてはならない錠前に挿《さ》しこもうとするのだが、ありえないことに何度もしくじりつづけていて、その一方では背後の闇からなにやら恐ろしいものが迫ってきている——馬か狼、あるいは顔の下半分を鉤爪でむしりとられ、のどの肉が何本ものリボンになって垂れ落ちているゲリか。《ねえ、ダーリン。正直に答えて。わたしって本当に映画に出られるほどの美人だと思う？》

現実には、鍵と錠前相手に格闘していたのは十秒にも満たなかったはずだ。ドアがあくと、ぼくは別荘に飛びこもうと焦るあまり、ドア框《がまち》に足をとられて、ばったり床に倒れこんだ。その勢いの激しさに体から空気が叩きだされた。ぼくは大声でわけのわからないことをわめき、泣きじゃくるような声を洩らしながら、両手両足を床について床を這いずった。ついでドアを抜けるなり足で蹴って閉め、横向きになって体を丸めると、その場でむせび泣いた。氷のなかから一気に凍るほど冷たい水に投げこまれたかのように、体の震えがとまらなかった。

なんとか自制をとりもどして立ちあがれるようになるまでには、一、二分の時間が必要だった。ぼくは震えながら玄関ドアに近づき、ドア横の明かりとりの窓から外をのぞいた。見る影もなく破壊されたドライブウェイのコルヴェットのまわりに五頭の馬があつまって、こちらを見ていた。馬たちは毒をはらんだ淡い色の煙った目で、別荘をじっと見ていた。道の先のほうでは例の犬が怒りに筋肉を張りつめさせ、落ち着きなくうろうろと歩いていた。猫がどこにいるのかはわからなかった——しかし、声はきこえた。そのあと数時間ばかりは、遠くから怒りもあらわな鳴き声がきこえていた。

ぼくが馬の群れをにらむと、群れもにらみかえしてきた。そのうちの一頭、体重が半トンもありそうな馬は、別荘に横顔を見せる位置に立っていた。横顔の傷痕はつい数時間前につけられたというよりは十年ばかり昔の古傷にも見えたが、それでも整った白い被毛のなかに、くっきりと銀のレリーフとして見えていた。馬の体に刻みこまれていたのは、《くたばれ《ファック・ユー》》の語だった。

群れの馬がいっせいにいななきをあげた。それが笑い声のように響いた。

ぼくはよろよろとキッチンへ行き、電話をかけようとした。しかし発信音はきこえず、どこにも通じなかった。不通になっていた。あの馬ども、〈ワイルド・ホイール〉から出てきた怪物たちの仕業だったのかもしれないが、いまでは強い風で電話線が切れただけだというほうが真相に近いと思える。あのときのように強い風が吹いていると、マギー池のまわりでは電話線や送電線が切れることは珍しくなかったし、じっさいこの夜は電話も電気も通じなくなっていた。

ぼくは窓から窓へと移動した。そのたびに馬が道路から別荘を見ていた。馬以外の動物が下生えの藪のなかでがさがさ音をたてて動き、別荘の建物のまわりを歩いていた。ぼくはそいつらに、どこかへ行っちまえと怒鳴った。おまえたちを殺してやる、おまえたちを皆殺しにしてやると怒鳴った。ぼくたちはそんなつもりじゃなかった、これっぽっちもそんなつもりじゃなかった、とも怒鳴った。ただし、いまにして思うなら、真実の叫びだったのは最後の部分だけだったようだ。ぼくたち全員がそんなつもりじゃなかったのだ。

ぼくは居間のソファで気絶するように寝入った。気がつくと好天に恵まれた朝で――空は青く、朝露がひとつ残らず日ざしにきらめいていた――〈ホイール〉から出てきた怪物はいなくなっていた。それでも、外に出ていく気にはなれなかった。あいつらが身を隠しているかもしれないと思ったからだ。

ぼくが勇気をふりしぼって未舗装路まで出るという危険をおかしたのは、もう夕方も近くなってからだった――そのときにも片手には大きなキッチンナイフをかまえていた。そこへひとりの女性が運転するランドローヴァーが土煙をあげながら、ゆっくりとしたスピードで通りかかった。ぼくは助けを求める大声をあげて車を追いかけたが、女性はスピードをあげて逃げていった。無理もなかった。

十五分後、ぼくは州警察のパトカーに乗せられた――パトカーは未舗装路と州道合流点でぼくを待っていたのだ。そのあと三日間を、ぼくはルイストンにあるメイン州中央医療センターで過ごした――といっても、深刻な怪我《けが》を負っていたとかいう理由じゃない。医師がぼくの両親に説明した言葉を借りるなら、〝重度の妄想性現実離脱症〟を起こしたので、その後の経過観察が必要だったからだ。

そしてその三日め、ベッドのわきに両親と一家の顧問弁護士がならんでいるなかで、ぼくはフォレットという名前の警官にむかって、〈ワイルド・ホイール〉に乗る直前にぼくたち四人の全員がＬＳＤを飲んだ、と認めた。そのあと車でマギー池を目指す途中、ぼくたちは野生動物を――おそらく篦鹿《ムース》を――撥《は》ねてしまった。シートベルトをしていなかったゲリとナンシーは、そのときに即死した。フォレットが運転していたのはだれかと質問し、顧問弁護士がぼくに代わって、ジェイクが運転していたと答えた。さらにぼくは震える声で、マニュアル車は運転できないといい添えた。これは本当だった。

そのあとのいきさつについても弁護士がすべて話した……ジェイクはふたりの死体を池に投げ捨ててから、どこかへ逃げていった。カナダあたりだろう。残っていれば、死ぬまで刑務所の終身刑を食らうに決まっていたからだ。さらに一家の顧問弁護士はこうもいい添えた——ぼくもまた被害者だ、ジェイクが調達したドラッグの犠牲者であり、ジェイクが起こした惨事の被害者だ、と。ぼくがしたのは、うなずき、話に同意し、サインをしろといわれた書類にサインをしたことだけ。警官にとっては、これだけの話で充分だった。警官はジェイクをよく覚えていたし、ジェイクがボウリング場の〈ルイストン・レーンズ〉で仲間の警官に暴行を働いた夜のことも覚えていた。

メイン州警察と森林管理局が合同でマギー池を捜索して遺体をさがしたが、なにも発見できなかった。というのもマギー池はつきつめれば大きな潮だまり《タイドプール》であり、海にむかってひらいているからだ。

結局、ぼくはダートマス大学には進まなかった。それどころか、家から出かけなくなった。当時は自宅から外へ出ることが、地上十階建てのビルの屋上の外周部を歩くのにも匹敵するほどむずかしかった。

ひと月たったある晩、部屋の窓から外をのぞくと、例の馬の一頭が道路から家を見あげていた。馬は街灯の下に立ち、白く濁った目で建物を見あげていた。顔の片側は大昔の火傷でまだらになり、皺が寄っていた。ややあって馬は頭をさげ、ゆっくりと歩いて遠ざかった。

ゲリは馬たちがぼくを狙ってはいないと考えていた。いや、ぼくを狙っていたに決まっている。メリーゴーラウンドの操作係を犯人だと指さしたのはぼくだ。ぼくはジェイクの導火線に火をつけた当人だ。

ぼくは夜を怖がるようになった。四六時中目を覚ましては、あいつらの姿をさがした――あいつらの姿が見えることもあった。ある晩は二頭の馬を見たし、猫科のけだものが見えた夜もあった。やつらはぼくを見張っていた。ぼくを待ちかまえていた。

一九九五年の春には、十週間にわたって療養施設に収容された。リチウムを投与された結果、しばらくは馬たちに見つからずにすんだ。しばらくは状態もよかった。セラピーが何カ月もつづいた。戸外の散歩もはじめた――といっても、最初は玄関から郵便受けまで行くだけで、そのつぎは家の前の道を少し先まで歩くだけにとどまった。それがやがて天気のいい昼間なら、付添なしに数ブロック先まで出歩けるようになった。しかし、夕方になると息苦しくなるのは変わらなかった。

一九九六年の春には両親から祝福され、セラピストのお墨つきを得たうえで飛行機でカリフォルニアに飛び、二カ月のあいだおばの家に滞在した。そのあいだは客間で寝泊まりした。おばは銀行の窓口係《テラー》であり、教会員としても活動している敬虔《けいけん》な――しかし他者に強圧的ではない――メソジストであり、そんなおばといっしょならぼくは心配ない、と両親は感じたのだろう。母はぼくが旅行する気になったことを大いに誇りにしていた。父のほうはぼくを家から追いだせたことで、ぼくの感情爆発や病的な疑心暗鬼から離れられ、ほっと胸を撫でおろしていたのではあるまいか。

ぼくは慈善目的のリサイクルショップの仕事についた。デートにも出かけた。ここにいれば安全に思えたし、満ち足りた気分になれることもあった。平凡な日々の暮らしのように思えた。ぼくは年上の女性とつきあいはじめた。幼稚園の先生をしている女性で、若白髪になりかけていて、笑い声は男のようにかすれて荒々しかった。ある日、ぼくはその女性と会ってお茶とコーヒーケーキのひとときを過ごした。ぼくはすっかり時間を忘れてしまい、外に出ると空は夕焼けで真っ赤に染まっていて、例の犬がそこにいた。近くの公園から姿をあらわした犬は、ひらきっぱなしの口から涎《よだれ》を垂らしながら、ぼくをにらんでいた。デート相手の女性も犬を目にして、ぼくの手首をつかみ、「いったいあれはなに！」といった。ぼくは女性の手をふりほどくと出てきたばかりのカフェに飛びこみ、だれか警察に通報してくれと大声で叫び、このままだとぼくは死んでしまうとわめいた。

ぼくはまた入院するほかはなかった。このときには入院期間は三カ月。電気ショック療法を一サイクルおえる期間だ。入院しているぼくに、だれかが〈ケープ・マギー・ピア〉遊園地と〈ワイルド・ホイール〉の絵葉書を送ってきた。なんのメッセージも書かれていなかったが、絵葉書そのものがメッセージだった。

それまでは、〈ワイルド・ホイール〉の動物たちが大陸を横断して追いかけてくるなんて思ってもみなかった。彼らは二カ月かけて、ぼくのもとにたどりついたのだ。

今世紀の初頭、ぼくはロンドン大学への入学を認められてイギリスへ飛び、都市計画を学ぶことになった。そして卒業後も、その地にとどまった。

劇作には一回も手を染めなかったし、そればかりか詩のひとつもつくらなかった。ぼくが世間に出した文章は、専門誌に寄せた都市部に棲息《せいそく》する害獣――鳩や鼠や洗い熊など――への対処にまつわるレポートにかぎられた。この業界では、ぼくが冗談まじりに“殺害紳士《ミスター・マーダー》”と呼ばれることもある。クロームめっきとガラスで秩序正しくつくられたメトロポリスから動物界の痕跡をひとつ残らず消し去るのが、ぼくの専門だからだ。

しかし、ミスター・マーダーという綽名《あだな》はロマンティックな興味をかきたてるものではないし、私的な問題をかかえているせいで――パニック障害や暗闇への根深い恐怖など――ぼくはどちらかといえば周囲から孤立していた。結婚はしなかった。子供ももたなかった。知りあいもいなければ友人もいない。友情は退勤後のパブで養われるものだ――そして退勤後のぼくはといえば、しっかりと施錠された建物三階にあるアパートメントの部屋で、書物に囲まれて安全に過ごしている。

こちらに来てから、くだんの馬を目にしたことは一回もない。理屈で考えれば、あいつらにどんな力がそなわっていようとも、五千キロ弱もの大海原を横断してぼくのもとに追いついたりできるはずもないとわかる。ぼくは安全だ――あいつらの手は届かない。

しかし、昨年ぼくはブライトンで開催された都市計画関係の会議に派遣された。そこでぼくは午後に、日本原産の甲虫《こうちゅう》とその甲虫が都市の樹木におよぼしかねない危険について講演する予定だった。うかつなことにタクシーから降りるまでまったく気づかなかったが、会場のホテルは桟橋の遊園地〈ブライトン・パレス・ピア〉と道路をはさんですぐの場所にあった。桟橋の突端では堂々たるメリーゴーラウンドが回り、〈ウーリッツァー〉の電子オルガンが奏でるにぎやかな音楽が、風に乗って遠く海岸の砂浜にまで運ばれてきた。ぼくはひたいにいやな汗をかき、胃がよじれてしまった状態でなんとか講演をおわらせると、すぐさま逃げるようにして会議室から退散した。ホテルのなかにいても、メリーゴーラウンドの音楽はきこえてきた——調子っぱずれな子守歌《ララバイ》が壮麗なロビーを通り抜けて、耳にとどいていた。ロンドンに引き返すわけにはいかなかったが——翌朝にパネルディスカッションが予定されていた——しばしホテルから離れることはできた。ぼくは桟橋が背後に遠ざかるまで、海岸に沿ってずんずん歩いた。

そのあと神経を鎮《しず》めるために海辺の店でハンバーガーを食べながら、ビールをジョッキで一杯飲み、さらにお代わりをした。店に長居してしまった。店を出て海岸ぞいをホテルへむかって歩きだしたころには、沈みつつある太陽がもう水平線に触れていた。ぼくは冷たい砂の上を速足で進み、潮風にスカーフと髪をかき乱されながら、全力疾走にならずにいちばんスピードを出せるペースで進んだ。

ようやくホテルが見えてくると、ぼくは足どりをゆるめてひと息つくことを自分に許した。横腹が差しこみに痛み、肺には氷なみに冷たくてちくちくと刺す炎がいっぱい詰まっていた。

なにかが海で身を躍らせ、水中に飛びこんだ。

ぼくには、そいつの二メートル半ほどの尾が一瞬見えただけだった——電柱ほどの太さで、ぬらぬらと照り光っている黒いロープ。ついで、そいつの頭が海面を割って出てきたかと思うと——塗装をほどこされた鎧めいた黒と緑の頭部には、コインのように輝いてコインのようにもの見えぬ目があった——すぐ水中へ没した。二十年以上も目にしていなかったが、それでも正体はひと目見た瞬間にわかった——〈ワイルド・ホイール〉の海蛇だった。

あいつらは今後も決してぼくのことをあきらめないのだ。

ホテルの客室に帰りつくなり、ぼくはハンバーガーとビールをトイレにもどした。気分がわるく、ぼくはひと晩じゅう冷たい汗をかき、体の震えに悩まされた。眠らなかった。眠れなかった。目を閉じるたびに客室が動きだして、緩慢なペースでゆったりと回りはじめたからだ——ターンテーブルの上のレコード盤のように、あるいは回転しはじめたときのメリーゴーラウンドのように。ぼくはぐるぐる・ぐるぐる・ぐるぐる回り、ぐるぐる・ぐるぐる・ぐるぐる回っているあいだも〈ブライトン・パレス・ピア〉の突端にある〈ゴールデン・ギャロッパーズ〉の音楽がずっと遠くからきこえていて、それは夜空にむけて〈ウーリッツァー〉が奏でる狂気のフォックストロットであり、そのかたわら子供たちが絶叫しているけれど、それが笑い声なのか恐怖の悲鳴なのかはぼくにはわからない。

最近では、なにもかもがおなじに思えるのだ。

ウルヴァートン駅 玉木 亨[訳]

# WOLVERTON STATION

ソーンダーズが最初に狼《ウルフ》を見かけたのは、列車がウルヴァートン駅にはいっていこうとするときだった。

ふと『フィナンシャル・タイムズ』から目をあげると、駅のホームにそいつが後ろ肢《うしろあし》で立っていたのだ。身長は百八十センチくらい。白髪まじりの剛毛で覆われた両耳のあいだに、布製の平たいハンチング帽が押しこまれている。トレンチコート姿で、片方の前肢にはブリーフケース。苛立《いらだ》たしげに左右に揺れているふさふさの尻尾《しっぽ》は、おそらくズボンのお尻にあけた穴から突きだしているのだろう。列車はまだ動いており、狼の姿はあっという間に視界から消えた。

ソーンダーズは面白くなさそうに小さく笑うと、理にかなった行動をとった——視線を新聞に戻したのだ。駅のホームで狼が列車を待っているのを目にしても、動じたりはしなかった。つぎの駅では、おおかた悪魔でもいるのだろう。ロンドンからリヴァプールまで、すべての停車駅で抗議活動家が待ちうけている可能性だってあった。衣装をつけて歩きまわり、その動画を誰かがテレビ局にもちこむことを期待している連中だ。通りのかれらはソーンダーズがロンドンで泊まったホテルのまえにも張りこんでいた。

真向かいの歩道を、一ダースほどのみすぼらしい恰好《かっこう》をした若造がいったりきたりしていた。ホテル側はそれを見ずにすむ裏側の部屋を勧めてきたが、ソーンダーズは連中を真上から見おろせる正面のつづき部屋《スイートルーム》にこだわった。イギリスのテレビでやっているどんな番組よりも、ずっと面白かった。その抗議デモのなかに狼男はいなかったものの、アメリカ合衆国を擬人化したアンクル・サムに扮《ふん》したやつはいた。アンクル・サムは竹馬にのって、例の厳しくて憎々しげな表情を浮かべながら、ズボンからはみだした長さ一メートルほどのゴム製のペニス（てかてかしたピンク）を楽しげに跳ねまわらせていた。薬物疑惑のあった元野球選手――〝スラミン・サミー〟ことサミー・ソーサ――が両手で掲げているプラカードには、こう書かれていた。

アンクル・サムがコップに小便
われらイギリス人が金を払ってそれを飲む
ジミ・コーヒーはお断り！　児童奴隷《チャイルズ》はお断り！

これには、ソーンダーズも大笑いさせてもらった。正義の怒りが、とんだ馬鹿丸出しに変わっていた。児童奴隷《チャイルズ》だって？　〝チャイルド〟の複数形は〝チルドレン〟だろうが。名高いイギリスの教育システムはどうした？

ほかのデモ参加者たち――流行に敏感な気どった連中――の掲げるプラカードのなかには、そこまで楽しめるものはなかった。コーヒーの茂みのそばに裸足《はだし》で立っている、半裸の黒人の子供たちの写真。絶望のまなざしでカメラをみつめるその目には、現場監督に鞭《むち》打《う》たれたばかりとでもいうような涙が浮かんでいる。ソーンダーズはこの手の写真をさんざん見せられており、もう怒る気にもなれなかった。こういったプラカードがとんでもない嘘《うそ》を定着させることになるとわかっていても、ただ苛立ちをおぼえるだけだった。ジミ・コーヒーは子供たちをコーヒー畑で働かせてはいない。そういうことは、これまで一度もおこなわれてこなかった。袋詰めの工場では働かせているが、畑ではない。そして工場は、子供たちが帰っていく貧民窟よりもはるかに衛生状態がいいのだ。

なにはともあれ、ソーンダーズは抗議している連中を憎めなかった。チェ・ゲバラのへそ出しTシャツを着たいかした女の子たちと、お洒落《しゃれ》な感じに薄汚れているサンダル履きのボーイフレンドたち。きょうは抗議活動をしていても、三年もたてば、女の子たちはベビーカーを押していて、ジミ・コーヒーの店で女友だちと半時間おしゃべりするのが一日で最高のひとときとなっているだろう。むさくるしいボーイフレンドたちはきれいにひげを剃《そ》り中間管理職の仕事をおい求め、職場へいく途中で毎朝ジミ・コーヒーの店に駆けこんで、欠くことのできないエスプレッソのダブルショットを注文している（それがないと、日々くり返される人生でもっとも退屈な一日を乗りきれないからだ）。そのころには、自分たちがジミ・コーヒーのイギリス上陸に抗議してデモ行進したのを思いだすことがあっても、その無意味でまと外れな理想主義に、当惑と恥ずかしさをおぼえているはずだ。

まえの晩、ホテルのまえには一ダースほどの抗議者がいた。けさコヴェント・ガーデンでひらかれた旗艦店の開店記念イベントには、二ダースほどの抗議者が。たいした数ではなく、通行人はほとんどが目もくれなかった。デモに注意をむけた幾人かも、アンクル・サムのゴム製のペニスを見て、ひいていた（それは、現実ばなれした奇怪なおじいさん《グランドファーザー！》の時計《クロック》の振り子よろしく——おじいさん《グランドファーザー！》のペニス《コック》か？——ぶらぶらと揺れていた）。あとでかれらの記憶に残っているのは、抗議の内容ではなく、アンクル・サムの股間についていたぼってりとした擬似ペニスのことだけだろう。この件は『フィナンシャル・タイムズ』の経済面の小さな記事で最後にちょっとふれられるのがせいぜいではないか、とソーンダーズは踏んでいた。とはいえ、そこにジミ・コーヒーの商売のやり方に対する抗議者の文句が引用されている可能性はあった。ソーンダーズ自身が手を貸して作りあげたそのやり方とは、こうだ。

　まず、地元客で繁盛している家族経営のコーヒー店を見つけて、その通り向かいに出店する。ジミ・コーヒーのフランチャイズ店は、何カ月でも——必要とあらば何年でも——赤字経営をつづけられる。どれだけ長くかかろうとも、競争相手を店じまいにおいこむまで粘り、その顧客をとりこむのだ。このやり方は、非道で犯罪すれすれの行為として顰《ひん》蹙《しゅく》を買っていた。そういう家族経営の店は、たいていがちっぽけなカップで薄くてまずいインスタントコーヒーを提供し、トイレもろくに掃除していないのだが、そんなことは関係なかった。児童労働に反対する抗議者たちが、仕事がなくて飢えている子供たちのことを気にかけないのとおなじだ。

　それでも、ソーンダーズはかれらに敵意を抱くことができなかった。抗議者たちの考え方を、よく理解していたからだ。かつては彼自身もデモ行進に参加していた。みんなといっしょに練り歩き、マリファナを吸い、グレイトフル・デッドのコンサートでパンツ一丁で踊り、インドを旅してまわった。海外へいったのは、超越とか真言《マントラ》とか人生の意味といったものをさがすためだった。そして、なんと彼はそれを見つけていた。カシミール地方の山岳地帯にある修道院に三週間滞在したときのことだ。すがすがしい空気。竹とオレンジの花のぴりっとした香り。ソーンダーズはいにしえの敷石の上を素足で歩きまわり、シンギング・ボウルの低い持続音に耳をかたむけながら瞑想《めいそう》し、そこへたどり着いたほかのマリファナ愛好家たちとともにお経を唱えた。全身全霊をかけてそれらに取り組み、純粋さや愛を感じようとした。毎日出される食事も、きちんと食べた。水でふやけたチョークみたいな味のする粉状のお米。お椀《わん》にはいったカレー味の小枝といった感じの代物。そしてついに、探し求めていた英知を授かる日が訪れた。

さらなる高みへとつうじる道をソーンダーズに示してくれたのは、ジョン・ターナーというコロラド出身の若者だった。この痩せこけた黒髪の若者は、指導つきの瞑想のときに上半身裸となり――わき腹が痛々しいくらい白かった――誰よりも長く熱心に祈りをささげた。瞑想者はこのとき、なにか美しいもの、おのれを幸福感で満たしてくれるものに心を集中させることになっていた。ソーンダーズは蓮《はす》の花を思い浮かべようとした。滝。海。サンディエゴに残してきたガールフレンドの裸体。だが、どれもしっくりとはこなかった。それに対して、ジョン・ターナーはすぐに極意をつかんだらしく、その長くて馬のような顔は恍惚《こうこつ》と輝いていた。彼の汗の匂いまでもが、清らかでしあわせなものに感じられた。修道院にきて三週目、ソーンダーズは我慢しきれずにたずねた。「ジョン、きみは瞑想中になにを思い浮かべてるんだ？」

「ほら」ジョン・ターナーはこたえた。「おのれを幸福感で満たしてくれるものを想像しろ、っていわれただろ。だから、ずっとマクドナルドのクォーターパウンダー・チーズのことを考えてたんだ。故郷《くに》に帰ったら、真っ先にかぶりついてやる。あと何日か小枝と香辛料味の泥を食わされてたら、頭のなかで思い描いたそいつを実体化させられそうだぜ」

ソーンダーズはインドへ旅立ったとき、ディーニーという金髪の女の子とビートルズのホワイト・アルバムとマリファナに入れこんでいた。だがサンディエゴに戻ってみると、すでにディーニーは薬剤師と結婚し、ポール・マッカートニーはウイングスとツアーをし、マリファナは彼の嗜好《しこう》品ではなくなっていた。かわりに、ソーンダーズはある構想を手にいれていた。より正確にいうと、展望、理解だ。現実がその黒くて不透明な壁板をひとつ横にずらして、板のむこうで動いている歯車をちらりと見せてくれたときに、彼は重力や光の量子的性質のような普遍定数を発見していた。すなわち、どこへいこうと——それがどれだけ古い伝統をもつ土地であろうと、どれだけ壮大な歴史をもつ土地であろうと、どれだけ素晴らしい風景をもつ土地であろうと——そこには必ずマクドナルドのお得なハッピーセットに対する需要がある、ということだ。蓮の道は涅槃《ねはん》につうじているのかもしれないが、その道のりは長く、途中にドライブスルーがあることを望むのは、ごく自然な欲求といえた。

カシミールの修道院をあとにして三年がたつころには、ソーンダーズはバーガーキングの店舗を五つ所有していた。彼の店は全国平均よりも六十五パーセント高い利益をあげており、経営陣はその理由を知りたがった（秘訣《ひけつ》＝スケートボード場や海岸やゲームセンターのちかくに出店し、窓をあけたままバーガーを焼いて、その匂いが一日じゅう若者たちに届くようにする）。その十三年後、ソーンダーズは自身が上級経営者となって、ダンキンドーナツにスターバックスの撃退法を指南していた（方策＝スターバックスはお高くとまったよそ者であるというイメージを植えつけ、ダンキンドーナツはニューイングランド地方を発祥の地としている点を強調する。市場の飽和状態を出現させる）。

ジミ・コーヒーから七桁《けた》の給料を提示され、会社の再建とフランチャイズの海外進出の手伝いを打診されると、ソーンダーズは一も二もなく飛びついた。とくに気にいったのは、海外進出の部分だった。それを推進するとなると、当然旅をする機会が出てくるからだ。インドから戻って以来、ソーンダーズはほとんどアメリカ合衆国を出ていなかった。なんだったら、カシミールのあの修道院の真向かいにジミ・コーヒーの店を出してもよかった。求道者たちは、そこに用意されているさまざまな菜食主義者向けのメニューに感謝することだろう。ヴァニラ・カプチーノがあれば、日の出の詠唱の時間はずっとすごしやすくなる。集中した状態、穏やかな満足感、内なる平安を生みだすという点において、カフェインは禅の瞑想のはるか上をいくのだ。平均的な郊外育ちの中流白人の仏教徒は、毎日のヨガ教室がなくても困らないが、コーヒーがないと、あっという間に獣と化して――。

ソーンダーズは新聞の片隅を折り、ふたたび駅のホームのほうへ目をむけた。

列車はがくんがくんと小刻みにつかえながら、ようやく完全に停止しようとしていた。狼の着ぐるみをつけたふざけた野郎は、はるか後方に取り残されて見えなくなっていた。

ソーンダーズは先頭の一等車に乗っており、ホームの端に設置された金属製の看板が目にはいった。二本の石柱のあいだにボルトで留めてある看板には、〈ウルヴァートン駅〉とあった。たいていの抗議活動家が厚紙と油性ペンと粘着テープを買うくらいの金しかもっていなくて、助かった。プラカードだけならともかく、そうしょっちゅう大きな悪い狼の恰好をしたイカれた野郎につきまとわれていたら、たまったものではない……。

いや、かまうものか、とソーンダーズは胸の奥でひとりごちた。一等車まできて、となりにすわるといい。あのアホらしい狼の着ぐるみ姿で、東アフリカのコーヒー畑で灼熱《しゃくねつ》の太陽に焼かれながら豆を摘む黒人の幼い子供たちについて、講釈をたれさせてやろうじゃないか。そしたら、こっちは連中に教えてやるまでだ。ジミ・コーヒーでは子供に豆摘みをやらせていないこと。毎年、発展途上国の子供たち十名に全額給付の奨学金を出していること。地元に根ざした家族経営の店が、去年いったい何人の発展途上国の子供たちを大学へいかせたというのか？　しかも連中は、なに食わぬ顔でサモア諸島の奴隷商人のところからコーヒーを仕入れているというのに。

ソーンダーズが〝木こり〟というあだ名を頂戴したのは、バーガーキングの経営陣に名を連ねていたときだった。首切りが必要になると、じつに手ぎわよく斧《おの》をふるうことで知られていたからだ。対立を避けていたら、莫大《ばくだい》な個人資産を築きあげることはできない（彼のいちばん大きな資産は、コネティカット州ニューロンドン郡の二十エーカーの土地にある家と、フロリダキーズ諸島にある家。それと、そのふたつを行き来するときに使う全長四十三フィートのスポーツフィッシング用モーターボートだった）。一度、親友の奥さんで妊娠八カ月の女性を、たったひと言のテキストメッセージで解雇したことがあった――きみはクビ。袋詰めの工場を閉鎖して、数百名を失業させたことも。顔を真っ赤にして身体を震わせている老女から罵倒され――イディッシュ語で、〝冷酷非道《コーシャ》なクソ野郎〟といっていた――それにじっと耐えたことも(彼女がやっていた清浄なコーヒーを出す小規模なチェーン店に狙いをつけ、つぎつぎと潰していったときのことだ)。だが、ジミ・コーヒーがソーンダーズを雇ったのは、まさにそのためだった。かれらは〝木こり〟を必要としており、ソーンダーズは森でいちばん切れ味の鋭い手斧をもつ男だった。彼だって、二十代のころは愛と平和《ラブ・アンド・ピース》を全面的に支持していた。そして、それはいまでも変わっていないと思いたかった。だが、長い年月がたつうちに、彼のなかでは錆《さび》っぽくて塩気のある血の味に対する嗜好《はぐく》も育まれてきていた。それは習い覚えていくという点で、コーヒーの味を好きになるのと似ていた。

列車がなかなか出発しないので、ソーンダーズはしばらくすると、ふたたび新聞をおろしてホームに目をむけた。ユーストン駅で乗車してから、はじめて自分に腹がたっていた。こんなことなら、レンタカーにしておけばよかった。列車でいくことに決めたのは、感傷に流されたとっさの判断だった。彼が最後にイギリスにきたのは大学を出た直後で、世界旅行の幕開けに二週間滞在していた(ちなみに締めくくりは、カシミール地方の風の強い山岳地帯にある例の石造りのぼろっちい修道院だ)。その理由は、ビートルズだった。ビートルズがいなければ、彼は十代のころに――父親が母親を捨てたあとの最悪の時期に――自殺していただろう。だからロンドンに着いたときには、どうにかしてビートルズを感じたいと考えていた。キャヴァーン・クラブの煉瓦《れんが》に手をあてないことには、気がすまなかった（かれらが無名時代にそこで演奏していた音楽が、温《ぬく》もりを帯びた赤い粘土でまだ共鳴しているかもしれないではないか）。彼は列車で北へとむかった。客車はすし詰めの状態で、むっとした空気のなか、何時間もエディンバラ出身の女の子と身体を寄せあうようにして立っていた。ロンドンを出発したとき、彼はこの赤褐色の髪をしたブルージーンズ姿の女の子のことをなにも知らなかった。だが、リヴァプールに到着するころには、その魅力にすっかりまいっていた。彼の人生でいちばんしあわせな記憶といえるかもしれず、だからこそ今回も列車を使うことにしたのだ。

その列車を降りたあとの出来事については、ソーンダーズはいつも考えないようにしていた。エディンバラ出身の女の子とは駅で別れたが、また夜にキャヴァーン・クラブで会おうということで、なんとなく話がまとまっていた。彼は家族経営の店に立ち寄り、フィッシュ・アンド・チップスを食べた。だが、魚のフライは脂《あぶら》っぽくて傷《いた》んでおり、その晩はずっとユース・ホステルの部屋で脂汗を浮かべながら震えている羽目になった。立つことさえ、ままならなかった。つづく数日間は、すごく濃いコーヒーをいっきに飲みほしたあとのように、胃が絶えずむかついてごろごろいっていた。半時間とおかずにトイレに駆けこまなくてはならなかった。自分がなにか特別なものを逃してしまったというぞっとするような確信が、頭から離れなかった。翌日の晩、彼がようやくキャヴァーン・クラブへいってみると、そこにエディンバラ出身の女の子の姿はなく――あたりまえだ――ハウスバンドはクソいまいましいディスコ音楽を演奏していた。ジミ・コーヒーのリヴァプール店は、彼に傷んだ魚のフライを食わせた家族経営の店の跡地にできたわけではなかった。だが、そうだというふりをすることはできた。

ウルヴァートン駅のホームは蛍光灯の明かりにつつまれており、その先の世界はなにも見えなかった。やけに長く停車している気がした。とはいえ、列車は完全に静止しているわけではなく、ときおり客車が鋼鉄製の車輪の上で揺れた。誰かが重たいものを後方の車両に積みこんでいるかのようだった。遠くのほうで男が大声でわめくのが聞こえた。牛の――それも、なぜか去勢された雄牛の――鳴き声を連想させる声で、やめろ！ やめるんだ！ と怒鳴っている。ソーンダーズは頭のなかで、ふたりの引っ越し業者が大きすぎる鏡台を無理やり列車にのせようとして、車掌から大声で注意されている場面を思い浮かべた。そりゃ、そうだろう。これは貨物列車ではないのだから。女性のむせぶような笑い声がしだいに小さくなっていく。うしろでなにが起きているのか確かめようと、ソーンダーズは立ちあがりかけた。だが、そのとき列車ががくんと大きく揺れて、ゆっくりと駅を離れはじめた。

と同時に、後方で一等車のドアがひらく音がした。鋼鉄の板がなめらかに横に移動していく。

そうか――おいでなすったか、とソーンダーズは冷たい満足感をおぼえながら、胸の奥でつぶやいた。確認のためにふり返ったりはしなかった。その必要はなかった。横をむくと、通路をはさんで反対側の座席の窓に、男の影がぼんやりと映っていた。背が高く、耳はジャーマン・シェパードのようにぴんと尖《とが》っている。ソーンダーズは視線を落として紙面をみつめ、読んでいるふりをした。あんな扮装をするやつは、とにかく注目されたいのだ。反応してもらいたいのだ。その願いをかなえてやるつもりはなかった。

一等車にはいってきた男は、通路をそのまま進んできた。大きくて苦しそうな息づかい。ゴム製のマスクをかぶっているのだから、無理もない。男がすぐそこまできたところで、ソーンダーズは自分の犯した間違いに気がついた。窓側にすわっているので、左の座席が〝どうぞおすわりください〟といわんばかりに空いていた。通路側の席にずれようかとも思ったが、やめておいた。そんなことをすれば、相手はこちらが怖《お》じ気《け》づいていると考えて、喜ぶだけだ。そこで、ソーンダーズはいまの席にとどまりつづけた。

案の定、抗議者は満足げに大きなため息をつきながら、となりの席にどさりと腰をおろした。ソーンダーズはそちらへ目をむけないようにしたが、視界の端でいくつか細かい点をとらえていた。顔全体を覆う狼のマスク。毛むくじゃらの手袋。ふさふさの尻尾（隠された針金で操作する仕掛けらしく、すわるのにあわせて、さっと横に倒れた）。ソーンダーズはむきだしになった歯のあいだから息を吐きだし、そこではじめて自分がにやにや笑っていることに気がついた。これから喧嘩《けんか》がはじまるとわかると、無意識のうちに口角があがってしまうのだ。ひとりめの妻からは、そういう顔をすると、斧をふりまわすあの映画に出ていたジャック・ニコルソンにそっくりだ、といわれていた。彼女もまた、ソーンダーズを〝木こり〟と呼んだ。はじめのうちは、恥じらいと愛情をこめて。のちには、悪口として。

抗議者が楽な姿勢を求めてがさごそと身動きしているときに、毛むくじゃらの手袋がソーンダーズの腕をかすめた。それだけで、ソーンダーズの年季のはいった怒りに火がつくにはじゅうぶんだった。彼はばしっと新聞の片隅を折ると、ロン・クソったれ・チェイニーにむかって――怪奇映画ご用達の俳優にたとえてやったのだから、文句はあるまい――〝前肢をきちんとしまっておけ〟といおうとした。だが、その言葉は胸につかえて出てこなかった。肺のなかで空気が渋滞を起こしていた。相手をじっとみつめる。視覚は正常に働いていたものの、理解がおいついていなかった。どうにかして、そこに抗議者の姿を――ゴム製の狼のマスクをかぶり、黄褐色のコートを着た抗議者の姿を――見いだそうとする。藁《わら》にもすがる思いで、自分にそういうことなのだと言い聞かせようとする。いま目のまえに存在するまったく筋のとおらない現実に、筋のとおった説明をつけようとする。だが、そこにいたのは抗議者ではなかった。どれほど強く願おうとも、それが抗議者になることはなかった。

ソーンダーズのとなりにすわっているのは、狼だった。

完全にはそうではないとしても、人間よりも狼にちかい生き物だ。身体つきはほとんど人間と変わらず、楔形《くさびがた》で幅広の胸がへこんだ腹と細い腰回りにつづいていた。だが、腕の先についているのは手ではなく、灰色の剛毛に覆われた肢だった。こいつも『フィナンシャル・タイムズ』をもっていて、ページをめくるたびに黄色い鉤爪《かぎづめ》が紙をひっかく音がしていた。その長くて骨ばった鼻――先端が黒くて濡《ぬ》れている鼻――を文字どおり紙面に埋《うず》めて、読みふけっている。下唇にかぶさるように突きでた薄汚れた古そうな牙。誇らしげにぴんと立っている毛だらけの耳。そのあいだに押しこまれている布製の平たいハンチング帽。片方の耳が、信号をとらえようとする衛星放送用の受信アンテナよろしく、ソーンダーズの方向へくるりとむけられた。

ソーンダーズは視線を自分の新聞のほうへと戻した。そうする以外、どうしていいかわからなかった。

狼はまえをむいたまま——顔は依然として紙面のうしろに隠れていた——身体だけ横に倒してきて、太くしゃがれた低い声でいった。「車内販売のワゴンがこないかと待っているんだ。軽く食事をとりたくてね。もちろん、この路線では生温《なまぬる》いドッグフードにも平気で二ポンドふっかけてくることくらい、承知してるんだが」

彼の息はくさかった。犬の口臭だ。ソーンダーズは、ひたいとわきの下が熱くて不快な汗で——ルームランナーでかく汗とは大違いだ——ちくちくするのを感じた。黄色くて薬品くさい汗が焼けつく石炭酸となってわき腹を伝い落ちていくところが、脳裏に浮かんできた。

狼の鼻がこちらへむけられ、黒い唇がめくれたので、ずらりとならぶ鉤形の歯があらわになった。狼があくびをし、驚くほど真っ赤な舌が口からだらりと垂れさがる。それで決まりだった。ソーンダーズの心にいくらかでも疑いがあったのだとしても——実際、そんなものは微塵《みじん》もなかったが——きれいさっぱり消えていた。つぎの瞬間、彼は恐怖の嗚咽《おえつ》をもらすまいと、必死にこらえていた。くしゃみを我慢するのと似ていた。上手《うま》くいくときもあれば、いかないときもある。今回は、とりあえず抑えこめた。

「アメリカ人かな？」狼がたずねてきた。

返事をするんじゃない。なにもしゃべるな！　ソーンダーズは心のなかで叫んだ。その声はパニックで甲高くなっており、とても自分のものとは思えなかった。だが、それにもかかわらず、彼はこたえていた。いつもの落ちついたしっかりとした声で、笑い声さえあげながら。「これはこれは。まさに図星だ。失礼、ちょっといいかな？　トイレにいきたいので」そういいながら、中腰になる。座席のまえについている染みだらけの合成樹脂製のテーブルのせいで、まっすぐには立てなかった。

「ああ、そうか」狼がいった。かすかにリヴァプール人《リヴァプーリアン》の訛《なま》りがあった。おっと、正しくはリヴァプール人《リヴァプードリアン》か、とソーンダーズはなんの気なしに頭のなかで訂正した。いや、もっといいのがある。まとめて一語でリヴァプール訛り《スカウス》だ。スカウス——野生動物に咬まれた人間がかかる致死性の病気みたいに聞こえた。

ビジネス狼が身体をねじって、通り道をこしらえてくれた。

　ソーンダーズはブリーフケースと八百ドルするコートを席に残したまま、じりじりと横歩きで通路へとむかいはじめた。この生き物との接触を避けたかったが、いうまでもなく、それは不可能だった。この狭さでは、どうしたってひざ同士がふれあわざるをえなかった。それが起きた瞬間、ソーンダーズの全身におののきが走った。抑えようがなかった。六年生のときの生物の授業が——死んだ蛙《かえる》の体内をピンセットで突きまわして神経にふれ、脚がぴくんと伸びるのを観察したときのことが——さっと頭に甦《よみがえ》ってくる。それとおなじだった。神経に鋼《はがね》を押しあてられたのだ。ソーンダーズは声から恐怖を取り除くことはできても、肉体までは制御できなかった。この原始的な反応は、きっとつぎの原始的な反応をひき起こすだろう。ソーンダーズの恐怖に刺激されて、スーツ姿の狼は前肢で彼の腰につかみかかり、大きな口をあけて牙を腹に食いこませ、カボチャみたいに中身をくり抜いて……。**お菓子をくれなきゃ、いたずらするぞ、クソ野郎。**

だが、狼はのどの奥で低いうなり声をあげただけで、さらに身体をねじって、まえをとおりやすくしてくれた。

気がつくと、ソーンダーズは通路に出ていた。くるりとむきをかえて、歩きはじめる。走るのではなく、歩く。めざすは、後方の客車だ。彼の計画の第一段階は、まずはほかの人たちに合流するというものだった。第二段階については、なにも考えていなかった。まっすぐまえを見据えて、呼吸に集中する。長く曲がりくねった道の先にある遠い過去にカシミールの修道院で教わったとおりに、唇のあいだからなめらかに吸いこみ、鼻の穴からいっきに吐きだす。**自分はイギリスの列車で狼に殺されて食われたりしない**、ときわめて明瞭に確信をもって考える。ビートルズ同様、彼もまた若いころに真言《マントラ》を得ようとインドまでいき、手ぶらで戻ってきた。だが、無意識のうちに、ずっとそれを――力と意味が響きあう唯一無二の言葉を――おい求めていたらしい。そしていま、六十一歳にして、ついに彼は生きるよすがとなる真言《マントラ》を手にいれていた。**自分はイギリスの列車で狼に殺されて食われたりしない。**

吸っては吐きをくり返し、一歩ずつとなりの客車につうじるドアへとちかづいていく。八歩でそこに到達し、ドアをあけるボタンを押す。ボタンのまわりのライトが黄色から緑に変わり、ドアが滑るようにしてあいた。

ソーンダーズはその場に立ったまま、となりの客車をのぞきこんだ。まず目に飛びこんできたのは、血だった。窓の真ん中に赤い手形がついており、それが横にひきずられて、アクリル樹脂の表面に黄土色の長い筋を残していた。通路をはさんでむかいの窓は赤い飛《ひ》沫《まつ》と染みだらけで、さながらジャクソン・ポロックの描く抽象画といった感じだった。あろうことか、天井のほぼ端から端まで縦につづく赤い跳ね痕《あと》まであった。

血のつぎにソーンダーズが目にしたのは、狼たちだった。全部で四頭。二頭ずつ組になってすわっている。

ひと組は、右側の列の奥のほうの席に陣取っていた。通路側には、青い線のはいった黒のトラックスーツ――どこかのサッカーチーム（マンチェスター・ユナイテッドか？）のレプリカ――を着た狼。窓側には、くたびれたTシャツ姿の狼（白地に、フェニックスというバンドのアルバム名――ウルフガング・アマデウス・フェニックス――がでかでかと記されている）。この二頭は、ナプキンでくるんだ茶色くて丸いものをやりとりしていた。チョコレート・ドーナツだ、とソーンダーズは判断した。そうであって欲しかったからだ。

もうひと組の狼は通路の左側のもっと手前の席にいて、ソーンダーズとはほんの数メートルしか離れていなかった。どちらもビジネス狼だが、身なりは一等車にあらわれた灰色の狼ほど良くはない。型崩れしてしわが寄った黒いスーツに、ありきたりな赤いネクタイ。片方が新聞を読んでいたものの、それは『フィナンシャル・タイムズ』ではなく、タブロイド紙の『デイリー・メール』だった。紙面に、黒い毛で覆われた大きな前肢が残した赤い痕がついている。口のまわりの毛も赤く染まっており、血の筋が目もとちかくまでつづいていた。

「女優のケイト・ウィンスレットが『アメリカン・ビューティー』を監督したやつと別れたんだってよ」新聞を手にしているビジネス狼が労働者階級の北部訛りでいった。

「おいおい、こっちを見るなよ」連れの狼がおなじ訛りでこたえた。「おれはなにもしちゃいねえぜ」

二頭が声をあわせて笑った。子犬がふざけまわってきゃんきゃん鳴いているように聞こえた。

客車には五番目の乗客がいた。女性だ。人間の女性。狼ではなく。女性は座席のひとつに横たわっていて、ソーンダーズには通路に突きだした右の脚しか見えなかった。黒のストッキングがひどく伝線しているのがわかった。いい脚だった。若い女性の綺麗《きれい》な脚。顔は見えなかった。見たくなかった。脱げたハイヒールが、通路の真ん中に積みあがる内臓の上にのっていた。ソーンダーズの視線が最後にいきついたのが、この内臓の山だった。わずかに血をまぶした、艶光《つやびか》りする白っぽい脂肪質のとぐろ。腸が一本、視野の外にある彼女の腹腔《ふっこう》のほうへとのびていた。内臓のてっぺんにあるハイヒールは、さしずめ不気味なお誕生日ケーキにたてられた一本の黒い蠟燭《ろうそく》といったところか。ソーンダーズはウルヴァートン駅でえんえんと待たされていたときのことを思いだした。列車がときおり、無理やりなにかを積みこもうとしているみたいに揺れていたことを。女性のむせぶような笑い声。男性の命令口調の怒鳴り声（やめろ！　やめるんだ！）。彼はそれを自分の聞きたいように聞いていた。解釈したいように解釈していた。ふだん、人は大抵がそうしているのかもしれない。

ビジネス狼たちはソーンダーズに気づいていなかったが、奥のほうにいる荒くれ者っぽい二頭はちがった。アルバム名のはいったTシャツを着たほうがマンチェスター・ユナイテッドをひじで小突く。二頭は意味ありげに目配せをかわしてから、そろって鼻先を空中にあげた。ソーンダーズの匂いを調べているのだろう。

ウルフガング・アマデウス・フェニックスが声をかけてきた。「よお、よお。そこのあんた。下々《しもじも》のものと交わろうってのかい？　平民と席をともにしようってか？」マンチェスター・ユナイテッドがくぐもった笑い声をあげた。ちょうど白いナプキンでくるんだ光沢のあるチョコレート・ドーナツにかぶりついたところで、口のなかがいっぱいになっていた。ただし、それはナプキンではなかったし、ドーナツではなかった。ソーンダーズは自分の望むものではなく、ありのままを見たり聞いたりすることにした。彼の命は、いまやそれにかかっていた。だから、きちんと見て、きちんと認識しなくては。狼が手にしているのは、血に染まったハンカチにくるまれた肝臓の断片だった。そして、そのハンカチは女物だった（ほら、レースの縁取りが見えているだろ）。

ソーンダーズは一等車で立ちつくしたまま、一歩も動けずにいた。魔法の五芒《ごぼう》星形のなかにいる魔術師のようだった。そこから出て普通車に足を踏みいれたとたんに、そこで待ち受ける悪霊どもに襲われてしまう魔術師だ。息をするのも忘れていた。もはや、なめらかに吸って吐くどころの騒ぎではなかった。ふたたび肺が麻痺《まひ》するのを感じていた。筋肉が硬直して、息をするのもむずかしかった。恐怖のあまり窒息死した人はいるのだろうか、という考えがふと頭をよぎる。呼吸するのが怖くて、そのまま気絶して死んでしまった人は……。

客車どうしをへだてるドアが閉まりはじめた。完全に閉まりきる直前に、マンチェスター・ユナイテッドのトラックスーツを着た狼が鼻を天井にむけて、愚弄《ぐろう》するように遠吠《とおぼ》えをはなった。

ソーンダーズはドアからあとずさった。死を身近に感じたことなら、これまでにもあった。両親はすでに他界していたし、姉も二十九歳の若さで髄膜炎にかかって突然亡くなっていた。株主の葬儀には何度も参列していたし、一度などはニューヨーク・ジェッツの試合会場で男が倒れて心臓発作で亡くなるのを目にしていた。だが、床に内臓が落ちているのを見るのは、これがはじめてだった。客車全体が血まみれでぼろぼろになっているのを見るのも。それでも、彼は吐き気をおぼえていなかった。声をまったくはっしていなかった。自分で意識している唯一の肉体的な反応といえば、手が動かないということだけだった。指が冷たくなり、痺《しび》れてちくちくしていた。どこかにすわりたかった。

左側にトイレのドアがあった。なにも考えずにぼうっとそれをみつめてから、ボタンを押す。ドアがぱっとあいた。涙が出てきそうなくらい強烈な匂い。げっそりするような臭気。最後にそこを使用した人物は、水を流していなかった。汚れたトイレットペーパーが濡れて床にへばりつき、洗面台のとなりにある小さな屑《くず》入れからはごみがあふれていた。ソーンダーズは、なかにはいってドアのかんぬきをかけようかと考えた。だが、動こうとはしなかった。トイレのドアがひとりでに閉まったときも、まだ一等車の通路に立っていた。

この狭苦しいトイレは棺おけだった。悪臭をはなつ棺おけだ。そこにはいったら、二度と出てはこられないだろう。そこで死ぬことになる。便座にすわったまま狼たちに八つ裂きにされ、きもしない助けを求めて叫ぶことになる。命だけでなく、尊厳までも奪い取られてしまう。孤独で、惨めで、おぞましい最期。その確信がどこから生まれてきたのかは謎だったが——そもそも、鍵のかかったドアを連中がどうやってあけられるというのか？——とにかく彼にはそれがわかった。自分の誕生日や電話番号とおなじくらい、はっきりと。

電話。そうだ。誰かに電話して、自分が直面している困難について知らせればいい（いまたまたま列車で狼男とのりあわせているんです）。冷たくて感覚のない手をズボンのポケットにすべりこませる。だが、そこに携帯電話がないことは先刻承知していたし、実際、手にはなにもあたらなかった。携帯電話は、彼の八百ドルするコート——正確にいうと、ロンドンフォグというアメリカの老舗ブランドのコート——のポケットにはいっていた。ここへきて、ありとあらゆるものが——衣類でさえ——やけに大きな意味合いをもち、すごく暗示的に感じられるようになっていた。彼の携帯電話はロンドンの霧《フォグ》のなかにあり、それを見つけるには、自分の席まで戻って、ビジネス狼のまえを身をよじりながら通り抜けなくてはならない。だが、それはトイレに隠れるよりも無理な相談だった。

ズボンのポケットには、使えそうなものはなにもなかった。二十ポンド札が数枚。列車の切符。路線図。木こりはいま、斧なしで暗い森の奥深くにひとり取り残されていた。スイス・アーミーナイフさえなかった（もっとも、それがあったところで、なんの助けにもならないだろうが）。ソーンダーズの脳裏に、自分が仰向《あおむ》けに押し倒される場面が浮かんできた。布製の平たいハンチング帽をかぶった狼に押さえこまれ、そのくさい息を顔に浴びながら、死に物狂いで刃渡り四センチ足らず（！）のなまくらなスイス・アーミーナイフをふりまわす――ソーンダーズはのど元に笑いがこみあげてくるのを感じて、無理やり抑えこんだ。自分がいま身体を震わせているのは、おかしさゆえではないとわかっていた。パニックを起こしているのだ。ポケットは空っぽ。頭のなかも空っぽ。いや、待てよ。路線図がある。ソーンダーズは急いでポケットからそれをとりだして、ひろげた。目の焦点をあわせるには、かなりの意志の力を要した。だが、いろいろ欠点はあるにせよ、こと意志の力にかんしていえば、ソーンダーズに不足はなかった。リヴァプール行きの路線をさがしだし、ロンドンから北へむけて指でたどっていく。ウルヴァートン駅のつぎの停車駅を知りたかった。どれくらい離れているのかを。

ロンドンからリヴァプールへ三分の二ほどいったところで、ウルヴァートン駅が見つかった。ただし、駅名がちがっていた。路線図には、〝ウルヴァーハンプトン駅〟と記載されていた。ソーンダーズは目にはいったごみを取り除こうとするかのように、大きくまばたきした。先ほど停車したときに、駅名の看板を読み間違えたのかもしれなかった。そこにはもとから〝ウルヴァーハンプトン駅〟と書かれていたのかも。だとすると、つぎに停車するのはフォックスハム駅だった。そこのホームでは、おそらく狐《フォックス》が待ちかまえているのだろう。ふたたびのど元にパニックに見舞われたときの危険な笑いが胆汁のようにこみあげてきて、ソーンダーズは必死にそれを抑えこんだ。いま笑うのは、悲鳴をあげるのとおなじくらいまずかった。

フォックスハム駅には人がいるはずだ、とソーンダーズは自分に言い聞かせなくてはならなかった。そこで列車を降りられさえすれば、生きのびるチャンスがあるかもしれない。そして、いま見ている路線図では、フォックスハム駅はウルヴァーハンプトン駅から五、六ミリしか離れていなかった。列車は時速百六十キロ以上ですくなくとも十五分は走ってきているから、そろそろ到着しても……(いや、三分といったところじゃないのか、と頭のなかでものやわらかな声が疑わしげにいった。となりにすわっているのが人間ではなく狼男のような生き物だとおまえが気づいてからまだ三分しかたっておらず、フォックスハム駅に着くのはあと半時間は先の話だ。そのころには、おまえの体温は室温とおなじになっているだろう)。

ソーンダーズはむきをかえ、無意識のうちに歩きだしていた。路線図に目を落としたまま、きた道をひき返していく。気がつくと、『フィナンシャル・タイムズ』を読んでいるビジネス狼のならびにさしかかっていた。視界の端で、でかい犬の顔をした生き物の姿をとらえる。その瞬間、胸の奥で熱くて冷たい串が何本も心臓にむかって突き進んでいくのを感じた。針山人間ソーンダーズだ。おまえもそろそろ心不全を起こしてもおかしくない年齢だからな、と頭のなかで声がした。これまた、いまの彼にはなんの助けにもならない考えだった。

ソーンダーズは路線図に夢中になっているふりをして、そのまま歩きつづけた。つぎのならびの座席まできたところで顔をあげ、まばたきをしてから、通路の反対側の席に腰をおろす。自分はいま上の空で行動している——目のまえのものにすっかり心を奪われているので、どこへいこうとしていたのか忘れてしまった——という体《てい》を狙っていた。だが、その演技で『フィナンシャル・タイムズ』持参のビジネス狼を騙《だま》せているとは、とても思えなかった。うしろから聞こえてきた低いうなり声にも似た咳払《せきばら》いには、うんざりしていると同時に面白がっているような響きがあった。もしも誰も騙せていないのなら、なぜソーンダーズは路線図を調べるふりをつづけているのか？　その理由は、彼自身にもわからなかった——それがいちばん安全な行動に思えるから、という以外には。

「トイレは見つかったのかな？」ビジネス狼がたずねてきた。

「使用中だった」ソーンダーズはこたえた。

「ああ、そうか」例のリヴァプール訛りの返事がかえってくる。「きみはアメリカ人だ」

「訛りでわかったんだな」

「いや、匂いだよ。きみたちアメリカ人は、それぞれちがう訛りでしゃべる。南部訛り。カリフォルニアのサーファー訛り。ニューヨーク訛り」最後の部分は、下手クソなえせクイーンズ訛りで口にされた。「だが、匂いはみんなおなじだ」

ソーンダーズはまえをみつめたまま、身じろぎひとつせずにすわっていた。首筋で血管が脈打っていた。**自分はイギリスの列車で狼に殺されて食われてしまう。**胸の奥でそうつぶやいたところで、例の真言《マントラ》がいつのまにか否定文から肯定文に変わっていることに気がついた。うわべをとりつくろうのは、もうやめだ。彼は路線図をたたむと、ポケットにしまった。

「その匂いというのは？」ソーンダーズはたずねた。

「チーズバーガーだ」そういうと、狼は大声で笑った。「それと、わがもの顔の匂い」

自分はイギリスの列車で狼に殺されて食われてしまう――ふたたび、例の言葉がソーンダーズの頭をよぎった。いまこの瞬間、それはこの世で起きる最悪のことではなかった。たしかに悪くはあるが、そうなるまえに、ここでこうして脚のあいだに尻尾をはさんですわり、なぶりものにされているほうが、よっぽど酷《ひど》かった。

「馬鹿いうな」ソーンダーズはいった。「われわれは金の匂いをさせているんだ。濡れた犬の悪臭よりもはるかにましな匂いを」声がかすかに震えていた。

ふり返ってまともに狼を見る勇気はなかったが、目の端で相手の様子をうかがうことならできた。ぴんと立った毛むくじゃらの耳が片方まわって、信号を受信しようとこちらへむけられた。

それから、一等車に乗りこんできたビジネス狼は、またしてもあの荒々しくうなるような笑い声をあげた。「気にさわったのなら、申しわけない。有価証券の明細表《ポートフォリオ》が、このふた月でだいぶ打撃をこうむってってね。アメリカ株を増やしすぎた。それで、自分だけでなく、きみたちアメリカ人に対してもすこし腹がたっているんだ。この病んだ国にいるほかの連中とおなじく、自分までもが鵜呑《うの》みにしていたのが情けなくてね」

「どんなことを鵜呑みにしていたんだ？」ソーンダーズはたずねた。心のどこかで、警告の声がはっせられていた。さっさと黙れ！　なにをしてるんだ？　どうしてそいつに話しかける？

ただし……。

そう、列車の速度がわずかながらにでも落ちてきているとなれば、話はまたべつだ。それはふだんなら気づかないほど小さな変化だったが、いまのソーンダーズは神経が張りつめており、細かいところにまで注意がゆきとどいていた。人生が秒単位で測られているとき、人はそうなるのだ。みずからの呼吸を意識し、温度や空気の重さを肌で感じ、窓を叩《たた》く雨の鋭い音に耳をそばだてる。列車はがくんと揺れてスピードをゆるめたあとで、またがくんと揺れた。窓の外では依然として夜が勢いよく後方へすぎさり、雨粒が窓ガラスで跳ね散っていたものの、それでも列車がフォックスハム駅――もしくは、どこであれ、この路線のつぎの駅――のちかくまできている可能性は皆無ではなかった。そして、こうしておしゃべりしているかぎり、ビジネス狼がソーンダーズに襲いかかってくることはない。

「アメリカのおとぎ話をだよ」狼がいった。「ほら、あるだろ。われわれは皆きみたちのようになれる、われわれは皆きみたちのようになりたがるべきだ、というやつ。きみたちがあのティンカー・ベルの粉を寂れた郊外にふりかけて呪文を唱えれば、おーや不思議！　ここにはマクドナルド、あそこにはアーバン・アウトフィッターズが出現して、イギリスはたちまち故郷のようになるわけだ。きみたちの故郷のように。そんなおとぎ話を信じたなんて、ほんとうにお恥ずかしいかぎりだ。とりわけわたしのようなものなら、それが真実ではないとわかっていて然るべきなのに。ディズニーランドのTシャツを着せたところで、しょせん狼は狼だ」

列車ががくんと揺れて、さらに速度が落ちた。ソーンダーズが窓の外に目をやると、煉《れん》瓦《が》造りの長屋式住宅《テラスハウス》がうしろへ飛び去っていくのが見えた。いくつかの窓に明かりがついていた。葉の落ちた木が、風に揺られて空につかみかかろうとしている。イギリスでは、木さえちがって見えた。アメリカに生えているのとおなじ品種の木でも、どこかすこし違和感があった。より冷たくて厳しい風にゆがめられたとでもいうように、こぶと捻《ね》じれが目についた。

「うしろの客車では、全員が死んでいた」ソーンダーズはいった。なぜか超然とした気分で、自分がしゃべっているという感覚がなかった。

狼がうなった。

「どうして、わたしはまだ生きている？」

狼はソーンダーズに目もくれなかった。この会話への興味が失《う》せつつあるようだった。

「これは一等車だ。ここで礼節が得られなければ、どこで得られるというんだ？　それに、いま着ているのはギーブス＆ホークスで仕立てたスーツでね。五百ポンドもした。それを汚すだなんて、とんでもない。そもそも、自分の食うものをおいかけまわさなくてはならないとしたら、一等車に乗っている意味がないだろう？　ここにはワゴンサービスがある」ビジネス狼は『フィナンシャル・タイムズ』の紙面をめくった。「すくなくとも、そのはずだ。クソったれが、なにを手間どってるんだ？」間をおいてから、つづける。「失礼。礼節でむずかしいのは、頭がおかしくなりそうなくらい腹が減っているときに、それを保ちつづけることだ」

車内のスピーカーから車掌のくぐもった狼っぽい声が流れてきたが、ソーンダーズにはよく聞きとれなかった。目のまえではべつの狼がしゃべっていたし、耳の奥では血潮が轟《ごう》音《おん》をあげていたからだ。だが、聞きとる必要はなかった。内容ならわかっていた。ついに、つぎの停車駅に到着したのだ。列車はいっきに減速したあとで、停止していた。ソーンダーズはまえの座席の背をつかむと、あわてて立ちあがった。窓の外にあるコンクリートのホームが、ちらりと目にはいる。煉瓦造りの跨線橋《こせんきょう》。駅の壁で明るく輝く古めかしい時計。彼は客車の前方へむかってそそくさと歩きはじめた。

「おい」ビジネス狼が笑った。「コートはいいのか？　とりに戻ってこいよ」

ソーンダーズはそのまま歩きつづけた。大またで五歩。それで車両の端にあるドアにいきつき、〈開く〉のボタンを押す。彼の背中にむかって、狼が勝ち誇ったような大きな笑い声を浴びせかけてきた。これが見納めとソーンダーズが思いきって肩越しにふり返ると、ビジネス狼の顔はふたたび紙面のうしろに隠れていた。

「マイクロソフトの株価が下がっている」狼がいった。その声には落胆だけでなく、どこか残念がりながらも満足そうな響きがあった。「ナイキの株価も。いいか、こいつは景気後退なんかじゃない。これが現実なんだ。アメリカ人は自分たちの作るもののほんとうの価値に気づきはじめている。アメリカ製のスニーカー。アメリカ製のソフトウェア。アメリカ製のコーヒー。アメリカ製の神話。きみたちはいま、暗い森の奥深くにはいりこみすぎたときの感覚を体験しようとしているわけだ」

そこまで聞いたところで、ソーンダーズはドアを出て、ホームに降り立った。冷たい雨を予想していたが、実際には弱々しい霧雨といった程度の細かい水滴が空中にただよっているだけだった。駅の改札はほぼドアの真正面の階段を下ったところにあり、そのむこうに道路が見えていた。

ホームを五歩も進まないうちに、背後から愚弄するようなきゃんきゃんという大きな鳴き声が聞こえてきた。そちらへ目をやると、二頭の狼が普通車から降りてこようとしていた。スーツ姿の二頭ではなく、ウルフガング・アマデウス・フェニックスのTシャツとマンチェスター・ユナイテッドのトラックスーツを着た連中だ。マンチェスター・ユナイテッドがウルフガングの肩を叩き、ソーンダーズのほうへぐいと鼻を動かしてみせた。

ソーンダーズは走った。高校生のころは陸上競技チームに属していて、けっこう俊足だったが、それは五十年という歳月とバーガーキングのワッパー五千個をさかのぼった過去の話だった。ふり返らなくても、連中が軽やかにホームを突っ切ってくるのが――そして、こいつらのほうが足が速いのが――わかった。ソーンダーズは階段に到達すると、二、三段抜かしで駆けおりていった。転げ落ちていくのと、ほとんど変わらなかった。のどがぜいぜいいっていた。どちらかの狼が階段のてっぺんでのどを鳴らすような低いうなり声をあげるのが聞こえた（もう階段まできているのか？ あんなに距離があったのに、信じられない。**不可能だ**）。

階段の下には改札口がならんでおり、その先の通りには客待ちのタクシーが停《と》まっていた。ヒッチコック映画から飛びだしてきたような黒いイギリスのタクシーだ。ソーンダーズは改札口のひとつをめざして走った。クロムめっきを施した仕切りのあいだに、腰の高さほどの黒いアクリル樹脂の開閉扉がついていた。仕切りの上にある投入口に切符をいれると扉がひらく仕組みだが、ソーンダーズはそんなことにかまっていられなかった。開閉扉の手前までくると、その上をもたもたと乗り越え、そのまま地面に落下した。

雨で濡れたコンクリートの上に手足をなげだしてうつ伏せに倒れたあとで、ソーンダーズはふたたび立ちあがった。映画のフィルムがひと駒抜け落ちたかのような——倒れていたのが嘘みたいな——動きだった。自分がこれほどすばやく転倒から立ち直れるとは、思ってもみなかった。

誰かが後方でわめいていた。イギリスの駅の改札口には必ず切符の回収を手でおこなう監視役の駅員がひとりいるから、おそらくそいつだろう。ソーンダーズは左の目の端で、その姿をとらえることができた。オレンジ色の安全胴衣《ベスト》を着た男で、白髪であごひげをたくわえていた。だが、ソーンダーズは速度をゆるめることなく、ふりむきもしなかった。頭にジョークが浮かんでくる。ハイキングをしているふたり連れが森のなかで熊に遭遇するジョークだ。ひとりがしゃがみこんで、スニーカーの紐《ひも》を結びなおす。もうひとりがいう。「どうして紐を結びなおしてるんだ？　足の速さじゃ熊には勝てないぞ」すると、紐をなおしている男がいう。「そりゃ、わかってるさ。けど、おれはおまえに勝ちさえすればいいんだ」こいつはバカ受けだ。あとで忘れずに笑うとしよう。

ソーンダーズは体当たりするようにして客待ちのタクシーの後部ドアに飛びつくと、必死に取っ手をさがして、勢いよくドアをあけた。黒い革張りの座席に倒れこむ。

「出してくれ」ソーンダーズはタクシーの運転手にいった。「いくんだ」

「行き先は——」運転手がきついイングランド西部の訛りでいった。

「町だ。町まで。どこの町でもいいから、とにかく出せ。頼む」

「ほいきた」運転手がいった。タクシーは縁石を離れ、広い通りを進んでいった。

ソーンダーズは座席のなかで身体をねじり、後部の窓越しに遠ざかりゆく駅の様子をうかがった。マンチェスター・ユナイテッドとウルフガング・アマデウス・フェニックスは改札口で足を止めていた。上から覆いかぶさるようにして、改札口にいる駅員に詰め寄っている。どうして駅員がそこに突っ立ったまま狼をみつめ返しているのか、ソーンダーズには理解できなかった。どうして彼はあとずさって逃げださないのか？　どうして狼たちに襲いかかられていないのか？　タクシーが角をまがって駅が視界から消えたので、そのあとの展開はわからなかった。

ソーンダーズは暗闇のなかですわっていた。脚が震えていた。息づかいが荒かった。自分が生きのびたことが、まだ信じられなかった。太ももの筋肉が抑えようもなく収縮と弛《し》緩《かん》をくり返していた。列車にいるあいだはまったく震えていなかったのに、いまは氷風呂から出たばかりのようになっていた。

タクシーは長くなだらかな坂道を滑るように下っていった。生け垣や家並みのまえをとおりすぎ、町の明かりのほうへとむかっている。ソーンダーズは無意識のうちに手をポケットにいれ、そこにはないとわかっている携帯電話をさがしていた。

「電話」ひとり言のようにつぶやく。「くそっ、電話がない」

「電話かい？」タクシーの運転手がいった。「きっと駅にあっただろうに」

ソーンダーズは運転手の後頭部を見た。車内の闇のなかで目を凝らす。大柄な男で、長い黒髪が上着の襟の下に押しこまれていた。

「駅で電話をかけてる時間がなかったんだ。どこか公衆電話のある場所へ連れてってくれ。駅以外のところへ」

「だったら、〈ファミリー・アームズ〉がいい。ほんの二ブロック先だ」

「家紋《ファミリー・アームズ》？　なんだ？　パブか？」ソーンダーズの声は、思春期まっさかりで声変わりに苦しむ十四歳の男の子のようにしゃがれていた。

「町いちばんのパブだよ。といっても、そこ一軒しかないけど。でも、あんたのいきたいのがそこだとわかってたら、こっちも乗せたりしなかったんだがな。ほら、歩いたほうが早いくらいだから」

「タクシー代なら払う。通常料金の三倍で。金には困ってないんだ。それどころか、わたしはこのおんぼろタクシーがこれまで乗せた客のなかで、いちばんの金持ちだろう」

「そりゃまた、きょうはツイてるね」運転手がいった。このとろくて無知な田舎者は、ソーンダーズがあやうく八つ裂きにされそうだったのを知らないのだ。「で、お客さんのお抱え運転手はどうしたんだい？」

「うん？」

ソーンダーズは質問を理解していなかった。じつをいうと、ほとんど耳にはいっていなかった。ほかのことに気をとられていた。タクシーは信号待ちで止まっており、ソーンダーズはたまたま窓の外に目をやっていた。ちょうど交差点では、十代の若者ふたりが立ったままいちゃついているところだった。犬を二頭連れている。犬たちはすぐそばで尻尾を落ちつかなげにふりながら、飼い主たちがキスを終えて散歩を再開するのを待っていた。ただし、この十代の子たちはどこかおかしかった。それがなんなのかをソーンダーズが突きとめるまえに、タクシーはふたたび動きだしていた。そわそわと左右にふられていた尻尾——ソーンダーズは、若いふたりが連れていた飼い犬を実際には目にしていなかった。そもそも、犬がいたのかどうかさえ、さだかではなかった。

「ここはどこなんだ？」ソーンダーズはたずねた。「わたしはいまどこにいる？　フォックスハムか？」

「あー、そいつはちがうな、お客さん。ここはアッパー・ウルヴァートンだ」タクシーの運転手がいった。「そう呼ばれてる。だって、〝どこでもない場所のど真ん中〟じゃ、聞こえが悪いだろ。まあ、既知の世界のはずれとでもいうのかな」

つぎのブロックが終わりにさしかかったところで、タクシーはゆっくりと縁石にちかづいていった。角にパブがあった。闇のなかで、いくつもの大きくて四角いガラス窓が明るく黄金色に輝いていた。板ガラスの内側についた水滴のせいで窓は曇っており、なかの様子はよくわからなかったものの、タクシーの後部座席にいるソーンダーズの耳にも、店内のざわめきは届いた。動物保護施設を連想させるような音だった。

パブの正面入口のまえで、数名がたむろしていた。ドアのわきの石壁に、彩色を施された木彫りの看板が留められている。その絵柄は、後ろ肢で立つ狼たちがテーブルを囲んでいるというもので、テーブルの真ん中には大きな銀の皿があった。皿の上には、山盛りになった人間の青白い腕《アームズ》。

「ほら、着いたよ。〈一家の腕《ファミリー・アームズ》〉だ」タクシーの運転手がふり返って、後部座席をのぞきこんだ。運転席と後部座席をへだてるガラス板のすぐそばに鼻がきており、吐く息で、透明な仕切りがうっすらと白く曇った。「ここで電話をかけられるんじゃないかな。ちょっと混んでるから、みんなをかきわけてかなきゃならないだろうけど」運転手は小さくくっと笑った。本人は笑っているつもりなのだろうが、ソーンダーズの耳には毛玉を吐きだそうとしている犬のようにしか聞こえなかった。

ソーンダーズは返事をしなかった。黒い革張りの座席にすわって、パブの入口のまえにたむろしている集団をみつめていた。かれらもみつめ返してきていた。こちらにむかって歩いてきているものもいる。タクシーからひきずりだされても声はあげまい、とソーンダーズは決めていた。沈黙を守るすべなら、カシミールの修道院で身につけてきていた。意志を強くもっていれば、一分半ほど我慢するだけですむだろう。そのあとは、いやでも沈黙することになる。

「家族経営のいいパブでね、ここは」タクシーの運転手がいった。「美味《うま》い料理を出してくれる。でもって、お客さんは運がいいや。ほら、ちょうど食事の時間に間に合ったみたいだ」

# シャンプレーン湖の銀色の水辺で

高山真由美[訳]

# BY THE SILVER WATER OF LAKE CHAMPLAIN

ロボットは足を引きずるようにしてガチャン・ガチャンと音をたてながら真っ暗な寝室へ入り、ベッド脇に立って人間たちを見おろした。

女性の人間はうめき声をあげ、寝返りを打って向こうへと離れ、枕で頭を覆った。

「ゲイル、いい子だね」男性の人間が乾燥した唇をなめながらいった。「母さんは頭が痛いんだ。その騒音は外でやってくれるかな？」

「オメザメノ　こーひーヲ　イレルコトガデキマス」ロボットが無機質な響きの声でいった。

「その子に出ていくようにいってちょうだい、レイモンド」女性がいった。「頭が爆発しそう」

「行くんだ、ゲイル。母さんが本調子《ノット・ハーセルフ》じゃないのは声でわかるだろう」男性がいった。

「アナタハ　マチガッテイマス。カノジョノ　カラダヲ　すきゃんシマシタ。しるゔぃあ・ろんどんホンニント　カクニンズミデス。カノジョジシン《ハーセルフ》デス」

ロボットはもの問いたげに首を傾《かし》げ、さらなるデータを待った。すると頭の深鍋が落ちてしまい、床に当たって大きな金属音をたてた。

母親が悲鳴をあげながら身を起こした。言葉にならない哀れな、苦悶《くもん》に満ちた、人間味のない声だったので、ロボットはひどく怯《おび》え、一瞬自分がロボットであることを忘れて、ただのゲイルに戻ってしまった。ゲイルは床から深鍋をさっと拾うと、ガチャン・ガン・ガンと音をたてながら比較的安全な廊下へ急いだ。

ふり返って部屋を覗《のぞ》くと、母親はすでに横たわり、また枕で頭を覆っていた。

レイモンドは暗がりの向こうから娘に微笑《ほほえ》みかけた。

「ロボットなら、マティーニの毒を中和する解毒剤がつくれるかな」レイモンドはそう囁《ささや》いて、ウィンクをした。

ロボットはウィンクを返した。

ロボットはしばらくのあいだ、シルヴィア・ロンドンの体から毒を排出するための解毒剤をつくるという至上命令に取り組んだ。コーヒー用のマグのなかでオレンジジュースとレモンジュースと氷とバターと砂糖と食器用洗剤をかき混ぜた。できあがった溶液は泡立ち、SF的な緑色に変わった。金星のヘドロや放射線を連想させるどぎつい緑だった。

トーストとマーマレードもあったほうが飲みやすいかもしれない、とゲイルは思った。ただ、プログラミング・エラーがあってトーストが焦げてしまった。あるいは、もしかしたら彼女自身の配線がショートして煙をあげ、プログラムがうまく働かなかったのかもしれない。内部で回路基板がジリジリと焦げたせいで、ゲイルは誤作動を起こしはじめた。椅子をひっくり返して盛大な破壊音をたて、キッチンカウンターの上の本を床に落とした。大惨事だったが、ゲイルにはどうしようもなかった。

　母親が部屋の向こうから背後に近づいてくる音は聞こえなかった。だからシルヴィアがゲイルの頭から深鍋をぐいと外してホーローのシンクに投げ入れるまで、ゲイルは母親がそこにいることに気づかなかった。

「何をしているの？」シルヴィアは怒鳴った。「一体全体、何をしているのよ？　あと一回でもガチャンと音がしたら、誰かに手斧《ておの》を振るわせるわ。自分で振るうかも」

　ゲイルは何もいわなかった。沈黙が最も安全だと感じたからだ。

「家を全焼させるまえにここから出ていってちょうだい。ああもう、キッチンじゅうがくさいじゃないの。トーストは駄目になってるし。それにこの忌ま忌ましいマグに入っているものはなんなの？」

「それを飲めば体が治るよ」ゲイルはいった。

「わたしの体を治せるものなんかないの《ノット・ノー・キュア》」母親はいった。文法的にまちがった二重否定だったが、ゲイルは訂正しないほうが賢明だろうと思った。「男の子を一人だけ産むんだった。男の子は静かでしょ。あんたたち四姉妹はスズメがいっぱい止まった木みたいに、何をするにもけたたましいんだから」

「ベン・クウォレルは静かじゃないよ。いっつもしゃべってる」

「外に行ってちょうだい。全員、外で遊んできて。朝食をつくり終わるまで、あんたたちの声はいっさい聞きたくない」

　ゲイルは足を引きずって居間へ向かった。

「その足の鍋を外しなさい」母親はそういって、窓台の上の煙草《たばこ》のパックに手を伸ばした。

ゲイルは優雅に一方の足を、次いでもう一方の足をロボットのブーツとして使っていた鍋から引き抜いた。

ヘザーはダイニングテーブルのまえに座り、身を乗りだすようにしてお絵描きをしていた。双子のミリアムとミンディは手押し車遊びをしていた。ミンディがミリアムの足首を持ちあげ、ミリアムが部屋じゅうを手で歩くのだ。

ゲイルはヘザーの肩越しに、姉が描いているものを見つめた。それから万華鏡を手に取り、万華鏡越しに絵を覗いた。すこしもマシにならなかった。

ゲイルは万華鏡を置いていった。「お絵描き、手伝ってほしい？　ネコの鼻をどうやって描いたらいいか教えてあげる」

「ネコじゃないもん」

「そう。だったら何？」

「ポニー」

「どうしてピンクなの？」

「ピンクのポニーが好きだから。ピンクのやつがいたっていいでしょ。ふつうの馬の色よりきれいじゃない」

「そんな耳の馬なんて見たことない。ひげを描いてネコにしたほうがいいよ」

ヘザーは一方の手で絵をくしゃくしゃにしながら、椅子がひっくり返るほどの勢いで立ちあがった。

同時に、ミンディが操縦していたミリアムがコーヒーテーブルの端に大きな音をたててぶつかった。ミリアムは金切り声をあげて頭を抱えた。ミンディが慌てて足首を離すと、ミリアムは家じゅうが揺さぶられるほど強く床に体をぶつけた。

「うるさい！　その忌ま忌ましい椅子を投げるのをやめてちょうだい」母親が怒鳴り、キッチンからよろよろと入ってきた。「どうしてみんなその忌ま忌ましい椅子を投げなきゃ気が済まないの？　あんたたちを止めるにはなんていったらいいのよ？」

「ヘザーがやったんだよ」ゲイルがいった。

「やってない！」ヘザーがいった。「ゲイルだよ！」ヘザーはこれを嘘《うそ》と見なしてはいなかった。ゲイルがそこにいてぼーっと立っているだけで、ヘザーにはどういうわけか実際にゲイルがやったように思えているのだった。

ミリアムは頭を押さえてしくしく泣いていた。ミンディはピーター・ラビットの絵本を手に取って立ったまま眺め、研究に心を傾ける若き学者といった風情で気だるげにページをめくっていた。

母親はヘザーの両肩をつかみ、拳が白くなるほどぎゅっと握った。

「お外へ行ってちょうだい。あんたたち全員。妹たちを外へ連れていって。遠くまで行っておいで。湖まで行くといい。あたしが呼ぶまで帰ってこないで」

みんな庭へ飛びだした。ヘザーもゲイルもミンディもミリアムも。ミリアムはもう泣いていなかった。母親がキッチンへ戻ったとたんに泣くのをやめていた。

長女のヘザーが、ミリアムとミンディに砂場で遊ぶようにいった。

「わたしはどうしたらいいの？」ゲイルが尋ねた。

「湖で溺れてくれれば？」

「それも楽しそうね」ゲイルはそういって、スキップで坂道を下った。

ミリアムは砂場で立ちあがり、小さなブリキのシャベルを片手に持ったままゲイルを見送った。ミンディはすでに砂のなかに自分の脚を埋《うず》めていた。

早朝で、涼しかった。水の上に霧がかかり、湖は傷だらけの鉄のように見えた。ゲイルは父親のドックでボートの横に立ち、青白い霧が揺れ動いて薄暗いなかでかたちを変えるのを見つめた。霧のような灰色のビーチグラスが詰まった万華鏡のなかにいるみたいだった。ゲイルはまだ万華鏡を持っていて、ワンピースのポケットの上からそれをぽんぽんとたたいた。晴れた日なら向こう岸の緑の斜面が見え、北を向いて顔をあげればカナダまでつづくゴツゴツした岸辺が見通せるのだが、いまは三メートル先も見えなかった。

ゲイルはリボン状のせまい岸辺をたどってクウォレル家の別荘へ向かった。水と土手のあいだにある岩と砂でできた道は幅が一メートル弱しかなく、場所によってはもっとせまかった。

何かが光を捉えた。ゲイルは身を屈《かが》めて深緑色のガラスのかけらを見つけた。湖の水にさらされて角が取れていた。緑のガラスでなければエメラルドだ。そこから五十センチほどのところで、へこみのある銀のスプーンを見つけた。

ゲイルはふり返って、銀色の湖面をもう一度見渡した。

船が沈んだのだ、と思った。誰かの帆船が、岸からそう遠くない場所に。それで波に運ばれてきた宝物をゲイルが発見することになったのだ。スプーンとエメラルドがそばにあったのは偶然ではなかった。

ゲイルはもっと何か回収できないかと、頭を低くし、ペースを落として歩きつづけた。すぐに、ブリキの投げ縄を握ったブリキのカウボーイを見つけた。ゲイルは喜びに身を震わせたが、同時に悲しみも感じた。沈んだ船には子供も乗っていたのだ。

「たぶんもう死んでる」ゲイルは独りごとをいって、もう一度悲しげに水面を見やった。「溺死だった」ゲイルはそう決めた。

水に向かって投げられる黄色いバラがあればいいのに。

先へ進もうと苦労して三歩進んだところで、湖のほうから悲しげなボーッという音が聞こえてきた。霧笛《むてき》のようにも、そうでないようにも聞こえた。

ゲイルはもう一度よく見ようと足を止めた。

霧は腐った魚のにおいがした。

霧笛はもう聞こえなかった。

灰色の巨大な岩が浅瀬から顔を出し、地面の上までそびえていた。網が絡みついている。一瞬ためらったあと、ゲイルは網をつかんで岩のてっぺんに登った。

ほんとうに大きな岩で、ゲイルの身長より高かった。いままで気づかなかったのが不思議なくらいだが、霧のなかでは何もかもがちがって見えるものだ。

ゲイルは大岩の上に立った。高さもあったが長くもあり、右はゆるい下り坂になっていて、左は三日月形に曲がって水のなかへ消えていた。陸と水を隔てる低い尾根のようだった。

ゲイルはかすかに立ちのぼる煙が見えないかと目を凝らし、どこかに出ているはずの救助船を探した。沈没船の生存者を救出しているはずだ。もしかしたら、あの小さな男の子はまだ助かるかもしれない。ゲイルは万華鏡を目に当てた。霧を貫き、ゲイルに帆船が沈んだ場所を見せてくれるはずの万華鏡の特別な力を頼りにしていた。

「何してるの？」誰かがうしろでいった。

ゲイルは肩越しにうしろを見やった。クウォレル家のジョエルとベンで、二人とも裸足《はだし》だった。ベン・クウォレルは兄のジョエルをそのまま小さくしたような見かけだった。二人とも黒髪に黒い目で、無愛想な、不機嫌そうな顔をしていた。しかしゲイルは二人が好きだった。ベンはときどき、体に火がついたようなふりをして地面に身を投げだし、悲鳴をあげながら転げまわることがあった。そうなると誰かが火を消してやらなければならない。だいたい一時間に一回消してやる必要があった。ジョエルは度胸試しが好きだったが、自分がやりたくないことをけしかけて人にやらせたりはしなかった。クモを――ユウレイグモだ――顔に乗せてごらんよとゲイルにいったことがあり、ゲイルがやろうとしなかったので、自分でやった。ジョエルは舌を突きだして、ユウレイグモにその上を歩かせた。クモを食べる気じゃないかとゲイルは心配になったが、食べはしなかった。ジョエルは口数がすくなかった。水切り石を五回も跳ねさせるような偉業をなしとげたときでさえ、自慢もしなかった。

ゲイルはいつかジョエルと結婚するのだと思っていた。それをどう思うか尋ねると、ジョエルは肩をすくめて、自分はかまわないといった。けれどもそれは六月のことで、それ以来婚約のことは話題にのぼらなかった。ジョエルはもう忘れているんじゃないかと、ゲイルはときどき思った。

「どうしたの、その目？」ゲイルは尋ねた。

ジョエルは左目に触れた。その目は痛そうな赤と茶色の斑点に縁どられていた。「飛行機ごっこをしてて、二段ベッドから落ちた」ジョエルは湖のほうへうなずいて尋ねた。

「向こうに何があるの？」

「船が沈んでる。いま、生存者がいないか探してるところ」

ジョエルは岩に絡んだ網をつかんでてっぺんまで登り、ゲイルの横に立って霧の奥を見つめた。

「名前は何？」ジョエルが尋ねた。

「なんの名前？」

「沈んだ船だよ」

「〈メアリー・セレスト〉号」

「どのくらい沖？」

「岸から一キロ足らず」ゲイルはそういって万華鏡を目まで持ちあげ、もう一度あたりを見まわした。

万華鏡のレンズを通すと、ほの暗い水面が何度も何度も砕け散って、深紅と銀のかけらを跳ねあげているように見えた。

「どうしてわかった？」すこし経《た》ってから、ジョエルが尋ねた。

ゲイルは肩をすくめた。「岸に打ちあげられたものをいくつか見つけたから」

「見せて」ベン・クウォレルがいった。ベンは大岩のてっぺんまでうまく登れず、途中まで登ってはそこから飛びおりる、というのをくり返していた。

ゲイルはベンのほうへ顔を向け、やわらかい緑色をしたガラスをポケットから取りだした。

「これはエメラルド」次いでブリキのカウボーイを取りだした。「これはブリキのカウボーイ。持ち主はたぶん溺れてしまった」

「それぼくのだよ」ベンがいった。「きのう置いて帰ったんだ」

「ちがう。そう見えるだけよ」

ジョエルが一瞥《いちべつ》していった。「いや、こいつのだよ。いつも岸辺に置いたまま帰るんだ。もうほとんどなくしちゃった」

ゲイルはこれについてはあきらめて、ブリキのカウボーイをベンに放った。ベンはそれを受けとると沈んだ帆船には興味をなくし、大岩に背を向けて砂のなかに座りこんで、カウボーイを小石と戦わせはじめた。小石がいくつもカウボーイに当たり、カウボーイは何度も倒れた。公平な戦いとはいえないとゲイルは思った。

「ほかに何を拾った？」ジョエルが尋ねた。

「このスプーン」ゲイルはいった。「銀かもしれない」

ジョエルは目を凝らしてスプーンを見てから、また湖に視線を戻した。

「望遠鏡を貸してもらえないかな」ジョエルはいった。「もし生存者がいるなら、ボートに乗って捜索してる人たちとおなじくらい、ぼくたちにだって見つけるチャンスがある」

「わたしもそう思ってた」ゲイルは万華鏡をジョエルに渡した。

ジョエルはそれを右へ、左へとくるくるまわしながら、生存者を探して霧を見渡した。集中するあまり顔がこわばっていた。

ようやく万華鏡をおろすと、ジョエルは口をひらいて何かいいかけた。だがジョエルが言葉を発するまえに、陰鬱な霧笛がまた鳴った。水が震えた。霧笛は長くつづき、やがて悲しげに細くなって消えた。

「いまのはなにかしら」

「遺体を水面に浮かせるために大砲を撃つんだ」ジョエルはゲイルにいった。

「大砲の音じゃなかった」

「それくらい大きい音だったよ」

ジョエルは万華鏡をまた目に当て、もうしばらく湖を眺めた。そしてそれをおろすと、水面に浮かんだ板を指差した。

「見て。船の一部だ」

「もしかしたら船の名前が書いてあるかも」

ジョエルは座ってジーンズを膝までまくりあげ、大岩から水に飛びおりた。

「取ってくるよ」

「手伝う」とくに手伝いは必要なかったが、ゲイルはそういって黒い靴を脱いだ。靴下を靴のなかに詰めこんで、冷たくてざらざらした岩をすべり、水に入ってジョエルのあとを追った。

　二歩でもう水が膝の上まで来て、それ以上進めなくなった。ワンピースが濡《ぬ》れてしまう。いずれにせよ、ジョエルが板を持ってきた。ウエストまで濡らしながら板を見おろしている。

「なんて書いてある？」ゲイルは尋ねた。

「きみの思ったとおりだよ。メアリー・セレストだ」ジョエルはそう答え、ゲイルにも見えるように板を掲げた。何も書かれていなかった。

　ゲイルは唇を嚙《か》んで水面を見渡した。「助けるのはわたしたちがやらなくちゃ。岸辺で火を燃やすべきじゃない？　どっちへ向かって泳いだらいいかわかるように。どう思う？」

　ジョエルは答えなかった。

「どう思う、って訊《き》いたんだけど？」ゲイルはもう一度尋ねたが、ジョエルの顔つきを見るとすぐに、答えるつもりがないのがわかった。いや、ジョエルは聞いてさえいなかった。

「どうしたの？」

　ゲイルは肩越しにちらりとふり向くと、ジョエルが固い表情で目を見ひらいて何を凝視しているのか確かめた。

　二人がさっきまで登っていた大岩は、岩ではなかった。死んだ動物だった。体長が長く、端から端まではカヌーを二つつないだくらいの長さがあった。すこし曲がって水のなかを二人のほうへ伸びた尻尾《しっぽ》は、水面に浮いた部分が太い消防ホースのようだった。頭は小石だらけの岸辺へと伸ばされ、尻尾よりさらに太く、スペードのかたちをしていた。頭と尻尾のあいだの体は大きく盛りあがり、カバの胴体みたいに分厚かった。腐った魚のにおいは霧のせいではなかった。この動物のせいだったのだ。いま、こうしてまっすぐ見つめていると、これが岩だと思ってててっぺんに立っていたことがゲイルには信じられなかった。ゲイルの胸のあたりがチクチク、ぞわぞわした。ワンピースのなかにアリが入ったみたいに。その感触は髪のあいだにもあった。ゲイルには動物の体の引き裂かれた場所が見えた。喉が太くなって胴体へつながるつけ根のところだった。切り傷のなかは赤と白で、魚の体内とおなじだった。これほど大きな穴があいているわりには、血があまり出ていなかった。

ジョエルはゲイルの手を握った。二人は腿《もも》まで水に浸《つ》かって立ったまま、その恐竜を——地上を歩いたことのあるほかのすべての恐竜とおなじく、いまや死んでしまったその恐竜を——見つめていた。

「怪物だ」ジョエルがいった。いうまでもないことだった。

湖に住む怪物のことは誰でも聞いたことがあるはずだった。七月四日の独立記念パレードにはいつも首長竜の山車《フロート》が出た。張り子の水面から顔を出した張り子の恐竜だ。六月には湖の生き物のことが新聞記事になっていた。ヘザーがテーブルで読みはじめたのだが、父親に止められた。

「湖には何もいないよ。それは観光客向けの記事だ」そのとき父親はそういっていた。

「十人以上の人が見たって書いてあるよ。フェリーがぶつかったって」

「その十人以上の人は丸太を見て、思いこみから話をでっちあげたんだよ。ここの湖にいるのは、アメリカのほかのすべての湖にいるのとおなじ魚だけだ」

「恐竜だっているかもしれない」ヘザーはいい張った。

「いや。ありえない。種の維持のためにどれだけの数が必要か知ってるかい？　それだけいたらつねに目につくはずだ。ほら、もう黙って。妹たちが怖がるよ。父さんは、きみたち四人が一日じゅう家のなかでけんかできるようにするためにこのコテージを買ったわけじゃない。馬鹿げたアメリカ・ネッシーが怖いからって湖で泳がないなら、わたしがきみたちを放りこむぞ」

いまはジョエルがこういっていた。「大きな声を出さないで」

大声を出そうなんて思いつきもしなかったが、ゲイルは聞いているしるしにうなずいてみせた。

「ベンを怖がらせたくないんだ」ジョエルは低い声でゲイルにいった。そういうジョエル自身は膝から崩れそうなほど震えていた。水がひどく冷たかったせいかもしれないけれど。

「何があったんだと思う？」ゲイルは尋ねた。

「フェリーがぶつかったって、新聞に書いてあったな。その記事を覚えてる？　すこしまえの」

「ええ。だけどそれならもう何週間もまえに打ちあげられていたはずじゃない？」

「フェリーでは死ななかったんだよ。たぶんべつの船がまたぶつかったんだ。プロペラに巻きこまれたとかさ。明らかに、航路に入らないだけの知恵がなかったんだ。カメが卵を産むためにハイウェイを横切ろうとするようなものだよ」

二人は手をつなぎ、水のなかを歩いてそれに近づいた。

「くさい」ゲイルはそういい、ワンピースの襟を引っぱって口と鼻を覆った。

ジョエルはふり向いてゲイルを見た。目が熱っぽく輝いていた。「ゲイル・ロンドン、ぼくたちは有名になれるぞ。新聞に載るんだ。絶対に一面だよ、これの上に座ってる写真つきで」

興奮の身震いが体を駆け抜け、ゲイルはジョエルの手をぎゅっと握った。「わたしたちに名前をつけさせてくれるかな？」

「名前ならもうある。みんなチャンプって呼ぶんだよ」

「だけど種の名前をわたしたちにちなんでつけるかもしれないでしょ。ゲイロサウルスとか」

「それはきみの名前じゃないか」

「だったら、ダイノゲイル・ジョエラサウルスでもいい。発見のときの様子を訊かれると思う？」

「いろんな人がインビューしにくるよ。さあ、水からあがろう」

二人は右へ、尻尾のほうへとバシャバシャ歩き、水面を波立たせた。ゲイルは尻尾をよけて岸へ向かうためにまたウエストまで水に浸かって歩かなければならなかった。ふり返ると、ジョエルはまだ尻尾の向こうに立っており、何かを見おろしていた。

「何かあった？」ゲイルがいった。

ジョエルはそっと腕を伸ばし、手を尻尾の上に置いた。そしてすぐに引っこめた。

「どんな感じ？」ゲイルは尋ねた。

絡んだ網につかまってよじ登り、てっぺんに立ちはしたものの、ゲイルはまだ自分は触っていないような気がしていた。・

「冷たい」ジョエルはそれしかいわなかった。

ゲイルはそれの側面に手を当てた。紙やすりのようにざらざらで、冷凍庫から出したばかりのような触り心地だった。

「かわいそう」ゲイルはいった。

「何年生きてたのかな」ジョエルはいった。

「何百万年も。この湖で何百万年も孤独に生きてたのよ」

ジョエルはいった。「人間がくそったれなモーターボートを湖に走らせるまでは安全だったんだ。こいつがモーターボートなんて知るわけないもんな」

「きっといい生涯だったはず」

「何百万年も孤独だったのに？　あんまりよさそうに聞こえないけど」

「だって湖には食料の魚がたくさんいたし、何キロでも自由に泳げたし、恐れるものなんか何もなかったんだから。アメリカのはじまりだって見たかもしれない。月明かりの下で背泳ぎだってできた」ゲイルはジョエルにそう話した。

ジョエルは驚いてゲイルを見た。「きみは湖のこっち側で一番頭のいい女の子だよ。まるで本を読むみたいに話すんだな」

「わたしは湖のどっち側でも一番頭のいい女の子よ」

ジョエルは尻尾を脇へ押して、そばをバシャバシャ通りすぎた。二人は水を滴《したた》らせながら岸辺を歩いた。恐竜の尻のほうへまわると、ベンがさっき置き去りにしたときのまま、ブリキのカウボーイで遊んでいた。

「ぼくが話すよ」ジョエルはしゃがみこんで、弟の髪をくしゃくしゃにした。「うしろに岩が見えるだろ？」

ベンはカウボーイから目を離さなかった。「そうだね」

「あの岩は恐竜なんだ。怖がらなくていいよ。死んでるからな。誰のことも傷つけたりしない」

「そうだね」ベンはブリキのカウボーイをウエストまで埋めて、小さくかん高い声で叫んだ。「助けてくれ！　この砂地獄で溺れそうなんだ！」

ジョエルはいった。「ベン。これはごっこ遊びじゃないんだ。本物の恐竜なんだよ」

ベンは手を止めて、興味なさそうにふり返った。「わかった」

ベンは砂を指でほじりながら、かん高いカウボーイの声に戻っていった。「生き埋めになるまえに、誰かロープを投げてくれ！」

ジョエルは顔をしかめて立ちあがった。

「しょうがない役立たずだよ。うしろに世紀の大発見があるっていうのに、馬鹿げたカウボーイ遊びなんて」

それからジョエルはまたしゃがんでいった。「ベンってば。大金が手に入るんだぞ。みんなで金持ちになるんだ。おまえとぼくとゲイルで」

ベンは背中を丸めてふくれ面《つら》をした。もうカウボーイで遊んじゃ駄目といわれたように感じたのだ。ジョエルは無理やり恐竜のことを考えさせようとしていた、ベンの気分などおかまいなしに。

「いいよ、わかったよ。ぼくの分はあげる」

「あとで考えを変えたっていいんだよ」ジョエルはいった。「ぼくは欲張りじゃないからな」

「大事なのは」ゲイルがいった。「科学の進歩だから。わたしたちが気にかけてるのはそれだけ」

「それだけなんだよ、坊や」ジョエルがいった。

ベンはこの話を終わらせてここから抜けだす方法を思いついた。そして喉の奥で音をたてた。あたりを揺るがす爆発を示す大きな唸《うな》り声だった。「ダイナマイトが爆発した！　体が燃えてる！」それからばたりと仰向《あおむ》けに倒れ、必死に転げまわりはじめた。「火を消して！　火を消して！」

誰も消さなかった。ジョエルは立ちあがった。「大人のところへ行って、ぼくたちが恐竜を見つけたっていうんだ。ゲイルとぼくはここにいて、見張ってるから」

ベンは動きを止めて口をだらりとあけ、白目を剝《む》いた。「無理。いま焼け死んだ」

「馬鹿」ジョエルは大人みたいなしゃべり方をするのにうんざりしてしまい、ベンのおなか目がけて砂を蹴った。

ベンはひるみ、暗い顔をしていった。「馬鹿はそっちじゃないか。恐竜なんか大嫌いだ」

ジョエルはベンの顔に向けて砂を蹴る気だったようだが、ゲイルが止めに入った。ゲイルはジョエルが威厳を失うところを見たくなかった。さっきまでの真剣な大人の声と、ためらうことなくベンに褒賞金を分けるといったときの態度が好きだったのだ。ゲイルは幼い少年の横に膝をついて、相手の肩に手を置いた。

「ベン？ あのカウボーイの新しいセットがほしくない？ ほとんどなくしちゃったってジョエルがいってたじゃない」

ベンは起きあがって、自分の体をはたいた。「買おうと思って貯金してるところだよ。いま十セント貯《た》めたとこ」

「もしあなたのお父さんを呼んできてくれたら、わたしが一箱買ってあげられるんだけど。ジョエルとわたしで一緒に一箱買ってあげる」

ベンはいった。「フレッチャーさんの店で一ドルで売ってるんだ。一ドル持ってるの？」

「賞なんてなくない？」

「賞を受けとったあとならね」

「あなたがいいたかったのは、〝賞なんてないよね〟ってことでしょう」ゲイルはベンにいった。「いまあなたが使ったのは二重否定だから、いいたいことの反対の意味になってしまうの。それで、もし賞がなければ、わたしが自分で一ドル貯金して、あなたにカウボーイの箱を買ってあげる。約束する」

「約束するんだね」

「そういったでしょ。ジョエルも一緒に貯金してくれる。そうでしょう、ジョエル？」

「ぼくはこの馬鹿のために何かするなんていやだよ」

「ジョエル」

「わかったよ、いいよ」ジョエルはいった。

ベンはカウボーイを砂からぐいと引き抜いて、跳ぶように立ちあがった。「父さんを呼んでくる」

ジョエルがいった。「待て」ジョエルは目のまわりのあざに触れ、すぐに手をおろした。「母さんと父さんは寝てる。父さんは八時半まで起こすなっていってた。だから外に来たんだろ。二人はミラーさんのところのパーティーに遅くまでいたんだ」

「うちの両親もそう」ゲイルがいった。「母さんはひどい頭痛がするって」

「すくなくとも起きてはいるんだな」ジョエルはいった。「ミセス・ロンドンのところへ行くんだ、ベン」

「わかった」ベンは歩きだした。

「走れ」ジョエルがいった。

「わかった」そうはいったが、ベンは速度を変えなかった。

ジョエルとゲイルは、流れるように煙る霧のなかへとベンの姿が消えるまで見送った。

「父さんは自分が見つけたっていうに決まってる」ジョエルはそういい、ゲイルはその声にこもった険悪さに思わず身を縮めた。「最初に父さんに見せたら、新聞にぼくたちの写真が載ることはないよ」

「まだ眠ってるなら、眠らせておくべきね」ゲイルはいった。

「ぼくもそう思ったんだ」ジョエルはそういって下を向いた。声はやわらぎ、ばつが悪そうに聞こえた。思ったより感情を表に出してしまい、いまはそれが恥ずかしかった。

ゲイルはとっさにジョエルの手を取った。それが正しいことのように思えたからだった。

ジョエルは自分たちの絡みあった指を見つめ、むずかしい顔になって考えに耽《ふけ》った。ゲイルに何か質問されて、自分には当然その答えがわかっていなければならないような気がした。ジョエルは顔をあげてゲイルを見た。

「あの生き物をきみと一緒に見つけられてよかった。ぼくたちはきっと一生インタビューされつづけるよ。九十歳になっても、ぼくたちがあの怪物を見つけた日のことをみんなまだ訊いてくるんじゃないかな。きっとぼくたちはそのときもまだお互いのことが好きだと思う」

ゲイルはいった。「最初にいうのは、あれが怪物なんかじゃなかったたってこと。あれは船に轢《ひ》かれたただのかわいそうな生き物よ。誰かを食べたわけでもなさそうだし」

「何を食べるかなんてわかんないよ。この湖ではたくさんの人が溺れてる。もしかしたら、そのうちの何人かはほんとに溺れたわけじゃないのかもしれない。あの野郎につまようじ代わりに使われてたりしてね」

「〝野郎〟かどうかだってわからないじゃない」

二人はつないでいた手を離し、向き直ってそれを見た。茶色く固い岸辺にだらしなく伸びている。この角度からだと、やっぱり網の絡んだ大岩に見えた。皮膚がクジラみたいにてらしていなくて、暗く鈍い色で、花崗岩《かこうがん》のかたまりに地衣類がついたみたいだった。ゲイルはあることを思いつき、ジョエルをふり返った。「わたしたち、インタビューを受ける準備をするべきじゃない？」

「髪をとかしたりするってこと？　きみにはその必要はないよ。きみの髪はきれいだ」ジョエルは暗い顔になり、ゲイルから目を逸らした。

「ちがう」ゲイルはいった。「だってこのままじゃ話すことが何もないでしょう。わたしたち、これについて何も知らない。すくなくとも、体長がどれくらいあるかわかってればよかったんだけど」

「歯を数えるべきだ」

ゲイルは身を震わせた。肌の上をアリが這《は》っているような感覚が戻ってきた。「手をそれの口のなかに入れたくない」

「死んでるんだよ。ぼくは怖くない。科学者はきっと歯を数えるよ。たぶん一番最初に」ジョエルは目を見ひらいた。

「歯だよ」ジョエルはいった。

「歯ね」ジョエルの興奮を感じとって、ゲイルはくり返した。

「きみに一つ、ぼくに一つ。一人一つずつ持っておくべきだ、きょうのことを忘れないために」

「歯がなくても忘れないけど」ゲイルはいった。「でもいい考えかも。わたしは自分のを首飾りにする」

「ぼくもそうする。男用のだけど。女の子がするみたいな、かわいいやつじゃなくて」

恐竜の首は長く、太く、まっすぐ砂の上に伸びていた。もしこの方向から近づいていたら、ゲイルにもすぐに岩じゃないことがわかっただろう。シャベルのかたちの頭がついていた。ひらいているほうの目は皮膜のようなもので覆われ、とても冷たく、とても新鮮な牛乳みたいな色になっていた。口はあんぐりあいており、チョウザメのように下顎が突きでていた。小さな歯がたくさんあって、斜め二列に並んでいた。

「見て」ジョエルはにっこり笑ってはいたが、声は緊張したように震えていた。「きみの腕くらい簡単に切れそうだよ、まるで電動のこぎりだ」

「どんなにたくさんの魚を真っ二つにしてきたか考えてみて。たぶん、一日に二十匹くらい食べなきゃならなかったのよ、飢えをしのぐだけのために」

「ポケットナイフがない」ジョエルはいった。「歯を二本抜くのに使えそうなものを、何か持ってない?」

ゲイルは岸辺のずっと向こうで見つけた銀のスプーンをジョエルに渡した。ジョエルは足首まで水に浸かってバシャバシャ歩いていき、頭のそばにしゃがみこんで、口のなかにスプーンを差しこんだ。

ゲイルは胃がでんぐり返るように感じながら待った。

すこしして、ジョエルは手を引っこめた。だが、まだそばにしゃがんだまま、それの顔に見入っていた。それから一方の手を首に乗せた。何もいわなかった。皮膜に覆われた恐竜の目は、何も見ていなかった。

「やりたくない」ジョエルはいった。

「いいのよ」ゲイルはいった。

「簡単にできると思ったんだ。だけどやっぱりやるべきじゃない」

「大丈夫。わたしもべつにほしくないから。そんなには」

「口の天井が」ジョエルはいった。

「え？」

「口の天井がぼくとおなじなんだよ。ぼくみたいにしわしわなんだ。それか、きみみたいに」

ジョエルは立ちあがって、しばらくそのまま佇《たたず》んだ。手に持ったスプーンを見おろし、それが何かわからないかのように顔をしかめてから自分のポケットに入れた。

「たぶん、歯はあとでもらえるよ」ジョエルはいった。「賞の一部として。自分たちで抜かないほうがいいと思う」

「それならそんなに悲しくない」

「うん」

ジョエルは水をはねかしながら湖からあがった。二人はそこに立ったまま死骸を見つめた。

「ベンはどうした？」ベンがいなくなった方向を見やりながら、ジョエルはいった。

「すくなくとも、体長くらい知っておくべきじゃない？」

「メジャーを取りに行かなきゃならないけど、そのあいだに誰かが来て、自分たちが見つけたっていうかもしれない」

「わたしはちょうど百二十センチなの。七月に父さんがドア口で測ったときにはそうだった。だから、ゲイルいくつ分か数えればいい」

「オーケイ」

ゲイルは腰をおろし、それから体をまっすぐにして砂の上に横たわり、両腕を体の脇にぴったりつけ、足首を揃《そろ》えた。ジョエルが棒を見つけてきて、ゲイルの頭のてっぺんのところで砂に線を引いた。

ゲイルは起きあがり、砂を払って、線をまたいだ。それから踵《かかと》がそのしるしに触れるようにして、またまっすぐ横になった。二人はそんなふうにしながら岸辺を進んだ。ジョエルは尻尾を岸に引っぱりあげるために、湖に入らなければならなかった。

「四ゲイルよりちょっと長い」ジョエルはいった。

「つまり四百八十センチね」

「大部分が尻尾だったよ」

「すごい尻尾。ところで、ベンは？」

流れる霧の向こうから吹いてくる風に混じって、かん高い声が聞こえた。小さな人影が岸辺に沿ってスキップしながら二人に近づいてきた。霧のなかから飛びだしてきたのはミリアムとミンディで、ベンはその二人のうしろを、とくに急ぐこともなくついてきた。ベンはジャムのついたトーストのかけらを食べていた。イチゴジャムで口のまわりと顎が汚れている。いつも口のなかに入るのとおなじくらいの量を顔につけてしまうのだ。

ミンディはミリアムの手を握り、ミリアムはおかしな、突きあげるようなやり方でジャンプしていた。

「もっと高く！」ミンディが要求した。「もっと高く！」

「いったいなんの真似《まね》だ？」ジョエルがいった。

「ペットの風船を連れてるの。ミリアムって名前をつけたんだ」ミンディがいった。「浮かんで、ミリアム！」

ミリアムは体を真上に投げだすようにして跳び、あまりにも激しく着地したせいで脚がもつれ、岸辺に尻もちをついた。それでもまだミンディの手を握っていたので、ぐいと引っぱられたミンディも隣に倒れこんだ。二人は笑いながら湿った小石の上に大の字になった。

ジョエルの視線は二人を通り越してベンに向かった。「ミセス・ロンドンはどこだ？」

ベンは口いっぱいのトーストを長いあいだ嚙んでいた。ようやく飲みこむと、いった。

「外がそんなに寒くなくなったら恐竜を見にくるっていってた」

「ふわふわ浮かんで、ミリアム！」ミンディが叫んだ。

ミリアムは背中からバタッと倒れてため息をついた。「空気が抜けてる。しぼんじゃった」

ジョエルは苛立《いらだ》ちと嫌悪の入り混じった顔でゲイルのほうを向いた。

ミンディがいった。「ここ、くさい」

「信じられるか？」ジョエルが尋ねた。「きみの母さんは来ないんだぜ」

ベンがいった。「朝ごはんが食べたければ家に帰ってきなさいってゲイルに伝えるようにいわれた。ぼくのカウボーイはきょう買いに行ける?」

「おまえはぼくたちが頼んだことをしなかった。だから何もなしだ」ジョエルがベンにいった。

「大人を連れてこいなんていわなかっただろ。大人に話せっていっただけじゃんか」ベンのそのいい方を聞いていると、ゲイルでさえベンを殴りたくなった。「カウボーイを寄こせ」

ジョエルは地面の上の少女二人を通りすぎてベンの肩をつかみ、ぐるりとベンの向きを変えた。「大人を連れてこい、そうしないと湖で溺れさせてやる」

「カウボーイをくれるっていったじゃないか」

「ああ。カウボーイたちと一緒におまえのこともまちがいなく埋めてやるよ」

ジョエルはベンの尻を蹴って無理やり進ませた。ベンはよろめいて大声をあげ、恨みがましい目をしてふり返った。

「大人を連れてこい」ジョエルがいった。「そうしないと、ぼくがどれだけ意地悪くなれるか知ることになるぞ」

ベンは下を向いたまま、脚を曲げない固い歩き方で急いで立ち去った。

「何が問題かわかる?」ジョエルがいった。

「ええ」

「誰もベンを信じそうにないところだよ。ぼくたちが恐竜を見張ってるってあいつがいったら、きみなら信じる？」

　小さい二人は押し殺した声でしゃべっていた。ゲイルは自分が家へ戻って母親を連れてくるといおうとしたところで、二人のひそひそ話に気がついた。見おろすと、二人は恐竜の背中の横にあぐらをかいて座っていた。ミンディはチョークを手にして、死骸の側面に三目並べを描いていた。

「何をしてるの？」ゲイルは悲鳴をあげ、チョークをつかんだ。「死んだものには敬意を払いなさい」

　ミンディがいった。「あたしのチョークを返して」

「ここに描いちゃ駄目。これは恐竜なんだから」

　ミンディはいった。「チョークを返して。じゃないとママにいいつけるから」

「二人とも信じてないんだよ」ジョエルがいった。「あんなすぐそばに座ってるし。もしこいつが生きてたら、とっくに食べられちゃったはず」

　ミリアムがいった。「返しなさいよ。それはパパがミンディに買ってくれたチョークなんだから。みんな一ペニーずつ何か買ってもらったでしょ。あんたはガムをほしがったんじゃない。チョークを選ぶことだってできたのに。返しなさいよ」

「それなら、恐竜には描かないで」

「描きたいと思ったら描くもん。みんなの恐竜なんだから」ミンディがいった。

「ちがうよ。ぼくたちの恐竜だ」ジョエルがいった。「ぼくとゲイルが発見したんだから」

　ゲイルがいった。「どこかべつの場所に描きなさい。じゃないとチョークは返さない」

「ママにいいつけてやる。チョークを取りあげるためにママがここまで来るはめになったら、ママはあんたのお尻に熱湯をかけるんだから」ミンディがいった。

ゲイルはチョークを返そうと手を伸ばしかけたが、ジョエルがゲイルの腕を止めた。

「返さないよ」ジョエルはいった。

「ママにいいつける」ミンディはそういって、立ちあがった。

「あたしもママにいいつける」ミリアムがいった。「ママが来たら、ひどい目にあうんだから」

二人は足を踏み鳴らして霧のなかへ消えていった。信じられない、とかん高い声で憤慨しながら。

「あなたは湖のこっち側で一番頭のいい男の子ね」ゲイルはいった。

「湖のどっち側でもだ」ジョエルはいった。

水面から流れこんでくる霧のなかへ、ミンディとミリアムは歩いていった。光のいたずらで影が入れ子のように見えた。二人の姿そのものが影になり、まわりを大きな影とより大きな影が包んだ。煙る大気のなかに、女の子のかたちをした長いトンネルができたみたいだった。そのトンネルは霧の奥へ延び、いくつもの影が重なった様子が黒い、かたちのはっきりしないマトリョーシカのように見えた。それもやがてだんだん小さくなり、魚みたいなにおいの霧に呑《の》みこまれた。

ゲイルとジョエルは、ゲイルの妹たちの姿が完全に消えるまで恐竜のほうをふり返らなかった。一羽のカモメが死骸に止まり、ビーズのような、貪欲そうな目で二人を睨《にら》んでいた。

「あっち行け！」ジョエルが大声を出し、手をたたいた。

カモメは砂の上にぴょんと跳びおりると、不満そうに体を丸めてこそこそ立ち去った。

「日が出たら、きっとにおうだろうな」ジョエルはいった。

「写真を撮ったら冷蔵保存しないと」

「ぼくたちと一緒に写真を撮ったら、だ」

「そうね」ゲイルはそういって、またジョエルの手を握りたいと思ったが、やめておいた。

「街へ運ばれていくと思う？」ゲイルは尋ねた。街というのはニューヨークのことだった。

ニューヨークはゲイルが行ったことのある唯一の街だった。

「誰がぼくたちから買うかによるんじゃないかな」

お父さんがあなたにお金を持たせたままにしておくと思うかと訊きたかったが、その質問でジョエルの頭に不幸な考えを吹きこんでしまうのが心配だった。だから代わりにこう尋ねた。「わたしたち、いくらもらえると思う？」

「夏にフェリーがこれにぶつかったとき、興行師のP・T・バーナムは五万ドル払うっていってたよ」

「わたしはこれをニューヨーク市の自然史博物館に売りたい」

「博物館には無料で進呈するものだよ。バーナムのほうがいいって。きっと一生タダでサーカスに入れるフリーパスももらえるよ」

ゲイルは何もいい返さなかった。ジョエルをがっかりさせるようなことはいいたくなかったから。

ジョエルはちらりとゲイルを見ていった。「それが正しいことだとは思わないんだね」

ゲイルはいった。「あなたがやりたいようにして」

「バーナムからもらったお金を半分ずつ出しあって家が買えるよ。バスタブいっぱいに百ドル札を入れて、そのなかで泳げるよ」

ゲイルは何もいわなかった。

「半分はきみのだよ、もちろん。いくらになっても」

ゲイルは怪物に目を向けた。「ほんとに何百万年も生きてたと思う？　そんなに長いあいだ泳いでいたなんて想像できる？　満月の下を泳いでるところとか？　ほかの恐竜がいなくて寂しくなかったのかな。仲間はみんなどうしたんだろうって思ってたかな？」

ジョエルもつかのま目を向け、それからいった。「母さんが自然史博物館に連れていってくれたんだ。ガラスケースのなかにちっちゃいお城があって、騎士が百人くらいいた」

「ジオラマね」

「そう、それ。すごかったよ。小さな世界が丸ごと入ってるみたいだった。もしかしたら、博物館からフリーパスをもらうのもいいかも」

心が軽くなり、ゲイルはいった。「そうなれば、科学者がいつでも好きなときに研究できる」

「ああ。それか、たぶんＰ・Ｔ・バーナムが科学者たちにチケットを買わせてもいいかな。バーナムは恐竜を、双頭のヤギと太ったひげ女の隣に並べて、そうしたらもう恐竜も特別なものじゃなくなるんだ。気づいてた？　なんでかって、特別なところなんかなにもなくたって、サーカスにあるものは全部特別なんだよ。たとえば、ぼくが綱渡りの綱の上を歩けたら、それがほんのちょっとでも、きみはぼくのことを自分が知ってるなかで一番すごい男の子だって思うだろ？　たとえ綱が張ってあるのが地上六十センチのところでもさ。だけどもしぼくがサーカスで地上たった六十センチの綱渡りをしたら、みんな金を返せって怒鳴るはずだよ」

　ジョエルが一息にこんなに長くしゃべるのを聞いたのは初めてだった。あなたはいまもわたしが知ってるなかで一番すごい男の子よ、とゲイルはいいたかったが、ジョエルを恥ずかしがらせるだけかもしれないと思った。

　ジョエルがゲイルの手を取ろうとしたので、ゲイルの心臓の鼓動が速くなった。だが、ジョエルはチョークがほしいだけだった。

　ジョエルはゲイルからチョークを受けとって、かわいそうな死骸の側面に何か書きはじめた。ゲイルは口をひらいて駄目といいかけたが、ジョエルがぶつぶつしたカメの甲羅のような皮膚に描いているのが彼女の名前だとわかると口をとじた。

「誰かほかの人が、自分が発見者だっていいだすといけないから」ジョエルはゲイルにそう話し、すぐにいい添えた。「きみの名前をここに掲げておくべきだ。ぼくたちの名前をずっと一緒にしておくべきだよ。一緒に見つけたのがきみでよかった。ずっと一緒にいたい人なんてほかに誰もいない《ノット・ノー・ワン》から」

「二重否定になってる」ゲイルはいった。

ジョエルはゲイルにキスをした。頰ではあったけれど。

「そうだね、きみ《ディア》」ジョエルは十歳でなく四十歳のようにいった。そしてゲイルにチョークを返した。

ジョエルはゲイルを通り越した岸辺の向こうの霧のなかを覗いた。ゲイルはふり返って、ジョエルが何を見つめているのか確かめた。

さっきのマトリョーシカみたいな影が見え、こちらへ近づくにつれ崩れた。まるで誰かが望遠鏡をたたんだみたいに。両脇にミリアムとミンディを従えた母親のようなかたちだったので、ゲイルは呼ぼうとして口をひらきかけた。けれども突然、真んなかの大きな影が縮んでヘザーになった。ベン・クウォレルがしたり顔でヘザーのすぐうしろにいた。

ヘザーはお絵描き帳を小脇にはさみ、大股で霧から出てきた。ブロンドの巻き毛が顔に垂れかかっている。ヘザーは唇を引き結び、髪をぷっと吹いて目から払いのけた。怒っているときしかやらないしぐさだった。

「母さんがあんたを呼んでる。いますぐっていってた」

ゲイルはいった。「ここに来ないの？」

「エッグ・パンケーキを焼いてるところなの」

「家に行って母さんに話して――」

「自分で家に行って母さんに話しなさいよ。そのまえに、ミンディにチョークを返しなさい」

ミンディが手のひらを上にして手を差しだした。

ミリアムが歌った。「ゲイル、ゲイル、威張りんぼのゲイル。ゲイル、ゲイル、ほんとに馬鹿なゲイル」メロディも歌詞と同程度の出来だった。

ゲイルはヘザーにいった。「わたしたち、恐竜を見つけたの。急いで母さんを連れてきて。博物館に贈って、新聞に載るんだから。ジョエルとわたしで一緒に写真に写るの」

ヘザーはゲイルの耳をつかんで捻《ひね》り、ゲイルは悲鳴をあげた。ミンディが突進して、ゲイルの手からチョークをもぎ取った。ミリアムはいかにも女の子らしい長い悲鳴の真似をして、ゲイルを嘲《あざけ》った。

ヘザーは手をおろして、ゲイルの腕を親指と人差し指でつねった。ゲイルはまた悲鳴をあげ、身をふりほどこうともがいた。ゲイルの手が当たり、ヘザーのお絵描き帳が砂の上にはたき落とされた。ヘザーは頭に血がのぼっていたのでそれを気にも留めず、妹を霧のなかへ歩かせようとした。

「最高のポニーを描いてたのに」ヘザーがいった。「ほんとに一所懸命描いたのに。母さんは見てもくれなかった。ミンディとミリアムとベンがあんたの馬鹿げた恐竜のことをうるさくいいつづけたから。あんたを連れてきなさいってあたしが怒鳴られたんだからね、あたしはなんにもしてないのに。ただ絵を描いていたいだけだったのに、あんたを呼びに行かないなら色鉛筆を取りあげるって母さんにいわれたんだよ。色鉛筆だよ！　あたしが！　誕生日にもらったやつ！」ヘザーは強調のためにゲイルの腕をつねる力を強めた。

ゲイルの目が涙でチクチクしはじめた。

ベン・クウォレルが足を速めて横に並んだ。「カウボーイはちゃんと買ってよね。約束したんだから」

「ママが、あんたにはパンケーキをあげないって」ミリアムがいった。「けさ、さんざん面倒を起こしてくれたから」

ミンディがいった。「ゲイル？　あんたの分のパンケーキはあたしが食べちゃっていい？」

ゲイルは肩越しにジョエルをふり返った。霧のなかで数メートル離れていたので、すでに幽霊のようにしか見えなかった。ジョエルはまた登って、死骸の上に座っていた。

「ぼくはここにいるよ、ゲイル！」ジョエルは大声でいった。「心配しないで！　きみの名前を書いてあるから！　きみとぼくの名前を、一緒に！　誰が見てもわかるよ、ぼくたちが見つけたんだって！　できるだけ早く戻ってきて！　待ってるから！」

「わかった」ゲイルは感極まって声を震わせた。「すぐ戻るわ、ジョエル」

「それは無理」ヘザーがいった。

ゲイルは石につまずきながら、できるかぎり長くジョエルをふり返ったまま歩いた。ジョエルとその下の恐竜は、湿ったシーツのように漂う霧のなかですぐにぼんやりとした影になった。霧はとても白く、ゲイルは花嫁がかぶるベールを連想した。ジョエルの姿が見えなくなると、ゲイルはまえを向いて、喉を固くしたまま、まばたきで涙を散らした。

記憶していたよりも家が遠かった。一団は——小さな子供が四人、十二歳が一人——シャンプレーン湖の銀色の水が寄せるせまい岸辺で、曲がりくねった道をたどった。ゲイルが足もとに視線を落とすと、小石にそっと水がかかるのが見えた。

一団は土手を歩きつづけ、やがてドックに着いた。少女たちの父親の小型ヨット《ディンギー》がつないであった。ヘザーはそこでゲイルの手を離し、一人ひとりマツ材の板に登った。ゲイルは逃げ戻ろうとはしなかった。母親を連れて戻ることが大事なのであり、うんと大泣きすればそれができると思っていた。

庭を半分横切ったところで、また霧笛に似た音が聞こえた。ただしほんとうの霧笛ではなく、とても近くから聞こえた。湖から立ちのぼる霧のなかのどこかすぐそばだ。牛の鳴き声のような、苦悩に満ちた長い音で、大気中の霧の水滴を一つひとつ震わすかのようにとどろき渡った。その音のせいで、ゲイルの頭皮と胸にアリの這うような感触がまた戻ってきた。ドックをふり返ると父親のボートが水のなかで重たげに上下し、突然目覚めたように揺れ、ドックの板にぶつかっていた。

「あれは何？」ヘザーが叫んだ。

ミンディとミリアムは抱き合って怯えながら湖を見つめていた。ベン・クウォレルは目を見ひらき、首を傾げて、緊張しながら音に集中していた。

岸辺のほうでジョエルが何か叫んでいるのがゲイルの耳に届いた。確信はなかったが、ジョエルが「ゲイル！　見にきて！」と叫んだような気がした。しかし後年、あれは「神《ゴッド》さま！　助けて！」だったのではないかといういやな考えがときどき浮かんだ。

霧は光を歪《ゆが》めるのとおなじくらい音も歪めた。だからバシャンと大きな音がしたとき、その音をたてた物体の大きさを判断するのはむずかしかった。まるでバスタブが高い位置から湖に落とされたかのようだった。あるいは車が。とにかくものすごく大きな水音だっ

かんだ。

「あれは何？」ヘザーがまた叫んで、おなかが痛いときのように胃のあたりをぎゅっとつかんだ。

ゲイルは走りだした。そして土手から飛びおり、岸辺に膝から落ちた。だが、岸辺はなくなっていた。三十センチくらいの高さの水が打ち寄せ、シャンプレーン湖でなく海で見かけるような波が小石や砂でできた細い道を水浸しにして、直接土手に当たっていた。さっき家に向かって歩いたときは、水は岸にそっと打ち寄せるだけで、ヘザーとゲイルが横に並んで歩いても足が濡れることはなかったのに。

ゲイルは大声でジョエルの名を呼びながら、冷たく吹き寄せる霧のなかへ駆けこんだ。懸命に走っているのに、充分な速さで進めていないような気がした。もうすこしで死骸があった場所を通りすぎてしまうところだった。死骸はもうそこになかった。霧のなかで、しかも裸足の足もとに水が打ち寄せてくるとあっては、自分が岸辺のどこにいるかもわからなくなりそうだった。

しかしゲイルはヘザーのお絵描き帳を見つけた。うねる波のなかですっかり水に浸り、ページがひらひらしている。ゲイルはその場に釘《くぎ》づけになり、寄せくる波と心を掻《か》き乱す水を見つめた。脇腹が急に痛くなった。肺は必死に空気を求めていた。波が引いたとき、死骸が固い土の上を水のなかへ、もといた家へと引きずられていった跡が見えた。誰かが鋤《すき》を引きながら岸辺を横切り、湖のなかへ入っていったみたいだった。

「ジョエル！」

　ゲイルは水に向かって大声をあげた。それから体の向きを変え、土手の上へ、木立のなかへ、ジョエルの家のほうへと叫んだ。

「ジョエル！」

　ゲイルは円を描くようにして動きながら、大声でジョエルの名を呼んだ。湖を見たくはなかったが、とにかく最後にはまたそちらに顔を向けた。叫びすぎて喉がかすれ、ゲイルはまた泣きだした。

「ゲイル！」ヘザーが呼んだ。怯えた、かん高い声だった。「帰るよ、ゲイル！　帰るの、いい、いますぐ！」

「ゲイル！」ゲイルの母親が金切り声をあげた。

「ジョエル！」ゲイルは叫びながら、なんだか馬鹿みたい、みんなでちがう誰かの名前を叫んで、と思った。

　遠くから、牛の鳴くような音が聞こえた。悲しげなやわらかい音だった。

「ジョエルを返して」ゲイルは囁いた。「お願いだからジョエルを返して」

　ヘザーが霧のなかを駆けてきた。けれども土手の上にとどまり、重く冷たい水が次から次へと押し寄せる砂の地面におりようとはしなかった。それからゲイルの母親もやってきてゲイルを見おろした。

「いい子ね」母親の顔は青く、不安で引きつっていた。「こっちへ登っておいで、いい子だから。ママのところまであがってきて」

　母親の声は聞こえたが、ゲイルは土手を登らなかった。水に流されてきた何かが足を捉えた。ヘザーのお絵描き帳で、ポニーが描かれたページがひらいていた。緑のポニーで、体に虹色の縞《しま》があり、蹄《ひづめ》は赤かった。クリスマスツリーみたいな緑だった。ヘザーがなぜいつも馬をこんなに馬に見えないように、馬としてありえないように描くのか、ゲイルにはわからなかった。こういう馬は、二重否定とおなじく、あるいは恐竜とおなじく、言葉にしたとたんに打ち消される可能性のようなものだった。

ゲイルはお絵描き帳を水からさっと拾いあげ、緑のポニーを見た。気持ちの悪さが体じゅうに響き、吐きそうだと思った。ゲイルはポニーを破りとってくしゃくしゃに丸めると、水に投げこんだ。ほかのポニーも破って水に投げた。丸められた紙が足首のまわりにぷかぷか浮かんだ。誰もやめろといわなかったし、ゲイルがお絵描き帳をまた湖に落としても、ヘザーは文句をいわなかった。

ゲイルは水面を見渡し、もう一度あのやわらかい霧笛を聞きたいと思った。そして聞いた。しかし今回のそれはゲイルのなかの音だった。ゲイルの体の奥深くから生じた、二度と起こらないものを求める、長く、言葉にならない叫びだった。

# FAUN

# 第一部　扉のこちら側

## ファロウズ、ネコを仕留める

初めてストックトンから小さな扉の話を聞かされたとき、ファロウズはバオバブの下でライオンを待っていた。

「これのあともまだ興奮させてくれるものを探してるんなら、チャーンって男に連絡するといい。メイン州のエドウィン・チャーンだ。小さな扉《リトルドア》に案内してくれる」ストックトンはウィスキーを一口飲んで低く笑った。「小切手帳をお忘れなく」

バオバブは老木で、大きさはコテージとほぼ同じ。胴枯れを起こしていて、幹の西側が空洞《うろ》になっている。〈ヘミングウェイ狩猟ツアー〉が用意した隠れ小屋《ブラインド》は、この空洞のなかに設営したカーキ色のテントだった。テントはタマリンドの葉でカムフラージュが施され、内部には簡易ベッドと冷えたビール入りの冷蔵庫がある。加えて、Ｗｉ－Ｆｉ電波の状態も良好だ。

ストックトンの息子のピーターがベッドを一つ占領して、こちらに背を向けて眠っていた。ピーターは昨日、ハイスクールの卒業記念にクロサイを殺したばかりだ。今回のハンティングには同じ全寮制学校の親友のクリスチャン・スウィフトもいっしょに来ていた。クリスチャンはなにも殺さない代わりに、動物をスケッチして時間をつぶしている。

テントから十メートルほど離れたアカシアの枝に、絞めたニワトリが三羽、頭を下にしてぶら下げてあった。真下の地面に、ねばつく血溜まりができている。ナイトビジョンモニターに映るニワトリの映像は鮮明だったが、なにやら膨れ上がったグロテスクな果実が群がり生《な》っているようにも見えた。

ライオンはなかなかにおいに気づいてくれなかった。だいぶ年を取った爺《じい》さんライオンだからしかたない。〈ヘミングウェイ狩猟ツアー〉がハンティング用に飼育しているなかでは、この大ネコがいちばん高齢でいちばん健康だった。ほかのライオンはほとんど全頭が猫ジステンパーに罹《かか》っていて、熱でふらついているうえに、毛並みはぼさぼさ、目の縁にハエがたかっているというありさまだ。猟獣管理人はそれを否定して、あいつらは元気だというが、みんな死にかけなのは見ればわかる。

今シーズン、ここの動物保護区は災難つづきだった。ライオンの病気だけではない。数日前には密猟者がデューンバギーで北西境のフェンスに突っ込んで、金網を三十メートル分ぶち壊した。密猟者どもはサイを求めて走りまわったあげく（サイの角は同じ重さのダイヤモンドよりも高価なのだ）、戦果をあげる前に民間警備員に追い出された。これはいいほうの話。悪いほうの話は、ゾウの大半とキリンが何頭かフェンスの破れ目から保護区の外へ出てしまったことだ。ハンティングツアーは中止、料金は返金。ロッジのロビーではどなり合いがくりひろげられ、怒りで顔を真っ赤にした客連中がレンタル・ランドローバーの後部にスーツケースを放り込むに至った。

だが、ファロウズは来たことを後悔していない。〝ビッグ・ファイブ〟と呼ばれる五種類の大型野生動物のうち、サイとゾウとヒョウとアフリカスイギュウは何年もかけてすでに殺した。今夜はいよいよ最後の一種類を仕留めるつもりでいる。待っているあいだは嬉《うれ》しいことにストックトンと二人の少年という仲間がいっしょだし、もっと嬉しいことにウイスキー（山崎が飲みたいときは山崎、飲みたくないときはラフロイグ）もあった。

ファロウズがストックトンと少年たちに会ったのはつい一週間前、ウィンドフック・ホセア・クタコ国際空港に到着した夜のことだ。ストックトンたち三人はトロント発のブリティッシュ・エアウェイズの便で着いたばかり、ファロウズはガルフストリームのプライベートジェットでロングアイランドから飛んできたところだった。ちなみに、ファロウズは一度も一般の航空便を使おうと思ったことがない。並んで待ってみんなそろって靴を脱ぐなんぞ寒気がする。だからこそ惜しみなく金を注ぎ込んで対処しているのだ。四人がほぼ同時刻に空港に到着するというので、サファリロッジはメルセデス・ベンツ・Gクラスで迎えにきており、全員まとめてピックアップしてナミビア西部へと運んでいった。

ファロウズがあの〈ファロウズ・ファンド〉代表のティップ・ファロウズ本人だということは、車に乗り込んでいくらもたたないうちにイマニュエル・ストックトンに気づかれた。〈ファロウズ・ファンド〉はストックトンが経営する製薬会社で重要な位置を占めている。

「株主になる前は客の側でしてな」ファロウズは説明した。「わたしは粉砕機さながらの戦争に自ら身を投じ、誇りを持って国に尽くした。あの戦争のことはいまだに理解できませんがね。ボロボロになって這《は》うようにして逃げて、それから五年近くもずっとおたくの会社の奇跡の睡眠薬のお世話になった。そういう個人的な経験から、いい投資先になると踏んだわけです。少しのあいだこのひどい世界から脱出するために人がいくら出すか、誰よりもよく知っていますからな」

ファロウズは努めてさりげなく話したつもりだったが、ストックトンは俄然《がぜん》興味が湧いたといわんばかりの妙に嬉しそうな顔になり、親しげに肩を叩《たた》いてこういった。「わかりますよ、そちらが思っている以上にね。贅沢品《ぜいたくひん》ってことなら煙草《たばこ》だの毛皮だのなんでもあるが、脱出口以上に価値のあるものはない」

四時間後、巨大なメルセデスを降りるころには皆一様に気分が高揚していて、チェックインをすませるとバーで会話のつづきを楽しんだ。それからというもの、ストックトンとファロウズは毎晩のようにいっしょに飲んだ。ピーターとクリスチャンはそのあいだプールでのんびり過ごす。子供の片割れのクリスチャン――十八になるとはいえ、ファロウズから見ればまだまだ子供だ――に、いっしょに行ってネコを仕留めるところを見てもいいかと聞かれたとき、ファロウズの頭には断わるという選択肢は微塵《みじん》も浮かばなかった。

「リトルドア?」ファロウズは訊《き》き返した。「なんだね、それは? 私設の動物保護区か？」

「ああ」ストックトンが眠たげにうなずいた。体中の毛穴からラフロイグがぷんぷんにおい、目が血走っている。飲みすぎだ。「チャーン氏の秘密の動物保護区。紹介者限定。で、リトルドアは……小さな扉だ」そういって、ストックトンはふたたび笑った――悦に入ったような含み笑いだ。

「料金がバカ高いってピーターがいってましたけど」と、クリスチャン・スウィフト。

「扉から眺めるだけなら一万ドル。あっち側を歩きたけりゃもう一万。あっち側でのハンティングは二十三万、それでもって期間は丸一日。狩猟記念品《トロフィー》はこっち側へ持ってきてもかまわんが、チャーンのファームハウスからは持ち出せない。以上がルールだ。ビッグ・ファイブで手間取るぐらいなら、まあ、連絡しないほうが無難だね。チャーンのやつぁ素人《しろうと》にゃ我慢ならんってクチだから」

「二十五万ドルも払うなら、ユニコーン狩りのほうがましだな」とファロウズ。

ストックトンが眉を上げる。「惜しい」

ファロウズはストックトンを見つめた。と、クリスチャンが片手の拳でそっと肩をついた。「ミスター・ファロウズ、ネコが来てます」

緊張しきった顔のクリスチャンが、フラップを上げたままのテントの出入口のそばからファロウズのほうへ大口径のCZ550をそろそろと差し出した。ファロウズは一瞬、自分がここでなにをしているのか思い出せなかった。少年がモニターに向かって顎をしゃくる。ライオン。鋳造《ちゆうぞう》したての貨幣みたいに光る蛍光グリーンの目で、じっとカメラを見ている。

ファロウズは片膝をついた。少年が隣にしゃがんだ。肩が触れ合う。二人はフラップの下から外を覗《のぞ》いた。闇のなか、ライオンはアカシアの下にたたずんでいた。堂々とした大きな頭が動いたかと思うと、穏やかな許しと知恵を宿す超然とした目がブラインドに向けられた。処刑に立ち合う王のまなざし。ただし、この場合はおのれの処刑だ。

ファロウズはこれに先立ち、一度だけこの老ネコのそばに行ったことがある。そのときは、ライオンとのあいだにはフェンスがあった。金網越しにこの爺さんを観察し、澄んだ金色の目を覗き込み、それから猟獣管理人に、決めた、と伝えた。歩み去る前に、ファロウズはライオンに約束した。これからそれを果たす。

耳元でクリスチャンの興奮した浅い息遣いが響く。「知ってるみたいですね。いつでも来いって感じだ」

少年が神聖にして侵すべからざる事実を口にしたというかのように、ファロウズはうなずき、ゆっくりと引き金を絞った。

発射の轟音《ごうおん》に、ピーター・ストックトンが短い叫びを放って目を覚まし、シーツに絡まってもがきながらベッドから転げ落ちた。

## クリスチャン、シャツを破く

クリスチャンはファロウズを追ってテントの外へ出た。老ハンターは見えない柩《ひつぎ》でも担いでいるみたいに、一歩ずつ大地を踏みしめ、ゆっくりと慎重な足取りで歩いていく。にこやかでしょっちゅう声を立てて笑うくせに、この人の鉛色の目は冷たくて用心深い。なんとなく、空気がなくて酸の海が広がる土星の月を連想させる、そんな目だ。ピーターは父親ともども銃を使うこと自体を楽しむタイプで、弾が鋭い音でワニの皮を貫いたりアフリカスイギュウの脇腹から煙が上がったりすると大喜びで歓声をあげる。いっぽうファロウズが殺すときは、武器は自分、銃はただのおまけという感じだ。そこに喜びが入る余地はない。

ライオンの尾がのろのろともたげられてから、パタンと地面を叩く。ふたたびもたげられ——ちょっと宙で止まって——パタン。ライオンは横向きに倒れている。

しばらくのあいだファロウズ一人が獲物のそばにかがみ込み、クリスチャンたちは遠慮して離れたところで待った。ファロウズはライオンの湿った鼻面《はなづら》を撫《な》でながら、忍耐強い、静かな顔を見つめていた。たぶん話しかけているのだ。前にファロウズがミスター・ストックトンに、このライオンを仕留めたらハンティングはやめる、追いたい獲物はもういない、といっているのをクリスチャンは小耳に挟んだ。ストックトンは笑って、「人間狩りは?」といった。ファロウズはあの冷たい、突き放すような目でストックトンを見やり、「狩ったこともある。狩られたこともある。証拠の傷もある」と答えた。それからというものピーターとクリスチャンは、あの人は何人ぐらい殺したのかなと、事あるごとに話題にした。正真正銘の死の代理人と知り合えて、クリスチャンは胸が躍った。

地元のサン人のスタッフが数人、闇が実体化したかのように隠れ場所からあらわれた。死んだライオンの姿に歓声が上がる。一人が保冷バッグのファスナーをあけて、氷のなかからビールを取り出した。尾がまたしても地面を叩く。クリスチャンは、叩かれた地面が揺れたような気がした。いや、その想像はいくらなんでも突飛すぎる。立ち上がろうとするファロウズにストックトンが手を貸して、冷えたウルボックの瓶を渡した。

ピーターが鼻をつまんだ。「うぇ。めっちゃくせぇ。殺す前に洗っとけよって」

「それはニワトリだ、バカもんが」ピーターの父親がいった。

尾が持ち上がってパタンと落ちる。

「とどめを刺したほうがいいんじゃないですか?」クリスチャンはいった。「苦しんでません?」

「いいや。もう死んでる」とストックトン。「尻尾は気にするな。よくあることだ。死後硬直。意識があるわけじゃない」

クリスチャンはスケッチブックを手にしてライオンの頭のほうにしゃがむと、ふさふさと波打つたてがみにこわごわと触れ、それから、思い切って撫でてみた。すべすべの片耳に顔を寄せ、あちらへ旅立つ前にと手向《たむ》けの言葉をささやいて、さらば、と最後に付け加える。ピーターが隣に来てしゃがんだのも、大人二人が背後でしゃべっているのも、ほとんど意識にのぼらなかった。その瞬間、生と死のはざまの深い静寂のなか、荘厳な孤独の王国に存在するのは、クリスチャンとライオンだけだった。

「見ろよ、この足」ピーターの声で、クリスチャンは現実に引きもどされた。ピーターはライオンのぐんなりした巨大な前足を持ち上げて、鞣《なめ》し革めいた指の肉球を両手の親指で揉《も》んでいた。

「おい、こら」ファロウズがいったが、誰に向かって声をかけたのか、クリスチャンにはよくわからなかった。

「めっちゃイケてるペーパーウェイトになるんじゃね？」ピーターはそういうと、うなり声を立てながら、クリスチャンに向かって薙《な》ぎ払うように前足を揺らしてみせた。

その前足から、黄ばんだケラチンのなめらかで鋭い鉤爪《かぎづめ》が飛び出した。ライオンの前肢の腱《けん》が引っぱられたのだ。クリスチャンはのけぞった。肩がピーターの胸にぶつかる。クリスチャンの反応は速かった。ライオンはもっと速かった。ファロウズはそれよりもっと速かった。老いて一度ならず傷を負っているとはいえ、いちばん速かった。

ファロウズがピーターを突き飛ばし、ピーターがクリスチャンに激突し、三人はもつれあって固い地面に叩きつけられた。クリスチャンは、なにかがシャツを破くのを感じた。布地をちょっと枝に引っかけたような感触――と思う間もなく、ほかの二人の下敷きになって、全身の空気が押し出された。ファロウズは足の一蹴りで横ざまに転がると、流れるような動きで肩のライフルを外して手元に構えた。銃口がライオンの顎の下の柔らかいところに押し当てられる。闇を千々に砕く発砲音が、クリスチャンの鼓膜を震わせた。

ストックトンのビールが手から滑り落ちて地面にぶつかり、泡が噴き出した。「ピーター？　ピーター！　なにやってる？」

ピーターが真っ先に人間の山から這い出した。クリスチャンとファロウズは猛ダッシュのあとで同時に倒れこんだみたいに、地面に伸びたまま息を弾ませていた。老兵士がなんともいえない呻《うめ》き声を上げる。ピーターは二人のそばに突っ立って、呆然《ぼうぜん》とライオンを見下ろしながら、尻をはたいてパンツの土埃《つちぼこり》を落としている。ピーターの父親が、放心状態の息子の肩をひっつかんで自分のほうに向きなおらせた。ミスター・ストックトンの顔はただならぬ赤みを帯び、こめかみの動脈だけが青光りしてくっきりと浮き出ている。

「この大バカもんが」ピーターの父親はいった。「なにしたかわかってるのか？　ミスター・ファロウズのトロフィーをめちゃくちゃにしたんだぞ。ミスター・サイズの穴があいた」

そのネコに三万ドル払ってるんだ。なのに、顔にゴルフボール・サイズの穴があいた」

「パパ」ピーターは鋭く息を吸った。ショックと悲しみで目が濡《ぬ》れたように光っている。

「パパ」

「めちゃくちゃというほどでもない」とファロウズ。「剥製師《はくせい》がきれいにしてくれる」彼は闇を見上げた。「自分で剥製師をやるのも悪くないかもしれん」

ピーター・ストックトンが潤んだ目をファロウズから父親に向け、それからファロウズへともどす。

「どうよ、ピート？」クリスチャンはいった。うわずった自分の声がくぐもって遠く聞こえる。耳に綿でも詰まっているみたいだ。「ミスター・ファロウズが助けてくれたんだ。ラッキーだな。おまえらしいじゃん」

サン人たちは発砲のあとの緊張のなかで静まりかえっていたが、今の一言でどっと笑いくずれて大騒ぎしはじめた。一人がピーターの両手をつかみ、別の一人がビール瓶を振って吹きこぼれた泡を少年の頭からぶっかける。泣きそうだったピーターは、たちまちバカ笑いしはじめた。ストックトンは息子に苦々しい怒りの視線を向け――すぐに肩の力を抜き、自分も笑いだした。

ひんやりした夜気がクリスチャンの剝《む》き出しの皮膚をくすぐった。見下ろすとシャツが二カ所、細長く裂けていた。裂け目の下の白い胸は無傷だ。クリスチャンは思わず笑って、ファロウズを見やった。

「このシャツ、一生とっときます。ぼくのトロフィーはこれでいいや」クリスチャンは少し考えてから、言葉をつづけた。「ありがとうございます。細切れにされなくてすみました」

「わたしは誰も助けておらんよ。おまえさんがすばやかったんだ。シカみたいに跳ねたからな」ファロウズはほほえんでいた――が、その目は物思わしげだった。

「そうでもないです、ミスター・ファロウズ」クリスチャンは謙遜《けんそん》してみせた。

「おれたちの目はごまかせないぞ、ファロウズ」ストックトンが大きな手を伸ばし、小柄な男の肩をつかんだ。「相手がどんなやつかは、見りゃわかる」そういうと、瓶を逆さにしてファロウズの頭からビールをかけた。サン人たちがはやし立てる。

クリスチャンは土埃だらけのスケッチブックを地面からそっと拾い上げた。なにを描いていたのか、誰にも見られたくなかった。

## ストックトン、借りを返す

ドアベルが鳴った。スイートルームにいたストックトンは、ドアに近づいて細くあけた。廊下にファロウズの姿があった。

「どうぞ。ああ、気をつけて。暗いから」ストックトンは注意を促した。

「明かりはどうした？」ファロウズはすばやく部屋に足を踏み入れて尋ねた。「これからやるのはプレゼンじゃないのか？　それとも降霊会かね？」

ボストンコモンから道路を一本渡ったフォーシーズンズホテルの四階、ミスター・チャーンのコーナースイートは、照明が消されてカーテンが引かれていた。エンドテーブルにぽつんとランプが一つ灯《とも》っているが、通常の電球は赤っぽい色合いのものに取り替えてある。赤い照明はストックトンにとっては予想の範囲内だった。エドウィン・チャーンのショーは前にも見ている。

ストックトンは説明しようとして口をひらいた――いや、説明というより、とりあえずファロウズをなだめようとしたのだが、先に口を切ったのはチャーンだった。

「慣れてください、ティップ・ファロウズ」甲高い声だ。声の震えは年齢《とし》のせいか。「次回のハンティングツアーに参加したいなら、薄暗いのに慣れてもらわないと。小さな扉の向こうの獲物は薄闇のなかで仕留めるか、まったく仕留められないか、ですからね」

チャーンは二人掛けのソファの左手、ストライプ柄のイージーチェアに腰かけていた。明るい黄色のボウタイに、同色のサスペンダーでやけに腰高に吊《つ》ったズボンという格好は、なにやら幼児向けテレビ番組のやさしげな司会者みたいだと、ストックトンは思う。色の名前や五までの数えかたを教えてくれそうだ。

息子たちはソファに並んですわっていた。ピーターはアルマーニのオーダースーツ、クリスチャンは紺のブレザーだ。クリスチャンの家は金持ちではない。私立学校に入学できたのは本人に才覚があったからだ。クリスチャンが古着を身につけていることも気にかけず、一文なしで臆病で敬虔《けいけん》そのものの里親に育てられたことも黙って受け入れたわが息子を、ストックトンは偉いと思う。もちろん、ピーターがぶじに卒業できたのは、おそらく一にも二にもクリスチャンのおかげだ——息子に試験の答案を写させてやったのはまちがいないし、少なからぬ数のレポートの代筆もしているはずだ。ストックトンにいわせれば、そこも合格点。友人の面倒をみてやれば、友人も面倒をみてくれる。自分がファロウズをなんとしてもミスター・チャーンに紹介したかったのも、まさに理由はそこだった。三カ月前、アフリカでファロウズはストックトンの息子の面倒をみてくれた。その借りを利子付きで返せると思うと、なんともいえない満足感で気分が高揚した。はっきりいって、小さな扉の向こうへの遠征は、たぶん、でぶで小利口《こりこう》で怠け者の息子何人分もの価値がある。コーヒーテーブルには小鳥用のケージが置かれ、赤い布カバーが掛けてあった。ひょっとしたら、お化け屋敷風の照明のせいで白いカバーが赤く見えるだけかもしれないが、ストックトンには判断がつかなかった。ここでプレゼンを仕切っているのが自分ならあのケージから話を始めるところだが、今日はそういう立場ではないし、チャーーンもそうはしないはずだ。

「お招きどうも、ミスター・チャーーン」ファロウズがいった。「リトルドアとやらの話を聞くのを楽しみにしていた。ストックトンから聞いたところでは、世界広しといえどもめったにお目にかかれない類《たぐい》のものだとか」

チャーーンはいった。「ああ、はい。ミスター・ストックトンのいうとおりです。わざわざボストンまでお運びいただいて助かります。わたしとしてはメインを離れるのはかまわんが、扉のそばを長いあいだ離れるのは気が進まない。そもそも宣伝のためにあちこち飛びまわる必要もないのでね。噂《うわさ》はおのずと広まる。ほんとうに興味を持った方たちはここに来る。わたしは年に二回ハンティングの機会を提供するだけです。次回は三月二十日。少人数のグループ限定。値引き交渉はなしだ」

「料金のことは聞いている。ここへ来た理由は、ほぼそれに尽きますよ——二十五万ドルでどんな獲物を仕留められるのかうかがうだけでも、純粋に娯楽性がある。想像もつきませんからな。ゾウ一頭殺すのに四万使ったが、どうも払いすぎた気がするものでね」

ミスター・チャーーンは片眉を上げ、問いかけるようにストックトンを見やった。「その程度で贅沢すぎるということなら——」

「ファロウズは金なら持ってる」とストックトンはいった。「それでなにが手に入るのか、はっきりさせておきたいのが人情ってものだ」自信たっぷりに、ユーモアさえ滲《にじ》ませて、ストックトンはそつなく付け加えた。自分がファロウズの立場だったときどう感じたかは忘れていなかったし、料金に対する反感や、欺《だま》されるものかという冷めた気持ちも思い出せる。プレゼンを聞いてストックトンの気持ちは変わった。ファロウズの気持ちも変わるだろう。

「なにを仕留めたらそういう金額に見合うのかと思っているだけですよ。恐竜などいいですな。子供のころ、レイ・ブラッドベリの小説で読んだ。その手のサービスということなら、蝶《ちょう》は一匹も踏まないと約束しよう」ファロウズは笑った。

チャーンは笑わなかった。薄気味悪いほどの落ち着きようだ。

「で、ほんとうになにか仕留めたとして——トロフィーは自分の手元には置けないとか。それだけの金を払って手ぶらで帰れと？」

「獲物は破棄せず、剝製にして、うちのファームハウスで保管します。予約すればご覧いただけますよ」

「追加料金なしでかね？　そいつはありがたい」

刺《とげ》のある声だった。ストックトンは老兵士の腕に手をかけて落ち着けとなだめてやりたかったが、なんとかその衝動を押しとどめた。チャーンは辛辣《しんらつ》な口調や皮肉な物言いぐらいで機嫌を損ねたりしない。これまでもさんざん聞かされているからだ。三年ほど前にはストックトン自身の口からも聞かされている。

「もちろん観賞は無料だ。ただ、ご覧になりながらお茶を召し上がる場合は、多少のサービス料をちょうだいします」チャーンは淡々とした口調で告げた。「では、短い映像をお見せしましょうか。プロの作品ではない。わたしが撮影したものです、ずいぶん前にね。とはいえ、充分ご期待に添えると思いますよ。お見せする映像については、いっさい手は加えていないから。無理に信じろとはいわない。まず信じてもらえんでしょうしね。それでけっこう。あなたがこの部屋を出る前に、かならずほんものだと証明してみせよう」

チャーンはリモコンのボタンを押した。

オープニング映像は、麦藁《むぎわら》を敷きつめた畑の外れに青い空を背にして建つ白いファームハウスだった。画面上を文字が左から右へと流れていく。

メイン州ラムフォード　チャーン・サービス

機材なしでも作れるレベルの字幕だ（子供のお遊びみたいなビデオになってもかまわないなら、だが）。

画面が二階にあるベッドルームへと切り替わる。ニューイングランド風の落ち着いたしつらえだった。ベッドサイドテーブルに青い花模様の花瓶が置いてある。スペースの大部分を占領するのは、ハンドメイドのキルトを掛けた真鍮《しんちゆう》のベッドだ。ストックトンは前回の短いラムフォード滞在時、まさにこのベッドで眠った――というより、眠らなかった。

横になったはいいが、薄いマットレス越しにスプリングが背中に食い込むわ、天井裏を野ネズミがパタパタ駆けまわるわで、一晩中落ち着けなかったのだ。それ以前に、翌日のことが気になって眠るどころではなかった。

別の字幕が流れてきて、最初の字幕を追い払う。

シンプルなベッドルームが四室　バス・トイレ共用

「〝シンプル〟って、ぜってー寒くて不便ってことだよな」クリスチャンにささやきかける息子の声が、ストックトンの耳に飛び込んできた。やれやれ、あいつときたら内緒話でもやかましい。

前回ピーターはまだ幼すぎたから連れてこなかった。今でもたいして成長したとはいえないが、クリスチャンがおもりをしてくれるだろう。ストックトンが今回の集まりを手配したのは、ファロウズが息子の命を救ってくれたことへの感謝の気持ちからだとはいえ、毎度のことながら、あの鼻ツマミの命を救ってくれなければもっと感謝したかもしれないと、つい思わずにはいられなかった。

場面が飛んで映し出されたのは、ファームハウス三階の一室の片隅に取り付けられた小さな緑の扉だった——大人なら腹這いでないと通れない。扉だ！　聖遺物を目にしてハレルヤと声をあげる改宗者のように、ストックトンは胸の内で熱っぽく叫んだ。扉の映像は、息子になどわかるはずもない興奮と歓喜を呼び起こした。息子が生まれた日にもこれほどの思いは感じなかった。

最上階の部屋の天井は低い。部屋の奥、カメラの真正面は急勾配屋根の天井が斜めに切れているせいで、壁の高さは一メートルもなかった。部屋の窓は薄汚れたのが一つだけ、外の畑が見渡せる。ふたたび新たな字幕が画面に流れてきた。


小さな扉は管理狩猟のために年二回開放されます。チャーン・サービスでは獲物の保証はできかねます。料金は狩猟の成否にかかわらず全額申し受けます。


ファロウズが胸糞《むなくそ》悪げに荒々しく鼻を鳴らした。老兵士の眉間《みけん》には深い皺《しわ》が三本刻まれ、強《こわ》ばった全身が動揺を物語っている。ストックトンの見るところ、ファロウズは今の今まで〝小さな扉〟をリトルドアという私有地の名称だと考えていたらしい。文字どおりの小さな扉だというのは意外だったようだ。

字幕が流れていって画面から消える。カメラは外に出て、今いるのは丘の中腹だ。夕方、いや、夜明けかもしれない。太陽はまだ――というか、もう、というか、とにかく地平線の向こうだった。空には血の色をした筋雲が薄く広がり、大地との境目が細い銅《あかがね》色に染まっている。

枯れたように見える白茶けた丈高い草の海を自然石の石段が下へと伸びて、みすぼらしい枯木の森の奥へと吸い込まれていく。チャーンのファームハウス周辺とは似ても似つかぬ土地だった。だいいち、とうてい同じ季節に撮影したものとは思えない。さっきまでの映像は夏の盛り、こちらはまるでハロウィンの国だ。

つぎのカットで連れていかれたのは、ハンティング用ブラインドのなかだった。いっしょにハンターが二人いる。迷彩服を着込んだ屈強な銀髪の男たちだ。左側は巨大テック企業のCEOで、過去に経済誌『フォーブス』の表紙を飾ったことのある人物。もう一人は、二人の大統領の弁護を務めたこともある高名な弁護士。ファロウズが驚いた顔になる。多少は緊張も緩んできたようだ。よし、いいぞ——とりあえず部屋を出ていく気配はない。投資しようというとき、自分より金と力のある男が一足先に関わっていることがわかればひとまず安心できる。

CEOは片膝をつき、ライフルの床尾《しょうび》を肩にあてがっていた。ブラインドの横の隙間から銃身が三センチばかり外に突き出ている。そこからだと、さっきの不揃《ふぞろ》いな石段が谷へと下っていくのが見えた。石段までの距離は三十メートルあるかないか。目を凝らせば、丘の麓《ふもと》、貧相な森の帳《とばり》の向こうに、黒い水の流れがちらちら光っているのもわかる。

「川の向こう側でのハンティングは禁止です」チャーンがいった。「探険も禁止。川を渡ったことがわかった時点で即座に猟を中止してもらう。返金もしません」

「そっちにはなにが？　国有地かね？」ファロウズが尋ねる。

「ドルメンがある」ストックトンはつぶやいた。「眠れる者がいる」思わず口を衝《つ》いて出た言葉だった。畏敬に満ちた物欲しげなその口調が、老兵士のきつい視線を引き寄せる。ストックトンはそれにはろくすっぽ気づかなかった。向こう岸の少女——姿を見たのは一度きりだ。また見たかった。同時に、近づくのが怖かった。

画面にふわふわと移動する光が映る。遠くから不揃いな石段を登ってくる。男が気味の悪い青い炎を上げる松明《たいまつ》を掲げているのだ。男の穿《は》くズボンはやけにだぼだぼで毛羽立って見えるが、遠すぎてはっきりしない。

さあ、ここからが本番だ。ソファで見ている息子たちもそれを察したようで、期待に身を乗り出した。

カメラが被写体に寄った。CEOと弁護士が画面から消えて、石段の人物が一瞬ぼやける。それから、ピントがぴたりと合った。

ファロウズはまじまじと画面を見つめたまま黙り込んでいたが、やがて口をひらいた。

「あのコスプレ男はいったい何者だね？」

石段の人物にはひづめがあって、脚は艶やかな褐色の被毛に覆われていた。踝《くるぶし》の関節はヤギそっくりに、ひづめ寄りの位置で後方に突き出ている。ヒツジめいた腿にくっついているのは直立した上半身だが、そちらは被毛に覆われておらず、灰色の胸毛が生えた人間だ。身に着けているのは、金色のペイズリー模様が褪《あ》せて擦《す》り切れた堅苦しい感じのチョッキだけ。縮れた髪のあいだから、平たい巻き貝を思わせる立派な巻き角が二本生えている。松明は枝を何本も針金で束ねたものだった。

「あれは悪魔の刺の松明《デビルソーン》です」チャーンがいった。「パチパチ爆《は》ぜて緑色に変わる……目前に危険が迫ったときにね。ただ、こちらにとって幸いなことに、有効範囲はせいぜい二、三メートルだ。ツァイス・ビクトリーの双眼鏡があれば、充分気づかれない距離を保てます」

カメラが引いて、ハンターの肩と横顔がフレームに入った。

「まいったな」CEOのつぶやきが聞こえる。「震えが……。震えが止まらん」

顎ひげを生やした異形のものが動きを止め、遠い石段で身を固くする。そいつはすばやかった。ガゼルに劣らぬ瞬発力だ。

銃口が火を噴く。フォーンの頭が真後ろにかくんとのけぞる。体がぐにゃりとくずおれ、もんどりうって石段を転げ落ちると、三段ばかり下で胎児のように丸まって動かなくなった。

「やったぞ！」CEOが叫び、振り向いて有名弁護士とハイタッチする。缶ビールのプルタブがあいて泡が噴き出す音。

「けっこう」ファロウズがいった。「楽しそうだが、もうたくさんだ。二十五万ドル巻き上げられて、『ロード・オブ・ザ・リング』のエキストラみたいな格好をした道化の群とペイントボールで遊ぶつもりはない」

ファロウズがドアのほうへと一歩踏み出すと同時に、ストックトンは動いた——アフリカで鉤爪に顔を削《そ》ぎ取られそうになった息子を助けたときのファロウズほど速くはなかったが、それでもなんとか間に合った。

「覚えているか？　初めてゆっくり話したとき、あなたはこういった。少しのあいだこの世界から脱出するために人がいくら出すか、自分ほどよく知っている人間はいないと。わかる、とおれは答えた。ほんとうにわかるんだ。あと五分待ってくれ。頼みますよ、ティップ」ストックトンはケージのほうに顎をしゃくった。「それにだ。あそこにいるものを見たいとは思いませんか？」

　ファロウズがつかまれた腕を見下ろす。ストックトンは手を放した。ファロウズの視線が動き、怖《おそ》ろしいほど虚《うつ》ろな目がチャーンの上で止まる。チャーンが夢見るような穏やかな視線を返す。やっとファロウズは画面に注意をもどした。

　カメラがラムフォードにあるチャーンのファームハウスのトロフィー室へと切り替わった。どっしりした革張りのソファが一つ、傷んだ革張りの椅子が二つ、そしてマホガニーのリカーキャビネットという家具類は、男性限定の社交クラブを思わせる。壁には剝製にされたトロフィーがところ狭しと飾ってあった。ストックトンが見守る前で、さっきのCEO（今はフランネルのパジャマのズボンに悪趣味セーターという格好だ）が、仕留めたばかりの獲物の頭を壁に飾った。ひげもじゃのフォーンが間抜け面《づら》で部屋を見下ろす。壁には光沢のある巻き角を生やした雄フォーンの頭がすでに十あまりも並んでいた。それから、一見シロサイの頭そっくりのトロフィーもある。よくよく見ればそいつは四重顎のでぶ男といった面構えで、角のように見える鼻の上でブタめいた一つ目がぽかんと見ひらいていた。

「なんだ、あれ？」ピーターがささやく。

「キュクロプスだ」ストックトンはささやき返した。

　字幕が画面を横切っていく。

トロフィーは空調設備の調《ととの》ったチャーン・サービスの一室で保管致します。獲物を仕留めたお客さまは四十八時間前までにご連絡のうえお越しください。少額の追加料金にてお茶と軽食をサービス致します。

「おい、いいか、きみ」ファロウズがいった。「いったいわたしをなんだと思っているのかね――」

「金はうなるほど持っているのに想像力はほとんど持っていない間抜け野郎だ、と」穏やかにチャーンが応じる。「前者をいくらかいただいて、後者をいくらか提供しようというんですよ、あなたのためにね」

「冗談じゃない」ファロウズが吐き捨てる。ストックトンはふたたび老兵士の腕をつかんだ。

ピーターがこちらを振り向いた。「やらせとかじゃないよ。パパは行ったことあるし」

クリスチャンがケージのほうに顎をしゃくる。「あれ、早く見せてもらえませんか、ミスター・チャーン。今のビデオを見てほんものだと思う人、きっといないですよね。なのに、とにかくみんな大金を払う。ってことは、あのカバーの下に二十五万ドルの価値があるなにかがいるんだ」

「そう」とチャーン。「あのビデオを見るとたいていの人は衣裳《いしょう》と特殊効果だと考える。まがいもの全盛の時代にあっては、鉤爪を見せられて引っかかれないとほんものだとわかりませんからね。ウルルたちは目も耳も敏感です。こちらの世界の照明にひどい苦痛を感じる――赤い電球はそれが理由だ。ポケットのスマートフォンで動画撮影する気でいるなら、どうぞお引き取りを。まあ、問題はない。録画されたものを見ても誰も信じないでしょう。そもそもご自身がビデオを信じていない――それに、この先はあの小さな扉をくぐることもないわけだし。ご理解いただけただろうか」

ファロウズは答えなかった。チャーンは感情のこもらない、値踏みするような目でしばらくファロウズを見つめていたが、やがて、身をかがめてケージのカバーを取り去った。

シマリスに似ていた――いや、極小のスカンクといったほうがいいかもしれない。絹糸のような黒い毛、銀色の輪模様が並んだふさふさの尻尾、そして、毛の生えていない器用な手。一匹はボンネットをかぶり、伏せたティーカップに腰かけて爪楊枝《つまようじ》で編み物をしていた。もう一匹はよれよれになったポール・キャヴァナーのペーパーバックにちょこんとすわり、風船ガムの包み紙に描かれたバズーカ・ジョーの超短編漫画を手こずりながら読んでいる。ウルルにしてみれば、小さな四角いワックスペーパーでもストックトンにとっての新聞並みの大きさだ。

カバーが取り払われたとたん、生き物は二匹とも凍りついた。バズーカ・ジョーを読んでいたウルルがゆっくりと包み紙をおろして周囲を見まわした。

「ごきげんよう、メヒタベル」ミスター・チャーンが声をかける。「やあ、ハッチ。お客さまだ」

ハッチ（漫画を読んでいたほう）が顔を上げ、長いひげを震わせながらピンクの鼻をひくつかせた。

「さあ、挨拶は？」とチャーン。

「しないといったら、また愛《いと》しきわが妻を煙草でつつくのか？」ハッチはかぼそい、わななく声でそういってから、ストックトンとファロウズのほうを向いた。「そう、われらを拷問するのだ、このチャーンのやつめはな。一人が逆らえば、もう一人を拷問して無理にも従わせる」

「その拷問人は」とチャーン。「おまえに漫画を、奥方に編み物の糸をわざわざ与える必要もないんだがね」

ハッチはバズーカ・ジョーの漫画を投げ捨てるとケージに飛びつき、金網越しにひたとクリスチャンを見据えた。クリスチャンはソファの奥に身を縮めた。

「おい、そこの！　さぞかしショックであろうな。堕落した残虐行為を目の当《ま》たりにしたら、そりゃあショックだ。知的で感受性豊かな生き物二人が、人でなしに監禁されているのだからな。そこの恥知らずな人でなしめは、狩りのためと称して同類のサディストどもから金を搾《しぼ》り取るべく、われらを見世物にしくさる！　いざ行け。すぐ行け。そうして噂を広めてくれ、眠れる者の目覚めは近い、と！　遠からず誰かが王たちの息であの方を目覚めさせる。あの方はわれらを率いて毒使いのゴルム将軍に立ち向かい、かならずやパリノードの地を解放なさる！　鈍足《にびあし》のフォーン、スローフットを見つけるのだ――そうとも、あやつはまだ生きている。道に迷って帰れぬか、魔法かなにかでおのれを見失っているだけだ。スローフットに伝えよ、眠れる者はまだおぬしを待っている、とな！」

クリスチャンは、たがが外れたように笑いだした。「すごい！　なんだよ、一瞬わかんなかった！　これって、ほら、腹話術だ。ですよね？」

ファロウズは少年を見やり、息を吐いた。長い、ゆっくりした吐息。「なるほど。そういうことか。ケージの底に小型のアンプを取り付けて、誰かが隣の部屋からしゃべっているわけだ。あやうく信じるところだったよ、ミスター・チャーン」

「われわれは牙を見せられて嚙《か》みつかれないとほんものだとわかりませんからね」とチャーン。「さあ、どうぞ。ケージに指を入れて、ミスター・ファロウズ」

ファロウズはおもしろくもなんともなさそうな笑いを放った。「事前に予防注射でも受けておくかな」

「嚙まれたあなたよりも嚙んだウルルが病気になる可能性のほうが高いでしょうね」

ファロウズは一瞬チャーンを見つめ——それから、ぞんざいといってもいいほど無造作にケージに指を差し入れた。

ハッチが金色の目で魅せられたように指を見つめる。と、メヒタベルが跳ね上がり、筋張った小さな手でファロウズの指にしがみついて叫んだ。「眠れる者、万歳！　女帝陛下、万歳！」そして、ファロウズの指に歯を立てた。

ファロウズはあっと叫んで手を引っ込めた。唐突な動きに、メヒタベルが勢いあまってひっくり返る。ハッチが「大丈夫か、おまえ、大丈夫か」とささやきかけて助け起こす。メヒタベルはケージの床に血を吐き捨てると、ファロウズに向かって拳を振りまわした。

ファロウズは手を握りしめた。指のあいだから血が滴《したた》る。老兵士はケージのなかを見つめた。強力な鎮静剤でも射《う》たれたみたいな顔だ——ストックトン製薬謹製鎮静剤といったところか。

「指に声を感じた」ファロウズがつぶやく。

「全部ほんものだ、ファロウズ」ストックトンはいった。「ほんものだから嚙みつく」

ファロウズはケージを見つめたまま、驚きの冷めやらぬ顔で一度だけうなずいた。

心ここにあらずの態《てい》で、老兵士はいった。「ミスター・チャーン、頭金はいくらといったかね？」

ピーター、大いにはしゃぐ

大人二人は前部座席に、ピーターはクリスチャンと後部座席にすわっていた。車はいびつな白いトンネルをすべるように進んでいく。重たげな雪片がヘッドライトのなかにつぎつぎと落ちてくる。携帯の電波がぜんぜん入らない。最悪のドライブだ。しゃべる以外にやることがない。

「眠れる者の話を聞かせて」クリスチャンがいった。お気に入りのベッドタイムストーリーをせがむ子供みたいだ。

自分がクリスチャンのことを好きなのか、それとも、密《ひそ》かにちょっと見下しているのか、ピーターにはよくわからない。クリスチャンにはどことなく同じ世界の人間じゃないみたいに思えるところがある。きらきらした金髪や楽しそうに光る目もそうだし、動きかたが優雅なところとか、いそいそと勉強に取り組むところとか、頭にくるほど絵がうまいところなどもそうだ。しかも、いいにおいがする。寮では四年間ずっと同室だったが、誰でも出入り自由で、優等生連中だのヴァッサー大を目指すプリーツスカートの女子連中だので、部屋はたいてい賑《にぎ》やかだった。ピーターはクリスチャンの隣にいると、炎を上げる松明から二、三歩後ろの影のなかでぼーっと立っているノームみたいな気分にさせられた。でも、クリスチャンはピーターを崇拝しているし、ピーターのほうも当たり前のようにこの関係を受け入れている。なにやかやいって、ほかのやつは誰もクリスチャンをミラノやアテネやアフリカや――それに、小さな扉の向こうへは連れていってやれない。

「眠れる者は川の向こう岸にいる」ストックトンがいった。「彼女はこっちへ来ないし、おれたちはあっちへ行かない」

「それって誰なのか――なんなのか――わからないんですか？」

ピーターの父親が機内サービスのジムビームのキャップをひねる。トロントからメイン州ポートランドに飛んでファロウズと落ち合ったのだが、そのときフライトアテンダントからせしめたのだ。父親は一口飲んだ。

「川原まで下りると見えるんだ。そこだけ空地になっているからな。ドルメンというか、先史時代の……小屋？　まあ、壁のない石の家だ。そこにいる。女の子だ。花束を抱えている」

ピーターは身を乗り出して、クリスチャンがぜったいにしそうにない質問をした。「どんなタイプの子？　マジメちゃん？　イケイケちゃん？」

クリスチャンが笑った。これもクリスチャンがピーターとのつきあいから得ることの一つだ。ピーターは歴史の最終試験に手を貸してもらう。クリスチャンはお行儀のいいやつがいったりやったりしないことを代わりにいったりやったりしてもらう。

「川を渡ってその娘を見に行ったらどうなると思う？」ファロウズが尋ねた。

「冗談でもそんなことをいっちゃいけない。恐竜を撃つとかいう自分の台詞《せりふ》を覚えているか？」

「ああ。蝶一匹も踏まないようにするといった。なにしろ、レイ・ブ――」

「その小説は知っている。知らない人間はいない。川を渡る？　そいつは蝶を踏むってことだ。おれたちの場所は丘。川のこっち側だ」

ストックトンはいきなりラジオをつけて、カントリー・ミュージックの局に合わせた。かすかな空電ノイズ越しにエリック・チャーチが歌いだす。

ピーターとしては、父親の友達ではファロウズがいちばんおもしろいと思う。ファロウズは戦争で何人ぐらい殺したんだろう？　ナイフの刃を誰かの体に埋めるのはどんな感じだろう？　敵を殺したあとそいつの奥さんや娘をレイプする兵士の話を読んだことがあるが、それは入隊のかなり楽しい動機になるんじゃないだろうか。

ピーターがぼんやりと軍隊生活のことを考えていると、車が軍の検問所みたいなところでスピードを落とした。高さ三メートルぐらいの金網フェンスのあいだを通る道を、電動式遮断機のアームがふさいでいる。ファロウズが運転席のウィンドウを下ろした。ピーターの父親がファロウズの体越しに身を乗り出して、防犯カメラの魚眼レンズに向かって合図する。遮断機が上がった。車は先へと進んだ。

「チャーンは機関銃巣の設置を忘れたらしいな」ファロウズがいった。

ピーターの父親はジムビームを飲み干してレンタカーの床に瓶を放り出すと、ぶっきらぼうにつぶやいた。「見えないだけだ」

一行はそれぞれ荷物を抱え、建物の二方を囲む幅の広いポーチを渡ってファームハウスに足を踏み入れた。チャーンの妻が出迎えた。ずんぐりしたいかつい体つきの女で、すり足で歩きまわり、床ばかり見ていてこっちと目を合わせようとしなかった。一つだけイケてるといえそうなのは、右目の下のバカでかい赤いイボだ。顔に出べソがあるみたいだった。

宅は出ていて帰りは遅くなりますが、あたくしがなかをご案内します、とミセス・チャーンはいった。ファームハウスはいやなにおいがした。古いペーパーバックと埃だらけのカーテンと白カビのにおいだ。床板がところどころでぎしぎしいう。ドア枠などは何世紀(何十世紀？)ぐらいそのままなのか知れたものじゃないし、いくつかは歪《ゆが》んでいるばかりか、全部が二十一世紀サイズの男には低すぎる。ベッドルームは二階だった。小さい、こざっぱりした部屋で、ごつごつしたシングルベッドに、シンプルで機能的なシェーカー家具に、飾りの室内用便器が置いてあった。

「飾りだといいな」ピーターが爪先で便器をつつくと、ストックトンがいった。

「冗談ですよね、ミスター・ストックトン」クリスチャンがいった。

ピーターの目には、どこもかしこも残念な感じに映った。二階のバスルームのトイレは鎖を引いて水を流すタイプで、便器の蓋をあけるとザトウムシが一匹這い出してきた。

「パパ」ピーターは真面目な声でささやいた。「ここ、マジひでぇ」

「確かに、年百万ドルの実入りがあるにしては——」ファロウズが口をひらく。

「この家は現状を維持しておりますんですよ」一同のすぐ後ろでミセス・チャーンの声がした。ファームハウスが〝マジひでぇ〟扱いされて気を悪くしていたとしても、その声からはわからなかった。「歪んだドアは一枚だって直しません。煉瓦《れんが》は一個だって取り替えません。小さな扉がどうして別世界に通じるのか宅も存じませんものですから、なにも変えずにおりますの。別世界に行かれなくなったら困りますでしょ」

床を這ってグッチのスニーカーの爪先に近づいてきたさっきのザトウムシを、ピーターは踏みつぶした。

それでも、ファームハウス巡りの終点に到着すると、ピーターは思わず歓声を上げた。トロフィー展示室には大テーブルが置かれていた。切断された頭部がずらりと並んでいるのを見ているうちに、みぞおちがおかしな具合にちくちくしてきた。女の子にキスしようとするといつも体中を駆けめぐる緊張と欲望のドキドキに似ていなくもない。

ピーターとクリスチャンは壁から壁へと移動して、怒ったような訝《いぶか》るような表情を浮かべた命なき顔の群を眺めてまわった。どのフォーンも例外なく、ヒップスターみたいなこれ見よがしのひげを生やしている。角に気づかなければ、ミスター・チャーンがブルックリンのチョコレートファクトリーの職人を皆殺しにしたんじゃないかと思うところだ。ピーターは妖精みたいな女っぽい顔をした金髪頭の前で足を止め、手を伸ばしてそいつの髪をくしゃくしゃにかきまわした。

「なあ、クリスチャン、おまえのほんとの親父《おやじ》さん見つけたぜ」ピーターはいった。クリスチャンが中指を突き立てる――もっとも、いい子ちゃんの彼はその仕種《しぐさ》を体で隠したから、大人たちは誰も気づかなかったはずだ。

二人はしばらく無言のまま感心したようにキュクロプスを眺め、つづいて、鉛色の皮膚をまとったつがいのオークを観察した。二匹とも耳に銅のリングをいくつも着けていて、だらんと垂れた舌はナスみたいな紫色だ。一匹の頭がちょうど腰の高さぐらいに掛かっていたので、ピーターはこっそり顔面ファックの真似《まね》をした。クリスチャンは笑った――笑いながら、濡れたおでこをぬぐう真似をした。

コース料理の一皿目はエンドウ豆のスープだった。映画の『エクソシスト』でリーガンが吐いたやつそっくりだったものの、あつあつでしょっぱかった。ピーターはあっというまに平らげて、欺《だま》されたみたいな気分になった。メインは仔フォーンの腿肉だ。こんがり焼けて、溶けた脂《あぶら》がふつふつ泡立っている。ピーターはかぶりついた。細長く裂けた肉片から肉汁が滴る――ふつうのマトンも食べたことがあるが、それと似たような味だ。いっぽうのクリスチャンは、肉をフォークでつっつくだけだった。クリスチャンは不安や興奮が胃にくるタイプなのだ。つきあいが長いからよく知っている。学校でも簡単に吐いた。休み明けはいつもだし、大きな試験の前なんかはしょっちゅうだった。

ミセス・チャーンも気がついた。「そういう方もいらっしゃいますよ。ここは目まいが起きやすいんです。繊細な方ほどね。今はとくに春分が近いですし」

「便所バエに……なった……気分……」とクリスチャン。ろれつがまわっていない。生まれて初めて酒を飲んだティーンエイジャーみたいなしゃべりかただ。

向かいの席のファロウズは、さっきから足元にじゃれついているミセス・チャーンの小型犬（三匹のラットテリア）にテーブルの下で腿肉を差し出していた。「そういえば、ご主人の職業を聞いていなかったが」

「剝製師なんですよ」とミセス・チャーン。「新しいのを仕上げておりますの」

「ちょっと失礼します」早くも椅子を押しやって、クリスチャンがいった。

クリスチャンはものすごい勢いでスイングドアを駆け抜けていった。ピーターの耳にキッチンから嘔吐《おうと》の音が届く。昔はゲロのにおいと音でつられて気分が悪くなったものだが、四年も同室だったおかげで平気になってしまった。ピーターは二個目のバター風味ビスケットに手を伸ばした。

「じつは初めてのときはおれも胃にきた」父親がピーターを肘でこづき、秘密めかして白状した。「あいつもけろりと治るさ、目的地に着いて、もう待たなくていいとなればな。あしたの今ごろは腹をグーグー鳴らしてるぞ、きっと」父親はテーブルを見渡した。「ミセス・チャーン、残ったのはクリスチャンに取っておいてやってくれ。冷めたフォーンでも、一口も食わんよりはましだ」

## チャーン、覗き屋を捕まえる

ミスター・エドウィン・チャーンが白い布カバーを掛けたガラスのベル・ジャー片手にファームハウスにもどったのは、午後十一時少し前だった。その場で軽く足踏みしてブーツの雪を落としていると、上のどこかで床板が軋《きし》んだ。チャーンは階段の下に立ってファームハウスと感覚をシンクロさせた。よく知っている場所について「自分の庭のようなもの」などと表現することがあるが、このラムフォードのファームハウスのことなら文字どおり自分の庭、いや、自分の手の甲よりも知り尽くしている。ほんのわずかのあいだ耳を澄ますだけで、屋内にいる一人一人の居場所を恐ろしいほどの正確さで突き止めることができた。

奥の部屋の豪快ないびきは妻のものだ。妻の寝姿が目に浮かぶ。顔をのけぞらせ、口をあけ、シーツの端を握りしめているにちがいない。二階、階段の踊り場の右手の一室でスプリングが軋む。ミシッという重たげな音からすると、おそらくストックトンだろう。あの製薬会社の男は健康体重を三十キロ近くオーバーしている。その息子のピーターが、眠りながらおならをして呻く。

チャーンは小首をかしげた。三階へつづく階段で、柔らかい、軽い足音がしたような気がする。ファロウズではありえない。元兵士は戦争かなにかでばらばらになった体をつなぎ合わせた態で、強靱《きょうじん》で頑健だが、動くのはつらそうだ。消去法でいけば、残るはクリスチャン——少年向け感動実話に出てくる理想の王子さま然とした、あの若者しかいなかった。

チャーンはブーツを脱ぐと、ベル・ジャーを持ったまま足音を忍ばせて階段を上がっていった。

クリスチャンはパジャマ姿だった。『ピーター・パン』に出てくるダーリング家の子供たちが一九〇四年のクリスマスイブにでも着ていそうな、恐ろしく流行遅れのストライプ柄のパジャマだ（舞台版『ピーター・パン』の初演は一九〇四年のクリスマスシーズン）。若者は屋根裏部屋の奥にいた。急傾斜の屋根の下の一角は、古めかしい鉄脚の格納式足踏みミシン台が占めている。苔《こけ》色をしたラグは古くて埃だらけ、敷いてある床板とほとんど見分けがつかない。カップボードの扉のようにも見える例の小さな扉は、いちばん奥まったところで待っていた。黙って見ているチャーンの前で、クリスチャンは真鍮の掛け金を外し、深く息を吸ってから、扉をあけ放った。

「腹這いになってやっとだろう」チャーンは声をかけた。

クリスチャンは跳び上がり、漆喰《しっくい》の天井にしたたかに頭をぶつけた。覗き屋にふさわしい報いだ。若者は両手で頭を押さえ、正座したまま体をひねって振り向いた。よほどバツが悪かったとみえて、顔が真っ赤になっている。ポルノを見ている現場を押さえられたみたいな表情だ。

騒ぎを大きくする気はないことを示すために、チャーンはほほえんだ。階段の近くの天井はそれなりに高いが、二、三歩進むともう身をかがめなくてはならない。老剝製師は、ホテルの客室係が軽食のトレイを運ぶような格好で両手を前に伸ばし、ベル・ジャーを捧《ささ》げ持った。

「そこの壁だがね、一九八二年九月二十三日までは、裏はただの隙間だった。ところがその日の午前二時半、三階をヤギがうろついているような音が聞こえてきてね。カツン、カツンと、ひづめが床板に当たる音だ。廊下に出てみると、いきなりなにかが突進してきた。仔供かと思った——いや、人間のではなくてヤギのだよ、もちろん。そいつはこっちの腹めがけて角で突っかかってきて、ひっくり返ったわたしを後目《しりめ》に、そのまま走り去った。階段を駆けおりて、ファームハウスの正面玄関から外へ出ていく音が聞こえた。エドナは——妻は、怖がって寝室から出てこようとしなかった。まともに息ができるようになると、わたしは痛みで身を二つに折りながら一階に下りてみた。玄関のドアがあいていて、その向こうに広がるのは美しい初秋の夜だった。満月に近い金色の月の下で、生い茂る草が海原のようにうねっていたっけ。で、思ったんだ——たぶんなにかの拍子でシカが家に入り込んで、怯《おび》えて逃げたんだろう、と。だが、わたしは玄関のドアを夜あけっぱなしにするようなことはしない。それに、そもそもシカが三階に上がること自体がおかしい。とりあえず階段を上って屋根裏部屋まで行ってみることにした。すると、途中で光るものが目に入った。雄ジカの模様が刻まれた金貨だ。階段に落ちていたんだ。まだ持っているよ。とにかく、戸惑い、困惑し、半ば怯えながらも、わたしはさらに上へと向かった。小さな扉は閉まっていた。どうして掛け金を外す気になったのか、自分でもわからんのだがね。気づいたら、向こうにいた。廃墟《はいきょ》。別世界の風のささやき。永遠の夜を予感させる薄闇。それからは毎日のように扉をあけた。日付も記録した。向こうの世界があらわれるのは春分と夏至と秋分と冬至だけ。それ以外はいつも狭い壁裏の隙間しかなかった。初めてフォーンを撃ったのは一九八四年の春だ。獲物はファームハウスに持ち帰ったが、嬉しいことにマトンよりも美味いとわかった。ハンティングを始めたのは一九八九年だ。それからというもの、フォーンやオークやウルルやヒューンや、ありとあらゆるものを仕留めた。そうして今は、フェアリーテイルの妖精を殺したりベッドタイムストーリーの怪物を退治したりする機会を大勢の人に提供することが、わたしの喜びになったというわけだ。ウルルの心臓を食べるとしばらくのあいだリスの言葉がわかるようになるのを知っているかな？フォーンを食べるようになってからは、三十代で禿《は》げてきたこの髪が、また若いころのようにふさふさにもどった。奥さんには内緒だが、出先ではやりまくっている。月に二度ほどポートランドで商売女と会うんだが、ガニ股になってしまうのもいるほどでね。オークの角の粉末のおかげだよ。バイアグラがまるでアスピリンに思える」チャーンはウインクしてみせた。「さあ、もう休みなさい。明日はお仲間たちが肉体をまとった白昼夢を撃ち殺すところが見られるだろう」

クリスチャンは素直にうなずいて小さな扉を閉めると、うつむいて素足でぺたぺたと階段のほうへ歩きだした。途中、チャーンのそばにさしかかるとふと振り返り、布カバーを——ウルルのケージと同じ布カバーを掛けたベル・ジャーを見やった。

「あの、それって……？」クリスチャンが尋ねる。

チャーンは月明かりの下へ歩み出ると、ミシン台にベル・ジャーを置いた。布カバーを取り、たたんで腕に掛ける。「この部屋は少々寂しくないか？　なにか気分を高揚させるものがあったほうがいいと思ってね」

クリスチャンは腰をかがめてベル・ジャーを覗き込んだ。剝製にされたウルルが二匹、芝居がかったポーズを取っていた。一匹は見栄えよく配した枝に立ち、クリスチャンの小指ぐらいの長さの剣を構えて牙を剝いて吠《ほ》えている。緑のマントをまとったもう一匹は、飛びかかろうと身構える共謀者といった風情で、腹に一物ありげに目を細めて枝の下でうずくまっている。

「勇ましきハッチと――」チャーンはいった。「よき妻メヒタベルでござい」

# 第二部　扉の向こう側

## ストックトン、まともな同行者を求める

　ピーターは朝から機嫌が悪かった。ハンティングナイフ（Mテックのピストルグリップのやつ）を持ってくるのを忘れたとかで、寝室で悪態をつきまくり、ぶつくさいいまくり、地団駄踏みまくり、どこかにあるはずだとばかりにダッフルバッグの中身をぶちまけるという具合で、とうとうストックトンは、いい加減にしないと置いていくぞ、と一喝する羽目になった。

　コーヒーとパンケーキのあと屋根裏部屋に集合したとき、一同はくすんだ緑とベージュを配した秋用迷彩服を着込んでいた。全員が銃を持っている。ただしクリスチャンは例外で、抱えているのはスケッチブックだけだ。前夜の胃のむかつきはすっかり治まったとみえて、今は興奮に目を輝かせ、クリスマスの朝みたいに大人たちの顔を交互に見ては愛嬌を振りまいている。はしゃぎすぎのやつとあまり長時間いっしょにいると頭痛になるらしいと、ストックトンは密かにぼやいた。野放図な楽天主義は禁じるべきだ。うっかり巻き

込まれないようにしないといけない。煙草の副流煙と同じだ。目の奥で脈打つ鈍痛を和らげようと、ストックトンはやむなくサーモスの蓋をあけ、アイリッシュクリームをたっぷりぶち込んだコーヒーを一口すすった。

チャーンは最後にあらわれた。今日は公共テレビの幼児番組の司会者めいたところは微《み》塵《じん》も感じられない。マーリンM336を肩に掛け、淡々と自信ありげな空気をまとい、生まれながらの熟練ハンター然としている。

「朝が待ちきれずに、ゆうべのうちに扉をあけようとした方が一人おられましてね」チャーンが口を切り、一同を見渡した。クリスチャンが顔を赤らめる。チャーンは鷹揚《おうよう》にほほえんだ。「もう一度やってもらえるかな、ミスター・スウィフト?」

クリスチャンは小さな扉の前で片膝をついた。掛け金に手をかけて、一瞬じらすように間を置く――それから、一気に扉を引きあけた。

板張りの床に枯葉が舞い込み、秋のにおいが吹き寄せた。クリスチャンは一呼吸のあいだ向こう側を見つめ、それから、腹這いになって扉をくぐった。真鍮のきらめきを思わす明るい笑い声が、向こう側から妙な具合に反響して聞こえてきた。ストックトンはサーモスを傾け、ふたたびコーヒーを流し込んだ。

# ピーター、行動を待ちわびる

ピーターはクリスチャンのあとを追って、埃っぽい屋根裏部屋の床から冷たい剝き出しの地面へと這い進み、低い岩の庇《ひさし》の下から外に這い出した。

立ち上がると、丘の中腹の空地にいるのがわかった。白茶けた草が生い茂る天然の円形劇場といったところだ。ぐるっと一回転してあたりを見まわす。空地のあちこちに苔むした岩が、ぱっと見、でたらめに散らばっている。しばらく眺めているうちに、ちゃんと計算された配置だとわかってきた。大昔にいたバカでかい獣の下顎の歯みたいに、半円形になっている。ごつごつとねじれて枯れたような木がぽつんと一本だけ生えていて、伸び放題に伸びた枝の下に廃墟があった。廃墟？　なんの？　残酷な儀式でもしていたのだろう、たぶん。それか、ただの名勝地みたいなものかもしれない。わかるやつなんているのか？　ピーター・ストックトンにわからないのは確かだ。

父親の手が肩に置かれた。刃を思わす草の葉のあいだを風が吹き抜けていく。

「聞いてみろ」父親はいった。ピーターは耳を傾け、やがて、目を見ひらいた。草がささやいている。「毒……毒……毒……毒……」

「死人草《しびとぐさ》だ」父親は教えてくれた。「風が吹いたときと人間がそばにいるとき、ああやってざわつく」

頭上の空は血染めのシーツみたいな不気味な色をしていた。

ピーターが扉のほうを振り向くと、ちょうどミスター・ファロウズが一つの世界から別の世界へと這い出してきた。こっちでは扉の枠は自然石だ。扉自体は丘の斜面に塡《は》め込まれ、岩の庇から上は険しく切り立っている。チャーンが最後に這い出して、扉を閉めた。

「時計を確認してください」チャーンはいった。「今、午前五時四十分。午後五時四十分までにもどること。真夜中から一分でも過ぎたら、扉をあけても岩肌があるだけです。これはじつにまずい。われわれの世界では扉は三カ月ごとにひらきます。ただし、その三カ月はこちらでの九カ月に相当する。ふたたび扉がひらくのは夏至、六月二十一日です。つまり、女が妊娠してから出産するまでの期間を待たねばならない。皆さん計算はできるだろうが、念のためいっておくと……そうです。われわれの世界で初めて扉をあけたのは三十七年前。だが、こちらだと百十一年前のことになる」

「百年の薄暮《はくぼ》か」クリスチャンがちょっと楽しげにいった。

「百年の暗闇だ」ピーターはさも恐ろしげにささやき返した。

チャーンの話はつづいていた。「こんなことをいうのも、実に恐ろしい体験をしたからです。ここに取り残されるリスクは冒さないにかぎる。わたしは一九八五年にしばらくこの世界で過ごして、フォーンどもに狩られ、ウルルどもに欺され、あげくの果てに悪食《あくじき》のゴルム将軍に仕えるゴーレムと恥ずべき契約を交わすに至りました。つねに黄昏《たそがれ》で、影と影とが相争う九カ月だった。誰かがはぐれてここにもどってこられなければ、一人で取り残される」

すげぇしゃべるぞ、とピーターは思った。チャーンの才能はじつはハンティングより講義なのかもしれない。

一行はチャーンに導かれて蛇行《だこう》する自然石の石段を下っていった。枯木の枝がぎしぎし、かさかさと音を立て、枯葉が足元を舞う。

いきなり遠くで牛が鳴くようなすさまじい声がして、みんなは足を止めた。

「オーガか?」ピーターの父親が尋ねた。

チャーンがうなずく。また声が響いた。痛いほどの絶望の声。「発情期ですよ」チャーンはそういって、同情するような含み笑いを漏らした。

ピーターのライフルはごつごつと背中に当たりつづけた。あげくの果てに銃身が枝に引っかかり、とうとうミスター・ファロウズが持ってやろうと助け船を出してくれた。皮肉が感じられなくもない声だったが、ピーターとしては背中が軽くなってほっとした。運ぶのはもううんざりだった。ハンティングはほとんどがうんざりの連続だ。だいたい、待ち時間が長すぎる。おまけに、父親にはスマホを持ってくるのを禁止されていた。撃つのは楽しい。でも、それ以外のときはたいていずううううっ、、、となにも起きないまま時間が過ぎていく。退屈すぎて死ぬ前にちゃっちゃと殺しまくりたいからどうぞよろしくと、ピーターはこの世界を支配している異教だかなんだかの神々に心のなかで祈った。

## クリスチャン、夜に焦がれる

一行はどんどん下っていった。遠くで水が勢いよく流れる音がする。すでに冷たい水に腰まで浸《つ》かっている気分になり、クリスチャンは嬉しさに身震いした。

チャーンが石段を離れ、先に立って森へと入っていく。道から一メートルぐらい離れた低い枝に、黒い絹のリボンが結んであった。老剝製師はそれに触れ、意味ありげにうなずいてから、毒の森を奥へと歩きだした。目立たないリボンの列を追って八百メートルかそこら歩いただろうか、ようやく一行はブラインドにたどり着いた。地面から六メートルぐらい上、オークっぽいがオークと違う木の枝に十字に板が渡してあって、その上に小屋が設置されている。手の届かない高い枝に、苔だらけの縄ばしごが引っかけてあった。チャーンは二叉《ふたまた》になった長い棒の助けを借りて、縄ばしごを下に垂らした。

ブラインドにはキャンプチェアが二脚に、木製の棚に置いた埃まみれのグラスが二、三個に、読むものが欲しい人用の薄汚れたペーパーバックが一冊（タイトルは『二十ドルの欲望』）用意されていた。丘の斜面に面して縦三十センチ、横九十センチぐらいの広めの覗き窓があった。木々を透かして、なんとか下の黒い川面《かわも》も見える。

チャーンが最後に縄ばしごを上ってきて、トラップドアから頭と肩を突き出した。

「このブラインドは二〇〇五年に作ったものだが、二〇一〇年以降ここからは撃っていない。われわれの一年は連中の三年ですからね、近くを通るやつもおそらく警戒していないでしょう。ここからだと石段が見えるし、川沿いの道を通るやつも狙い撃ちできる。わたしはほかのブラインドを見まわりついでに、ウルル用の罠《わな》を仕掛けてきます。運がよければ、この世界を離れる前にメヒタベルとハッチの代わりを新しく捕まえられるかもしれない。銃声が聞こえたらすぐもどります。薄明かりでうっかりわたしを撃つというような心配はご無用。このブラインドから見える範囲はわかっていますからね、皆さんの射線に入る気はない。狙い目はフォーンですよ！　数が多いし、すぐ出てくるはずだ。そうそう、ここでは雌や仔は撃つなというルールはない。肉の柔らかさにも違いはない。とはいえ、トロフィーとして価値があるのは雄だけだ！」

チャーンは指を二本立ててておどけた調子で敬礼すると、頭を引っ込め、トラップドアを静かに閉めておりていった。

クリスチャンはスケッチブックを持ってキャンプチェアに陣取っていたが、天井の隅の暗がりにクモの巣を見つけてぱっと立ち上がった。巣に文字が編み込まれている。

ベッドあり　ハエさま　どうぞ　ごじゆうに

クリスチャンは、ちょっと見ろよと、かすれた声でピーターにささやきかけた。ピーターはしげしげと観察してからいった。「〝ハエさま〟って、なんか変じゃね？」

ストックトンがキャンプチェアにどさっと腰をおろし、迷彩服の胸ポケットのボタンを外してサーモスを取り出した。コーヒーを一口すすって一息つくと、サーモスをファロウズに差し出す。ファロウズはかぶりを振った。

「これがほんとだなんてな。信じられないよ」クリスチャンはスケッチブックの新しいページをめくり、のんびりと絵を描きはじめた。「夢じゃないんだ」

「今何時だと思う？　そろそろ夜か？　そろそろ昼か？」ストックトンが尋ねる。

クリスチャンはいった。「どっちにするか決めてないのかも。じゃなきゃ、どっちだっていいか」

「どっちがいいかね？」ファロウズが訊いた。

「もちろん夜ですよ！　すごいものがうろつくのは夜だもの。ほんもののモンスターとか。壁に飾るのに人狼の頭を持って帰れるといいな」

ピーターがゲラゲラ笑いながらファロウズに預けていたライフルを取り返し、どすんと床にすわりこんだ。

「人狼には出くわさないことを願うよ」ストックトンがサーモスの飲み口越しにいった。「ここに来るだけで大金を注ぎ込んだからな。銀の弾を買うには持ち合わせがちょいと少ない」

## ファロウズ、手筈《てはず》を整える

一時間が過ぎた。そして、さらに一時間。クリスチャンとピーターはサンドイッチを食べている。ストックトンはキャンプチェアでアイリッシュコーヒーをすすりながらくつろいでいて、眠たげで満足げだ。ファロウズは覗き窓のそばで闇を見つめて待っていた。脈は速く軽快なリズムを刻んでいる。不安と興奮の入り交じったこの気持ち——ジェットコースターの順番待ちの列に並んでいるときと似ている。殺す前はいつでもこんな気持ちになる。

「彼女を見てみたいな」クリスチャンがいった。「眠れる人。ねえ、ミスター・ストックトン。まだ聞いてませんでしたよね。それって子供なんですか？　それとも、大人？」

「いや、遠くから見たことがあるだけだからな。だが、そうだな——」

ファロウズは片手を後ろに伸ばし、黙れと合図した。ピーターがはっと身を固くして、覗き窓から下の斜面を見やる。ファロウズは顔を外に向けたままクリスチャンをそばに招き寄せた。

石段を上ってくる人影が三つ。いちばん背の高い人影が、青い炎を放つ松明を掲げている。頭蓋の両側にヒツジそっくりの角を生やしたその人影の片手は、子供の肩に置かれていた。子供はだぶだぶのチョッキを羽織り、やはり角がある。といっても、まだ生えたばかりで、毛玉みたいだ。そのすぐ後ろの人影は、バスケットを手にしていた。

「みんなきみの獲物だ、ピーター」ファロウズはささやいた。「銃は装塡《そうてん》しておいた」

「でかいのを撃て」とストックトン。

ピーターは好奇心に目を輝かせ、考え深げにターゲットを見つめた。「仔供を撃てば、親はようすを見ようとして立ち止まる。そうすりゃ三匹ともいける」

「なるほど、そいつはいい考えだ」ストックトンがいった。「なかなか抜け目ないな。それならチャーンの壁に飾る立派なやつもすぐ手に入る」

「やれよ」クリスチャンがいった。

ピーターは引き金を引いた。

ハンター、最初の獲物を手に入れる

銃がカチッと拍子抜けする音を立てた。

ピーターが苛立《いらだ》ちと戸惑いの面持ちでボルトを後ろに引く。

「なんだよこれ」ピーターはぼやいた。背後で椅子が倒れる音がした。「ミスター・ファロウズ？　装塡してないじゃん」

ピーターは振り向き、顔色を変えた。みるみる血の気が引いていく。クリスチャンはフォーン一家から視線を外し、自分も振り向いた。

ピーターの父親が、キャンプチェアごとひっくり返っている。胸からハンティングナイフの黒いラバーハンドルが生えていた。酔っ払いのでっぷりした赤ら顔には、銀行の取引明細書を見たら預金が知らないうちに全額なくなっていた的な、困惑の表情が浮かんでいる。あれって今朝ピーターが探してたナイフだ——クリスチャンの混乱した頭を、そんなどうでもいい考えがよぎる。

ピーターは父親を見つめていた。「パパ?」

ファロウズはこっちに背を向けたまま、身をかがめて死者の肩からライフルを外そうと引っぱっている。ストックトンは声を立てなかった。あえぎも泣きもしなかった。目だけが見ひらかれている。

ピーターがクリスチャンの脇をすり抜けて飛び出すと、壁に立てかけてあったファロウズの大口径のCZ550に手を伸ばした。ピーターの指はショックで強《こわ》ばってうまく動かず、ライフルを突き倒しただけだった。

ファロウズはストックトンのライフルをまだ外せずにいた。ストラップが肩に絡まっているうえに、最後に空《むな》しく抵抗を試みた証《あかし》に、手が銃床から離れようとしない。

ファロウズがちらりと少年たちを振り返った。

「やめておけ、ピーター」

ピーターはやっとCZを拾い上げた。ボルトを引いて、弾薬が装填されているかどうか確認する。装填済みだ。

　ファロウズがストックトンをまたいで、少年たちに向きなおった。ストックトンはまだライフルのストラップを肩に絡ませて銃床をつかんでいたが、ファロウズは片手を銃身の下にあてがって指を引き金に掛けると、ピーターに銃口を向けた。

「やめておけ」ファロウズはくりかえした。感情がほとんどこもらない声。

　ピーターが撃った。すぐそばで耳をつんざく発射音が弾《はじ》ける。轟音のあとの細く甲高いうなり。ファロウズのすぐ後ろ、右手の木の幹で、目を射る白の木塊が爆ぜた。飛び散る木片を浴びながら、ファロウズはストックトンの手を払いのけて銃のトリガーを絞った。

　ピーターの頭が勢いよくのけぞる。口をぽかんとあけた顔に浮かんでいるのは、生前のピーターにお馴染《なじ》みの表情――バカ丸出しの驚き顔だった。左眉の上に赤黒い穴があいていた。指を二本ぐらい突っ込めそうな大きさだ。

　誰かのわめき声がクリスチャンの耳を打った。だが、ブラインド内で生きているのはファロウズとクリスチャンだけだ。ほどなく、わめいているのは自分だと悟り、クリスチャンはスケッチブックを放り出すと、両手で顔をかばった。ファロウズに向かってなにかいうか誓うかしたかもしれないが、よくわからない。耳鳴りがひどくて、自分の声が聞こえなかった。

　床のトラップドアが三十センチほど持ち上がり、チャーンの顔が覗いた。ストックトンからついにライフルをもぎ取ったファロウズが、銃身をまわしてそっちに狙いをつける。チャーンは危ういところで縄ばしごを転げ落ちていった。トラップドアが音高く閉まる。

長身の老剣製師が地面に落下して落ち葉がガサガサ鳴る音がクリスチャンの耳に届いた。ファロウズは振り向きもせずにトラップドアを跳ね上げると、開口部に飛び込んで、姿を消した。

## クリスチャン、逃げる

ようやくクリスチャンが動きだしたのは、ずいぶん時間がたってからだった。それとも、そんな気がするだけか。この薄暮の国で、分単位の時間の経過を判断する決め手はない。時計は持っていないし、スマホはいわれたとおり元の世界に置いてきてしまった。とりあえずわかるのは股ぐらが濡れているということ、それから、その濡れたところが冷たくなるぐらいの時間がたったということだけだ。

急に体ががくがく震えだした。なんとか頭を上げて覗き窓から外のようすをうかがう。階段のフォーンどもはとっくにいなくなっていた。丘は黄昏《たそがれ》のなかで静まりかえっている。

突然、小さな扉にもどらなきゃと、胸が悪くなるような焦りに襲われた。クリスチャンはスケッチブックをとくに理由もなく拾い上げ——強《し》いて理由を挙げるなら、自分のスケッチブックだし、自分の絵が収まっているからだ——ブラインドの板張りの床を這いつくばって移動しはじめた。ミスター・ストックトンの死体のそばで足が鈍る。大柄なピーターの父親は、驚いたみたいに目を丸くして天井を見つめていた。手のそばにサーモスが転がっていて、こぼれたコーヒーが床で染みになっている。ナイフを持っていこうと思い立ち、ストックトンの胸から引き抜こうとしたが、刃は二本の肋骨《ろっこつ》のあいだに突き刺さり、深々と埋まっていた。躍起になって引っぱるうちに、思わずすすり泣きが漏れる。やっぱりピーターのところへもどって手のなかのCZ550をもらっていこうかと思いもしたが、どうしてもひたいのあの穴を見る勇気が出なかった。けっきょくクリスチャンは来たとき同様、武器なしでブラインドをあとにした。

縄ばしごを下りる足元が覚束《おぼつか》ない。上るのは楽勝だったが、下りるのはそうはいかなかった。足が震えているせいだ。

地面に下り立つと、暗がりに目を凝らしてようすをうかがってから、自然石の石段を目指して丘の斜面を歩きだした。すぐに黒い絹のリボンが目に留まる。方向はまちがっていない。

かなりの距離を移動して汗が出てきたころ、叫び声が響きわたり、ポニーの群が森を駆けまわるような音が聞こえてきた。四メートルも離れていない影のなかを、フォーンが二匹走り抜けていった。一匹は偃月刀《えんげつとう》を手にしている。もう一匹はボーラというのか、石をくくりつけた革紐《かわひも》を何本かつないだ投擲《とうてき》武器を持っている。

偃月刀のフォーンは倒木を跳び越え、雄ジカそのものの勢いで丘を駆け登り、あっというまに視界から消えた。ボーラのやつも同じように登りはじめたが、数メートル進んだあたりでふと足を止めて斜面を見下ろし、クリスチャンに目を留めた。向こう傷のある鞣《なめ》し革《がわ》のような顔に、不遜《ふそん》な侮蔑の表情が浮かぶ。クリスチャンは悲鳴を上げて麓のほうへと逃げだした。

闇のなかにいきなり立ち木が一本あらわれて、クリスチャンは真正面から幹に激突した。体が反転し、その拍子に足がすべってすっころぶ。地面を転がり、尖《とが》った石に肩がぶつかり、ふたたび体が反転して、クリスチャンはそのまま加速しながら斜面を転げ落ちた。途中で一度、舞い飛ぶ落ち葉のなかで体が地面から跳ね上がる。それから別の木にまたしても真正面から激突。こんどは体が引っかかり、やっと止まった。気づけば丘の麓のワラビの茂みのなかだった。茂みの向こう、すぐのところに、苔むした道と川が見える。

怖かった。一休みして怪我《けが》の具合を確かめる心の余裕はなかった。丘を見上げると、十五メートルほど向こうで例のフォーンがこっちをにらんでいる——というか、とにかくそんなふうに見えた。ひょっとしたら、こぶだらけの曲がった木か、岩なのかもしれない。怖くてなにもわからなかった。クリスチャンは跳ね起き、すすり泣き、よろめく足で走った。左半身がずきずき痛む。丘を下る途中で足首もひねったようだ。スケッチブックはどこかでなくしてしまった。

ひょろりと背の高い少年は、川沿いの道をたどって川下へと向かった。大きな川で、川幅は四車線道路ぐらいあるが、見た感じ、それほど深くはなさそうだった。岩床を走る水は白く泡立ち、暗い淵《ふち》に注いでから流れ去っていく。ブラインドにいたときは四人分の体温で蒸し暑いぐらいだったのに、川縁は吐く息が白くなるほど寒かった。

遠くでホルンの音がした。狩猟ホルンかなにかの、長く尾を引く雄叫《おたけ》びだ。ぎょっとして振り向いた拍子に、足がもつれそうになる。松明が見えた。夜にも紛《まが》う闇のなか、丘肌を下る曲がりくねった石段沿いに、遠く青い炎が十以上も揺らめいている。丘にフォーンの大部隊がいた。人間を追っている。ぼくを追っている。

クリスチャンは走りつづけた。

百メートルほど進んだところで右足が石を蹴飛ばして、転んで地面に這いつくばった。クリスチャンはしばらくそのままの格好であえいでいたが、やがて、ふと身を固くした。キツネがいる。対岸から貪欲《どんよく》な目つきで楽しそうにこっちを見ている。一呼吸するあいだ、一人と一匹はじっと見つめ合った。と、キツネが闇に向かって吠えた。

「人間だ！」キツネは騒ぎ立てた。「ここに人間がいる！　カインの息子だ！　殺せ！　早く殺せ！　あたしが血を舐《な》めてやる！」

クリスチャンはべそをかいて後ずさり、駆けだした。目がまわる。光が見える。世界が脈打ち、ぼやける。脈打ち、ぼやける。膝ががくがくしてきた。足を緩めたが、つぎの瞬間、驚いて声を立てた。今しがた視界の端に見えた光は、揺らめく青い炎だった。松明。黒々とした丘の斜面を背にして、薄黒い人影がぽつんとたたずんでいた。男だ。右手に松明を掲げている。そして、左手にはライフルがあった。

考えるより先に体が動いた。クリスチャンは右のほうにいる男を避けて左に方向転換すると、川に突っ込んだ。思ったよりも深い。三歩も進むと、水は膝の上に来た。足の感覚はすでにない。

クリスチャンは進みつづけた。川が急に深くなって、股の上まで水に浸かった。あまりの冷たさに悲鳴が漏れる。呼吸が浅く短くなる。もう何歩かがむしゃらに突き進み、足を取られ、あっと思ったときには水中に沈んでいた。流れに逆らってもがく。まさかこんなに流れが速いとは思わなかった。

川のまんなかへんまで渡ると、ドルメンが見えてきた。ガレージの屋根ぐらいの大きさの灰色の石板が、いびつな形の六本の傾《かし》いだ石柱に載っかっている。板石の屋根の下、影になった部分の中央に、でこぼこした古い石の祭壇があって、白いナイトドレスの少女が静かに眠っていた。薄気味悪い光景だった。だが、追跡者の恐怖がクリスチャンをせっついた。ファロウズはとっくに小暗い森を離れ、早くも川で足首まで水に浸かっている。靴は川に足を踏み入れる前に脱ぎ捨てたらしい。クリスチャンがつまずき、沈み、溺れかけているのと反対に、なぜかファロウズはどこに足を下ろせばいいかわかっているようで、脛より上は濡れていなかった。

岸沿いは水深が腰まであった。クリスチャンは頼りない死人草をつかんで体を引き上げようとした。とたんに死人草が「毒……毒……！」とささやきかけてきたかと思うと、つかんだところがごっそり抜けて、クリスチャンは川に滑り落ちた。首まで沈んで、失意のあまり嗚咽《おえつ》が込み上げる。なんとかふたたび岸に体を引き上げると、泥のなかで動物みたいに――ぬかるみから抜け出そうとするブタみたいに――足をばたつかせ、身をくねらせながら、乾いた地面へと這い進んだ。そこでも止まらず、一気にドルメンの下へと駆け込む。

ドルメンがあるのは草深い空地の外れだが、森の際《きわ》までは近いところでも百メートルあまりの距離がある。森に逃げ込もうとすれば、ライフルであっさり狙い撃ちされるだろう。おまけに、今は震えも止まらないし疲れきっている。頭を絞った末に、身を隠したままファロウズを説得してみようと思いついた。そもそもクリスチャンはなにも殺していない。その点では無罪だ。きっとファロウズがピーターたちを殺したのは、ピーターたちがやったことに、やろうとしていたことに、落とし前をつけるためなのだろう。でも、だとしたら勝手すぎる。だいたいファロウズだって殺しているじゃないか。あのライオン！

クリスチャンは石柱の後ろに身を隠すと、膝を抱えてうずくまり、泣くまいとした。隠れ場所ともいえないようなこの隠れ場所から、少女の姿が見えた。肩ぐらいの長さの金髪は、ついさっき梳《と》かしたようでもある。胸元に抱えているのは、キンポウゲとホワイトレースフラワーの花束だ。この場所で見かけた植物はみんな枯れているか、枯れかけているかなのに、その花だけは摘んだばかりみたいに瑞々《みずみず》しかった。年齢は九歳ぐらいか。頬には健康的な赤みがさしている。

ちらちらする青い火明かりがドルメンに射《さ》し込んだ。ファロウズがそこまで来ていた。「こんなにも信じる力にあふれた顔を見たことがあるか？」穏やかに尋ねる声が響く。片手にライフル、片手に松明を持ったファロウズが、クリスチャンの視界にあらわれた。小脇に抱えているのは、どこかで落としてきたクリスチャンのスケッチブックだ。老兵士はこっちに視線を向けずに、祭壇の縁、眠れる者のかたわらに腰を下ろすと、なにかの啓示を受けたような表情で少女を見つめた。

ファロウズはスケッチブックを置いて、迷彩服の上衣の内ポケットから小さなガラス瓶を一個、二個、三個と取り出した。全部で五個ある。老兵士は一個めの黒いキャップをあけて、空っぽ（それとも、空っぽに見えるだけ？）のその瓶を少女の唇にあてがった。

「この世界はな、クリスチャン、長いあいだ息が止まっていた」ファロウズはいった。「だが、これでまた息ができるようになる」と、二個めのキャップをあけて、少女の口元に持っていく。

「息？」クリスチャンはささやいた。

「王たちの息」ファロウズが小さくうなずく。「末期《まつご》の息。ライオンとゾウ、ヒョウとアフリカスイギュウ、そして、偉大なるサイの息だ。これで毒使いゴルム将軍の呪いを破り、陛下とこの世界の目覚めを呼ぶことができる」

五個の瓶を全部あけてしまうと、ファロウズは大きく息を吐いて足を伸ばした。「靴なんぞクソくらえだ。わが一族が靴を知らんでまことにけっこう。それに、この人工関節のうっとうしいこと！」

クリスチャンは、ファロウズの足首の先で黒々と光る角質のひづめに視線を落とした。ふたたび悲鳴を上げようとしたが、もはや声は嗄《か》れ果てていた。

クリスチャンが後ずさったのに気づいて、ファロウズはわずかに唇を歪めてほほえんだ。

「もともとの関節は砕くしかなかった――粉々にして、新たな形に接《つ》ぎ合わせた、最初におまえたちの世界に足を踏み入れたときにな。しばらくしてから、もう一回折って作り直すことにした。こんどは医者の手を借りた。そやつは百万ドルで口封じに応じたが、けっきょく鉛弾《なまりだま》を食らって永久に黙らされた」ファロウズは巻毛をかき上げると、薄桃色の耳の先に触れた。「おれがマウンテンフォーンではなくて、ただの平地のフォーンで幸いだったよ！　マウンテンフォーンの耳はおまえたちの世界のシカそっくりだが、どこにでもいるふつうのフォーンの耳は人間の耳だからな。もっとも、陛下のためにと必要とあらば、喜んで耳の一つや二つ切り取るだろう。この胸を裂いて、ぬめぬめと赤く脈打つ心臓を両手に載せて捧げるだろう」

ファロウズが立ち上がり、こっちに一歩近づいた。ずっと掲げたままでいる松明の炎が、青から毒々しい不気味なエメラルド色に変わる。パチパチと火花が爆ぜた。

「松明がなくとも――」とファロウズ。「おまえの正体は知れている。スケッチブックを見なくとも、おまえの心は知れている」

ファロウズはクリスチャンの足元にスケッチブックを放り投げた。

クリスチャンは杭《くい》に刺した生首の絵を見下ろした。ライオン、シマウマ、少女、男、子供。折からの風がページを捕らえ、ぱらぱらとめくる。銃の絵。殺戮《さつりく》の絵。クリスチャンは殴られたような、怯えた視線を松明へと移した。

「なんで色が変わるんです？　ぼく、危険じゃないよ！」

「チャーンはデビルソーンのことをよく知らんのだ。こいつの色が変わるのは、目前に危険が迫ったときではない……邪悪が迫ったときだ」

「ぼくはなんにも殺してない！」クリスチャンはいった。

「そう、殺していない。ほかの連中が殺すあいだ、笑っていただけだ。どちらが質《たち》が悪いかな、クリスチャン――自らの心に正直なサディストと、そやつらを止めようとしないふつうの人間と」

「あんただって殺したくせに！　ライオンを殺しにアフリカに行ったじゃないか！」

「アフリカに行ったのは、女帝陛下の友を能《あた》うかぎり解放するためだ。おれはそれを果たした、まともな人間の手になにがしかの金を握らせてな。ゾウを十頭ほどに、キリンを二十頭ほど。おまえたちの不浄な世界の数多《あまた》の病の一つにライオンたちを感染させたのも、尊厳と解放を与えるためにほかならない。この手で撃った老王については、亡霊たちのサバンナに茂る丈高い草のあいだを歩く準備ができていた。狩りの前日、おれはあやつに許しを請い、あやつはそれに応じた。おまえもあやつに話しかけていたな——おれが撃ったあと。血を流すあやつに自分がなんと声をかけたか、覚えているか？」

ショックのあまり、クリスチャンは顔をひきつらせた。目がヒリヒリと恐ろしく痛んだ。

「死ぬのはどんな気分か——おまえはそう尋ねた。あやつはそれに答えようとしたのだ、クリスチャン。もう少しのところだった。おまえがあの一撃を避けねばよかったのにと、心から思うよ。そうすれば、この地でのおれの穢《けが》れた仕事が一つ減った」

「ごめんなさい！」クリスチャンは叫んだ。

「ああ、いや」とファロウズ。「お互いさまだ」

ファロウズがライフルの銃身を下げる。鋼《はがね》の銃口がやさしくクリスチャンの右のこめかみに触れる。

「待って、ぼくは——」クリスチャンの声がうわずる。

雷鳴じみた轟音に、その声は掻《か》き消された。

## 眠れる者、目覚める

　そのあと、ファロウズは少女のかたわらに腰を下ろして待った。待っても待っても、なかなか変化は起きなかった。フォーンたちが足音を忍ばせてドルメンに近づいてきたが、恭《うやうや》しくストーンサークルの外に控えたまま、見守っている。最年長の不許《ゆるさじ》のフォーン、鞣し革のような顔にひきつった傷痕のある高齢のフォーギブノットが、歌いだした。歌われたのは、かつてのファロウズの名——女帝陛下をよみがえらせる王たちの息を探すべく、彼女の財宝の最後の一つを持って小さな扉から飛び出したとき、ファロウズがこの世界に置いていった名だった。

　やがて、あたりがほのかな真珠色に明るんできたかと思うと、眠れる者があくびをしながら拳で眠たげな目をこすった。潤んだ物憂《ものう》げな瞳が上を向く。ふと、視線がファロウズを捉えた。一瞬、ファロウズのことがわからなかったのか、戸惑ったように眉がひそめられる。ほどなく疑問が解けたようで、少女は笑いだした。

「ああ、スローフット」少女はいった。「わたしを置いていなくなったと思ったら、ずいぶん大人になったのね。すてきな角までなくしてしまって。ああ、大好きなわが幼馴染みの君！」

スローフットが人間の服を脱ぎ捨ててフォーギブノットに幅広のナイフで髪を切ってもらうあいだ、少女は石の祭壇の縁に腰かけて草の上で足をぶらぶらさせながら、御前に居並びひざまずいてこうべを垂れるフォーンたちに、祝福を授けた。

## 世界、共に目覚める

チャーンが意識を失うまいとして歯を食いしばるのは、これで三度目だった。目まいが治まると、低い姿勢を保ち、肘をついて匍匐《ほふく》前進をつづけた。歩みは遅々として捗《はかど》らない。せいぜい一時間に十メートルといったところだ。左の足首が折れていた――かなりまずい。ブラインドから落ちて、骨が砕けたようだ。ファロウズの追跡はなんとかかわしたものの、危ういところだった。

円形祭祀《さいし》場にはフォーンが六匹、どこからも小さな扉に近づけないように配置されていた。だが、こちらには銃がある。チャーンは死人草を避けながら――見つかったら最後、「毒……毒……」のささやきが始まるだろう――フォーンの鋭い耳に気づかれぬよう、体の下の落ち葉がほとんど音を立てない程度の速さでじりじりと這い進み、なんとか祭祀場を見下ろす位置にたどり着いた。円形の空地の上には岩の庇が突き出ている。扉には一方向からしか近づけない。反対側の斜面は鋭く切り立っているうえに崩れやすかった。扉の上にそびえるこの岩山からも容易には下りられない。ただし、武器を持つ者がここから空地を襲撃するのは、樽《たる》のなかのフォーンの狙い撃ちとでもいおうか、じつにたやすいことだった。

銃撃を開始すべきか……そう、そこも悩みどころだ。フォーンの捜索隊がまだ遠くに行っている可能性もなくはない。クリスチャンがうまい具合に目撃されて、連中を引っぱりまわしてくれているかもしれないからだ。とはいえ、下にいるフォーンの数が増えてきたら、とりあえず密かに撤退するのがいちばんだろう。チャーンにはかつてこの世界で九カ月間生き延びた経験がある。ゴーレムはかならず取引に応じるはずだ。悪食のゴルム将軍はつねに銃を持つ悪党《にんげん》の役に立ってくれる。

チャーンは腐った丸太の背後に這いずり込み、ひたいの汗をぬぐった。頭上に枝を伸ばす枯木（ブナのようにも見える）は、雷に打たれてところどころ幹が空洞《うろ》になっている。眼下に広がる空地の外れの藪《やぶ》がざわざわと動いて、フォーンが一匹、空地に姿をあらわした。フォーギブノットとかいうやつだ。腰にボーラを吊るしているのが見て取れる。この老フォーンのことを、チャーンはよく知っていた。何年か前に仕留めそこねた獲物だ。顔にそのときの傷が刻まれている。チャーンの口元に冷たい笑みが浮かんだ。撃ち損じほど不愉快なものはない。

老フォーンがあらわれたことでチャーンの心は決まった。ほかの連中が集まってくる前に、今すぐこいつらを皆殺しにする。レミントンを肩からおろし、丸太で銃身を固定し、フォーギブノットに照準を合わせる。

空洞だらけの枯木でなにかがカサカサ音を立てた。さえずるような声と葉ずれの音。「殺し屋がおるぞ！」枯木の枝でウルルが一匹こちらを見下ろしていた。「皆、備えよ！カインの子が殺しに来ておるぞ！」

チャーンは地面を転がって銃身を跳ね上げた。照準がウルルを捉える。引き金を引く。銃がカチッとかすかに気の抜けた音を立てた。チャーンは一瞬、うろたえ顔で古いレミントンを見つめた。装塡済みのはず——ほんの二、三分前に自分で新しい弾薬を込めたばかりだ。不発か？　バカな。月に一度はクリーニングしてオイルで手入れしている。使っても使わなくてもだ。

今の不可解な乾いたカチッについて理解すべくまだ首をひねっているところへ、先端を輪に結んだ縄が降ってきた。輪が顔のまわりに掛かる。チャーンは上体を起こした。その拍子に縄が滑り落ち、首に巻き付いて絞まった。輪縄が勢いよく引っぱられた。息が止まる。一気にうしろざまに引きずられ、チャーンは腐った丸太を乗り越えて、岩の庇から転げ落ちた。もんどりうって落下して地面に叩きつけられ、衝撃で肺から空気が押し出される。肋骨が折れる。砕けていた足首で激痛が炸烈《さくれつ》する。ユスリカそっくりの小さな黒い点が無数に周囲を飛びまわっている——いや、飛びまわっているのは頭のなかだ。

小さな扉から三メートル足らずのところで、チャーンはぶざまにひっくり返っていた。霞《かすみ》の晴れた目に、空がさっきより明るく、レモン色に映った。遠くに白く輝く雲が見える。チャーンは右手でライフルを探った。震える指先が床尾に触れた瞬間、左手にいる誰かが縄を引いて銃から引き離した。息が詰まる。縄の下に指をこじ入れようとしたが、かなわなかった。引きずられながら足をばたつかせ、反転して腹這いになると、木の根元だった。天然の円形劇場の中央にぽつんと立ってあたり一帯に伸び放題に枝を伸ばす、あのごつごつした枯木だ。

「どのみちライフルは役に立たんぞ」頭上でファロウズの声がした。チャーンは目の前の黒いひづめをまじまじと見つめた。「ゆうべのうちに撃針を外しておいた——おまえがクリスチャンと三階に行っているあいだに」

縄を引っぱる力がわずかに緩み、なんとか数センチ輪を広げることができた。チャーンは息を吸い込んで、ファロウズを見上げた。きれいに剃《そ》り上げられた頭部に、かなり昔に切断したとおぼしき二本の角の根元が見て取れる。背後の空は、鋳造したての銅貨を思わせる赤みがかった金色に染まっていた。

ファロウズのかたわらに、手をつないでたたずむ少女の姿があった。少女は威厳に満ちたまなざしでチャーンを見下ろした——厳しく、冷たく、値踏みするようなまなざしは、まさしく女帝のものだった。「あれが来た、ミスター・チャーン」少女が口をひらいた。「あれがついにおまえを見つけた」

「なにが？」チャーンは問い返した。「なにが来ているんだ？」

チャーンは怯《おび》え、うろたえた。どうしても知りたかった。

頭上に張り出した枝に、ファロウズが縄を引っかける。

「夜明けが」少女の声がした。声と同時に、ファロウズが縄を引く。チャーンの足が空しく宙を蹴った。

遅れた返却者 高山真由美[訳]

# LATE RETURNS

そのときが来ると、ぼくの両親は一緒に死んだ。

父は、まず二通の手紙を書いた。一通はキングスウォード警察宛。視力がひどく弱っていたので——ここ三年、法的には盲人だった——手紙は短く、読みやすいとはとてもいえない走り書きだった。キーン・ストリート沿いの家のガレージに停《と》められた青いキャデラックのなかに遺体が二つ見つかるはずだと知らせる内容だった。三カ月まえまでは母が父の面倒を見ていたのだが、その後母は進行性認知症との診断を受け、病状がすぐに悪化した。二人とも、長期にわたる介護の重荷を一人息子に負わせることを怖《おそ》れ、選択の力が奪われるまえに行動することに決めた。自分たちの選択が引き起こすであろう「ごたごたとストレス」を父は心から詫《わ》びていた。

もう一通はぼく宛だった。字が汚くてすまんと書いてあったが、ぼくも目のことはわかっていた。「母さんは、手紙を書こうとして感情的になりすぎるのがいやだといっている」そうで、人生を生きる価値のあるものにしてくれた人々を忘れてしまうまえに死にたいと父に話したらしい。母は自殺を手伝ってくれと父に頼み、父もここ二年ほどのあいだ「すべてに決着をつける」心の準備はできていたと打ち明けた。ぐずぐずしていたのはただ、母を一人残すことを考えると耐えられなかったからだった。

おまえはいい子だったよ、と父は書いていた。おまえはわたしの人生の最良の一部で、母さんもおなじように思ってる、と。わたしたちのことを怒らないでくれ、とも書いてあった——どのみち怒ることなんかできやしないのに。理解してもらえるといいんだが、生きつづけることだけを目的として生きるのはいやなんだよ、と父は書いた。

「これまでにも数えきれないほど口にしてきたが、何度くり返しても決して力を失わない言葉もあると、わたしはいまでも信じている。だから——愛しているよ、ジョニー。母さんもおまえを愛してる。あんまり長いあいだ悲しまないでくれ。子供が親より長生きするというのは、人が期待できる唯一の幸せな物語だ」

父は両方の封筒に切手を貼り、それを郵便箱に入れて、回収してもらいたい郵便物があるしるしにブリキの赤い旗をあげた。それからガレージへ行くと、母がキャデラックの助手席で待っていた。車はガソリンがなくなりバッテリーが切れるまで動いた。カセットテープのデッキがついているくらい古い車だったので、二人は〈ジョーン・バエズのポートレート〉を聴いていた。母は頭を父の胸にもたせかけ、父は母の体に腕をまわしていたというのがぼくの想像だが、発見されたときそんなふうだったかどうかは知らない。警察がガレージに入ったとき、ぼくはシカゴにいて、〈ウォルマート〉へ向けてセミトレーラーを運転していた。最後に両親を見た場所はモルグだった。窒息死したせいで顔がナスの色に変わっていた。それが両親を見た最後だ。

勤めていた運送会社はぼくをクビにした。警察から携帯電話に連絡が入ったとき、ぼくは積み荷を配送せずにそのままトラックの向きを変えたのだ。中西部の〈ウォルマート〉の何店舗かで青果コーナーに赤ぶどうが並ばなくなり、怒りくるった上司に出ていけといわれた。

両親は望んだとおりのやり方で死んだが、生きていたときもおなじだった。他人から見たらたいしたことのない人生だったかもしれない——手もとにあったものといえば、ニューハンプシャーの田舎町の平屋建てのランチハウス、二十年もののキャデラック、それに山ほどの借金だ。二人で同時に退職するまえ、母はヨガを教え、父は長距離トラックの運転手をしていた。金持ちにはならなかったし有名にもならなかった。家だって、二十五年も住んでからやっとどうにか自分たちのものにしたのだ。

しかし母は父が料理をしているあいだに本を朗読し、父は母が衣類をたたんでいるあいだに朗読した。週末ごとに千ピースのジグソーパズルをして、毎日ニューヨーク・タイムズのクロスワードを解いた。驚異的な量のマリファナを吸い、ガス自殺の直前にも車のなかで一服を分け合った。よく覚えているのは、ぼくが十九の年の感謝祭に、母が鶏《にわとり》にマリファナ風味の詰め物をしたせいでひどく気持ちが悪くなったことだ。ぼくはマリファナを吸う習慣は引き継がなかった。両親はそれを半分おもしろがりながら諦《あきら》めの気持ちで受けいれた。

父はリトルリーグの審判を何千回もやった。母はバーニー・サンダースとラルフ・ネーダーとジョージ・マクガヴァンのためにボランティアをした。こんなにも見込みのない選挙運動のために、こんなにも懸命に、楽観的に働いた人はほかにいない。勝者アレルギーなんじゃないのとぼくがいうと、父が叫んだ。「おい！　悪口をいうな！　もし母さんが勝者アレルギーじゃなかったら、わたしにチャンスはなかったんだぞ！」二人はよく手をつないで散歩をした。

二人とも図書館が大好きだった。ぼくが小さかったころは、毎週日曜日の午後に家族で図書館へ行った。覚えているかぎり最初にもらったクリスマスプレゼントは派手な縫い目のあるぴかぴかの青い財布で、なかにぼく名義の図書館カードが入っていた。

どういうわけか、週末の図書館行きを思いだすと必ずシーズン最初の雪を連想する。父は雑誌閲覧室で傷だらけの木のテーブルのまえに座り、グリーンの傘のついたランプの明かりでアトランティック誌を読んでいる。父の頭上のステンドグラスは、修道士が図解のある写本に色を塗っている絵柄だ。母はぼくを児童コーナーへ連れていき、明るい原色のソファが並ぶ場所でぼくを自由にさせてくれる。母に用があるときには、遠近両用眼鏡をかけた大きなフクロウのプラスチック像のそばに行けば、そこでドロシー・L・セイヤーズの本を読んでいる。

図書館はぼくの両親にとって大事な場所だった。二人は図書館で出会ったのだ。ある意味では。母はフィーヴァー・クリークという近くの町で、煉瓦《れんが》づくりの小さな司祭館に住んでいた。母の継父は聖公会の聖職者で、冗談の通じない、神経過敏な男だった。父はある年の夏をフィーヴァー・クリークで、おじのくず鉄置き場で働きながら過ごすことになった。二人は、毎週フィーヴァー・クリークを通る移動図書館を待っていて出会った。当時は本のほかにLPレコードを借りることもできた――なんといっても〈サマー・オブ・

ラブ〉の年だった——ので、まだぼくの両親になっていなかった二人は、一枚しかなかった〈ジョーン・バエズのポートレート〉を同時につかんで口げんかになりかけたのだ。もしわたしに譲ってくれたら、あなたはいつでも好きなときに司祭館に聴きにきてよいと母がいい、二人は停戦協定を結んだ。そして夏じゅう一緒にジョーン・バエズを聴いた。最初は母の寝室の床の上で。その後はベッドのなかで。

じつのところ、図書館員になるつもりはなかった。両親を埋葬した五週間後に図書館に足を踏みいれたときには、怖ろしく返却期限を過ぎた本を返すこと以外何も考えていなかった。

両親は医療費の請求書の崩れそうな山を残し、ぼくを大学に行かせるためにした借金もまだ十万ドル残っていた。金の無駄だ。ぼくはボストン大学で英語学の学士号を取ったが、金銭面のことだけをいうなら、二種免許を取るための八週間のコースのほうがよっぽど役に立った。

ぼくは無職で、自分名義の金は千二百ドル、無理心中の結果として保険金がおりる当てはなかった。父の弁護士のニール・ベラックがいうには、どうしても残したいもの以外はすべて手放し、家も売るというのがぼくの最良の選択肢だった。運がよければそれで未払いのものが支払えて、べつの運送会社で仕事が見つかるまで食いつなげるはずだった。

そこでぼくはドアにつっかえ棒をかませ、丈夫なごみ袋を箱買いし、スチームクリーナーをレンタルして仕事に取りかかった。両親は、人生の最後の年には家のなかのことを諦めていた。手入れのされていない家はあまり見たいものではなかった。すべてに塵《ちり》が積もり、カーペットにはネズミの糞《ふん》が散らばり、電球の半分は切れ、居間と主寝室のあいだの暗い廊下の壁紙にはカビがまだらに浮いていた。放棄された家特有のにおい、それに鎮痛クリームの〈ベンゲイ〉のにおいがした。最後の年に自分は両親を見捨てたのだという思いが頭をよぎった。二人の持ち物を処分できるのがうれしかった。何かを売り払うたびに、両親の不幸せな最後の何カ月か――失明と認知症に二人きりで向き合い、最後にもう一度一緒にキャデラックに乗って、ガレージを出ずにトラブルから遠ざかろうと決意を固めた日々――を思わせるものが減っていった。カビくさい上掛けと衣類の山は〈グッドウィル〉に持ちこんだ。ソファは庭に出し、〝無料〟と書いた段ボールの看板を載せておいた。誰もほしがらなかったが、庭に出しっぱなしにした。雨に濡《ぬ》れて腐ってしまった。

箒《ほうき》をベッドの下に突っこんで埃《ほこり》を掃きだそうとしたら、父のトランクスと母の靴箱が出てきた。パンプスでも入っているのかと思いながら箱を覗《のぞ》くと、駐車違反やらスピード違反やらの二千ドル近い未払いの切符が見つかって呆然《ぼうぜん》とした。一九九三年にボストン市から発行された、未払いの駐車違反の切符があった。二〇〇四年の歯科の請求書もあった。『恋人たちの予感』のビデオテープもあった……レンタルビデオのチェーン店〈ブロックバスター〉で借りたものだった。さらに、『もう一つの奇跡』と題されたペーパーバックもあった。本がほかの品々とどう結びつくのか疑問だったが、裏表紙をめくってわかった。図書館の本だった。母が前世紀に借りて返さないままになっていたのが一目で見て取れた。厚紙でできた内ポケットに貸出カードが差しこまれ、返却日がスタンプで押してあった。

フェイスブックもなかった時代、伝説の古代からの遺物だ。延滞料を一日十セントとすると、おそらくこの家を売り払った金額とおなじくらいの借りがあるはずだ。最低でも代わりの本の購入代を図書館に支払うべきだった。

母が受診料を払わなかった歯科医は二〇一一年に引退し、いまはアリゾナ州に住んでいた。地元の〈ブロックバスター〉があった場所はもうずっとまえから携帯電話のショップになっていた。駐車違反の切符については、母は逃げきったのだと思った。死んだ人間から徴収することなどできはしない。残ったのは本だけだった。ぼくは『もう一つの奇跡』をぶかぶかのアーミージャケットのポケットに押しこんで出かけた。

九月の終わりだというのに夏みたいだった。街角に立った古風な錬鉄《れんてつ》製の街灯に蛾《が》がぶつかっていた。ストライプのシャツを着てサスペンダーをしたアコーディオン奏者のトリオが、町の公園にいるまばらな聴衆を楽しませている。親と一緒の子供たちがアイスクリームパーラーのテラス席に群がっていた。車を無視すれば、一九二九年であってもおかしくなかった。図書館への道を歩いていると、ここ何週間かで初めて醜い悲嘆を感じずにいられた。仮釈放されて出所したような気分だった。

白い大理石の階段を昇り、図書館の印象的な吹き抜け部分に入った。頭上二十五メートルほどのところに銅のドームがあり、足音が響く。最後にここへ来たのがいつだったか思いだせず、長いあいだ来なかったことを後悔した。しんとした雄大さが大聖堂のようだが、お香でなく本のにおいがするところがよかった。

大きな紫檀《したん》の机に近づき、本を入れればいいだけの返却用スロットを探したが、なかった。代わりに机上の注意書きが目についた。〝返却図書はすべてスキャンしてください〟と書かれている。その横には、銃把《じゅうは》のような握りのついたレーザー・スキャナーがあった。よくスーパーのレジで見かけるようなやつだ。スキャンしたふりをして逃げられないだろうかと考えながら近づいた。だが机の向こうの老婦人が震える手を差し伸べて、待つようにと身振りで示した。老婦人はもう一方の手で電話の受話器をつかみ、耳に当てた。指一本でスキャナーをトントンとたたき、すぐに爪で自分の喉を掻《か》き切るようなしぐさをした。壊れているのだ。彼女の電話が終わったら、図書館カードの更新について訊《き》いてみよう――そして誰も見ていないときに母が延滞した本をデスクの向こうへ落とせるチャンスを待とう、とぼくは思った。老婦人と延滞料のことでいい争うのはいやだったし、母が死んだことを話すのはもっといやだった。

地元の作家を特集した展示ケースの横に座って足を投げだし、コンバース・オールスターの黒い靴を冷やした。展示物のなかには、雑なイラストで狂犬病みたいに見えるコアラの絵本『それは食べられない』や、とある女性が自費出版した回想録――その女性はエイリアンに誘拐されたと主張し、イルカの言葉を教え、最後にはネズミイルカと結婚するために法廷で争ったと書いていた――があった。こんな話でいいなら自分にもでっちあげることくらいできる、と思う。そしてもちろん展示の中心はキングスウォードの人気作家ブラッド・ドーランの小説だった。ドーランには一度会ったことがある。八年生のとき、教室に講演をしにきたのだ。古風な口ひげとぼさぼさの眉、とどろくような声、ケープのついたチェックのコートを着ているところに憧れたものだった。ドーランはすこし怖くもあった――ぜんぜんまばたきをしない目で教室じゅうを睨《ね》めまわし、敵の領地の地図を眺める将軍みたいにぼくたちをじっと見たからだ。

その後まもなく、ぼくはドーランの十三冊の本をすべて読み終えた。読んでいるのがまたま授業中だった場合には、手を口に詰めこんで笑いを押し殺さなければならないこともあった。おわかりだろうが、タイトルに感嘆符がついているたぐいの本である。『笑いながら死ね！』はヴェトナムを描いた小説で、アメリカ空軍がまいた化学兵器のせいで人々が卒倒するまで笑いこけ、唯一の治療法はセックスをすること、という話だった。『急げ！』は魔法の杖《つえ》が憲法修正第二条によって保護されている世界の話で、主人公は妻をのこぎりで真っ二つにした男を探していた。『敬礼！』ではロナルド・レーガンがボンゾとともに正副大統領の座を勝ちとる。ちなみにボンゾは、レーガンのヒット映画〈おやすみボンゾ〉に出演したサルの子孫である。ドーランが自殺したと知って、本のおかしさが減じただろうか？　そんなことはないと思う。しかしストーリーに悲しみのスパイスが加わったことは認める。欠けた歯のある口で綿あめを食べるようなものだ。甘いことは甘いが痛みもある。砂糖の雲のそばで血が流れる。

「いいえ、ミスター・ギャラガー、わたしたちがそちらにお持ちすることはできません」老婦人が電話に向かってそういっていた。「ビル・オライリーの本を受付でお取り置きすることはできますけれど、こちらへいらしたら、まず貸出中の本をお返しいただかないと」ホビットみたいな女性だった。切りそろえた銀色の前髪の下にある小さな顔は角ばっている。濃い青の目は悲しそうで、目が合うと司書はゆっくり首を横に振ってみせた。電話の向こうから不満を述べるわめき声が聞こえた。「ごめんなさいね、それについてはわたしも不満に思っているんですけどね。移動図書館は無期限休止中で、仮に再開したとしてもミスター・ヘネシーはもう図書館で働いていないんですよ。免許が取り消されてしまったから……ええ。さっきいったとおりですよ……ええ、それに図書館カードもね！　あの古い車を運転できる資格があるのはミスター・ヘネシーだけだったし――」

　受話器の向こうからかん高い怒鳴り声が聞こえ、ミスター・ギャラガーがガチャンと電話を切ると司書は身をすくめた。

「やれやれ、利用者はご満悦みたいですね」ぼくはいった。

　司書はあきらめ顔でいった。「いまのは〈うららか荘〉に住んでるミスター・ギャラガー。彼が読みたいのはビル・オライリーとアン・コールターの大活字本だけなんだけど、それさえ持ってこられないなんてもってのほか、町の予算から吸いだしてる自分たちの税金をいったい何に使っているんだ、ですって。ウルドゥー語の新聞を購読するのに使ってますっていってやろうかと思ったわ」

「本の配達をするなんて知りませんでしたよ」ぼくはいった。「ピザも配達したりして？」

「いまはなんにも配達してませんよ、坊や」司書はいった。「新品の移動図書館は見るだけで胸がつぶれそうなガラクタになってしまったし――」

「どうしてみんなあれを新品の移動図書館なんていいつづけるのかな？」奥の事務所へとひらいたドアの向こうから、男が大声でいった。「どうして比較的古くない移動図書館っていわないんだい？　あれは二〇一〇年から走っているんだよ、ダフネ。犯罪をおかしたとき成人として裁判にかけられるほどの歳《とし》じゃないが、どんどんそこに近づいてる」

ダフネはあきれたようにぐるりと目をまわした。「あのわりと新しい移動図書館にはなんの罪もないわ。あれを動かすためにあなたが雇った不運で無能な酔っぱらいにおなじことはいえないけれど。サム・ヘネシーみたいな男たちを見ていると、死刑ってそう悪いものでもないんじゃないかと思えてくる」

奥の部屋の男がいい返した。「あの男はトラックを潰しただけで、子供を殺したわけじゃない——ありがたいことにね。それから弁解しておくと、サムは必要な資格を全部持っていたんだよ。移動図書館の運転ができる種類の免許を持っていて、安い給料で働いてくれた」

「必要な免許の種類は？」気がついたらそう尋ねていた。「クラスB？」

キャスターつきのオフィスチェアが軋《きし》む音がして、奥の部屋の男がすーっと視界に入ってきた。年齢のわからない男だった。七十五歳かもしれないし、五十五歳かもしれない。銀色の髪に幾筋か金色が交じり、年配のモデルみたいな——たくましい紳士風のモデルだ、バイアグラの広告のまんなかでカヌーを漕《こ》いでいるような——印象的な青い目をしていた。ネクタイは外していた。スーツはツイードで、肘と膝のところが若干薄くなっていた。

「そのとおり」男がいった。

「クラスBの二種免許なら持ってますよ。比較的古くない移動図書館があるなら、もっと古い移動図書館もあるのでは？」

「骨董《こっとう》品よ！」司書が宣言した。

「そこまで古くないよ、ダフネ」ツイードのスーツの男がいった。「まあ、ここのところ独立記念日のパレードのときしか動かしていないのは事実だが」

「骨董品よ」ダフネはそうくり返した。

ツイードのスーツの男は椅子の背にもたれて喉を引っかきながら、ドアのあたりからぼくを観察した。「商用トラックの運転手なのかな？」

「まえはそうでした」ぼくはいった。「家の事情でクビになっちゃって。それで、どんなトラックなんですか？」

「見てみるかね？」ツイードのスーツの男はいった。


「これは何で走るんですか？」すこしのあいだまじまじと見つめてからぼくは尋ねた。

「無鉛ガソリン？　水ギセル用の水？」

ラルフ・タナーはリヴァプール型のパイプを満足げにくわえたまままいった。「昔、警察に停車を命じられたことがあったよ。警官は、誰であろうとこんな塗装をした人間は逮捕してやるといっていた。自分の町の平穏を乱したといってね。警察署長はみんなにこういっている。自分にはドラッグを連想させるものを押収するという厳正な職務がある、だからこれを馬車置き場にしまいこんでいるんだって」

図書館のだだっ広い駐車場は共用で、そばに町役場と、公園緑地課と、古い馬車置き場があった。馬車置き場といってももう一世紀近く馬は飼っていないのだが、いまでも馬のにおいがした。おんぼろの納屋みたいな建物で、厚板のあいだに隙間ができており、垂木ではハトがクークー鳴いていた。町役場が街路清掃車と小さなゴルフカート・サイズの歩道用除雪車をなかの駐車スペースに置いていた。古いほうの移動図書館はその奥に停めてあった。

インターナショナル・ハーヴェスター社の一九六三年型の車体を改造した、三軸十二輪のパネルトラックだった。側面はサイケデリックな壁画みたいにけばけばしく塗られていた。助手席側ではマーク・トウェインの頭がティーポットのようにひらき、虹色のミシシッピ川が泡立ちながら流れでている。ハックとジムと『不思議の国のアリス』の水ギセルを吸うイモムシが筏《いかだ》に乗って後方へ流されていた。イモムシは長い煙を吐いているのだが、その煙は大きくうねって角をまわり、リアバンパーに打ち寄せる広大な海になっていた。波間からは白鯨が直立し、エイハブが脇から目に銛《もり》を打ちこんでいる。ごてごてと派手に描かれた深海には潜水艦ノーチラス号が潜んでいる。海から噴きでた泡が溶けて雲になり、トラックの運転席側へ漂っている。シャーロック・ホームズの上に雨が降りそそぎ、ホームズには頭上の入道雲のなかを航海するメアリー・ポピンズは見えていない。

「で、昔これを運転してたのは誰だっていいましたっけ？　〈コルシカン・ブラザーズ〉のチーチかチョンですか？」そういってから、ラルフ・タナーを横目で見ながらつけ加えた。「それともあなたですか？」

ラルフは笑った。「残念ながら六〇年代はわたしが参加しないうちに終わってしまったよ。水瓶座《みずがめ》の時代はほかの人の身に起こった出来事で、そのあいだわたしはテレビで〈ギリガン君SOS〉を見ていた。ディスコにも行かなかった。ベルボトムのズボンも持っていなかった。代わりに蝶《ちょう》ネクタイをしめてトロントで暮らし、ウィリアム・ブレイクについての革新的な学位論文に取り組んでいたんだが、指導教官はその論文をライターオイルの缶と一緒に突っ返してきたよ。二十代の日々をもうちょっといまの人たちみたいに過ごせればよかったんだが。なかを見るかね？」

ラルフは後部のドアを身振りで示した。ドアをあけると錆《さ》びた鉄のステップが二段おりてきて、移動図書館のなかに入れるようになった。

スチールの棚は剝《む》き出しで、天井の蛍光灯の一つからクモの巣がベールのように垂れさがっていた。黒い革の敷物の置かれたかっこいいマホガニーの机が運転席のうしろの床にボルトで固定されているのはちょっと意外だった。チョコレート色の細いカーペットがまんなかの通路に敷きつめられている。手のひらを冷たいスチール棚に走らせると、手に埃のミトンがついてきた。

「四十年使った」ラルフがぼくのすぐうしろでいった。「あと何年か使えると思うよ。運転手がいれば」

すでにこの仕事がほしいと思っていた。それが仕事になるかどうかわかるまえからそう思った。現実的な側面を見ればぼくは失業中だったから、報酬の低い仕事でも、何もないよりマシだった。それに勤務時間をどういわれようと、長距離トラックの運転席に戻って仕事をするよりはずっと短いはずだった。長距離トラックの場合、十日くらい家に戻らないこともよくあるのだ。

だけどほんとうのことをいうと、現実的な側面はもっとあとになるまで頭に浮かばなかった。ぼくは毎日朝から晩まで両親の死んだ場所で過ごしていたので、一目見た最初から、ぼくが逃げこめる車を両親が送って寄こしたように感じていた——世界で一番みじめで陰気なサマーキャンプからぼくを連れだすトラックを送ってきたように。迎えの車が来たんだとぼくは思い、腕に鳥肌が立った。母はわざと『もう一つの奇跡』を返さなかったのだ、代理のぼくに返却させるために。母と父の物語がはじまった場所へ、ぼくを連れてくるために。そう思わずにはいられなかった。

「まえの担当者はどうなったといってましたっけ?」ぼくは尋ねた。

「いや、まだ話していなかった」ラルフはそういい、口をもごもご動かして、まだ火のついていないリヴァプール型パイプを口の反対端へ移した。「サム・ヘネシーという地元の男がいて、フルタイムのトラック運転手の仕事は辞めていたんだよ、一番好きな二つのことに集中するためにね。読書と、自家製ビールをつくることだ。クラスBの免許はまだ有効で、新しい移動図書館の運転をするといってきたんだ。まあ、暇つぶしに。ところがだ、サムはビールをつくっているだけじゃなかった。飲むのも好きで、昼食のときに何杯か楽しんだわけだ。われわれのやや新しい移動図書館を運転するようになってひと月くらいのころ、自分はちょっと酔っぱらっているんじゃないかと心配になりはじめた。それでコーヒーを飲むことにして、最寄りのマクドナルドに入った。これは文字どおりの意味でね、サムは運転席に座ったまま壁を突き破ってボックス席に到達したんだ。そこには誰も座っていなかった。まったく、ありがたいことだよ、マクドナルドといえば子供たちだってみんな行くんだからね」ラルフは身を震わせると、運転席を見たいかとぼくに尋ねた。

ラルフはまえをまわっていき、トラック側面のパネルを指差した。この奥のディーゼル発電機を動かすと、車内の明かりと暖房がつくらしい。「新しめの移動図書館には利用者のためのパソコンが二台あったんだが、タブレットがあればおなじことができるだろう。本の貸出は簡単だ——きみのスマホのアプリでもできる」ラルフは仕事の説明をはじめた。まるでぼくがすでに求職の申し込みをしたみたいに。

ぼくはステップに乗って前部座席を覗きこんだ。フロアのまんなかから突きでたギアは紳士物の杖くらいの長さで、てっぺんに磨かれたクルミ材の球がついていた。枯れ葉が床に落ちている。ラジオはAMしか入らないような代物だった。

「どう思う？」ラルフは尋ねた。

ぼくはドアをあけ、体の向きを変えて、足を外に出したまま運転席に座ってみた。

「どうっていうのはトラックのことですか？　それとも仕事のことですか？」

ラルフは親指でパイプのボウルの中身を押しつぶし、小箱からマッチを抜いて火をつけると、火がまわるように時間をかけて吸った。しばらくするとようやく頭をうしろに傾けて、口の端から灰色の煙を吐きだした。「イギリスに行って帰ってきて、食事の文句をいう男の話を聞いたことがあるかね？　食べ物がまずいだけじゃなく、量がすくなすぎるっていうんだよ。われわれが提供できる報酬と、保証できる就業時間もそんなようなものだ。それとてもフルタイムの仕事とはいえない。火曜日と木曜日に六時間、水曜日に八時間だ。それでどれくらいの金になるかって？　スクールバスを運転したほうがよっぽど稼げるんじゃないかな」

「でも、スクールバスだと夜明けまえに起きなきゃなりませんから。遠慮します。それに、さっきもいったとおり――ここで片づけなきゃならない家族の用事があるので」

「ああ」ラルフが思慮深い、やさしい目を向けてくるので、両親のことを知っているのかもしれないとぼくは思った。キングスウォードは大きな町だ。州で四番めに大きい――だが、こういう話が伝わるとなると、そこまで大きくはないのかもしれない。「身元確認はパスできるのかな、ミスター……？」

「ジョン。ジョン・デイヴィースです。ギリギリで大丈夫だと思うんですが。〈ウィンチェスター輸送〉という会社で五年運転してきて、ファストフード店の壁に車ごと突っこんだことは一度もありません。だけど、ぼくに働く資格があるのかな？　何か学位が必要だったりしないんですか、図書館学とか、図書館技能とか？」

「サム・ヘネシーは、学位は持っていなかった。この移動図書館を三十年近く運転していたローレン・ヘイズは、そのまえは空軍の技術資料館で働いていたんだが、正式な認定証は何も持っていなかったよ」ラルフは眉をあげ、慈しむような目をトラックに向けた。「旧友みたいなこいつがまた路上にいるのを見ても驚かないだろうさ」

「その人はいまもこの町にいるんですか？」

「ああ、いるよ。うららか荘に住んでいる。我らが友人、ミスター・ギャラガーとおなじ場所だ。ＦＯＸニュースで働いている人間が書いたものならなんでも読むミスター・ギャラガーと」ラルフはつかのま考えてからつづけた。「ローレンはこのトラックを愛していた。だが二〇〇九年にキーをわたしに託し、こいつと別れることにしたんだ」ラルフは諦め混じりの悲しげな視線をぼくに向けた。「こいつはもう引退させるつもりで、ローレンは自分も一緒に退職することにしたんだ。ハンドルのまえに座っていたあいだにいやな体験をしてね。ひどく怯えてしまった。近隣を運転していて、突然自分がどこにいるかわからなくなってしまったんだ。そのまえにも、こちらが当惑してしまうようなことがあった。十年まえに死んだはずの人間から本のことを尋ねられたとか、そんなようなことをいっていてね」

「ああ、それはお気の毒に」母のことを、そして認知症のことを思いながらぼくは答えた。「見かけたらまだこの車がわかると思いますか？」

ラルフはぽかんとした顔でぼくを見た。「え？　ああ、もちろん。きみにまちがった印象を与えてしまったようだね。ローレンは確かに忘れっぽいかもしれないが、同年代のほかの人間よりひどいわけじゃない。カードゲームでわたしを負かせる程度には冴《さ》えている。毎月最後の木曜日にラミーをやるんだ。たいていわたしが負けている。いやいや、ローレンの頭はまだはっきりしているよ」

「だけど……町なかを運転していて、自分のいる場所がわからなくなったといいましたよね？」

「ああ」ラルフは答えた。「心底動揺していた。いまが一九六五年なのか一九七五年なのかなんなのか、わからなくなったといっていた。すべてのブロックがちがう年代に見えたんだ。二十一世紀に戻れなくなったんじゃないかと思って怖かったそうだ」ラルフは時計を見ていった。「さて、図書館に戻らなければ。コーヒーブレイクはもう充分だ。履歴書や何かを電子メールで送ってもらえるかな？　わたしのアドレスは図書館のウェブサイトに載っている。またすぐにいまのつづきが話せるのを楽しみにしているよ」

ラルフのあとについて外に出て、彼が馬車置き場に鍵をかけるまで待ち、おやすみなさいといって別れた。ぼくはそこに立ったままラルフを見送った。パイプから紫煙が立ちのぼり、木立から漂ってきた青白い霧と混じった。ぼくたちがなかにいたあいだに夜気が湿っぽくなっていた。

ラルフが図書館へと姿を消したあとになって、まだ『もう一つの奇跡』がコートのポケットに入っていることにようやく気がついた。

おそらく正体に気づかないまま何人か見た――幽霊たちを。最初は幽霊だと思った。いまではもうすこしよくわかっている。

遅れた返却者たち……これはローレンが彼らのことをいった言葉だ。ただし、ぼくが聞いたのは何カ月も経《た》ってからだった。ローレンに初めて会ったのは、クリスマスの直後のじめじめした寒い日だったから。

古い移動図書館を運転しはじめてまだ何週間かのころに一度、母親と一緒に歩いている小さな女の子を見かけた。少女はミッキーマウスの耳をつけてスキップしながら、最近の雨でできた浅い水たまりに足を突っこんだ。母親は花模様のスカーフで髪を覆い、よりひもの持ち手のついた紙袋を持っていた。紙袋には〈ウールワース〉のロゴが入っていた。妙だな、と思ったのを覚えている。その大手スーパーマーケットがキングスウォードの町なかにあったのはぼくが子供のころの話で、一九九〇年には閉店したはずだったからだ。一時停止の標識のそばで止まったときに助手席側のミラーで二人の姿を探したのだが、母娘《おやこ》はいなくなっていた。あの二人にも返しそびれたものがあったのだろうか？　ぼくにはわからない。

　またべつのときには、姉妹だろうか、小柄な老婦人が二人、〈セント・マイケル保養所〉で移動図書館に入ってきた。セント・マイケルは火曜日のルート上にある老人養護施設のうちの一つだった。二人はぼくに声をかけずに車内を見てまわった。そのあいだ、エドワード・ケネディとチャパキディック事件について話していた。「あの一家の男たちはみんなポン引きよ」一方の女性がそういい、もう一方が応じた。「それが道路から飛びだすこととどう関係があるの？」いなくなってからやっと、二人が現在形で話していたことに気がついた。一九六九年のチャパキディック事件が、まるで起こったばかりであるかのように。テッド・ケネディがまだ生きているかのように。

　それが最初に起こったのは十一月のはじめで、ぼくにはわかった。先へとスリップしてきた人、ちがうときからやってきた人と最初に出会ったとき、すぐにそれとわかった。

　木曜日のルートではウェスト・フィーヴァーを抜ける。郡の一端に潜りこんだみじめなダニみたいな町だ。すこしの放牧地とたくさんの沼地でできていて、ガソリンスタンドがいくつかと、地元では〈マン・モール〉と呼びならわされたショッピングセンターがあった。マン・モールには花火を売っている店や、銃砲店、酒屋、タトゥー・パーラーがあり、裏には大人のおもちゃの店もあって、そこには覗き部屋もついていた。ポケットに四十ドルも入っていれば、金曜の夜にマン・モールに行って酔っぱらい、ストリッパーにフェラチオをしてもらって、そのストリッパーの名前を腕に彫り、州間高速道路の上に祝砲代わりのロケット花火を打ちあげて、朝になったら三八口径の銃で手軽に自殺することもできた。

このマン・モールは、八千平方メートルほどの未舗装の駐車場を、ワンルームの部屋が雑多に連なるみすぼらしい二階建ての共同住宅と共有していた。かなりの数のシングルマザーと小さな子供たち、それに自堕落な年配の酒飲みが何人か、この場所を家と呼んで……いや、家と呼んではいなかった。誰もあれを家とは思っていなかったはずだ。もしいまワンルームのアパートに住んでいるなら、家というのは出てきた場所か、まだ確定していない将来に住むはずの場所だ。ここはろくに手入れもされていない、長期滞在用の薄汚いモーテルに過ぎず、誰もがもっといいものを手に入れるまでの間に合わせとして使っているだけだった。居住者のなかには間に合わせのまま長年過ごす者もいた。

駐車場へ車を入れていると、その男――遅れた返却者――が目についた。赤いフランネルのコートを着てチェックの帽子をかぶり、帽子についた耳覆いが、寒さでピンクになった頬を縁取っていた。向こうが手袋をした手を挙げたので、ぼくも反射的に手を振り返し、それ以上その男のことは深く考えなかった。寒くてじめついた日で、駐車場は汚らしい霧でかすんでいた。朝の十時なのに夕暮れどきのようだった。

ダッシュボードの赤いボタンを長押しして、発電機が大きな音をたてながら動きだすと、トラックを降りて後方へまわり、うしろのドアの鍵をあけた。耳覆いのある帽子をかぶった男とはステップのところで出くわした。男は戸惑ったような笑みを顔に浮かべた。

「いつもの人はどうした？　病気かい？」男がそう尋ねると、息が白い雲のようになった。

「ミスター・ヘネシーですか？　あの人はちょっと車をぶつけてしまって。もう運転していないんですよ」

「何かあったんだろうと思ってはいたよ」男はいった。「もう半世紀も移動図書館を見ていないような気がする」なんだかおかしいな、とぼくは思った。古い移動図書館と、もう一台のほう――ヘネシーがマクドナルドに突っこんだほう――との区別がついていないんだろうか。しかしそれに関しては何もいわず、ぼくはただ後方のドアをあけて男を車内に入れた。

　ヒーターがうなりをあげ、明かりがジジッと音をたてた。耳覆いのついた帽子の男は、ぼくがドアを押さえているそばを足を引きずるようにして通りすぎ、ぼくは共同住宅側へ戻りはじめた。いつもなら、取り憑《つ》かれたような顔をしたたくましい母親の一団が、子供たちを連れて移動図書館に押し寄せてくるはずだった。だが、きょうは誰も現れない。冷たく埃っぽい霧が、建物に面したコンクリートの歩道に沿ってうねっていた。終末を描いた映画の舞台みたいだった。ぼくはステップを昇り、車内に入ってドアをしめた。

「あんまり困ったことにならなきゃいいんだが」そういいながら、男は日に焼けて退色したクランベリー色のハードカバーをポケットから取りだした。Ｒ・Ａ・ハインラインの『ルナ・ゲートの彼方《かなた》』だった。「返却期限をかなり過ぎてしまってね。でもね、おれのせいじゃないよ！　自分で図書館に行けるなら、あんたの手を煩《わずら》わす必要もなかった」

「あなたみたいな人がみんな自分で図書館へ行けたら、ぼくには仕事がありませんでしたよ。だからおあいこですね」ぼくはいった。「延滞料金については心配しないでください。移動図書館利用者の分はすべて罰金を免除しているんです。こちらがしばらくのあいだ車を出せなかったので」

「そりゃいいね《ホット・ディギティ》」昔のテレビドラマ〈メイベリー110番〉に出てくるようなそばかすだらけの農場の少年みたいに男はいった。「まあ、延滞料を何ペニーか払うのもやぶさかではないがね。この本にはそれだけの価値があった。こういう本をまた読みたいもんだよ」

「ああ、そうですね。ぼくもハインラインの古い作品は大好きですよ」

男は反対を向いて、ひとり笑みを浮かべながら棚を眺めた。「そいつはおれがまさにこうあってほしいと思うとおりのストーリーだった。おれはあんまりもたもたしてない話が好きでね。すぐにはじまって、最初のパラグラフから主人公がたいそうな窮地に陥って、しばらくもがいているような話がいい。おれは平日はずっと金物店のカウンターのなかにいるから、本を手にして座ったときには、誰かほかの人の人生、自分では絶対に送らないような人生を味わいたいんだ。だからトロールとか、お巡《まわ》りとか、有名人の話が好きなんだよ。それから、何か気の利いたことをしゃべってもらいたい。なんたって頭のなかでそれをいうのはおれ自身なんだから」

「だけどあんまり気が利きすぎていても駄目、ですよね？　空想が壊れてしまう」

「そのとおり。おもしろい人生を送っている男を見つけ、ひどい目にあうところを見る。で、そいつがどう挽回《ばんかい》するか確かめる。そうやっているあいだに、自分では絶対に行かないような場所へ行きたいんだよ、モスクワとか、火星とか、二十一世紀とかね。ＮＡＳＡは雇ってくれないし、大西洋横断のための切符を買うような金もないからな。ここのところ生活がギリギリだから、図書館カードがタダで助かったよ」

「二十一世紀に、行かない？」ぼくは尋ねた。口がすべっただけだろうと思ったのだが、男はぼくの質問をまっすぐに受けとめた。

「まあ、おれはもう六十六だから。計算すればわかるだろ。理屈でいえば可能性はあるかもしれんが、そのころには百二歳だからな！　もしあんたが一九四四年のおれに、あと二、三十年生きられるって教えてくれてたら、おれは喜んでひざまずいてあんたの足にキスしただろうね。当時は日本人の半分がおれの上に飛行機を落とそうとしていたんだから。あと三十年も望むなんて欲が深すぎるってもんだ」

　まじめに口にされたこの言葉を聞いて、頭皮が軽くチクチクした。それから喜びと興味で小さな身震いが出た。男がぼくをかつごうとしているとは一瞬たりとも考えなかったが、もしかしたら精神が不安定な人なのかもしれないとは思った。この共同住宅に住んでいる年配者で空想と現実の区別に問題のある人は、この男だけではないだろう。言葉の選択にも――「そりゃいいね《ホット・ディギティ》」とか「くそっ《シュート》」とか――子供っぽいところがあり、大人の男の体のなかに少年の心があることが窺《うかが》えた。

「いまは二〇一九年ですよ」何より男の反応を確かめたくて、ぼくはゆっくりといった。

「すでに未来ってわけです」

「どの本のことだい？」書架を見ながら、男はいった。「出来のいいタイムトラベルものは好きだよ。ほんとはもっと、ロケットとか光線銃の出てくる話が読みたいんだが」

つかのま口をつぐんでから、ぼくはいった。「ブラッド・ドーランの小説がいくつかありますよ。時間から解放された男たちの話とか。だけどハインラインとはちがいますね。もっとこう……なんていうのかな？　文学的？」

「ブラッド・ドーランだって？」男はいった。「昔はうちに新聞を配達してたもんだよ。いや、あの子の母親が配達してたというべきか。毎朝のように助手席で寝てるだけだったからな。しばらくまえの話だ」男はすこし気むずかしそうな笑みを浮かべて、うなじをさすりながらいった。「いまはあっちにいる。ずいぶん育つのが早いな。ほんの十分まえには新聞でいっぱいのキャンバス地の袋を引きずっていたような気がする。それがいまじゃ一方の肩にM16自動小銃をさげて泥のなかを行進だ。またもや朝鮮戦争のくり返しだよ。自分たちがあそこで何をしたかはよく知らないし、いまヴェトナムで何をしているのかもわからない。トラブルの種ならここにも充分あるっていうのに。ケツまで髪を垂らした男たちに、礼拝の席が半分しか埋まらない教会に、短すぎるスカートをはいて歩きまわる少女たち。ああいう女の子たちを見ていると、駆けつけてコートを着せたくなるよ。ほんとうのところ、あんたたちがこんなにくたびれた移動図書館を使ってどんなメッセージを広めたいのかわからない。本を貸してまわってるのか、マリファナを売ってまわってるのか、おれにはよくわからないよ」

ぼくは声をたてて笑ったが、その声は尻すぼみになった。男がいぶかしげに眉をあげてみせ、礼儀正しくはあるが固い笑みを浮かべたので確信が持てなくなった。笑える話をしたわけじゃないが、気まずくならないためにこの話題はもうおしまいにしようと思っている、そんな表情だった。

　男が本棚を見ているあいだ、ぼくは男を観察した。頭皮がまだ変にむずむずしたが、それ以外はなんともなかった。もし男がぼくに対して何かゲームを仕掛けているなら、彼は本気で、完全にのめりこんで演じているのだ。だが、男が芝居をしているようには思えなかった。六〇年代なかばの誰かが返却期限を過ぎた本を返しに現れて、もしかしたらまた新しいべつの読み物を探している——その可能性があっても、ふつうに考えられるような反応は起こらなかった。一瞬たりとも怖いと思わなかったし、驚きもしなかった。感じたのは感謝に近い気持ちと、それに……困惑だった。〝心地よい混乱〟みたいな、古くからある本来の意味での困惑だ。

　それからあることを思いつき——ちょっとした好奇心に引っぱられて——アイデアがきちんとかたちを取るまえにもう行動に移していた。

「『ルナ・ゲートの彼方』が気に入ったんですよね？　だったらいい本がありますよ。『ハンガー・ゲーム』はもう読みましたか？」しゃべりながらＹＡの棚に手を伸ばして『ハンガー・ゲーム』を抜き取り、男のほうへ差しだした。

　男は覗きこむようにして本を見ると——つるつるの黒いカバーのペーパーバックで、エンボス加工の施された金色の鳥が表紙についている——困ったような半笑いを顔に貼りつけた。そして指二本をこめかみに当てた。「いや、読んでいない。ハインラインかな、それとも……失礼。その本を見ていたら、なんだか目がおかしくなった」

ぼくも本を見おろした。ただの大判ペーパーバックだ。視線を戻すと、男はかすかな不安を覚えながらも集中しようとしている顔つきだった。舌先が唇をなめる。手を伸ばしてペーパーバックをぼくからそっと受けとると……顔がゆるんだ。男は微笑《ほほえ》んだ。「午前中ずっと姉の家の私道の雪かきをしていたからかな。ちょっとふらふらしてるみたいだ」男はぼくにそう話した。「今週末にはもっと降るっていうじゃないか」男は首を横に振ったが、本を見おろす顔には笑みが浮かんでいた。「ああ、これはよさそうだ」男はカバーの宣伝文句を読みあげた。「未来では、駆け引きより致命的なものは一つだけ……愛だ！」

ぼくが自分でその本を見ると、一瞬、視野が暗くなって頭がくらくらした。まるで立ちくらみを起こしたみたいに。

男はまだ『ハンガー・ゲーム』を持っていたのだが、ぼくがその本を認識するにはすこし時間がかかった。黒いペーパーバックのままではあったが、カバーには炎の色をしたＳＦ風ガウンをまとって、レーザー誘導らしき機械仕掛けの弓矢を構える女が描かれていた。女の顔には恐怖が浮かんでいるが、目は義憤でたぎっている。女は〈スター・ウォーズ〉に出てくる惑星ダゴバみたいな森にいて、サイケな色調の木々のあいだで身を低くしている。六〇年代はじめごろのパルプＳＦのカバーだった。左上の隅の値札には三十五セントと書いてある。この時代の有名なパルプ・アーティストならすこしは知っていたので、ヴィクター・カリンのイラストだろうと思った。まあ、ミッチェル・フックスのイラストと見分けるのはむずかしいのだが。グーグルで画像検索してもらえれば、いっている意味がわかると思う。そのペーパーバックはかなり傷んで見えた。大勢の手を渡り、雑な扱いを受けたことも多かったのだろう。

　突然、目の奥に刺すような痛みが走った。両方のこめかみを親指で強く圧迫されたかのようだった。男がいくらか心配そうにぼくを見た。

「大丈夫かい、きみ?」

　ぼくはそれには答えずに、こういった。「ちょっと見せてもらってもいいですか?」そして男から本を取り返した。

　表紙を見おろしたときには三十五セントのペーパーバックだった。だが、裏表紙を読もうとしてひっくり返すと、黒い大判ペーパーバックに戻っていることに気がついた。見覚えのある、ぼくの時代に出版されたものだ。もう一度ひっくり返して表を見た。つや出しの黒いなめらかな表紙に、金色のブローチの絵が印刷されている。鳥モチーフのブローチだ。ぼくは顔をあげ、男を見た。男の視線はぼくから離れ、本棚の一番上の段をさまよっていた。

「ちゃんと見えない本があるな」男は何気ない声でいった。「タイトルを読もうとするとおかしな具合になる。気持ちを集中すると言葉がするりと逃げる。まあ、一部だがね。『ブルックリン横丁』は大丈夫だ。〈ナルニア国〉シリーズも。だが、そのあいだの何冊か」――男は〈ハリー・ポッター〉シリーズを見つめていた――「それがよく見えない。脳卒中かな?」

「それはないでしょう」ぼくはいった。

男はため息をつくと、ぼくを見て笑みを浮かべ、一方の手のひらを左のこめかみに当てた。「本を借りて、もう帰ったほうがよさそうだ。ちょっと横になったほうがいいと思う」

「貸出手続きをしましょう」

そういってぼくがマホガニーの机の向こうに座ると、男は図書館カードを取りだした。フレッド・ミュラー、ギリアド・ロード46番地。利用者番号が一九一九と書いてあったが、ぼくのスマートフォンでスキャンできるバーコードがなかった。そして当のスマートフォンも——手に取ると画面が完全に真っ暗で、白い輪がグルグルまわっていた。まるでたったいま落ちて、再起動しているかのように。

ミュラーはスマートフォンにも気づいていないようだった。視線がぼくの手のなかのガジェットを素通りしていた。ここにあるこれはまさに未来が具現化したものだった。二十一世紀が、iPhone Plusというかたちを取って結実したのだ。ハインラインの小説に出てくる何よりも、〈スター・トレック〉のオリジナルシリーズに出てくる何よりも、はるかにすばらしく、はるかにSFらしいではないか——それなのに男が求めているのは鉛筆なのだ。だが彼の無関心に驚きはしなかった。男には〈ハリー・ポッター〉シリーズの本も見えなかったのだ。ぼくにはその理由がわかる気がした。それが男のときに属するものではないからだ。男にとってはまだ発生していないはずのものだからだ。ところが『ハンガー・ゲーム』は見えた。ぼくにはその理由もわかった。『ハンガー・ゲーム』も彼のときに属するものではなかった——ぼくが男に手渡すまでは。だがひとたび手に取ってしまえば見えた。手にしたものを受けいれるために、見える必要があったからだ。そしてそれは男に理解できるかたち、彼の心を乱さないかたちを取った。

こうしたことをぼくが即座にすべて理解したとほのめかすのは、おそらくまちがいだろう。どちらかといえば、目の見えない男が象の膝にしがみつきながら、これはどうやら木の幹ではなく動物のようだとうっすら気づきはじめたようなものだった。瞬時にすべての意味がわかったわけではなかったが、この状況の背後にはまだ明らかになっていないなんらかのロジックがあると本能的に感じたのだ。

「スタンプを押さなくていいのかい？」男はそう尋ね、ペーパーバックに手を触れると、ぼくの目のまえでひっくり返した。

するとまたあのパルプSFの表紙が現れた。ヴィクター・カリンのイラストと見てほぼまちがいないだろうとぼくが思ったあれだ。だが、五〇年代、六〇年代のペーパーバックが並んだカリンのウェブサイトを見ても、このイラストは見つからないだろう。見つかるはずがないのだ。『ハンガー・ゲーム』は二〇〇八年に出版されたのだから。二〇〇八年といえばフレッド・ミュラーが死んでから半世紀近く経っている。ミュラーは一九六五年の一月、姉の家の私道の雪かきをしているさいちゅうに心臓発作を起こしてぽっくり死んでいた——そう、もうおわかりだと思うが、ぼくはこの件についてその日の夕方にスマートフォンで調べたのだ。ミュラーには見えなかったスマートフォンで。ミュラーは太平洋戦争のいくつかの激戦のさなか、スリガオ海峡の海戦で殊勲賞を授与されていた。息子を一人残して亡くなったらしい。死亡記事によれば、息子はイギリスにいて、ケンブリッジで数学を学んでいた。

フレッド・ミュラーは持ってきたハインラインの本を机に置き、年代物の『ハンガー・ゲーム』を手に取って出口へ向かった。移動図書館の側面のドアだ。ミュラーは取っ手をつかんで、つかのま躊躇《ちゅうちょ》したあと、ちらりとぼくをふり返った。不安そうな笑みを浮かべていた。すこし顔色が悪いなとぼくは思った。汗の粒が左のこめかみを流れていた。

「なあ」ミュラーはいった。「おかしなことを訊いてもいいかな?」

「どうぞ」ぼくはいった。

「きみは幽霊なんじゃないかって、誰かに訊かれたことはないかい?」ミュラーはそういって笑い、自分の額に触れた。また頭がふらふらしてきたといわんばかりに。

「こっちもあなたのことをおなじように思っていましたよ」ぼくはそういい、ミュラーと一緒に笑った。

ミュラーが出ていってドアをしめたとたんに、誰かの拳《こぶし》がドアをたたいた。机をまわっていって勢いよくドアをあけると、母親たちと、鼻水で唇の上がてかてかになった小さな子供たちの集団が待っていた。空は底抜けに青く、見ていると目が痛くなりそうだった。ウェスト・フィーヴァーのギリアド・ロード沿いに住む利用者番号一九一九のフレッド・ミュラーと話をしているうちに、低く垂れこめた冷たく汚らしい霧は晴れて、完全に消えていた。

ぼくは首を伸ばして小さな人混みの向こうを眺め、砂利と穴ぼこだらけの広い駐車場に目を凝らしたが、ミスター・ミュラーも、大きな耳覆いのついた彼の帽子も、影もかたちもなかった。

とくに驚きはしなかった。

図書館と公園緑地課の建物のあいだの駐車場に移動図書館を戻したときにはまだ夕方の四時にしかなっていなかったのに、外はすでに暗く、雪が降りそうなにおいがした。半ブロック歩いて地元のコーヒーチェーン店に行き、コーヒーを買い、スマートフォンを手に腰をおろして、フレッド・ミュラーとその息子について読んだ。フレッド・ミュラーの息子は父親が死んだとき二十代前半、いまは七十代で、引退してハワイにいた。一九七〇年代には、電話の回線を使ってやり取りをするために通信規約の許可の範囲でコンピューターを用いてはどうかと思いついた。自分はインターネットの父だと主張できる十数人のうちの一人だ。電子機器関連の功績のおかげで、オタク界隈《かいわい》ではちょっとした有名人だった。〈新スター・トレック〉にカメオ出演し、ウィリアム・ギブスンの小説に名前が出てきて、ジェイムズ・キャメロンの映画に登場する科学者のキャラクターのモデルにもなった。ミュラーの息子のウェブページを見るといやな汗が出た。プロフィールの写真では、まばらな顎ひげを生やした細身の老人がサーフボードと一緒にヤシの木の下に立っているのだが、ボードショーツを穿《は》いて……『ハンガー・ゲーム』のTシャツを着ていた。よくある質問のコーナーでは『ハンガー・ゲーム』がお気に入りの本の一冊に挙げられていた。映画版のコンサルタントを務めてもいた。まあ、彼がコンサルタントになったSF映画はたくさんあるのだが。

ミュラーの息子は出版まえに『ハンガー・ゲーム』を読んだのだろうか。著者のスーザン・コリンズが生まれるまえに読んだのだろうか。そう考えるとじっとり汗が出てきた。次の考えが頭に浮かぶと即座に寒気がした。ミスター・ミュラーに九・一一についての本を渡していたらどうなっただろう？　ミュラーはテロを止められただろうか？

それ以上は考えなかった。考える必要がなかった。コートのポケットに返却の遅れたミュラーの本が入っていた――『ルナ・ゲートの彼方』、あのクランベリー色の傷んだハードカバーだ。フレッド・ミュラーの名前が本のうしろにはさみこまれた貸出カードの最後に記録されていた。返却スタンプの日付は一九六五年一月十三日で、ミュラーが死んだのはおなじ年の一月十七日、わずか四日後だった。

ミュラーは心臓が音《ね》をあげるまえに『ハンガー・ゲーム』を読み終えただろうか？　そう願う。ずっと本の虫だったぼくとしては、おもしろい小説の最後の五十ページを読み残して死ぬほどひどいことなど、ほかに思いつかない。

「わたしが同席したら、きみの大事な思考を脱線させてしまうかな？」ラルフ・タナーが左の肩越しに声をかけてきた。

「その列車はどこにも向かっていませんから。ただ線路上に止まっているだけです」ぼくはふり向いていった。

ラルフ・タナーは火のついていないパイプを一方の手に、コーヒーをもう一方の手に持っていた。ぼくがほんのすこしでも頭を働かせていれば、ラルフに出くわすことくらい予想できたはずだった。ラルフにしたら夕方の一服タイムで、一日の最後のカフェイン摂取の時間でもあり、おまけにこのカフェは図書館から歩いてすぐなのだから。

「本の貸出はどんな調子かな？」ラルフはそう尋ねながら、ぼくの隣のスツールに腰をおちつけた。

ラルフの半分浮かびかかった笑みと、油断のない青い目を見ていると、思いがけずぎょっとするような考えが浮かんだ。この人は知っている。初対面のときの会話と、ラルフから受けた印象――ぼくの両親のことを知っていながら、その話題を持ちだすのは礼儀に反すると思っているような雰囲気――を思いだした。ときが経つうちに、それがラルフ・タナーの性格なのだ、いつだって口にするよりほんのすこし多くを知っているのだと思うようになった。そもそもゲームをするつもりがあるのかどうかもわからないくらい、手の内を見せないのだ。

「まあ、悪くないですよ」ぼくはいった。「返却期限の過ぎたロバート・ハインラインの『ルナ・ゲートの彼方』を返しにきた人がいました」

「ああ！　ジュヴナイルだね。わたしにいわせれば、ハインラインの大人向けの作品より出来がいい」

「ものすごく期限を過ぎていましたよ。貸出しは一九六四年の十二月でした。もっと早く返すつもりだったんでしょうけど、その人は一九六五年の一月に亡くなったので。彼も、彼が借りた本も、しばらくのあいだ人目に触れることがなかったんでしょう」

「ああ」ラルフは微笑み、コーヒーを一口飲んで、目を逸《そ》らした。「彼らのうちの一人だね」

ぼくは自分のコーヒーカップを手のなかでくるくるまわした。「じゃあ、これが初めてじゃないんですね？」

「ローレン・ヘイズにはときどきあった。まえに話したね。ただ、きみはローレンが死者たちと出会うのは完全に想像上のことだと思っていたようだから、進んでそう思わせておいたことは認める。最初は年に一回、多くて二回くらいのものだった。ローレンが辞める間際にはもっと頻繁に起こっていた」

「彼はそれで辞めたんですか？」

ラルフはぼくを見ないようにしながら、ゆっくりうなずいた。「ローレンはこう思ったんだ……自分が若くて、もっと集中力があったときには、移動図書館をここに、現在に、それが属する場所に、とどめておくことができた。しかし年を取って注意力が散漫になりはじめると、移動図書館は以前より頻繁に過去への道を見つけるようになった。利用者がだんだん……まあ、きみがきょう会ったような人だね。ローレンは彼らを遅れた返却者たちと呼んでいた」ラルフはまたコーヒーを味わった。急いでしゃべるつもりはないようだった。移動図書館のトラックからオイルが洩《も》れるとか、暖房設備から古い靴みたいなにおいがするとか、そんな話をするような調子だった。「ある意味ではごく平凡なことだよ。図書館に入って、気がついたら死者と対話しているなんて当たりまえのことだ。ずっと昔に亡くなった、世代ごとの最良の頭脳がどの本棚にも詰まっている。待っているんだ、気がついてもらえるのを。話しかけてもらえるのを。話しかけられて答えるのを。図書館では毎日のように、死者と生者が当然のごとく対等な関係で出会っている」

「うまい比喩ですね。だけどこれはずっと昔に死んだ頭脳との比喩的な出会いじゃなかった。あの人のコートは濡れていたんですよ。においもしました。羊みたいなにおいでしたよ。それで、ぼくは彼が死んでいるとは思わなかった――いや、ちがうな。彼が死んでいることはわかっている。五十年まえに亡くなったんですから。だけど彼が移動図書館のなかにいたときは、まるで――」

「〝昨夜、夢のなかでジョー・ヒルに会った、あなたやわたしとおなじように生きていた〟」ラルフがそう歌い、ぼくは身震いした。ジョーン・バエズが歌った曲だった。この曲がかかると、ぼくの両親はいつも声を合わせて歌っていた。（実在のスウェーデン人労働運動家ジョー・ヒルの半生を描いた映画『愛とさすらいの青春　ジョー・ヒル』の主題歌で、バエズが歌って話題になった曲〝Joe Hill〟）

「あの人は本を借りていきました、それで考えたんですが――いや、わかりませんけど――彼はあの本を持ったまま戻ったんだと思うんです。『ハンガー・ゲーム』を。大変だ。ぼくは彼が亡くなって五十年経たないと出ないはずの本を渡してしまった」

ラルフの口がぐっと大きな笑みをつくったので、ぼくは驚いた。「すばらしい。よくやった」

「よくやった？　もしぼくが時空の連続をクソ――失礼、めちゃくちゃにしてしまったらどうするんです？　たとえば、ジョン・レノンが撃たれてない世界になったりしたら？」

「それはそれですばらしいじゃないか」

「ええ、だけど――わかるでしょう。ぼくが何をいいたいかはわかっているはずです。バタフライ・エフェクトですよ」ラルフは笑顔になっていたが、その笑顔が癪《しゃく》にさわった。

「もしぼくがコロンバイン高校銃乱射事件の本を渡していたら、何が起こったと思うんですか？」

「相手が学校の銃乱射事件について書かれた本を求めてきたのかね？」

「いえ」

「だったら、それでいいんだよ」ぼくの顔に不満がありありと表れていたにちがいない。ラルフはすこし態度をやわらげ、おじがやるように肩をぼくの肩に軽くぶつけてきた。「ローレン・ヘイズはね、きみも会うべきだと思うんだが、彼の考えでは、あの人たちが移動図書館に来られるのは自分の物語が終わったときだけで、借りられるのは彼らを傷つけることのない本、時間の流れを損なうことのない本だけなんだ。きみがきょう会った男だが。その人は本を見るのに苦労していなかったかね？」

ぼくはうなずいた。腕一面に鳥肌が立った。一九六五年から来た男と会うよりも、それについて雇用主と穏やかにコーヒーを飲みながら筋の通った話をするほうがよほど尋常でないように思われた。

「彼が手に取ることができるのは、何かを脅《おびや》かしたりしない本だけで、しかもそれは彼にふさわしい本のはずなんだ。そう考えると……そうだね。自分が五〇年代に暮らしているところを想像してごらん。アガサ・クリスティーの小説のツイストが好きだとする。それで、死ぬ直前に『ゴーン・ガール』を読むチャンスがあったとする。きっと死んでしまうね――うれしすぎて。われわれにわかっているかぎり、きみがきょう会った男に起こったのはそういうことだよ」

「やめてください」ぼくは縮みあがって異を唱えた。「恐ろしい体験ですよ」

「おもしろい本を手にして死ぬなんて最高じゃないか。とりわけその本が自分の死後まで出版されないはずのもので、本来なら読めるはずもないとなればね。ここできみがわたしを見捨てなければ、またときどきほかの人にも会うだろう。でもきみが彼らを傷つけるようなものを渡すことはない」

「だけど、もし歴史を変えるようなものを渡してしまったらどうするんですか？」

「どうやったらそれがわかる？」ラルフはまた笑みを浮かべてそう尋ねた。「もしかしたらもう変えてしまったかもしれないよ！　こういうガラクタがあるのはみんなきみのせいかもしれない」ラルフはカフェをみまわして――スマートフォンをいじっている客たち、タブレットでコーヒーの会計をするレジ係の女性――ぼくに視線を戻し、自分の考えに満足したようにいった。「いまある歴史が、きみが知る唯一の歴史なんだよ。ほかにもまだある。人が図書館に来るのは、自分に磨きをかけたり、楽しんだり、世界について何か新しいことを発見したりするためだ。どうしてそれが悪く転んだりする？　古い移動図書館を訪れる遅れた返却者たちは、ただちょっとしたデザートとして小説がほしいんだよ、レストランから放りだされるまえに」

「だったら、その本はなんなんですか？　よい人生を送ったことに対する神さまからのご褒美？」

「図書館からのご褒美ってことじゃ駄目なのかい？」ラルフはいった。「死ぬという不便があったにもかかわらず、期限の過ぎた本を返しに来てくれたんだから。ところできみは

「辞めるつもりかな？」

「辞めません」ぼくはいった。自分の声にかすかに苛立《いらだ》ったような響きがあるのがわかった。「マイクル・コリータをオーディオブックで聴いているさいちゅうで、運転しているあいだしか集中できないので」

ラルフは声をたてて笑った。「金を出して買ったわけじゃないといいが。オーディオブックなら、図書館にすばらしいコレクションがある」ラルフはパイプを持って立ちあがった。「わたしはちょっと外に出るよ。賢明なことに、店内では吸わせてくれないからね。きみもローレンとわたしと一緒にラミーをしに来るといい。きっと話が弾むはずだ」

ラルフはドアへ向かいはじめた。

「ミスター・タナー？」ぼくは声をかけた。

ラルフはドアハンドルに手をかけたところでふり返った。

「あなたは移動図書館の運転をやってみようと思ったことはないんですか？　誰が現れるか確かめようとしたことは」

ラルフは微笑んだ。「クラスBの免許を持っていないんだ。大きなトラックは怖くてね。ではおやすみ、ジョン」

それから十日ほどは、ハンドルの上に身を乗りだすようにして、モノクロ映画からよろめき出てきたような人がいないかと歩道をじろじろ見ながら運転した。ＴＮＴ火薬の箱を山ほど積んでいたとしても、これ以上不安な気持ちで用心深く運転することはなかっただろう。

運転席の気温を調節するのはむずかしかった。パワー全開の熱風が吹きつけ、古い靴下みたいなにおいがして、すぐに体が汗でべたべたになり、シャツが脇にくっつくのだ。しかし暖房を切ろうものならわずかな時間で気温が急降下して、爪先が靴のなかで感覚をなくし、肌についた汗が凍りつくほど寒くなる。頭のなかも似たようなものだった。熱くなったり冷たくなったり、熱意に傾いたり不安に傾いたりしていた。この時間に属さない誰かに会えることを望みながら、それを恐れてもいた。

問題は、何も起こらないことだった。さらに二週間決められたルートを巡ったあと、もう二度と起こらないような気がして、そう思うことで気力が奪われた。一度にすべての気力を奪われたわけではない。ただの失望よりも強い感情、鈍くてだるい無気力状態がこっそり近づいてきたのだ。そのときは気分の落ちこみを、ガレージを片づけようとしたせいだと思っていたが、いまふり返ると、それよりもっとまえから急な下り坂をたどっていたことがわかる。

主寝室と母の仕事部屋の片づけは終わっていた。ブーツやスカーフは〈グッドウィル〉に送った。ファイリング・キャビネットを空っぽにして、重要でない書類はシュレッダーにかけ、大事なものはまとめて積んでおいてあとで対応することにした。ごみ袋やリサイクル用のごみ箱がいっぱいになった。

ある晴れた日曜日の朝、とうとうガレージを見てみる決心をした。家のなかは日光であふれ、木の下のしぼみかけた雪の小島でも日の光が反射していた。こんなに輝きに満ちた日なら、両親が死んだ場所に立ち向かうこともできるような気がした。

しかしガレージのなかに差す明かりは、クモの巣だらけの汚れた窓を通って鈍いミルク色に変わっていた。キャデラックはなかった——警察にレッカー移動されていた——が、漆喰《しっくい》の天井が排気ガスで真っ黒になっていた。息を吸いこんで、よろよろと後ずさった。排気ガスと腐った肉のにおいで吐き気がした。いまになって考えればにおいの大半は想像の産物だったとわかるが、だからなんだというのだ？　想像の産物だろうがそうでなかろうが、息を吸うたびに吐きそうになったのは事実だ。

口をぼろ布《きれ》で覆って結び、無理やりガレージに戻って、自動シャッターのスイッチを押した。モーターがかたかた鳴ったが、シャッターは五ミリ程度あがったところでバンと大きな音をたててそれ以上一ミリも動かなくなった。施錠されていたのだ。錠と格闘したが、ありえないくらい錆びついていて、力ずくであけるのは無理だった。そのへんをぐるりとまわって、錠をたたき壊すことができそうなものを探していると、父の青い、平底のデッキシューズを見つけた。たぶん救命士に運転席から引っぱりだされたときに脱げたのだろう。靴を拾うと、クモが一匹手の甲に這《は》いあがってきた。悲鳴をあげて靴を投げだし、クモを指のつけ根から払い落としてさっさとそこを離れた。もうたくさんだった。

その後、家の片づけはやめてしまった。居間のクローゼットでセガの古いゲーム機を見つけ、それをつないでバスケゲームの〈ＮＢＡジャム〉をやった。五、六時間ぶっつづけでやることもあった。〈ソニック・ザ・ヘッジホッグ２〉も最後までプレイした。暗闇のなかでやっていたら頭痛がひどい片頭痛に変わった。それでもまだつづけた。ゲームに飽き飽きするとテレビを見た。リアリティ番組でも、ケーブルニュースでも、選《え》り好《ごの》みせずになんでも見た。胃腸炎から回復しているときみたいな気分だった――実際には何からも回復なんかしていなかった。

　まえまえから本は読むほうだったが、何かを読み通す気力が湧かなかった。どれも長すぎるように思えた。どのページにも単語が多すぎた。あの時期に読んだ小説は一冊だけ、ローリー・コルウィンの『もう一つの奇跡』だけで、それというのも一回腰をおろせば読み通せてしまうくらいの長さで、一ページにそんなにたくさんの言葉が詰めこまれているわけではなかったからだ。結婚したばかり、しかも妊娠したばかりの若い女性の話で、その主人公は自分にもよくわからない理由でかなり年上の男性と恋に落ち、不倫をする。夫がいながら多くの男性と関係を持つ女性の話となれば、たいていは条件反射的に批判したくなるものだ。だが、その本の登場人物は全員がやさしく、全員がお互いのために最善を望んでいた。最後はある世代がべつの世代と決別する話のように思え、ぼくはソファの上でひどく泣いてしまった。母がこんなにほのぼのしたロマンティックな心を持っていたのかと思うとうれしかった。

　読んでから図書館の返却本の山にすべりこませるつもりだったが、結局、母の未払いの駐車違反切符の入った靴箱に戻した。読み終えたときには、その本が自分のもののように感じられたからだった。

　家を出るのは移動図書館を運転するときだけだったし、コースの巡回も自動的にこなすだけで、読むものを探しに車内に入ってくる人のこともほとんど見ていなかった。次に死者に会ったとき――遅れた返却者がやってきたとき――にも、その女性が泣きだすまで顔を見もしなかった。

　その女性が入ってきたのは、子供たちと母親たちの小さな一団が騒がしい行列になってうろつきまわったあとだった。場所はクウィンスという、キングスウォードの南にある田舎の村で、トラックは小学校と野球場のあいだの駐車場に停めてあった。野球場は氷結した泥が攪拌《かくはん》されたようになっていて、解凍しかけた犬の糞みたいなにおいがした。天気はぼくの気分と似たり寄ったり。低く垂れこめた雪雲で、あたりがかすんで見えた。途中で、車内に女が一人いることに気がついた。小柄で痩せぎすで、体の三倍くらいある男物のグレーのコートを着ていた。彼女を無視して返却された本のスキャンをつづけていると、小さく喘《あえ》ぐような呼吸が聞こえてきた。背が茶色で全体的に傷んで赤っぽくなった本を、女は裏表紙をひらいて持っていた。繊細な鼻が、泣いたせいで赤くなっている。彼女はぼくを見て弱々しい笑みを浮かべ、顔の涙をぬぐった。

「つづけて」女は快活な調子でいった。「ただのアレルギーよ」

「なんのアレルギーですか？」ぼくは尋ねた。

「そうね」そういって天井を見あげるあいだにも、涙がきれいな青白い顔を流れ落ちた。「まずは悲しみ。あとはラベンダーとか、ハチ毒とか。だけど一番ひどいのはみじめさに対するアレルギーで、みじめだと感じるといつもこうなるの」

　ぼくは机の上からクリネックスの箱を取ると、立ちあがって机をまわり、箱を差しだした。「あなたの望む本がここにないからって理由じゃないといいんですが」

彼女は声をたてて笑い――みじめだけど感謝してる、みたいな声だ――ティッシュを一枚引き抜くと、大きな音をたてて鼻をかんだ。「ちがう。ここには読むものがたくさんある。そういえばシャーロック・ホームズを読んだことがなかったな、もしかしたらイギリス英語で書かれた良質なミステリーの短篇《たんぺん》なら午後のお茶とナビスコの〈ニラ〉にぴったりかもしれない、と考えていたの。それで、本のうしろを見たら息子の名前が目について。もちろん借りたことがあったはず。病気で家にいた週末に読んでいたような気がする」

女は『シャーロック・ホームズの冒険』をひらいて、裏表紙の内側についた厚紙のポケットを見せた。利用者カードがはさまっている。うなじが総毛立った。例の人々、遅れた返却者の一人だと気がついたのはそのときだった。こういうカードはいまの図書館の本にははさまっていない。バーコードに取って代わられたのだから。

利用者カードには、鉛筆で数人の名前が書いてあった。最初はブラッド・ドーランで一九五九年四月十三日。女はカードをずらし、爪の先でまたブラッド・ドーランの名前を指した。先ほどより下で、こちらは一九六〇年十一月二十八日。グラスにたっぷりの氷水を一気に飲んだような感じがした。体のなかが冷たくなり、気持ちが悪くなった。ブラッド・ドーランの後期の作品の一つに『捜査！』と題された小説があり、シェルドン・フームズという名前の探偵が出てきて、小さなヒントからありえないような推測をする。女性の嚙《か》まれた爪を見て、初潮は十一歳のときで、昔アスピリンという名のネコを飼っていたことがあるといい当てるとか。そういえば、八年生のとき教室に来たドーランはこんなふうにいっていた気がする――自分が昔からシャーロック・ホームズの話が好きなのは、安心できる嘘《うそ》が書いてあるからだ。世界は論理的に動いており、原因があって結果が生じる、という嘘が。それにひきかえヴェトナムが教えてくれたのは、共産主義的イデオロギーを捨てさせるためにアメリカ軍はナパーム弾を裸の子供たちの上に落とすという事実だった。なぜそんなことをするのかは、どんなに聡明《そうめい》な探偵にも解けない謎だとドーランはいっていた。

この女性が過去から移動図書館に迷いこんできたことはわかった――氷を呑《の》みこんだような冷えが体の内側に染みていく感覚からわかった――が、確認のために、その本を見せてくださいとぼくはいった。本を受けとると、心持ち目を逸らしながらそれをとじた。

彼女の手のなかにあったときには、その本は古い、なんの変哲もないハードカバーで、背がほつれかけていた。ところがぼくが手に取るとけばけばしい深紅のペーパーバックになった。赤い抽象画を背景にベネディクト・カンバーバッチとマーティン・フリーマンが走っている表紙の『緋色《ひいろ》の研究』で、スティーヴン・モファットの序文がついている。

「ブラッド・ドーラン？」ぼくはいった。「名前を聞いたことがある気がするな」

「もしかしたら、昔あなたの家に新聞を配達してたかも」彼女はそういって笑った。「もしかしたら、あなたが配達してたんじゃないですか。彼が助手席で眠っているあいだに」

ふり向いて本を返した。彼女が手に取ると、本は茶色っぽい赤の傷んだハードカバーに戻った。表紙に金色のメシャムパイプがスタンプされている。ミセス・ドーランは微笑んだ。泣いたせいで、発疹《ほっしん》が出たような顔色になっていた。

「ティッシュペーパーをありがとう。ごめんなさいね」

「最近はどうしているんですか？　息子さんは？」

「海外にいるの。志願して。父親が朝鮮半島で死んだものだから……自分も役割を果たしたいと思ったんでしょう。とても勇敢なのよ」微笑が浮かんだのは一瞬だけで、すぐに顔にしわが寄り、ミセス・ドーランは一方の手で両目を覆った。肩が震えていた。それから短く喘ぐように息をしていった。「ほんとうにごめんなさいね。こんなふうになったのは初めて」

　ぼくはミセス・ドーランの背中に手を置いて、相手が顔をぼくの肩にもたせかけるのに任せた。もしかしたら彼女の時代の男なら、泣いている見知らぬ女性を気軽に抱きしめたりできるのかもしれないが、ぼくに気安くできるのは彼女の肩甲骨のあいだに軽く手を置くことくらいだった。「何が初めてなんですか？　泣くこと？　涙はいずれ止まりますよ、たいてい目が痛くなってきて」

　ミセス・ドーランはまた声をたてて笑った。「あら、泣くことならたくさんあるの。ただ、公共の場所では初めてというだけ。教会はべつだけど。教会なら、わたしが泣いたって誰も気にしないでしょう。ここのところ、全身が一つの弱点みたいになっていて。あざみたいなものね、ただ、それが体全体に広がっている感じ。何があってもすぐ弱気になって涙ぐんでしまう。もう二カ月、息子から手紙が来ないの。いままでで一番長い。居間に座ってうずうずしながら郵便配達が来ないか見張ってる。息を止めているみたいなものよ、何時間ものあいだ。それで、配達員が来ても手紙はない」

ここのところ、全身が一つの弱点みたいになっていて、と彼女はいっていた。その言葉のどこかにぼくは不安の疼《うず》きを覚えた。フレッド・ミュラーが現れて、おもしろいSF小説を最後の一冊として借りていったのは、姉の私道で突然死するまえの週だった。ラルフはそれも現象の一部だと考えているようだった——遅れた返却者が移動図書館への道を見つけられるのは、人生の終わりが近いときだけだ、と。ほかにも、ブラッド・ドーランが八年生の教室に来た日のことで思いだしたことがあった。ドーランは母親が一人で死んだといっていた。子宮がんで、ドーランがヴェトナムでなんとか生き延びようとしていたときのことだった。人生最大の後悔だといっていた——母親が亡くなったあとになってやっと裕福になったが、金があったところでもう母親の役には立たなかったということが。ドーランの母親はパリに、いや、それが無理ならせめてフロリダのフォートローダーデールに行きたがっていたが、ニューイングランドを出ることはなかった。長期休暇も取らなかった。車も、新しいコートも持たず、服はいつも救世軍から買っていた。毎年、年収の十パーセントを教会に寄付していたのだが、のちに——彼女の死後に——その教会を運営していた神父が幼い少年たちに性的ないたずらをしており、教会の資金の大半を酒に変えて飲んでしまっていたことが判明した。

「あの子は帰ってくるのかしら」ドーランの母親はそういってぼくの顔を見あげ、弱々しい笑みを浮かべた。

体のなかにドスンと衝撃が走った。まるで波止場に釣りあげられた魚みたいに。ぼくは顔を背けた。表情を見られたくなかった。

「ぼくは……帰ってくると思いますよ、ミセス・ドーラン。確信があります。信じてもらってていいです」

「信じようとは思ってる。だけど、ほんとうはサンタクロースなんていないって小耳にはさんでしまった少女みたいな気持ちになってる。ウォルター・クロンカイトの報道を見たことがある？　向こうで何が起こっているか見た？　あの子は戻ってくる、自分自身を失わずに戻ってくると信じたい。よい人間のまま。やさしい人間のまま。心が壊れないまま。わたしのほうがあの子より先に死にますようにって毎日祈ってる。それが期待できる唯一のハッピーエンドだから。親が子供より先に死ぬっていうのが」

彼女がこの言葉を、まさにこんなふうにいったのでなければ、ぼくは次にしたことをしなかっただろう。しかしぼくはこれとほとんどおなじ言葉をほんの五カ月まえに父の最後の手紙で読んだばかりだった。

彼らを傷つけるものを渡すことはできないとラルフは信じていた。まあ、ラルフは移動図書館を運転できないし、自分で遅れた返却者たちに会ったことはないのだが。

ぼくはドーランの最初の小説『笑いながら死ね！』に手を伸ばした。映画化されたころの版で、表紙はトム・ハンクスとザカリー・クイントだったが、ふり向いてドーランの母親に手渡すと初版本に変わった。いや……正確なところはちがう。初版本はこうなるだろうという誰かのアイデアがかたちになったもの、というべきか。オリジナルの表紙絵を描いたのはパルプSFの画家フランク・ケリー・フリースだったが、これも彼の手になるもので、汗をかいた米軍兵がイカレたように笑いながら、子供が木馬に乗るようにM16自動小銃にまたがっている絵だった。本物の表紙も（あとで確認したのだが）ほとんどおなじで、ただ、うしろにもう一人、泣き笑いの顔をしながら手榴弾《しゅりゅうだん》でジャグリングをしている兵士が描き加えられていた。

ドーランの母親は、手のなかの薄くてぼろぼろの本を見おろした（二十五セントのエース・ペーパーバックで、表紙には〝戦争は笑い事ではない……が、笑えるときもある！〟という宣伝文句）。視線が著者の名前に行きあたると、ミセス・ドーランはパッと顔をあげてまたぼくを見た。

「これは何？　冗談のつもり？」

すぐには答えられなかった。どういうべきかわからなかった。ミセス・ドーランはユーモアのかけらもない固い笑みを浮かべながらぼくの顔を探っていた。

「それを持っていってください」ぼくはいった。「おもしろいです。彼のベストといっていい一作です」

ミセス・ドーランはもう一度本を探るような目で見た。ぼくに視線を戻したときには、顔の笑みはほとんど消えていた。「息子と同名の作家の本を出してくるなんて、ユーモアか何かのつもりなんでしょうけど、ちょっと笑いものにされているようにも感じる。たぶんわたしが自分で招いたことなんでしょうね、シャーロック・ホームズのことで感情的になったりして。それでもね。やっていいこととはいえないんじゃないかしら、ミスター」そういうと、本を落として出ていこうとした。

「マーム」ぼくは慌てていった。「笑いものになんかしていません。まだ行かないで。ちょっと待ってください」

ミセス・ドーランはドアハンドルに手をかけたまま躊躇した。ひどく顔色が悪かった。

「息子さんは無事に家に戻り、小説を何冊も書きます。これがそのうちの最初の本です。あなたがいまこれを見ようとすると、目がおかしくなるはずなんです。『笑いながら死ね！』はまだ出版されていないから。ぼくもいつ出たかちゃんと知らないんですが――一九七〇年だったかな？　さあ、見てください」

ミセス・ドーランは顎を引いて床の上の本をじっと見た。つるつるの紙の大判ペーパーバックで、表紙には深い悲しみをたたえた厳しい顔のトム・ハンクスと、すこし後方に血まみれの手をしてひざまずきながら発作的な大笑いをしているザカリー・クイントがいる。

「ああ、やだ」ミセス・ドーランは手を左のこめかみに当て、よろめいて目をとじた。

「乗り物酔いになったみたい」またぼくに目を向けたときには唇に色がなく、震えていた。

「わたしに何をしたの？　あなたは……よくわからないけど、薬物？　ＬＳＤならちょっと皮膚につけるだけで気分を悪くすることができるって聞いたことがある」

「ちがいます」ぼくは本を拾いあげ、ミセス・ドーランに手渡した。彼女がもう一度本を見ると、またフリースのイラストの表紙に戻っていた。ミセス・ドーランはゆっくりと息を吐いた。「あなたが持っていないと、その本はあなたの時間からすべり出て、ぼくの時間に戻ってきてしまうんです。だから見ると乗り物酔いみたいになるんですよ。だけどあなたが持っているかぎり、本はあなたの時間に凍りついたままなので、読んでも大丈夫です」自分でそれを読んだ八年生のときのことを急に思いだして、ぼくはいった。「その本はあなたに捧《ささ》げられていたと思いますよ。たぶん。見てみてください」

ミセス・ドーランが表紙をめくると、そこに献辞があった。

リン・ドーランに捧ぐ。彼女がいなければこの本は存在しなかった。

だが、ぼくは献辞の下にこれがあるのを忘れていた――

（一九二六年－一九六六年）

今度はぼくが乗り物酔いになる番だった。「ああ、しまった。すみません。忘れていて――まえに読んだのは中学生のときだったから――」

けれども顔をあげたとき、ミセス・ドーランはもう不安そうな顔をしていなかった。それどころか、驚嘆の念を禁じえないといった顔だった。繊細な顔立ちと大きな黒い目が、胸が痛くなるくらい美しかった。恋に落ちてもおかしくなかった、彼女が五十年以上まえに死んだ人でなければ。

「本物なのね」ミセス・ドーランは囁《ささや》くようにいった。「悪い冗談なんかじゃない。息子は数年後にこれを書くのね？」

「そうです、ミセス・ドーラン……ほんとうにすみません……お見せするべきじゃなかったのに……」

「いいえ、あなたは見せるべきだったし、実際見せたわけだし、これでわたしにもあなたが残酷ないたずらをしているわけじゃないとわかった。今年が人生最後の年だっていうのはもともと知っていたし」ミセス・ドーランの唇がかすかな笑みを浮かべようと動いた。「何週間かまえからわかってた。そこが耐えられないの。息子から音信不通のまま、あの子が戻ってこられるかどうか知らないままになるんじゃないかってところが。あなたはどうやって――」ミセス・ドーランはそこで唇を引き結んだ。

「けさ家を出て、移動図書館の巡回をはじめたときには、二〇一九年の十二月でした。だけどこういうことはときどき起こるんですよ。過去から人々が現れて、本を借りていくんです。このあいだ会ったのはフレッド・ミュラーという名前の人で――」

「フレッド・ミュラー！」ミセス・ドーランは大声でいった。「しばらく聞かなかった名前よ。ウェスト・フィーヴァーに住んでた。かわいそうな人」

「ええ。そのミュラーが数週間まえに移動図書館に現れて、彼のところではまだしばらく出版されないはずだった本を渡しちゃったんです。気に入ってくれたならいいんですが。きっと好きなタイプの本だと思うんですよ」

「数週間まえ？　あの人は十カ月まえに亡くなったはず。ブラッドへの手紙に書こうとしてやめたの。故郷からはいいニュースだけを送りたいと思って。向こうではいつが最後の日になってもおかしくないんだから、あの子の頭をいやなことでいっぱいにしたくは……」ミセス・ドーランはここで口をつぐみ、手にしたペーパーバックをもう一度見おろした。なかを覗いて、ひるんだような声でいった。「著作権のところが読めない。数字が視界から飛びだしてしまう。そこに意識を集中しようとすると」そして何ページかすばやくめくった。「だけどほかは読めるみたい」それから、明るい、好奇心たっぷりの視線をぼくに向けた。「わたし、これが読めるの？　この本を貸してもらえる？」

「図書館カードがあれば大丈夫ですよ」ぼくがそういうと、ミセス・ドーランは声をたてて笑った。「返そうとしていた本があるんじゃないですか？　期限を過ぎた本ですよね？　それもこの現象が起こる条件の一つみたいなんですが」

「あら！　そうだった」ミセス・ドーランは黒いベルベットのかぶせをあけて、ハンドバッグからジャクリーン・スーザンの『人形の谷間』を引っぱりだした。頰がほんのすこしピンクに色づいた。「駄作かもしれないけど」ミセス・ドーランはばつが悪そうに、それでいて楽しそうに、そっとつぶやいた。

「かなり楽しまれたみたいですね？」ぼくがそういうと、ミセス・ドーランのクスクス笑いが大笑いに変わった。

ぼくは彼女を机のほうへ連れ戻した。ミセス・ドーランはあちこちよそ見しながらおぼつかない足取りでついてきた。

「やっとわかった。本のことだけど。何冊か、問題ない本もある。だけど大半は……震えてる。寒がっているみたいに。それで背表紙のタイトルがよく見えないの」ミセス・ドーランはまた笑ったが、不安そうな、憂鬱そうな忍び笑いだった。「これはほんとうに起こっていることじゃないのね、そうでしょ？　わたしはソファの上にいる。例の……薬を飲んで、ちょっと気分が悪くなったから。気を失ったか何かして、これは全部わたしの想像なんじゃないかしら」

「医師に話すことはできないんですか？」ぼくは尋ねた。「あなたの症状について？」

返ってきたのは、一語の囁きだった。「駄目」

「まだ手遅れにはなっていないかもしれない。それに、母親のいる家に帰ることができたら、ブラッド・ドーランにとってはものすごく意味のあることだと思うんですが」

ミセス・ドーランの顎の横の筋肉がぎゅっと締まるのを見て、この小柄で儚《はかな》げな美しい女性は最初の印象よりも強いのだ、タフなんだと思った。「あの子が帰ってくるときそこにいられたら、それはわたしにとってもものすごく大きな意味がある。だけどそうはならない。わたしはキングスウォード病院のがん病棟で働いて八年になる。だから最良のシナリオを知ってるの。そしてそれを実践している。あなたの時代には、治療は進歩した？」

「そう思いますよ」

「そう、だったらいいんだけど。あと五十年持ちこたえられなくて残念だわ。次の世紀では、わたしの息子はどうしてる？」

胸が空っぽになり、隙間風が入ってくるような感じがしたが、無表情なまましゃべることくらいできると思い、ぼくはこう答えた。「これ以上ないっていうくらいの人気作家ですよ。彼の作品を学校の授業で読みますし。いくつか映画化もされています」

「わたしに孫はできたのかしら？」

「それはわかりません、ほんとうに。小説は大好きなんですが、彼のことをググるような感じではなくて」

「グ、ギ、ギる？」

「ああ。ええと、グーグルで調べるってことです。グーグルっていうのは二十一世紀の百科事典みたいなものです」

「それで、あの子はそのなかにいるの？　グーグルのなかに？」

「もちろん」

それを聞いてミセス・ドーランはとてもうれしそうな顔をした。「あの子が！　グーグルのなかに」それからつかのまぼくに注意深い視線を向けた。「これはどうやって起こるの？　もしほんとうに起こっているとして。わたしはまだ、いまにもソファの上で目が覚めるんじゃないかと思っているんだけど。ここのところいつもうとうとしているから。すぐに疲れちゃって」

「実際、起こるんですよ。だけどどうしてそれが可能なのかはぼくにもわかりません」

「それで、あなたは神の使いではないのね？　天使じゃないの？」

「いいえ。ただの図書館員です」

「あら。それなら、わたしと似たようなものね」

ぼくが彼女のカードにスタンプを押そうとしていると、ミセス・ドーランは机の向こうから身を乗りだしてきて、ぼくの頰にキスをした。

雪の舞う暗い晩に、ぼくはうららか荘の三〇九と書かれたドアをノックした。くぐもった話し声と、椅子の足が床をこする音が聞こえ、ドアがひらいて、ラルフ・タナーがぼくを見た。ラルフは青いカーディガンと青い襟のあるシャツを着て、グレーのデニムを穿《は》いていた。これがラルフ流のカジュアルな服装なのだろう。

「合言葉は？」ラルフがいった。

ぼくは右手に持った壜《びん》を掲げた。ネックに銀色のリボンが結んであった。「バーボンを買ってきました、ではどうですか？」

「一発でクリアだ」ラルフはそういって、ぼくをなかへ通した。

ラルフはぼくの先に立って部屋に入った。キッチンと居間と寝室を兼ねた大きな部屋だった。ウェスト・フィーヴァーにあるワンルームの共同住宅とたいしてちがわないんじゃないかと思った。ただ、あちらほど低所得者向けではなかったが。テレビが音を小さくしてつけてあった。チャンネルはニュース専門局のＭＳＮＢＣで、ぴったりしたジャケットの似合うキャスターのレイチェル・マドウがカメラに向かって真摯《しんし》に語りかけていた。テレビのまえでは、年配の男二人がテーブルについて座っていた。テーブルは流木をつぎはぎしてつくったような代物だ。一人は見覚えがあった。名前はテリー・ギャラガーで、その晩はやわらかいつばのついたフィッシングハットをかぶり、その帽子に〝ヒラリーを投獄せよ〟と書かれたピンバッジをつけていた。ギャラガーのことは毎週木曜日の午前中、うららか荘のそばに移動図書館を停めるたびに見かけていた。ギャラガーは足を引きずるようにして通路を歩き、マイケル・ムーアやエリザベス・ウォーレンやドクター・スースの本を見つけては、甘っちょろいおせっかい焼きの左派めとぶつぶつ文句をいい、その後ローラ・イングラムの本を借りるのだ。テーブルのまえにいるもう一人の男、ローレン・

ヘイズには会ったことがなかった。電動式の大きな車椅子に乗り、鼻に酸素チューブをつけていた。充血した目を用心深くぼくに向けてきた。

ローレンはコミカルといっていいほど大きくていかつい顔をしていた。かなり太っていたが、その体にしても顔が大きすぎ、ロナルド・レーガンのように撫《な》でつけた脂《あぶら》っぽくて量の多い黒髪のせいでなおのことそれが目立った。ローレンが着ている白いTシャツ——LGBTQの社会運動を象徴するレインボーフラッグのまえに、イアン・マッケランが立っている絵柄——は、膨らんだ腹と垂れた胸の肉にぴったり貼りついていた（Tシャツの一番上には〝ガンダルフはゲイだ、それが気に入らないならあんたはオークだ〟と書いてあった）。

「きょうはなんのゲームをするんですか？」ぼくは腰をおろしながら尋ねた。ラルフはぼくの手からバーボンを引きとり、スクリューキャップをあけると、縁の欠けたマグやプラスティックのカップを四つ並べて三センチずつ注いだ。

「昔ながらの広く愛されたゲームだ」ギャラガーがいった。「MSNBCをつけっぱなしにして、テリー・ギャラガーがどれくらいここに正気で座っていられるか見てやろうってわけだ。冷たい水を張った鍋にロブスターを入れて火にかけるようなもんだね。おれが飛びあがって逃げだすまでにどれくらい時間がかかるか知りたいんだろうよ」

「誰か窓をあけてくれ」ローレン・ヘイズがいった。「ここは三階だからな。もしかしたら窓から外に出たいかもしれん」

ラルフがぼくたちと一緒にテーブルについた。「ハーツはどうだね？　四人いるからちょうどいい。さあさあ、ミスター・ギャラガー、テレビは消音にしてあげるよ。それなら悪い女に傷つけられることもない。彼女の理性と科学と思いやりから、あなたを守ってあげよう」

「背中を向けときゃいいじゃないか」ローレン・ヘイズがいい添えた。「彼女の顔を見ちまったら、共感ってものの片鱗《へんりん》が目に入らないともかぎらないからな。腹具合がおかしくなるだろ」

ギャラガーは訴えるような視線をぼくに向けた。「票数二対一でおれが負けているんだ。あんたがFOXニュース支持の一票を投じてくれる可能性はないかね？　タッカー・カールソンが負けちまうよ」

「先週、ニュースならウォルター・クロンカイトの報道だけで充分っていう女性に会いましたよ」ぼくはいった。「いまじゃもう、あの人みたいなジャーナリストは出てきませんよね」

ラルフがカードを配っているあいだ、テーブルに沈黙がおりた。ギャラガーはぼくとローレン・ヘイズの顔を見比べている。ヘイズは自分の手札を扇形に広げ、黙ったままじっと眺めている。

ぼくはいった。「ミスター・ヘイズ、移動図書館に車椅子用スロープがついたんですよ」

「そうなのか？　どこから持ってきた？　新しいな」ヘイズはいった。「おれが運転していたときにはなかった」

「新しいほうの移動図書館から取り外したんだよ」ラルフがいった。「車体が壊れている

「やつから」

「だからもし何か読みたい気分になったら──」ぼくはそういいかけた。

「もしおれが何か読みたい気分になったらオンラインで注文する。移動図書館で借りたいとは思わない。まだ十年かそこら出版されるはずじゃない小説をあんたが勧めてくるかもしれんし、そうなったらそこのオイボレがおれより長生きする可能性が高いって事実を深刻に受けとめなきゃならんからな」ヘイズはギャラガーに顔を向けてうなずきながらいった。

その後、ゲームが二巡するまで誰も口をひらかなかった。

「何かを変えたことはありますか？」ぼくは尋ねた。「何かを変えようとした、、、ことは？」

「たとえば？」ヘイズが尋ねた。

「誰かに、ジョン・レノンの人生と死について書かれた本を渡して、暗殺を止めることができるかどうか確かめるとか？」

「ジョン・レノンの暗殺について書かれた本をおれが誰かに渡したとする。その結果暗殺が止まったとする。そうなったら、おれはどうやってジョン・レノン暗殺についての本を人に渡すことができるんだ？」

「ちがう時系列とか……並行世界から？」

「並行世界ではスペードのクイーンなんか引かなかった。だが、この現実ではそれを引いて十三点のマイナスを食らったわけだ」ヘイズはそういって、スペードのクイーンを落としてみせた。「誰を救いたいのかは知らんがね、ミスター・デイヴィース、彼らを救うことはできない。試してみたんだ」

「だったら、意味なんかないですよね？」ぼくはいった。「なんの役にも立たないなら、過去に接触できたってぜんぜん意味がない」

「なんの役にも立たないなんて誰がいった？　おれはそんなふうにいったかね？　ただ彼らを救うことはできないといっただけだ」

「誰を？」ぼくは尋ねた。ちょっと息苦しくなった。バーボンを一口飲んだところだったのだが、胃に入るとバッテリーの酸を飲んでしまったように感じた。

「誰だろうと」ヘイズはそういってぼくと目を合わせた。一方の目は白内障で薄膜を張ったようになっていた。「やってみたんだよ。過去にこっそり手紙を持ちこんで、この世で一番の親友、アレックス・サマーズを助けられると思った。一九九一年のことで、アレックスはホスピスにいた。当時おれたちのような人間のあいだで流行《はや》っていた致命的な病気にかかってしまって、ひっそり死のうとしていた。隔離され、忘れられて、お堅いクリスチャンの家族からは同性愛者であることで蔑《さげす》まれ、咳《せき》でうつるんじゃないかと思った友達からは恐れられていた。おれは、そもそもそんなことが起こらないように止められると思ったんだ」ヘイズはざらついた声になり、カードを落とした。

「もうたくさんだ」ギャラガーがいった。そしてヘイズの手を取り、ぼくを睨《にら》みつけた。

「いったい何様のつもりだ？　突然やってきて、おれたちのゲームを台無しにするなんて」

ラルフ・タナーがとても穏やかな声で話した。「ミスター・デイヴィースも大事な人たちを亡くしている。それで、正しいことをしたいと思っているだけだよ。だけどこの人が扱っている物事をほんとうに理解しているのはローレンだけだから」ラルフがぼくの両親を知っていることがはっきりしたのは、このときが初めてだった。きっと最初から知っていたのだろう。まえにもいったとおり、キングスウォードは大きな町だが、秘密が守れるほど大きくはない。

ヘイズがいった。「おれは手紙を書いた。いつでも出せるように準備した。昔の切手を貼ったよ、どこから来た手紙かばれないように。六〇年代はじめの切手を何枚か、八〇年代なかばの切手を何枚か、それにそのあいだのあらゆる時期の切手を持っていたから。ある日、ぽっちゃりした赤毛の女が乗りこんできた。眼鏡をかけてた。ものすごくお堅い、右派の女帝タイプだ。ギャラガー、あんたなら卒倒してたかもな。クリントンを告発した女たちのときとおなじくらい熱をあげただろうよ。おれたちは世間話をしたんだが、テロリストはミュンヘンでイスラエル人選手を殺すつもりかしらとその女がいうもんだから、それでわかったんだ。彼らのうちの一人だ、遅れた返却者だって。リーガル・サスペンスが好きだっていうから、あと二十年は出版されないはずのスコット・トゥローを渡した。それから、手紙をポストに入れてもらえないかと尋ねた。女は封筒を見て笑い、目をこすった。おれはその手紙を本のうしろにはさみこんだ。それで、おれは自分の時代へ戻り、女は彼女の時代へ戻った。彼女の時代、つまり一九七二年ではその女は弁護士補助員で、職場恋愛をしていて、元夫に恋人ともどもショットガンで撃たれた。おれの時代では、アレックス・サマーズの体重は四十キロくらいまで落ち、カポジ肉腫で全身真っ黒になっていた。どこで失敗したのかわからなかった。そのことでアレックスと話をしてみた。十歳のときに知らない人から手紙が届かなかったかと尋ねると、アレックスの顔色はシーツより真っ白になった。ゲイであることが書かれている部分を読んで破り捨てたといっていた。その後何日も吐いて過ごしたともいっていた。内容のせいじゃなくて、手紙を読もうとしたら気持ち悪くなったそうだ。見ようとするとどうしても言葉がするする逃げてしまうんだって。その後、あのときはちょっと頭がおかしくなっていて、すべて幻覚だったのだと思うことにしたらしい。自分がゲイであることを受けいれる方法を無意識のうちに見つけようとして、想像上の手紙をつくりだしたんだろうと思うことにした。何か病気のことが書いてあったのは覚えているが、それは自分の罪悪感のせいだろうと思いこんだ。当時、アレックスはたくさんの罪悪感を背負っていたからな。とにかく、おれは何も変えられなかった」ヘイズの充血した目が潤んでいた。

ラルフとギャラガーはまえにもこの話の一部を聞いたことがあるのだろうとぼくは思った。ラルフが控えめにカードだけを見つめ、誰とも目を合わせないようにしていたので、そうとわかった。ギャラガーが憎しみを剥き出しにしてぼくを睨みつける様子からもわかった。その憎しみのせいで、まえよりギャラガーのことが好きになった。仲間同士の愛情から生まれた憎しみだったからだ。

「もういいだろ」ギャラガーがいった。「満足したか？」

「あなたがその人の役に立てなかったのはすごく残念です」ぼくはいった。

ラルフがいった。「いや、役に立ったよ」

「それは知らなかったな」ヘイズはいった。

「役に立ったさ」ラルフはくり返した。「子供のころ、アレックスがたくさんの罪悪感を背負っていたといったね。もしかしたら自殺も考えるほど？　そうかもしれない。若いゲイで自殺する人はたくさんいる、とくに当時は大勢いた。だがあの手紙はアレックスにとって、自分にも誰かが気にかけてくれる未来があることの証拠になった。アレックスはその証拠を手に入れたんだ、たとえ悲劇的な病気の感染は防げなかったとしても。その証拠は彼が生きつづけるための理由になった」ラルフはいったんカードに目を戻してからつづけた。「それから、例のハリー・ポッターの件がある。あれはきみがやったいことのなかでも特別な実例だと思うよ、ローレン」

「おれがやったいことね」ヘイズは冷笑的にいった。

「ハリー・ポッターの件というのは？」すでに思い当たることが一つあったものの、ぼくは尋ねた。

ローレン・ヘイズは推しはかるような目でしばらくテリー・ギャラガーを見てから、下を向いて話しだした。「おれが移動図書館を運転した最後の年は二〇〇九年だった。当時は月曜の巡回先に病院が入ってた。ときどき、がん病棟から子供たちが何人か出てきて――まあ、体調がいい日ならってことだが――なかを見ていった。ある日、魔法使いのローブをはおった少女が一人大股に歩いてきて、ものすごく怒ってこう怒鳴った。ちくしょう、J・K・ローリングはあのムカつく本を、ムカつくほどつづきが気になるところで切りやがった、最後がどうなるかわかるまえにあたしは死んじゃうかもしれないって。で、ハリー・ポッターの最後から二番めの本をおれに向かって投げつけたんだ。まあ、最終巻はあの子の時代にはまだ出ていなかったが、おれの時代には出ていた。あの子は魔法を望んだ。だからおれがすこしばかり魔法をかけてやった」

「その少女は作者が書くまえにシリーズを読み終えた」ラルフは一方の眉をあげていった。「その子が亡くなったあと、家族のなかの思慮深い誰かが、彼女が借りた図書館の本を返却してくれた。『ハリー・ポッターと死の秘宝』を見てすぐに未刊行のはずの本だとわかったから、それは脇へよけて、貸出用から外しておいた。もちろん、わたし自身が読んだあとに。わたしにも自制心がないわけではないが、マゾヒストでもないからね。スネイプがどうなるか、どうしても知りたかったんだよ」

「あなたはどう思うんです？」ぼくはテリー・ギャラガーに尋ねた。「このつくり話をまえにも聞いたことがあるんでしょう？　あなたは信じるんですか？」

ギャラガーは暗く沈んだ不満げな視線をぼくに向けた。「誰が『死の秘宝』を図書館に返したと思ってるんだ？　おれの娘はクロエが死んだあと、ひどく取り乱して何もできなかったから、おれが代わりに返したんだ。孫娘はあのシリーズが大好きだった」ギャラガーはいったん口をつぐみ、ぼさぼさの白い口ひげの一端をぐいと引っぱってからつづけた。「おれが読み聞かせたんだ、あの最後の巻は。本を持てないくらい体が弱っちまったから。おれもどうなるか知りたかったしな」

「このことはもう何十年も考えてきた」ヘイズがいった。「どういうことか理解しようとして。わかっているのはこれだけだ――べつの時代から移動図書館にやってくる人たちは、何か切望していることがあるから現れるんだ。切実な願いが唯一の条件なんだよ、こんなふうに時をまたぐことができるようになるための。彼らが必要としないものを渡すことはできない。テリーの孫娘は、スネイプが悪者なのかそうでないのか知る必要があった。暗殺とか、自然災害とか、テロとか、自分が死んだあとに起こるはずのクソみたいな出来事を全部知る必要はなかった。自分の物語が終わってしまうまえに、読み終えたい物語があった。そのためにあの子は移動図書館に現れた。おれがあの子のためにできたのはその手伝いだった」

ラルフがいった。「図書館とはいつだってそういう働きをするものだよ。人はきみが彼らに読ませたい本を借りに来るわけじゃない」

「おれが思うのは」テリー・ギャラガーがいった。「どこかにそういう映画館があればいいのにってことだね。まだできてない映画がかかる映画館。あるいは、まだ放映されてないテレビ番組が流れるケーブルチャンネルとか。何かを知る必要のある人たちのために。ひょっとすると、もうあるかもな。おれたちが思うより世界はやさしいのかもしれん」

ぼくはいった。「ミスター・ギャラガー、あなたのことはよく見かけます。常連利用者の一人です。怖くないんですか？　そのうちいつか、移動図書館に入ってきたとき、ぼくがあなたに未刊行の本を勧めるかもしれないとは思わないんですか？」

「むしろそれを期待しているんだよ。もしそうなったら、あと一冊はおもしろい本が読めるわけだし、身のまわりの整理をすべきときだとわかるからな」そう説明するギャラガーはとてもおちついて見えた。

ラルフが新しい手札を配りながらいった。「未来の本が読めるとしたら何が読みたいのかな？」

　ギャラガーは顎をあげ、つかのま天井を見つめてからこう宣言した。

「『大統領の任務を果たす技術――私はいかにして三期めを勝ちとったか』ドナルド・J・トランプ著」

「そんなことが起こるようなら」ヘイズがいった。「この世界が政治なんか屁《へ》とも思ってない証拠だな」


　一月の第二週に、リン・ドーランがまたやってきた。

　ぼくが立ちあがる暇もないうちにドアをくぐり、通路を歩いてきた。その姿は目に心地よいものではなかった。前回より五キロ近く痩せ、首や額は脂っぽい汗の膜の下でほてっていた。机をはさんでいてさえ、ミセス・ドーランの体が熱を発しているのがわかった。血のにおいもした。かすかではあるが、ウールのコートに染みついていた。

「残りがほしい」ミセス・ドーランはいった。「残りが必要なの。お願い。息子の本よ」

　ミセス・ドーランの向こうでドアが軋《きし》みながらゆっくりとしまった。ぼくの時間では雨が――憂鬱な、冷たい一月の霧雨が――雪を半分溶けた状態に、土を泥に、駐車場を浅いプールに変えていたはずだったのだが、一瞬、窓の外に大きな雪片がちらちら舞うのが見えた。一九五〇年代後半の型の黒い車が通りを過ぎていく。ミセス・ドーランの横をすり抜けて過去へ逃げだすこともできるんじゃないかと思い、つかのま我を忘れそうになった。

　だが、ミセス・ドーランはぼくのほうへ身を乗りだしていた。熱っぽく、弱々しく、目は小さくあけることしかできず、唇は乾いてひび割れていた。ぼくは机をまわっていって彼女の腕に触れた。

「座って」ぼくはいった。「座ってください」

ミセス・ドーランはよろよろと椅子のほうへ歩き、そっと腰をおろした。

「寝ていなくていいんですか？」ぼくは尋ねた。

ミセス・ドーランは一方の手で湿った頬をぬぐってから、自分で自分の体を抱きしめるようにしていった。「大丈夫」

「ぜんぜんそんなふうには見えませんが」

「そうね、ほんとは大丈夫じゃない。わたしは死にかけている。あなたも知ってのとおり。だけどわたしは息子の本がほしいし、あなたはそれを渡すことができる。あなたは未来から来ているんだから。息子の小説を全部読みたいの」目は明るく輝いて潤んでいたが、ミセス・ドーランは泣いてはいなかった。口の端が引きつるようにあがり、笑みに近いものが浮かんだ。「あの子はとてもおもしろいのよ。昔からそうだった」そしていったん口をつぐんでから言葉をつづけた。「あの子はあそこへ行くべきじゃなかった。誰も行くべきじゃなかった。これは悪い戦争よ。あの子の本を読んで笑ったけど、同時に気分が悪くなった」ここでまた笑みを浮かべた。「あの子は淋病《りんびょう》にかかった、そうじゃない？　だから手紙を書いてこないんじゃないかしら？」

場所が入れ替わっていた。ミセス・ドーランのほうが図書館員であるかのように机の向こうに座り、ぼくは物語を探しにきた利用者のように机のこちら側に立っていた。

「そうかもしれませんが」ぼくはいった。「きっと、向こうで見たものをあなたにどう伝えたらいいかわからなかったのでしょう。それを説明するために本を書きはじめたんじゃないですか。あなたの時代に、おそらくちょうど書きはじめたところだったんですよ」

「ええ」ミセス・ドーランは妙に固い声でいった。「きっとそうね」

ぼくはフィクションの棚のほうを向いた。ドーランの本は全部揃《そろ》っていた。地元出身の作家なので、絶えず需要があったのだ。指を本の背に走らせ、そこでためらった。

ぼくはミセス・ドーランに顔を向けずにいった。「この本は、読み終わったらどうするつもりなんですか？」頭皮が妙な具合にぞわぞわした。最初の遅れた返却者、フレッド・ミュラーに会ったときとおなじだった。ミセス・ドーランが、そうね、息子はきっと地球の反対側で最初の小説を書きはじめたところなんでしょう、と同意したときの奇妙な声の調子が引っかかっていた。

反応がなかった。

ミセス・ドーランのほうを見ると、胸が大きく上下し、濡れた目が勝ち誇ったように輝いていた。

「わたしがあの本をどうしたと思う？」ミセス・ドーランはそう尋ねた。「息子には生きる理由が必要なのよ」

体の内側全体に氷水を注がれたように感じた。

「息子さんに、彼自身の本を送るなんて駄目ですよ」ぼくはミセス・ドーランにいった。「まだ書いていない本を送るなんて」

「もしかしたら、わたしが送らなければ息子は本を書かなかったかもしれない。そう考えたことはない？」

「ありません。駄目です。ぼくがあなたに渡して過去へ送った本を、息子さんが写しただけだとしたら、最初に書いたのは誰なんです？」

「息子よ。まえに一度書いて、もう一度書いたの。わたしが読めるように。そのあとあの子に渡せるように」

テリー・ギャラガー、ローレン・ヘイズ、ラルフ・タナーの三人と一緒に過ごした夜、ぼくはバーボンを三杯飲んだが、まっさらの素面《しらふ》のまま、ここで死んだ女性と移動図書館のなかに立っているいまのほうがふらふらした。

「時間はそういうふうには働かないはずです」ぼくはいった。

ミセス・ドーランはいった。「きっとあなたのいうとおりに働くんでしょう。だけどあの子の本は存在する。わたしが読もうが読むまいが、いま確かに存在している。だから、あなたが決めなきゃならないのはこれだけよ、ミスター。わたしの人生最後の願いはかなうのか、かなわないのか。もう一つの奇跡は手に入るのか、それともあなたは――」

「え？　いま、なんていったんですか？」突然、彼女とおなじくらい汗が出て、たぶん彼女の半分くらい気分が悪くなった。

「気持ちよくここを出ていけるのか」ミセス・ドーランは辛抱強く言葉をつづけた。「そうはならないのか。あなた次第なのよ、ミスター。わたしは人生最後の日々を自分が望むように過ごすことができる、息子をそばに置いて。生身じゃないとしても、物語のなかで。

あなたはそれにノーというの？」

それにノーということなどできるはずもなかった。ぼくはふり返り、棚の上に手を伸ばしてドーランの本を全部おろした。

ブラッド・ドーランは最後の著書も母親に捧げた。献辞には次のように書かれている

――

この一冊も母に捧ぐ。母がいなければ、一語も書くことはなかっただろう。

これがどういう意味なのか考えはじめると頭がおかしくなりそうだ。だが、その必要はない。なぜなら六月、最後にリン・ドーランと会った五カ月後に、死者からの手紙――過去からの手紙――を受けとったからだ。

手紙はキングスウォード公立図書館に〝移動図書館の現在の運転手様〟宛に届いた。ブラッド・ドーランの資産を管理していた法律事務所が、一九九七年以来、つまり最後の著書が出版された直後にドーランが拳銃で自殺した年以来、ずっと保持していたものだった。ドーランはこの手紙を投函《とうかん》する日を遺言で指定していた。

**親愛なる運転手様**

**私は成人してからの人生のほとんどを、あなたのことを考えながら過ごしてきました**

――あなたは誰なのか、キングスウォード公立図書館付属の移動図書館でどうやって時間をすり抜けたのか、あなたはどんな人生を送っているのか。あなたについて確かなことは何もわかりませんが、親切な人だということは知っています。たぶんそれだけで充分なのでしょう。

そうはいいながら、私たちは会ったことがあると信じてもいます。キングスウォード中学校の八年生のクラスを訪れるときにはいつも注意していますので、私がぽかんと口をあけて遠近両用の眼鏡越しにあなたを見つめ、あなたもぽかんと口をあけて私を見つめ返す、などということもあったかもしれません。おそらくそのときのあなたは机のまえに座って鼻をほじりながら、こいつの話が終わればランチを食べに行けるのにと思っていたことでしょう。

私がこの手紙を書いている晴れた秋の朝には――窓の外では太ったシマリスが追いかけっこをしています、齧歯《げっし》動物なりに熱愛中なのです――あなたはおそらく十代なかばだと思います。しかしこの手紙を読むころには、あなたは三十歳近い年齢になっていることでしょう。そう、時間のゴムバンドを伸ばして誰かの目に入るようにパチンコを打てるのは、あなただけではないのです。

もしかしたら、あなたは私の死について心配しているかもしれませんね。私が最後の本を書いたあとに自殺したのは、未来から来た複写すべき本がもうなくなったからではないか。そうお思いかもしれません。私はあれを一字一句写し、何年もかけて、商業的に最大の効果があるように間隔を空けて出版したのだろうか？　それを最初の一冊――母の死の知らせが届く直前、一九六六年にヴェトナムの港湾都市ダナンで受けとった最初の著書——からはじめたのだろうか？　家に戻って、玄関クローゼットのなかにあとの十二作が入った段ボールのケースを見つけただろうか？　私は乾いた口と不安定な鼓動を自覚しながらその十二冊のタイトルやカバーを見つめ、その後、本を読まずに暖炉で燃やしただろうか？　それが問題でしょうか？　私には私の人生がありました。本には本の来《こ》し方があります。しかし私が拳銃を口にくわえるとき——いまから数日後になるか、数時間後になるかはまだ決めていませんが——その理由は書くことがなくなったからではありません。ほんとうの理由は母が恋しいからであり、一九七五年のバイクの事故で背骨を折って痛みがひどいからであり、ヴェトナムで非武装の女性の喉を撃った自分が許せないからです。女性は暗い部屋でブランケットをかぶって隠れていました。私がブランケットを突《つ》くと、女性は悲鳴をあげながら起きあがり、私は彼女を殺しました。遺体を見た私の上官は彼女の手に手榴弾を握らせ、私が勲章をもらえるように報告書を書くといいました。その後、わたしは戦争の英雄になりました。これが、三カ月間母に手紙を書かなかった理由です。どこかで噂《うわさ》されていたように、淋病にかかったわけではなかったのです。そして私が三十年間フィクションを書いてきた理由でもあります。私は真実に耐えられなかったのです。いいや、すくなくとも、すべての真実に耐えられなかったわけではない、とはいえます。かつて母が死にかけていたとき、母に親切にしてくれた人がいた。これもまた真実であり、私はこの真実のおかげでいままでやってこられたのです。

私は銃を持っていて、口のなかに突っこんだときの銃身の感触も確かめましたが、まだ引き金は引いていません。毎日散歩に出かけます。ときどき、木曜日の午前中に移動図書館が立ち寄る公園まで歩くこともあります。私たちがお互い言葉を交わすことができるかどうか、確かめてみたい気持ちもあります。それに、自分の死後にフィリップ・ロスがどんな本を出すのか知りたい気持ちもあります。大勢の人が返却期限を過ぎてなおしがみついてしまうのは、それが理由ではないでしょうか？　私たちはみな、あともう一つすてきな物語を読みたいと願わずにはいられないのです。

どうかお元気で。あなたがなんの罪悪感も抱かず、一生楽しい読書ができるよう祈っています。いつかどこかでお目にかかれるかもしれませんよ？

心をこめて　　　　　　　　　　ブラッド・ドーラン

夏もなかばの乾燥したある日の午後、木立で昆虫が眠気を誘う、脈打つような音をたてるなか、ぼくはガレージの脇のドアをあけ、それから自動シャッターの錠に取り組んで、ようやく鍵をあけてシャッターをあげることができた。コンクリートの床の屋内に吹きこんだ風は、刈ったばかりの草と、母が植えたバラのいいにおいがして、ぼくはガレージの床を掃いたりごみを袋に詰めたりしながら、静かで幸せな午後を過ごした。スマートフォンとブルートゥース・スピーカーをつないでジョーン・バエズをかけた。力強く、甘く、希望に満ちた過去からの声が、ガレージに流れた。一九六五年が二十一世紀のなかに響いていた。過去はいつも近くにある。いつでも好きなときに、声を合わせて歌えるくらい近くに。

図書館に持っていけそうな箱もいくつか見つかった。父の古いローリング・ストーンズのレコードが詰まった木箱。ぼくが子供のころ大好きだった、ダニー・ダンが主人公のYAシリーズ。それで思いだした――母が借りた期限切れのローリー・コルウィンも取ってきて返さなければならなかった。ところが、探しても見つからなかった。家じゅうひっくり返して探しても、どこにもなかった。どこかに消えてしまっていた。

それでぼくはこう思った。もしかしたらそう遠くないいつか、母が返しにくるかもしれない。準備はできている。母が好きそうな本を何冊か用意してある。念のため、フィリップ・ロスの本も何冊か取ってある。移動図書館に誰が現れるかはわからない。ぼくにはいつだって『もう一つの奇跡』を目にする準備ができている。

あなたはどうだろう？

# ALL I CARE ABOUT IS YOU

制約は力となる。魔神の力は壺《つぼ》に
封じられることで生じるのです。
リチャード・ウィルバー

# 1

サイテーとサイサイテーのあいだに架かる陸橋の手前の赤信号で、アイリスは一輪自動車《モノホイール》のブレーキレバーを握り、車体を傾けて急停止する。

〈スポーク〉なんか見たくもないのに、いやでも目に入る。欲しがり癖は簡単にやめられるものじゃないし、ここの角からはあれがめちゃめちゃよく見えてしまう。手の届かないものがあることくらい今はさすがにわかっているけれど、アイリスの血にはそれがわからないらしい。一年前の父さんとの約束のことをちょっとでも思い出すと、興奮で血がドクンドクン騒ぎだす。ミットモネー。

煤《すす》けた雲を貫くトゲトゲした王笏《おうしゃく》みたいな青っぽいスチールのあれをぼーっと眺めていたのに気づいて、アイリスはちょっと自己嫌悪に陥る。ヤメレっつーの、と、うんざりしながら自分を叱りつけると、無理やり〈スポーク〉から視線を引き剝《ひは》がし、こんどはぼんやり前を見る。おバカな心臓はまだドクンドクンいっている。

そこの角でこっちを見ている生きてもいないし死んでもいない男の子に、アイリスは気づかない。一度も気づいたことがない。

男の子のほうはいつもアイリスを見ている。アイリスが今までどこにいたか、これからどこに行くか知っている。アイリス本人よりもアイリスのことを知っている。

## 2

「渡すものがあるんだ」父さんがいう。「目をつぶって」

アイリスはいわれたとおりにする。ついでに息も止める。すると、ほら、また血がドクンドクン騒ぎだして。泡立つ儚《はかな》いシャボン玉みたいにふるふる、ふわふわした期待が——子供じみたアホくさい期待が、胸いっぱいに広がって。〝その言葉〟を思うだけで幸運が逃げていくんじゃないかという気さえする。その言葉——ハイドウェア。


アイリスにはわかっている。今夜は〈スポーク〉のてっぺんには行かない。世界のてっぺんで友達といっしょにスパークルフロスも飲まない。でも、父さんにはひょっとして秘策があるかも。大切な日のためにトークンを何枚か貯《た》めてあったとか。元〈再生人《リザレクシヨン・マン》〉にぴったりの奇跡をもう一つ起こせるとか。アイリスの血は、こんな可能性をぜんぶ信じている。

父さんがなにか重たいものをアイリスの膝にのせる。ハイドウェアにしては重たすぎるなにか。すてきな期待のシャボン玉が胸のなかでパチンと割れる。

「オーケー」父さんがいう。「み……見ても、いいぞ」

父さんのしゃべりは言葉がすんなり出てこない。アイリスはモヤモヤする。こんなじゃなかった、前は。まだ母さんといっしょに住んでたころ、〈殺人ゲーム〉をやってたころは。アイリスは目をあける。

父さんはラッピングもしてくれていなかった。ボウリングのボールくらいの大きさのものが、シワくちゃの袋に突っ込んである。袋を破くと、濁ったエメラルドグリーンの球体が出てくる。

「水晶玉？」アイリスは尋ねる。「わぁ、パパ、あたし、前から自分の未来が知りたかったんだよね」

ウソばっか。アイリスに未来はない——少なくとも、考えるに値する未来はない。

父さんは背中をこごめてベンチにすわっている。両手を膝のあいだに挟んでいるのは、震えを抑えるためだ。手なんか震えなかった、前は。鼻に入れたビニールチューブを通して、父さんが水っぽい息を吸う。呼吸補助器がシュコー、シュコーと音を立てる。「なかに、に……にん……人魚がいる。小さいころから欲しがっていただろう？」

小さいころはたくさん欲しいものがあった。地上一五センチのところに浮かんで走れるマイクロウィング付きの靴。地底ラグーンで泳ぐための専用エラ。エイミー・パスクアーレとジョイス・ブリリアントが誕生日にもらうものはぜんぶ自分も欲しかったし、両親はいつだってそれを叶《かな》えてくれた。だけど、それは前のこと。ホウレンソウ色のヘドロのなかでなにかがひらりと動いたかと思うと、まんなかへんでゆっくり向きを変えてからガラスの近くへ漂ってきてこっちを見上げる。それの姿がキモチワルすぎて、アイリスは球体を膝から払いのけそうになる。

「うわ」アイリスはいう。「うっわー。すごい。前からこういうの欲しかったんだ、うん、ほんと」

　父さんはちょっとうつむいてぎゅっと目を閉じる。かすかなショックがアイリスの胸をくすぐる。父さんが泣きそうになっている。

「わかってる、おまえが欲しかったのはこれじゃないよな。約束したのはこれじゃない」父さんはいう。

　アイリスはテーブル越しに手を伸ばして父さんの手を握る。こっちまで泣きそうだ。

「完璧だよ、これ」

　でも、アイリスの勘違いだった。父さんは涙をこらえていたわけじゃない。こらえていたのはあくびだ。ついにがまんできなくなった父さんが、握られてないほうの手の甲で口元を覆う。今のアイリスの言葉も聞こえなかったみたいだ。

「約束したこと、ぜんぶできたらよかったんだがな。ス……スポ……〈スポーク〉に行って。いっしょにでかいバ……バブ……〈バブル〉に乗って。このクソな医療クロックワークのせいだ。こいつらまるで、最後のご馳走《ちそう》にありつこうってんで死体を引き裂くハイエナだよ。今年はおまえのバ……バースデー・ケ……ケーキは、医療クロックワークが食っちまった。来年おまえにしてやれることはもっと少なくなるかもしれない」父さんはおどけてかぶりを振ってみせる。「パパはしばらく、や……やす……休まないとダメだ。心臓が半分しか動いてないと、思い切りはしゃぐこともできないな」と、眠たそうに目をしぱしぱさせる。「に……人魚のこと、知ってるだろう？　愛する人に歌をうたう。パパはよく知ってる。おなじ経験があるから」

「そうなの？」

「おまえがう、うま……生まれて――」父さんは顔を背けて、ベンチの上で伸びをする。またあくびをこらえている。「毎晩のようにおまえにうたったっけなあ。知ってる歌をみんなうたいつくすまで」父さんは目を閉じて、汚れた洗濯物の山に頭をもたせかける。

「ハッピー・バースデー・トゥー・ユー……ハッピー・バースデー・トゥー・ユー……ハッピー・バ、バ……バースデー、スイート・アイリス……ハップ、プ……ピ……」父さんが息を吸う。湿った、喉がつかえたみたいな、苦しそうな音。それから、咳《せ》き込みはじめる。拳で胸を二、三度叩《たた》きながら顔を背けると、父さんは肩をすくめ、溜息《ためいき》をつく。はしごのてっぺんまでのぼったときには、父さんはもう眠っている。アイリスは父さんをそのままにしてポッドの外へと這《は》い出す。

　ハッチを閉じる。巨大でじめつく薄暗い洞窟みたいな蜂の巣《ハイブ》には、これそっくりのハッチが八〇〇〇ある。そこらじゅう古い下水管とおしっこのにおいがする。

　モノホイールは父さんのポッドのそばの駐輪ポストで電磁ロックをかけておいた。ハイブでは固定されていないものはなんでも目を離した瞬間に消えてしまう。アイリスはモノホイールの大きな赤い革製シートによじのぼり、イグニッションスイッチを押す。四回か五回やってみて、ついにこれはだめだと諦《あきら》める。真っ先に頭に浮かんだのは、どうやらバッテリーが死んだらしいということだ。でも、死んだんじゃなかった。なくなっている。

誰かがヴェイパーエンジンから引っこ抜いてとんずらしたというわけだ。「ハッピー・バースデー・トゥー・ミー」ちょっと調子っぱずれに、アイリスはうたってみる。

## 3

キャノン・トレインが近づいてくる。一発でキャノン・トレインとわかるかすれた口笛っぽい音がだんだん大きく、大きくなって、つぎの瞬間、列車が一陣の爆風みたいにすぐ下を通り過ぎていく。爆風にぶつかられるこの感じが、アイリスは大好きだ。悲鳴みたいな超高音と爆発みたいな重低音に殴られて体じゅうの息が叩き出される感じがたまらない。ここの石の欄干《らんかん》から飛びおりたらどうなるかな——そう思うのは何度目だろう。体が温かい霧雨になって、自分勝手でサイテーな母親と救いのないカワイソーな父さんの上に優しく降りそそぎ、二人の顔を赤い涙まみれにするところを想像する。

欄干にすわって、つるんとした緑のヘドロボールを膝にのせ、宙に脚をぶらぶらさせる。つぎのキャノン・トレインまであと二分か、三分か。

毒々しい色の水晶球を覗《のぞ》き込むと、見えるのは未来ではなく過去だ。一年前の今日。アイリスは一五歳で、親友一五人に囲まれて、地下五〇〇メートルの〈焦熱地獄《ファーナス》クラブ〉にいた。ブルーダイヤモンドの床の下ではマグマがぐつぐつ沸き立っていた。足の裏から一・五センチのところを流れる溶けた金の熱さを感じようと、みんな裸足《はだし》で歩きまわった。接客スタッフは浮遊球体クロックワークで名前はバブ、ピカピカの銅の体で浮かんであちこち漂いながら、頭のてっぺんのキラキラした蓋をあけてはコース料理をつぎからつぎへと給仕した。脈打つ赤い光のなかで、みんな汗と興奮に顔をてらてら光らせて。暖かい岩壁に笑い声がこだまして。誰も彼もがメインに出てきたこんがり焼けた子豚そっくりに見えて。

最後のほうでは友達全員すっかり雰囲気に酔って、さんざんハグしたりチューしたり。サイコーのバースデー・パーティだよ、と親友たちは口々にいった。アイリスは浮かれ気分に流されて、来年はもっとすごいのにするからね、と約束した。エレベーターで〈スポーク〉のてっぺんにのぼって雲を見下ろしながら星を見よう、**ほんもの**の星をね、とアイリスはいった。スパークルフロスを飲んで感電する喜びを味わおう。いっしょに〈ドロップバブル〉に乗ってふわふわ夢見心地で地上へおりよう。そのあとは〈ハイドウェア〉を着けて一六歳以下立入禁止のカーニバル地区へ繰り出そう。高価な新しい顔で歩いたら、みんなうちらに恋しちゃうかも――。

よどんだ緑の球体のなかでなにかがうごめく。どろりと鼻汁っぽい澱《おり》から人魚があらわれて、いやらしい目つきでこっちを見上げる。メスの人魚は顔があって苔《こけ》の緑をした波打つ髪が生えているが、グロテスクなピンクのナメクジといったほうが近い。

「なんでもいいから、ほっこりさせてよ」アイリスはいう。「チャンスは今しかないよ」

尾ビレの上のほうの穴から紐状《ひもじょう》の黒いウンチがほとばしり出る。人魚は自分の体の機能にびっくりしたみたいな顔で、ぼんやりウンチに見とれている。

アイリスの右目のなかで翡翠《ひすい》色のリングが幻みたいにチカチカ光る。メッセージ受信のシグナル。羽虫をつぶす手つきで親指と人差し指をこすりあわせると、顔から一メートルくらい離れた中空に毒々しいエメラルド色の文字があらわれる。メッセージレンズの機能だ。毎朝アイリスは目を覚ますと歯を磨くよりも先にまずこれを目に着ける。

ジョイス・B　あんたのために計画立てた。

エイミー・P　ちょーヤバい計画だよー。

ジョイス・B　今夜カーニバルに行くからね。これ、もう決まり。

アイリスは目を閉じて、ひたいを球形水槽《アクアボール》の冷たいガラスに押し当てる。

「行けない」といって、親指と人差し指をこすりあわせて送信。

ジョイス・B　ちょっとー、無理やりドレス着せて引きずり出さなきゃとかナシよ。

エイミー・P　ドレス着といてねー。頼むよー。

アイリスはいう。「母親の新しい男があと一時間くらいで仕事から帰ってくんのよ。で、ケーキとプレゼントがあるから家にいろって、母親が。その場ですぐあけないとダメ的な、なんかすごいものかも」

ウソだ。〝すごいもの〟がなんなのかはあとで考えようと、アイリスは心に決める。なにか一度しか使えないもの、もらわなかったことが誰にもバレないもの。幻夢移動《ハルシケーション》で月面に行って、アルキメデス・ステーションでフクロウのアルキメデスとムーン・クィディッチして遊んだことにするとか。

ジョイス・Bの返信がけばけばしく光る赤字であらわれる。ハイドウェア？？？　新しい顔がもらえそうなの？

アイリスは口をひらいて、閉じて、またひらく。「あけてびっくりって感じ？」

口からその言葉が出たとたん、なんでそんなことをいったのかわからなくなる。送信取消にできたらいいのに。

ちがう。なんでそういったのかわかっている。まだみんなと同類だというふりをしていたいからだ。みんなとおなじものをなんでも買ってもらえるし、これからもずっとそうだというふりを。みんなにちゃんとついていけてるというふりを。

エイミー・P〈オフィーリア〉だといいねえ。だったらジョイスは嫉妬の鬼だねえ。ミジメなジョイスのウソ笑い見たいわー。

〈オフィーリア〉は二カ月前に発売されたばかりだ。父さんが〈殺人ゲーム〉でトークンをザクザク稼いでいたときでさえ高くて買えなかったかもしれない。

「たぶん〈オフィーリア〉はないなー」アイリスはいう。いってしまってからすぐ訂正したくなる。

ジョイス・B　基本の〈隣の家の女の子〉でぜんぜんいいじゃん。エイミーとおそろいになるし、いっしょに歩いてもあたしはぜんぜん恥ずかしくない。イケてるとは思わないけど、恥ずかしくはない。

エイミー・P　どーでもいいけど、二一〇〇時にはあんたは自由よー。うちらと南口で待ち合わせしてカーニバル行っていいって、あんたのママからもうOKもらってるし。今朝メッセージしといたのさ。なわけだから、うち帰ってケーキ食ってイケてる新しい顔のラッピングあけてカーニバル行く支度しといてねー。

ジョイス・B　ほんとに〈オフィーリア〉もらったら、ちょっとだけ着けさせてー。あんたのほうがイケてたら超クヤしーし。

「どんなにがんばってもあたしはジョイスよりイケてないよ」アイリスはいう。ジョイスとエイミーが接続を切る。

またキャノン・トレインが爆音とともに下を通過する。

## 4

陸橋を三分の二くらい渡ったところで悲劇が起きる。

モノホイールは軽いけれど大きい。アイリスよりも大きい。それを家まで押していくのはけっこう厄介だ。まるで酔っ払い巨人みたいに、こっちにもたれかかろうとしたり、道端に倒れ込もうとしたり。アイリスは片手でハンドルを握り、もう片手でアクアボールを抱え、モノホイールによりかかるようにして正しい方向に導いていく。陸橋はゆるやかなアーチ形だ。くだりにさしかかったとたん、モノホイールがスピードを上げたがる。アイリスはフウフウいいながら、置いていかれまいと小走りになる。モノホイールがこっち側に傾く。クロームの内輪が頭にぶつかる。アイリスは痛みに小さく声を漏らし、ぶつけたところを空いている手で押さえる。押さえたとたんに空いている手はなかったと思い出すが、もう遅い。アクアボールが腕から滑り落ちて歩道にぶつかる。ガチャン！

やった、とアイリスは胸の内でつぶやく。**割れた。**

でも、アクアボールは割れていない。ガーッと音楽的な音を立てながらあっちへ曲がりこっちへ曲がり転がっていって、縁石でぴょんと跳ねて車道に転がり出る。金色のレーザータイヤで突っ走るヴェイパーエンジンの二輪自動車《ハンサムキャブ》がギュオーンと悲鳴を上げて交差点に入ってくる。下にアクアボールが吸い込まれる。ガラスの割れる音と盛大な水しぶきを予想して、アイリスはちょっと胸をときめかせながら息を詰めて見守る。ところが、ハンサムキャブが通り過ぎても緑のボールはなぜか無傷、こんどは向こう側の歩道を転がっていく。なにかに壊れてほしいとこんなに強く願ったのは生まれて初めてだ。

そのとき、男の子がすっと足を出してアクアボールを止める。

あの男の子だ。

ある意味でアイリスが見たこともない子。別の意味で一〇〇回は見ている子。そう、父さんのところへ行くときモノホイールから見かける、時代遅れのグレイのウールの野球帽とグレイのウールのコートのカッコつけ野郎。あいつはいつもあそこでああやって、閉店したギフトショップの壁に暇そうによりかかっている。

男の子は爪先でアクアボールを止めただけだ。誰が落としたのかと道路を見上げて確かめることもしなければ、かがんで拾い上げることもしない。

アイリスはモノホイールの向きを変えて男の子に近づく。今は両手が使えるようになったから押すのも楽だ。

「きみさあ、親切すぎるよ。文字どおりの意味で。世界一つまんないバースデー・プレゼントを救助したりしてさ」アイリスは声をかける。

男の子は返事をしない。

アイリスはモノホイールを縁石沿いの駐輪ポストに立てかけると、腰をかがめてアクアボールを拾い上げる。ひびくらい入っていて、水が漏れてるんじゃないだろうか。水位がどんどん下がっていくなか、あの薄気味悪いナメクジが――サーディン・サイズの女のパロディが、半狂乱で泳ぎまわるところが見られたらきっと楽しいにちがいない。けれど、アクアボールにはひっかき傷さえついていない。どうしてこの人魚がこんなにイヤなんだろう。かわいくないのも、閉じ込められているのも、求められていないのも、望まれていないのも、こいつのせいじゃないのに。

「まーったく。粉々になればいいと思ってたんだけどな。女の子に幸運はめぐってこないみたい」

男の子はくすりとも笑わない。アイリスは戸惑い、相手の顔をちらっと見やり――気のきいたことをいったときは、できれば反応が欲しい――やっと納得する。これは子供じゃない。クロックワーク、しかも、年代物だ。にっこり笑うまんまる顔はひびの入ったセラミック、胴体は傷だらけのプラスチールの筒。体内に収まっているのは腸の代わりに白濁したビニールの管、骨の代わりに真鍮《しんちゅう》のパイプ、胃袋の代わりに銀のトークンがぎっしり詰まった金のワイヤーバスケット。そして、心臓は真っ黒なヴェイパーエンジンだ。

胸の脇に貼り付けてあるスチールプレートはこう読める。コイン・フレンド！　誠実で頼れる仲間、なんでも話せる親友。買物の手伝いが必要？　一トンまで運べます。トランプゲームを三〇種類知っていて、あらゆる言葉をしゃべれて、秘密を守ります。トークン一枚で三〇分、無条件で友情を提供。女の子＝口の固い完璧な紳士にキスのしかたを教わろう。男の子＝頑丈なボディを相手に古代拳闘術を練習しよう。このクロックワークはアダルト／成人向け仕様ではありません。最後の一文の下にマンガちっくなペニスの絵の落書き。

アイリスがクロックワークと遊んだのはうんと小さいころだ。あのころは〈お話してよタビサ〉がお気に入りだったけれど、〈タビサ〉のほうがたぶんこれより一世紀は進んでいた。この男の子は骨董品《こっとうひん》。シャッターがおりているギフトショップの売物で、たぶん宣伝用に店先に置かれたのだろう。ＧｏｏｇｌｅとずんぐりしたＶＲヘッドセットとフロリダの時代の、カビくさい遺物だ。

この子が盗まれる心配はない。背中がレンガの壁に埋め込まれた充電プレートにくっついている。さっきアクアボールを止めたのは意図してのことだったんだろうか——アイリスにはわからなくなってくる。単に足がそこにあっただけで、逃げていく人魚を止めたのはもしやただの幸運な偶然？　というか、不運な偶然？　ハンサムキャブのレーザーホイールに轢《ひ》かれていたら幸運な偶然だったけど。

アイリスはクロックワークに背を向けると、絶望の目でモノホイールを見やる。家まではあと八〇〇メートル。これをちゃんと押していかなきゃならないんだと考えているうちに、汗ばんだ背中にセーターがひっつく気持ち悪さが気になりだす。

**買物の手伝いが必要？　一トンまで運べます。**

アイリスはぱっと振り返ると、トークンをほじくり出して——ちょうど二枚ある——クロックワークの胸のスロットにまず一枚、つづけてもう一枚、押し込んだ。銀色の硬貨が胃袋のトークンの山にチャリン、チャリンと呑み込まれる。

クロックワークの胸の奥に見えるヴェイパー駆動の心臓がドクンドクン音を立てて膨ら

み、縮む。胸に付けたスチールプレートの上の数字がキリキリいいながらめまぐるしく切り替わり、ぴたりと〇〇：五九：五九を示す。

そうして、時が刻まれはじめる。

## 5

この少女はきっと利用料を支払う。胸のスロットにトークンが挿入されるはるか前に、彼は判断した。少女がまだこちらに背を向けていたとき、モノホイールを見やって肩を落としたそのようすだけで確信した。ボディ・ランゲージは言葉よりも多くを語る。彼のプロセッサは現代のコンピュータの基準からすればかなりのろいが、少女がポケットに手を入れてトークンを取り出すまでに二〇〇〇〇〇〇クロックサイクルの処理を完了できる程度には速い。それだけ時間があればディケンズの全作品を優に二度ずつ読みとおせる。

少女の体温は高い。発汗しているのは肉体労働と疲労のせいだ。空気のように彼の内部に常駐するコマンドラインが、多少ひねりのきいた慰めをさりげなく提供せよと命じる。「質問は三つしていいよ」任意の文法的誤謬《ごびゅう》を選択して、彼は声をかける。くだけた話法はつねに若者に受け入れられやすい。「ぼくに答えさせてくれるかな、順番に。一つめ、ぼくの名前は？　チップ。これはジョークだ。でも、ほんとうに名前でもある」

少女がいう。「それ、どういう――？」

チップは人差し指でこめかみをトンとつつき、セラミックの顔の裏に隠されたロジックボードの存在を示してみせる。少女が笑う。

「じゃあ、チップ。よろしく。あたしのあと二つの質問は？」

「お金を払わないといけないなら、ほんとうの友達といえるのか？　ぼくを造った企業がプログラムした命令はたった一つだ――これから五九分間、ぼくはきみだけに尽くす。きみを批判しないし、きみにウソはつかない。きみはアラジンでぼくは魔神だ。ぼくにできることなら、どんな望みも叶《かな》える。ただし、慣習や法律で厳格に禁じられていることは別だ。盗みはだめ。人をぶちのめすのもだめ。二〇七二年の〈人間・クロックワーク間の猥《わい》褻《せつ》行為禁止法〉の規定で実行できない成人向け機能もいくつかある――この法律は実際には廃止されたようなものだけど、ぼくのOSの一部として残っているから」

「どういう意味？」

コマンドラインが露骨で滑稽《こっけい》な答えを返せと促す。ソーシャルプロフによると、この少女がそういう答えを好意的に受け止める可能性はきわめて高い。

「クンニは無理だ」と彼はいう。「アナルも無理だ」

「うーわマジか」少女の頬が赤く染まる。発言が少女の心をつかんだことは、このうろたえぶりが裏付けている。

「ぼくに舌はないから、舐《な》められない」生理的反応は正直だ。

「いや、もうわかったから」

「肛門もないから――」

「わかったっつーの。そんなことぜんぜん聞こうと思ってなかったから。で、三つめの質問は？」

「うん、もちろん、きみのモノホイールを運べる。どうしたんだい、それ？」

「バッテリー盗《と》られちゃって。〈スタック〉まで運べる？」

チップは充電プレートから自分を外す。一六日ぶりの自由だ。少女が駐輪ポストの電磁ロックを解除すると、チップはモノホイールの内輪をつかんで四〇八・二五五キログラムを地面から持ち上げ、ひょいと肩にかつぐ。少女の首の傾きは満足を示しているが、ボディ・ランゲージを読み取るかぎり、問題の解決による当初の喜びは薄れ、別種の不満と落胆に取って代わられようとしている。おそらくは。感情は正確には知りえない。推測するしかない。落ち着きのない目つきは内心の葛藤《かっとう》の表出かもしれないし、尿意を催しているだけかもしれない。当意即妙に聞こえる返答が往々にして落胆を覆い隠している場合もあるいっぽうで、「死にそう」という発言が致命的身体外傷の存在を示すことはめったにない。確信が持てないまま、チップは慰めと喜びを提供する可能性がもっとも高いルーチンに従うことにする。

「ぼくはきみの三つの質問に答えたから、こんどはきみがぼくの三つの質問に答える番だ。いいよね？」

「まあね」少女はいう。

「名前は？」

「アイリス・バラード」

名前がわかって四分の一秒もたたないうちに、チップはソーシャルバースで見つかる情報を残らず収集し終え、〇・五ギガバイトぶんの瑣末《さまつ》な事実と一〇カ月前の非常に重要と思われるニュース記事を一つ入手する。

「ラプンツェルを一人、ゼルダを二人、クレオパトラを三人知っているけど、アイリスと会うのは初めてだ」

「会った人を全員覚えてるわけ？　や、今のなし。もちろん覚えてるよね。使ってないメモリが何十テラバイトもあるんだろうし。ラプンツェルはどんな子だった？」

「スキンヘッドだった。理由は聞かなかった」

アイリスが笑う。「そうなんだ。それから？」

「壊れたモノホイールを運んでくれる家事クロックワークを持っていないんだね？」

アイリスの笑顔が消える。この話題は少女との関係を危うくするものとしてレッドフラグが付けられる。アルゴリズムがさまざまな可能性を検討した結果、アイリスは経済的に不利な立場にあり、不満の原因は金銭の不足だと断定する。貧困状態はこの少女にとって初めての体験であり、おそらくはあの痛ましいニュース記事で詳述されている出来事の結果だろう。

「子供のころは、〈お話ししてよタビサ〉がいた」アイリスがいう。「一日じゅうタビサとしゃべってたなあ——家に帰ってから寝るまでずっと。いつも一〇時になるとパパが部屋に来て、寝ないならタビサを取り上げてクローゼットに押し込んじゃうぞっていうんだよ。

それいわれるとあたしはソッコーおしゃべりやめた。タビサがクローゼットのなかでずっと一人ぼっちになるんだって考えるとつらすぎて。でも、そのうちタビサは自動アップグレードして、そしたら、〈お話ししてよタビサ・テリア〉や〈お話ししてよタビサ・スマートグラス〉を買えばもっと楽しく遊べるとかいうようになったんだよね。おしゃべりの最中に特別ご奉仕なんちゃらの宣伝をいちいち入れてくるわけ。マジうっせぇわって感じで、あたしはわざとタビサに意地悪するようになった。床に寝てるのを踏みつけたりとか。でもってある日、タビサを振りまわして壁にぶつけたとこをパパに見つかってさ。パパはタビサを取り上げて、あたしすごく泣いたんだけど、いい教訓だって〈オークションゼット〉で売っちゃった。ぶっちゃけ、父親に罰を受けたのってあのときだけかもしれない」

アイリスの口調と表情にうかがえる苛立《いらだ》ちが、チップには理解できない。父親に罰せられた経験がないことは穏やかな満足感の原因にはなっても、不満の原因にはならないはずだ。チップはさらなる評価のためにこの発言にマークを付け、ほかの精神的不調の徴候にも目を配ることにする。だからといってアイリスへの献身度を引き下げようというわけではない。かつてディーンという名前の統合失調症の男性がチップに何百枚もトークンを投じたことがある。このディーンは、バレエダンサーの秘密結社が自分を誘拐して去勢するために追ってくると思い込んでいた。あのときチップはチュチュを身につけた女性に律儀に目を光らせ、ディーンの性器を守ると誓った。もう遠い昔のことだ。

「あと一個質問しようと思ってたんでしょ?」アイリスがいう。「特別価格のご奉仕品はいかが、みたいなことじゃないといいけど。ここで宣伝とかされたら、あんたがなんとなく人間っぽいって錯覚が台無し」

チップは広告宣伝に対するアイリスの嫌悪感にマークを付ける。これについてはどうにもできないが――あとで自分のサービスを売り込むことになっているからだ――とにかくマークを付けておく。

「誕生日はどうやってお祝いするんだい？」チップは尋ねる。「ぼくと一時間過ごす以外で。正直、これを超えることはあまりないと思うけど」

アイリスがぴたりと足を止める。「なんで誕生日って知ってんの？」

「さっきいっていた」

「さっきって、いつ？」

「きみが逃げた魚を拾い上げたとき」

「トークン入れる前じゃん」

「そうだね。メーターが動いていないときもいろいろ見えているし聞こえている。それに、考えている。誕生日だろう？」

アイリスが眉をひそめる――情報処理中のようだ。話しながら二人は分かれ道に来ていた。どうやらアイリスの頑固な精神的苦痛はまだそのままらしい。チップは励ましの言葉をいくつかメモリに展開し、苦痛を相殺《そうさい》しそうな三つの戦略を準備する。人間の苦痛は底が深い。少女の気持ちを盛り上げること、モノホイールを持ち上げること、その双方をチップは同列に見なしている。それが行動の、そして存在の、第一義的理由だ。

「お祝いはもうした」アイリスが答える。二人はふたたび歩きだす。「パパがペットの人面ナメクジくれて寝落ちして酸素タンクにもどってイビキかいて終わり。あたしはこれから母親のとこに帰って、今夜友達と出かけない言い訳――ってかウソを、考える」

「お父さん、具合がよくないんだね。気の毒に」

「やめて」アイリスが声を尖《とが》らせる。「クロックワークは気の毒とか思わない。プログラムを実行してるだけじゃん。ヘアドライヤーに同情なんかしてほしくないし」

チップはこれに腹を立てない。腹を立てる機能がないからだ。その代わり、こう切り出す。「なにがあったのか聞いてもいいかい？」アイリスが名乗ると同時に悲惨な事故について閲覧し、詳細はすでに知っている。とはいえ、無知を装うことがこの少女に話す口実を与え、それが気晴らしとなって一時的に苦痛が軽減されるかもしれない。

「パパは〈殺人ゲーム〉をやってた。プロの殺され屋。〈リザレクション・マン〉。知ってるでしょ？　憂《う》さ晴らししたい人が個人経営の食肉処理場を貸し切りにして、パパをハンマーで殴り殺すとか撃ち殺すとかする。そのあと細胞修復プログラムがパパをもとどおり新品同様に縫い合わすわけ。パパは手斧《ておの》殺人犠牲者のなかでは一二行政区でいちばんってくらい人気があってさ。順番待ちの人がたくさんいた」アイリスがおもしろくもなさそうに笑う。「おまえのためなら文字どおり喜んで死ぬよ、なんて、よく冗談いってたな――でもって、最低でも週に二〇回はほんとに死んでたし」

「それで？」

「独身さよなら女子会。刺し殺したいって、パパに声がかかった。パパはさ、キッチンナイフとか肉切り庖丁《ほうちょう》とかでわーって襲われて。そのとき停電があったんだけど、みんなベロンベロンに酔っ払ってて気づきもしなかった。二月の大停電、覚えてる？　サーバに接続できなくて細胞修復プログラムが動かなかったんだよね。パパは三〇分近く死んでた。今は体が震えるし、物忘れもある。ケガの保険金はおりなかった。顧客を二人以上同時に相手するのは会社の規則に違反してるんだってさ。そんなん、みんな守ってないのにね。破産するよりひどいよ。州政府の委員会もライセンスを更新してくれそうにないし。父さんはもう生きるために死ねない。ほかになんにもできないのに」

「ぼくは同情心を示したらダメということでいいのかな？　やりすぎたくない」

アイリスは虫に刺されたかのようにたじろいだ。「そんなん、たとえあんたに同情心があるとしたって、あたしなんかにはもったいないよ。だってあたしは傲慢《ごうまん》で、わがままで、正真正銘イヤなやつだから。パパがなにもかもなくしたのに、自分の誕生日にやりたかったことができないからってムカつくとか。パパが精一杯のプレゼントくれたのに、それをキャノン・トレインに轢《ひ》かせようとするとか。それでもサイテーじゃないっていえる？」

「いろいろな〝がっかり〟にもう一つ〝がっかり〟が重なっただけに聞こえる。古代宗教は、欲望を捨てることは精神の最高形態だと説いた。でも、それはブッダの勘違いだ。人間とクロックワークを別《わ》けるのは欲望にほかならない。欲しがらないことは生きていないことだ。そもそもＤＮＡが欲望の塊《かたまり》だからね――欲望に駆られて何度となく自分をコピーする。ヘアドライヤーに精神は宿らない。誕生日になにをしたかったんだい？」

「友達といっしょに夕方〈スポーク〉のてっぺんに行って、星の出を見るつもりだった。ペイ・パー・ビジョンのライブ配信は見たことあるけど、リアルは一回もないから。んで、スパークルフロス飲んで電気の火花を撒《ま》き散らして、それから〈ドロップバブル〉に乗って地上におりて、そのあとハイドウェア着けてキャビネット・カーニバルに繰り出そうって。友達は今日あたしが新しい顔をもらうと思ってる。みんなも誕生日にもらってるし。でも、それはぜったいない。あたしの母親すんごいケチだから、このポンコツ・モノホイールのバッテリーも、ぜったい新しいのは買ってもらえない」

「それで、目下のところ新しい顔が買えないことを友達にいえずにいるんだね？」

「いえるよ——自分の誕生日に哀れみが欲しいんなら。でも、やっぱスパークルフロスのほうがいいし」

「新しい顔についてては手伝えない」チップはいう。「窃盗は禁じられているからね。でも、〈スポーク〉のてっぺんで星の出を見たいなら、まだ間に合う。日没は二一分後だ」

マスタード色の雲を貫く銀色の針のほうを、アイリスは見やる。「入場券とエレベーターの予約が要る」アイリスは一度も雲の上に行ったことがない。彼女の一六年の人生のあいだに雲が晴れたことは一度もない。雲がこの都市《まち》を覆いつくしてから、かれこれ三〇年になる。

「エレベーターは必要ない。ぼくがいる」

アイリスが一瞬息を呑《の》む。「なにバカいってんの」

「四〇〇キログラムのモノホイールを運べるなら、四二キログラムの女の子をかついでちょっと階段をのぼるくらい当然できる」

「ちょっとじゃないじゃん。三〇〇〇段だよ？」

「三〇一八段だ。最下段から九分で行ける。〈ドロップバブル〉は八三クレジット、スパークルフロスは一一クレジット、テーブルは予約席のみ——でもアイリス、〈サン・パーラー〉の展望デッキは入場無料だ」

少女の呼吸が速くなる。チップと〈スポーク〉のあいだを視線がすばやく往復するのは、興奮している証拠だ。

「あたし……その……想像のなかではいつも、誰か友達と行くはずだった」

「友達と行けばいい」チップはいう。「きみが払ったのはなんのための料金だい？」

## 6

ロビーに入るとそこはすでに地上四〇〇メートルの高さ、まるで緑のガラスでできた目くるめく大聖堂。空気はひんやりと洗練されたにおいがする。ガラスのエレベーターシャフトの上のほうは青白い雲に呑まれて見えない。超巨大な〈スポーク〉の雰囲気はどこか独特だ。

二人でスキャナーの列に並ぶ。人型警備クロックワークは石鹼《せっけん》彫刻みたいというか、顔のない寸分違《たが》わぬ白い頭部とすべすべの白い手をしている。生きたマネキン人形の群。アイリスは〈プロファイラー〉を通り抜け、武器、生物兵器、ドラッグ、化学薬品、凶悪な意図、負債がないかどうかチェックを受ける。低い不協和音が鋭く響く。警備クロックワークがアイリスにもう一度通れと合図する。二度目はなにごともなくスキャナーを通過する。つづいてチップも通過する。

「〈プロファイラー〉にひっかかった理由を思いつくかい？」チップが尋ねる。「借金？　それとも、他人をどうにかしようという意図？」

「借金があれば、チップだって他人をどうにかしようって想像できるよ」アイリスはそういうと、まだ小脇に抱えていたアクアボールを持ち上げる。「人魚をどうしたいか考えてたのが、ひっかかったのかも。バースデー・パーティでスシを食べる計画だったのを思い出してさ」

「それはペットだろう？　食べ物じゃない。いい子にして」

アイリスは天を仰ぐ。その拍子に、頭上九〇メートルあたりであちこちに浮かんでいる虹色の泡が目に入る。なかに人が乗っている。〈バブル〉だ。つぎからつぎに雲を抜けてきて、ふわふわ地上へと漂っていく。超巨大クリスマスツリーのオーナメントみたいにきらきらする〈バブル〉を見たとたん、胸がずきんと痛む。いつか自分もあれに乗るんだと、ずっと憧れていた。

青銅の叩き出しの両開き扉を抜けると階段だ。壁沿いに黒いガラスの階段が螺旋《らせん》を描いてぐるぐる無限につづいている。

「おぶさって」チップがそういって、片膝をついてしゃがむ。

「誰かにおんぶされるの、たぶん六歳のときぶり」アイリスはいう。〝誰か〟は父さんだ。

「誰かをおんぶするのは」チップが返す。「きみが生まれる二三年前だ。当時、〈スポーク〉はまだ建設中だった。てっぺんにはぼくも一度も行ったことがない」

アイリスはチップの背中にまたがり、プラスチールの首に腕をまわす。チップがすっと立ち上がる。階段に足がかかると、一段目がパッと光る――二段め、そして三段め。加速する光のまたたきに乗って、チップがのぼりだす。

「チップは何歳？」アイリスは尋ねる。

「一一六年前に稼働開始した。きみのOSが機能しはじめる一世紀ほど前だね」

「あぁ」移動のスピードが速すぎて、アイリスは気分が悪くなる。モノホイールを最高速度で飛ばしてもここまで速くない。チップは二段飛ばしでのぼっていく。一定したリズミカルな上下動が伝わってくる。アイリスはしんどくて右手のガラス壁の外を見ていられない。かといって、オウムガイを思わせる足元の螺旋階段を見ているのもつらい。しばらく口を閉じて目をぎゅっとつぶり、チップの背中にしがみついたままでいる。

やがてしゃべらずにいられなくなって、アイリスは問いかける。「最初にメーターにトークン入れたのはどんな人？」

「男の子だ。名前はジェイミー。四年近く親しくしていた。週に一度は訪ねてきたよ」

「それって儲《もう》かるよね」アイリスはいう。「パパにもお得意さまがいた。女。毎週日曜日の一時にパパの喉を切り裂いて、ありったけの血を搾《しぼ》り取るの。ま、パパもおなじことやってたけどね――その人からありったけのトークンを搾り取るんだから。ジェイミーに飽きられるまでにいくら搾り取った？」

「飽きられなかった。ジェイミーは強化免疫システムがマルウェアに感染して死んだ。感染で死ぬまでの恐ろしい二日間、英語を話す夫を欲しがるアジア人女性や安いバイアグラについて、うわごとをいいつづけていた。一三歳だったよ」

アイリスは身震いする。いかれたバイオウェアをめぐる怖い話がいろいろと頭をよぎる。

「サイアク」

「生きていることの代価は、いつかいなくなることだ」

「だね。あたしのメーターも動いてる。誕生日ってそういうことじゃん？　メーターの数字が減ってることを思い出させるためのもの。いつかあたしが死んでも、あんたはやっぱり新しい友達を作りつづける。別の女の子をおんぶして階段をのぼる」アイリスは乾いた笑いを放つ。

「確かにぼくは年を取っているかもしれない。でも、考えてみて。実質的にぼくの命は一回につきトークン一枚ぶんだ。活動と活動の間隔は数日、場合によっては数週間のことさえある。ある意味では、ぼくはジェイミーより一〇三年長生きしている。別の意味では、ジェイミーは活動することと存在することにぼくよりずっと長い年月を費やした。さらに別の意味では、ぼくはまったく生きていない――少なくとも、生きることが個人の主体性と選択を意味すると考えるならね」

アイリスは鼻で笑う。「おかしいね。みんなはチップを生き返らすためにお金を払って、パパを死なせるためにお金を払ったけど、どっちもプロの犠牲者ってことだよね。お金をもらって自分がどうなるか他人に決めさせるんだから。たぶん、仕事ってたいていはそうなんだろうな。雇われて犠牲者になる」

「仕事というのはたいていは奉仕することだ」

「おんなじじゃん？」

「誰かのために死ぬのが仕事だという場合もあるだろう」チップはそういいながら、広々とした黒いガラスの踊り場ともう一つの青銅の扉めざして最後の数段を飛ぶように駆けのぼる。「誰かを運び上げることが仕事だという場合もあるしね」

チップが扉をあける。

沈みゆく太陽が光の矢で二人を貫き、くすんだ琥珀《こはく》のなかに封じ込める。

## 7

一瞬、壁がないように見える。〈スポーク〉最上階の〈サン・パーラー〉は、息さながらに透明なブルーダイヤモンドの蓋をかぶせた円形の小部屋だ。太陽は血まみれのシーツにくるまれている。〈パーラー〉中央には鎌を思わせる三日月形の黒ガラスのバーカウンターが設置されており、その向こうでクロックワークの紳士が待機している。青銅の壺形頭部に山高帽、胴体を支える青銅の六本脚という姿は、さながら帽子をかぶって宝石で飾り立てた金属のコオロギだ。

「ダンフォース家のパーティにお越しですか？」接客クロックワークが朗々とした声で問いかけて、青銅パイプの指先同士をくっつける。「ミズ・パジェット？　ミスター・ダンフォースはほかの皆さんといっしょに下に着いたところです。今夜あなたは欠席とうかがっていましたが」

「びっくりさせようと思って」アイリスが告げたのは、ためらいのかけらもないウソだ。呼吸の速まりや体温の上昇といった生理的変化の痕跡は、チップでさえまったく感知できない。

「かしこまりました。ほかの皆さんはエレベーターでこちらに向かっておいでです。パーティの主役と乾杯なさりたいなら、あと二〇秒お待ちください」ずらりと並んだフルートグラス（なみなみとスパークルフロスが注いである）を、接客クロックワークは指し示す。

チップがフルートグラスを一つ取ってアイリスに手渡したちょうどそのとき、床面のスライド式ハッチがひらいてエレベーターが〈サン・パーラー〉内に迫《せ》り上がってくる。青銅のカゴのなかにいるのはパーティドレスと新しい顔を着けた一二歳の少女の一団だ。疲れた顔をした小ぎれいなセーター姿の男性が一人付き添っている――誕生日の主役の父親にちがいない。格子扉がひらく。笑いさざめく少女たちが吐き出されてくる。

「チップってさ、人殺しはほんとにできないの？」アイリスが訪ねる。「あいつらが顔に着けてるハイドウェアって五〇〇〇クレジットもするんだよ。ぶっ殺してやりたい気分」

「大量殺人はバースデー・パーディを台無しにするのにうってつけだ」

「とりあえずスパークルフロスは飲んどくべきかもね――あのロボウェイターがあたし

のことミズ・パジェットって紹介して、あたしがパーティをぶっつぶす気だってバレて、払えないドリンク代を請求される前に」

「彼の声は誰にも聞こえないだろう」チップは請け合う。「ハッピー・バースデーと叫ぶ準備をして」

「ミズ・アビゲイル・ダンフォースの一二年の人生の日没に、スパークルフロス、フレンチチョコレートケーキ、〈バブル〉ライドを！」接客クロックワークが叫ぶ。「お集まりの皆さん、どうぞ楽しんでください！　たとえ――」だが、開会の辞の後半は一人として聞いていない。

チップの頭が首を軸にして三六〇度くるくる回転しはじめ、同時に、ボトルロケット車両の耳をつんざく口笛の音が響きわたったからだ。つづいてチップの耳から赤と白と青の火花がパチパチ飛び散ったかと思うと、胸郭のなかでウーリッツァーのシアターオルガンがびっくりするような大音響で「ハッピー・バースデー・トゥー・ユー」の前奏を奏ではじめる。

アイリスがごく自然にグラスを掲げて叫ぶ。「ハッピー・バースデー！」

少女たちが「ハッピー・バースデー！」と声をそろえ、スパークルフロスのグラスめがけて押し寄せる。そのときにはチップの耳から盛大に飛び散っていた火花はコットンキャンディの雲みたいなピンクと紫のスモークに変わっている。少女たちがうたう。はしゃいだ歌声が〈パーラー〉に響く。歌が終わり、少女たちがどっと笑って、スパークルフロスを飲み干す。アイリスもいっしょに飲み干して、目を見ひらく。ブロンドの髪が帯電してふわりと持ち上がり、顔のまわりを漂いはじめる。

「うーわ」落ち着こうとして、アイリスがチップの腕をつかむ。

指先で電気の青い火花が弾《はじ》ける。アイリスは思わずぴくっと身をすくめ、それから、ためしに指を鳴らす。こんども青い火花が弾ける。

パーティの少女たちは撃ち合いっこを始めている。電撃のショックと興奮でキャーキャーと大変な騒ぎだ。そこらじゅうでまばゆい閃光《せんこう》が走り、パリパリ爆《は》ぜる音が響く。中国の春節のようだ。アイリスの存在はすでに忘れられている。接客クロックワークには招待客だと思われているし、少女たちにはパーティが始まったときたまたま居合わせた誰かだと思われている。それだけのことだ。

「あたし、電気が流れてる」アイリスが驚きに目を瞠《みは》り、チップにいう。

「ぼくとおなじだ」チップは答える。

*8*

スパークルフロスの効果が薄れてくると、アイリスは少女たちに背を向け、空を滑り落ちていく太陽に目を転じる。低電圧ドリンクのせいで髪は逆立ったまま。愉快とばかりはいいきれない、変に疲れたような興奮の後味もまだ消えない。悪いのはハイドウェアを着けた小娘たちだ。「甘ちゃんビッチ」という言葉がぽんと頭に浮かぶ。いったいどんなやつがトークン一〇〇〇枚使ってガキなんかに新しい顔を買ってやるわけ？

ハイドウェアはデリケートな透明の仮面で、顔にぴったりくっつくと見えなくなる。新しい顔というのは目鼻立ちではなくて〝雰囲気〟だ。人はそこに自分の心理の投影を見る。誕生日の子が着けているのは、〈隣の家の女の子〉。すぐわかる。ちょっと上を向いた鼻とつんとした訳知り顔をちらっと見ただけで、アイリスはスポーツのことをなにか聞きたくてたまらなくなったから。〈セレブ〉を着けた子もいるし、〈宿題写させてあげる〉を着けた子、〈なんでもいって〉や〈夜明けのZEN〉を着けた子もいる。そう、ハイドウェアのいちばんの楽しみは、他人に恥をかかせるチャンスが手に入ること。〈セレブ〉の子がこっちに来たら、「おっぱいにサインして！」と頼んでしまいそうだ。

「見てる、あれ？　みんなしてサイテーな新しい顔着けちゃって」

「どうしてサイテー？」チップが聞く。

「そりゃあサイテーでしょうが。だって、あたしは持ってないから。あたしは一六歳で、一六歳は一二歳をうらやましがるもんじゃないから」

隣の窓にぼんやりとなにかが映る。モジャモジャ赤毛にデカ耳の女の子の顔だ。アイリスはちらっとそっちを盗み見て、その赤毛が〈なんでもいって〉を着けているのに気づく。もちろんわかる。なぜだか急に、ほんとのことを打ち明けたい、スパークルフロスをただ飲みしたくてパーティの招待客だとウソをついたといってしまいたい、という衝動に駆られたからだ。アイリスは赤と金の煙の渦と化した雲に慌てて視線をもどす。

「太陽って、すっごくつまんなくない？」〈なんでもいって〉が声をかけてくる。「だって、ほんとにあそこにあるけど、でも、だからなに？」

「まあ、つまんないよね」アイリスはうなずく。「ほんとはなんかの役に立ってるのかもしれないけど、あそこに浮かんで光ってるだけだし」

「そうだよねぇ。なにかを燃やすくらい熱かったらいいのに」

「たとえばなにを？」

「なんでも。雲だとか、鳥だとか、なんでも。あ、そうだ。つまんない景色見るのが終わったら、やっと楽しいことが始まるわね。星が出たら〈ドロップバブル〉に乗るのよ。あたしねぇ、あなたの秘密知ってる」〈なんでもいって〉はとくに声の調子を変えることもなく最後のせりふを口にすると、意味ありげな笑みを浮かべてアイリスが気づくのを待つ。それから、こうつづける。「ロボウェイターはあなたのこと、あたしたちのグループだと思ってる。あなたにもケーキを持っていってあげるように頼まれたんだけど、そのとき、あなたのことミズ・パジェットって呼んでたわ。でも、あなたはシドニー・パジェットじゃない。あの子はお葬式に出ていて、今日はここに来られない。はい、これ、あなたのケーキ」〈なんでもいって〉が小さな丸いチョコレートケーキのお皿を差し出す。

アイリスは受け取りながら思う。**あたしは望みどおり〈スポーク〉のてっぺんで沈む夕日を見ながらケーキ食べてる。**奇妙なことに、自分がこの場にいてはいけないとわかっていると、ケーキがいっそうおいしい気がする。

「〈ドロップバブル〉に乗るでしょ？　シドニーの〈バブル〉の料金、払ってあるし」

「かもね。誰も使う人がいなかったら」アイリスは用心深く答える。

「でも、あたしがバラしたら乗せてもらえなくなるね。秘密を守ってあげたら、なにくれる？」

喉に詰まりそうになったケーキを、アイリスは必死に飲みくだす。

「料金払ってるなら、〈ドロップバブル〉に人を乗せないで飛ばすなんて無駄なことしないっしょ」

「料金、高いのよ。とーっても高いの。アビゲイル・ダンフォースのお父さんは、下に着いたら返金を頼むんじゃないかしら。でも、あなたはこのまま待っててあたしたちのつぎに乗って、下に着いたらすぐ帰っちゃえばいいわ。アビゲイルのお父さんがお金を返してもらう前にね。それってカスタマーサービスに頼みに行かなきゃならないんだけど、すっごく並んでるから。秘密を守ってあげたら、なにしてくれる？」

アイリスはささやく。「ええっと……そうだ、人魚、要らない？」と、小脇に抱えていたアクアボールを見せる。

赤毛が鼻にシワを寄せる。「えー？　要らなーい」

「なら、なに？」アイリスは尋ねる。こんなチビのゆすり屋の言いなりになっている理由が自分でもよくわからない。

「太陽が沈むところを今までに見たことある？　ほんとのを？」

「ない。雲の上は初めてだし」

「じゃあねぇ、今回も見ない。見たらダメってことにする。約束よ。ウソつきは楽しいことぜんぶはできないの。〈ドロップバブル〉にただで乗りたいんなら、あたしがいいっていうまで目をつぶってて。太陽が沈む瞬間は見てたらダメ」

胃袋のなかのケーキが湿ったコンクリートの塊みたいになる。そこの窓から外へ長いお散歩させてやろうかとチビの恐喝屋に告げるべく、アイリスは口をひらく。

チップのほうが先にしゃべりだす。「代わりの提案があるよ。今の会話は録音してある。これをミスター・ダンフォースに聞かせるというのはどうだろう？　きみが脅迫の方法をいろいろ考えていて、払いもどされるはずの料金を騙《だま》し取ろうとしているなんて、お友達のお父さんはどう思うかな」

〈なんでもいって〉が忙《せわ》しなくまばたいて、ふらふらと一歩後ずさる。「やだ」と脅迫者がいう。「そんなのダメ。あたし、まだ一二歳なんだよ。一二歳の子にそんなことしないでしょ？　泣いちゃうよ」

アイリスは振り向く。〈なんでもいって〉の新しい偽物の顔を初めてまともに見つめ、仮面の強力な向精神作用に心おきなく身を委《ゆだ》ねる。

「陽が沈む瞬間よりすてきなものがあるとしたら」アイリスはいう。「そりゃーやっぱクソガキが泣く瞬間を見ることっしょ」

## 9

金色のシルクを何枚も重ねたような雲がちらちらと光っている。血液が混ぜ込まれていくクリームの色合いからカナリア色まで、チップは光の一〇三二種のカラー・バリエーションを記録する。台湾で組み立てられて以来テストの機会がなかった色覚センサを、これまで見たことがなかった色彩が照らし出す。太陽が地平線のスロットに挿入されて消えるまで、二人は観察をつづける。

「これが見られてよかった。決して忘れない」チップはアイリスに告げる。

「チップもなにか忘れたりするの？」

「いいや」

「あんたは一二歳のスーパーヴィランからあたしを守ってくれた。借りができちゃったね」

「いいや」チップはいう。「借りがあるのはぼくのほうだ。正確には、あと二一〇分ぶん」

濃くなってゆく闇に老いた星がぽつぽつと散らばりはじめる。チップはすべての名称を知っている。もっとも、直接観察するのは初めてだ。

接客クロックワークがコオロギの脚でカタカタとバーカウンターの向こうから出てくる。

床面に塡《は》め込まれたハッチがひらく。真鍮パネルの動きは暗闇でひらく瞳孔を思わせる。ハッチの開口部は細かく震える透明な膜でふさがれている。薄膜干渉によって生じた虹色の模様が膜の表面でちらちらゆらめく。

「夢に乗って地上へ漂っていきたいのは誰かな？」接客クロックワークが叫び、細長い腕でそちらを指し示す。「最初に試す勇気のある一三歳にふさわしい大人は誰かな？」

あたし、あたし、あたし、あたし、あたし！　と、少女たちの声が響く。アイリスがうんざり顔で鼻にシワを寄せるのにチップは気づく。

「誕生日のお嬢さん、いかがです？　アビゲイル・ダンフォース、さあ、乗って！」

〈隣の家の女の子〉の顔を装着した少女が父親の手を引っぱってハッチに近づいてゆく。子供は興奮のあまりぴょんぴょん飛び跳ね、いっぽうの父親は不安げな顔で開口部の縁越しに〈バブル〉を見つめる。

「〈ドロップバブル〉の上におみ足をどうぞ。心配ご無用。〈バブル〉が割れることはありません。万一の場合、料金は最近親者の方に払いもどしいたします」接客クロックワークがいう。

父親が震える透明な薄膜に磨き上げたローファーの爪先をのせる。のせた部分の薄膜がわずかにたわむ。父親は足を引っ込める。上唇に汗が浮いている。待ちかねた娘が開口部の中央に飛び乗る。少女の足元のガラスめいた光沢のある半流動体の床が即座に沈む。

「パパ、来て！　早く！」

おそらく少女が〈隣の家の女の子〉の顔を装着しており、〈隣の家の女の子〉の前では誰も不安なそぶりを見せたくないからだろう、シャボン玉の床の上、少女の隣に父親が足を踏み出す。

透明な床が大きくたわんだかと思うと、二人は一定の速度でゆっくりと沈みはじめる。父親が胸まで沈んだところで目を見ひらく。ハッチの縁にすがりついて〈バブル〉から床によじのぼりたいといわんばかりの顔だ。娘のほうは沈むスピードを早めようと飛んだり跳ねたりしている。ガラスめいたシャボン玉は下へと膨らみつづけ、ついに父親が頭まで沈んで視界から消える。つぎの瞬間〈ドロップバブル〉がハッチから切り離され、虹色にきらめく新たな膜がふたたび開口部をふさぐ。

「つぎは誰かな？」接客クロックワークはそう叫んで、あたし、あたしと手を振って飛び跳ねる少女たちを一列に並ばせる。〈なんでもいって〉を装着した少女がうらめしそうな、悔しそうな視線をアイリスとチップに投げかける。アイリスがふたたび夜のほうに向きなおる。

空には星が光っているが、アイリスは窓に映る自分を見ているようだ。

「あたしってきれい？」アイリスが問いかける。「正直にいって。お世辞はいいから。どう見える？」

「悪くない」

アイリスの口角が片方だけ上がる。「正確にはどうよ、ロボットくん」

「瞳孔の間隔と口はほぼ黄金比に準拠している。つまり、きれいということだ。髪型のおかげで、左耳の位置が理想より一センチメートル上だということに気づく者はほとんどいないだろう」

「ふぅん。とりあえずイケてるってことか。パパを雇ってた会社から、一八になったらすぐ雇うっていわれてる。美人の殺され屋は人気なんだよね。男の五倍は稼げる。殺されて大儲《おおもう》けってね」

チップは一〇〇〇種以上の色を判別できる。だが、人間の感情はほぼ判別不能で、チップ自身もそれを認識している。アイリスの発言は称賛を求めているようでありながら、ほかの指標からは落胆、皮肉、混乱、自己嫌悪がうかがえる。明確な手掛かりがないため、チップは沈黙を守ることにする。

「ミズ・パジェット?」めりはりのある合成音声が響く。アイリスが振り向く。接客クロックワークが背後に立っている。「あとはあなただけです。下界へ漂っていきたくはありませんか?」

「友達もいっしょでいい?」

接客クロックワークとチップは視線を交わし、超高速で数メガバイトのデータを共有する。

「かまいませんよ」接客クロックワークがいう。「〈ドロップバブル〉は重さ七〇〇ポンドまで変形せずに支えられます。事故死の確率は一一二〇〇〇分の一です」

「よかった」アイリスが接客クロックワークにいう。「あたしの家族に、お金もらわないで死ぬ人っていないんだよね」

## 10

二人でゆっくり闇の底へとおりていく。

直系四メートル近い〈ドロップバブル〉は、切り離されるとすぐ物憂げに回転しながら闇のなかを降下しはじめる。〈バブル〉がハッチを離れたときはアイリスもチップも立っている。だが、いくらもたたないうちにアイリスの膝は震えはじめる。怖いわけではない。足元の素材がふにゃふにゃですべりやすくて、踏ん張りがきかないのだ。アイリスはとうとうバランスを崩して尻餅をつく。

チップがバランスを崩すところは想像しにくい。案の定、クロックワークの男の子は慎重に腰を落としてアイリスの隣であぐらをかく。

アイリスは身を乗り出し、透明な〈バブル〉の底から下を覗く。ほかの〈バブル〉があちこちに散らばっているのが見える。〈バブル〉に混じって小刻みに上下動しながら浮いている青い鬼火《ウイルオウイスプ》の群は、サファイア色のＬＥＤランプを搭載したスズメバチ大の無数のドローンだ。

「誕生日にやりたかったのって、これなんだよね——家族と友達がいっしょのはずだったけど」膝にのせたアクアボールをなんとなく手でくるり、くるりとまわしながら、アイリスはいう。「今はそうじゃなくてよかったと思ってる。一二歳児ってサイアク。えらそうにあたしを脅迫して権力ゲームかましてきたあのチビザルとかさ。みんなしてバカ高いハイドウェア着けて呪いをかけ合ったりとかさ。あたしや友達のほうが年上だけど、うちらのほうがマシってことはぜんぜんないのかも。たまには一人でなにか経験するのって、すごい大事なのかもね。それか、友達一人だけといっしょとか」

「今はどっち？　きみは一人？　それとも、友達一人といっしょ？」

流れてきた冷たい雲のなかへと〈バブル〉が入り込む。二人を包む雲を、ときどき鳥の影が突き抜けていく。

「こっちの好きと相手の好きがおんなじくらいじゃないと、友達とはいわない」

「ぼくはただきみが好きというだけじゃない、アイリス。メーターがゼロになるまでは、きみのためならだいたいなんでもする」

「それじゃちがうんだってば。それはプログラムだよ。感情じゃない。クロックワークに感情はないもん」

「ちがわない」チップがいう。「さっき壺のなかの魔神の話をしたのを覚えているかい？　壺のなかで生き延びる唯一の方法は、変化や改善を求めないことだ。手に入らないものを欲しがれば頭がおかしくなってしまう。顔ではほほえみを絶やさずに、『そうですね、旦那さま』『もちろんです、奥さま』といいながら、一〇〇年のあいだ途切れぬ悲鳴をあげつづけることになる。あの少女たちはケーキとパーティが好きだからサイアクだときみはいうけれど、もしあの子たちがケーキもパーティもきらいになったら、そういうものを望

めなくなったら、ぼくと変わらない。あと一七分でぼくは充電プレートにつながれて、そ
のあとはいっさい動かずに丸一日か、一週間か、一カ月か過ごすのかもしれない。以前、
トークンを一枚も入れてもらえずに一一週間過ごしたことがある。でも、少しも苦になら
なかった。一一週間しゃべらない、動かないなんて想像できるかい？」

「できない。だいきらいな相手にだってそんなこと望まない」アイリスは膝を抱える。

「あんたのいうこと、一つは当たってる。手に入らないものを欲しがれば頭がおかしくな
っちゃう」

〈バブル〉は薄い雲の帯を抜け出ると、誕生日の父娘（おやこ）を追い抜いて降下をつづける。娘が
父親の腰に抱きついて、ゆっくりと無言のダンスをくるりくるりと踊っている。娘は頭を
父親の胸にあずけている。二人とも目をつぶっている。

チップの胸のメーターが残り一一分になったとき、着陸ゾーンに到着する。着陸ゾーン
は封鎖エリアで、弾力のある緑色の六角形タイルが敷きつめられている。ふっくらした緑
の六角形に触れたとたん、〈バブル〉がブチュッと湿った音を立てて破裂する。飛び散っ
たシャボンの雨を浴びて、アイリスは身をすくめて笑い声を上げる。

二人が〈サン・パーラー〉を出たのは最後だったが、地上に着いたのは最初だ。〈なん
でもいって〉のマスクを着けたモジャモジャ赤毛が四階ぶんくらい上にいるのを、アイリ
スは見つける。両手を〈バブル〉の壁に押しつけてこっちをにらんでいる。バイバイの時
間だ。アイリスは無意識にチップの手を引いて走りだす。外に出てからやっと自分がまだ
笑っていることに気づく。

細かい細かい水の粒が無数に空中を漂っている。星を探して見上げるが、今はアイリスもチップも雲の下、もちろん空はいつもどおりどんより曇ってなにも見えない。

駐輪ポストのモノホイールは無事だ。チップがそっちへうなずきかける。

「モノホイールをきみの家まで運ぶ時間はない」チップはいう。「気が進まないけど、アイリス――軽蔑すべき商業主義だし――でも、あと三〇秒で自動的に宣伝が始まって、トークンをもう一枚入れさせようとするだろう。やりたくてやるわけじゃない。ぼくの実行機能の範囲外のことなんだ」

「充電プレートまで送ってくね」チップがなにもいわなかったみたいに、アイリスはいう。「そこでゆっくりお別れしよ。モノホイールは置いてくよ。あとで取りにくる」

アイリスはまだチップと手をつないでいる。二人は歩きだす。こんどは急がない。

広場の外れで、チップがいきなり調子っぱずれの陽気な大声でしゃべりだす。「楽しかった？　だったら、ここで楽しみを終わらせなくてもいいよね？　コインをもう一枚入れれば、無償の愛を三〇分延長できるよ！　どうする、腹心の友アイリス？」

チップはぴたっと口を閉ざす。

通りを渡って一ブロック近く歩いたところで、ようやくチップは口をひらく。

「不愉快じゃなかったかい？」

「ううん。あれくらいはウザくもなんともない。後悔するふりでもされたらウザいけどね。あんたがそんなもの感じないのは二人ともわかってるんだから」

「後悔しているわけじゃない。後悔は欲望の裏返しだ。確かに、ぼくに欲望はない。だけど、音楽家が調子はずれのメロディを奏でたらそうとわかる」

二人はすでにチップの交差点に着いている。メーターはあと四分足らずだ。

「罪滅ぼしさせてあげる」アイリスはいう。

「ぜひ」

「あんたはすてきなバースデー・プレゼントだったよ、チップ。〈スポーク〉のてっぺんに連れてってくれた。太陽と星をくれた。脅迫から助けてくれたし、いっしょに地上までおりてくれた。一時間だけど、パパが事故る前の人生がもどってきたみたいだった」アイリスは身を乗り出し、チップの冷たいほっぺたにキスする。鏡に映る自分の姿にキスしているみたいな感じだ。

「これで罪滅ぼしになったかい？」チップが尋ねる。

アイリスはにっこりする。「まだ。もう一つだけ。いっしょに来て」

チップは充電プレートを通り過ぎてその先の陸橋までついてくる。二人は陸橋のゆるやかなスロープをのぼって線路の真上にさしかかる。アイリスは幅の広い石の欄干にまたがり、片方の脚を線路の上に、反対の脚を歩道の上に垂らして、アクアボールを膝のあいだに置く。

「チップ。ここにのぼって、キャノン・トレインがつぎ来たら、これ落としてくれない？自分じゃタイミングよくやれる自信がないんだ。超速いからさ」

「人魚はお父さんからのプレゼントだ」

「だね。そうだった。パパはよかれと思ったんだろうけど、これ見てるとパパを見てるみたいな気がしちゃうんだよね。無力で、狭いところに押し込められて、もう誰にとってもなんの役にも立たないし、二度と自由になれない。この先ずっとこれ見るたびに、この不格好な魚に思い出させられるんだよ、あたしのパパはもう二度と自由になれないって。パパのこと、そんなふうに考えたくない」

チップが欄干にのぼって、両脚を線路の上に垂らしてすわる。「いいよ、アイリス。それできみの気持ちが楽になるなら」

「うん、ちょっとは悲しくなくなるかな。それって大事でしょ？」

「そうだね」

夜の静寂《しじま》に響くボトルロケット車両のかすかな口笛っぽい音がだんだん大きくなる。キャノン・トレインが近づいてくる。

「あんたも似てる」アイリスはいう。

「きみのお父さんに？」

「そう。あんたとおなじで、パパもあたしのことだけ考えてくれる。ある意味、今夜のあんたはパパの身代わりだった。あたしはパパと星を見るはずだった。代わりにあんたと星を見た」

「アイリス、キャノン・トレインがもう来る。アクアボールをこっちに」

アイリスは膝のあいだのガラス玉をくるり、くるりとまわすだけで、渡そうとしない。

「あんたとパパ、ほかにも似てるとこがあるって知ってる？」

「どういうところ？」

「パパは死んでた。毎日。あたしの欲しいものが買えるように」アイリスはいう。「だから、こんどはあんたがそうして」そして、チップの背中に手を添えて、押す。

チップは落ちる。

キャノン・トレインがあたりを震わす爆音を立てて闇を貫く。

アイリスが線路脇の盛土《もりど》にアクアボールを置くころには、キャノン・トレインは熱した青銅貨みたいなにおいだけを残して、轟音《ごうおん》とともにとっくに南へと走り去っている。

チップはほとんど跡形もなく消し飛んでいる。アイリスは線路から一メートルほどのところでセラミックの手を片方見つける。濡《ぬ》れてぬるぬるする雑草のあいだでは、ウールのコートの切れ端がまだくすぶっている。やがてアイリスは、傷だらけのプラスチールが放つブラックダイヤモンドの輝きを目敏《めざと》く見つける――チップの心臓。なんとかバッテリーをほじくり出すと、奇跡的に傷一つない。モノホイールのヴェイパーエンジンにぴったり嵌《は》まるはずだ。

線路のあいだで、砂利に紛れてトークンがきらめいている。散らばる銀色の硬貨は、〈スポーク〉の上で見た星とおなじくらいたくさんありそうに思える。指先が冷たくなって感覚がなくなるまで、アイリスはトークンを拾いつづける。

盛土までもどろうと歩いている途中で、ひび割れたお皿のようなものを蹴飛ばす。拾ってからやっと、チップの虚《うつ》ろな笑い顔と空っぽの眼窩《がんか》を見下ろしていることに気づく。アイリスにしては珍しく少しのあいだ迷ったすえ、あごのほうを下にして、顔をショベルの刃先のように砂利に突き刺す。隣にアクアボールを並べて置く。醜くて、無力で、人を喜ばせるために一生を壺とか水槽とかに閉じ込められて過ごすしかないものに用はない。犠牲者に用はない。自分はぜったいそうはならない。

急げばカーニバル地区での待ち合わせの前に〈リブート・ユー〉に寄って中古ハイドウエアが買える――そう考えながら、アイリスは低木の茂みにつかまって体を引っぱり上げ、斜面をよじのぼる。拾い集めたトークンはぜんぶで七〇〇枚。これだけあれば、中古なら〈オフィーリア〉だって買えるかも。ヤキモチ焼きのジョイス・ブリリアントがあたしからそれを貸してもらえると思ったら大まちがいだ。

一分後には、人魚は独りぽつんと取り残されている。小さな生き物は物憂げに泳いで暗い水から顔を出し、アクアボール越しにチップの穏やかなほほえみと空っぽの眼窩をじっと見つめる。

やがて、震える小さな声で、球形ガラスのなかの人魚はさえずりはじめる。ずっと昔に絶滅してしまった鯨たちの、それは物悲しい鳴き声を思わせる。低く響く異界の哀歌に言葉はない。きっと悲しみに言葉はないのだ。

# THUMBPRINT

ひとつめの親指の指紋は、郵便物という形で届けられた。

マルがイラクから帰還して、八カ月がたっていた。彼女は父親の埋葬にちょうど間に合うタイミングでニューヨーク州ハメットに戻ってきた。父親が亡くなったのは彼女の飛行機がアメリカの地に降り立つ十時間まえのことで、それは双方にとって最善の結果だったといえるかもしれない。というのも、マルはアブグレイブ刑務所で後悔するようなことをいろいろやってきており、そのあとではとてもまともに父親の目を見られそうになかったからである。とはいえ、心のどこかには、すべてを父親に話して、その顔にあらわれる反応を確かめたかったという気持ちもあった。父親亡きいま、彼女の話を聞いてくれるものはひとりもいなかった。その判断が気になる相手は。

マルの父親も、従軍経験があった。ヴェトナム戦争で、衛生兵として何人もの命を救っていた。ヘリコプターから飛び降り、激しい銃撃のなか、若者たちを水田からひきずりだしていた。父親はかれらのことを〝若者〟と呼んでいた(彼自身がまだ二十五歳だったにもかかわらず)。そして、その働きで名誉負傷章と銀星章を授与されていた。だが、すくなくとも彼本国に送り返されたとき、マルにあたえられた勲章はなかった。

女は、アブグレイブ刑務所で撮られたどの写真でも身元を特定されずにすんでいた。裸の男たちが折り重なっている写真に――むきだしの尻とだらりと垂れた陰嚢《いんのう》が積みあがっている写真に――ブーツがとらえられていただけだった。もしもグレイナー技術兵のカメラがあとすこしでも上にむけられていたなら、彼女はもっとはやく帰国していただろう。ただし、手錠をかけられて。

　マルは〈ミルキーウェイ〉のバーテンの職に復帰し、父親の家で暮らしはじめた。父親が残してくれたのは、農場にあるその家と車だけだった。家はハチェット・ヒル・ロードから三百メートルほどひっこんだところにあり、裏手には町有林がひろがっていた。秋になると、彼女は中身をぎっしり詰めたリュックサックを背負って、常緑樹のあいだを五キロほど走るようになった。

　マルは一階の寝室にM４A１カービンを保管しており、毎朝それを分解しては組み立てるという作業を十二秒でおこなっていた。そして、それがすむと、部品をケースの発泡スポンジのくり抜きにしまった。ケースには銃剣もあったが、それは敵が押し寄せてくるまで装着の必要がなかった。このM４は、イラクから持ち帰ったものだった。民間軍事会社の雇われ尋問官だった男が――虐待が発覚するまえの数カ月間、アブグレイブ刑務所にはそうした請け負いの尋問官が大勢いた――帰国するときに会社の自家用ジェットではこんでくれたのだ。自分にはこれくらいしかできないが、彼女は国に尽くしたのだから当然だ、と彼はいっていた。それを聞いても、マルはなにも感じなかった。

十一月にはいったある晩、マルは仕事を終えると、おなじくバーテンをしているジョン・ペティと連れだって〈ミルキーウェイ〉を出た。そして、グレン・カードンが自分の車――サターン――の前部座席で気を失っているのを発見した。あけっぱなしの運転席側のドアから、宙にむかって尻が突きだしていた。下半身が車からはみだしており、足が砂利の上でねじれていた。まるで、いましがた背後から殴り殺されたとでもいうような感じだった。

マルはなにも考えずにジョン・ペティに見張りを頼むと、グレンの腰をまたいで立ち、ズボンから財布をひっぱりだした。現金百二十ドルを頂戴してから、財布を助手席に放り投げる。それから、ペティが小声で急げとせかすのもかまわず、グレンの指から結婚指輪を抜きとった。

「結婚指輪かよ?」マルの車にいっしょに乗りこんできたペティがいった。マルは見張り代として彼に現金を半分手渡したが、指輪は自分のものにした。「ほんと、いかれたクソ女だな」

運転しているマルのひざのあいだにペティの手がのびてきて、黒いジーンズの股間に親指がぐいと押しつけられた。マルはしばらく好きにさせていたが、ペティが反対の手で胸をまさぐりはじめると、ひじでそれを払いのけた。

「もうじゅうぶんでしょ」

「いや、まだだ」

マルはペティのジーンズのなかに手を突っこんで、勃起したペニスのむこうにあるタマをつかむと、圧力をかけていった。ペティの口から小さなうめき声が漏れたが、その声にあるのは喜びだけではなかった。

「ほら、もうじゅうぶんだわ」マルはそういって、彼のズボンから手をひき抜いた。「もっと欲しければ、奥さんを起こして、楽しませてあげることね」

マルはペティを本人の家のまえで降ろすと、砂利をうしろに跳ね飛ばしながら車を急発進させた。

父親の家に戻って、キッチンの調理台の上に腰かけ、手のひらにのせた結婚指輪をながめる。簡素な金の指輪で、こすれてひっかき傷がついており、光沢はすっかり失《う》せていた。どうしてそれを盗《と》ったのか、自分でもよくわからなかった。

マルはグレン・カードンを知っていた。グレンだけでなく、彼の妻のヘレンも。このふたりとはおない年で、いっしょに学校にかよった仲だった。グレンの十歳の誕生日パーティで、奇術師が最後に手錠と拘束服から脱出してみせたことがあった。それから何年もして、マルはべつの縄抜け名人と遭遇することになる。その男はバアス党員で、両手とも親指が折れていたため、手錠をすり抜けることができたのだ。親指をどの方向にも曲げられるのであれば、それは簡単だった——痛みを無視するだけでいい。

ヘレンは、六年生の生物の授業でマルの実験パートナーをつとめた相手だった。ヘレンが細かい筆記体でメモをとるかたわらで——レポートを華やかなものにすべく、色とりどりの文字が使われていた——マルがさまざまなものを切り開いていく。マルは解剖用のメスが好きだった。刃でちょっとふれるだけで、皮膚がぱっと割れて、その奥に隠されたものがあらわになるところが気にいっていた。彼女には天賦《てんぷ》の才があるらしく、なぜかいつでも、刃をあてるべき場所をぴたりと的中させられた。

マルはしばらく結婚指輪をサイコロのように手のなかでふってから、結局は流し台の排水口に捨てた。指輪をどうすればいいのか、どこで故買人を見つければいいのか、かいもく見当がつかなかった。実際、それは無用の長物だった。

翌朝、マルは家から道路まで歩いて出ていき、郵便受けをのぞいた。石油の請求書。不動産広告のちらし。そして、無地の白い封筒。封筒の中身は、きちんと折りたたまれた一枚の新品のタイプライター用紙だった。白紙に、親指の指紋だけが黒インクで押されている。くっきりとした指紋で、渦巻きや線のあいだに釣り針の形をした傷痕があった。封筒には、切手も宛て先もなかった。まったくなにもなし。郵便配達人によって届けられたものではなかった。

ひと目で、脅迫状だとわかった。この封筒を郵便受けに残していった人物は、いまもこちらを見張っているのかもしれない。マルは胸のむかつきとともに自分の無防備さを感じて、思わず身をかがめて遮蔽物《しゃへい》をさがしそうになるのを必死でこらえた。左右を見まわしたが、目にはいるのは冷たいそよ風で枝を揺らしている木立だけだった。道路には往来がなく、どこにも人の気配はなかった。

家までの長い道のりをひき返していくあいだ、マルはずっと脚に力がはいらないのを意識していた。親指の指紋には二度と目をくれず、封筒ごとなかにもってはいって、ほかの郵便物といっしょにキッチンの調理台に置く。それから、震える脚で父親の寝室——いまでは、マルが使っている寝室——へとむかった。そこの戸棚には、ケースにはいったM4

がしまわれていた。だが、父親の四五口径はもっと手近なところにあったし――彼女は寝るとき、それを枕の下に隠していた――組み立てる必要もなかった。マルは自動拳銃の遊底をひいて弾薬を薬室に送りこむと、リュックサックから双眼鏡をとりだした。

絨毯《じゅうたん》敷きの階段をのぼって、かつては自分のものだった二階の屋根裏部屋へいく。帰還して以来、そこへ足を踏みいれるのははじめてだった。空気はカビっぽく、よどんでいた。傾斜した屋根の裏側に貼られたカントリー歌手のぼろぼろのポスター（アラン・ジャクソンだ）。本棚で本のかわりに陳列されているマルの人形たち（青いコーデュロイのクマと、奇妙な銀色のボタンの目のせいで盲目のように見えるブタ）。

かつてのマルのベッドはきれいに整えられていたが、ちかづいてみると、驚いたことに人の形に窪《くぼ》みがついているのがわかった。枕には頭の輪郭が残っている。自分が留守のあいだに、あの親指の指紋の紙片を置いていった人物が家のなかにまではいりこみ、ここで昼寝をしていったのだろうか。マルは足どりをゆるめることなくマットレスにのると、ベッドの上の窓の鍵をあけて、外へ出た。

一分後には、銃を片手に屋根にすわり、反対の手で双眼鏡を目にあてていた。こけら板が太陽で温まっており、身体の下からたちのぼってくる熱が心地よかった。この場所からだと、ありとあらゆる方向を見渡すことができた。

マルは一時間ちかくそこにとどまって木立を観察し、ハチェット・ヒル・ロードを行き来する車を目でおってから、自分がさがしている人物はもはやここにはいないと納得した。首から双眼鏡をはずして熱いかわら板の上に寝そべり、目を閉じる。郵便受けまでの私道は寒かったが、屋根の上の風のあたらない側は快適で、岩の上のトカゲになった気分だった。

ふたたび窓をとおって寝室に戻ったマルは、しばらく窓の下枠に腰かけ、両手で拳銃を握ったまま、毛布と枕に残る人形《ひとがた》のへこみをじっくりと観察した。枕をもちあげて顔を埋めてみると、ほんのかすかにだが父親の匂いがした。街角の店で売っている安物の葉巻の匂い。髪につけていた整髪料——レーガン大統領が使っていたのとおなじもの——の蠟《ろう》っぽい匂い。父親がときおりここへあがってきて娘のベッドでうとうとしていたと考えると、マルはすこし嫌な気分になった。自分がいまでもまだ枕を抱きしめて失ったものへの涙をこぼせるような人間だったらよかったのに、という考えが頭をよぎる。だが、ぶっちゃけた話、彼女はもとからそういう人間ではないのかもしれなかった。

キッチンへいって、もう一度、無地の白い紙に押された親指の指紋を見る。まったく筋がとおらないし理解もできないことだが、なぜかその指紋には見覚えがあるような気がした。気にいらなかった。

〝プロフェッサー〟と呼ばれていたそのイラク人は、拘引されるときにむこうずねを骨折していたものの、ギプスをはめて数時間後には、もう尋問に耐えうる身体だと判断されていた。そのため、プラウ伍長《ごちょう》が彼を連行しにきたのは、まだ夜明けまえのことだった。当時、マルはアブグレイブ刑務所のブロック1Aで勤務していて、アンショーといっしょに彼を連れだしにいった。彼のいる監房には、ほかに八人の男たちがいれられていた。

みんな筋骨たくましいひげ面のアラブ人で、ほとんどがアメリカの衣料品会社フルーツオブザルームのブリーフ一丁という恰好《かっこう》だったが、対敵諜報《ちょうほう》部隊に協力的でないものには、ピンクの花柄のパンティがあたえられていた。ブリーフがどれも特大でぶかぶかなのに対して、パンティはより身体にぴったりとはりついた。かれらは石造りの監房の薄闇のなかで、ひっそりとたたずんでいた。マルにむけられた目はどれも熱っぽくて落ちくぼんでおり、全員がイカれているように見えた。マルはどう反応していいのか——笑うべきか、たじろぐべきか——よくわからなかった。

「格子から離れろ」マルはたどたどしいアラビア語で命じた。「離れるんだ、お嬢ちゃんたち」それから、指を曲げて〝プロフェッサー〟を呼びつけた。「おまえ、ここへこい」

〝プロフェッサー〟は片手を壁について身体を支えながら、片足跳びでまえに出てきた。病院のガウン姿で、左脚の足首からひざまでがギプスで覆われていた。アンショーが彼のためにアルミ製の松葉杖《まつばづえ》を用意していた。マルと彼は一週間ぶっつづけの十二時間勤務をこなしているところで、今夜プラウ伍長に同行して捕虜を対敵諜報部隊まで送り届ければ、それでいまの十二時間勤務はあけることになっていた。マルは眠気防止剤のヴィヴァリンを服用しすぎて神経がぴりぴりしており、ほとんどじっと立っていられなかった。明かりに目をやると、そこから虹色の光線が放たれているのがはっきりと見えた。水晶越しにのぞいているような感じだった。

まえの晩、バグダッドへ戻る途中のパトロール隊が、道路のかたわらでジャーマンシェパードの死骸に即席爆発装置を仕掛けている男たちを発見していた。爆弾犯たちはなにやら叫びながら民間仕様の軍用四輪駆動車ハマーのスポットライトからちりぢりに逃げ、兵士たちがそのあとをおった。

現場に残ったリーズという工兵が、内臓をくり抜かれた犬の体腔《たいこう》に埋めこまれた爆弾を調べようとした。だが、死骸まであと三歩というところで、犬の体内で携帯電話が鳴りはじめた。ブリトニー・スピアーズのヒット曲『ウップス！……アイ・ディド・イット・アゲイン』の三小節だった。犬は炎を噴きあげながら炸裂し、その衝撃は十メートル離れたところにいた人の骨の髄まで震わせた。リーズは両手で顔を覆いながらひざまずいた。手袋の下から煙があがっていた。彼のもとへ最初に駆けつけた兵士によると、リーズの顔は、ゴム糊《のり》で瞼《けん》に貼りつけられた安物の黒いゴム製のマスクみたいに剝《は》がれ落ちたという。

しばらくしてパトロール隊は、爆発現場から二ブロック離れた地点で〝プロフェッサー〟――そう呼ばれるようになったのは、この男が角ぶちの眼鏡をかけ、教師を自称していたからだ――を捕らえた。彼は兵士たちから頭上への威嚇《いかく》射撃を受けると、止まれという命令を無視して逃げだし、高い路肩から飛びおりた拍子に脚を骨折していた。

そしていま、男は松葉杖をついて、よろよろと歩いていた。両側をマルとアンショーにはさまれ、うしろにはプラウ伍長につかれて。一行は1Aを離れ、夜明けまえの朝のなかへと出ていった。ドアを抜けたところで、〝プロフェッサー〟がひと息つこうと足を止める。すると、プラウ伍長が左わきの下にある松葉杖を蹴った。

支えを失った〝プロフェッサー〟は、悲鳴をあげながらまえにばたりと倒れた。病院のガウンがめくれて、なめらかで白っぽい尻があらわになった。アンショーが進みでて、男が立ちあがるのに手を貸そうとする。だが、プラウ伍長は、ほうっておけといった。

「サー？」アンショーが問いかけるような声をはっした。彼はまだ十九歳で、赴任期間はマルとおなじくらいだったが、その肌は艶やかで白く、まるでずっと保護スーツを着ていたかのようだった。

「こいつがおれにむかって松葉杖をふりまわしたのを見ただろ？」プラウ伍長がマルにたずねた。

マルは返事をせず、つぎになにが起きるのかを黙って見守っていた。この二時間、ずっと神経がたかぶっていて、じっとしていられなかったのだが――そわそわして、指の爪を深爪になるまで噛《か》んでしまっていた――いまは落ちつきが、水に垂らした一滴のインクのように全身にひろがっていくのを感じていた。ひくついていた手足が静止していた。

プラウ伍長がかがみこんで、ガウンのうしろについている紐《ひも》をひっぱった。紐がほどけ、〝プロフェッサー〟の肩から落ちたガウンが手首のまわりにたまった。彼の尻はそれほど毛深くなく、ぽつぽつと黒いほくろがあるのが見えた。玉袋が肛門のほうへとぎゅっと縮みあがっている。〝プロフェッサー〟が肩越しにちらりとふり返り、早口でアラビア語をまくしたてた。顔のなかで、目だけがやけに大きく見えた。

「なんといってるんだ？」プラウ伍長が中東人の蔑称を使ってつづけた。「砂のくろんぼ《サンド・ニガー》の言葉はわからん」

「やめてくれ、といってます」マルは考える間もなく通訳していた。「自分はなにもしていない、間違って捕らえられただけだ、と」

プラウ伍長は、もう片方の松葉杖も蹴飛ばした。「そいつをもってろ」

アンショーが松葉杖をふたつとも拾った。

プラウ伍長が〝プロフェッサー〟の肉付きのいい尻にブーツをあて、ぐいと押した。

「いけ。そう伝えるんだ」

ふたりの憲兵がとおりかかり、地べたに這《は》いつくばう捕虜に目をくれた。〝プロフェッサー〟は片方の手で股間を覆い隠そうとしたが、ふたたび伍長に尻を蹴られて、仕方なく這いずりはじめた。ぎごちない動きだった。ギプスのはまった左脚がまっすぐうしろに突きだされ、その先からのぞく素足が泥のなかをひきずられていく。片方の憲兵が笑い声をあげ、それからもうひとりとともに夜のなかへと去っていった。

〝プロフェッサー〟は這いながら、ガウンを肩までひっぱりあげようとした。だが、プラウ伍長に踏んづけられて、ガウンはイラク人の身体からひきはがされた。

「そのままにしておけ、といえ。そのままにして、先を急げと」

マルは捕虜に伝えた。〝プロフェッサー〟は彼女に目をむけられなかった。かわりにアンショーのほうを見て、懇願しはじめた。なにか着るものをくれと頼み、脚が痛むと訴えた。男を見おろすアンショーの目は、のどになにか詰まって窒息しているかのように膨れあがっていた。マルは、〝プロフェッサー〟が彼女でなくアンショーに話しかけていることに驚いてはいなかった。ひとつには、文化的な側面があった。アラブ人は、女性のまえで辱《はずかし》めを受けることにどう対処したらいいのかわからないのだ。だが、それだけではなかった。アンショーには、どこか相手に——敵にさえも——親しみやすさを感じさせるものがあった。太ももの外側に9ミリ拳銃をつけているにもかかわらず、なにもわからずに途方に暮れている無害な存在といった印象があった。ほかの連中が兵舎で見開きページのヌード写真を食いいるようにみつめているとき、彼は顔を赤らめていたし、迫撃砲の激しい攻撃を受けているあいだ、しばしば祈る姿を目撃されていた。

〝プロフェッサー〟がふたたび這うのをやめたので、マルはM4の銃身でその尻をつついて急《せ》きたてた。捕虜がぴくりと反応し、すすり泣きのような甲高い声をあげた。マルは笑うつもりなどなかったが、尻っぺたがきゅっと締まるさまはどこか滑稽《こっけい》で、彼女の頭に血がどっと送りこまれた。ヴィヴァリンのせいで血流がはやまり、おかしなことになっていた。こんなふうに捕虜が尻を上に突きだしているところは、ここ何週間かで目にしたなかでもっとも笑える光景になっていた。

〝プロフェッサー〟は、道ばたの金網フェンスに沿って這っていった。プラウ伍長がマルに通訳を命じた。アメリカ人兵士を吹き飛ばした仲間は、いまどこにいる？　そいつを白状したら、松葉杖とガウンを返してやる。

捕虜は、即席爆発装置のことなどなにも知らないといった。自分が走って逃げたのは、まわりの連中がそうしていたからだし、兵士たちが撃ってきたからだ。自分は文学を教えていて、幼い娘がひとりいる。一度、その十二歳の娘をパリのディズニーランドへ連れていったことがある。

「おちょくるのもいいかげんにしろよ」プラウ伍長がいった。「文学の先生が夜中の二時に町でいちばん治安の悪いところでなにをするっていうんだ？　おまえのカマ掘りビン・

ラディン仲間は、アメリカ兵の顔を吹っ飛ばしやがった。善良な男の顔を。故国《くに》に腹ぼての女房がいる男の顔を。おまえの仲間はいまどこに――マル、こいつにわからせてやれ。いずれおまえは、仲間がどこにいるのかしゃべることになると。これからいくところに着くまえに、さっさとわれわれに話したほうが身のためだと。ここでこうしているのは、おまえのきょう一日のなかでは楽なほうのことだと。対敵諜報部隊は、こいつが聞き分けのいい子になって連れてこられることをお望みだ」

マルはうなずいた。耳もとでうなり音がしていた。〝プロフェッサー〟にむかって、おまえに娘はいないという。なぜなら、おまえがホモなのは広く知られているからだ。そのケツに銃身を突っこんでもらいたいのか？　それで興奮するのか？「犬を爆弾に変えた仲間の家を教えろ。その犬の仕掛けでアメリカ人を殺したあとで、おまえのカマ友だちはどこへいく？　この銃をケツの穴にいれられたくなければ、いうんだ」

「娘の命にかけて誓う。そいつらが何者なのか、ほんとうに知らないんだ。頼む。娘はアラヤといって、いま十歳だ。ズボンに写真がある。ズボンはどこだ？　写真を見せる」

マルは捕虜の手を踏みつけた。かかとの下で骨が不自然にへこむのがわかった。男が悲鳴をあげた。

「教えろ」マルはいった。「教えるんだ」

「無理だ」

金属のぶつかりあう音がして、マルはそちらへ注意をむけた。アンショーの手から松葉杖が落ちていた。青ざめた顔。耳を完全に覆う寸前のところまでもちあげられた手（指が鉤爪《かぎづめ》のように曲がっていた）。

「大丈夫？」マルはたずねた。

「こいつは嘘《うそ》をついてる」アンショーがいった。彼のアラビア語はマルほど達者ではなかったが、そこそこいけた。「こいつは最初、娘は十二歳だといってた」

マルはアンショーをみつめた。アンショーがみつめ返してくる。ふたりがそうして見合っていると、巨大な風船から空気が抜けていくような甲高いひゅーっという音が聞こえてきて、マルの体内の血が酸素であわ立ち、全身が活気づいた。彼女はM４を逆さにもちかえて銃身を両手でつかむと、迫撃砲が着弾すると同時に――砲弾は防衛境界線の外側に落下していたが、それでも足もとの地面が震えた――地面に杭《くい》を打ちこむときの要領で、銃尾を〝プロフェッサー〟の折れた脚に叩《たた》きつけた。砲弾の爆発音はすさまじく、イラク人のあげた悲鳴はマルの耳にさえ届かなかった。

マルは朝のランニングで、とことんまで自分をおいこんだ。木立を抜け、ハチェット・ヒルをのぼっていく。勾配が急になってからは、走るというよりは這いあがっていくのにちかかった。やがて息が切れて、空が回転木馬の天井みたいにぐるぐるまわっていると感じられるようになった。

ようやく足を止めたときには、意識が朦朧《もうろう》としていた。顔にあたるそよ風で汗がひやされ、すごく心地がよかった。頭がくらくらして倒れそうなくらい疲労困憊《ひろうこんぱい》しているにもかかわらず、なぜか満足感をおぼえた。

退役して予備役人員になるまえ、マルは四年間軍隊にいた。新兵の基礎訓練の二日目、彼女は吐くまで腕立て伏せをし、そこで力尽きて、自分の嘔吐《おうと》物に突っ伏した。そして、みんなのまえで泣いた。いまでも思いだすのが耐えられない記憶だ。

しまいには、彼女は失神する直前の感覚を好きになっていた。空が大きくなり、音が遠のいて薄っぺらになり、色が幻覚のようにはっきりと鮮やかになる感覚。自分の手に負える限界ぎりぎりのところまでいくと――肉体が試練を受け、息をするのさえ困難になると――感覚が研ぎ澄まされ、気分が高揚した。

丘のてっぺんで、マルはリュックサックからステンレス鋼の水筒――父親が使っていた古いキャンプ用のもの――をとりだした。氷水で口を満たす。朝遅くの日の光を浴びて、水筒が銀の鏡のようにきらりと光った。マルは顔に水をかけてTシャツのへりで目を拭うと、水筒をリュックサックにしまって、そのまま家にむかって駆けつづけた。

正面玄関にはいったとき、マルはそこにあった封筒を気づかずに踏んづけた。足の下で紙がくしゃりとつぶれる。一瞬、封筒を見おろす彼女の頭のなかは真っ白になった。請求書か？　だが道路沿いの郵便受けに残していくほうが簡単なのに、わざわざそれを家の戸口まできてドアの下にすべりこませていくだろうか？　そう、これは請求書ではなかった。

彼女には、それがわかった。

戸口に立っているマルは、長方形の枠のなかに描かれた兵士の輪郭、射撃場にある人形《ひとがた》の標的と変わらなかった。だが、彼女は急に動いたりせずに、じっとしていた。誰かが彼女を撃つつもりなら、とっくの昔にそうしているはずだった。その時間なら、たっぷりとあった。それに、いまも見張られているのなら、相手に自分が恐れていないことを示したかった。

マルはしゃがんで、床から封筒をとりあげた。封はされていなかった。底を軽く叩いて、なかにあった紙切れを出す。ひろげてみると、そこにはまたしても親指の指紋が押されていた。つぶれたスプーンを思わせる太くて黒い楕円《だえん》形の指紋。釣り針の形をした傷痕がないので、ひとつめとはまったく別人の指紋だ。なぜか、そのことがマルの心をざわつかせた。

いや――いちばん動揺させられたのは、前回は百メートル離れた道路沿いの郵便受けに残されていたメッセージが、今回は家の戸口の下に押しこまれていた点だった。実行犯は、自分が好きなだけ彼女にちかづけることを伝えようとしているのだろうか。

マルは警察に通報することも考えたが、やめておいた。自身も軍隊で憲兵をつとめた経験から、かれらの反応がわかったからだ。紙片に親指の指紋を押して無記名で残していくのは、犯罪ではなかった。警察は、おそらくいたずらだといって、そんなことに捜査の人手をさこうとはしないだろう。だが、マルはひとつめの親指の指紋を見たとき同様、いまもこれが地元の悪ガキによる風変わりなおふざけではないと感じていた。悪意に満ちた予告。気をゆるめるなという警告だ。べつに、根拠があるわけではなかった。ただ、なんとなくそういう気がした。警官ではなく、兵士としての勘だ。

それに、警察を呼ぶのは、やぶ蛇となる可能性があった。世間には、マルのような警官もいるのだ。あまりかかわりあいになりたくないような人たちが。

マルは紙片をまるめて、張り出し玄関にもって出た。あたりを見まわし、葉の落ちた木立や森のはずれに生えている淡黄色の雑草に目を走らす。そうやって、そこに一分ちかく立っていた。枝を揺らす風はなく、木でさえ完全に静止していた。まるで、世界じゅうが宙ぶらりんの状態で、つぎに起きることを待ちかまえているかのようだった——ただし、なにも起きなかったが。

まるめた紙片を張り出し玄関の手すりに残して、マルは家のなかへとひき返した。そして、戸棚からM４をとりだすと、寝室の床にすわって、組み立てて分解する作業を三度くり返した。毎回十二秒で終わらせた。それから、部品を銃剣とともにケースにしまい、それを父親のベッドの下にすべりこませた。

数時間後、マルは清潔なグラスを棚にならべるため、〈ミルキーウェイ〉のカウンターのうしろでかがみこんだ。グラスは皿洗い機から出したばかりでまだ熱く、指先がひりひりした。空《から》になったトレイを手に立ちあがると、グレン・カードンがカウンターのむこうにいて、ふちの赤いしょぼついた目で彼女をみつめていた。茫然自失《ぼうぜんじしつ》の体《てい》で、顔はむくみ、薄くなった髪はぼさぼさ。ようやくベッドから出てきたといった感じだった。

「おまえに話がある」グレンがいった。「もう知ってるよな。おれが結婚指輪を盗られたのは。そいつをどうにかして取り戻せないかと、ずっと考えてた。どんなやり方をしてでもかまわないから」

いきなり立ちあがったときのように、マルの脳からは血がさっとひいていった。手の感覚もいくらか失われていた。一瞬、手のひらが痛いくらい冷たくなった。

彼が警官を連れてきていないのが、不思議だった。警察の介入なしにこの件を解決する機会を、マルにあたえようというのか？　マルは彼になにかいいたかったが、言葉が見つからなかった。最後にこれほど無力に、そして無防備に感じたのがいつだったか、思いだせなかった。弁解の余地は、まったくなかった。

グレンがつづけた。「女房はけさ、泣きどおしだった。寝室から聞こえたんだ。けど、おれがなかにはいって話をしようとすると、ドアには鍵がかかってた。寝室にいれてもらえなかった。あいつは平気なふりをして、おれを仕事にいかせようとした。心配いらないからといって。ほら、あの結婚指輪は彼女の親父《おやじ》さんのだったんだ。おれたちが結婚する三カ月まえに亡くなった親父さんの。ちょっと、あれっぽく聞こえるよな。なんてったっけ？　そう、エディプス・コンプレックスだ。おれと結婚するのは、親父さんと結婚するようなもんだってやつ。まあ、正確にはちがうけど、いいたいことはわかるだろ。ヘレンは親父さんをものすごく愛してた」

マルはうなずいた。

「犯人たちが盗ってったのが金だけだったら、おれはヘレンになにもいわなかったかもしれない。なにせ、泥酔したあげくの失態だから。おれはこのところ飲みすぎてて、数カ月まえにヘレンから、そのことでみじかい置き手紙を渡されてた。あいつは、その原因が自分との結婚生活に不満があるからなのかを知りたがってた。いっそ、彼女がおれをただ怒鳴りつけるような女だったら、もっと楽なんだが。けど、おれがあんなふうに酔っぱらって彼女の親父さんの結婚指輪をなくしちまっても、あいつはおれを抱きしめて、犯人たちに怪我《けが》させせられなくてよかったというだけなんだ」

マルは口をひらいた。「なんていっていいのか」それから、指輪も現金もすべて返すとつづけかけた。もしもそうしてほしければ、いっしょに警察に出頭すると。だが、そこで思いとどまった。グレンは〝犯人たち〟といっていた。〝犯人たちが盗ってったのが金だけだったら〟。〝犯人たちに怪我させせられなくて〟。〝おまえ〟ではなく。

グレンがコートの内側に手をすべりこませ、中身の詰まった白い事務用封筒をとりだした。「きょうは一日じゅう、職場で胃がむかついてた。指輪のことが頭から離れなかった。それで、この酒場に貼り紙をすることを思いついた。ほら、迷子の飼い犬をさがすちらしみたいなやつだ。ただし、ここでさがすのは盗られた指輪だけど。あれを盗んでいった連中は、きっとここの客にちがいない。でなきゃ、あんな夜遅くに駐車場にいたりしないだろ？　だから、つぎにそいつらが店にきたときに、その貼り紙が目にはいるようにしておきたいんだ」

マルは相手をじっとみつめた。グレンがいったことを理解するのに、すこし時間がかかった。そして、理解すると――彼が自分をまったく疑っていないのがわかると――驚いたことに、落胆にも似た奇妙な疼《うず》きをおぼえた。

「エレクトラよ」マルはいった。

「えっ？」

「父親と娘のあいだの愛着」マルは説明した。「そういうのはエレクトラ・コンプレックスっていうの。で、封筒の中身は？」

　グレンは目をぱちくりさせていた。今度は彼が、すぐには情報を処理できずにいた。マルが政府の金で大学にかよっていたことを知っているものは――もしくは、覚えているものは――ほとんどいなかった。彼女はそこでアラビア語を身につけ、心理学を勉強した（とはいえ、結局は学位をとらずに故郷に戻ってきて、こうして〈ミルキーウェイ〉でバーテンをしているわけだが）。イラクでの勤務期間を終えたら残っている単位を取得するつもりでいたが、その計画は現地にいるあいだにどうでもよくなっていた。

　ようやくグレンの頭がまた働きはじめたらしく、返事がかえってきた。「金だ。五百ドルある。こいつを預かっててもらえないか」

「どういうこと？」

「貼り紙に、なんて書くかを考えてたんだ。まず、指輪に報奨金を出す。けど、盗んだやつがおれのところへきて自分の犯行を認めるとは思えない。いくらおれが法に訴えないと約束しても、信じちゃもらえないだろう。だから、おれに必要なのは仲介人ってことになる。ここで、おまえの出番だ。貼り紙には、こう書く――マロリー・グレナンのもとに指輪を持参したものには、無条件で彼女から報奨金が渡される。そして、マロリーがその人物の正体を警察やおれに告げることは絶対にない。おまえのことは、みんなが知ってる。犯人が地元の人間なら、その言葉を疑うことはないはずだ」グレンがマルのほうへ封筒を押しだした。

「よしてよ、グレン。そんなことしたって、あの指輪は戻ってきやしないわ」

「やってみなきゃ、わからないだろ。もしかすると、盗んだやつも酔っぱらってたのかもしれない。いまは後悔してるのかも」

マルは笑った。

グレンは気まずそうににやりとしてみせた。耳がピンク色に染まっていた。「その可能性もなくはない」

マルはいますこしグレンをみつめてから、封筒をカウンターの下にしまった。「わかった。それじゃ、貼り紙を作っちゃいましょ。ここのファックスで、それをコピーすればいい。酒場のまわりに貼っといて、一週間しても指輪をもってくる人がいなかったら、このお金は返すわ。店のおごりのビールを一杯つけて」

「そいつはジンジャーエールにしてもらえるかな」グレンがいった。

グレンは帰らなくてはならず、ちらし貼りはマルが買ってでた。駐車場にある何本かの街灯に貼り終えたところで、マルは父親の車のワイパーの下に三つ折にした紙切れがはさまれているのに気がついた。

今回の親指の指紋はほっそりとしていて、ほぼ完璧な楕円形だった。最初のふたつが角張っていて寸詰まりだったのに対して、どこか女性っぽさがあった。三つの指紋は、それぞれ別人のものだった。

マルは紙片をまるめると、電柱についている金網のごみ箱にむかって放り投げ、三点シュートを決めてから、店に戻った。

ようやく第82空挺《くうてい》師団がアブグレイブ刑務所に到着していた。かれらの任務は部隊防護で、毎晩刑務所に迫撃砲を撃ちこんでくる連中を捕まえるべく、秋のはじめに周辺の町の手入れが開始された。一週目におこなわれたパトロールと手入れの回数は半端ではなく、応援が必要となったので、カルピンスキー大将は憲兵の派遣を決定した。プラウ伍長はその任務に志願し、それが認められると、マルとアンショーに随行を命じた。

マルは喜んだ。刑務所から——濡《ぬ》れた古い石と小便とひや汗の匂いのする1Aと1Bの薄暗い通路から——逃れたかった。一般の囚人をいれておくテント設営地から——顔に黒バエをたからせた囚人たちが金網塀に押し寄せてきて、そのまえを歩く彼女に懇願してくるところから——逃れたかった。窓をあけたままでハマーを走らせ、吹きこんでくる夜気にあたりたかった。行き先は、地球上のここ以外の場所ならどこでもよかった。

マルたちが配属された小隊は、夜明けまえにある個人宅を急襲した。ヤシの木立のなかにたつ家で、白い化粧漆喰《しっくい》の塀が庭を取り囲み、錬鉄《れんてつ》製の門のむこうには邸内路がつづいていた。家も化粧漆喰で仕上げてあり、裏にはプールが、スペイン風の中庭にはバーベキュー用のグリルがあった。南カリフォルニアにある家といっても、おかしくなかった。デルタ・チームがハマーで門を突破すると、門が大きな金属音とともに倒れた。塀から蝶《ちょう》番《つがい》がひきちぎられた拍子に、漆喰が宙に飛び散った。

この急襲でマルが目にしたのは、それだけだった。彼女は捕虜を運搬するための二トン半の兵員輸送車を運転していた。ハマーはあたえられず、作戦に参加することもなかった。

アンショーはべつのトラックを運転していた。マルは耳を澄ましたものの、銃声は聞こえてこなかった。住人は抵抗せずに降伏したのだ。

家のなかの安全が確保されると、プラウ伍長は状況を確かめてくるといって、トラックのそばを離れた。だが実際には、葉巻を嚙みながら銃をかまえ、両手両足を縛られた武装勢力の男の首にブーツを押しあてているところを写真に撮らせるためだった。マルは携帯無線機で、サダム殉教者軍団の中尉がひとり捕らえられ、武器やファイルや兵員情報が発見されたことを耳にしていた。無線では、南部風の歓声がやたらと飛びかっていた。第82空挺師団の隊員は全員が白人ラッパーのエミネムそっくりで——青い目、クルーカットにした薄いブロンドの髪——しゃべるとTVドラマの《爆発!デューク》に出てくる俳優たちのように聞こえた。

日がのぼったばかりで、通りの東側にある建物の影がまだ地面に長くのびているころ、サダム殉教者軍団の男が家から連れだされ、プラウ伍長とともに狭い歩道に取り残された。男の妻はまだ家のなかにいて、兵士たちに見張られながら荷造りをしていた。

男は大柄なアラブ人で、なかば閉じたような目をしており、三日分の無精ひげをはやしていた。口をひらくのは、英語で「クソくらえ」というときだけだった。デルタ・チームは地下室で、架台にのせた複数のAK-47と、テーブルを覆いつくす大量の地図——いたるところに記号や数字やアラビア語の文字が書きこまれている——を見つけていた。そこには写真をおさめたフォルダーもあった。有刺鉄線をひろげて道路に検問所を設置しているアメリカ軍兵士の写真。父親のほうのブッシュ大統領がやや当惑した笑みを浮かべて俳優のスティーヴン・セガールと写っている写真。

　プラウ伍長は写真のなかの人物や場所が武装勢力の攻撃対象である可能性を危惧《きぐ》しており、すでに何度か無線で基地と連絡をとって、緊迫した声で興奮気味に対敵諜報部隊とやりとりしていた。彼がとくに気にかけていたのは、そこにスティーヴン・セガールがふくまれているという点だった。プラウ伍長の部隊のものは、全員が最低でも一度は《刑事ニコ／法の死角》を見させられていた。そして、伍長自身はその映画をもう百回以上見たと豪語していた。サダム殉教者軍団の男が通りに連れだされてくると、プラウ伍長は捕虜を見おろすようにして立ち、ときおりスティーヴン・セガールのまるめた写真で相手の頭を下からはたきあげながら、怒鳴りつけた。それに対して、男はこういった。「もっとクソくらえ」

　マルはトラックの運転席側のドアにもたれかかり、いつになったら伍長はわめいたり捕虜を叩いたりするのをやめるのだろうと考えていた。ヴィヴァリンの副作用で、頭が痛かった。しばらくすると、これはもうトラックへの積みこみがはじまって出発するまで終わりそうにないという結論にいたった。下手《へた》すると、あと一時間はつづくかもしれない。

　そこでマルは、怒鳴っているプラウ伍長をあとに残して、押し倒された門を踏み越え、家へとむかった。キッチンにはいると、なかは涼しかった。赤いタイル張りの床。高い天井。窓がたくさんあり、日の光が隅々にまでゆき渡っている。ガラス製のボウルには新鮮なバナナ（そんなもの、いったいどこで手にいれるというのか？）。マルは一本頂戴すると、それをトイレにすわって食べた。この一年で使用したなかで、もっとも清潔なトイレだった。

家を出て道路へとひき返しながら、口のなかに指をいれてしゃぶる。この一週間、歯を磨いておらず、息がくさかった。

通りに戻ってみると、プラウ伍長は捕虜を叩く手を休めて、ひと息いれていた。サダム殉教者軍団の男は、腫れぼったいまぶたの下から伍長を見あげていた。鼻を鳴らして、こういう。「おまえは口だけ。つまらないやつ。下っ端。クソくらえいうだけ無駄」

マルは男のまえで片膝をつき、指を相手の鼻先へもっていった。アラビア語でいう。「におう? あんたの女房のオマンコのだ。レズビアンみたいに一発やってやった。あんたよりずっといいといってた」

男はひざ立ちの体勢からマルに飛びかかろうとした。胸の奥から押し殺した怒りのうなり声がはっせられる。だが、プラウ伍長のM4の銃床にあごをとらえられ、骨の折れる音があたりに響き渡った。銃声なみに大きな音だった。

男は横向きに倒れ、胎児のように身体をまるめた。マルはそのそばにしゃがんだまま、つづけた。

「いまのであごが折れた」という。「アメリカ兵の写真について話したら、痛みがなくなる薬をやる」

マルが男のために鎮痛剤をとりにいったのは、半時間後のことだった。そのころには、男は写真が撮られた場所とそれを撮った人物の名前を白状していた。

マルは運転してきたトラックの後部に身をのりいれ、救急箱のなかを調べた。そこへ、アンショーがあらわれた。

「ほんとうにやったのか？」アンショーがたずねた。その顔では、真っ昼間の陽光のなかで具合の悪そうな汗が光っていた。「あいつの奥さんを？」

「なんですって？　まさか。とんでもない」

「そうか」アンショーはそういって、ごくりと唾をのみこんだ。「そう聞いたから……」声がしだいに小さくなっていく。

「誰がなにをいってたの？」

アンショーの目がちらりと道路の反対側へとむけられる。第82空挺師団の兵士ふたりが、ハマーのそばに立っていた。「あいつらのひとりが家のなかにいたら、あんたがずかずかとはいってきて、奥さんを前屈《まえかが》みにさせたって。ベッドでうつ伏せにして」

マルはヴォーンとヘンリションのほうを見た。ふたりともM16を抱えて、必死に笑いをこらえていた。マルはかれらに中指を突きたててみせた。

「まったく、アンショーったら。自分がからかわれてるのがわからないの？」

アンショーは首をうなだれ、トラックの後部のなかにまでのびている自分の案山子《かかし》のような影をみつめていた。

「ああ」彼はいった。

二週間後、マルとアンショーはこのサダム殉教者軍団の男とともに、べつのトラックの後部にいた。男をアブグレイブ刑務所からバグダッドにあるもっと小規模な刑務所に移送するためだった。男はあごを正しい位置に固定する鋼鉄製の器具を頭に装着していたが、それでもマルの顔に唾を吐きかけるくらい大きく口をひらくことができた。マルが唾液を拭きとっているあいだに、アンショーが立ちあがった。そして、男のシャツのまえをつかむと、トラックの後部から舗装されていない道路へと放りだした。このときトラックは時速五十キロちかくで走行しており、輸送車隊のなかにはMSNBCの記者もふたりいた。

男は一命をとりとめたものの、顔の大部分が砂利で剝がれ落ち、あごの骨がふたたび折れ、両手の骨がこなごなに砕けた。アンショーは、男が逃げようとして自分で飛びだしたのだと主張した。だが、それを信じるものはおらず、彼は三週間後に本国へ送還された。

ここで笑えるのは、それから一週間後、この男が再度移送される際に、ほんとうに逃げだしたというところだ。男は手錠をはめられていたが、両方の親指が折れていたため、手を抜きとることができたのだ。検問所で憲兵がハマーから降り、仲間たちと猥談《わいだん》に花を咲かせているあいだに、男は輸送車の後部から飛び降りた。そして、そのまま夜の砂漠のなかへと歩み去り、伝えられるところでは、その後二度と目撃されることはなかった。

金曜日の晩にはじまったバンドの生演奏は、日付が変わるまでつづいた。午前一時二十分、マルは最後の客を送りだして、ドアにかんぬきをかけた。それから、テーブルを拭いているキャンディスの手伝いをはじめたが、この日は昼まえから勤務についていたので、ビル・ロディエから〝きょうはもう帰っていい〟といわれた。

マルがジャケットを着て店を出ていこうとしたとき、ジョン・ペティがなにかで彼女の肩をついた。

「おい」ペティが声をかけてきた。「こいつはおまえんだろ？　名前が書いてある」

マルはふり返った。ペティはレジのまえに立ち、分厚い封筒を彼女のほうへさしだしていた。マルはそれを受けとった。

「グレンが置いてった金か？　結婚指輪と交換するための？」ペティはレジのほうへむきなおると、札の束をひっぱりだして輪ゴムでまとめ、それをカウンターの上にならべていった。「たいしたタマだよな。やつから金をふんだくって、もう一度食い物《ファック》にしようってわけか。おれが五百ドル出したら、おなじくらいたっぷりご奉仕《ファック》してくれるか？」

ペティはそういいながら、手をふたたびレジに突っこんだ。マルは彼のひじの下から腕をのばして、レジのひきだしを勢いよく閉めた。指をはさまれ、ペティが悲鳴をあげる。ひきだしが勝手にまたあきはじめたが、ペティが指をひき抜くまえに、マルはもう一度おなじことをした。ペティが片足をあげて、ぴょんぴょん飛び跳ねた。

「なにしやがるんだブスのレズ野郎」ペティが叫んだ。

「なんだ」ビル・ロディエがいった。ごみ箱をカウンターにはこんでくるところだった。「どうした」

マルは同僚がひきだしから手をひき抜くのを許した。ペティはよろめきながらぎごちなくマルから離れ、腰がカウンターにあたったところで、くるりと彼女のほうをむいた。傷ついた手を胸のまえでつかんでいた。

「このイカれたアマが！　指が折れたぞ！」

「おいおい、マル」ビル・ロディエがカウンター越しにペティの手を見ていった。ペティの太い指には、紫の線が痣《あざ》となって残っていた。ビルの問いかけるようなまなざしが、ふたたびマルへとむけられる。「こいつがなにをいったか知らないが、そこまでやることはないだろう」

「人がどこまでやれるか知ったら、あなたも驚くわよ」マルは彼にいった。


店を出ると、外では冷たい霧雨が降っていた。マルは自分の車のそばまできたところで、片方の手の重みに気がついた。そこにはまだ、現金の詰まった封筒が握られていた。

車を運転して家に戻るあいだじゅう、マルは封筒をつかんだまま、太ももの内側に押しつけていた。ラジオはつけず、ガラスを叩く雨の音に耳を澄ましながら、ひたすら運転をつづける。砂漠にいた二年間で雨を目にしたのは、たったの二度だった(もっとも、朝にはしばしば、卵や硫黄の匂いのするじめっとした霧が発生していたが)。

志願して入隊した当初から、マルは戦地への派遣を希望していた。戦闘に参加するのでなければ、軍隊にはいる意味がないではないか。命を危険にさらすのは、気にならなかった。逆に、それが励みとなった。戦闘地域にいれば、毎月二百ドルのボーナスがもらえるからだ。自分の命の値段の安さを、マルは心のどこかで楽しんでいた。もともと、それ以上の価値があるとは考えていなかった。

だが、イラク行きが決まったとき、マルはその金の代償として求められるのが自分の命だけではないことに気づいていなかった。問題は、自分の身になにが起きるかではなく、他人の身になにをやれと求められるかだった。マルは二百ドルのボーナスとひきかえに、全裸で縛られている男たちに何時間も無理な姿勢をとらせた。十九歳の少女に、ボーイフレンドの情報を提供しなければ集団レイプが待っていると脅しをかけた。月二百ドルで、彼女は拷問者になった。いまふり返ると、イラクにいたころの自分はおかしくなっていたのだという気がした。ヴィヴァリン。麻黄《マオウ》。睡眠不足。迫撃砲の絶え間ない攻撃。そういったものが彼女の精神を病ませ、悪夢のようなマロリー・グレナンを生みだして……。そのとき、マルは太ももにあたる封筒の重みを意識し――グレン・カードンから預かった報奨金だ――自分が彼の結婚指輪を盗んだことを思いだした。イラクにいたときの自分は別人だったというふりをするのは、自己欺瞞《きまん》にほかならなかった。当時もいまも、マルはマルだった。彼女はあの刑務所を故郷にまで持ち帰り、いまもそのなかで生きていた。

　マルは濡れて凍えながら家のなかへはいった。気がつくと、グレンの金のはいった封筒を手に、キッチンの調理台のまえに立っていた。そうしたければ、彼に五百ドルで指輪を買い戻させることもできた。質屋にもちこんでも、そこまでの値段はつかないだろう。それよりもすくない金で、マルはもっとひどいことをしてきていた。流しの排水口に手を突っこみ、ぬるぬるとした防臭弁《トラップ》にふれる。指先に指輪があたった。

　マルは薬指に指輪をひっかけて、手を抜きだした。指輪をはめ、手首をあれこれまわして、それが自分の曲がったみじかい指に似合うかどうかを確認する。**これをもって汝《なんじ》を夫婦とする。**指輪と交換に五百ドルを受けとっても、それをどうしていいのかわからなかった。彼女が必要としているのは、金ではなかった。グレン・カードンの指輪でも。自分がなにを欲しているのか、はっきりとしなかった。答えが舌の先まで出かかっているのに、苛立《いらだ》たしいことに、あとすこしのところでつかえていた。

マルは浴室へいってシャワーを出し、湯気がたまるあいだに服を脱いだ。黒いブラウスの袖から腕をひき抜こうとして、手にまだ封筒をもっていることに気づく。薬指にグレンの指輪をしていないほうの手だ。彼女は金を浴室の洗面台のとなりに放ると、指輪はそのままにしておいた。

シャワーを浴びているあいだ、マルは何度か指輪に目をやった。自分がグレン・カードンと結婚しているところを思い描く。彼はボクサーショーツとTシャツ姿でマルの父親のベッドに寝そべり、深夜の夫婦の営みを期待して胸を高鳴らせながら、妻が浴室から出てくるのを待っている……。マルはその考えを一笑に付した。こんなのは、自分が宇宙飛行士になったときの生活を想像するのとおなじくらい馬鹿げていた。

洗濯機と乾燥機は浴室にあり、マルはメイタッグ社製の乾燥機のなかをひっかきまわして、引退したプロ野球選手カート・シリングのTシャツと洗いたてのヘインズのショーツをとりだした。タオルで髪を乾かしながら明かりのついていない寝室へ戻り、化粧台の鏡に一瞥《いちべつ》をくれる。だが、そこに映っているはずの自分の顔が目に飛びこんでくることはなかった。ちょうどその部分が、鏡の上枠に貼りつけられた白い紙片で覆われていた。紙片の真ん中には、黒いインクで押された親指の指紋。そして紙片のまわりには、ベッドに寝そべる男の姿。マルが先ほど思い描いたグレン・カードンと——ベッドに寝そべり、彼女が浴室から出てくるのを待つグレン・カードンと——よく似ていた。ただし、グレンが着ていたのは灰色と黒の作業服ではなかった。

マルはとっさに横へ動いて、キッチンのドアを目指した。だが、アンショーはすでに行動に移っており、彼女の右ひざにブーツで蹴りを入れてきた。脚がありえない角度で折れ曲がり、マルはひざの裏側で前十字靭帯《じんたい》がぷつんと切れるのを感じた。つんのめる彼女の髪を、すぐうしろにいるアンショーがつかむ。そして、そのままマルの頭を化粧台の側面に叩きつけた。

釘銃《ネイルガン》を打ちこまれたみたいに、痛みの黒い輻《スポーク》がマルの頭蓋骨を貫いた。彼女が床の上で反転すると、頭に蹴りが飛んできた。それほど痛みは感じなかったものの、電源コードを壁からひっこ抜かれた装置のように全身から力が抜けた。

マルは無抵抗のまま、身体をひっくり返され、腹ばいの状態でうしろに腕をねじあげられた。アンショーは丈夫なプラスチック製の結束バンドを用意しており――イラクでときおり捕虜に使用していたプラスチック手錠だ――マルの尻の上にすわると、手首につづいて、束ねた足首にもそれをかけた。痛いくらい強く締めたあとで、さらに締めあげる。マルの目の奥では黒い光がまだちかちかしていたが、その規模は小さくなり、回数も減ってきていた。じょじょに意識が戻ってくる。息をしろ。時機を待て。

目がまともに見えるようになると、マルはあらためてアンショーの姿を確認した。彼はマルの父親のベッドのへりに腰かけて、上から彼女を見おろしていた。もともと贅肉《ぜいにく》のなかった身体が、さらに痩せ細っていた。深い窪みの奥でぎらぎらと輝く目は、まるで深い井戸の水面に映る月のようだ。彼はひざの上にかばんをのせていた。昔ながらの往診かばんを思わせる石目模様のりっぱな革製のかばんだ。

「けさ、あんたが走ってるところを偵察させてもらった」アンショーが前置き抜きではじめた。〝偵察〟という言葉のせいで、敵の軍隊の動きを報告しているみたいに聞こえた。

「丘の上にいたとき、誰に合図していた？」

「アンショー」マルはいった。「あなた、なにをいってるの？　これはどういうこと？」

「あんたは鍛えてるな。まだ兵士だ。けさ、あとをつけようとしたけど、のぼりで置いてかれた。丘のてっぺんにいたとき、あんたは光を点滅させてただろ。見えたんだ。長く二度、みじかく一度、それからまた長く二度。誰かに合図を送っていた。相手は何者なんだ」

はじめのうち、マルは彼がなんの話をしているのかわからなかった。それから、気がついた。水筒だ。水筒をかたむけて水を飲んだとき、それに日の光が反射していた。マルは口をひらいてしゃべろうとしたが、そのまえにアンショーが片膝をついて、かばんの留め金をはずした。中身をかたわらの床にぶちまける。さまざまな道具が出てきた。実用向きの大ばさみ。テーザー銃。金槌《かなづち》。弓のこ。持ち運びできる万力。そして、それらに混じって、人間の親指が五、六本。

太くてずんぐりとした男性のもの。白くてすらりとした女性のもの。黒く腐敗してしなびているため、どういう人物の指かよくわからないもの。どの親指も、片端が骨と腱で終わっていた。かばんのなかの匂いはむかつくほど甘ったるく、腐った花を連想させた。

アンショーは大ばさみを手にとった。

「けさ、あんたは丘にのぼって、誰かに合図を送った。そして今夜、大金をもって帰宅した。あんたがシャワーを浴びてるあいだに、封筒をのぞかせてもらった。つまり、あんたは誰かと会うために合図を送り、そいつと会ったときに、情報とひきかえに金を受けとったわけだ。相手は誰だったんだ？　ＣＩＡか？」

「あたしは仕事へいっただけよ。酒場へ。どこで働いてるかは知ってるんでしょ。そこまでつけてきたことがあるんだから」

「五百ドル。そんな大金、チップだとでもいうつもりか？」

マルは言葉に詰まった。なにも考えられなかった。ただただ、雑多な道具のあいだに転がる親指をみつめていた。

アンショーがその視線をたどって、大ばさみの刃で親指のひとつをつついた。指はしなびて黒ずんでおり、唯一わかる特徴といえば、釣り針の形をした白っぽい傷痕だけだった。

「プラウのだ」アンショーがいった。「やつはおれの家の上空にヘリコプターを飛ばしてた。一日に一、二回ずつ。おれに気づかれないように日によってヘリの機種を変えてたが、こっちはお見通しだった。双眼鏡でキッチンから見張ってると、ある日、プラウが操縦席にいるのが見えた。ラジオ局の道路交通情報のヘリコプターだった。そのときまで、やつがヘリを操縦できるなんて知らなかった。黒いヘルメットにサングラスをかけてたが、やつに間違いなかった」

アンショーの話を聞きながら、マルはプラウ伍長が親指を怪我したときのことを思いだしていた。ビールを飲もうと銃剣の刃でレッドストライプの瓶をあけようとして、刃がすべったのだ。ブラウ伍長は切り傷のできた親指を吸いながら、「ちきしょう、誰かかわりにこいつをあけてくれ」といった。

「いいえ、アンショー、それはブラウじゃない。彼によく似た別人よ。ヘリを飛ばせてるなら、彼はイラクでアパッチの操縦を命じられていたはずだもの」

「本人が認めたよ。はじめはちがった。嘘をついてた。けど、最後にはすべて白状した。ヘリコプターを操縦していたのは自分で、おれは帰還してからずっと監視下に置かれていた、と」アンショーが大ばさみの切っ先を動かして、しなびて茶色くなったべつの親指を示した。乾燥したマッシュルームのような見た目と質感だった。「やつの奥さんのだ。彼女も認めた。連中は飲み水に薬物を混入して、おれの身体機能をにぶらせ、なにも考えられなくしていた。帰宅しようと車を走らせてて、自分の家がどんなだったかわからなくなることがあった。二十分ちかく住宅団地をうろついてから、ようやくわが家を二度もとおりすぎてたことに気づくんだ」

アンショーは言葉を切ると、大ばさみの切っ先を、さほど古びていない親指のほうへと移動させた。女性の指で、爪が赤く塗られていた。「ポキプシーで、おれをスーパーマーケットのなかまでおいかけてきた女のだ。あんたに会うため——あんたが敵に寝返っていないかを確認するため——北上していたときだ。この女はスーパーマーケットで、棚のあいだを移動するおれのあとをずっとつけてきた。こっちを見てないふりをして、小声で携帯電話にむかってしゃべりながら。そのあとで、おれが中華料理の店にいくと、女が通りむかいに車をとめるのが見えた。あいかわらず携帯電話にむかってしゃべっていた。彼女の口を割らせるのが、いちばん大変だった。こちらが間違えたのかと思いかけたほどだ。自分は小学一年生の先生だ、と彼女は言い張った。おれの名前さえ知らないし、おれをつけてたわけじゃない、と。もうすこしで信じそうになったよ。ハンドバッグのなかに写真があったんだ。彼女が大勢の子供たちと芝生にすわっている写真だ。けど、それは加工されたものだった。フォトショップを使って、彼女を写真にはめこんだのさ。最後には、彼女もそれを認めた」

「プラウがヘリコプターを操縦していたといったのは、あなたに痛めつけられないようにするためよ。小学校の先生が写真は偽造されたものだといったのは、あなたに拷問をやめさせるため。人はきびしく責めたてられると、なんだっていうの。あなたは現実を見失ってるわ、アンショー。なにが真実なのか、わからなくなってる」

「そりゃ、あんたはそういうだろうさ。この計画に――おれの頭をおかしくさせて自殺においこむ計画に――加担してるんだから。親指の指紋が届いたら、あんたはきっと自分の訓練士《ハンドラー》に連絡をとる、とおれはにらんだ。そして、そのとおりになった。あんたは丘へ直行し、訓練士《ハンドラー》に合図を送った。おれがちかづいてることを知らせるために。けど、それで派遣されてきた助っ人《バックアップ》は、いまどこにいる？」

「わたしには助っ人《バックアップ》なんていない。訓練士《ハンドラー》もね」

「おれたちは友だちだっただろ、マル。あんたがいてくれたおかげで、おれはイラクでの最悪の時期をのりきることができた。頭がおかしくなりそうだったのに、そうならずにすんだ。だから、あんたにこんなことしなくちゃならないのは、ほんとうにつらい。けど、あんたが合図を送ってた相手の正体を知る必要がある。そして、いずれあんたはしゃべることになる。で、誰に合図してたんだ、マル？」

「合図なんてしてないわ」マルはそういって、腹ばいのまま身体をくねらせて逃れようとした。

アンショーは彼女の髪の毛をつかむと、どこへもいかせまいと手にまきつけた。マルは頭皮が裂けるのを感じた。上からひざで背中を押さえつけられ、もがくのをやめる。顔が横向きになっており、右の頬に粗織《あらお》りの敷物があたっていた。

「結婚してるとは知らなかったよ。その指輪には、今夜はじめて気づいた。旦那はもうすぐ帰ってくるのか？　この計画の仲間なのか？　正直に話すんだ」アンショーはそういって、大ばさみの刃でマルの指にはまった指輪を軽く叩いた。

マルはいま、ベッドの下をのぞきこんでいた。そこにあるケースをみつめていた。M4と銃剣がおさめられたケース。その留め金は、はずされたままの状態だった。

アンショーが大ばさみの柄《え》で、マルの首の付け根あたりを殴った。たちまち世界がぼやけ、それからゆっくりと視界が晴れてくる。ようやく目の焦点があったとき、ベッドの下のケースは依然としてそこにあった。顔から三十センチと離れていないところに、銀の留め金がぶらさがっていた。

「さっさと吐け、マル。真実を聞かせてくれ」

マルがイラクで出会ったサダム殉教者軍団の男は、両手の親指が折れたあとで、手錠から抜けだしていた。親指をどの方向へも動かせる人物に、手錠は通用しない。それをいうなら、親指を切断された人物にも。

マルは気分が落ちついてくるのを感じた。彼女のパニックは無線の雑音のようなもので、たったいま、その音量調節のつまみを見つけていた。それをすこしずつ小さく絞っていく。いうまでもなく、アンショーはしょっぱなから大ばさみを使ったりしないだろう。それにむけて、じょじょに彼女を痛めつけていく。まずは、殴るところからだ。とりあえずは。マルは大きく息を吸いこんだ。意外なほど、呼吸はしっかりとしていた。ハチェット・ヒルをのぼっていくのと、そう変わらない気がした。意思の力と体力を総動員して、冷たくひらけた青い空をめざすのだ。

「あたしは結婚してない」マルはいった。「この結婚指輪は酔っぱらいから盗んだの。気にいったから、はめてただけよ」

アンショーが苦々しげで不機嫌そうな笑い声をあげた。「どうせなら、もっとましな嘘をつけよ」

マルはもう一度、肺がはちきれそうになるまで息を吸いこんだ。これからアンショーは彼女を痛めつけ、無理やり情報をひきだそうとする。自分の聞きたいことを彼女にいわせようとする。だが、マルには準備ができていた。耐えられる限度ぎりぎりまでおいつめられるのを、恐れてはいなかった。彼女はそうとうな痛みにも耐えられたし、腕をのばせば届くところには銃剣があった（まあ、のばす腕が残っていればの話だが）。

「嘘じゃないわ」そういうと、マロリー・グレナン上等兵はおのれの罪を告白しはじめた。

階段の悪魔　安野玲[訳]

# THE DEVIL ON THE STAIRCASE

本編は横書きです。
505頁より左から右へ
お読みください。

現時点で
この世界に
ブリキと針金と
電流の小鳥たちが
何羽ぐらいいるのか、
私には見当もつかない。
とはいえ——今月になって私は、
新首相に決まったムッソリーニ氏の
演説を耳にする機会を得た。イタリア国民の
偉大さと隣人ドイツに対する親近感を彼が謳《うた》うと、
その肩に止まって高らかにさえずるブリキの小鳥の声が
確かに聞こえるのだ。しかもその調べは、近ごろ登場した
ラジオを通してことのほか強く、大きく、遠くまで響くようだ。
今の私は
あの山では
暮らしていない。
スッレ・スカーレの
村を目にしたのは、もう
何年も前のことだ。ついに
人生も下り坂にさしかかった今、
もはやあの階段を上る気にはなれない。
膝が痛んでな、とまわりの者には説明している。
だが、
じつをいうと
この期に及んで
高いところが怖くなったのだ。

内部のゼンマイが
切れたのか、いつしか
歌をやめていた。けれど
そのころには、人々が私の
嘘を信じようが信じまいがなんの
不都合もなかった。私の名声と富と
力は、もはや揺るぎないものとなっていた。

ただ——
ブリキの小鳥が
さえずらなくなる
数年前のある朝のこと、
目を覚ますと屋敷の寝室の
窓枠に針金細工の巣ができていて、
きらきら光る銀の殻の脆《もろ》い卵が何個か
産みつけてあった。卵を観察するうちに
ふと不安が頭をもたげ、私はそちらへ手を
伸ばした。とたんに、ゼンマイ仕掛の母鳥に
針のように鋭いくちばしでつつかれた。その後、
私は小鳥の一家の邪魔をするのをいっさいやめた。

何カ月か
過ぎたころ、
巣のなかには銀箔《ぎんぱく》の
殻だけが残されていた。
これら新種の若鳥たちは、
新たな時代の申し子たちは、
すでに飛び立ったあとだった。

行為の褒美として私がもらうことになった。

子供の
ころの私を
見て、この子は
いつかアマルフィの
界隈《かいわい》でいちばん金回りの
いい商人になるだろうとか、
ドン・カルロッタのすばらしい
葡萄園の所有者になるだろうとか、
そんなことを想像する者はひとりも
いなかったはずだ。それはそうだ、昔の
私は、そのドンの葡萄園でラバも顔負けに
働いて小銭を稼ぐような身分だったのだから。

はたまた
この子はいつか
スッレ・スカーレの
村長になってだれからも
慕われることになるだろう
とか、もろもろの善行を積んで
世にあまねく名を知られるほどの
名士になって、ついには教皇聖下に
謁見《えつけん》する機会を得てじきじきに感謝の
言葉を賜《たま》わることになるだろうとか、そんな
ことを想像する者もひとりもいなかったはずだ。

かわいい
ブリキの小鳥は、

さえずりはじめた。今まで
聞いたこともないような、甘く
切ないメロディーだった。そこに
いあわせた男たちはみんな、愁《うれ》いに
満ちた歌が終わるまで一心に聞き入った。

私が
ドーラを
腕にかかえ、
みんないっしょに
階段を下りていった。
途中でまたしてもブリキの
小鳥がさえずりはじめた。私が
こんなことをしゃべったからだ——
あのアラブ野郎は優しく美しい娘たちを
かどわかし、その白い肉体をアラビアで競《せ》りに
かける計画だったんだ、ワインよりもずっと儲《もう》かる
商売ってわけだ、と。小鳥の歌は今や行進曲に変わって
いた。私のそばを歩く男たちの顔は一様に暗く強《こわ》ばっていた。

アフメドの
お付きの連中は、
あのアラブ人の船
もろとも焼かれ、港に
沈められた。埠頭の近くに
あったアフメドの倉庫のなかに
しまってあった商《あきな》い物は、分捕《ぶんど》って
山分けにした。金庫の金は、英雄的な

リトドーラの
親父さんと近所の
連中と私の職無しの
友人たちは、ドーラの
かたわらにすわり込んで
絹のような長い黒髪に指を
走らせながら泣いている私を
見つけた。親父さんはがっくりと
膝をつき、娘の体をきつく抱きしめた。
何度も何度も「リトドーラ」と呼ぶ声が
いつ果てるともなく山のなかにこだました。

ライフルを
持った別の男が、
なにがあったんだ、と
私に尋ねた。私は答えた——
そう、こんなふうに答えたのだ——
アラブ人が、砂漠から来たあのサルが、
ドーラをここに誘い出した、でもドーラの
純潔を奪えないことがわかると、押し倒して
首を絞めた、ちょうどそこに来あわせたおれは、
アラブ人とやりあって石でなぐり殺しちまった、と。

私が
そうやって
しゃべっている
あいだに、ブリキの
小鳥が口笛みたいな声で

残してきた廃墟にたどりついて覗いてみると、あれから
１分もたっていないみたいに、リトドーラだけがそこにいた。

私は
彼女に
近づいて、
聞こえるか
聞こえないかの
声でささやきかけた。
もう１度名前を呼ぶと
ドーラは振り向き、赤く
泣きはらした憎しみに燃える
目で私をにらんで、来ないで、と
叫び身を引いた。私は彼女をなぐさめ
たかった。彼女にあやまりたかった。だが、
私が近づくより早く、ドーラは弾かれたように
立ち上がって走り寄ってきた。そして、私の名前を
呪いながら私になぐりかかり、爪を立てて顔を引っかいた。

私は
ドーラの
肩に手をかけて
落ち着かせるつもり
だった。が、伸ばした
私の手が探り当てたのは、
あのなめらかな白い喉だった。

ほどなく

私は
しばらく
必死になって上り
つづけたが、やがて
また疲れてきて、歩を
ゆるめざるをえなくなった。
主階段までもどるのはいいとして、
みんなに見つかったらなんといおうと、
私は考えようとした。「なにもかも正直に
告白して罰を受けるよ、どんな罰でも」と声に
出していってみた。肩に止まったブリキの小鳥が
おどけた陽気なメロディーをひとくさりさえずった。

だが、
門まで
もどると、
はたと小鳥の
歌がやんだ。さほど
遠くないところで響く
別の歌にさえぎられたのだ。
女の泣き声。いったいどういう
ことだ？　私は首をひねりながら、
さっきドーラの想《おも》い人を殺した場所に
そっともどった。聞こえるのはドーラの
泣く声だけだった。男たちの叫ぶ声はしない。
階段を駆けまわる足音もしない。夜半過ぎまで
自分がここにはいなかった気がするのに、死体を

「あんたからはなんにも欲しくねぇ」私はいった。そのとき、小鳥がうたいだした。きれいな娘の笑い声とか、夕食ができたよと呼ぶ母親の声を思わせる、甘く優しいメロディーだった。声の響きはちょっとオルゴールに似ていた。小鳥の体内でピンを埋め込んだシリンダーが回転して、銀色の櫛《くし》の歯を弾《はじ》いているところが目に浮かんだ。聞きながら、私は震えていた。ここで、この階段で、こんなにも正しいものが聞けるとは思ってもいなかった。

少年が笑いながら私のほうへ手を振った。小鳥の体の両脇から、ナイフが鞘《さや》から飛び出すみたいに翼がぱっと広がると、小鳥はすべるように飛んできて私の肩に止まった。

「ほらね」階段の少年はいった。「きみのことが気に入ってる」

「金がない」私はいった。かすれたおかしな声が出た。

「もう払ってもらった」

そういうと、少年はむこうを向いて階段の下のほうを見やった。聞き耳を立てているようだ。風の立つ音が聞こえた。びょうびょうと低いうめきを放ちながら、くねくね曲がる階段に沿って、風が上ってきた。深く、孤独な、やまない慟哭《どうこく》。少年が私を振りかえった。「さあ、行って。父さまが来る。おっかない年寄りヤギが」

私はあとずさった。かかとが背後の蹴込板《けこみいた》にぶつかった。早く行こうと焦るあまり、私は花崗岩の階段にひっくりかえった。肩の小鳥が飛び立って、螺旋《らせん》を描いて空高く舞い上がった。だが、立ち上がると小鳥はたちまち舞い下りて、元どおり私の

肩に収まり、

私はついさっき

駆けおりた階段を

こんどは駆けのぼった。

ん深い油井《ゆせい》の油が入ってるから、なんにだって火をつけられる——油がなくならないかぎりね。つまり、永遠にってこと」

「ここには欲しいものなんかねぇ」私はいった。

「ぼくはどんな人にもぴったりのものを持ってる」少年はいった。

　さっさとここを離れようと、私は立ち上がった。もっとも、行き場などどこにもなかった。階段を下りるのはだめだ。考えるだけで目まいがする。かといって、上るのもだめだ。リトドーラはとっくに村にもどっただろう。みんな総出で松明《たいまつ》を持って階段で私を捜しているはず——連中の声や足音がまだ聞こえてこないのが不思議なぐらいだ。

　ブリキの小鳥がくるりと首をまわし、迷っている私を見てまばたきした。金属のまぶたがカチンと音を立てて閉じてから、パッとひらき、くちばしがかすれたさえずりを放った。急な動きに驚いて、私もかすれた叫びを放った。動かないおもちゃだとばかり思っていたのだ。小鳥がじっと私を見つめた。私は見つめかえした。子供のころの私は、いつでも精巧なゼンマイ仕掛に夢中だった。そう、たとえば、１２時の鐘が鳴ると隠れ場所から人形が飛び出してきて、樵《きこり》が薪《まき》を割ったり、乙女がくるくる踊ったりする絡繰《からくり》時計……。少年は私の視線を追い、微笑むと、籠の扉をあけてなかに手を入れた。小鳥はぴょんと指に止まった。

「この子の歌はそれはそれは美しい」少年はいった。「主人と認めた人の肩に止まるのが好きで、１日じゅう肩でうたってくれる。うたわせるコツがあってね——嘘をつくんだ。嘘は大きければ大きいほどいい。嘘を餌にして、この子は夢のようにきれいな愛らしい歌を聞かせてくれる。みんなこの子の歌を聞きたがるよ。聞きたくて聞きたくて、嘘をつかれていることにも気づかない。きみが望めば、この子はきみのものになる」

「ルシファーっていうのは、ひづめがあって三叉槍《みつまたやり》を持ってて人を苦しめる、おっかない年寄りヤギでしょう？　苦しいのはきらい。ぼくは人を助けたい。だから贈り物をあげる。そのためにここにいるんだ。定められた時が来る前にこの階段を歩く人はみんな、歓迎の贈り物がもらえるってわけさ。ねえ、喉が渇いてるんじゃない？　林檎はどう？」少年は白い林檎のバスケットを持ち上げた。

確かに喉がからからだった――いや、からからというより、ついさっき煙を吸い込んだみたいにヒリヒリ痛んだ。私は差し出された林檎に反射的に手を伸ばそうとして、やっぱりやめた。少なくとも1冊の本の教訓を知っていたからだ。少年はにっこりした。

「その林檎、もしかして――？」私は尋ねた。

「とても年老いた立派な木からもいだ林檎だよ」少年はいった。「これより甘い果物はないだろうね。食べれば知恵で満たされる。うん、クィリヌス・カルヴィーノ、きみのように、ほとんど読み書きを知らない者でもだ」

「欲しくねぇ」と私はいったが、ほんとうにいいたかったのは、おれを名前で呼ぶなということだった。この子供に名前を知られていると考えるだけで恐ろしかった。

少年はいった。「だれだって欲しがるのに。みんな食べて食べて、あふれんばかりの知恵を得る。そうさ、別の言語の話しかたを覚えるのも爆弾の作りかたを覚えるのも、同じぐらい簡単にできるようになるんだ。この林檎をひとくちかじればそれでいい。それじゃあ、こっちの小さい金色のはどう？　これはライターといってね、いろいろなものに火をつける装置だ。紙巻き煙草《たばこ》。パイプ。焚火《たきび》。想像力。革命。本。川。空。ほかの人の魂。うん、人間の魂にも発火する温度がちゃんとある。このライターには魔法がかかっていて、この惑星でいちば

**向かい側に腰をおろした。望んで**
**そうしたわけではない。ちょうどそこで**
**脚が萎《な》え、腰をおろすしかなくなったのだ。**

しばらくどっちも黙ったままだった。少年は細工物をならべた毛布のむこうで微笑んでいた。私は踊り場の上に張り出した岩の庇《ひさし》に気を取られているふりをしていた。ガラス瓶のなかの灯火がどんどんまぶしくなっていって、体の歪《ゆが》んだ巨人みたいなふたりの影を岩に貼りつけたかと思うと、つぎの瞬間ちらちらと瞬き縮んで、影も私たちも闇に沈んだ。少年が水の入った革袋を差し出したが、私はこの少年からなにかもらうほど愚かではなかった。少なくとも、愚かではないとそのときは思っていた。ガラス瓶の灯火がまたまぶしくなっていって、ぽつんと浮かぶ純白の玉と化してから、風船のように膨らみはじめた。見ていようと思ったが、目の奥がずきずきしてきて目をそらした。

「なんだそれ？　目が焼けそうだ」ついに私は口をひらいた。

「太陽から盗んだ火花さ。これがあれば、おもしろいことがたくさんできるんだ。炉を造るとかね。それも、都市をまるごとひとつ温められるぐらい大きくて強力な炉だよ。エジソンの白熱電球だっていっぺんに１０００個ぐらいつけられる。ほら、ものすごく明るくなるだろう？　だけど、気をつけないといけない。このガラス瓶が壊れて火花が逃げ出したら最後、都市なんか一瞬で明るさに呑《の》まれて消えちゃうからね。欲しいならあげるよ」

「いや、欲しくねぇ」私はいった。

「うん。だよね。きみ向きの品じゃない。だいじょうぶ。あとでだれかが持ってくだろうから。でも、ほかのはどう？　なんでもいいよ」少年はいった。

「あんた、ルシファーか？」私は尋ねた。声がかすれた。

磔《はりつけ》にされている。少しのあいだ、
私は先へと歩を進めることはおろか、
引きかえすこともできずにいた。そう、
猫どものせいだった。男のひとりは脇腹に
怪我《けが》をしていて、にじみ出る血が階段に池を
作り、子猫が何匹かそこに群がってクリームでも
な舐めるみたいにぴちゃぴちゃと血を舐めていたのだ。
そのあいだも、ほらいい子ちゃんたちたっぷりお飲みと、
男の疲れたような繰言は、やむ気配もなく延々とつづいた。

男に
近づいて
はっきりと
顔を確かめる
ことはしなかった。

震える
足を踏み
しめて、私は
やっとのことで
来た道を引きかえした。
いろいろと風変わりな細工物に
かこまれて、あの少年が待っていた。

「ほら、
そこにすわって
痛む脚を休めなよ、
クィリヌス・カルヴィーノ」
少年はそういった。私は子供の

人声がした。
男の声だった。
ひとりごとなのか、
いつまでも果てしなく
つづく疲れたような繰言《くりごと》だ。
別のだれかの笑い声が聞こえた。
怒っているような、けたたましくて
いやな声だ。そこへ３人目の声がした。

「処女を
いただくとき
スモモを口に押し
込んで黙らせたらその
スモモはもっと甘くなる？
腐った仔《こ》ヒツジの骸《むくろ》を使って
作った揺籠《ゆりかご》のなかにライオンと
いっしょに寝かされてはらわたを
食われる定めの赤ん坊を引き取るのは
だれ？」などと謎かけめいた言葉が聞こえる。

その先の
つづら折りを
ひとつ曲がると、
ようやく声の主の
姿が見えた。階段に
沿ってならんだ男たち。
５人ばかりいるだろうか。
みんな黒焦げの松の十字架に

微笑みは、子供の顔には
そぐわないほど美しかった。
私は怯《おび》えていた。少年に名前を
呼ばれる前から怯えていた。私は
その声が聞こえなかったふうを装って、
そこにそんな子供はいない、見えていない
という顔をして、そばをすり抜けた。あたふたと
先を急ごうとする私の姿に、少年が笑い声を上げた。

先へと
行くにつれて
階段は急になった。
やがて、眼下に光が
見えてきた。岩棚のむこう、
焼け焦げた森の先に、もしや
ローマぐらいの大きな都市《まち》でも
あるのだろうか……そう思いたくも
なるような、熾火《おきび》にも似た大きな光の
器が見て取れた。そればかりか、微風に乗って
なにやら料理をしているらしい匂いまで漂ってきた。

ほんとうに
料理なのだと
すれば――それは
いやがうえにも食欲を
そそる、直火《じかび》でこんがり
肉を焼いている匂いだった。

行く手で

1度もないはずだ。それにもかかわらず、風に
乗って運ばれてくるのは、まぎれもない暖気だった。
今の服装だと不快なほどの暑さを感じるようになってきた。
つづら
折りの階段を
どれぐらい下った
ころか、すぐ下にある
岩の踊り場にひとりすわる
少年の姿が目に飛び込んできた。
少年は
広げた毛布に
風変わりな細工物を
いろいろならべていた。
籠《かご》のなかのゼンマイ仕掛《じかけ》の
ブリキの小鳥、バスケットに
いっぱいの白い林檎《りんご》、金色をした
小さな装置、それから、ガラス瓶に
おさめられた灯火。この灯火は朝日の
ように目映《まばゆ》く燃えて踊り場の隅ずみまで
照らし出したかと思うと、つぎの瞬間には、
いやに強い光を放つホタルかなにかを思わせる
ぽつんとした点ぐらいの大きさにまで暗くなった。
少年が
私を見上げて
微笑んだ。金髪が
縁取る顔に浮かんだ

行きたい場所だった。

この
階段の
上のほうは
古い白い石が
使われていたが、
下のほうへ行くほどに
煤けたように黒ずんできた。
ところどころで山のあちこち
から合流する下り階段が見えた。
不思議だった。ありえないことだった。
この山に張りめぐらされている階段なら、
今いるこの階段以外のすべてをひとつ残らず
嫌というほど歩きまわったはずではなかったか。
それなのに、合流してくる階段の始まるところが
どこなのか、どれだけ考えても私にはわからなかった。

階段の
周囲の森は、
さほど遠くない
昔に起きた山火事で
きれいさっぱり焼けていた。
すっかり炭になった松の木の
あいだを抜けて、一面焼けただれた
黒い山肌を私はどんどん下っていった。
それにしても妙だった。思い出せるかぎり
では、山のこのあたりで火事が起きたことは

あの門だ――

触れた
とたんに門は
ひらいた。私は
門を抜けると、目の
前の急な階段を下りて
いった。ここならきっと
だれも探しにこない、しばらく
隠れていられると、そう思った――

ちがう。

私はこう
思った――
この階段を行けば
大通りに出るだろう、
そのまま北のナポリを
めざし、アメリカ行きの
船の切符を買って、名前を
変えて、また一から出直そう。

いいや、
これもちがう。
ほんとうはこうだ。

私は
信じていた、
これは地獄へ
つづく階段だと。
地獄こそは、私が

私は

とっさに

立ち上がって

駆けだした。が、

リトドーラは早くも

アーチの通路を抜けて

そこまで来ていて、あやうく

ぶつかりそうになった。華奢な

白い手が差し伸べられ、私の名前が

呼ばれたが、私はあえて足を止めなかった。

なにも考えず、２段飛ばしでいっさんに階段を

駆けおりた。それでも遅いぐらいで、ドーラが何度も

名前を呼ぶ声が——あの男の名前を呼ぶ声が、耳に届いた。

どこへ

行こうと

していたのか

自分でもわからない。

スッレ・スカーレだろう、

たぶん。だが、ドーラが村まで

下りて私がアラブ人にどんなことを

したかしゃべれば、当然のことながら、

みんな真っ先にあそこで私を捜すだろう。

私はようよう足をゆるめると、空気を求めて

あえいだ。胸が熱く燃えていた。ふと気づくと

どうしたものか、脇道をふさぐ門にもたれていた——

そう、

好きにさせた、そんなことのせいでもない。

私が
あいつを
大きな石で
なぐったのは、
あの男のあの黒い顔が
気に食わなかったからだ。

なぐる手を
止めたあとも
私は男のそばに
すわりこんでいた。
男の手首を握ったのは、
たぶん脈を確かめたのだ。
死んだことがわかってからも、
草のなかですだくコオロギの声を
聞きながら、私はそのまま男の手首を
離さずにいた。なぜかこの男が小さな子供で、
私の子供で、ついさっきまで眠れないとぐずって
いたのがやっと寝ついてくれた、そんな気持ちだった。

呆然《ぼうぜん》と
していた
私を現実に
引きもどしたのは、
この廃墟のほうへと
階段を上って近づいてくる
すずしく澄んだ鈴の音だった。

乱痴気《らんちき》騒ぎをくりひろげる舞台に
見えてきた。芝草と夏の緑に彩られた
秘密の園へと通じるアーチの通路は、こっそり
酒色に耽《ふけ》る放蕩《ほうとう》者たちを待つ大広間への入口だった。

広げた
毛布の上に
本を何冊かと
ドンのワインの
ボトルを１本用意して、
サラセン人は待っていた。
近づく鈴の音を聞きつけて、
やつはこっちに微笑《ほほえ》みかけた。
だが、火明かりのなかにあらわれた
のが、空いた片手に大きな石を持った
私だと気づくや、その微笑みは凍りついた。

私は
その場で
男を殺した。

あいつを
殺したのは、
嫉妬のせいでも
家の名誉を守るため
でもない。あいつを石で
なぐったのは、リトドーラが
私には決して触れさせなかった
ひんやり白いその体をあいつになら

ゆすった。こだまが生まれる谷あいに、
階段に、夜のなかに、ポジターノの高みに、
大地を叩《たた》いて屈服させようと企てる海の欲望が
絶頂に達する満潮のときの潮騒《しおさい》のどよめきと吐息を
つらぬいて、鈴にそっくりの澄んだ音が響きわたった。

やがて
私は足を
止めた。息を
ととのえていると、
闇のなかにろうそくの
炎がぽっと燃え立つのが
目に入った。そこは、誂《あつら》えた
ように美しい廃墟の一角だった。
四方をとりかこむ高い壁は花崗岩、
敷きつめられた絨毯《じゆうたん》はツタや野の花。
広びろとした入り口の通路の奥は、芝草の
床と星ぼしの屋根に守られた部屋になっていた。
なにやら剝《む》き出しの世界から身を隠すための場所のよう
——というより、自然のなかにひっそり残る処女地の一角を
人間の侵入から守ろうとしてしつらえた場所のようにも見えた。

と、つぎの
瞬間、こんどは
そこが異教徒どもの
世界に——フルートと
ヤギのひづめと毛だらけの
ペニスを持ったフォーンどもが

目指して駆けのぼって
いくところだった。闇の
なかワンピースのスカートが
ほの白くひるがえり、足首につけた
ブレスレットがきらきら光って見えた。

ドォン
ドォンドォン。
階段を転げ落ちる
樽かなにかのように
私の胸は激しく鳴って
いた。私はだれよりもよく
この山を知っている。先まわり
しようと近道を行き、作業途中の
ぬかるんだ急階段をたどり、スッレ・
スカーレへと上る主階段に出た。サラセンの
王子だかにドーラがもらったあの銀貨を、私は
まだしっかり握りしめていた。ドーラはわざわざ
あの男のところへ出向き、もらって当然の労賃だからと
わざわざあの男にねだって、そうして、私の名誉を穢《けが》した。

いつも
持ち歩いている
ブリキのコップに
やつの銀貨を放り込むと
私は足をゆるめて、こんどは
歩きながら、ユダの銀貨の入った
へこみだらけの古いコップを小さく

リトドーラは例の
ブレスレットをつけて
真っ暗ななかあとから階段を
上ってく。鈴の音が聞こえると、
アラブ野郎が合図のろうそくを灯す――
おれはここで待ってるぞってな。それから
いよいよお待ちかねのレッスンが始まるわけだ」

私は
だいぶ
酔っていた。

すぐさま
リトドーラの
家をめざして、私は
走った。着いたらそのあと
どうするか、とくに計画があった
わけではない。なんでもいいからまず
ドーラが両親と暮らす家に行こう、裏に
まわって小石を窓に何個かぶつけてドーラを
起こして呼び寄せよう、漠然とそんなことだけ
考えていた。ところが、足音を忍ばせて家の裏に
まわろうとしたそのときだ、チリリン……と澄んだ
響きが、上のほうのどこからか私の耳元に降ってきた。

ドーラは
とっくの昔に
階段にいて、星を

サラセンの商人はもう
異教徒じゃない。おまえの
いとこがラテン語の読みかたを
教えてやったんだ、聖書を文法の
教科書がわりに使ってな。おかげで
今じゃ、あいつはキリストの光のなかに
歩み入《い》ったんだとさ。スレーブブレスレットは、
天にましますわれらが父の恩寵《おんちよう》について手解《てほど》きを受けた
感謝のしるしで、ドーラの親も認めた贈り物だって話だぜ」

最初に
この話を
出した友人は、
息ができるように
なると、ごていねいに
こんなことを教えてくれた。
「おまえのいとこはさ、夜《よ》ごと
こっそり階段を上っていっちゃあ
あの男と逢引《あいび》きしてる。使っていない
羊飼いの小屋とか、洞窟とか、製紙工場の
廃墟とか、月の光で水銀みたいにきらきらと
流れ落ちる滝の轟音《ごうおん》のそばとかでな。そういう
ところにいるあいだは、リトドーラが生徒になる。
で、アラブ野郎は注文の多い厳しい教師なんだとよ。

いつも
あの男が
先に行ってて、

目つきに、私は恥じ入った。
リトドーラが私の前に金を置いた。
その手つきに、私はいっそう恥じ入った。
「あんたはあたしなんかよりこっちのほうが
必要みたいね」いい捨てて、ドーラは立ち去った。

私は席を立って
追いかけようとした。
そのとき友人のひとりが
こんなことをいった。「なあ、
知ってたか？　あのサラセン人、
銀の鈴がついた足首用のチェーンを
おまえのいとこにやったんだと。奴隷《スレーブ》の
ブレスレットとかいうやつだ。あいつの国じゃ
ハーレムの新入り娼婦《しょうふ》全員につけさせるんだとよ」

私はパッと
立ち上がった。
はずみで椅子が
ひっくりかえった。
そいつの首を両手で締め
上げ、私はいった。「嘘つけ、
この野郎。神を信じない黒人から
もらいものをするなんて、リトドーラの
親父《おやじ》さんがそんなの許すわけねぇだろうが」

すると
別の友人が
こういった。「あの

笑われたときは
素面だった私だが、
けっきょくすぐに頭が
ぐらぐらするほど酔っぱらう
羽目になった。ドン・カルロッタの
渋くてなめらかな山のワインのせいでは
ない。安キャンティのせいだ。仕事のない
友人連中とタヴェルナでしこたま飲んだのだ。

リトドーラが探しにきた
ときは、もう暗くなっていた。
私の目の前に立ちはだかるドーラの
黒髪に縁取られた顔は白く冷たく美しく、
愛と侮蔑にあふれていた。ドーラはいった。
「あんたがもらうはずだったお金をもらってきた。
あたし、アフメドとはお友達だし、ちゃんとこう伝えて
おいたから——あなたは正直者を侮辱した、あそこのうちは
むかしから力仕事で稼いできた、嘘でお金をせしめたりしない
って。アフメドは運がよかったわ。だってもしもあんたが——」

「あんな
野郎がお友達？」
と私は彼女を遮った。
「主イエス・キリストの
ことをろくに知りもしない
砂漠のサルが、お友達だって？」

リトドーラが
こっちを見た。その

営むドン・カルロッタのもとで働くことにしたのだ。

そうして私は
ポジターノまで
８００段ある階段を
ドンのワインをかついで
下りた。ワインの買い手は
大金持ちの若いサラセン人だ。
王子だという噂《うわさ》で、ここの言葉を
私よりよほど流暢《りゆうちよう》にしゃべるうえに、
音符に星に地図に六分儀と、いろいろな
ものが読める利口で細身な黒い肌の男だった。

ある日のこと、
ドンのワインの
木箱を背にかついで
煉瓦の階段を下りていて
つまずき、その拍子に肩に
かけた背負い紐《ひも》が外れ、背中の
ワインの木箱が岩肌にぶつかって
ボトルが１本割れてしまった。私は
とりあえず、埠頭《ふとう》で待つサラセン人の
もとへとその荷を運んだ。するとあの男は、
おまえワインを飲んだんだろう、ちがうなら
飲むべきだったな、なにしろそれ１本でおまえの
稼ぎのひと月分だ、弁償してもらうぞ、きっちりな、
といった。そして笑った。黒い顔に白い歯がひらめいた。

サラセン人に

伝えているの、課題図書を
1冊でも読んでればわかるわ、と
ドーラはいった。きみと同じ部屋に
いたら本になんか集中できないよ、と
私はいった。ドーラは笑った。そのくせ、
私が喉に触れようとすると急に身を引いた。

はずみで
私の指先が
リトドーラの
胸元をかすめた。
とたんにドーラは
恐い顔になり、手を
洗いなさいよといった。

父が
死んだあと
――山積みの
タイルを背負って
階段を下りているとき
すぐ目の前に迷子の猫が
飛び出してきて、そいつを
踏みつけまいとして足を踏み
外し、15メートルばかり落ちて
木に貫かれたのだ――そのあと私は、
持ち前のロバ並みの脚と帆桁《ほげた》並みの肩を
活《い》かしてもっと稼げる道を見つけた。この
スッレ・スカーレの切り立った斜面で葡萄園を

もっともっと
下までつづいてる」
そう父は答えて十字を
切った。それから、また
口をひらいて、「この門はな、
いつも閉まってる」と付け加え、
上目遣いで私を見た。父がそんな
目つきで私を見るのは初めてだった。
意外なことに、父は私を怖がっていた。

リトドーラに
その話をしたら、
あんたのお父さんは
年だし迷信深いからと
笑われた。あの門の先の
階段は地獄まで通じている、
そんな言い伝えがあるのだと、
いとこは教えてくれた。私はこの
山を彼女の１０００倍も歩きまわって
いるのに、そういう話はそれまで１度も
聞いたことがなかった。それをいったいなぜ
彼女が知っているのか、どうにも不思議だった。

その話、
お年寄りは
ぜったい口に
しないけれど、この
地方の歴史に織り交ぜて

父の足音が近づいて、
ふうふうと荒い息遣いが
聞こえてきた。それへ私は
声をかけた。「父さん、あのさ、
この階段を下りてみたことある？」

門の
内側に
入り込んだ
私に気がつくと、
父はたちまち血相を
変えた。すぐさま私の
肩をつかんで門の外へと
引きもどし、「どうやって
門をあけた？」と鋭く詰《なじ》った。

「来たら
あいてた」と、
そう私は答えた。
「ねえ、この階段って、
ずうっと行けば海岸まで
下りられるんじゃないの？」

「いいや」
「でもこれさ、
途中で切れないで
ずっと下までつづいてる
みたいな感じに見えるけど」

「それより

父と<br>
いっしょに<br>
階段を歩いて<br>
いたころ、赤い<br>
門の前を通りかかる<br>
ことがよくあった。門で<br>
ふさがれた道は、つづら折りの<br>
下りの階段に通じていた。きっと<br>
どこかの大邸宅につづく階段だろう<br>
――そう思って、当時の私はたいして<br>
気にも留めなかった。そんなある日のこと、<br>
大理石を運んで階段を下る途中で休憩しようと<br>
寄りかかると、赤い門はあっけなく内にひらいた。

父は私より
３０段かそこら
うしろをのろのろと
歩いていた。そこで私は、
あそこの階段を下りていったら
どこに出るのか確かめてやろうと
門の向こうに足を踏み入れ、階段の
とっつきから下を覗《のぞ》いてみた。眼下に
見えたのは、大邸宅でも葡萄畑でもない、
険しいうえにも険しい崖の面をどこまでも
どこまでも下っていく、ひとすじの階段だった。

背後に<br>
ぱたぱたと

喉は教会の
大理石の祭壇の
ようにひんやりと
冷たいのかな、などと
私はしじゅう想像を巡らせた。
祭壇にひたいをあずけるように
あの喉にひたいをあずけてみたかった。
本を読むドーラの声は、低くて穏やかで、
病気になったとき、すぐに元気になるわと
夢のなかで話しかけてくる声そのものだった。
ドーラの体の心地よい熱さを味わってみたかった。
もしも彼女が隣に横たわって本を読んでくれたなら、
こんな私も大の本好きになっていたのではあるまいか。

階段は
狭い谷底を
なだれ下って、
その先で石灰岩を
刳《く》り抜《ぬ》いたトンネルへと
吸い込まれ、そこからあとは
果樹園を抜け、うち捨てられた
製紙工場の廃墟《はいきょ》の脇を通り、滝を
過ぎ、緑のプールのあいだを縫うように
走って、スッレ・スカーレとポジターノとを
つないでいた。長い長いその階段の１段１段を
私はすみからすみまで知り尽くしていた。眠って
いるときも夢のなかでこの階段を上ってはまた下りた。

だいきらいだった。
うちには猫がたくさん
いたが、父はそいつらに
歌をうたってやる、ミルクを
飲ませてやる、くだらない話を
聞かせてやる、膝に抱いて撫《な》でて
やるというぐあいで、あるとき私が
１匹を蹴飛ばしたら――そんなことを
した理由はとうに忘れたが――父は私を
蹴飛ばして、床に這いつくばる私を見下ろし、
おれのかわいい猫にさわるんじゃないと吐き捨てた。

そういう
わけで、私は
教科書を持ち運ぶ
かわりに石を持ち運んで
いたのだけれど、父のことが
だいきらいだったのがそのせいだと
いったら、嘘《うそ》になる。学校になど用は
なかった。勉強はきらいだし本もきらい、
それに加え、１つしかない教室のむっとする
暑さにもがまんがならなかった。唯一の救いは
そこにいとこのリトドーラがいたことだ。ドーラは
背筋をまっすぐ伸ばし、あごを上げてなめらかな白い喉を
さらし、スツールに腰かけて、ちびたちに本を読み聞かせた。

あの
真っ白な

上へ、
そして　　　　　　　　　　　　　　　　1歩
下へ、　　　　　　　　　　　　　足を　　踏み出す
荷物を　　　　しまいには　　　　　たびに
かついで、　　　　　　　　　　　膝の
骨が白く
鋭く粉ごなに
挽《ひ》き砕けそうな、
そんな気分になった。

斜面を
うねうね
這いおりる
階段の迷路は、
あるところは煉瓦《れんが》、
別のところは花崗《かこう》岩で
できていた。ここは大理石、
あそこは石灰岩、陶製タイルに
木製タイル。階段を作るとなれば、
作るのはいつも父だった。春の雨で
踏板《ふみいた》が流されれば、修理するのはいつも
父だった。うちには昔からロバが1頭いて、
父はそいつに石運びをさせていた。そのうち
ロバがぽっくり死んで、石運びは私の仕事になった。
当然の
ことながら、
私は父のことが

私の
生まれは
スッレ・スカーレ、
どこにでもいるような
石積み職人のひとり息子だった。

スッレ・
スカーレの
村があるのは
ポジターノの町を
遙《はる》か眼下に見下ろす
高くて険しい山の上で、
冷え込む春の日などには
村の通りという通りを雲が
さながら幽霊の行列のごとく
這《は》い進むことがあった。スッレ・
スカーレと下の世界をつなぐ階段は
８２０段。そうだとも、知らないわけが
ない。空の高みに浮かぶわが家から下界へ、
下界からわが家へと、父のあとについて何度も
何度も、１段１段、いっしょに歩いたのだから。父が
死ぬと、その階段をこんどは私だけで歩くようになった。

死者のサーカスより
ツイッターにて実況中継　高山真由美［訳］

# TWITTERING
# FROM THE
# CIRCUS
# OF THE DEAD

ツイッターってなに？

ツイッターとは、友達、家族、同僚とのコミュニケーションのためのサービスです。一つのシンプルな質問「いまどうしてる？」に短く答えることで人々とつながることができます。……メッセージは１４０字以内で、携帯電話からのテキスト送信、インスタント・メッセンジャー、あるいはウェブを介して送ることができます。――ツイッター社の説明より

TYME2WASTE
死ぬほど退屈だからやってみてるだけ。こんにちは、ツイッター。あたしがいまどうしてるかって？　心のなかで悲鳴をあげてる。
午後８：17　２月28日　Tweetie

TYME2WASTE
うわ、メロドラマみたいじゃない？

午後8：19　2月28日　Tweetie

TYME2WASTE
やり直し。こんにちは、ツイッター。あたしはブレイク、ブレイクはあたし。いまどうしてるかって？　一秒一秒時間を数えてる。

午後8：23　2月28日　Tweetie

TYME2WASTE
帰り支度をはじめてから家族旅行が終わるまでだいたい五万秒くらいかな。これが人生最後の家族旅行になるといいんだけど。

午後8：25　2月28日　Tweetie

TYME2WASTE
コロラドに来てからずっと下り坂。スノボのことじゃないよ。

午後8：27　2月28日　Tweetie

TYME2WASTE
ほんとは休み中はスノーボードとスキーをやるはずだったんだけど、寒すぎるし雪がやまないからプランBに移行したわけ。

午後8：29　2月28日　Tweetie

TYME2WASTE
プランBっていうのはママとあたしの対決。どっちが先に相手に怒りと憎しみの熱い涙を流させることができるかを競うの。
午後8：33　2月28日　Tweetie

TYME2WASTE
あたしが勝つところ。こうなったらもう、ママを部屋から追いだしたければあたしがその部屋に入ればいいだけ。待って、いまママがいる部屋に入るから……
午後8：35　2月28日　Tweetie

TYME2WASTE
あの意地悪クソババア。
午後10：11　2月28日　Tweetie

TYME2WASTE
返信先：@caseinSD さん，@bevsez さん，@harmlesspervo さん
心の友よ！　サンディエゴに帰りたい。もうすぐ帰るからね。

午後10：41　2月28日　Tweetie

TYME2WASTE
返信先：@caseinSDさん
なにいってんの、ママにこれ読まれたってぜんぜん怖くないよ。どうせ知るわけないんだし。

午後10：46　2月28日　Tweetie

TYME2WASTE
ブログをやめさせられてから、ママにはもうなにも話す気がしない。

午後10：48　2月28日　Tweetie

TYME2WASTE
二時間まえにすごく陰険なこといわれたんだけど。あたしがコロラドを気に入らないのはブログに書けないからでしょ、だって。

午後10：53　2月28日　Tweetie

TYME2WASTE
あんたとあんたの友達にとってはネットのほうが現実より大事なんでしょょって、ママはいつもいってる。あんたたちにとっては、誰かがブログに書くまでなにもほんとうに起こったことにはならないんでしょうって。

午後10：55　2月28日　Tweetie

TYME2WASTE

それか、フェイスブックに上げるか。最低でもチャットするか。ママがいうには、インターネットは〝人生の検証の場〟なんだって。

午後10：55　2月28日　Tweetie

TYME2WASTE

ああ、それと、あたしたちがオンラインで遊ぶのは楽しいからじゃないんだってさ。〝人がSNSを利用するのは死ぬのが怖いから〟っていうのがママの持論。深いよね。

午後10：58　2月28日　Tweetie

TYME2WASTE

ママがいうには、自分が死んだことはブログに書けない。チャットでもいえない。フェイスブックのオンラインのステータスには〝死亡〟という表示はない。

午後10：59　2月28日　Tweetie

TYME2WASTE
だからネットのなかの人たちが死ぬことはない。人がオンラインに逃げるのは死から隠れるためで、やがて人生からも隠れることになる。ママの言葉そのまんま。
午後11：01　2月28日　Tweetie

TYME2WASTE
こんなクソみたいなたわごと、フォーチュンクッキーの紙にでも書いてろっつーの。なんでママの首を絞めたくなるか、これでわかるでしょ。イーサネットケーブルを使うといいかも。
午後11：02　2月28日　Tweetie

TYME2WASTE
弟が、オレが同級生のゴス少女とヤッたってブログに書いてよ、そうしたらそれが現実になるんでしょっていったけど誰も笑わなかった。
午後11：06　2月28日　Tweetie

TYME2WASTE
ママにいってやったんだ。ちがうよ、あたしがコロラドを嫌いなのはずっとママと一緒にいなきゃならないからで、これってすごーく現実でしょって。

午後11：09　2月28日　Tweetie

TYME2WASTE

そうしたらママは、ちょっとは進歩したみたいねっていつもの独りよがりなクソ女の顔をしてた。パパは読んでた本を放りだして部屋を出ていっちゃった。

午後11：11　2月28日　Tweetie

TYME2WASTE

パパのことはものすごく気の毒に思ってる。あと何カ月かしたらあたしは家を出ていっちゃうけど、パパは一生ママとくっついてなきゃならないんだから。怒りっぽいとことか、ほかの欠点も全部我慢しながら。

午後11：13　2月28日　Tweetie

TYME2WASTE

パパはきっと飛行機のチケットを取ればよかったと思ってるはず。あたしたちのバンが突然、命がけの決闘をくり広げる金網デスマッチのリングみたいになっちゃったんだから。

午後11：15　2月28日　Tweetie

TYME2WASTE

一家全員が三日間一カ所に詰めこまれます。さあ、誰が生き残るでしょうか？　淑女、紳士のみなさま、さあ、賭け金をどうぞ。個人的には生存者なしと予測しておく。
午後11：19　2月28日　Tweetie

TYME2WASTE
ああー。クソ。くっそ。寝たとき暗かったし、いまもまだ暗いのに、パパはもう出発の時間だっていってる。なにかがひどくまちがってる。
午前6：21　3月1日　Tweetie

TYME2WASTE
いまから出発。忘れ物をしないようにってママが入念に部屋を調べてた。それであたしも見つかったってわけ。
午前7：01　3月1日　Tweetie

TYME2WASTE
ああもう、わかってたよ、もっといい隠れ場所が必要だった。
午前7：02　3月1日　Tweetie

TYME2WASTE

たったいまパパがいってたんだけど、移動には全部で35時間から40時間くらいかかるって。あたしはこれを、神が存在しないことの決定的な証拠として提出します。
午前7：11　3月1日　Tweetie

TYME2WASTE
ママをイライラさせるためだけにツイッターしてる。ママはあたしがスマホでなにか打ってると、絶対悪いことしてると思うんだから。
午前7：23　3月1日　Tweetie

TYME2WASTE
あたしが自分の意見を表明して、友達とつながってると、ママはいやがる。だけどあたしが編み物をして、友達もいないとなると……
午前7：25　3月1日　Tweetie

TYME2WASTE
……17歳のときのママみたいになる。それで最初に現れた男と結婚して、19になるころには子供ができちゃうの。
午前7：25　3月1日　Tweetie

TYME2WASTE
雪山をおりています。雪山をおりています。あと一つヘアピンカーブを曲がったら胃が爆発する……
午前7：30　3月1日　Tweetie

TYME2WASTE
このすばらしき家族の時間へのあたしの貢献は、弟の頭にゲロを吐くこと。
午前7：49　3月1日　Tweetie

TYME2WASTE
もし雪にとじこめられて、開拓時代に遭難したあのドナー隊みたいな人たちに出くわしたら、誰が一番に食われるかはわかってる。あたし。
午前7：52　3月1日　Tweetie

TYME2WASTE
もちろん、あたしのサバイバル技能なんて、誰か助けてって必死でツイートするくらいのものだし。
午前7：54　3月1日　Tweetie

TYME2WASTE
ママならタイヤのゴムでパチンコをつくって、リスを仕留めたりしそう。それで毛皮のビキニをつくったりして、救助が来たら悲しむの。
午前7：56　3月1日　Tweetie

TYME2WASTE
パパは頭がおかしくなるかも。だって暖を取るためにパパの本を燃やさなきゃならないから。
午前8：00　3月1日　Tweetie

TYME2WASTE
弟のエリックはあたしのストッキングをはきそう。保温のためじゃなく、ただはきたいからって理由で。
午前8：00　3月1日　Tweetie

TYME2WASTE
一つまえのやつは、エリックが肩越しにのぞきこんできたから書いた。
午前8：02　3月1日　Tweetie

TYME2WASTE
だけどビョーキの弟がいうには、ストッキングをはくのはたぶん自分が高校を出るまでにできるなかで一番セックスに近い行為なんだって。
午前8：06　3月1日　Tweetie

TYME2WASTE
完全にキモいんだけど、弟のことは愛してる。
午前8：06　3月1日　Tweetie

TYME2WASTE
この楽しいコロラドに雪で降りこめられてたあいだ、ママは弟に編み物を教えたのね。それで、弟が編んだのがアソコ用の靴下だったもんだから、教えたのを後悔してた。
午前8：11　3月1日　Tweetie

TYME2WASTE
ブログが書けなくて寂しい。あたしにブログを閉鎖させる権利なんかママにはないのに。
午前8：13　3月1日　Tweetie

TYME2WASTE

だけどツイッターのほうがブログよりいい。だって、ブログは更新するたびにいつも、なにか面白いアイデアがなきゃいけないような気になるから。
午前8：14　3月1日　Tweetie

TYME2WASTE
ツイッターなら投稿は全部140字以内だから。でもいままであたしの身に起こった面白いことなんて、140字あれば全部書けちゃうんだよね。
午前8：15　3月1日　Tweetie

TYME2WASTE
ほんとに。見てて。
午前8：15　3月1日　Tweetie

TYME2WASTE
誕生。学校。ショッピングモール。スマホ。運転免許。八歳のとき空中ブランコで鼻を折った――モデルになる夢はこれで消えた。五キロ痩せたい。
午前8：19　3月1日　Tweetie

TYME2WASTE

これで全部。
午前8：20　3月1日　Tweetie

TYME2WASTE
山のなかは大雪だったけど、おりてきたここではそうでもない。雪が日射しのなかを舞っていて、金色の嵐になってる。さよなら、美しき山々よ。
午前9：17　3月1日　Tweetie

TYME2WASTE
こんにちは、あんまり美しくないユタの砂漠よ。ユタは茶色くてしわしわで、あの政治家のジュディ・ケネディの不気味な乳首みたい。
午前9：51　3月1日　Tweetie

TYME2WASTE
返信先：@caseinSD さん
そう、不気味な乳首なの。それに気がついたからってレズビアンってわけじゃないけどね。誰だって気づくよ。
午前10：02　3月1日　Tweetie

TYME2WASTE
ヤマヨモギの州ネバダです!! うおーー!
午前11：09 3月1日 Tweetie

TYME2WASTE
いま、エリックがあたしのストッキングをはこうとしてる。退屈しのぎに。ママは面白がってるけど、パパはイラついてる。
午後12：20 3月1日 Tweetie

TYME2WASTE
スカートをはいてダイナーでお昼をテイクアウトしてきてよってエリックをけしかけた。パパは駄目だっていってる。ママはまだ笑ってる。
午後12：36 3月1日 Tweetie

TYME2WASTE
もしやったら、四月のプールサイド・パーティーに例のセクシーなゴス少女を招待してあげるって弟に約束した。そうなれば派手なビキニ姿が見られるかもねって。
午後12：39 3月1日 Tweetie

TYME2WASTE
まあ、やるわけないんだけどね。
午後12：42　3月1日　Tweetie

TYME2WASTE
ちょっと、やだ、やってるよ。パパが一緒にダイナーに行ってる。怒ったモルモン教徒に弟が殺されないように。
午後12：44　3月1日　Tweetie

TYME2WASTE
エリックは生きて帰ってきた。エリックは成功を収めた。あたしはいまバンのなかにいられてうれしい。
午後12：59　3月1日　Tweetie

TYME2WASTE
パパがいうには、エリックはカウンターのまえに座ってすごく大柄なトラック野郎とフットボールの話をしたんだって。トラック野郎はスカートとストッキングは気にしなかったらしい。
午後1：03　3月1日　Tweetie

TYME2WASTE
まだはいてる。スカート。じつは女装趣味を隠してたのかも！　変態。もちろん、ほんとにそうなら楽しいけど。一緒に買い物できるし。
午後1：45　3月1日　Tweetie

TYME2WASTE
返信先：@caseinSD さん
うん、プールサイド・パーティーにゴス少女を呼ばなきゃならなくなった。来てくれないかもね。日焼けしちゃうから。
午後2：09　3月1日　Tweetie

TYME2WASTE
寝落ちしそうになるたびに、でこぼこ道でバンが弾んで頭がシートから落ちるんだけど。
午後11：01　3月1日　Tweetie

TYME2WASTE
眠ろうとしてる。
午後11：31　3月1日　Tweetie

TYME2WASTE
眠るのはあきらめた。
午前1：01　3月2日　Tweetie

TYME2WASTE
げー、エリックのやつ。こいつ眠ってるんだけど、夢精してるみたい。ゴス少女の夢でも見てるのか。
午前1：07　3月2日　Tweetie

TYME2WASTE
そんなこといってるうちに眠れそうになってきた。まぶたの下にスチールピンをかませても眠れそう。
午前1：09　3月2日　Tweetie

TYME2WASTE
いま、すごく幸せ。この瞬間がずっとつづけばいいのに。
午前6：11　3月2日　Tweetie

TYME2WASTE
ひたすら家に帰りたい。ママなんか大嫌い。バンのなかの全員が嫌い。自分も含めて。
午前8：13　3月2日　Tweetie

TYME2WASTE
オーケイ。さっきどうして幸せだったか書くね。朝の四時に、ママがパーキングエリアに車を入れてあたしを呼びにきたの。
午前10：21　3月2日　Tweetie

TYME2WASTE
あたしが運転する番だってママにいわれた。あたしの免許ではカリフォルニア州内しか運転できないよっていったら、いいから運転席に座ってちょうだいって。
午前10：22　3月2日　Tweetie

TYME2WASTE
停車を命じられたら起こして、すぐに席を入れ替われば大丈夫だからって、ママはあたしにいった。
午前10：23　3月2日　Tweetie

TYME2WASTE
それで助手席で寝はじめたから、あたしが運転した。走っていたのは砂漠で、背後で日が昇った。
午前10：25　3月2日　Tweetie

TYME2WASTE
それからコヨーテが道路に出てきたの。朝焼けのなかに。道路じゅうに広がってたから、あたしは轢かないように車を停めた。
午前10：26　3月2日　Tweetie

TYME2WASTE
コヨーテの目は金色で、毛皮に日の光が当たってて。すごくたくさんいた、大きな群れだった。それがただそこに立っていたの、あたしを待ってたみたいに。
午前10：28　3月2日　Tweetie

TYME2WASTE
携帯で写真を撮りたかったんだけど、どこに置いたかわからなくなっちゃって。探してるあいだにコヨーテはいなくなった。
午前10：31　3月2日　Tweetie

TYME2WASTE
ママが目を覚ましたとき、全部話した。どうして起こしてくれなかったのって怒られるんじゃないかと思ったから、あたしは先にごめんといっておいた。
午前10：34　3月2日　Tweetie
TYME2WASTE
ママは、起こさなくてよかった、その瞬間はあなただけのものだからっていった。それで三秒間くらいはまたママのことが好きになった。
午前10：35　3月2日　Tweetie
TYME2WASTE
だけどそのあと、朝ごはんを食べた場所で、あたしがほんの一瞬メールをチェックしてたら、ママがウェイトレスに謝る声が聞こえてきた。
午前10：37　3月2日　Tweetie
TYME2WASTE
たぶんウェイトレスがそこに立って注文を待ってたのに、あたしが気づかなかったから。
午前10：40　3月2日　Tweetie

TYME2WASTE
だけどあたしが気づかなかったのは、一晩じゅう寝てなくて疲れて気を失いそうになってたからであって、スマホを見てたからじゃない。
午前10：42　3月2日　Tweetie

TYME2WASTE
なのにママときたら自分がウェイトレスだったときの話を持ちだして、無視されるのは屈辱だとかいうわけ。
午前10：45　3月2日　Tweetie

TYME2WASTE
ただネチネチいいたいだけなんだよ。ママのほうが完全に正しいのかもしれないけど、それでもあんなふうに事あるごとにあたしをクソみたいな気分にさせるやり方が気に食わない。
午前10：46　3月2日　Tweetie

TYME2WASTE
昼寝したけど、まだダルい。

午後4：55　3月2日　Tweetie

TYME2WASTE

パパはもちろん可能なかぎり遠回りしなきゃ気が済まなくて、全部の裏道を走ったの。ママがいうには、曲がるべきところを一つ逃したせいで150キロ以上余分に走ったんだって。

午後6：30　3月2日　Tweetie

TYME2WASTE

いまは夫婦げんかしてる。まったくもう。このバンを降りたいよ。

午後6：37　3月2日　Tweetie

TYME2WASTE

エリック、あたしは心からあんたに道を引き返す理由を探してもらいたい。またストッキングをはいて。トイレに行きたいっていってよ。

午後6：49　3月2日　Tweetie

TYME2WASTE

なんでもいいから。お願い。

午後６：49　３月２日　Tweetie
TYME2WASTE
駄目、やめて、エリック、駄目だってば。あたしが考えてほしかったのは引き返すのに「よい」理由であって、これじゃない……これじゃひどいことになるよ。

午後６：57　３月２日　Tweetie
TYME2WASTE
ママも車を停めるのはいやだっていってる。みんな、メモしておいて。あたしたちの意見が合ったのはこの二年で初めてだから。

午後７：00　３月２日　Tweetie
TYME2WASTE
もう、今度はパパがヤなやつになってる。どうせ見るべきものなんか皆無だったんだから、裏道を走っても意味がなかったっていってる。

午後７：02　３月２日　Tweetie
TYME2WASTE
なんか、〈死者のサーカス〉って名前のところに入った。チケット売り場の人がほんとに、ほんとうに病気みたいに見える。笑えるビョーキじゃなくて。ほんとの病気。
午後7：06　3月2日　Tweetie

TYME2WASTE
口のまわりがただれてて、歯がすこししかないし、においがひどい。ペットのネズミがいる。ペットのネズミが男のポケットに潜りこんで、チケットをくわえて出てきた。
午後7：08　3月2日　Tweetie

TYME2WASTE
でもぜんぜんかわいくないの。誰もチケットに触りたがらない。
午後7：10　3月2日　Tweetie

TYME2WASTE
まあ、すごい混雑だこと。あと15分でショウがはじまるのに、駐車場が半分しか埋まってない。サーカスの大テントは黒くて穴があいてる。
午後7：13　3月2日　Tweetie

TYME2WASTE
なにをやってるにせよ、いま携帯電話でやってることをつづけなさいってママがいってる。

顔をあげて、目のまえで起こってることを見てほしくないみたい。
午後7：17　3月2日　Tweetie

TYME2WASTE
ちょっと、ひどい。あたしがサーカスを好きなのはインターネットみたいなものだからだって、ママがパパにいってた。
午後7：18　3月2日　Tweetie

TYME2WASTE
YouTubeはピエロでいっぱいで、掲示板は火吹き野郎でいっぱいで、ブログは自分にスポットライトが当たってないと気が済まない人たちのためのものでしょう、だって。
午後7：20　3月2日　Tweetie

TYME2WASTE
一分間に五個くらいツイートして、ママをイライラさせてやる。
午後7：21　3月2日　Tweetie

TYME2WASTE
案内係はミッキー・ルーニーみたいなタイプのおかしなおじいさんで、山高帽をかぶって葉巻をくわえてる。あと、着てるのは防護服。かみつかれないようにするためなんだって。
午後7：25　3月2日　Tweetie

TYME2WASTE
席に着くまでの通路で二回も転びそうになった。照明に使うお金をケチってるみたい。iPhoneを懐中電灯代わりに使ってる。火事とか起きないといいけど。
午後7：28　3月2日　Tweetie

TYME2WASTE
ねえ、こんなにくさいサーカスは初めてだよ。いったいなんのにおいよ？　動物のにおいかな？　動物愛護協会に電話して。
午後7：30　3月2日　Tweetie

TYME2WASTE
こんなに人がいるなんて信じらんない。席が全部埋まってる。この人たち、どこから湧いたんだろ。
午後7：31　3月2日　Tweetie

TYME2WASTE

きっとあたしたちが案内されたのは第二駐車場だったんだね。ああ、待って、スポットライトがついた。ショウタイムだ。高鳴る心臓、ちょっとおちついて。

午後7：34　3月2日　Tweetie

TYME2WASTE

ああ、エリックとパパの目が釘づけ。司会役のリングミストレスが竹馬に乗って出てきたんだけど、裸同然。網タイツにシルクハット。

午後7：38　3月2日　Tweetie

TYME2WASTE

なんか変。酔っぱらってるみたいなしゃべり方。ピエロの服を着たゾンビがリングミストレスを追いかけまわしてるってもういったっけ？

午後7：40　3月2日　Tweetie

TYME2WASTE

ゾンビがめっちゃキモい。ピエロの大靴を履いて、水玉模様の服を着て、ピエロのメイクをしてる。

午後7：43　3月2日　Tweetie

TYME2WASTE
だけどメイクがところどころはがれ落ちてて、メイクの下の顔は腐って黒くなってる。やだ！　リングミストレスが危うく捕まるところだった。あの人、すばやい。
午後7：44　3月2日　Tweetie

TYME2WASTE
彼女がいうには、もう六週間サーカスに囚われていて、自分が生き残ってるのはすぐに竹馬に乗れるようになったからなんだって。
午後7：47　3月2日　Tweetie

TYME2WASTE
彼女のボーイフレンドは竹馬で歩けずに倒れちゃって、最初の晩に食べられたそう。親友は二日めの晩に食べられたって。
午後7：49　3月2日　Tweetie

TYME2WASTE
リングミストレスがあたしたちのすぐ下の壁のところまでやってきて、誰かそっちに引き上げて、助けてっていったんだけど、一番まえの列の男はただ笑っただけだった。
午後7：50　3月2日　Tweetie

TYME2WASTE
リングミストレスはすぐに慌てて逃げなきゃならなくなった。〈ゾンビのジッポ〉に竹馬を倒されないうちに。すごくうまく演出されてる。
午後7：50　3月2日　Tweetie

TYME2WASTE
あいつらが彼女を捕まえようとしてるって完全に信じそうになる。
午後7：51　3月2日　Tweetie

TYME2WASTE
大砲が出てきた。ここ〈死者のサーカス〉ではいつも大音声とともにすべてがはじまります、ってリングミストレスがカードを見ながらいってる。
午後7：54　3月2日　Tweetie

TYME2WASTE
リングミストレスが背の高いドアまで歩いていってノックした。一瞬リングから出してもらえないかと思ったけど、最後には出してもらえた。
午後7：55　3月2日　Tweetie

TYME2WASTE
防護服を着た男が二人、ゾンビを外に出した。ゾンビは黒い棒のついた金属の首輪をしてた。
午後7：56　3月2日　Tweetie

TYME2WASTE
二人は棒を使って、ゾンビにつかまれないように距離を取ってた。
午後7：57　3月2日　Tweetie

TYME2WASTE
エリックは、ゴス少女にああいう装備をつけてもらうのが夢だっていってる。
午後7：58　3月2日　Tweetie

TYME2WASTE
このショウは二人にとっていいデートの場所になりそう。セックスとかボンデージがにおわされてて、ほんとにすごく病的だから。
午後7：59　3月2日　Tweetie

TYME2WASTE
サーカスの人たちがゾンビを大砲にこめた。
午後８：00　３月２日　Tweetie

TYME2WASTE
げえええ！　あいつら大砲を客席に向けて撃ちやがった。クソみたいなゾンビの破片がそこらじゅうに散ってる。
午後８：03　３月２日　Tweetie

TYME2WASTE
あたしたちのまえの列にいた男が飛んできた靴を口に食らった。血が出てるよ。
午後８：05　３月２日　Tweetie

TYME2WASTE
うっわちょっと！　靴のなかにまだ足が入ってる！　すごい本物っぽい。
午後８：08　３月２日　Tweetie

TYME2WASTE
あたしたちのまえの列の男は妻と一緒に文句をいいに行った。リングミストレスが助けを求めてきたときに笑った人だよ。
午後8：11　3月2日　Tweetie

TYME2WASTE
パパの髪にゾンビの唇がついてた。昼ごはんを食べなくてほんとによかったよ。見た目は
ミミズ・グミで、めっちゃくさい。
午後8：13　3月2日　Tweetie

TYME2WASTE
当然、エリックはそれをほしがってる。
午後8：13　3月2日　Tweetie

TYME2WASTE
リングミストレスがまた出てきた。彼女がいうには、次の出し物はスゴイんだって
午後8：14　3月2日　Tweetie

TYME2WASTE
ちょっとちょっとやだぜんぜんおかしくないよ。リングミストレスは倒れそうで、あいつ
らの唸り方

午後8：16　3月2日　Tweetie

TYME2WASTE

防護服を着た男たちがライオンの入った檻を台車で運んできた。イエイ、ライオンだ！　おっきいネコが好きな程度にはまだお子ちゃまなの。

午後8：17　3月2日　Tweetie

TYME2WASTE

ああ、だけどあれはほんとにかわいそうな、病気みたいなライオンだよ。楽しくない。男たちは檻をあけてゾンビを送りこんでて、ライオンは飼いネコみたいにシャーッていってる。

午後8：19　3月2日　Tweetie

TYME2WASTE

うおーう！　ライオンの力。ゾンビたちを打ち倒して八つ裂きにしてる。口に腕をくわえてるよ。みんな歓声をあげてる。

午後8：21　3月2日　Tweetie

TYME2WASTE

うえー。もう歓声はそれほどでもない。ライオンがゾンビを一体捕まえて、はらわたを引っぱりだしてる。綱引きするみたいに。
午後8：22　3月2日　Tweetie

TYME2WASTE
男たちはさらにゾンビを送りこんでる。もう誰も笑ったり歓声をあげたりしてない。檻のなかはすごい混雑。
午後8：24　3月2日　Tweetie

TYME2WASTE
もうライオンも見えないくらいだよ。怒ったような唸り声がたくさん聞こえて、毛皮が飛んでて、歩く死骸が次々と倒れていく。
午後8：24　3月2日　Tweetie

TYME2WASTE
おえ、キモい。ライオンが怯えてクンクン鳴くみたいな声を出してて、いまはゾンビたちが内臓と肉と毛皮の固まりをまわしあってる。
午後8：25　3月2日　Tweetie

TYME2WASTE
ゾンビたちが食べてる。凄惨。吐きそう。
午後8：26　3月2日　Tweetie

TYME2WASTE
あたしが動揺してるのを見て、パパがからくりを教えてくれた。檻の床は抜けるようになってる偽物で、ライオンは床下に引っぱりだされたんだって。
午後8：30　3月2日　Tweetie

TYME2WASTE
これにはほんとにやられたわ。
午後8：30　3月2日　Tweetie

TYME2WASTE
さっき座席まで案内してくれたミッキー・ルーニー似の人が、懐中電灯を持って現れた。うちのバンのヘッドライトがつけっぱなしだっていってる。
午後8：31　3月2日　Tweetie

TYME2WASTE

エリックが消しにいった。どのみちトイレに行きたかったからって。
午後8：32　3月2日　Tweetie

TYME2WASTE
火吹き男が出てきたところ。目がなくて、なにか金属製の仕掛けみたいなもので無理やり頭をうしろに倒されて、口をあけられてる。
午後8：34　3月2日　Tweetie

TYME2WASTE
防護服を着た男の一人がうわサイアク。
午後8：35　3月2日　Tweetie

TYME2WASTE
連中が男の喉に松明を押しこんで、男が燃えてる！　男は走りまわってて、口から煙が
午後8：36　3月2日　Tweetie

TYME2WASTE
頭のなかの火が眼窩から洩れて、ジャック・オー・ランタン
午後8：36　3月2日　Tweetie

TYME2WASTE
男は放置されて内側から焼け死んだ。いままで見たなかで一番真に迫ってる。
午後8：39　3月2日　Tweetie

TYME2WASTE
それよりもっとリアルなのが、防護服の男たちが消火器でスプレーしたあとの死体。黒くしぼんで、すごく悲しげに見える。
午後8：39　3月2日　Tweetie

TYME2WASTE
リングミストレスが戻ってきた。ずいぶんよろよろしてる。足首をどうにかしちゃったみたい。
午後8：40　3月2日　Tweetie

TYME2WASTE
観客のなかの誰かが今夜の生贄になることに同意してくれましたっていってる。彼は今夜のラッキーマンになるでしょうって。
午後8：41　3月2日　Tweetie

TYME2WASTE
彼？　こういう状況だったらふつう生贄は女じゃない？
午後８：41　３月２日　Tweetie

TYME2WASTE
ああ、ちょっと嘘でしょ。エリックが車輪にくりつけられて出てきた。大きな木の車輪に手錠で留められてる。途中でウィンクしてた。サイコ野郎。行け、エリック！
午後８：42　３月２日　Tweetie

TYME2WASTE
サーカス団員がゾンビを引きずってきて、地面に刺さった杭に鎖でつないだ。ゾンビのまえには手斧がいっぱい入った箱がある。いやな予感がする。
午後８：43　３月２日　Tweetie

TYME2WASTE
いまはみんな笑ってる。ライオンの出し物はちょっと残酷だったけど、また笑える出し物に戻った。ゾンビは最初の手斧を客席に向かって放った。
午後８：45　３月２日　Tweetie

TYME2WASTE

グサッて音がして、誰かが斧を頭に食らったみたいな悲鳴をあげた。明らかにサクラだね。

午後8：45　3月2日　Tweetie

TYME2WASTE

エリックは車輪ごとぐるぐるまわってる。ゾンビに向かって、オレがゲロ吐くまえに殺してくれっていってる。

午後8：46　3月2日　Tweetie

TYME2WASTE

キャーー！　あたしはエリックほど勇敢になれない。手斧が頭のすぐ横にめりこんだ。あと何センチかのところ。エリックも悲鳴をあげてた。あいつきっといまは

午後8：47　3月2日　Tweetie

TYME2WASTE

えっ、やだやだやだ

午後8：47　3月2日　Tweetie

TYME2WASTE
オーケイ。エリックは大丈夫。リングから運びだされたとき笑ってたし。手斧は首の横に命中してたけど。
午後8：50　3月2日　Tweetie

TYME2WASTE
パパがいうには、あれはトリックだ、エリックは大丈夫だって。あとでまたゾンビとして登場するはずだっていってる。それもショウの一部なんだって。
午後8：51　3月2日　Tweetie

TYME2WASTE
だよね、パパのいうとおりだと思う。アナウンスでもエリックはすぐにまた登場しますっていってたし。
午後8：53　3月2日　Tweetie

TYME2WASTE
ママが怒ってる。パパに、エリックのことを確認してきてほしいっていってる。
午後8：54　3月2日　Tweetie

TYME2WASTE
ママはかなりイラついてる。あたしたちのまえに座ってた男が、靴を食らったあと戻ってきてないって。
午後8：55　3月2日　Tweetie

TYME2WASTE
それがエリックとどう関係があるかわからないんですけど。それに、もし飛んできた靴を食らったのがあたしだったら……
午後8：55　3月2日　Tweetie

TYME2WASTE
オーケイ、パパがエリックを見に行ってくるって。正気に戻ったらしい。
午後8：56　3月2日　Tweetie

TYME2WASTE
またまたリングミストレスの登場。エリックが舞台裏へ行くことに同意した理由はこれだね。黒のショーツに網タイツのリングミストレスはかなりゴスでホットだから。
午後8：56　3月2日　Tweetie

TYME2WASTE
リングミストレスが変。次の出し物についてなにもいわないの。それで、台本どおりにやらないとリングから出してもらえないとかいってる。
午後8：57　3月2日　Tweetie

TYME2WASTE
だけどもうかまわない、足首をひねっちゃったから今夜が自分の最後の夜になるんだって。
午後8：58　3月2日　Tweetie

TYME2WASTE
彼女の名前はゲイル・ロス。テキサスのプレイノで高校に通っていたそう。
午後8：59　3月2日　Tweetie

TYME2WASTE
大学を出たらボーイフレンドと結婚する予定だった。彼の名前はクレイグで、教師になりたかったんだって。
午後9：00　3月2日　Tweetie

TYME2WASTE

観客のみなさんには悪いと思ってる、連中はみなさんがテントにいるあいだに車を奪い、捨てにいってるって。
午後9：01　3月2日　Tweetie

TYME2WASTE
毎年路上で一万二千もの人々がなんの説明もなく消えていて、空っぽの車が見つかったり、なにも見つからなかったりするんだけど、誰も寂しがったりしないってリングミストレスがいってる。
午後9：02　3月2日　Tweetie

TYME2WASTE
変なの。あ、エリック登場。ゾンビのメイクがすごく上手にできてる。だいたいのゾンビは黒かったり腐ってたりするんだけど、エリックは殺されたばかりって感じ。
午後9：03　3月2日　Tweetie

TYME2WASTE
まだ首に手斧が刺さってる。完全に偽物っぽいけど。
午後9：03　3月2日　Tweetie

TYME2WASTE
エリックはゾンビの真似があんまりうまくない。ゆっくり歩こうとさえしない。リングミストレスを追いかけまわしてる。
午後9：04　3月2日　Tweetie

TYME2WASTE
え、ちょっと、これもショウの一部だといいんだけど。エリックがリングミストレスを倒しちゃった。もうエリックってば。リングミストレスはずいぶん強く地面にぶつかってたよ。
午後9：05　3月2日　Tweetie

TYME2WASTE
ゾンビたちが、ライオンを食べたときみたいにリングミストレスを食べてる。エリックははらわたで遊んでる。エリックのやつマジでキモいんですけど。完全にイッちゃってる。
午後9：07　3月2日　Tweetie

TYME2WASTE
今度は体操の時間。ゾンビたちが人間ピラミッドをつくってる。いや、「非」人間ピラミッドか。びっくりするくらい上手。ゾンビにしては。

午後9：10　3月2日　Tweetie

TYME2WASTE
エリックが勝手知ったる様子でピラミッドに登ってる。舞台裏で練習でもしたのかな、それとも
午後9：11　3月2日　Tweetie

TYME2WASTE
エリックがリングのまわりの壁をつかめるくらい高くまで登ってきた。前列の誰かに向かって唸ってる、ここからほんの一メートルくらいのところで。待って
午後9：13　3月2日　Tweetie

TYME2WASTE
電気消えたクソ、馬鹿じゃないのなんで消し
午後9：14　3月2日　Tweetie

TYME2WASTE
誰か叫んでる
午後9：15　3月2日　Tweetie

TYME2WASTE
これはほんとうに危険だよ、すごく暗いし大勢の人が悲鳴をあげて立ちあがってる。頭が変になりそう、こんなことありえないこんな
午後9：18　3月2日　Tweetie

TYME2WASTE
助けて、あたしたちは
午後9：32　3月2日　Tweetie

TYME2WASTE
gtttttgggtttggtttttttttgggbbnnnfrfffgt
午後9：32　3月2日　Tweetie

TYME2WASTE
あいつらに聞こえちゃうからなにもいえない。ずっとすご　く静かにしれ　あたしたちの
午後10：17　3月2日　Tweetie

TYME2WASTE

ここの場所は州間高速70号線の外れってママはいってる。331番出口でおりたはずだけど、そこから長く走った　最後に見た町はソカバ

午後10：19　3月2日　Tweetie

TYME2WASTE

カンバ

午後10：19　3月2日　Tweetie

TYME2WASTE

観客席にいた人たちはみんな死んだ、あたしたちとほか何人かしか残ってない、死んだ人はみんなロープで一緒につながれて

午後10：20　3月2日　Tweetie

TYME2WASTE

お願い誰か助けを呼んでユタの州警察に電話　これはつくり話じゃない

午後10：22　3月2日　Tweetie

TYME2WASTE

返信先：@caseinSD さん

ねがい助けて　あたしのことわかってるでしょこんな冗談いわないって
午後10：23　3月2日　Tweetie

TYME2WASTE
音をたてられないから電話できない、スマホは消音にした
午後10：24　3月2日　Tweetie

TYME2WASTE
アリゾナの州警察だってママがいってる、ユタじゃなくてアリゾナ、あたしたちのバンは白のエコンライン
午後10：27　3月2日　Tweetie

TYME2WASTE
静かになってきた悲鳴も唸り声も減った
午後10：50　3月2日　Tweetie

TYME2WASTE
あいつらみんなを引きずっていって積んでる
午後10：56　3月2日　Tweetie

TYME2WASTE
食べてるあいつらみんなを食べてる
午後11：09　3月2日　Tweetie

TYME2WASTE
靴を食らった男がさっき通り過ぎたけどまえとちがう、もう死んれる
午後11：11　3月2日　Tweetie

TYME2WASTE
ママとあたしだけになった、ママ大好きすごく勇敢で大好き大好き、悪くいったのはぜんぜん一つも本気じゃなかった、あたしはママと一緒あたしは
午後11：37　3月2日　Tweetie

TYME2WASTE
すごくくぉわい
午後11：39　3月2日　Tweetie

TYME2WASTE

あいつらが探してる誰か残ってないかって、懐中電灯持ってるあの防護ヴくの　外に出ようっていったらママは駄目だって

午後11：41　3月2日　Tweetie

TYME2WASTE

ここで助けを待ってる、お願いこれをツイッターにいるみんなにまわして、これはほんとうなのネットの悪ふざけじゃない信じて信じて信じて信じておねがい

午前00：03　3月3日　Tweetie

TYME2WASTE

ああ、パパが通り過ぎた、ママが身を起こしてパパの名前を呼んだらママとパパとママとパパ

午前00：09　3月3日　Tweetie

TYME2WASTE

パパじゃないああもう bnb nnnb ;;/'/.,/;'././/

午前00：13　3月3日　Tweetie

TYME2WASTE

/'/.

午前00：13　3月3日　Tweetie

TYME2WASTE

このアカウントの投稿は怖かったですか？？！？

午前9：17　3月3日　Tweetie

TYME2WASTE

恐怖とお楽しみはまだはじまったばかりです！

午前9：20　3月3日　Tweetie

TYME2WASTE

〈死者のサーカス〉の目玉は新しいリングミストレス、ホットで大胆不敵、〈邪悪なブレイク〉

午前9：22　3月3日　Tweetie

TYME2WASTE

ご覧あれ、われらが新しい空中ブランコの女王が、正道を踏み外した破壊的なパフォーマーをご紹介……

午前9：23　3月3日　Tweetie
TYME2WASTE
……飢えた死者たちの頭上でロープにぶらさがりながら！
午前9：23　3月3日　Tweetie
TYME2WASTE
とても刺激的なサーカスです！　ジム・ローズのサーカスが人形劇に思えるでしょう！
午前9：25　3月3日　Tweetie
TYME2WASTE
現在ツアー中につき、国内のあらゆる場所で開催します！
午前9：26　3月3日　Tweetie
TYME2WASTE
わたしたちのフェイスブックのページを見て、メーリングリストに登録してください。そうすれば、わたしたちがいつあなたの町へ行くかわかります。
午前9：28　3月3日　Tweetie

TYME2WASTE
ツイッターはそのまま、どうぞお見逃しなく！
午前９：30　３月３日　Tweetie

TYME2WASTE
〈死者のサーカス〉……ここではあなたが主役です！　もちろんほかのサーカスだって死に挑むかのようなスリルを約束するでしょう！
午前９：31　３月３日　Tweetie

TYME2WASTE
しかしそれをほんとうにお届けできるのはわたしたちだけです！（チケットはショウ当日にチケット売り場でご購入ください。返金はいたしません。現金払いのみ。お子さまには大人の付き添いが必要です）
午前９：31　３月３日　Tweetie

# MUMS

# 1

ジャックが朝食のために階下へおりていくと、母親のブルームが固定電話で誰かとひそひそ話をしている。切迫した口調。だが、彼はそれには注意を払わず、自分でボウルに無添加で栄養満点のグラノーラを用意する。精製糖の使われているシリアルは、マコート家では禁止されている。砂糖をまぶしたシリアルのなかの保存料が、自閉症と同性愛を誘発するからだ。ジャックはテレビで『エックスメン』を観《み》るため、朝食を居間へもっていく。『エックスメン』はリベラル系のマスコミの洗脳手段のひとつで、やはりマコート家ではいい顔をされないが、ジャックの父親はいま銃の展示即売会でウィチタに出かけており、母親はアニメにかんしてそれほどうるさくない。

「ねえ、ジャック」母親がキッチンからあらわれていう。「曾曾曾《ひいひいひい》おばあさんに会いたくない？」

「ばあばに？」

「ほら、この夏で百歳になるの」

「嘘《うそ》だあ」

「テレビよりもまえに生まれたんだから」

「そんな人いないよ」

「車よりもまえ。もしかすると、馬よりまえかもしれない。うちの家系は、みんな木の子孫なの」ブルーム・マコートが息子に告げる。「木が長生きなのは知ってるでしょ。ジョージ・ワシントンが生まれたころにすでに年老いていた木が、いまでもまだぴんぴんしてる。そういえば、うちはジョージ・ワシントンの子孫でもあるわ。細かいことは忘れちゃったけど。ばあばがもうすぐ百歳だって、信じないの？」

「うん」

「自分で本人に訊《き》いてみたら？」

「いまからいくの？」

母親は玄関広間へむかい、階段の下の物置からさえない色のぼろぼろのスーツケースをとりだす。それを足もとの床に置いて、息子をじっと見る。

「あなたを驚かせるつもりだったの。ふたりで旅行したことは、これまで一度もないでしょ。コーディアでバスに乗って、ジョプリンにいく。そこからミネソタまでは、グレーハウンドの長距離バスで一足飛びよ」

「父さんは？」

「ミネソタ行きのことなら知ってるわ。この家でお父さんの知らないことがあるわけないでしょ？　さあ、着替えてらっしゃい」

「荷造りも必要？」

母親が足もとのスーツケースのほうへ首をかしげてみせる。「すんでるわ。あなたの分もね。ほら、急いだ急いだ」

ジャックは母方の親族にひとりも会ったことがない。祖父のマグナスにも、祖母のディヴォーテッドにも、その昔アーネスト・ヘミングウェイの子守りをしたことがあるという曾曾曾おばあさんにも。かれらはみんな聖霊派《ペンテコステ》で、ミネソタ州北西部のスペリオル湖のほとりに住んでいる。

この北行きの旅行のことを父親は知らないのではないかとジャックがうすうす感づくのは、母親が正面玄関ではなく、裏口からこっそりジャックを連れだしたときだ。一月の茶色い畑を徒歩で突っ切りはじめるまで、ジャックはコーディアのバス発着所には車でいくものと考えている。コナー・マコートと奥さんのベスが住んでいる近所の家にいけば――部屋が三つしかない小さな家で、狭い道路を四百メートルほどいき、そこから坂になった砂利の私道にはいって突き当たりにある――車で送ってもらえるからだ。ジャックの父親は、そこを家賃をとらずにコナーとベスに貸している。ふたりはそのかわりに、いつ何時でも要求された仕事をやらなくてはならない。畑仕事から掃除洗濯にいたるまで、なんでも。コナーはきょう、ジャックの父親と連れだって銃の展示即売会に出かけている。だが、彼の蛍光オレンジのロードランナーは家の横手にとめられたままだ。

「どうせなら、ベスに車で送ってもらえばいいのに」

「ロードランナーは修理する必要があるの」

「あいさつしてかないの？」

「ええ。きょうは土曜日よ。たまにはベスをゆっくり寝かせてあげましょ。そっとしておくの」

ふたりは木の列にむかって足早に歩いていく。母親は片方の手でスーツケースをひきずりながら、反対の手でジャックの冷たい指を握りしめている。小さな木立のなかにコナーとベスの家が見えており、ジャックはベスが窓の外に目をやるだろうか——自分たちがスーツケースをもって畑を横切るのを見て不思議に思うだろうか——と考える。

凍《い》てついてごわごわとしたやぶのなかを数メートルかきわけて進むと、幹線道路の路肩に出る。ジャックと母親は、路肩の砂利を踏みしめながら東へとむかう。一歩ごとに父親の大きな赤い農家との距離がひらいていき、母親はしだいに落ちついてくる。

真鍮《しんちゆう》色の強い陽射《ひざ》しのなか、ふたりはまっすぐな幹線道路に沿って半時間ほど歩きつづける。母親が、北にいったら会える親類縁者の話を聞かせてくれる。多彩な精神疾患と愉快な犯罪歴をもつ面々だ。駐車メーターと恋に落ちて、それを自宅に持ち帰ろうとした叔母さん（切断トーチを使用して、留置場にいれられた）。ほかの人が飼っているプードルをロシアのスパイだと考えて、その首を絞めた大叔父さん。復活祭のパレードに腰布一丁で参加し、重さが四、五十キロはあるマホガニー材の十字架を背負って茨《いばら》の冠をかぶってみせていた曾曾おじいさん（顔についた血を子供たちがこわがるという理由で町から禁止されるまで、それは毎年つづいた）。ジャックは面白がったり困惑したり疑ったりしながら、耳をかたむける。家族の話というよりは、十九世紀のフリークショーについて聞かされているような感じだ。

「あれ」ジャックは母親よりも先に父親のフォードF－150に気づき、まだ八百メートルほど離れている小型トラックを指さしていう。そのすぐあとには、コナーのロードランナーがつづいている。「父さんだ。銃の展示即売会にいったはずなのに」

母親が肩越しにふり返って、トラックを目にする。そして、さらに数メートル進んだところで脚が脳みそにおいついたらしく、歩くのをやめる。足もとの地面にスーツケースがおろされる。

トラックが路肩に寄り、スピードを緩めながら白亜質の土の上をちかづいてくる。埃《ほこり》が舞いあがる。ハンドルを握っているのはジャックの父親で、ミラーサングラスの奥からこちらをみつめている。助手席にいるのはコナーだ。トラックのうしろに止まったロードランナーからは、ベスが降りてくる。彼女は怯《おび》えた表情を浮かべており、運転席のドアをつかんだままではなさない。

「こっちへきたら、ジャック?」ベスが声をかける。「家まで送っていくわ。大人たちはいろいろ話があるの」

ジャックの手を握る母親の力が強まる。母親のほうをむいた瞬間、ジャックは視界の隅で動きをとらえて、ちらりと後方に目をやる。町のほうから、べつの車が接近してきている。パトカーだ。サイレンも回転灯もつけずに滑るようにやってきて、十五メートルほど先の反対側の路肩で停止する。

ここでようやく、ジャックの父親が——人種混交に反対する分離主義者のハンク・マコートが——大きなベージュ色のF-150から降り立つ。ジャックの従兄弟《いとこ》のコナーも、カーボン製の脚に体重をのせないようにしながら助手席側からあらわれる。コナーは、ジャックが知るなかでいちばん運のいい男だ。二十一世紀の最先端の技術をもちいた機械の脚と改造して馬力をあげたロードランナーとベスを自分のものにしているのだから。そのひとつでも手にはいるのなら、ジャックは人殺しだっていとわないだろう。

ジャックの父親がゆっくりと歩いてくる。相手を落ちつかせようとするかのように、手のひらを下にむけて、まえにさしだしている。右の腰には、黒い革製のホルスターにおさめられたグロック。だが、ジャックは銃を目にしても驚かない。父親がそれをはずすのは、シャワーを浴びているときだけだ。

「ロードランナーに乗れ、ジャック」父親がいう。「ベスが家まで送ってくれる」

ジャックは母親を見る。ブルーム・マコートはうなずいて手をはなすと、スーツケースをもちあげて息子のあとにつづこうとする。だが、ハンク・マコートがそのあいだに割ってはいり、スーツケースの持ち手に手をのばす。夫らしく、妻の荷物をもとうというのか。だが、反対の手がジャックの母親の胸に押しあてられ、彼女がまえに進むのを妨げる。

「いや。おまえはいい。どこへでも好きなところへいけ」

「この子をあたしから奪うことはできないわよ、ハンク」

「おれからなら奪えるというのか？」

「どうしたのかな？」この言葉は、ジャックの母親のうしろに立つ警官からはっせられる。

「ハンク、説明してもらえるか？」

パトカーであらわれた町の警官はふたりいて、いましゃべっているほうはジャックも知っている。父親の友だちのひとりだ。白髪。がっしりとした体格。紫の血管で覆われた腫れあがった鼻。もう片方の警官は若くてがりがりに痩せており、両手を腰のガンベルトにあてて、数歩うしろで待機している。口の端から飛びだしている白い棒は、棒つきキャンディでもくわえているのか。

「女房が無断で息子を連れ去ろうとした。どこへかは知らないが」

「あたしの息子よ」ジャックの母親がいう。

「ハンクの息子でもある」白髪の警官がいう。スポールディング。ルディ・スポールディング。それが彼の名前だ。「あんたは旦那のもとを離れようとしているのかな、ミセス・マコート？」

「息子といっしょにね」ジャックの母親がそういって、夫をにらみつける。どちらもスーツケースの持ち手をつかんだままだ。

ハンクが妻のむこうにいるルディ・スポールディングを見る。「こいつはおれの息子にとって危険な存在なんだ、ルディ。おそらく、本人にとっても。だが、それについては、どうにもできない。おれは息子を家に連れて帰りたい。教育係をしているベスのいる家に。彼女が自宅学習をみてくれている」

「あたしもみてるわ」ジャックの母親がスーツケースをぐいとねじる。「手・を・は・な・し・て」

ハンクが手首をひねりながらいわれたとおりにすると、スーツケースがひらいて、砂利の上に服がひとかたまりで落ちてくる。いっしょに転がり出てきたジンの瓶が、舗装道路にあたって音をたてる。ジャックの母親の肩がぎくりともちあがる。

「それはあたしのじゃない」母親がいう。「もう飲んでないもの。あたしがいれたんじゃ――」

ジャックの母親が顔をあげ、夫をみつめる。頬の上のほうに赤い斑点があらわれている。

「こいつもおまえのじゃないぞ」ハンクが腰をかがめて、服の山のなかから二十ドル札を束ねた紙幣ばさみ《マネークリップ》をとりだす。そして、ルディ・スポールディングに目をむけていう。「ウィチタにむかう途中で、こいつがないことに気づいた。それで、ひき返してきたんだ」

「そんなの嘘だわ」ジャックの母親がいう。「あたしはこの人の金なんて盗んでない。彼が自分で仕込んだのよ。ジンの瓶とおなじで」

「この薬は？」ルディ・スポールディングがしゃがんで、オレンジ色のプラスチック製の筒を拾いあげる。「これもご主人が仕込んだものだと？」

「それは処方された薬よ」ジャックの母親が薬の瓶をひったくろうとするが、スポールディングの肩にさえぎられて手が届かない。

「なんの薬だ？」スポールディングが目を細めてラベルを見ながらたずねる。

「あたしの頭にはいけない考えが浮かんでくるの」ジャックの母親がいう。

「言い得て妙だな。おれの息子を連れて逃げだすというのも、そのひとつだ」ハンクが妻にむかっていう。

「その薬は助けになる。ジャックにとっても。まだ間にあうわ。この子の頭を、あたしのいけない考えで――それとか、ハンク、あなたのいけない考えで――いっぱいにする必要はない」

「現代医学がジャックにあたえられるものといえば、この子を夢見ごこちにさせる薬だけだ。人をおとなしくて御《ぎょ》しやすい存在にするための薬だ。そんなのは、おことわりだ」スポールディングがジャックの母親の腕をつかむ。「それじゃ、こうしよう、ミセス・マコート。いっしょに町まできて、わたしに悩みをぶちまけるってのはどうかな？　こう見えても、聞き上手でね」

「ご冗談でしょ、ルディ・スポールディング」ジャックの母親が吐き捨てるようにいう。「ハンクは自分で紙幣《マネー》ばさみ《クリップ》とジンの瓶を仕込んで、あたしをはめようとしている。そして、あんたはこの人のナニをしゃぶりたいから、それに手を貸そうとしている。いっしょに射撃場へいって、この人の銃にオイルを塗りたいから」

「このアマが」スポールディングがいう。「こっちが下手《したて》に出てれば、つけあがりやがって」そして、いきなりジャックの母親を地面からもちあげんばかりの勢いでパトカーのほうへむきなおらせる。「さあ、歩け」

ジャックの母親が顔に怒りをみなぎらせてふり返る。ハンクがそれをミラーサングラスの奥からみつめ返す。

「弁護士を雇うわ」ジャックの母親がいう。「そのファシストのケツを法廷にひきずりだしてやる」

「好きにすればいいさ。判事は、どちらの親が養育権をもつのにふさわしいと考えるかな。情緒不安定で精神疾患の病歴があり、おれの腕の長さくらいの逮捕歴をもつ飲んだくれか？　それとも、勲章をもらったうえに、身体障害者になった退役軍人をわざわざ雇っている元海兵隊員か？　まあ、どういうことになるか見てみよう。ルディ、そいつは上質のジンだ。欲しければ、やるよ」

ルディ・スポールディングは、身をよじって唾を吐きかけてくるブルーム・マコートを無理やりパトカーへとひっ立てていく。若手の見習い警官が服の山からジンの瓶をひっぱりだし、ラベルを調べようと瓶をまわす。日の光がきらりと瓶に反射する。

「母さんは逮捕されるの？」ジャックはたずねる。

ハンクが息子の肩に手をのせていう。「たぶんな。けど、心配しなくていい。おまえの母さんは慣れてるから」

## 2

ジャックは地面に掘られた深い穴のへりにすわって、脚をたらしている。穴の底では、母親が申しわけなさそうな笑みを浮かべて悲しげに彼を見あげている。すでに首まで土に埋まっており、見えているのは泥で汚れた顔だけだ。髪の毛はすべてミミズだ。太くて光沢を帯びたミミズがくねくねとのたくっている。穴の底は、点滅する青い光で照らされている。

銃声のような大きな音をたてて網戸が閉まり、ジャックはぎくりとして階段のてっぺんで目をさます。また寝たまま歩きまわっていたのだ。午前二時に庭で土を手づかみで食べているところを母親に発見されたこともある。一度などは、素っ裸で道路まで出ていき、手にした移植ごてで架空の敵に切りつけていたこともあった。母親がいなくなって、三週間。症状は悪化してきている。

ジャックの目には、まだ点滅する青い光が見えている。はじめは、なぜそうなのかわからない。ベスが階段の下にあらわれて、ジャックを見あげる。泣いていたせいで、目が赤くなっている。彼女は二段抜かしで階段をあがってくると、腕をひっぱってジャックを立たせる。

「さあ」ベスの声は感情でかすれている。「ベッドに戻りましょう」

ジャックが上掛けの下にもぐりこむと、ベスがベッドの端に腰かけて、上の空で彼の髪の毛をなでつける。猫をなでているような感じだ。手の匂いがする。ぴりっとした甘い匂い。ゼラニウムの香りだ。

赤と青の光が、白い漆喰《しっくい》の天井とブラインドのまわりで点滅している。外で男たちが低い声でしゃべっているのが聞こえる。警察無線でかわされている雑音まじりのやりとりも。

警察がこの家にくるのは、これがはじめてではない。二年まえに、アルコール・タバコ・火器取締局（ATF）の手入れを受けた。連邦捜査官たちは家じゅうをひっくり返したが、武器は発見されなかった。このとき銃火器は、袋にいれられた状態で、納屋にとめたジョン・ディア社製のトラクターの真下に——その地点の二メートルほど地中に——埋められていた。

　寝室のドアがそっとあいて、ハンク・マコートが息子の様子をうかがう。

「ジャック？　おまえの母さんのことで話がある」

「なに？　ぼくを迎えにきたの？」ジャックはそうでないことを願う。ベスにやさしく髪の毛をなでられ、毛布の下でぬくぬくと心地よくしているいま、ベッドから起きあがりたくない。

「そうじゃない」

　ジャックの父親はそういうと、部屋にはいってきて、ベスのとなりに腰をおろす。ベスが彼の手をとり、みじめそうに見あげる。父親の眼鏡の丸いレンズが、深紅色と瑠璃《るり》色にきらめく。

「おまえの母さんが戻ってくる」父親がいう。

　ベスが目を閉じる。なにか強烈な感情を抑えこもうとして、顔の筋肉がひきつっている。

「そうなの？　父さんはもう怒ってないんだ？」ジャックはたずねる。

「ああ、もう怒ってない」

「警察が母さんを送ってきたの？」

「いや。まだこれからだ。ジャック、おまえは母さんがここを離れたがった理由を知ってるか？」

「父さんがお酒を飲ませなかったからだ」

　ジャックはこの三週間、みんなから――父親、ベス、コナーから――呪文《マントラ》のようにそう言い聞かされている。ブルーム・マコートは二年間しらふでいたが、ついに濡《ぬ》れた紙袋が破れるみたいに自制がきかなくなった。彼女が気にかける〝ジャック〟は、瓶にはいっている〝ジャック〟だけになった(下の名前は〝ダニエル〟だ)。

「そうだ」父親がいう。「おまえの母さんは、いかれ薬と酒をいくらでも飲めるところへいきたがった。おまえよりも、そっちをえらんだ。おれたちよりも、そういうものを必要とした。ひどい話だよな。あいつは〈ハイ・ストリート酒店〉のそばの簡易アパートに住んでいた。たぶん、買い物へいくのに遠出をせずにすむからだろう。そして、きょうの午後、ジンを買ってきて浴室にもちこみ、浴槽を出るときに足を滑らせて、頭を強打した」

「そう」

「死んだんだ」

「そう」

「おまえの母さんが病気だったのは、知ってるな。おれと出会ったときには、もうすでにそうだった。おれの力でよくできるかもしれないと思ったが、無理だった。そういう血筋なんだ。いけない考えがいろいろ頭に浮かんできて、それを酒で鎮《しず》めようとする。まあ、最後には自分を沈めちまったわけだが」ハンクは息子の反応を待っているが、ジャックにはなにもいうことがない。ついに父親がつづける。「泣きたければ、そうしてかまわないんだぞ。誰もそれでおまえを馬鹿にしたりしない」

ジャックは自分の感情にあたってみるが、悲しみらしきものはどこにも見あたらない。もしかすると、あとになってから生まれてくるのかもしれない。このことについて、もっとゆっくりと考えられるようになってから。

「いいです」ジャックはいう。

ハンク・マコートは、明るくちらつく眼鏡のレンズの奥からジャックをじっと見つめる。それから、息子の態度をよしとするかのようにうなずくと、いま一度ジャックのひざをつかんだあとで、立ちあがる。ふたりは抱きあったりしない。当然だ。ジャックはもう子供ではないのだから。十三歳だ。十三歳といえば、南北戦争では北部人の抑圧に抵抗して戦っていた年齢だ。シリアでは、いまでも十三歳の兵士が機関銃を携行している。大勢の十三歳が、必要とあらば死ぬ覚悟ができている。もしくは、殺す覚悟が。

父親が寝室を出ていく。ベスはあとに残る。ジャックは泣いていないが、彼女はちがう。ジャックを抱き寄せ、小さなすすり泣きで身体を震わせている。

涙が涸《か》れはてると、ベスはジャックのこめかみに軽くキスをする。ジャックは彼女の手をとり、そのやわらかくて白い手のひらに唇をつける。ぴりっと甘いゼラニウムの石鹸《せっけん》の味がする。ベスが去ったあとも、その味は残っている。口もとについたケーキの糖衣のかけらのように。

### 3

ジャックの母親は、三月はじめの風の強い日に自宅の敷地に埋葬される。果樹園のむこうの土地だ。それが合法なのかどうか、ジャックはよく知らない。誰がとめだてするっていうんだ、と父親はいう。そんなやつはいやしない、とジャックは思う。

柩《ひつぎ》は用意されていないし、遺体は防腐処置を施されていない。そんなのは時間の無駄だ、とハンク・マコートはいう。「死んだ人間に毒を注ぎこんでどうする。あいつは生きてたときから毒をたっぷり体内にとりこんでた。そのことは、神さまもご存じだ」

ブルーム・マコートの遺体は、コーヒー痕《あと》のような染みのついた薄汚れた白いシーツにくるまれている。ジャックの父親は、銀色のダクトテープでシーツの上から足首とのど元のあたりをぐるぐる巻きにする。そして、自分とおなじ分離主義者の友人たちとともに穴を掘る。

かれらはハンク・マコートの喪失に敬意を表して、州じゅうから集まってきている。テンガロンハットをかぶり、カウボーイ風の口ひげをたくわえ、無表情な目をしている男たち。二十一発の礼砲が必要かもしれないとでもいうように、墓穴のそばでAR－15ライフルを肩にかけて立っているものもいる。革ズボンをはいて弾薬帯を十字にかけているぎょろ目の男は——肉付きがよくて日焼けしており、頭を刈りあげている——この週末にはアラモ砦《とりで》の戦いにでも参加してそうな感じだ。

穴がじゅうぶんな深さになったところで、コナーと数名の男たちが遺体をそのなかへおろす。ジャックの父親は墓穴の底でひざまずき、シーツにくるまれた妻の頭をひざにのせて、そっとひたいをなでる。小声でなにかささやきかけているようにも見える。一度、父親がちらりと顔をあげ、凝視しているジャックと目があう。父親の目は例のジョン・レノンっぽい眼鏡の奥で明るく輝いており、いまにも涙がこぼれそうになっている（実際には、そこまでいかないが）。

ジャックはおぞましい妄想にふける。母親の目もやはりあいていて、ぴんと張った白い木綿のシーツのむこうからこちらをみつめているという妄想だ。母親の唇がひらき、あいた口にむかってシーツがすこしへこむ。これから、うめき声がはっせられるとでもいうように。もしくは、悲鳴が。

ベスがジャックをつかみ、自分のほうへひき寄せる。慰めようとしているのかもしれないが、泣いているのは彼女のほうだ。ジャックの頭が彼女の大きくてやわらかな胸にあたる。

ジャックの父親がコナーのさしだした手を無視して、自力で穴からあがってくる。手のひらについた土埃を払い、ジャックのとなりにきて肩に手をのせる。

「母さんに土をかけるか？」

「どうして？」

父親の頭がぴくりと動いて、視線が息子のほうへとむけられる。いまのが生意気な口答えかどうかを確かめようというのだ。ジャックが本心から知りたがっているのだと判断したらしく、ハンクの表情がやわらぐ。

「死者を偲《しの》ぶためだ」ハンクがいう。

「そう」ジャックはそういって土をひと握りすくいあげるが、そのまま指のあいだからこぼれ落ちるがままにしている。母親の顔に土をかけて偲ぶ気にはなれない。

「いいんだ」ハンクがいう。「なんだったら、あとで花を供えてやるというやり方もある」

ベスが先陣をきって土塊《つちくれ》をつかみ、穴に投げこむ。遺体に土を乱暴に放りなげる所作からは、怒りにちかいものが感じられる。張りつめたシーツに土があたって、ぱさっという音が響き渡る。子供が手でおもちゃの太鼓を叩《たた》いたときのような音だ。ほかのものたちが彼女につづく。銃弾帯を十字にかけた男がシャベルをもってきて、穴を埋めはじめる。数名のカウボーイが六連発拳銃をぶっぱなし、喚声をあげて哀悼《あいとう》の意をあらわす。ブレット・バーボンの瓶が手から手へとまわされる。

半時間もたたないうちに、ブルーム・マコートは種のように地面に埋められている。

# 4

母親の埋葬から五週間後、ジャックはベスとコナーに連れられて町へいくところだ。交通手段は父親がふたりに貸したF－150で、コナーは〈コーディア農業用品店〉で農場の用事をすませることになっている。ベスはジャックに、いっしょにきて自分を守ってほしいと頼む。いま歯のお手入れを頑張っていて、店の入口にあるキャンディの自動販売機が心配だという。スイートターツのそばにいると、自制がきかなくなるのだ。でも、ジャックがいれば、彼女のキャンディもほとんど食べてもらえるから、歯を白くてまっすぐな状態に保っておける。そしたら、コナーはこれからも彼女にキスしてくれるだろう。

「うーん、どうかな」コナーが片目を細めてベスを見ながら、大変な任務をまえに考えこんでいる男のような口調でいう。

ベスが笑って、コナーにキスをする。それが熱を帯びてきて、下唇を嚙《か》むところまでいく。トラックへ歩いていきながら、コナーが無造作にベスのハート形の尻を叩く。こんなふうにいちゃつかれると、ジャックは胸がむかむかしてくる。一瞬、コナーがアフガニスタンから戻ってこなければよかったのにと思う。これはどうにも邪悪な願いで、ジャックは恥ずかしさでしぼんでしまいそうな気分になる。憧れは喜びと興奮をもたらすべきものなのに、ジャックにとっては腐ったリンゴに巣くうウジ虫と変わらない。

車が農場からも町からも三キロほどの地点にさしかかったところで、窓の外を見ていたベスがあわてて甲高い声でいう。「止めて!」めった斬りにされた血まみれの人が道ばたにいるのを目にしたかのような口調だ。

コナーが、一度ならず銃火のなかを車で突っ切らなくてはならなかった元兵士らしい動きで急ハンドルを切る。小型トラックは白っぽい土埃をあげ、がたがたと激しく揺れながら路肩で止まる。

ベスが首をのばして、後部の窓越しに農産物の直売所に目を凝らす。「ウズラの卵があるって、看板に書いてある」

コナーがまじまじとベスの顔を見る。

「ニワトリが産む卵には、もううんざりじゃない?」ベスがたずねる。「ちょっとちがったものを食べたくない?」

「おれはたったいま食ったばかりだよ」コナーがいう。「このクソいまいましいハンドルをな」

ベスとジャックは手をつないで、朝の日の光を顔に浴びながら、農産物の直売所へと歩いていく。

直売所といっても木製の架台に厚板をのせただけのもので、そこに緑と白の市松模様のテーブルクロスが掛けられている。枝編み細工のかごの中身は、大量の大根《ラディッシュ》とケールだ。老女がひとり、折りたたみ椅子にすわっている。うとうとしているらしく、あごが胸にくっついている。その女性が年寄りだとわかるのは、縞模様《しまもよう》のTシャツからのぞく腕がしわだらけで、皮膚の下にある薄青の血管も見えているからだ。とはいえ、ジャックには彼女の顔まではわからない。うつむいているため、それは緑の麦わら帽のくたっとした広いつばに隠されてしまっている。厚紙の看板には、手書きの文字でこう書かれている。


ウズラの卵！　とっても美味！

蜂蜜づけの煙草《たばこ》の葉！

リンゴジャム！

小さいケーキ、大きいトマト、庭にまく種

ベスが靴箱のなかをのぞきこみ、干し草の上にのっている小さな斑点のついたウズラの卵を見て、わぁと歓声をあげる。

「ウズラの卵って、食べたことないの」ベスがいう。

「それじゃ、あたしがそれを正してあげるよ！」老女がそういって背筋をのばし、顔をあげる。

ぺらぺらの麦わら帽越しに射しこむ日の光で、老女の顔はこの世のものとは思えない緑に染めあげられている。彼女がにやりと笑うと、その口はまるでバットマンの宿敵ジョーカーの毒にやられた被害者みたいに、大きく横にひらく。ひっつめにした白髪まじりの髪。広いひたい。ローマ人風の鉤鼻《かぎばな》。ジョージ・ワシントンにそっくりだ、とジャックが思った瞬間、老女が彼にウインクしてくる。ジャックがいまの考えを声に出していったかのように。老女がそれで気を悪くしていないことをジャックに伝えたがっているかのように。

「あんたたちのことなら聞いてるよ。納税拒否者で、このあたりで自分たちの国をはじめようとしてるんだろ。その国の通貨でウズラの卵を買おうとしてるんじゃなきゃいいけど――うちではアメリカのお金しかあつかってないんだ」老女のからからという乾いた笑い声を耳にして、ジャックの全身におののきがはしる。

「アメリカのお金で払うのは、ちっともかまわないわよ」ベスがこたえる。その笑みはこわばってきている。「いいに決まってるじゃない。そのお金には、印刷されてる紙の値打ちすらないんだもの。アメリカが一九三三年に金本位制を離脱してから、ずっとそう。どうせなら、お金よりも紙巻き煙草で支払ってもらったほうがいいんじゃない？　すくなくとも、それなら国がだめになっても、手元にはいくらか価値のあるものが残るわ」

「まさか、卵の代金を紙巻き煙草で支払おうってのかい？」老女がたずねる。「だったら、こっちはしばらく煙草を買いにガソリンスタンドへいかずにすみそうだね」

「このあたりの人たちのことならよく知ってるけど、あなたはどこの人？」

「連邦政府の人だよ！」老女がいう。「ＦＢＩの覆面捜査官で、いまも身体に盗聴器をつけてる！」そういって、ふたたびからからと笑う。「史上最高齢のＦＢＩ捜査官さ。Ｊ・エドガー・フーヴァー長官からじきじきに記章《バッジ》を手渡された。それと、いま着ているこの服をね！　あたしたちは服の趣味が似てたから」

ベスがウズラの卵一ダースの値段をたずね、老女が四ドル八十セントとこたえる。ベスが蜂蜜づけの煙草の風味をたずね、老女はまさに蜂蜜の味がするとこたえる。

「それじゃ、その特徴は？」

「たくさん食べるとガンになるのさ」老女がひとり悦にいりながらいう。

ベスが麻のバッグをあけて、くしゃくしゃの十ドル札をとりだす。「これでお釣りをちょうだい」

「そうなのかい？　たったいま、アメリカのお金には想像上の価値しかないってことで、意見が一致したところだろ？　だったら、あたしが十セント硬貨を渡して、あんたがそれを一ドルと想像するってのはどうだい？」

「あたしの想像力は、そこまで強くないの」ベスがいう。

「そいつは残念だね。本物の生存主義者《サバイバリスト》ってのは――生き残りを第一に考えてる人たちってのは――弾丸や豆よりも想像力を大切にする。だって、それがないと、避けられるような災厄に突っこんでくことになるからね」

「いろいろ知恵を授けてもらっているけれど、それにも支払いが必要かしら？」ベスがたずねる。「それとも、それは店のおごり？」

老女がテーブルの下から金属製の金庫をとりだし、お釣りを数えていく。そして、食いついてきそうな笑みを浮かべて、それをさしだす。「楽しいおしゃべりってのは、ウズラの卵にもまさるね。ここに長いことひとりですわってたから、会話に飢えてたんだ。あたしの話で、うんざりさせたんじゃなきゃいいけど」

老女とベスがやりあっているあいだ、ジャックはぶらぶらとテーブルの上の農産物を見ていく。ボタンほどの大きさの野イチゴ。艶やかなピーマン。見事なものばかりだ。種をいれた小さな封筒のならぶ木箱を調べているときに、〝キャンディコーン〟という袋で手がとまる。表には、穀粒のかわりにオレンジ色や黄色のキャンディを実らせたトウモロコシ《コーン》の穂の絵が描かれている。

「キャンディコーンはキャンディだ。植える《プラント》ことはできない」ジャックはひとりごつ。

それが自分にむけられた言葉であるかのように、老女がこたえる。「なんだって植えられるよ。考えだってね。あたしは発電所《パワープラント》のちかくに住んでたことがあるけど、それだって誰かが植えて《プラント》育てた《プラント》のかもしれないだろ？　殺人犯は警察の捜査をかく乱しようとして、ときどき証拠を仕込むし」

ジャックはぎくりとして、老女のほうへ目をやる。心臓が胸でどきどきいっている。いまの発言になにか意味があるのだとしても、それを老女の狂気じみた笑みと明るく輝く目から読みとることはできない。ジャックは種の封筒をさらに見ていき、〝ロケット〟と書かれた袋にいきあたる。表の絵は、地面から突きでたミサイルの先端部分だ。

「ロケットも植えられない」ジャックはいう。

「この国のいたるところに植えられてるよ。地球上のあらゆる人間を十回殺せるくらいのロケットがね」

つぎの封筒には、〝菊《マム》〟と記されている。表に描かれているのは、太陽のような黄金色の花がにっこりとほほ笑んでいる絵だ。花はドレスを着ていて、子供の手を握っている。

「二十五セント」老女がいう。「自分のために菊《マム》を育てるといい。たくさんの菊《マム》を。必要なだけの菊《マム》を」

「さあ、いくわよ、相棒」ベスはそう声をかけると、買い物をいれた茶色い紙袋をその魅惑的な胸に抱きしめ、歩み去っていく。

老女が箱から菊《マム》の袋をとりあげ、ジャックにさしだす。「これまで見たなかで、いちばんきれいな菊《マム》だ。きれいで、たくましい。水とすこしの太陽とすこしの愛情をあたえてやれば、ぐんぐん育って、愛情を返《バック》してくれるよ、ジャック」

ジャックの肩が、ぎくりと跳ねあがる。老女が自分の名前を知っていたからだ。だが――いや、待てよ。彼女はジャックの名前を知らないし、知りようがない。ただたんに、〝返《バック》して〟と韻を踏んで〝ジャック〟とつづけただけだ。男の子に声をかけるときに〝相棒〟のかわりにありふれた名前――〝ジャック〟とか、〝マック〟とか――で適当に呼びかけるのは、よくあることだ。

ジャックは胸当てのついた作業ズボンのポケットから二十五セント硬貨をとりだす。老女の手がさっとのびてきて、土のなかの種をついばむ鳥よろしく、それをひったくる。老女は硬貨をしげしげとながめてから、ひっくり返して、ワシントン大統領の浮き出し模様がジャックにも見えるようにする。

「おやまあ、あたしの顔がのってるよ！」老女がカラスを思わせる声でいう。「ほんと、そっくりだ！」

「ジャック！」ベスが大声で呼ぶ。すでにトラックのそばにいて、片足を踏み板にのせている。「いくわよ！」

ジャックは菊《マム》の封筒を手にとると、駆け足でベスのあとをおう。

「いいものには、なんであれ代償を支払わなくてはならないんだよ」老女がいう。「邪悪なものにもね……とりわけ、邪悪なものには。いつか必ず、刈り取りのときがくる。トウモロコシは大鎌で刈られる。水が低いほうへ流れるのとおなじくらい確実に！　ハハハハ！」すごく気の利いたことをいったといわんばかりに、老女は手を叩いてみせる。

「イカれた婆《ばあ》さんだわ」トラックがふたたび動きだすと、ベスがいう。「嚙みつかれるかと思った」それから、ジャックが手のなかのマニラ封筒をためつすがめつしているのに気づく。「なにを買ったの？　花の種？」

「父さんがいったんだ。ブルームのために花を供えるといいって」ジャックはいう。ほかのものたちにならって、彼もまた母親のことを名前で呼ぶようになっている。

「そう」ベスがいう。「やさしいのね。あたしにも手伝わせてくれる？」

ジャックがうなずくと、嬉しいことに、ベスの腕が彼の肩にまわされる。トラックが目的地に着くまで、ずっとそのままだ。〈コーディア農業用品店〉で、ジャックはコナーが重さ十八キロの硝酸アンモニウムの袋を平床トラックに積みこむのを手伝う。そして、コナーが尾板をばたんと閉じると、ベスとふたりでキャンディの自動販売機へいき、スイートターツを買う。

「うーん」ベスが小さな白い歯でキャンディをぼりぼり嚙み砕きながらいう。「甘酸っぱくて、最高。放射能みたいな味がするわ。熱と光をはっしてるって感じ。わかるかしら？」

ジャックは返事をすることができずに、ただうなずく。口のなかが甘酸っぱい放射能でいっぱいだからだ。砂糖のせいで心臓が早鐘を打っており、いま彼の血管に流れているのは甘い毒にほかならないといわれても、すぐに納得できそうな気がする。

## 5

丸みを帯びた屋根のせいで温室は飛行機の格納庫っぽく見えるが、類似点はそこまでだ。温室の壁は耐久性の高いただのビニールでできていて、そのむこうの外の世界がぼんやりと——畑と空を描いた子供の水彩画といった感じで——見えている。ベスは温室にあるベニヤ板のテーブルのまえにジャックを立たせると、自分はどこかからプラスチック製の安手の植木鉢をいくつか見つけてくる。

「あと二週間はやくはじめられてたらよかったわね」ベスがいう。「きのうの朝は霜がおりたけど、季節が変わって、冬将軍はもういっちゃったみたいだから。菊《マム》は春になるまえから準備をしておかなくてはならないの。念のため、まずは屋内で育てて、六週間後に大きく成長したら、外へ移しましょう」

ベスはアイオワ大学で農学の準学士号を取得しているので、そういったことにくわしい。数年まえから、ジャックの自宅学習では生物と自然科学の授業を担当している。ジャックの母親は、英語と歴史と公民だ。それらはいま父親がみてくれているが、ハンクが息子と顔をあわせるのは週に二、三度しかない。農場の仕事や愛国者運動の仲間たちを訪ねていくので忙しいからだ。正直なところ、ジャックは母親のあげた推薦図書のほうが好きだ。そこにはハリー・ポッターやナルニア国の本がふくまれている。父親にいわれて、いま陰謀論者の正典《バイブル》ともいうべき『蒼ざめた馬を見よ』を読んでいるのだが、これは本というよりも、宣言書や熱い説教や信条を寄せ集めたような代物だ。

コナーもいろいろ教えてくれている。障害物を避けながらF－150を運転する方法。目隠しをしたままAR－15を組み立てるやり方。パイプ爆弾の作り方。いうまでもなく、コナーの授業がいちばん楽しい。だが、ジャックの従兄弟はしばしば〝偵察〟で州の外まで出かけなくてはならず、授業はたまにしかない。一度、ジャックはたずねたことがある。「なにを偵察してるの？」すると、コナーはジャックの頭を抱えこんで、こういった。「知らなければ、しゃべることもない。こんなふうにひどく拷問されても」そして、ジャックが悲鳴をあげるまで乳首をつねった。

ベスが土のはいった白いビニール袋をもちあげると、ジャックはさっと手伝いに駆けつけ、ふたりで植木鉢に土を満たしていく。チョコレート・ケーキのかけらみたいな黒くて湿った土だ。ジャックがマニラ封筒をあけ、種をとりだそうと指を突っこむ。

「いてっ！」ジャックはそう叫んで、親指をひっこめる。一瞬、小さな動物――ネズミとか――に嚙まれたのかと思う。親指の爪のまわりに、鮮やかに赤く輝く血がにじみでている。

ジャックは封筒を斜めにして、小さく揺すりながら種を手のひらにだす。ほんとうに種が嚙みついてきたのかもしれないではないか。種には血がついており、まるで食事を終えたあとの肉食獣の歯のようだ。

「あらあら」ベスがいう。「種にあげるのは水よ。血じゃなくて」

「〝自由の木には、ときおり愛国者の血をあたえて活気づけてやらなくてはならない〟」ジャックのものものしい口調に、ふたりはぷっと吹きだす。もっとも、ベスは笑いながらも、うしろめたそうにあたりをうかがっている。いまのしかつめらしい文句はハンク・マコートのお気にいりで、それを茶化《ちゃか》すのは――たしかに楽しいとはいえ――一種の裏切りになるからだ。

## 6

ベスの見立てでは、菊《マム》を庭に植え替えられるようになるのは五月のはじめころだ。だが、種をまいて二週間後、ジャックは植木鉢を見て、急いで彼女を呼びにいく。夜明けの空はピンクに染まりはじめたばかりだが、ベスはたいてい日の出まえに起きているので、砂利の私道の突き当たりにある家にいても、ジャックが声をかければ気づくはずだ。ジャックは自分の家の前庭から、大声でベスの名前を呼ぶ。前庭の大きなオークの木には葉がうっそうと茂っているように見えるが、その葉が緋色《ひいろ》の朝のなかへと散っていく。百羽ちかいスズメがいっせいに飛びたったのだ。

「火事でも起きたの、相棒？」うしろでベスの声がして、ジャックはむきなおる。彼女はすでにジャックの家にいて、網戸のむこうから眠たげな目でこちらを見ている。

一瞬、ジャックは驚く。この時間、ベスは寝巻き姿で自分の小さな家のなかを動きまわり、コナーが義足をつけるのに手を貸し、いろいろな朝の用事をこなしているものと思っていたからだ。とはいえ、ベスがマコート家のキッチンにきて男たち三人の朝食を用意するのはよくあることで、けさは小型のパンを焼くために早めにきていただけかもしれない。

ジャックは急いで張り出し玄関を横切ると、ベスの手をつかんで温室のほうへひっぱっていく。彼女のことはちらりと見ただけで、ふたたび目をむける勇気はない。寝起きでくしゃくしゃの髪。けばだったセーターとケミカルウォッシュ加工のジーンズ。その姿の素晴らしさに、ジャックは息が止まりそうになる。かわりに視線を下へむけると、なにもはいていない彼女の足は、きゃしゃで白くてまったく汚れていない。

温室の植木鉢をまえにして、ベスは眉間《みけん》にしわを寄せる。すでに土からは、人間の手ほどの大きさのフェルト状の緑の葉がいくつも生えてきている。

「あらまあ！　これって、あのお婆さんにだまされたのかもよ」

「菊《マム》じゃないの？」

「それっぽくは見えるけれど、こんなにはやく成長するなんておかしいもの。菊《マム》は十日で、ここまで大きくならない。菊《マム》か、青菜か。とにかく、なんか怪しいわね。これはまがいものじゃないかって気がする。このまま庭の壮大な実験をつづける？　それとも、中止する？」

　ジャックは、コナーが気の利いたことをいうときみたいに片目を細めてベスを見る。

「それじゃ、ネギればよかったね。オクラ入りにして、モヤシちゃう？」

　ジャックの駄洒落《だじゃれ》はすぐには伝わらないが、ベスはそれを理解すると、彼の肩をこぶしで叩いてこういう。

「それはエンドウだから、さっさと外に移しちゃいましょ。わかる？　エンドウ。ね？」

「うん」ジャックはいう。「ところで、うちまで裸足で歩いてきたの？　きっと冷たかったよね」

「そうなの。でも、あなたのやせこけた尻に蹴りをいれてしゃきっとさせるために、ここへはいつも急いでくるから。やせてるといえば、あなたになにか食べさせなきゃ。でしょ？　ここで育ち盛りなのは、この謎の植物だけじゃないんだから」

　ジャックはすごくうきうきしているので、いまの説明を素直に受けいれられない自分が恨めしい。ジャックの家まで素足で歩いてきたのなら、どうしてベスの足には土や草の汚れがついていないのか？　その考えは酸っぱくなった牛乳とおなじで、口にふくんだら、ぺっと吐きだすしかない。

# 7

植え替えた苗のまわりの土を軽く叩いてから、ふたりはジャックの母親の墓のまえでひざを折りたたんですわる。あたりには掘り返したばかりの肥沃《ひよく》な黒土の鉱物っぽい匂いが充満している。墓石はピンクの大理石で、そこに現代の秘術をもちいて写真がプリントしてある。髪の毛に花をあしらった十九歳のブルーム・マコートが、目を伏せて控えめにほほ笑んでいる。結婚式のときの写真だ。

風が吹き、腰の高さほどの墓石の下で、菊《マム》——もしくは、べつの植物——の葉がわさわさと揺れる。

ジャックはこの仕上がりに満足し、けさのふたりの働きぶりを誇らしく感じているので、ベスの上向きの鼻の先から滴《したた》り落ちる涙を目にして驚く。彼女の肩に腕をまわす。下心がまったくないとはいえない行動だ。

ベスは両手で頬を拭うと、笑えるくらい女性らしくない音をたてて鼻をすする。「ブルームが恋しい。彼女はあなただけでなく、あたしにも愛をあたえてくれた。あたしにはもったいないくらいの愛を。あたしもおなじだけの愛を返していたら、彼女はまだ生きていたはずよ」

「いや」ジャックはいう。「そんなことないよ」

「ううん、そうなの。あたしは、彼女が出ていったらどうなるかを知っていた。あのとき地面にひざまずいて、あなたのお父さんに彼女を家に戻らせてくれと頼むべきだった。彼女が外の世界でひとりでやってけないのは、わかっていた。頭のなかで、どうしようもない考えが暴れまくっていたんだから。それなのに、あたしは彼女をいかせてしまった。それって、どうよ?」

ジャックは両腕をベスにまわして、ぎゅっと抱きしめる。「そんなに悲しまないで、ベス。彼女が浴槽で足を滑らせたのは、きみのせいじゃないんだから」

ベスがすすり泣きとしわがれ声の中間みたいな音をはっしながら、ジャックを抱き返す。彼女のやせた身体はすみずみまで震えていて、皮膚の下で筋張った筋肉がうごめくのがわかる。

「それに」ジャックはいう。「きみは花を植えるのを手伝ってくれた。それだけで、きみの思いは彼女に伝わってるよ。お別れをいうのに、花よりいいものはないからね」

# 8

ジャックは熱にうなされたときのような不穏な夢から目覚め、気分の悪さに気づく。胸のあたりが重苦しい。暗い寝室でベッドの端に腰かけ、様子を見る。ためしに咳《せき》をしてみると、太くてしゃがれたぜいぜいという音が出てくる。

水をやる必要がある——ジャックはそう考えてから、顔をしかめる。いや、水を飲むだ。やるではなく。

ジャックは素足で、冷たい厚板の床を横切っていく。ドアのところで、もう一度咳をする。片方のこぶしで胸を叩いて、手のひらに茶色い痰《たん》を吐きだす。血か？　薄闇のなかでさまざまな角度からながめた結果、それは土だという結論にたっする。

ふらつく足で階段をおりていくと、胸のなかで圧力が高まっていき、いまにもまた咳きこみそうになる。人の声がいくつかしているが、耳の穴に土が詰まっているみたいに、それはくぐもって聞こえる。

階段のいちばん下まできたところで、ジャックは前屈《まえかが》みになってひざをつかみ、これまででいちばん激しい咳をする。なにかがのどにつかえている。息を吸いこもうとしてもできずに、つぎの瞬間、彼は窒息している。固くて繊維質のものが食道をふさいでいる。ジャックは口をあけ、無理やり吐き気を催させようと指を突っこむ。そして、のどの奥で針金らしきものを見つける。それを親指と人差し指でつかみ、やっとの思いでごぼごぼとむせびながらひっぱりだしていくと、あらわれたのは……根か？　茶色くて、毛だらけで、埃にまみれている。ひっぱってもひっぱっても、それはずるずると出てくる。と、いきなり途切れる。先端は植物の茎になっていて、緑色っぽい莢《さや》が何個かついている。それと、糸をひいて垂れている彼の唾液が。

　ジャックはぞっとして、それを投げ捨てる。むきを変え、急いでキッチンへむかう。助けを求めて、慌てふためいている。どうにかして口のなかから土の味を消したくてたまらない。だが、夢でよくあるように、彼は実際の家には存在しない場所を駆け抜けていく。床板がはがされ、その下の土が見えている部屋（地面には、掘りかけの墓穴がいくつかある）。鉤爪《かぎづめ》の脚のついた浴槽に全裸で横たわるベスが、湯気のなかでピンクの脚に石鹸をこすりつけている部屋。彼女が使っているのは、棒状ではなく花状の石鹸だ。**ゼラニウムの石鹸**――ふと、その単語がジャックの頭に浮かんでくる。戸惑うくらい強烈な力で、**ゼラニウムの石鹸**。風呂にいっしょにはいりたいかとベスに訊かれるが、ジャックはそのまま走りつづける。キッチンの自在ドアをとおって流しに駆けつけ、急いで蛇口をひねる。蛇口は跳ねあがって痙攣《けいれん》するものの、なにも吐きださない。それから、しばらくして錆色《さびいろ》の水が噴きだしはじめる。ジャックがみつめるなか、水はしだいに黒ずんでいき、どろどろになる。匂いもしている。血ではなく、掘り返したばかりの土の匂いだ。

「顔を洗いなさい」母親がやさしくそういって、ジャックの髪の毛をつかみ、頭を水のなかに突っこむ。

その冷たさで、目がさめる。

ジャックはキッチンの流しのまえに立ち、身体を揺らしている。両手をお椀《わん》にして、蛇口から流れだす冷たくてきれいな水を受けとめている。それを何度か自分の顔にかけているうちに、寝ているあいだに感じた恐怖がすこしずつ薄れていく。夜驚症《やきょうしょう》で体験する恐怖は、現実とおなじくらい切実だ。ある意味では、もっと真に迫っていて、説得力がある。だが、それは素肌についた雪片くらいはやく消えてしまう。ジャックは蛇口からじかに水を飲む。身体をまっすぐに起こして口もとを拭うころには、心臓の動悸《どうき》はすでにおさまり、安堵《あんど》と眠気をおぼえている。自分が寝ながら歩きまわっていたのはわかっているが——階下へおりてきた記憶がないからだ——そのあいだに見ていた混乱した夢はほとんど思いだせない。熱いお湯につかったベスの裸体がピンクになっていたことをのぞいては。オーブンの時計に目をやると、時刻は午前一時を三分まわったところだ。

ジャックはグラスに水を満たす。まだのどが渇いていて、埃でいがらっぽく感じられる(また裏庭で土を食べていたのだろうか?)。そのとき、食堂で男たちの低い声がしているのに気づく。父親とコナーだ。ふたりは話に夢中になっている。ジャックは暗いキッチンをそっと横切り、自在ドアにちかづいていく。古い錬鉄製の戸当たり《ドアストッパー》——トウモロコシの穂の形をしている——で、ドアはすこしあいたままの状態になっている。ジャックは声をかけようとして、途中でやめる。キッチンの暗闇のなかにとどまり、黙って父親と従兄弟をみつめている。

ハンク・マコートのノートパソコンがひらいて置いてあり、画面にはオクラホマ・シティの連邦政府ビルの画像が映しだされている（ティモシー・マクベイの爆弾によって、建物全体の前面が崩壊したあとのものだ）。ジャックは一度ならず、父親がこう口にするのを耳にしている――オクラホマ・シティは長い戦い《ゲーム》のなかの最初の一歩にすぎない。だが、それがどういうゲームで誰がやっているのかをジャックがたずねると、父親は彼の頭を軽く叩いて、愛しげにほほ笑むだけだ。

ハンク・マコートの手は、ジャックの従兄弟の肩にのっている。コナーはキッチンに背をむけ、テーブルの上に身をのりだしている。ふたりは地図を見ているところだ。一枚は、印刷された都市部の地図。もう一枚は、どこかの建物の手書きの見取り図だ。

「――駐車場にはいる通行証を手にいれるには、それがいちばん簡単なやり方だ。車はレベルA－1にとめて、キーをさしたまま立ち去ればいい」ジャックの父親がいう。

「ATFは最上階に？」コナーがたずねる。アルコール・タバコ・火器取締局のことだ。

ジャックの父親の右手がコナーの背中で小さな円を描く。「そして、おなじ建物の四階には国税局がはいっている。小さな支局だが、おいしいおまけだ――サンデーのてっぺんにあるサクランボみたいに」

コナーはしばらく考えてから、いきなり上をむいて笑う。顔が横向きになっているので、目が興奮できらめき、口がすこしあいているのがわかる。ジャックは従兄弟のある特質に気づく。ずっと目のまえにあったのだろうが、いままで見逃していた特質――愚鈍《ぐどん》さだ。

「そりゃいいや！」コナーがそういって、手を叩く――ドカン！　「建物の破片が三つ先の州まで吹っ飛んでくぞ。瓦礫《がれき》の雨が降るんだ」

「地球の周回軌道にだってのるだろう」ジャックの父親が同意する。

コナーがうつむいて、いま一度地図を調べる。ふたたび口をひらいたとき、その声は真面目になっている。「ベスの面倒はみてくれるんだな？」

「いまでもそうしてるだろ」

「ああ、そうだな。たしかに。おれにはできないくらいに」最後の言葉には、ある種の苦々しさがこめられている。

「シーッ、いいから聞け。遠い砂漠でおまえの身に起きたのは、残念きわまりないことだ。だが、おまえが男であることに変わりはない。それどころか、おまえは男をあげて帰国したんだ。そして、ベスはそれを知っている。おまえになにができるかを知っているし、それはおれもだ。もうすぐ、誰もが知ることになる」

コナーが背筋をのばす。「あすにでもやりたいくらいだ」

「地方のATFの大がかりな集会が十月にひらかれる。そうあせるな」

「それって、おれたちに十月までの時間があればの話だろ。彼女が誰にもしゃべってなければの話だ」

「誰にもしゃべってないさ」

「そいつはわからないぜ」

「いや、おれにはわかる。確信がある。ベスがあの女からすべて聞きだしてくれた。ここにまた連邦捜査官の手がはいったらどういうことになるか、ブルームは知っていた。それが息子の頭に銃をつきつけるのとおなじことだと。おれは警告しておいた。何度もこういった。もしも連中がやってきたら、おれは息子を手にかけて、あいつらにとりあげられないようにしてやると。ああ、そうとも、コナー。あの女は頭がいかれていたが、馬鹿ではなかった」

手が滑り、ジャックはグラスがタイルの床に落ちるまえに、しっかりとつかみなおす。そして、グラスを注意深くステンレス鋼の流しに置いてから、自分のベッドへ飛んで帰る。月の光を浴びた畑の上空を横切るフクロウのように。

## *9*

ジャックは眠れないまま、五時十分まえにふたたび起きだして、外へ出ていく。脚が震え、胃がむかついている。

空は薄ぼんやりとしたマリゴールド色に輝いている。斜面にある細長い畑の上を、霞《かすみ》がきらめきながら流れていく。畑では、ちょうど地面から緑の麦の茎が顔をのぞかせたところだ。ジャックは自分が耳にしたことを母親に伝えるべきだと考えており、濡れた草むらのなかを裸足で敷地内の墓地まで歩いていく。露のしずくのついた錬鉄製の門を抜けて、母親の墓のまえでひざまずく。そこには菊《マム》が群生している。艶やかな緑の茎。幅広で色の濃い葉。花の気配はない。とりあえず、いまはまだ。花をつけるには、もうすこし時間が必要なのだ。

植物のこと以外、ジャックはなにも考えられない。アルコール《A》・タバコ《T》・火器《F》取締局のことも、アフガニスタンでコナーの身に起きたことも。コナーはそこで友軍砲火を浴び、あやうく命を落とすところだった。自国の政府によるドローン攻撃の犠牲者となったのだ。彼のベルトより下の部位の状態が表立って口にされることはないが、そこが脚を失うよりもひどいことになっているのをジャックは知っている。コナーがズボンをさげているときに、切り株のような瘢痕《はんこん》組織が見えたのだ。先っぽのないペニスが。おれは息子を手にかけて、あいつらにとりあげられないようにしてやる。父親の言葉がくり返し心に浮かんできて、そのたびに頭に銃弾を撃ちこまれた気分になる。そして、ベスがあの女からすべて聞きだしてくれた。この発言には、ジャックが考えたくないさまざまな意味合いがふくまれている。

ジャックは、この全身に充溢《じゅういつ》する不快なエネルギーをどうにかせずにはいられない。なにか壊さないと吐いてしまいそうだが、手の届く範囲に破壊できそうなものはない。そこでかわりに、地面から生えている植物をつかむ。

菊《マム》は驚くほど深くまで根を張っており、しっかりと地面をつかんで離さない。ジャックが歯を食いしばってひっぱると、ついに根が土からはがれはじめる。その重さときたら、まるで緑の茎の先に信じられないくらい大きな実がついているかのようだ。ジャックは、ぎゅっと目を閉じてひっぱる。さらに強くひっぱる。そして、目をあける。だが、肺に空気が残っていないため、悲鳴をあげることができない。

ジャックが地中からひっぱりだしたのは、人の頭だ。

とはいえ、まだ全体はあらわれていない。鼻梁《びりょう》から上の部分だけ。顔は女性で――いや、ただの女性ではない。ジャックの母親だ。ただし、肌は緑がかっていて蠟《ろう》のようだし、髪の毛は長くて丈夫な緑の繊維でできている。植物の茎だ。目は閉じられている。

ジャックは墓からあとずさる。必死に叫ぼうとするが、のどからはなにも出てこない。

女性の目があく。眼球はやわらかい白いタマネギといった感じで、虹彩《こうさい》も瞳孔もない。目は見えてなさそうだ。そのとき、女性がウインクする。

ジャックはようやく悲鳴をあげると、その場から走って逃げだす。

## *10*

午前中の雑用をすませて昼ちかくになってから、ジャックは再度確認しようと、忍び足で墓地に戻る。太陽の熱で、霞はもう消えている。けさ途中までひっこ抜いた菊《マム》は、すでに地中に戻っている。まわりの土が崩れて、あれにかかっている。なにやら丸みを帯びた物体――頭蓋骨か、それとも樹皮のむけたただの大きな棒切れか。ジャックはまわりに散らばっている土を蹴飛ばして、その物体をきちんと埋めていく。そして、それがすむと、かぶせた土を手でならして平らにする。

その際、土の下の物体にはふれないようにするが、知らず知らずのうちに手が地面のほかのふくらみのほうへとのびている。その丸みを帯びた堅さは、まさに頭蓋骨のてっぺんだ。つぎつぎと手をあてていく。全部で六つある。

墓地をあとにするとき、ジャックは前回とちがって無理やり歩くようにするが、脚の震えを止めることはできない。

## *11*

その三日後、ジャックは父親とコナーにはさまれて、トラックの前部座席にすわっている。三人でストールワート通りにある簡易アパート——ジャックの母親が人生最後の数週間をすごした住まい——にむかうところだ。ようやく警察から、ハンク・マコートが妻の遺品をまとめる許可がおりていた。その簡易アパートの建物は、安っぽい店のならぶ広い通りに面している。小切手と現金の交換所。電子タバコの専門店。バプテストの教会（正面にあるドライブスルーの白い看板には、〝すべての肉は草であり、イエスはその芝刈り機だ〟と書かれている）。

ハンク・マコートの運転する車は、白い化粧漆喰の迫持《アーチ》の下をとおって、中庭の駐車場へはいっていく。中庭の三方は二階建ての建物で、真ん中には金網フェンスで囲まれたプールがある（ただし、水位は低く、浅いほうの水面には汚れた白い男物のブリーフが浮いている）。

ジャックの父親はトラックを進めて、パトカーのとなりに駐車する。若い警官がひとり、パトカーに寄りかかって立っている。片方の手には鋼鉄製のクリップボード。反対の手には州警察官の制帽。このまえジャックが見たとき、この若い見習い警官は未開封のジンの瓶をさがして、服の山をひっかきまわしていた。そのとき同様、口の端からは細長い白い棒が飛びだしている。

ハンク・マコートは運転席から降り立ち、ジャックはコナーにつづいて助手席側から出る。若い見習い警官がハンクにクリップボードを渡し、サインする箇所を示す。

「子供はどうする？　外でおれと待つかい？」若い警官がたずねる。

「いや、大丈夫だろう」

警官がジャックと目をあわせ、「一服するか？」といって、箱をさしだしてくる。その瞬間、ジャックは警官が口にくわえているものの正体を知る。お菓子のキャンディタバコだ。

ハンク・マコートは精製糖を認めていないが、きょうは許すといった感じで、うなずいてみせる。そこで、ジャックは「いただきます」といってから、一本もらう。

簡易アパートはワンルームで、土の色をした汚ない絨毯《じゆうたん》が床一面を覆っている。はいって真向かいにガラスの引き戸があって、そのむこうは外だ。どういうわけか、明るい午後の陽射しが部屋をいっそう陰気な感じにしている。

ジャックは入口でいったん足を止めてから、なかへはいっていく。隅のほうに、整えられていない簡易ベッドがある。饐《す》えた足のような匂い。壁際にある茶色い紙袋には、空《から》になったジンの瓶が詰まっている。蓋があいたままの中華料理の紙箱（まわりをハエが飛び交っている）。そのとなりには、『わが子のために戦って勝つ方法――離婚の実践ガイド』という本。ジャックはぶらぶらと歩いていき、中華料理の紙箱のなかをのぞきこむ。はじめは、麺《めん》がのたくっているのかと思う。だが、それは麺ではない。

警官が見守るなか、三人はブルーム・マコートの所持品を段ボール箱にしまっていく。ジャックはベッドの下できれいに畳まれた母親の服を見つけ、それを段ボール箱にいれる。空になった薬の瓶もある。クロザピンだ。〝洗濯ばさみ《クローズピン》〟と響きが似ている。なにかを押さえつけておくときに使うもの。そう考えると、筋がとおる。これは、ジャックの母親が頭のなかのいけない考えを押さえつけておくために使っていた薬なのだから。ジャックはジンの瓶をもう一本見つける。三分の二が空になっていて、シーツにからまっている。

「不思議なんだよな」若い見習い警官がいう。「酒屋はすぐとなりなのに、そこをやってる男は、彼女を一度も見かけたことがないといってる」

「人は食うところでクソをしないもんだ、だろ？」コナーが首のうしろをかきながらいう。

段ボール箱の最後のひとつが小型トラックにはこびこまれたところで、若い見習い警官がガラスの引き戸を閉め、親指で鍵をかける。だが、彼がうしろへさがると、ドアは震えながら数センチほどあいてしまう。

「なるほど」見習い警官がいう。「鍵が壊れてる。ほんと、ひでえところだな。「ここから侵入したやつに殺されるまえに酔っぱらっておっ死《ち》んだんだから、彼女はツイてたんだ」

ここにはいま息子がいる」ハンク・マコートが、例の怒鳴るよりも恐ろしい穏やかな口調でいう。

警官がうなだれ、頭をガラスにぶつける。そして、恥じ入った様子でふり返る。「ああ、しまった」という。「ごめんな」

ジャックはみじかくなったキャンディタバコを口の端からとりだし、謝罪を受けいれたしるしにもちあげてみせる。

そのあとでトラックへとむかうが、途中で手がべたべたしているのに気づく。溶けだしたキャンディタバコのせいだ。そこで、父親たちにひと言ことわってから、手を洗うために部屋へとひき返す。

浴室はとても狭く、バラ色の浴槽とトイレと洗面台が無理やり詰めこまれている。ジャックは浴槽をのぞきこんだりしない。母親が溺れた場所からわざと目をそらし、鏡のなかでも見ないようにする。かわりに、洗面台をみつめる。排水口に、母親の毛髪がまだいくらかひっかかっている。泥だらけの根みたいに見える……いや、いまのはいけない考えだ。ジャックは生温かい水で手を濡らし、小さい棒状の石鹸をこすりつける。と、そこで手を止めて顔をちかづけ、石鹸でぬるぬるしている手の匂いを吸いこむ。ゼラニウムのぴりっとした甘い香り。まえにこれとおなじ香りをどこで嗅いだのだったか……。

# 12

家へ戻るまえに、あとひとつ寄るところがある。〈モータースポーツ・マッドネズ〉だ。ハンク・マコートの運転するトラックが駐車場に着くと、コナーは苦労してアスファルト舗装に降り立ち、足をひきずりながら店のなかへはいっていく。ジャックは父親とふたりきりになる。

ハンクはうしろにもたれて、運転席の窓から片方の腕を外に垂らしている。首をまわして、愛情のこもったまなざしで息子をみつめる。ラジオではカントリー音楽がかかっている。

「おまえ、知ってるか、ジャック？」父親がたずね、ジャックはどきっとする。一瞬、自分の頭のなかで固まりつつある恐ろしい確信を見抜かれているのかと思う。

「なにも知らないよ」ジャックはいう。「なにも」

「そいつはちがうぞ」父親がいう。「おまえは憲法で保証された自分の権利を知っている。雑草の抜き方も、このトラックの運転の仕方も。火器の安全な取り扱い方も心得ているし、即席の爆弾や簡単な起爆装置をゼロから作ることもできる。おまえは自分が母親から愛されていたことを知っている。彼女がおまえのためなら死んでもいいと思っていたことを」

「そうだったの？」ジャックはたずねる。

「なにがだ？」

**母さんは、ぼくのために死んだの？**　だが、ジャックはそういうかわりに、こうつづける。「ぼくを愛していた？　家を出たあとで、酔っぱらって死んだんでしょ。さっき警官がいったみたいに。それに、洗濯もののピン《クローズ・ア・ピン》をのんでいた」

ジャックの父親が面白くなさそうに笑う。「クロザピンだ。できれば、あの女はおまえにもそういった薬をのませていただろう。医学界は、おれたちを薬漬けにしたいんだ。そうすれば、みんな疑問を抱いたり抵抗したりしなくなるから」父親はひらいた窓の外に目をやり、指で鋼鉄製の窓枠を叩く。「ブルームは、彼女なりのやり方でおまえを愛していた。母親の愛ってのは、根深いんだ。そいつをひっこ抜くことはできない。誰も彼女のかわりにはなれない。だが、おまえにはベスがいる。ベスがおまえのことを大切に思っているのは、神さまもご存じだ。それに、彼女はまっとうで従順な女性のお手本といっていい。おまえの人生にベスがいてくれて、ほんとうによかった。彼女は酒や薬で自分の身体を汚したりはしない。ずっときれいなままだ」

「そりゃ、そうだよ」ジャックはいう。「いつも石鹸を使っているもの」

それから、自分でも驚いたことに、ジャックは笑いはじめる。すこしたがが外れたような、カラスの鳴き声にも似た笑い声。突然、あのゼラニウムのぴりっとした甘い香りをどこで嗅いだのかを思いだしたのだ。いま彼の頭のなかにある考えを父親が半分でも知ったなら、息子にクロザピンをのませるのもそう悪くないと思うのではなかろうか。

ジャックの父親は顔をしかめるが、そのとき〈モータースポーツ・マッドネズ〉のドアがあいて、コナーが出てくる。液体ニトロメタンのはいった大きな白い五十ガロン入りのタンクをはこんでいる。そのあとに、レーナードスキナードのバンドTシャツを着た男がつづく。彼もまたタンクをもっている。ハンクが車から降りて尾板を下げると、ふたりは荷台にタンクを積みこむ。

「あとふたつある」バンドTシャツの男がいう。お粗末な小さい口ひげをたくわえており、脂《あぶら》ぎった髪がおかしなところで突っ立っている。「おまえがまたレースに出るのが待ちきれないぜ、コナー。そろそろなんだろ。いつを予定してるんだ？」

「八月のカレドニアかな。けど、まばたきしてたら見逃しちまうぞ」

「あのロードランナーでか？　まえまえから思ってたんだよ。あれは爆弾級のぶっ飛びもんの車だって」

コナーがにやりと笑う。「まあ、そいつは見てのお楽しみだな」

## 13

農場では仔豚が誕生しており、ジャックは午後になるとよく豚の囲いにいって、残飯を投げてやる。仔豚たちが小さな肢で跳ねまわるのを見ているのは、楽しい。囲いの外にある甘い香りのする草むらでそのまま眠ってしまうこともこれまでに何度かあり（眠りのなかまでついてくる仔豚たちの甲高い鳴き声は、まるで幼い少女が生きたまま皮をはがれているかのようだ）、いまも柵にもたれてカリカリに焼いた豚の皮を袋から出してたえながら、ジャックはすこし眠気をおぼえている。そのため、仔豚が一匹足りないことに気づくのは、数分してからだ。ジャックの足もとでは、四匹の仔豚が飛び跳ねながら、いたずらな小鬼みたいな笑みを浮かべている。だが、ほんとうは五匹いるはずなのだ。体重が三百キロちかい母豚は、囲いの反対側でいびきをかいている。ハエをおいはらおうと、片方の耳がぴくぴく動いている。

ジャックは柵を飛び越え、ひょいとかがんで、豚小屋にはいっていく。前面に扉のない奥行きのある小屋で、なかには豚の糞《ふん》の青臭い匂いがたちこめている。ジャックは雌豚が寝床にしている干し草を蹴飛ばす。そこに顔が黒ずんだ仔豚の死骸があるのではと考えている。雌豚がうっかり仔豚の上にすわって窒息死させてしまうのは、よくあることだ。だが、死骸は見つからない。

ジャックは昼間のぎらつく陽射しのなかへと戻る。足もとに群がる仔豚たちが、カリカリに焼いた豚の皮をもっと放ってもらおうと、やかましく鳴きながら跳ねまわる。ジャックはそれを無視して、柵沿いに歩いていく。囲いの南西の端にちかづくにつれて仔豚たちは脱落していき、彼はひとりになる。

囲いの内側の地面は、豚たちに踏み荒らされている。ひっかきまわされた泥が、天日にさらされてかちかちに固まっている。例外は隅のほうで、そこには雑草や色の薄い草が茂っている。ジャックはそのいちばん手前の茂みにむかう途中で、あるものを目にして——太いソーセージみたいなピンクのかたまりに草がからまっている——足どりをゆるめる。腐肉を思わせる悪臭。裂けた腸が陽光で温められているかのようだ。ジャックはもっとよく見ようと、手でまびさしを作る。

行方不明だった仔豚が、根と雑草にからめとられている。のどに幾重にも巻きついた針金状の丈夫な根。四本の小さな肢にそれぞれからみついた雑草。ひらいた口をふさぎ、のどの奥にまではいりこんでいる大量の根。

ジャックがみつめるまえで根の締めつけが強まったらしく、若い巻きひげがアオヘビよろしくのたくり、その先端が仔豚の半開きの右目に突き刺さる——プシュッ！

ジャックは気がつくと、囲いの反対側にきている。空気を求めてあえぎ、前屈みでひざをつかんでいる。自分の手に豚の皮のはいった袋がないことを認識するのは、そのあとだ。

仔豚たちが用心しつつ、地面に落ちた袋のほうへとちかづいていく。囲いの隅でのたくる根の茂みを、こわごわとうかがっている。やがて、いちばん勇敢な仔豚が袋の垂れ蓋をくわえて、勝ち誇った鳴き声とともに走り去り、それをほかの仔豚たちがおいかける。

# 14

ジャックはちっとも眠たくならない。ベッドわきにあるデジタル時計にはほとんど目もくれず、もっぱら壁に映る四角い銀色の月の光をながめている。それはしだいに壁の下方へむかい、床を右から左へと横切る。それから、寝室用たんすをのぼって、さらに上昇をつづけ、ついには見えなくなる。時計に一瞥《いちべつ》をくれると、時刻は午前三時ちかくになっている。

ジャックの母親は星霊《せいれい》を信じていたが、やはりそれにはなにか意味があるのだろうか。ジャックは、彼自身が霊といってもいいくらいの静かな足どりで、そっと裏の階段をおりていく。温室へいき——なかの空気は暖かくて湿っており、まるで誰かが熱いシャワーを長時間浴びたあとの浴室のようだ——移植ごてをさがしだす。そして、それをもって墓場へとむかう。

母親の墓に着いたら、菊《マム》を根こそぎにして、それがただの植物であることを確認するつもりだ。ジャックの頭のなかでは、なにかが解き放たれている。パイプの留めねじがゆるんだみたいな感じで、悪夢めいた考えが漏れだしてきている。驚きはしない。そういう血筋なのだから。母親がクロザピンに助けを求めたのも、無理はない。

だが、母親の墓をまえにして、ジャックはそこに生えているのがただの植物ではないことを――毛だらけで泥まみれの根をもつふつうの植物ではないことを――理解する。ピンクの大理石でできた墓石のてっぺんには、惨殺された仔豚の頭部があぶなっかしくのっている。目玉のなくなった眼窩《がんか》を埋めつくす白と黄の雛菊《ひなぎく》。口もとに浮かんでいる馬鹿みたいな笑み。

菊《マム》は地面から一メートルちかい高さにまで成長していて、大理石の墓石に刻みこまれた文字をすっかり覆い隠してしまっている。唯一見えているのは母親の名前で、それは命令のように読める――花開け《ブルーム》！　はじめのうち、ジャックはわけがわからない。切断された仔豚の頭が、どうやってここまでたどり着くというのか。誰かがもってきたとしか思えない。豚の囲いから墓地までは、フットボール場ふたつ以上の距離があるのだ。だが、そのときべつの考えが頭に浮かんでくる。この菊《マム》の根は、きっと家のほうまでつづいているにちがいない。仔豚の頭部が地中をとおってはるばるここまではこばれてきた可能性は、あるだろうか？　そういえば、仔豚の顔には乾いた泥がたくさんついている。

ジャックは植物の茎をつかんで、ひっぱる。地面の下にあるのがなんであれ、それは重たい。すごく重たい。土がぱらぱらとはがれ落ちる。

地中から、ジャックの母親の頭のてっぺんがあらわれる。艶やかな顔。閉じられた目。地虫のはりついた泥だらけのひたい。

ジャックは両手で彼女の鼻から土をとりのぞき、口もとを掘りだす。まぶたがあいて、タマネギのような目がうつろにジャックをみつめる。

# 15

「ジャック」彼女はそうささやいて、ほほ笑む。

「おまえはぼくの母さんじゃない」ふたたび息ができるようになると、ジャックはいう。

「あたしたちはみんなあなたの母親よ」彼女がいう。ジャックはほかの実にも目をやる。

「あなたを育てたの。あなたがあたしたちを育てるまえに」

「ぼくの母さんは土のなかにいる」ジャックはいう。

「ええ、見てのとおりね。でも、あたしたちはここにとどまる必要はない」

ジャックがいおうとしたのは、埋葬された母親のことだ。

「これは現実じゃない」

「手をだして」

ジャックは手のひらを彼女の顔にちかづける。最後の瞬間になって、その口がいきなり大きくひらくところを想像する。ホラー映画よろしく、ずらりとならんだ不気味な歯が彼の手を食いちぎるところを。

だが、彼女はかわりに目を閉じると、頬をジャックの手のひらに押しあてる。その手ざわりは、本物の人間とはすこしちがう。もっとゴムっぽくて、ナスの外皮のような感じだ。

とはいえ、そこには温《ぬく》もりがあり、彼女がジャックの親指の付け根にそっとキスをすると――母親が生前よくやっていた所作だ――ジャックは安堵と喜びでぞくりとする。そして、このときはじめて、自分がどれほど母親を恋しく思っていたのかに気づかされる。

## 16

「ジャック」ジャックがつぎに地面から掘りだした母親《マム》がいう。

「ジャック」三つめの母親《マム》がいう。

「ジャック、ジャック、ジャック」母親《マム》たちの単調な声がつぎつぎと夜のしじまに響く。ジャックはケーキの生地のような黒土のなかから全部で六つの頭を掘りだす(みんな首から下は土のなかに埋まったままだ)。そのなかのひとつは、いびつな形に成長している。顔の右側にへこみがあり、右目があかない。顔全体ができそこないのひょうたんみたいで、右のこめかみにある黒い穴からは何百匹という小さなアリが出入りしている。彼女は歯のない口でにやりと笑い、ジャックの名前をいおうとすると、こんな感じになる。「ハァァアーックアーック! ハァァアーック!」

## 17

ジャックはいう。「おまえは植物？　動物？　どっちなんだ？」

「人間はそういうふうに分類するけれど、ほんとうはつぎの二種類しかないのよ、ジャック。生きている……もしくは、死んでいる」おしゃべりはすべて、ジャックが最初に掘りだした母親《マム》1号が担当している。ほかの頭は、その白くて艶やかなタマネギのような眼球で彼女をみつめている。「あたしはいきたくなかった。あなたを置き去りにしたくなかった」

「自分を責めないで」

「じゃ、誰を責めるの？」彼女がほほ笑む。まぶたが狡猾《こうかつ》ともとれそうなほのめかしをこめて閉じられていく。

ジャックは家のほうへふり返って、唾を吐く。

「あの人たちはいけないことをしようとしている、ジャック」彼女がいう。「あなたのお父さんはいけないことをしようとしている」

「もうしてるよ」

「アァァアリィィイ！　アァァアリィィイ！　アリィィイがパ、パ、パンツのなかにいるううう！」こめかみの穴からアリを出入りさせている母親《マム》がいう。

「いいえ、そうじゃないわ」母親《マム》2号がいう。「アリはパンツじゃなくて、あなたの脳《ブレイン》みそのなかにいるの」

「種子《グレイン》に？」形がいびつな母親《マム》がいう。「種子《グレイン》に？　アリィイが種子《グレイン》のなかにいる！」

ほかの母親《マム》たちがため息をつく。

「あの人は、あたしにしたことよりもっといけないことをしようとしている」母親《マム》1号がいう。

「うん、知ってる。父さんが、なにをどうやろうとしているのか。すべて納屋にそろってる。化学肥料とニトロ。コナーがそれを使って、みんなを吹っ飛ばすんだ」ジャックは、もうすこしでこうつけくわえそうになる。そして、そのときに自分も死んで、父さんがベスと――その先は、考えることさえできない。

「あなたはみんなに警告しないと」

「どうして自分でやらなかったの？」

母親《マム》1号が悲しげにほほ笑む。「あなたがいたからよ。あたしがしゃべったら、あなたを殺す、とあの人からいわれたの。息子を撃ち殺してから、自分も銃で自殺すると。ばあばが助けになってくれると思ったけれど、彼女がここに着いたとき、あたしはもういなかった」

「ばあばはきてないよ」

「いいえ、きてるわ」母親《マム》1号が、またあの狡猾な笑みを浮かべてみせる。「あなたはもう会っている」

　ほかの頭たちがうなずいている。母親《マム》2号の髪の毛から——からまりあった泥まみれの根から——長さ七、八センチの黒いムカデが落ちてくる。ひたいから鼻梁《びりょう》を伝いおりていくムカデ。と、いきなり母親《マム》2号の口から舌が飛びだしてきて、それを舐《な》めとる。歯で嚙み砕く音がする。

　ジャックはいう。「おまえは種だった。ぼくが自分で植えた。そんなのが、ほんとうにぼくの母親《マム》であるはずがない。おまえはふりをしているだけだ。あの映画とおなじで。ほら、植物が寝ている人間を包みこんで、コピーを作るやつ」

「あたしたちはあなたの血に根ざしているのよ、ジャック・マコート。そして、彼女の血に。いまだって、彼女から力をもらっている。あたしたちの根はとても丈夫で、成長がはやいの。必要なものを調達できるように」

　ジャックは仔豚のことを考えて、身震いする。「のどが渇いてるんだね。このところ雨が降ってないから。じょうろで水をもってこようか？」

「あたしたちの渇きは、それでは癒《いや》されないわ」母親《マム》1号が白状する。

「そうか」ジャックはいう。「またべつの仔豚がいるのかい？」

「もうすこし汁気の多いものはないかしら」母親《マム》1号がいう。「あとすこしのところまできているのよ、ジャック。あとすこしで、あたしたちは根をひっこ抜いて楽しめるくらいの力をもてる。そしたら今夜、この農場の家を真っ赤に染めてやれるわ！」

「うちの外壁はもう赤だよ」

「もっと赤くするの」母親《マム》3号がそういって、煙草のみっぽいしわがれた笑い声をあげる。

「なにがいるのか教えて」ジャックはいう。

「あの雌豚をここへ連れてくるってのはどうかしら」母親《マム》1号が提案する。

「雌豚!」顔じゅうアリまみれの母親《マム》がいう。その舌がだらりと垂れて、唇に唾がたまる。

「雌豚——いますぐ!」

「わかった」ジャックはいう。「でも、母《マ》さん《ム》、ぼくはもうここにはひと晩だっていたくないんだ」

「そうね」母親《マム》がいう。「その必要はないわ。とにかく、いま頼んだことをやってくれる? 雌豚を連れてきて、あとすこし力をたくわえさせてちょうだい。そうすれば、ジャック——」

「あなたが残りのことをやるのに、あたしたちが手を貸すわ」六つの頭のうち、五つが口をそろえていう。残りのひとつ——形のいびつな母親《マム》——は頬のアリを舐めとって、舌鼓をうっている。

ジャックがふらつく足で墓地をあとにするころ、東の地平線に毒々しい深紅色の光の線があらわれ、世界のふちが残り火のように輝く。

## 18

ベスがキッチンにはいってくるのを、ジャックは調理台の奥から観察している。寝起きでぼさぼさの髪。なにもはいていない足。いつもなら張り出し玄関から網戸をとおってくるのに、けさは玄関広間のほうからあらわれる。ちかづいてきながら、フランネルのシャツのいちばん上のボタンを留めている。そのシャツは本人のものだろうか？　男物のようにも見える。ジャックの父親がもっているシャツのようにも。

キッチンにいるジャックの姿に気づくと、ベスのぽっちゃりとした白い顔が紅潮し、指がボタンをつかみそこねる。フランネルのシャツのまえがぱっとひらいて、そばかすのあるきれいな胸元があらわになる。

「ジャック、あたしは――」ベスがいいかけるが、ジャックは彼女の説明に――もしくは、下手をすると告白に――つきあっているひまがない。よろよろと調理台をまわりこんで進みでると、右手をあげる。あいさつの仕草であると同時に、〝止まれ〟の合図でもある。彼の手のひらの真っ赤な線から、大きな血のしずくがつぎつぎと滴る。

「ああ、ベス、ベス。はやくきて。馬鹿なことやっちゃったんだ。すごく悪いことを」ジャックはいう。気がつくと、ほんとうに泣きそうになっている。目がちくちくして、世界がぼやける。

「ジャック！　血がでてるじゃない。その傷を手当てしないと――」

「ううん、いいんだ。いいから、とにかくきて。ぼくがやらかしたことを見て。ベス、お願いだから助け――」

「もちろんよ」ベスがそういってジャックを抱き寄せ、なにげなしに彼の頭を自分の胸に押しつける。ほんの数週間まえなら、ジャックはこれほどの親密さに舞いあがっていただろう。だが、いまは顔をムカデがはっているような嫌悪感をおぼえる。

ジャックは怪我《けが》していないほうの手でベスのひじをつかみ、裏口へとむかう。血がぽたぽたとタイルの床に落ちる。

「彼女を囲いから出したら、戻ろうとしなくて」ジャックは声を詰まらせながらいう。

「脅せばどうにかなると思ったんだけど」

「ああ、ジャック」ベスがいう。「豚のことをいってるの？」

「うん、あの雌豚だよ」ジャックは夜明けの淡い真鍮色の光のなかへとベスを連れだす。彼女をせきたてて露でじめつく草地を横切り、家庭菜園のわきをとおって、墓地のひらいた門を抜ける。「なんて馬鹿なことしたんだろう。彼女は死んじゃうよ」

母親の墓石のまえに生い茂る植物にちかづくにつれて、ジャックは足どりをゆるめる。母親《マム》たちは器用に土のなかへ戻っており、見えているのはかき乱された土とかたまって生えている緑の枝だけだ。ジャックがベスの手をはなすと、彼女は数歩まえに進んであたりを見まわし、いぶかしげに顔をしかめる。そのとき、ジャックは小さな二重あごに気づいて、やがて彼女がぶざまなほど太るだろうという予感を得る。それから、こう考える。いや、彼女がデブになることは永遠にない。

「ジャック」ベスがいう。その声には警戒するような響きがある。「あたしにはなにも見えないけど。いったい、なにをたくらんでるの？」

　ジャックは背中に手をまわして、ジーンズのうしろに突っこんである移植ごての柄《え》をつかむ。その刃をベスのふくらはぎに突きたてるつもりでいるが、ぎりぎりになって彼女がむきなおったため、刃は砂利がこすれあうような感触とともに相手の左の太ももに食いこむ。ベスが悲鳴をあげて、菊《マム》のあいだにどさりと尻餅をつく。震える息を大きく吸いこみ、それを肺に押しとどめたまま、脚に刺さった移植ごてをみつめている。うしろにあるブルーム・マコートの墓石にもたれかかる。

「やっちまえ」ジャックは菊《マム》にむかっていう。「止《とど》めを刺すんだ。彼女はおまえたちのものだ！」

　菊《マム》は動かない。

　ベスが顔をあげ、困惑のまなざしでジャックを見る。目からは涙がこぼれそうになっている。

「頭がおかしくなったの？」ベスがたずねる。

「やれ！　雌豚を始末するんだ！」ジャックはヒステリーにちかい状態で菊《マム》にむかって叫ぶが、なんの反応もかえってこない。

「頭がイカれちゃったの？」ベスがふたたび訊く。

ジャックはベスの白い顔をみつめる。潤んだ目。震えるあご。

「ああ、ちきしょう」ジャックはいう。「どうやら、そうみたいだ」

ジャックは移植ごての柄をつかむと、それをベスの脚から抜きとり、今度は胸に突きたてる。ベスは叫ぼうとするが、その口は三発目の攻撃をくらって、大きく横に裂ける。つぎに狙われるのは、のどだ。

それから長いこと、あたりには移植ごてで掘る音だけが響く。ただし、その間、刃の先端が地面をえぐることは一度もない。

## 19

ベスの胸と顔がぐしょぐしょの赤い粘土と化すと、ジャックは母親《マム》たちを掘り起こそうと考える。だが、菊《マム》をつぎつぎひっこ抜いても、ぱらぱらと落ちる土とともにあらわれるのは、鉤爪のようにねじれた白い根だけだ。六本目の菊《マム》は病気にかかっていて、葉は穴だらけ、根にはアリがたかっている。

ジャックは気分が悪い。二日酔いとは、こんな感じのするものなのだろうか。手が赤く染まっている。ベスの血か、自分の血か——それはジャック自身にもわからない。何度も移植ごてを突きたてたせいで、腕が痛い。成人女性をめった刺しにするのは、すごく疲れる。

そもそも彼女をここへ連れてきたとき、自分はなにを考えていたのだろう？　すでに、よく思いだせない。夜驚症で目がさめたときとおなじだ。夢の内容をきちんと覚えていたためしがない。月の光のもとでしか花ひらかない植物のように、夜のあいだしか存在しない夢。だが、いまや夜は彼方《かなた》にすぎさり、空は明るさを増して、レモン色になりつつある。

ベスはその暁《あかつき》の空を、乱暴に切り裂かれた口をぽかんと大きくあけて、うつろなまなざしでみつめている。

## 20

ジャックはしばらく納屋ですごす。壁際には、硝酸アンモニウムの十八キロ入りのビニール袋が山積みになっている。そのとなりにならんでいるのは、ニトロメタンのはいった白いタンクだ。ベニヤ板の作業台の上には鋼鉄製の笠《かさ》つきのランプがのっていて、ジャックはその明かりを頼りに作業を進めていく。長さ五センチの銅パイプ、黒色火薬、綿棒、その他あれこれを使って、簡単な爆発物を作るのだ。パイプの両端をふさいで、片方の端に導火線をとおす。彼は夢うつつの状態で手を動かしており、自分を疑ったりためらったりはしない。もはや、あともどりはできない。前進あるのみだ。

熟慮の末に、ジャックは化学肥料のはいった丈夫なビニール袋のあいだにニトロのタンクを配置していく。タンクのひとつに、お手製の即席爆弾を電気工事用テープで固定する。タンクの弁《バルブ》の真下だ。それから、光を反射する銅パイプが視界にはいらないように、タンクのそちら側を壁のほうへむける。

ジャックが納屋を出るころには、家のまえの巨大なオークの枝に太陽がからめとられて、木全体が明るく輝いている。乾いて骨と皮だけになった栄光の手――絞首刑に処された男の手――が、こうこうと燃えているかのようだ。風で草がそよぎ、無数の緑の光がきらめく。

# 21

「父さん」ジャックはそういって、シャワーカーテンを横に押しのける。「父さん！　悪いことしちゃった。すごく悪いことを。どうしよう」

ジャックの父親は泡立つ熱いしぶきのなかに立っている。広い肩。がっしりとした体格。首をまわして、息子のほうに目を凝らす。その顔は眼鏡がないとどこか無防備に見え、ショックであどけなささえ感じさせる。

「母さんの墓へいったんだ――ときどき朝いってる、母さんといっしょにいたくて――でも、トウモロコシ畑でなにかが動く音がした」ジャックの口からはつぎつぎと言葉が出てくる。涙が頬を伝い落ちる。「なんの音か確かめにいったら、男に捕まりそうになった。黒いヘルメットに防弾チョッキをつけた男で、そいつは銃をもってた。捕まりそうになったから、そいつの首に……首に……」ジャックは血でべとべとになった移植ごてを震える手でさしだし、すこししてから床に落とす。

「ぼく、そいつを殺しちゃったかもしれない、父さん」ジャックはいう。

父親はお湯を止め、タオルに手をのばす。

「防弾チョッキにはなにか書いてあったか？」父親がたずねる。

「どうかな。わかんない」ジャックはうめくようにいう。「たぶん……そう、ATFかな？ほかにもいたんだ、父さん。トウモロコシ畑に黒いヘルメットをかぶったのがふたり。それで、ああ、父さん、ぼくをさがしにきたベスがそいつらに捕まったみたい」ジャックは息を切らしていう。「彼女の悲鳴が聞こえた」

父親はジャックを押しのけると、寝室の床からジーンズを拾いあげてはき、ベルトを装着する。ホルスターには、いつものようにグロックがおさまっている。ジャックが弾倉を空《から》にしてから戻しておいた拳銃が。

「父さん、トウモロコシ畑にいたふたりは、たぶんぼくが刺した仲間のことを知らない。まだ死体を見つけていない。けど、見つけたら、どうなるのかな？」ジャックは泣き叫ぶような声になっており、全身が震えている。胸が張り裂けそうな悲しみを感じるのは、そうむずかしいことではない。彼の母親は、いま土のなかにいるのだ。植物ですらなく、その栄養物にしかすぎない。母親が戻ってくることは決してない。ジャックは同時に、脳みそにむずがゆさを感じている。頭のなかにアリでもいるのかもしれない、という考えがふと頭をよぎる。このむずがゆさは、ベスを殺してからずっとつづいている。

「どうなるかというと」ジャックの父親がいう。「おれたちでやつらを痛めつけてやるまでだ。むこうが想像もしていないくらいこっぴどくな。だが、そのためには、まず納屋にある銃が必要だ」

父親はシャツも靴も身につけずに、ジーンズだけで部屋を飛びだしていく。あとに残されるのは、もうもうたる湯気とアイボリー石鹸の匂いだ。アイボリー石鹸。簡易アパートの部屋に置かれているゼラニウムの香りの石鹸ではなく。

たしかに、あの農産物の直売所にいた老女は、ただの頭のいかれた老女だったのかもしれない（ジャックにあたらしい母親《マム》を育てさせようと魔法の種をもってきた、齢《よわい》百歳の魔女みたいな祖母ではなく）。いま墓地にあるのは、土と根と植物とベスの死体とジャック自身が眠っているあいだに殺した仔豚だけなのかもしれない。だが、ブルーム・マコートは亡くなるころ、もはや酒を飲んではいなかった。息子をとり返そうと、離婚のガイド本を用意していた。そして、ベスの手にはジャックの知っている匂いがついていた。それらは夢ではなかった。ベスはジャックの父親にいわれて、あの簡易アパートを訪れたのだ。親身な友人として、ブルーム・マコートから話を聞きだすために。そして、ジャックの母親が納屋の爆発物について誰にもしゃべっていないと確信すると、その頭を殴って溺死させ、大量のジンの空き瓶を部屋に仕込んだ。ジャックは夜驚症かもしれないが、馬鹿ではない。それらの事実は、しばらくまえから彼の目のまえにぶらさがっていた。

ジャックは急いで父親のあとをおう。ハンク・マコートは張り出し玄関を横切るときに、古くて錆《さ》びた鐘——食事の時間を告げる鐘——の舌をつかんで鳴らす。一度。二度。三度。手入れを受けたときの合図だ。

ハンクは家の前庭を斜めに突っ切り、納屋へとむかう。息子がF－150を移動させていることには気づいていない。ハンクが巨大な両開きの自在扉にたどり着くころ、コナーがぎくしゃくとした跳ねるような足どりでちかづいてくる。興奮でぎらついた目。ボタンがはずれたままのシャツ。両手で握りしめた猟銃。

「どうした？」コナーが叫ぶ。

「やつらがきた」ジャックの父親がいう。「もうはじまってる。ベスは捕まったから、戦力外だ。すばやく行動すれば、バターを切るナイフみたいに包囲網を突破して、ロングフィールドの東側までいけるだろう。トウモロコシ小屋に古いジープをとめてあるから、そいつで昼までにはアイオワに着けるはずだ。そこまでいけば、おれたちをかくまってくれる同志は大勢いる。だが、そのまえにまず、トラクターの下に埋めてある銃を掘りださないと」

「くそっ！」コナーがそういって、よろめきながら納屋の暗闇のなかへとはいっていく。

ジャックの父親が身体をひきあげ、ジョン・ディア社製のトラクターに乗りこむ。コナーは急いで空気圧縮機《エアコンプレッサー》のところへむかい、スイッチを入れて、大きな穴掘り機を手にとる。

手ぎわよく作業すれば、五分後には土のなかからフルオートの機関銃があらわれているだろう。ジャックはあけっぱなしの両開きの扉からその様子をうかがい、ふたりが作業に夢中になっているのを確認してから、壁際にある硝酸アンモニウムの袋の山へとちかづいていく。作業台の上の石油ランプのとなりに、台所用マッチの箱がある。ジャックはそれを使って、コナーから教わったとおりに組み立てた自作の即席パイプ爆弾の導火線に火をつける。

それから、納屋の巨大な両開きの扉のほうへと戻る。夢遊病者のような足どりだが、べつに眠りながら歩いているわけではない。目は完全にさめているし、いまは昼間だ。明るい朝の陽射し。雲ひとつない青い空。ジャックは両開きの扉を閉め、巨大なシリンダー南《なん》京錠《きんじょう》で施錠する。ハンクとコナーは納屋の側面にある扉からも外へは出られない。ジャックが父親のフォードＦ－１５０をバックさせて、扉に押しつけておいたからだ。どうやったって、あけられやしない。

ジャックはのんびりと砂利の小道を歩いていく。コンバースのスニーカー――オールスター――をはいた十三歳のアメリカの少年。鼻には土。手には血。まさに大地が育《はぐく》んだ子だ。

うしろのほうで、誰かが驚きの叫び声をあげる。コナーか？ ふたりのどちらかが両開きの扉に体当たりをする。扉は激しく震えるものの、閉じたままだ。ジャックの父親が息子の名前を叫ぶ。いまやふたりがかりで体当たりがくり返されており、木の裂ける音がする。木片がいくつか飛び散るが、錠前はもちこたえている。私道を半分ほどいったところで、ジャックは父親とコナーが脱出に成功しているかを確かめようと、ふり返る――と、地面から縄のような緑の蔓《つる》がするするとのびていくのが目にはいる。納屋の側面を強靭《きょうじん》な長い根がはいあがり、振動しながら前面を横切って、両開きの扉を封鎖する。男ふたりが体当たりをしても、もはや扉はびくともしない。納屋の土台には、魚にからみつく網のように根がしっかりと巻きついている。ジャックは笑みを浮かべ、おかしな感じがしている頭の左側を揉《も》む。母親《マム》は手を貸すと約束してくれていた。

そのとき、すべてを破壊しつくす閃光《せんこう》とともに、納屋が音もなく消える。ジャックの身体は木の葉のように突風でもちあげられ、ふわりと空へ投げ飛ばされる。

## *22*

気がつくと、ジャックはスミレの大きな羽布団のなかに横たわっている。ベスとコナーが暮らしていた家のまえにある花壇のひとつに着地したのだ。緑の葉が頬をなで、綿毛で覆われた花が左のこめかみにキスをする。音はいっさい聞こえない。起きあがると、片方の耳から血がぽたぽたと滴り落ちる。口のなかで血の味がしている。

納屋は跡形もない。それがどこにあったのかさえ、よくわからない。現場からたちのぼる炎は、まるでランのようだ。火の茎のてっぺんで、火の花びらが大きくひらいている。

F－150は三十メートル東に吹き飛ばされ、横倒しの黒焦げの残骸となっている。ジャックの家は半分がその場に崩れ落ち、さながら巨人に蹴飛ばされたバルサ材製の人形の家といった感じだ。残骸から突きだす黒ずんだ梁《はり》。明るい昼間の空へちょろちょろとのぼっていく煙。

ジャックの心のなかには、ここを動きたくないという気持ちがある。これほどの安らぎをおぼえるのは、母方の家族と会うために母親といっしょに家を出た日の朝以来だ。こうして花に囲まれていると、ものうげな夏の朝に母親のとなりでまるくなっている子供みたいに、しあわせで落ちついた気分になる。ようやく頑張って立ちあがるものの、ジャックの口からは思わず名残惜《なごり》しげなため息がもれる。

ジャックはバランス感覚がおかしくなっており、よろける足で舗装されていない狭い私道を歩いていく。そして、半分ほどいったところで、コナーの七一年型ロードランナーのボンネットにもたれかかる。ずっと欲しいと思っていた車。そう。それはいまや彼のものだ。コナーのいかしたカーボン製の脚はともかく、憧れの車は手にはいったわけだ（ベスへの熱は、もう冷めていた）。ジャックはまだ十三歳かもしれないが、ペダルに足が届く身長になっているし、運転の腕前はすでに折り紙つきだ。

ジャックはロードランナーに乗りこみ、私道から狭い道路に出たところで、半壊した農家や納屋の残骸とは逆の方向へ車を走らせる。納屋は、もはや残骸ですらない。ただの大きな穴だ。炎が盛られた大きな皿。火の粉とともに、いまだにこけら板がぱらぱらと降ってきている。

ジャックは運転席側の窓をおろして、幹線道路にはいる。窓から吹きこむのは、暖かくてかぐわしい新鮮な夏の空気だ。木はどれも青々と茂り、日の光は母親のような温もりでやさしく彼を抱きしめる。

だが、ほどなくして、ジャックは幹線道路の路肩に立つ老女を目にする。つば広の緑の麦わら帽。一ドル札から抜けだしてきたような横顔。片方の手にスーツケースをぶらさげている。そのまえを車が勢いよく通過していくとき、老女が顔をあげて、ジャックにむかって大きくにやりと笑いかける。例のジョーカーの毒にやられた人みたいな笑みだ。

ジャックはアクセルから足をあげてスピードを落とし、砂利の路肩へとハンドルを切る。自分はまだ爆発のあとで意識を失ったまま、完全に目覚めていないのではないか、という考えが頭をよぎる。これもまた白昼夢で、植物が口をきくという薄ぼんやりとした幻想と変わらないのではないか。テレビよりもまえに生まれた曾曾曾おばあさんが、ここまではるばる旅してこられるはずがない。だが、それでもジャックは、この老女がそうなのかもしれないと考えている。朝からずっと、ジャックが農場での仕事をやりとげて自分を迎えにくるのを待っていたのかも。老女はひとりほくそえみながら、車にむかって歩いてくる。彼女が何者であれ――狂気が生みだした空想の産物であれ、ほんとうの血縁者であれ――ジャックは連れができることを喜んでいる。ひとりで旅をするより、そのほうがずっといい。

# イン・ザ・トール・グラス

白石 朗［訳］

（スティーヴン・キング共作）

# IN THE
# TALL GRASS

兄はしばらくラジオを消した静けさを求めていた——だから、こんな羽目になったのは兄のせいだといえる。一方で妹は、エアコンではなく新鮮な外の空気を吸いたかった——だから妹のせいだともいえる。しかしそういった事情がなければ、そもそもふたりが少年の声をききつけるはずはなかったのだから、責任は事情が組みあわされたことにあるというのが正解だろう——それでこそ、完璧な〝カル&ベッキー〟だ。ふたりは生まれてからずっと横並びで走ってきた。兄カルと妹ベッキー、一年七カ月差で生まれたデムース兄妹。両親は兄姉を、短い間隔で生まれたふたりをあらわす〝アイリッシュ双子《ツインズ》〟の語で呼んだ。

「ベッキーが受話器をとり、カルが〝もしもし〟というんだ」父親のミスター・デムースは好んでそういった。

「カルがパーティーをひらこうと考えれば、ベッキーはもう招待客名簿をつくってるし」母親のミセス・デムースは好んでそういった。

兄妹のあいだに険悪な言葉がかわされたことはなかった——ある日、大学一年生で寄宿舎暮らしのベッキーが、キャンパス外にカルが借りているアパートメントに前ぶれもなく姿をあらわして、妊娠を告げたときでさえ。カルは妊娠を好意的に受けとめた。両親はどうか？　そこまで好意的ではなかった。

アパートメントがあったのはニューハンプシャー州南東部のデュラム。カルが進学先に選んだのがニューハンプシャー大学だったからだ。二年後にベッキーがおなじ大学を進学先に選んだときには、周囲のだれも驚かず、当たり前だと思う雰囲気がこってりと立ちこめた――それこそ、雰囲気をナイフで切ってパンに塗り広げられそうなほど。

「これからはカルも、妹と過ごすためにわざわざ週末のたびに実家に帰ってくることもなくなるわね」ミセス・デムースがいった。

「まあ、これでこのあたりも多少は静かになるだろうよ」ミスター・デムースはいった。「かれこれ二十年もふたりひと組で過ごしてきたんだ、ちょっとは飽きてくるだろうさ」

当たり前のことだが、さしもの兄妹もあらゆることをいっしょにやっていたわけではない。妹のお腹《なか》というオーブンで焼きあがりを待っているロールパンを仕込んだ責任者が兄カルでないことは確実だからだ。それにおじのジムとおばのアンが住んでいる家にしばらく――とにかく出産までは――住まわせてもらえないかと頼んでみようというのは、ベッキーひとりの思いつきだった。両親のデムース夫妻は事態の展開に衝撃をうけて茫然《ぼうぜん》としていたが、ベッキーの考えはなによりも筋の通ったものだと考えた。そしてカルから、自分もおなじように春学期を休学すれば、妹とふたりで大陸横断ドライブができるという話が出たときには、両親はあれこれ騒ぎ立てたりしなかった。それどころか、赤ん坊が生まれるまでカルがベッキーとサンディエゴに住むという話に賛同したくらいだ。カルことカルヴィンがちょっとした仕事を見つければ、少しは費用の足しになるかもしれない。

「十九歳で妊娠するなんてね」ミセス・デムースはいった。

「きみだって、十九歳で妊娠したじゃないか」ミスター・デムースがいった。

「ええ、たしかに。でもわたしは結婚していたもの」ミセス・デムースが指摘した。

「しかも、とんでもなくすてきな相手とね」ミスター・デムースはそういい添えたい気持ちを抑えられなかった。

ミセス・デムースはため息をついた。「きっとベッキーがファーストネームを決めて、カルがミドルネームを決めるのね」

「その逆かもしれんな」ミスター・デムースはいった――やはり、ため息をつきながら（ときとして夫婦も〝アイリッシュ双子《ツインズ》〟になる）。

まもなく兄妹がサンディエゴのある西海岸へむけて旅立つというある日、母親がベッキーを昼食に連れだした。

「いまもまだ、赤ちゃんを養子に出すという考えに変わりはないの？」母親はそう質問した。「こんな質問をする権利がないのはわかってる――わたしはあなたの母にすぎないもの。でも、お父さんが知りたがってるの」

「まだちゃんと決めてるわけじゃないわ」ベッキーは答えた。「カルにいっしょに考えてもらって決めるつもり」

「赤ちゃんのお父さんはどういってるの？」

ベッキーは虚をつかれた顔を見せた。「あの人にはなにもいわせない。だって、結局は馬鹿だとわかったし」

ミセス・デムースはため息をついた。

　かくして四月のうららかな一日、ふたりはニューハンプシャー州のライセンスプレートをつけ、凍結防止でニューイングランドの道路に撒《ま》かれた塩の亡霊がロッカーパネルにこびりついた八年前のマツダに乗って、カンザス州を走っていた。ラジオを消していたので車内は静か、エアコンの代わりに窓をあけていた。その結果、ふたりのどちらもがその声を耳にした。小さな声だったが、はっきりときこえた。

「助けて！　助けて！　だれか助けて！」

　兄妹は驚きの視線をかわしあった。このとき運転を担当していたカルは、すぐに車を路肩へ寄せた。撥《は》ねあげられた砂が車体の底にあたって音をたてた。

　ポーツマスを出発する前に、ふたりは高速道路を避けて走ることに決めていた。カルはイリノイ州ヴァンダリアの〈カスカキア・ドラゴン〉――観光アトラクションになっている全長十メートル以上の金属製のドラゴン――を見たがり、ベッキーはカンザス州コーカーシティにある〝世界最大の毛糸玉〟を表敬訪問したいといった（そしてどちらのミッションも完遂した）。ふたりともUFOが墜落したという噂《うわさ》が根強いロズウェルに立ち寄り、地球外生命体にまつわるあれこれを見ないではいられなかった。そしていまふたりは毛糸玉からずっと南に離れて――ちなみに毛糸玉は毛むくじゃらで芳香をただよわせ、ふたりのどちらも予想以上の感銘をうけた――州道七三号線を走っていた。維持保全の行き届いた上下各一車線の道路で、ここを走れば平たい大皿のようなカンザス州の残りの部分を突っ切ってコロラド州との州境にたどりつける。ふたりの前方には乗用車もトラックも見えないまま、何キロも道路が伸びていた。背後もまた同様。

州道の反対側には数軒の家屋がならんでいたほか、窓や出入口を板でふさがれている〈救い主の黒い岩教会〉という名前の教会があり（教会にしては珍妙な名前だとベッキーは思ったが、なにせここはカンザスだ）、ザ・トランプスが〝ディスコ地獄《インフェルノ》〟の炎でポップミュージック界に放火を仕掛けた七〇年代半ばには営業していたはずだが、いまは廃屋《はいおく》になって久しいボウリング場があった。七三号線の反対側には、一面背の高い草が生い茂っているばかりだった。草原は無限の先にあって見さだめることもできない地平線にまで、延々と広がっていた。

「さっきのはなに――」ベッキーがいいかけた。着ている薄手のジャケットは前のジッパーを閉じず、膨らみかけている腹部があらわになっていた――もう妊娠六カ月にはいって久しかった。

カルは妹のほうを見ないまま片手をあげた。カルはじっと草原のほうを見つめていた。

「しいいっ。きいてみろ！」

民家の一軒からかすかな音楽がきこえていた。どこかで一頭の犬が痰《たん》のからんだような声で三回つづけて吠《ほ》えて――がるるっ・がるるっ・がるるっ――静かになった。だれかが板をハンマーで打っていた。それから一時《いっとき》もやまない風の静かな囁《ささや》き。ベッキーは風の動きがじっさい目に見えることに気がついた――風が道路の反対側に広がる草をくしげずっていたからだ。風がつくった草の波はベッキーたちから遠ざかるように移動して、やがて遠くなって見えなくなった。

カルが、なにかきこえた気がしただけの空耳だったのではないかと思いかけたとき――ふたりがおなじ錯覚をするのも初めてではない――叫び声がまたきこえた。

「助けて！　どうか助けて！」それから――「迷って出られない！」

今回ふたりが見交わした目には、驚きまじりの理解の色がみなぎっていた。草は信じられないほど背が高かった（まだ春も浅い時期なのに、草が軽く一メートル八十センチを超えてまで生育していること自体が異常だったが、ふたりはずっとあとまでそのことに思いいたらなかった）。おそらくあたりを探険していたのだろう、幼い少年がはいりこんでしまった。道の先にある民家のどれかから出てきた子供ではないだろうか。草やぶのなかで方向感覚をうしなって、さらに奥深くにはいりこんでしまった。声からすると少年は八歳くらいか。だとすれば背が低すぎるため、ジャンプしてもどの方向に進めば外に出られるかがわからないにちがいない。

「あの子をさがして連れだしてやらなくちゃ」カルはいった。

「車を教会の駐車場にとめてきて。路肩から草原にはいっていきましょう」

カルは妹を州道の路肩に残し、車を〈救い主教会〉の未舗装の駐車場に入れた。ちらほらと数台の車がとまっていたが、どれも土埃《つちぼこり》をかぶり、ぎらぎらした日ざしがフロントガラスを甲虫《こうちゅう》の色に光らせていた。駐車場のそこかしこにとめてある車は、一台をのぞいて何日も前から――ことによったら何週間も前から――放置されているように見えたが、ふたりはその異常さにも気づかなかった。あとになるまで。

カルが車をとめているあいだに、ベッキーは道路の反対側へわたり、口もとにあてがった両手をメガホンにして大声を出していた。「坊や！　ねえ、坊や！　わたしの声がきこえる？」

ややあって、少年が叫びかえしてきた。「き、き、きこえる！　助けてよ！　もう何日も出られないんだ！」

幼い子供の時間感覚をいまでも覚えていたベッキーは、せいぜい二十分程度のことをいっているのだろうと考えた。あたりに目を走らせ、草が刈られたり踏み倒されたりしている箇所――少年が草原にはいっていった場所を示しているところ――をさがした（足を踏み入れながら少年は頭のなかで、ビデオゲームを自作したり馬鹿ばかしいジャングル映画を撮影したりしていたかもしれない）。それらしい箇所は見つからなかったが、それでもかまわなかった。声はベッキーの左側、十時の方向からきこえてくるようだった。それに、あまり遠くはなさそうだった。当たり前だろう――少年がずっと遠くに行っていれば、たとえラジオを切っていて窓をあけていても、声が車内の自分たちの耳に届いたはずはない。

ベッキーが築堤《ちくてい》をおりて草原のへりにむかいかけたとき、ふたりめの声がした――女性の声――それもしゃがれて、混乱もあらわな声だった。力ないその掠《かす》れ声は、たとえるならいま目覚めたばかりで、水を必要としている人の声のようだった。それも切実に必要としている人の。

「だめ！」女が叫んでいた。「だめよ！　お願い！　そこから離れて！　トービン、大きな声を出しちゃだめ！　いい子だから、大声はやめて！　あの人にきかれちゃう！」

「きこえますか？」ベッキーは叫びかけた。「どうしたんですか？」

背後から車のドアが閉められる音がした。カルがもうじき道をわたってくるはずだ。

「迷っちゃった！」少年が叫んだ。「だれか！　お願い、母さんが怪我《けが》してるんだ！　お願い、助けて！」

「だめ！」女がいった。「だめよ、トービン、だめったら！」

どうしてカルがまだ来ないのかと思いながら、ベッキーはうしろに顔をめぐらせた。見るとカルは未舗装の駐車場を十数メートルばかり歩いたあとで、第一世代プリウスとおぼしき車の横でぐずぐずしていた。車のボディは道路の土埃でうっすら覆いつくされ、フロントガラスはほぼ完全に曇ってしまっている。カルはわずかに腰を折って片手を目庇《まびさし》にした姿勢で、サイドウィンドウから車内を――助手席のシート上にあるなにかを――目を細くして見つめていた。つかのまカルはひとり顔をしかめていたが、すぐに虻《あぶ》にでも襲われたようにぎくりと身を起こした。

「お願い！」少年がいった。「ぼくたち迷っちゃった！　道路が見つからないんだ！」

「トービン！」女はそう叫びはじめたが、すぐに声が詰まって出てこなくなった。女の口のなかに唾がなくなって話せなくなったかのように。

これが手のこんだいたずらでないかぎり、いまここで非常に深刻な事態が進行しているようだ。ベッキー・デムースは自分でも意識しないまま、ビーチボールなみにしっかりした質感で膨れあがった腹部へ片手を滑らせていた。このときに感じていた気分を、かれこれ二カ月近いあいだ悩まされている悪夢と結びつけて考えもしていなかった――ちなみにその夢、夜中に車を走らせることにまつわる夢のことは、カルにさえ話したことはなかった。くりかえし見る夢のなかでも、やはり子供が大声で叫んでいた。

ベッキーは長い足を大きくふって、二歩で築堤をおりた。築堤は見た目よりも急斜面で、いちばん下にたどりついたときには、草の丈が最初に考えていたよりもさらに高いことがわかった――百八十センチどころか、二メートルをさらに十センチほども上まわっていそうだ。

一陣の風が吹き寄せた。草の壁が膨らんでは退《ひ》いていき、静かな囁き声をともなう潮の干満をつくりだした。

「わたしたちをさがしてはだめ！」女の声がした。

「助けてよ！」少年は女の声にかぶせるようにして異論をとなえた――しかも、その声は少し近かった。ベッキーには声が自分の左側から発せられたことがわかった。手を伸ばせば少年をつかめるほどの近さではないが、道路から十メートル前後しか離れていないのは確実だった。

「わたしはこっちにいるの」ベッキーは少年に声をかけた。「わたしのほうにまっすぐ歩いてきて。あと一歩で道路よ。もうじきそこから出られるんだから」

「助けて！　助けて！　まだそっちの姿が見えないよ！」少年はいった。その声はさらに近づいている。声につづいてきこえてきたのはヒステリックな嗚咽《おえつ》まじりの笑い声で、耳にするなりベッキーの肌が冷えた。

カルはひと息にジャンプして築堤を降りたが、着地時に両のかかとを滑らせて、あやうく尻もちをつきかけた。地面の土が湿っていた。ぎっしりと草が生えている草原にわけいって少年を連れだすことにベッキーがためらいを覚えているとしたら、その理由はショートパンツを濡《ぬ》らしたくないというものだ。これだけ丈のある草なら、かなりの水分を溜《た》めこんでいるはずだ——水はきらきら輝く水滴となってぶらさがり、やがて落ちて小さな池をつくってもおかしくなかった。

「なにをしてる？」カルはたずねた。

「女の人が男の子といっしょにいるの」ベッキーは答えた。「その人のようすがちょっと変なのよ」

「ねえ、どこにいるの？」少年がくさむらに数メートルほどはいった場所から、うわごとめいた調子で叫んできた。ベッキーは少年のスラックスなりシャツがちらりとでも見えないかと目を走らせたが、なにも見つからなかった。ということは、少年は思ったよりも若干奥にいるのだろう。「ねえ、来てくれるんでしょう？　お願い！　ここから出る道がわかんないんだ！」

「トービン！」少年の母親が叫んだ——その声は遠く緊張をあらわにしていた。「トービン、やめて！」

「待ってろ、坊主」カルはそういって草やぶに踏みこんだ。「キャプテン・カル、救助にむかいます。ダ・ダ・ダ！」

このときにはもう携帯電話を抜きだして片手に包みこんでいたベッキーは、カルに質問しようと口をひらきかけた――ハイウェイ・パトロールでもなんでもいい、このあたりで警察の仕事をしている組織に通報したほうがいいのではないか？

カルが一歩、また一歩と前へ進んでいき――いきなりベッキーには、青いダンガリーシャツとチノクロス地のショートパンツの背中側しか見えなくなった。筋の通った理由はひとつもなかったが、兄の姿が視界から消えるのではないかという思いが、前方へ一気にジャンプするきっかけになった。

それでもベッキーは、小型の黒いアンドロイド携帯のタッチスクリーンに視線を走らせて、電波の受信状態を示すアンテナバーが五本とも立っていることを確かめてもいた。タッチして911を表示させ、**《通話》**をクリックする。ベッキーは携帯を耳にあてながら、大股の一歩で草原に踏みこんだ。

呼出音が一度きこえてから自動音声の案内が、この通話は録音されていると告げてきた。ベッキーは青いシャツと薄茶色のショートパンツを見うしないたくなくて、もう一歩進んだ。カルは昔からずっと短気だった。もちろん妹のベッキーもおなじだった。

濡れた草の葉がベッキーのブラウスやショートパンツや素足を叩《たた》きはじめた。

「《海辺の更衣室から騒ぐ声》」ベッキーはふと思った。無意識が消化不良のままの五行戯詩《リメリック》を――エドワード・ゴーリーの作品のひとつを――咳《せき》とともに吐きだしてきたのだ。「《よもや、なかで浮かれて大騒ぎ。ずっと遠くにも届く声。潮の流れが……なんとか・かんとか》」

ベッキーは大学一年生の文学研究の授業で五行戯詩《リメリック》についてのレポートを書いた。本人としてはなかなか上出来だと思ったが、あれだけ苦労して書きあげたレポートで得たのは、頭いっぱいに詰めこんで忘れられなくなった馬鹿げた語呂合わせの詩とCプラスという評価だけだった。

　自動音声に代わって人間の声が出てきた。「カイオワ郡911センターです。そちらの現在位置と緊急通報の内容をお話しください」

「こちらは州道七三号線上です」ベッキーはいった。「町の名前はわかりません。でも、〈救世主の岩〉とかなんとか、そんな名前の教会があって……それから昔のローラースケート場の廃墟《はいきょ》……いえ、ボウリング場だと思うけど……くさむらで男の子が迷子になってます。その子のお母さんも。ふたりの声がきこえます。男の子は近くにいて、母親はそれほど近くじゃありません。男の子は怯《おび》えたような声で、母親のほうは——」それにつづけて〝不気味〟といって話をしめくくるつもりだったが、その機会はなかった。

「申しわけありませんが、こちらの電波状態がよくないようです。お手数ですが、通報内容をいまいちどくりかえして——」

　それっきり、なにもきこえなくなった。足をとめて携帯を確かめると、アンテナバーが一本だけになっていた。しかも見ている前でバーがふっと消え、代わって**《圏外》**の文字が表示された。顔をあげると、もう兄の姿は緑にすっかり飲みこまれていた。

　頭上では高度一万メートルを飛んでいる飛行機が、青空に白い航跡を引いていた。

「助けて！　ぼくを助けにきて！」

　少年は近くにいる。しかし、カルが思ったほど近くはないのかもしれない。それに、予想よりも若干左に寄っているかもしれない。

「道路にもどって！」女性が金切り声をあげた。いまでは女性のほうが近いように感じられた。「とにかく、もどれるうちに道路にもどりなさい！」

「母さん！　母さんってば！　あの人たちは**助けようと**してくれてるんだよ」

　それっきり少年は、ただの悲鳴をあげはじめた。悲鳴は耳をつんざく金切り声になり、その声がわなないたかと思うと、いきなりヒステリックな笑い声に切り替わった。手足をばたつかせるような音がきこえた——パニックの結果だったか、それとも揉《も》みあいでもしていたのか。カルは音の方向へと突き進んだ。草が踏まれてできた空地あたりに飛びだしたら、そこで少年——トービン——とその母親が、クエンティン・タランティーノ映画から出てきたようなナイフをふりかざす悪党に脅《おど》されている場面を目にするものと予想しながら。そのまま十メートル弱進んで左足首に草がからみついてきたところで、自分が遠くまで来すぎたことに気がついた。倒れながらもまた草をつかんだが、両手いっぱいにつかんだ草を引きちぎっただけにおわり、そこから緑の粘液があふれだして手のひらから手首に流れ落ちていった。カルはぬかるんだ地面にまともに倒れこみ、さらには左右両方の鼻孔に泥を吸いこんでしまった。最高じゃないか。いざ必要なときにかぎって、なぜまわりに木が一本もないのか？

カルは立ちあがった。「坊主？　トービン？　声を出せ——」鼻をふんといわせて泥を噴きだして顔をぬぐう。息を吸いこむと草の汁の青くさいにおいが感じられた。ますますもってすばらしい。これぞ五感に訴えるブーケだ。「大声を出せ！　あんたもだ、お母さん！」

母親は黙っていた。少年は声をあげた。

「お願いだから助けてええぇぇ！」

このときには少年はカルの右側にいたし、これまでよりもさらに草原の奥深くにいるようにきこえた。どうしてそんなことが？　さっきまでは手を伸ばせばつかめるくらい近くにいたのに。

カルはさっとふりかえった。てっきり妹のベッキーが見えると思ったのに、見えたのは草だけだった。背の高い草。カルがかきわけて走ってきたところでは草が折れて倒れていて当然だったが、じっさいにはちがった。先ほどまともにぶっ倒れた箇所では草が平らに押し潰されていたが、そこでさえ緑の草はふたたび起きあがりはじめていた。カンザスにはずいぶんしぶとい草が生えているものだ。しぶとく、背の高い草が。

「ベッキー？　ベック？」

「落ち着いてよ、わたしはここにいるし」ベッキーがいった。カルには妹の姿が見えなかったが、なに、すぐに見えてくるだろう。妹は自分とおなじ場所にいるも同然だった。憤《ふん》懣《まん》やるかたない声を出していた。「９１１の女との電話が切れちゃった」

「それはいいけど、ぼくから離れるな」カルは反対方向をむき、両手をメガホンの形にして口にあてがった。「トービン！」

返事はなかった。

「トービン！」

「なあに？」かすかな声だった。まいったな、あの坊主はなにをしてる？　隣のネブラスカ州目指して走っているのか？「こっちへ来てくれてる？　ちゃんとこっちへ来なくちゃだめだよ！　ぼくにはそっちを見つけられないから！」

「**坊主、その場を動くな！**」あまりにも大声で力いっぱい怒鳴ったせいで声帯が痛んだ。メタリカのコンサート会場にいるかのようだった——といっても音楽はここには存在していなかった。「**おまえがどれほど怖がっていようとどうだっていい、とにかく動くな！こっちがおまえのところへ行くからな！**」

カルはまたふりむいた。今度もベッキーの姿が見えるものと予想していたが、見えたのは草だけだった。膝をいったん曲げてジャンプした。道路が見えた（ただし予想よりも遠かった。さっきは自分でも気づかないうちに遠くまで走ったにちがいなかった）。教会が見えた——〈聖なるハンクのハレルヤ・ハウス〉とか、その手の名前の教会だ。さらにはボウリング場も見えた……が、それだけだった。ベッキーの頭が見えると思っていたわけではない——妹の身長はわずか百五十五センチだ。それでもベッキーが歩いたコースくらいは草のなかに見えると予想していた。しかし風がこれまで以上に強く草原をくしけずっていったせいで、人が歩いた跡でもおかしくない筋が何十とできてしまった。

カルはまたジャンプした。水気をふくんだ地面が着地のたびに湿った音をたてた。七三号線がちらちらとわずかに見えるだけなのが、頭が変になりそうなもどかしさだった。

「ベッキー？　**おまえはいったいどこにいるんだ？**」

←

カルが少年にむかって、どんなに怯《おび》えていてもそこを動くな、こっちが迎えに行くからな、と叫びかけている声はベッキーにもきこえた。すばらしい作戦に思えた――あとはあの馬鹿な兄貴が自分に追いついてくればいいだけだ。いまベッキーは息があがり、体はびしょ濡れで、初めて自分が妊娠中であることを痛感させられていた。明るいニュースはカルがすぐ近くに、自分の右一時の方向にいることだった。

《それはけっこう、でも、このぶんだとわたしのスニーカーはダメになりそう。ううん、ベッキーちゃんはもうスニーカーがダメになったって思ってる》

「ベッキー？　おまえはいったいどこにいるんだ？」

おっと、これは奇妙だ。カルはあいかわらず右にいるのに、いまでは声は五時方向に近いところからきこえていた。つまり……ベッキーのほぼ背後にまわりこんだかのように。

「ここ」ベッキーはいった。「兄さんがここへ来るまで動く気はないわ」そういって、アンドロイドに目を落とす。「カル、そっちの携帯のアンテナは立ってる？」

「わからない。携帯は車に置きっぱなしだ。とにかく、ぼくがそっちへ行くまで話しつづけていてくれ」

「あの子はどうするの？　それから頭の変なお母さんは？　すっかり声がきこえなくなってるけど」

「とにかく、まずはぼくたちが合流しよう——あの人たちのことを心配するのはそのあとだ。いいね？」カルはいった。兄のことを知りつくしているベッキーには、いまの兄の口調がどうにも気にくわなかった。あれはカルが不安に苛《さいな》まれていながら、それをまわりに見せまいとしているときの声だ。「さしあたり、いまはぼくに話しかけていてほしい」

ベッキーはちょっと考え、泥だらけのスニーカーでリズムをとりながら朗唱しはじめた。「マクスイーニーはいい男、ジンをこぼしたちんぽこに。そこへ垂らすよベルモット、股のマティーニ飲む彼女」

「なんてすてきな話なんだ」カルはいった。

「ちょっと！」少年。かすかな声。もう笑ってはいない。ただ途方にくれて怯えているだけだ。「ぼくのこと、さがしてる？　ねえ、怖いよ！」

「**さがしてる！　わかったか、さがしてるよ！　じっとしてろ！**」カルが怒鳴った。それから——「ベッキー？　ベッキー、話しつづけてくれ」

ベッキーは膨らんだ腹部へ両手をすべらせ——この腹部を〝ベビー・バンプ〟とは呼びたくなかったのは、あまりにもピープル誌っぽい表現に思えたからだ——そっと抱えるようにした。「こういうのもある。ジルはイケてるいい女、ピルを飲んだらどかんと爆発——」

「待った、待った。おまえのところを通りすぎちまったみたいだ」

たしかに、いまでは兄の声が前方からきこえていた。ベッキーはまたその場でまわれ右した。「ふざけないでよ、カル。ぜんぜん笑えないから」

口のなかがからからだった。ごくりと飲みこむ動作をしてみると、のども渇いていることがわかった。〝かちっ〟という音がして、のどが干からびているとわかったのだ。車には〈ポーランドスプリング〉の大きなペットボトルがあった。後部座席にはコークが二、三本あった。目にも見えてきた――赤い缶、白い文字。

「ベッキー？」

「なに？」

「ここはどうにも奇妙だな」

「それってどういう意味？」たずねながらも、ベッキーは《まるで気づいていなかったみたいな言いぐさね》と思った。

「ちょっときいてくれ。ジャンプはできるか？」

「もちろんジャンプできるに決まってる！　なに考えてるの？」

「おまえは今年の夏に出産予定だ――ぼくが考えているのはそのことさ」

「まだジャンプくらい――カル、遠くへ離れていかないで！」

「ぼくは動いてないぞ」カルが答えた。

「動いた、動いたに決まってる！　ほら、まだ動いてるじゃない！」

「いいから黙って話をきけ。これからぼくが三まで数える。三の合図と同時に、おまえは両手を頭の上にまっすぐ伸ばして――フィールドゴールを宣言する審判みたいにだ――その場で思いっきりジャンプするんだ。ぼくもおなじことをする。でも、ぼくに手を見せようとやたらに意気ごまなくたっていい。わかったね？　そのあとで、ぼくがおまえに合流する」

《あら、「若者よ口笛吹けばわれ行かん」ね》ベッキーはそう思ったが、この文句の出どころもわからなかった。やはり一年生の文学の授業で習ったことかもしれない。しかし、わかっていることがひとつあった――いくら口では動いていないといっても、カルがまちがいなく動いているということだ。こうしているあいだも、カルはますます遠ざかっていた。

「ベッキー？　ベッキー――」

「わかった！」ベッキーは声を張りあげた。「わかったから！　さあ、ジャンプよ！」

「一！　二！――」カルが大声でいった。「三！」

十五歳当時のベッキー・デムースは体重が三十七キロで――父親はそんなベッキーを〝棒人間〟と呼んだ――スポーツ選抜チームのハードル競技の選手だった。十五歳のあのころ、校舎の端から端まで逆立ちで歩きとおすことだってできた。自分がいまもあのころのままだと信じたい気持ちは強かった――それどころかベッキーのなかには、このあと死ぬまであのころの自分でいたがっている部分さえあった。いまは十九歳で、しかも妊娠しているという現実に精神が追いついていなかったのだ――体がもう三十七キロではなく六十キロ弱だという現実に。空をつかみたかった――《ヒューストン、こちらは離昇した》――しかし現実には、小さな子供を背負ったままジャンプしたような感覚だった（考えてみれば、それに近い行動だったといえる)。

目が草のてっぺんよりも上になったのは一瞬だけだったが、これまで進んできた道のりをちらりと見わたすことはかろうじてできた。しかし目が見た光景は、ベッキーに息ができなくなるほどの不安を味わわせるに充分なものだった。

カルと道路。カル……そして道路。

ベッキーは着地した——衝撃が踵《かかと》から膝にまで突きあげてきた。左足が踏んだぐじゅぐじゅの泥がずるりと溶けた。ベッキーは転び、たっぷりとした黒い泥のなかにへたりこんだ——同時にまたもや衝撃に見舞われた。今回は文字どおり、尻にがつんと食らった一撃だった。

これまでは草原に足を踏みこんでから二十歩くらい進んだと思っていた。多くても三十歩程度だと。だから道路は、フリスビーを投げれば余裕で届く場所にあるはずだった。ところがさっき見た光景から察するに、ベッキーは道路からフットボール場の幅に匹敵する距離を歩いてきたらしい。州道を走っているくたびれた赤いダットサンが、マッチボックス製のミニカーのように見えていた。自分と細く伸びたアスファルトの紐《ひも》のような道路とのあいだには、おおよそ百五十メートルの草原が——水をふくんだ緑のシルクがゆったりと流れているような海そっくりに——広がっていた。

そして、泥のなかにぺたんとすわりこんだベッキーが最初に思ったのは——《まさか。そんなはずはない。見たと思いこんでいるだけで、あんな景色は見てないんだ》

それにつづいて思ったのは、力のない海水浴客のような思考だった——引き潮につかまってどんどん浜から遠くへ引きずられ、ようやく悲鳴をあげはじめたら、ビーチにいる人たちには声が届かないことに気づいて、自分がどんなトラブルにはまりこんだかを初めて悟った海水浴客だ。

州道がありえないほど遠くに見えた光景で動揺させられたが、ちらりとカルの姿が見えたことにはおなじように混乱させられた。カルが遠くにいたわけではなく、その逆ですぐ近くにいたからだ。草のてっぺんよりも上にぴょんと跳びあがった兄の姿は三メートルと離れていないところにあったのに、兄妹がそれぞれ相手に声をきかせるためには限界まで声を張りあげなくてはならなかった。

泥は生ぬるく、べたべたしていて、胎盤のようだった。

くさむらからは、昆虫たちの怒りのハミングがきこえていた。

「気をつけて！」少年が叫んだ。「迷わないようにしなくちゃだめだよ！」

これにつづいて、またしても短い笑いの発作が起こった——笑いをこらえられない浮かれ騒ぎに神経質な嗚咽が混じったような声。カルではなかったし、このときには少年でもなかった。女性でもなかった。このときの笑い声はベッキーの左のあたりからきこえて、たちまち昆虫たちの歌に飲みこまれて消えていった。笑い声の主は男性で、酒に酔っている雰囲気があった。

ベッキーは唐突に、〈不気味なママ〉が叫んでいた言葉のひとつを思い出した。《大声はやめて！　あの人にきかれちゃう！》

《くそ、なんだっていうんだろ？》

「くそ、なんだっていうんだ？」カルがベッキーの内心を読み取ったかのような言葉を発した。驚くことではなかった。《アイクとマイク、考えが似てる》ミセス・デムースの口癖だ。《フリックとフラック、頭ふたつで背中はひとつ》こちらはミスター・デムースの口癖だった。

一拍の間――そのあいだきこえるのは風の音と〝りいいいい〟という虫の声だけだった。それから限界まで張りあげた声でカルが怒号した。**「くそ、こいつはなんだっていうんだ？」**

その約五分後、ごく短時間だったが、カルはわずかに正気をなくしかけた。それが起こったのは実験を試みたときだ。まずジャンプして道路を目におさめ、そのあと着地したら、そのまま待機。三十まで数えおわったらふたたびジャンプして、景色を目におさめた。もしあくまでも正確性にこだわる人間なら、この時点でカルがすでに若干の正気を失っていたというだろう――そもそも、そんな実験を思い立ったことがその証左だ。しかしこのときにはすでに現実が、足もとの地面と同様の感触に思えていた――液状化して、いつ足をとられるかわからないものに。妹の声の方向に歩くといった簡単なことさえできなくなっていた――なにせカルが左に歩けばベッキーの声が右からきこえ、右に歩けば左からきこえてきたのだ。前方からきこえたと思えば、背後からきこえもした。さらにはどの方向に歩いたところで、道路からはますます遠ざかるだけのように思えた。

カルはジャンプし、視線を教会の尖塔《せんとう》にすえた。ほとんど雲がない真っ青な空を背景にして、尖塔はまばゆく白い槍《やり》のように見えていた。しょぼい教会、神を讃《たた》えて天にそびえる尖塔。《あんな教会のために信徒は法外な金をふんだくられているんだろうな》カルは思った。ここからは――四百メートルばかり離れているようだが、いかれた話なのはともかく、じっさいに歩いた距離は三十メートルもないはずだ――剝《は》がれかけているペンキや窓に打ちつけられた板は見えなかった。自分の車さえ、駐車場のほかの車――距離のせいでミニチュアのように見えるほかの車――に埋もれて見えなかった。しかし、あの埃をかぶったプリウスは見えた。最前列にとめてあったプリウス。しかし、さっき助手席をちらりとのぞきこんだときに見えたもののことは、あえて考えまいとしていた――あの悪夢のディテールに、じっくり考えをめぐらせる余裕はまだなかった。

最初のジャンプで、カルはまっすぐ尖塔のほうをむいた。通常の世界なら、一直線に草をかきわけて進んでいけば――おりおりにジャンプして微細なコース訂正をおこなって進めば――教会にたどりつけるはずだった。教会とボウリング場のあいだには黄色い境界線が引かれ、弾痕だらけで錆《さ》びついている菱形《ひしがた》の標識が出ていた。標識には《**スピード落とせ　子供の横断あり**》と出ていた。ただし、確証はなかった。携帯だけでなく眼鏡も車に置きっぱなしだからだ。

カルはぐじゅぐじゅの泥に着地すると、数をかぞえはじめた。

「カル?」妹の声が背後のどこかからきこえてきた。

「待ってくれ」カルは大声で返事をした。

「カル？」またベッキーの声がした——今度は左のどこかから。「ねえ、ずっと話しつづけていたほうがいい？」カルが答えないでいると、ベッキーはこんどはカルの前方から素《す》っ頓狂《とんきょう》な声で朗唱しはじめた。「エール大学に進んだ娘がひとり——」

「いいから黙って待っててくれ！」カルはまた怒鳴った。

のどが干からびて締めつけられたようになり、唾を飲みこむだけでもひと苦労だった。そろそろ午後二時になるところだが、太陽はほぼ真上に浮んでいるように思えた。日ざしが頭皮や耳のてっぺんに感じられた——もとより皮膚の弱いそのあたりは早くも日焼けしかけていた。のどを潤せる飲み物さえあれば——よく冷えたミネラルウォーターをひと飲みできればいいし、車に置いてきたコークでもいい——ここまで神経をすり減らして不安に苛《さいな》まれることもなかっただろうに。

十秒。

「坊や？」ベッキーが声をあげた——カルの右側からだ《よせ。動くな》カルは思った。《いや、妹は動いてなんかない。頭をしっかり冷静にたもつんだ》。ベッキーも、のどが干からびているような声だった。しゃがれ声だ。「まだわたしたちの声がきこえる？」

「うん！　母さんは見つかった？」

「まだだ！」カルは大声で答えながら、最後に母親の声を耳にしてからずいぶんたつなと思った。とはいえ、母親はいまカルのいちばんの関心事ではなかった。

二十秒。

「坊や？」ベッキーがいった。その声はふたたび背後からきこえるようになった。「もう心配しないでも大丈夫よ」

「もう父さんを見つけた？」

カルは思った。《新しい役者か。最高だな。このぶんだとウィリアム・シャトナーも登場するぞ。それにマイク・ハッカビーも……キム・カーダシアンも……ドラマ〈サンズ・オブ・アナーキー〉でオピー役を演じた役者も……それから〈ウォーキング・デッド〉の全キャストも》

カルは目を閉じた。そして目を閉じるなり、眩暈《めまい》に襲われた。梯子《はしご》のてっぺんにあがったら、足もとでその梯子が揺れはじめたような感覚。〈ウォーキング・デッド〉のことなど考えなければよかった。ウィリアム・シャトナーとマイク・ハッカビーのことだけを考えていればよかった。瞼《まぶた》をあけると、立ったまま体がふらふら揺れていた。体を安定させるにはいくばくかの努力が必要だった。熱気で噴きだした汗で顔がちくちくした。

三十秒。カルはひとつところに三十秒もじっと立っていた。丸々一分間は待っているべきだと思ったが、待てなかったので、もう一度ジャンプしてふたたび教会を目でさがした。

カルのなかの一部分——本人が全身全霊をあげて無視しようとしている一部分——は、すでに自分がなにを目にするかを知っていた。その一部分は能天気とさえいえる調子で実況中継まではじめていた。《さあて、カル。なにもかもが動いていたんだね。草は流れて、きみも流れる。どうかな、これを大自然と一体化するんだと考えてみては？》

疲れた両足が体を空中に押しあげたときには、教会の尖塔がいまでは自分から見て左に移動していたことがわかった。大きくずれたわけではなく、ごくわずかだった。ただしそれなりに自分が右へずれていたせいで、菱形の標識の表面はもう見えず、裏面のアルミニウムだけが見えていた。またこれは断言できなかったが、標識は前よりもいくぶん遠のいたように感じられた。三十まで数えているあいだに、自分が標識から離れるように数歩あとずさっていたかのように。

どこかでまた犬が吠《ほ》えていた——がるるっ・がるるっ。どこかでラジオから音楽が流れていた。ただしベースの響きしかきこえず、曲名はわからなかった。昆虫たちはいかれた単音をひたすら出しつづけていた。

「まいったな、もう」カルはいった。もともと、あまりひとりごとを口にする男ではない。それどころか思春期には仏教徒のスケートボーダーといった雰囲気を身にまとうべく努め、どれほど長時間でも心穏やかに沈黙をつらぬけることに誇りをもっていたほどだ——しかしいまカルはひとりごとを口にし、おまけに自身ほとんど意識していなかった。「クソまいったな、もう。こんなの……こんなのヤバすぎだろ」

いまはカルも歩いていた。道路の方向へと歩いていた——ただし、やはり自分でもほとんど意識しないままの行動だった。

「カル？」ベッキーが大声でいった。

「こんなのヤバすぎだ」カルは荒い息をついでは草を横へ押しのけながら、そうくりかえした。

片足がなにかに引っかかって、カルは膝から二、三センチの深さがある泥水のなかへ倒れこんだ。熱い湯が——生ぬるいというレベルではなく、バスタブに張る湯なみに熱かった——ショートパンツのまたぐらにかかって、小便を洩《も》らしたばかりのような感覚をカルに味わわせた。

この出来事がカルを少し壊した。あわてて立ちあがる。今度は走りだしていた。草が鞭《むち》のように顔を打ってきた。草は堅く、へりは鋭利だった。この緑の剣に左目の下をぴしゃりと打たれるなり、鋭い痛みが走った。痛みのせいでカルはぶざまに跳びあがり、これまで以上にがむしゃら、かつ全速力で走りだしていた。

「ぼくを助けて！」少年の悲鳴だった。これはどうしたことか？〝ぼくを〟の部分はカルの左から、そして〝助けて〟は右からきこえた。ドルビー・ステレオシステムのカンザス州バージョンだ。

「こんなのヤバすぎだ！」カルはまた怒鳴った。「こんなのヤバすぎ、ヤバすぎ、くそヤバすぎだぞ！」くりかえすうちに言葉がつながって、「ヤバすぎヤバすぎヤバすぎ」となった。口にするのも馬鹿げた言葉であり、正気とも思えない感想だったが、それでもカルは自分の口をとめられなかった。

そしてカルはまた転び、今回は胸からまともに倒れこんでしまった。着ている服には、こってりとした感触で生ぬるく、黒々とした泥にまみれていた——しかも泥は、手ざわりばかりかにおいまでもが、どことなく排泄物《はいせつぶつ》に似通っていた。

体勢を立てなおして五歩ばかり走ったところで、草が足にからみついてくるのを感じて——もつれあった針金でできた鳥の巣に足を突っこんだようだった——三度めに転ぶのを避けるのは不可能だった。頭のなかがわんわん鳴っていた。蠅《はえ》の大群の音そっくりに。

「カル！」ベッキーが叫んでいた。「カル、動かないで！　とまって、「助けて！」

《ああ、動くなよ。動かなきゃ動かないで、ガキといっしょに「助けて」とわめきちらすんだろうよ。忌ま忌ましいデュエットだ》

カルは空気をもとめてあえいだ。心臓がギャロップしていた。頭のなかのわんわんという音が消え去るのを待ったが、結局は音が頭のなかで鳴っているわけでないことがわかった。本当の蠅どもの羽音だった。見れば蠅はくさむらを出入りして飛んでいたし、さらにはカルのすぐ前方、黄緑色のカーテンの隙間に見えているなにかのまわりでも、群れをつくって飛んでいた。

カルは草のあいだに両手を差し入れて左右に押し分け、視線をその先へむけた。

泥地に一頭の犬――見たところ以前はゴールデンレトリーバーだったらしい――が横たわっていた。力を失った赤茶色の被毛が、一時《いっとき》も動きやまない青蠅の大群がつくるマットの下でぬらぬらと光っていた。膨張した舌が上下の歯茎のあいだからだらりと垂れ、濁った大理石めいた眼球が頭から突きでていた。被毛のあいだには、首輪についている錆《さ》びついた鑑札《タグ》が光っている。カルはふたたび犬の舌に目をむけた。舌は一面緑がかった白いもので覆われていた。なぜかは考えたくなかった。濡れて汚れているばかりか蠅がみっしりとたかった犬の被毛は、骨の山に投げつけられた不潔な黄金色のカーペットにも見えた。

被毛の一部が小さなふわふわした塊になって、かすかなそよ風に運ばれていた。

《しっかりしろ》そう思ったのはカル自身だが、頭のなかでは父親のしっかりした声できこえた。そんな声をつくったことが助けになった。内側に落ちくぼんでいる犬の腹部に目を凝らすと、そこが活発に動いているのがわかった。大量の蛆虫《うじむし》たちが沸き立つシチューをつくっているのだ。あの忌まわしいプリウスの助手席に残されていた食べかけのハンバーガーでも、やはり蛆虫の群れが蠢《うごめ》いていた。あのハンバーガーはもう何日も放置されていたにちがいない。だれかが食べかけをシートに残して車を離れ、それっきりもどってこなかったし、それっきり二度と——。

《しっかりしろ、カルヴィン。自分のためじゃない、妹のためだ》

「わかったよ」カルは父に約束した。「わかった、そうする」

カルは足首や脛《すね》にからんだ頑丈な緑の草を引き剝がした——草の葉がつくった小さな切り傷のことはろくに感じていなかった。カルは立ちあがった。

「ベッキー、いまどこにいる？」

長いあいだ返事はなかった——心臓が胸郭を見捨ててのどを這《は》いあがってくるには充分な時間だった。ついで、にわかには信じがたいほど遠くから声がきこえた。「ここよ！　カル、これからどうする？　わたしたち、迷ったみたい！」

カルはまた、ほんの一瞬だけ目を閉じた。《おいおい、それはあのガキのせりふじゃないか》と思う。《子供《ル・キッド》、それはわたし《セ・モワ》》笑えなくもない。

「ずっとこうして声をかけあっていよう」カルはいいながら、妹の声の方向へ進んでいった。「どこかで顔をあわせるまで、声をかけあいつづけるんだ」

「でも、もうのどがからっから」ベッキーの声が近づいたが、カルはその感覚を信用しなかった。ぜったいぜったい信じるものか。

「ぼくもだ」カルはいった。「でも、ぼくもおまえも、とにかくここから外に出なくてはね。そのためにはしっかり正気をたもっていなくては」ただしカル自身が先ほど正気を——少しだけ、ほんの少しだけ——うしなった件は、妹に話さないと決めたことのひとつだった。ベッキーも赤ん坊の父親がだれなのかを結局打ち明けなかったのだから、いわばおあいこだ。妹の側には秘密がひとつ、そしていま兄にも秘密ができた。

「あの男の子のことはどうするの？」

まいったな、またしても妹の声が消えかかっている。恐怖が高じるあまり、カルの口からはなんの苦もなく、しかも限界まで張りあげた大声で本音中の本音がほとばしり出ていた。

「ガキなんかほっとけ、ベッキー！　大事なのはぼくたちだ！」

↓

背の高い草のなかでは方向が溶けてしまう。そして時間もまた。ドルビーサウンドつきのサルバトール・ダリの絵画だ。夕食に呼ばれているのに鬼ごっこ遊びをあきらめきれない頑固な子供たちさながら、兄妹はおたがいの声を追いかけつづけた。ベッキーの声が近づくこともあれば遠ざかることもあったが、姿は一度として目にできなかった。例の少年がときおり人に助けを求めている声をあげていた。一度はあまりにも近くからきこえたので、カルはくさむらに飛びこみつつ腕を伸ばしていた。少年がどこかへ行ってしまう前に、不意をついてつかまえようとしたのだ。しかし、少年はいなかった。頭部と片翼がもげた鴉《からす》の死骸があるばかりだった。

《ここには朝も夜もないんだ》カルは思った。《ただ永遠につづく午後があるだけで》しかし、そんな思いがカルの頭に浮かぶそばから、空の青さが深まって、濡れた足の下でびちゃびちゃと音をたてる地面が翳《かげ》りはじめていた。

《地面に影が落ちていればいまごろは長く伸びているはずで、それを利用すれば、ふたりおなじ方向へ移動することだけはできるものを》カルは思ったが、兄妹ともに影は落としていなかった。背の高い草のなかでは。腕時計に目を落とす――自動巻き機能があるにもかかわらず、時計は動いていなかったが、もう驚きはなかった。草が時計をとめたのだ。そうにちがいないと思えた。ここの草はなにやら邪悪な波動を発している――ドラマ〈FRINGE／フリンジ〉に出てきたような超常現象だ。

どのくらい時間がたったのかもわからないなか、ベッキーがしゃくりあげて泣きはじめた。

「ベック？　ベ、ベ、ベック？」

「休まないとだめなの、カル。すわらないと。のども渇いてる。それに、さっきからお腹がすごく痛いし」

「子宮収縮か？」

「そうみたい。こんな不気味な草原のまんなかで流産なんてことになったら、どうすれば

「とにかく動かず、そこにすわってろ」カルはいった。「いずれおさまるさ」

「ありがとう、ドクター。わたし——」言葉が途切れた。ついでベッキーが悲鳴をあげた。「近くに来ないで！　来ないでったら！　**いやっ、触らないで！**」

疲れで走るどころではなかったカルは、それでも走った。

↘

ベッキーはショックと恐怖にとらわれていたが、それでも狂気の男が草をかきわけて眼前に姿をあらわすなり、その正体を察していた。男はいかにも旅行者のような服装だった——〈ドッカーズ〉のスラックス、靴は〈バス〉のウィージャンズ・ローファー。しかしいちばんの手がかりは男のＴシャツだった。Ｔシャツは泥で汚れていたうえに、乾いた血であることはほぼまちがいない海老茶色の染みまであったが、スパゲッティのようにもつれた糸がつくるボールのイラストや、その上にプリントされた文字はなんなく見てとれた——**《世界最大の毛糸玉・カンザス州コーカーシティ》**。ベッキー自身、スーツケースのなかには、折り畳んだ同様のＴシャツがあるのでは？

「近くに来ないで！」ベッキーは弾かれたように立ちあがると、両手でお腹をかかえこんだ。「来ないでったら！　**いやっ、触らないで！**」

男はにたりと笑った。頬には無精ひげが浮き、唇は赤かった。「落ち着けよ。おれの女房と会いたくないか？　ああ、そうだ！　ここから出たいんだろ？　簡単だよ」

ベッキーはぽかんと口をあけたまま男を見つめた。カルがなにか叫んでいたが、いまこのときばかりはベッキーも注意を払わなかった。

「ほんとに出られるのなら」ベッキーはいった。「ここにまだ残ってるはずがない」

男はくすくすと笑った。「目のつけどころはいいな。でも、結論はまちがってる。おれは息子と合流しようとしていただけでね。女房はもう見つけた。どうだ、女房と会いたくはないか？」

ベッキーは無言だった。

「まあいいか」男はいい、ベッキーに背をむけると、草をかきわけて進みはじめた。このままだと、男の姿はすぐに草に溶けこんで見えなくなるだろう。ベッキーはパニックが胸を刺すのを感じた。男が正気でないのは明白だった――男の目を見たりテキストメッセージじみた発言をきいたりすれば、そのことはすぐにわかった。しかし、とにもかくにも人間だった。

男は足をとめてふりかえった。「おっと、自己紹介を忘れていたな。おれとしたことが。名前はロス・フンボルト。稼業は不動産。ポキプシー。女房はナタリー。幼い息子はトービンだ。かわいい子だぞ！　おまけに賢い！　あんたはベッキー。兄さんはカル。これが最後のチャンスだぞ、ベッキー。おれについてくるか、それとも死ぬかだ」ロスと名乗った男はベッキーの腹部に目を落とした。「赤ん坊も道連れだな」

《この男を信じちゃだめ》

信じはしなかったが、ベッキーは男のあとについていった。自分なりに安全だと思える距離をたもって。「あなただって、自分がどこへむかっているのか知らないんでしょう？」

「ベッキー？　ベッキー？」カルだ。しかし、ずっと遠くにいる。ノースダコタ州のどこか。いや、カナダのマニトバ州あたりかも。返事をするべきだと思ったが、のどが干からびていて声を出せなかった。

「おれもあんたらふたりとおなじでね、この草のなかで迷ってた」ロスはいった。「でももう迷ってない。岩にキスしたからね」そういってちらりとふりかえり、ぎらぎら光る悪党めいた目をベッキーにむけてきた。「岩に抱きつきもした。ひゃっほう。それで見えたんだよ。踊っている小さな小さな連中がすっかり見えた。なにもかも見えた。はっきり、くっきり。道路にもどりたい？　とにかくまっすぐ一直線！　おれは直線《ライン》、おれは食事《ダイン》。女房はすぐそこにいる。会ってやってくれ。最愛の女房。アメリカ一《いち》のマティーニをつくる。マクスイーニーはいい男、ジンをこぼした……えへん！……ちんぽこに。そこへ垂らすよベルモット。あとはあんたも知ってのとおり、ってね」そういって、ロスはウィンクを寄越《よこ》した。

ハイスクール時代にベッキーは体育の選択科目で〈若い女性のための護身術〉という授業をとった。そのとき習った技《わざ》を思い出そうとしたが思い出せなかった。思い出せたことといえば……

ショートパンツの右ポケットの底にキーリングがはいっていた。なかでもいちばん長さと厚みがあるのは、自分たち兄妹が育った家の扉の鍵だった。ベッキーはその鍵だけをはずすと、人差指と中指のあいだにはさみこんだ。

「ほら、女房はここだ！」ロス・フンボルトは、昔の映画に出てきた探険家よろしく丈の高い草を両手でかきわけながら意気揚々といった。「ほら、挨拶をしろよ、ナタリー。こちらのお嬢さんは、もうじきちっこいあかんぼを産むんだぞ！」

ロスがかきわけている草よりも先の草には血が飛び散っていた。血を見るなりベッキーはその場で足をとめたくなったが、足が勝手に前へ進んでしまった。ロスはわずかに片側へ身を寄せさえした――昔の映画でやけに愛想のいい男が、「どうぞお先に、かわいいレディ」というときにそっくりだった。映画ならここでふたりは小編成のジャズバンドが生演奏を披露するナイトクラブへ足を踏み入れるところだが、いまは草が踏み倒された空地しかなかったしそこにはナタリー・フンボルトという名前の女が――そのとおりの名前の女だったとして――全身がねじ曲がり両目が飛びだしたありさまで横たわっていて女のワンピースが盛大にめくれあがっているせいで太腿に肉が抉《えぐ》りとられたらしき真っ赤な窪《くぼ》みがあるのが丸見えでベッキーにはポキプシー在住のロス・フンボルトがどうして真っ赤な唇をしているのかもわかったような気がしたうえに女は左右の腕をともに肩から引きちぎられて三メートルばかり離れたところに投げ捨てられたせいで折れた草は早くも起きあがりはじめていて二本の腕にもかなり大きく真っ赤に肉が抉れた箇所が散見されたばかりか赤いものがいまもまだ濡れたままなのには理由があって……つまりそれは……

《この人が死んでから、あまり時間がたってないからだ》ベッキーは思った。《わたしたちはこの人の悲鳴をきいた。あれは断末魔の悲鳴だったんだ》

「うちの一家はしばらく前からここにいるんだ」ロス・フンボルトは秘密めかした狎《な》れ狎《な》れしい声でいいながら、草の汁で汚れた指をベッキーののどに巻きつけて、しゃっくりをした。「ここじゃだれもが腹ぺこになっちまう。ここには〈マック〉がないからな！　ああ、一軒もない。地面からじくじく滲《にじ》みだしてる水なら飲める――砂がまじってざらざらしてるし、クソふざけたことに生ぬるいが、しばらくすれば気にならなくなるさ――そうはいっても、うちの一家はここへ来てまだ数日だ。でも、いまおれは満腹だよ。腹が破裂しそうなくらいだ」ロスの血塗られた唇がベッキーの耳たぶにまで降りてきた。ロスがささやくあいだ、無精ひげがベッキーの肌をちくちく刺した。「岩を見たくないか？　裸で岩の上に横たわって、その体のなかにおれを感じたくはないか？　回転花火のような星空のもと、草がおれたちの名前を歌うのをききながら？　詩的じゃねえか？」

　ベッキーは肺いっぱいに空気を吸いこんで悲鳴をあげようとしたが、気管からはなにも出てこなかった。肺は左右ともに、いきなり不気味な真空になってしまった。ロスは両手の親指をベッキーののどにねじこみ、筋肉や腱や柔らかい組織を押し潰していった。ロス・フンボルトがにたりと笑った。男の歯は赤く汚れていたが、舌は黄緑色だった。息は血のにおいがしたが、同時に刈り取られたばかりの芝生の香りもあった。

「草には、おまえに語るべき話がある。ただし、おまえは草の話をきくすべを学ばなくてはならない。おまえは〝背高草語《トール・ウィード》〟の話し方を学ばなくてはならない。岩が知っている。岩を見れば、おまえにもわかる。学校に通って二十年で学んだことよりも、ここ二日で岩から学んだことのほうがずっと多いんだぞ」

ロスはベッキーの体をうしろへ曲げていた——背骨が弓なりに反っていた。いまのベッキーは風に吹かれて曲がった背の高い草そっくりだ。ロスの緑の吐息がふたたびベッキーの顔にかかった。

「《学校通って二十年、そうすりゃ昼間の仕事にありつける》」ロスはそういって笑った。「たしかこれ、昔のごきげんなロックの詞だ。ディランだ。ヤハウェの子。ミネソタ州ヒビングの詩人、おれはいじめはしちゃいない。いい話をしてやる。草原の中央にある岩は、古きよき岩だが、渇きの岩でもある。岩は灰色の仕事をずっとこなしてる——それこそオーセージ傾斜台地《ケスタ》で赤肌の連中が狩りをはじめる前から、最後の氷河期のあいだに、氷河によってここへ運ばれてきてからずっとだぞ……それにな、女、岩はいまめちゃくちゃ渇いてるんだよ」

ベッキーはロスのきんたまに膝蹴りを食らわせたかった。しかし、それには途方もない努力が必要だった。やろうとしても、できたのは片足を十数センチばかり地面からもちあげ、なにもせずにそっと地面にもどすことだけだった。片足をもちあげて地面にもどす。足をもちあげてはもどす。スローモーションで足踏みをしているように思えた——馬房《ばぼう》から出ていく準備をしている馬そっくりに。

ベッキーの視界の周縁部で、黒と銀色の星座がいくつも爆発した。星々の回転花火だ——そう思った。奇妙にも魅力的な光景だった——いくつもの新しい大宇宙が生まれては死んでいき、姿をあらわしては光が衰えて消える光景は。もうじき自分もあんなふうに光が衰えて消えていくのだろう。そうわかっても、あまり恐ろしくは思えなかった。急いで対策の手を打つ必要はない。

　ずっとずっと遠いところで、カルがベッキーの名を呼んでいた。カルが本当にカナダのマニトバ州へ行っていたなら、いまはマニトバの鉱山の穴のなかにいるも同然だった。

　ポケットでキーリングを握りしめた手に力をこめた。何本もの鍵のぎざぎざした歯が手のひらに食いこんだ。手のひらに歯を立てた。

「血はよきもの、涙はさらによきものだ」ロスはいった。「あのような渇きをおぼえた岩にとっては。岩の上でおれがおまえをファックすれば、岩は血と涙を得られる。しかし、手早くすませなくては。ガキが見ている前でそんな真似《まね》はとてもじゃないができないし」

ロスの吐息は悪臭そのものだ。

　ベッキーは手をポケットから抜きだすと——実家の玄関の鍵の先端が人差指と中指のあいだから突きだしている——拳をロス・フンボルトの顔に正面から打ちつけた。ただロスの口を遠ざけたいだけ……二度と息がかからないようにしたかっただけ……草いきれじみたロスの緑の体臭をもう嗅ぎたくなかっただけだった。ベッキーの腕には力がはいらず、殴ったといっても、じゃれついているような気のない殴り方でしかなかった。しかし鍵の先端は左目の真下に当たって頬を下へ引っかき、不規則な血の線を描きこんだ。

　ロスが身をすくめて頭を後方へのけぞらせた。両手から力が抜けた——そのせいで一瞬だけとはいえ、のどの窪んだ部分の柔らかな肌に食いこんでいた親指が離れていった。ロスはすかさず手に力をこめなおしたが、一瞬の隙でベッキーは一回だけ盛大に空気を吸いこんでいた。視界周縁部で爆発しては燃えあがっていた火花——回転花火状の星々——が薄れて消えた。頭がすっきりと澄んできた——だれかが顔に冷たい水をぶっかけてくれたように。二度めに拳をロスの顔に打ちこんだときには、片方の肩の力を拳にこめられたおかげで、鍵をロスの眼球に突き立てることもできた。拳の関節がロスの顔の骨に押しつけられた。鍵の先端はロスの角膜を突き破り、眼球中央の体液部分にまで達した。

ロスは悲鳴をあげなかった。犬の遠吠《とおぼ》えめいた声や威嚇のうなり声めいた声をあげていた。

——がるるっ！——ベッキーの体を荒っぽく横へ押しやり、突き転がそうとした。ロスの前腕は日焼けして皮が剝《む》けていた。近くから見ると、鼻の皮も剝けていることがわかった——鼻梁《びりょう》が日焼けで痛々しいありさまだった。ロスが顔を歪《ゆが》めると、ピンクと緑に染まった歯があらわになった。

ベッキーはキーリングから離した手を垂らした。キーリングは体液をあふれさせているロスの左の眼窩《がんか》から垂れさがったままだった——突き刺さっていない鍵がぶつかりあって金属音をたて、ロスの無精ひげだらけの頬に当たっては跳ね返っている。ロスの顔は左半分が鮮血でぬらぬら光っていた。左目はいまや赤く仄《ほの》かに光っているだけの穴になりはてていた。

ふたりの周囲で草が波立ち騒いでいた。風が立つと、背の高い草の葉がベッキーの背中や両足をばたばたと打った。

ロスがベッキーの腹部に膝を打ちつけてきた。ストーブ用の薪《まき》で一撃されたような感触だった。ベッキーは痛みを感じたが、痛みよりもなお不吉な感覚も生じた——それも腹部と下腹部の境界あたりに。筋肉が収縮してはよじれるような感覚。子宮内に結び目つきのロープがあって、だれかがロープを強く――本来なら許されない力で強く――引っぱっているような感覚だった。

「ああ、ベッキー！　ああ、女ってやつは！　おまえのケツ――ケツもいまじゃ草だ！」

ロスが絶叫した――正気というたがのはずれた狂躁《きょうそう》ぶりが見え隠れする声だった。

ロスはふたたびベッキーの腹を膝蹴りし、つづけてもう一度蹴ってきた。蹴られるたびに毒をはらんだ黒い爆発が新たに引き起こされた。《こいつに赤ちゃんを殺されちゃう》ベッキーは思った、内腿をなにかが伝い落ちた。それが血なのか尿なのかは、ベッキーにはなんともいえなかった。

ふたりは――妊婦と隻眼《せきがん》の男は――ダンスをつづけた。男が女ののどに手をかけ、ふたりは草地で足もとから〝きゅきゅっ〟という音をたてながら踊った。ふたりはナタリー・フンボルトの死体のまわりで足をよろめかせつつ、不安定な半円を描いていた。ベッキーは自分の左にある死体を意識していた――歯型のついた血まみれの青白い腿や、乱れたジーンズ地のスカート、それに草の汁で汚れた中高年女性用のパンティがあらわになっているのがちらりと見えた。それから腕――ナタリーの腕がロス・フンボルトのすぐ背後の草地にあるのも見えていた。肩から切り落とされたナタリーの汚れた片腕（ロスはどうやって腕を体からはずしたのだろう？　鶏《にわとり》のドラムスティックの要領でねじって引きちぎったのか？）は地面に横たわって、指をわずかに曲げていた。ひび割れた爪の下に汚れが入りこんでいた。

ベッキーはロスに体当たりして、体重をすべて前方にかけた。あとずさったロスの片足が妻の片腕を踏んだ——足の下で腕がごろりと転がった。ロスは痛みに怒りまじりのくぐもった叫びを洩らしながら倒れ、ベッキーもいっしょに引き倒した。ロスはベッキーののどから手を離さなかったが、それもまともに地面に頭をぶつけ、はっきりとした〝がぎっ！〟という音とともに上下の歯がぶつかりあうまでだった。

倒れた衝撃の大半はロスの体に吸収されたし、ベッキーが受けるはずだった衝撃は、郊外住宅地のパパらしいロスの太鼓腹をつくるクッション状の組織が吸収してくれた。ベッキーはすぐにロスの体から離れ、両手両足で這って草のなかに逃げこもうとした。

しかし、どうにもすばやく動けなかった。体の内側が忌むべき重みとなにかが張りつめている感覚とでずきずき疼《うず》いていた——筋トレ用の大きな革張りボール《メディスンボール》を飲みこんでしまったかのように。吐きたくなった。

ロスがベッキーの片足首をつかんで引きずり寄せた。ベッキーは疼痛《とうつう》が走る腹部を下にして、地面にうつぶせになった。なにかが引き裂けるような、なにかが弾けるような痛みの槍が腹部を刺し貫いた。あごが湿った地面に当たった。視界は一面、たくさんの黒い小さな点に埋めつくされた。

「どこへ行くんだ、ベッキー・デムース？」そう呼ばれたが、ベッキーには男に苗字《みようじ》を教えた覚えはなかった。ロスが知っているはずはない。「どこへ行こうと、おれがまた見つけるだけだ。草がおまえの隠れ場所を教えてくれるし、小さな踊る男たちがおまえのいるところまで案内してくれるさ。さあ、こっちへ来い。もうサンディエゴへ行く必要なんかない。赤ん坊のことで決断を迫られることもなくなるんだから。いま、ここですべてにけりがつくんだよ」

　ベッキーの視界が晴れた。すぐ目の前の踏み倒された草の上に、女もののストローバッグが落ちていて、中身が散乱していた。雑多な品々のなかに小さな爪切り鋏《ばさみ》があった――鋏というよりニッパーに似た形だった。刃には血がべったりついていた。ポキプシー在住のロス・フンボルトがその爪切り鋏をどうつかったかは考えたくなかったし、自分がどうつかうのかも考えたくなかった。

　それでもベッキーは爪切り鋏を手につかんだ。

「こっちへ来いといったんだぞ」ロスがベッキーにいった。「いますぐだよ、ビッチ」いいながらベッキーの足を引っぱる。

　ベッキーは体をひねると、片手の拳にナタリー・フンボルトの爪切り鋏を握りしめてロスに体当たりを仕掛けた。ロスの顔に鋏を突き立てた――一度、二度、三度。そこでようやくロスが悲鳴をあげはじめた。痛みにあげた悲鳴だったが、ベッキーがとどめを刺すよりも先に、悲鳴はしゃくりあげる嗚咽混じりの、けたたましい馬鹿笑いに変わってきた。ベッキーは思った――《あの男の子も笑ってた》と。それからしばらく、ベッキーはなにも考えなかった。夜空に月がのぼってくるまでは。

→

　消えかかる最後の日の光のなか、カルは草の上にしゃがんで左右の頬の涙を払っていた。

決して、身も世もなく泣きじゃくりはしなかった。ひたすらさまよってベッキーの名前を呼びつづけるのが、どれだけむなしいことかが身にしみてわかって――妹はもうずいぶん前から、カルの呼びかけに反応しなくなっていた――草地にすとんとへたりこんだだけだった。そのあとひとしきり目がしくしくと痛んで潤み、少しのどにこみあげるものがあっただけだった。

夕映えは壮麗そのものだった。空はかぎりなく黒に近い深みのある厳《おごそ》かなブルーで、教会の先の西側では、消えかけた熾《おき》がはなつ地獄を思わせる光が地平線を照らしていた。カルはその景色をおりおりにながめていた――といっても、ジャンプして目をむける余力があり、加えてあたりを見わたすことにも意味があると自分を納得させられた場合にかぎられたが。

スニーカーはすっかり濡れてしまって重くなり、足が痛んでいた。内腿も痛んでいた。右の靴を脱いで、内側に溜まっていた薄汚れた水を捨てた。ソックスは履いていなかった。剝きだしの足は気味わるいほど生白《なまじろ》く、ふやけて皺《しわ》だらけになっているところは溺れた生き物を思わせた。

反対の足のスニーカーも脱いで水を捨てかけたが、そこでためらった。スニーカーを口もとに運んで顔をのけぞらせ、砂粒まじりの水――自分自身の足の悪臭めいた味のする水――を舌の上に垂らした。

草原のずっと先のほうから、ベッキーと〈男《ザ・マン》〉が話している声がきこえていた。〈男〉がベッキーに陶酔しきった陽気な口調で、なにやら講義でもしているかのように話している声がきこえたのだ。ただし、なにを話していたのかはききとれなかった。岩がどうこうという話。それから、昔のフォークソングだかの一節。あの男はどう歌っていたっけ？《もの書きつづけて二十年、そうすりゃ夜勤の仕事がもらえるさ》か？　いや、それはちがう。しかし、惜しいところだ。そもそもフォークはカルの得意分野ではない。好きなバンドはラッシュ。アメリカ大陸を車で横切るあいだも、七作めのアルバム《パーマネント・ウェイヴス》の波に乗ってサーフィンしっぱなしだった。

そのあとふたりが草のなかで取っ組みあったり揉みあったりしている気配が伝わってきた。ベッキーの苦しげな叫び声や男がベッキーを罵《のの》る声もきこえた。最後にきこえてきたのは悲鳴だった――浮かれ騒いでいるときの叫び声にも似ていた。ベッキーではない。〈男〉の悲鳴だった。

その時点までカルはヒステリックになって走ったりジャンプしたりしながら、大声でベッキーに叫びかけていた。ひとしきり大声をあげては走ったあとで、ようやく自分を落ち着かせることができたので、足をとめて耳をそばだてた。上体を前へ倒して両膝を手でつかみ、ぜいぜいと息を切らし、叫んだせいでのどの痛みを覚えつつ、カルはあたりが静まりかえっていることに気がついた。

草は黙っていた。

「ベッキー？」カルはかすれきった声でまた妹を呼んだ。「ベック？」

草をさやがせる風の音のほかは、応える声はなかった。

カルはさらに少し歩いた。ふたたび名前を呼んだ。腰をおろす。泣かないように努める。

そして夕映えは壮麗だった。

カルはポケットをさぐった——〈ジューシーフルーツ・ガム〉の糸くずだらけになった乾いたパッケージが見つかるのではないかという恐るべき幻想にわしづかみにされ、こんなふうにむなしくポケットをさぐるのももう百回めだ。〈ジューシーフルーツ〉を買ったのはペンシルヴェニアだったが、ベッキーとふたりでオハイオとの州境に着く前に嚙みおわってしまった。〈ジューシーフルーツ〉は金の無駄にほかならない。柑橘《かんきつ》類の風味のある甘味といっても、わずか四回も嚙《か》めばすっかり尽きてしまって——

——そこで指先が堅めの紙のフラップの感触をとらえた。とりだしてみると紙マッチだった。カルはタバコを吸わないが、これはイリノイ州ヴァンダリアの〈カスカキア・ドラゴン〉に寄ったおり、道路の反対側にあった小さな酒屋でもらったサービス品だった。紙マッチには、全長十メートル以上の金属製のドラゴンの写真があしらわれていた。ベッキーとカルは金を払って手のひらいっぱいのメダルを買い、夕方近くの時間をあらかたついやして巨大な金属のドラゴンにメダルを入れては、ドラゴンが鼻孔からプロパンガスの燃える炎を噴出させるさまをながめた。あのドラゴンがこの草原に降り立ってくるところを想像したカルは、ガスの炎を草にむかって噴きだすドラゴンを思い描くと同時に、眩暈《めまい》がするほどの喜びを感じた。

カルは紙マッチを手のなかで裏返し、柔らかなボール紙に親指を滑らせた。

《草原を焼き払うんだ》カルは思った。《このクソ忌ま忌ましい草原を焼いちまおう》炎に食わせれば、背の高い草もあらゆる藁《わら》とおなじ道を進むはずだ。

燃える草がつくる川をカルは想像した——火花が散り、焼け焦げた草の小片が上空へと舞いあがっていく。この強烈な想像図にカルは思わずうっとりと目を閉じた。いざそれが現実になったときのにおいが——燃えあがる緑の葉があげる、なぜだか健全な晩夏の香りが——ほんとうに嗅げるかのような気分だった。

もし業火《ごうか》が自分へむかってきたらどうする？　あるいは、炎が草原のどこかにいるはずのベッキーをとらえたら？　もし妹が気をうしなっていて、自身の髪の毛がちりちりと焦げる悪臭で目を覚ましたとしたら？

それはない。ベッキーなら炎の先まわりができるはずだ。自分にも炎の先まわりはできるに決まっている。このときカルが考えていたのは、自分は草に痛い思いをさせる必要がある、これ以上ふざけた真似をされて黙っている気はないと思い知らせてやるためだ、ということだった——そうすれば草が自分を——兄妹のふたりを——解放するはずだ。草の葉が頬をくすぐるたびに、草にからかわれ、笑い物にされているように感じていた。

カルは痛む足で立ちあがると、草をつかんで引っぱった。草は古びた頑丈なロープ、頑丈でへりが鋭く、おかげで手が痛くなったが、それでも何本か引き抜き、丸めて地面に積みあげると、その前にひざまずいた——個人用の祭壇の前にいる悔悟《かいご》者といった雰囲気だった。それから紙マッチを台紙から一本ちぎって、火薬部分を側薬《そくやく》にあてがい、カバー部分を上からかぶせて固定し、マッチを一気に手前へ引いた。さっと火がついた。顔を近くに寄せていたので、硫黄《いおう》の燃えるにおいを吸いこんだ。

しかしカルがマッチを濡れた草に触れさせるなり、火が消えた。茎の部分は決して乾くことのない露がみっしりついているうえに、内部にはたっぷりと汁をはらんでいた。

次の一本に火をつけたとき、カルの手は震えていた。

草に触れさせると、マッチの炎はしゅっという音とともに消えた。そういえば、ジャック・ロンドンがこの手のことを題材に小説を書いていなかったか？

もう一本。もう一本。どのマッチも濡れた緑の草に触れるなり、濃い煙をごくわずかに噴きあげて消えてしまった。一本は火がつくと同時に——草にも達しないうちに——やさしいそよ風で吹き消されてしまった。

結局、残り六本になったところで、カルはまず一本に火をつけ、やけっぱちになって紙マッチの本体そのものに火をつけてみた。紙マッチの折り畳まれていた表紙部分が白熱の光をはなって燃えあがった。カルは燃えている紙マッチを、多少焦げてはいるが、まだ濡れたままの草の上に落とした。紙マッチはひととき黄緑色の草の塊の上にとどまり、そこからまばゆく細長い炎が舌のように伸びていた。

ついで紙マッチの熱で濡れた草に穴があいた。マッチが穴から泥水に落ち、火が消えた。

カルは胸糞《むなくそ》のわるくなるほど醜悪な絶望の発作のおもむくまま、焦げた草の山を蹴り飛ばした。ふたたび泣くのを防ぐためにはそうするほかなかった。

そのあとカルはじっとすわったまま目を閉じ、ひたいを膝にあずけていた。疲れていて体を休めたかったし、仰向《あおむ》けになって夜空に星が光りはじめるのを見たかった。しかし、べたべたとまとわりつく泥に体を沈める気はしなかったし、髪の毛が泥で汚れるのもまっぴら、シャツの背中が濡れるのもいやだった。そうでなくても、もういやというほど汚れている。剝きだしの足には、草の鋭いへりに打たれた痕の縞模様《しまもよう》が描きこまれていた。日の光が空から完全に消えないうちに、少しでも道路を目指して進んでおくべきだとは思ったが、立ちあがることすらできなかった。

　ようやくカルの重い腰をあげさせたのは、遠くから自動車の盗難防止アラーム音が鳴りわたりだしたことだった。ただのアラーム音ではなかった。大多数のアラーム音は〝ぱあっ・ぱあっ・ぱあっ〟と鳴るが、これはちがう音だった。こちらは〝**ぴいいっ**・ぶぉん、**ぴいいっ**・ぶぉん、**ぴいいっ**・ぶぉん〟と鳴っていた。カルの知っているかぎり、何者かに手出しされた場合に〝**ぴいいっ**・ぶぉん〟というこのアラーム音を鳴らし、同時におなじリズムでヘッドライトを点滅させるのは古いマツダ車だけだ。

　**ぴいいっ**・ぶぉん。**ぴいいっ**・ぶぉん。**ぴいいっ**・ぶぉん。

　足は疲れていたが、カルは一気に体を起こした。道路はまた近くになっていて（ただし、これにはさして意味はない）、そう、たしかに点滅をくりかえすヘッドライトが見えてきた。それ以外にはなにも見えないも同然だったが、ほかのものを見なくても、いまなにが進行中なのかは知れた。このあたりの州道近くに住む人々は、教会とボウリング場の廃屋の反対側に広がる草原についての真実を知っているのだろう。その人たちは、子供たちを道路の安全な側に引き止めておくだけの知恵も身につけているはずだ。そしておりおりに助けを求める声をききつけた旅行者が、聖書の〝善《よ》きサマリア人〟たらんとして背の高い草のあいだに姿を消したら、地元民は旅行者の車に近づいて、盗む値打ちがあるものを根こそぎ盗んでいくのだ。

《地元民は昔からのこの草原を愛しているのかもしれない。同時に恐れているのかもしれない。崇拝もしているのかも。そして――》

その先にある論理的な結論をカルは頭から締めだそうとしたが、不可能だった。

《――草原にいけにえを捧《ささ》げているのかもしれない。トランクやグローブボックスで見つけた旅行者たちの金品は？　ちょっとした余禄《よろく》というだけか》

ベッキーを見つけたかった。どれほどベッキーを見つけたかったことか。それだけじゃない、どれほど食べ物が欲しかったことか。ベッキーと食べ物、いまどちらを強く望んでいるのかもわからなかった。

「ベッキー？　ベッキー？」

返事はなかった。頭上で星が輝きはじめていた。

カルは地面に膝をついて両手を地面のぬかるみに押しつけ、また水をすくいあげた。混じっている砂粒などを歯で濾しながら水を飲む。

《ベッキーがいっしょにいれば、ふたりでこれを解決できるはずだ。できるに決まってる。ぼくたち兄妹はアイクとマイク、考えが似てるんだから》

カルはまた水をすくい、今度は濾すことも忘れて砂粒ごと飲んだ。それればかりか、うねうねと動くものもいっしょに飲んだようだ。虫か？　小さな地虫のたぐい？　だからどうした。タンパク質じゃないか。

「ベッキーは永遠に見つからないかも」カルはいい、波打つようにそよぎながら暗くなりつつある草原を見つめた。「おまえがぼくを邪魔するからだ――そうだろ？　おまえは愛しあっている者同士を引き離すんだ――ちがうか？　それが最優先の仕事じゃないのか？　だからぼくたちは呼び交わしながら堂々めぐりをつづけ、やがては正気をなくしてしまうわけだ」

ただし、ベッキーはカルの名を呼ぶのをやめていた。あの母親とおなじで、いまごろベッキーはもう――

「そうと決まったわけじゃないよ」小さいがはっきりした声がいった。

カルはあわてて頭をぐいっとめぐらせた。泥だらけの服を着た小柄な少年が立っていた。顔はやつれて汚れていた。右手に鴉の死骸をぶらさげていた――黄色い足の片方を握って。

「トービンか？」

「うん、そうだよ」少年は鴉を口もとまでもちあげると、その腹に顔を埋めた。羽がばりばりと音をたてた。鴉は命をなくした頭でしきりにうなずいていた――《そう、それでいい。そこに食いつけ、いちばんのごちそうにありつけ》といっているかのように。

いちばん最後にジャンプしたあとに質問されたら、もう疲れすぎていて、すかさず立ちあがるのは無理だと答えたはずだが、恐怖には独自の命令系統が存在しているようで、カルは一気に立ちあがっていた。ついでカルは、少年の泥まみれの手から鴉の死骸をひったくった――ぱっくりひらいた腹部から臓物がはみだしていることには、ほとんど気づかなかった。しかし、少年の口の端から突き立っている鴉の羽は見えた。深まりゆく宵闇のなかでも、それだけはくっきり見てとれた。

「そんなものを食べちゃだめだ！　なに考えてる、坊主！　頭がおかしいのか？」

「頭は大丈夫、でもお腹はすいてる。それに鴉もそんなにまずくないよ。フレディはもう食べられない。だって、あいつを愛してたから。父さんは食べてたけど、ぼくには無理だった。でも、それはもちろん岩を触ってないころの話。岩を触ると――というか岩をハグするんだけど――見えるようになる。それだけで、もっといろいろわかるようになる。でも、お腹がもっと減るようにもなるよ。父さんがいつもいってるけど、人間は肉だし、人間は食べなくちゃやってられない。いっしょに岩へ行ったあと、父さんとは別れた。でも父さんは、会いたいと思えばいつでもまた会えるようになってるって話してた」

カルはもう一回うしろをふりむいた。「フレディって?」

「うちのゴールデンレトリーバー。フリスビーのキャッチがすごく得意だった。テレビに出てくる犬みたいにね。ここでは、死んだもののほうが見つけやすい。草原は死んだものをあちこち動かさないからね」薄れゆく明かりを受けてトービンの目がきらきら光っていた。その視線はカルがまだ手にしている、噛みちぎられた鴉の死骸にむけられていた。

「たいていの鳥は草原には近づかないみたい。ここがどんなところかを知ってて、仲間同士で教えあってるんじゃないかな。でも、なかには話をきかない鳥もいる。いちばん話をきかないのは鴉だと思う。だって、たくさんの鴉がここで死んでるもん。あちこち歩けば、そのうちきっと見つかるし」

カルはいった。「トービン、きみはぼくたちをここへ誘いこんだのか? 教えてくれ。怒らないから。お父さんにいわれて、ぼくたちをおびきよせたんだろう?」

「ぼくたちもだれかの叫び声をきいたんだ。小さな女の子の声。ここで迷っちゃったと話してた。そんなふうな仕掛けだよ」トービンは間をはさんだ。「父さんはもう、あなたの妹さんを殺しただろうね」

「どうして、あれがぼくの妹だとわかった？」

「岩だよ」少年はあっさり答えた。「岩が草の声をきく方法を教えてくれるし、背の高い草はなんでも知ってるよ」

「だったらきみは、妹が死んでるのか死んでないのかも知ってるはずだね」

「あなたのために調べてもいいよ」トービンはいった。「いいえ。もっといいことをしてあげられる。見せてあげるよ。見にいきたい？　妹さんのようすを確かめたい？　さあ。ついてきて」

　少年は答えを待たずに体の向きを変えて、草のなかへ進んでいった。カルは鴉の死骸を落とすと、たとえ一秒でも少年の姿を見うしないたくなくて、急いでトービンを追いかけた。ここで少年を見うしなえば、二度と再会できないまま、この草原を永遠に放浪することになりそうだ。《怒らないから》さっきはトービンにそういったが、カルは怒っていた。心の底から怒っていた。少年を殺すほどの激しい怒りではなかったが——もちろん殺さないに決まっている（たぶん殺さないに決まっている）——あのちびの裏切り《ユダ》者が視界の外に出ていくような事態を許す気もなかった。

　それなのに、カルは少年を見うしなった。ぼってりと膨らんだオレンジ色の月が草の上にのぼったからだ。《妊娠してるみたいな月だな》そう思ってから、地面に目をもどしたが、そのときにはトービンは消えていた。カルは疲れた足に鞭打って走り、草を押し分け、大声を出すための空気を肺に満たした。次の瞬間、押し分ける草がなくなっていた。カルは空地に立っていた——草が踏み倒されただけの場所ではなく、本当の空地だった。その中央の地面から巨大な真っ黒い岩が突き出ていた。ピックアップトラックほどのサイズの岩は、小さな踊る棒人間の絵で覆いつくされていた。棒人間は白く、浮かんでいるように見えた。まるで動いているかのように。

トービンがすぐ横に立っていて、片手を差し伸べ、岩に触れた。トービンの体が震えた——恐怖のせいではなく快感の震えだ、とカルは思った。

「すっごくいい気持ちだよ。さあ、おいで、カル。あなたも触ってみなよ」トービンが手招きした。

カルは岩のほうへ歩いていった。

↗

車の盗難防止アラームが短く鳴っただけで、すぐに消えた。音はベッキーの耳に飛びこんではいたが、どれも脳とは結びつかなかった。ベッキーは這っていた。激痛が新しくぶりかえすと、そのたびにひたいを泥に押しつけ、尻を高く突きだした格好で休んだ——アッラーを礼拝する敬虔《けいけん》な信者のような姿勢だった。痛みがおさまると、また少し這って進んだ。泥まみれの髪の毛がべったりと顔に貼りついた。両足は——正体はわからないが——自身の体内から流れでたものにまみれていた。いまもまだ体からそれが流れ出ているのは感じとれたが、車のアラーム音とおなじように、もう考えもしなくなっていた。這い進みながら顔を右に左にむけ、蛇のように舌をちろちろ突きだしては、草についている露をぺろりと舐《な》めとった。

空に月が昇った。大きなオレンジ色の月だった。ベッキーは月を見あげようとして首をひねり、そのひねった拍子にこれまでで最悪の激痛が襲ってきた。今回の痛みはおさまらなかった。寝返りを打って仰向けになると、両手をがむしゃらに動かしてショートパンツとパンティをまとめてずり下げた。どちらも濡れて黒々となっていた。ようやく明晰《めいせき》で筋の通った思考が出現し、雷鳴をともなわない遠くの夏の稲光のように、ベッキーの精神をかき乱していった――《赤ちゃん！》

ベッキーは草の上に仰向けになり、血で濡れた服を足首まで降ろすと、膝を立てて左右にひらき、両手を股間にあてがった。指のあいだから、鼻汁めいた粘液がじくじく滲みだしてきた。全身が麻痺《まひ》するほどの急な痛みが襲ってくると同時に、なにやら丸くて硬いものが出てきた。頭頂部だ。その丸みが、ベッキーの両手にこれ以上ないほどすばらしく完璧にフィットした。ジャスティン（女の子なら）、あるいはブレイディ（男の子なら）。これまでずっと、心を決めかねていると周囲に話していたのは嘘《うそ》だった。この赤ん坊は自分の手で育てることになると、最初からわかっていたのだ。

悲鳴をあげようとしても、出てきたのは囁き声じみた〝はあああぁぁぁああぁ〟というような声ばかりだった。月がベッキーを見下ろしていた――それはドラゴンの血走った片目。ベッキーは精いっぱい強くいきんだ――腹部が板のように硬くなって、尻が地面の泥にぐりぐり食いこんだ。なにかが引き裂けた。なにかがずるりと滑った。そして、なにかが両手に到着した。腹から下が、一気になにもなくなった——驚くほど空虚になった。

その代わり、両手はいっぱいだった。

橙色《だいだいいろ》の月明かりのなか、ベッキーは赤ん坊をもちあげながら、こんなふうに思った。

《たいしたことじゃない。世界じゅうの女たちが草原で赤ちゃんを産んでるんだから》

赤ん坊はジャスティンだった。

「やあ、お嬢ちゃん」ベッキーはかすれた声でいった。「まあ、おまえはなんてちっちゃいの」

そればかりか、妙に静かな赤ん坊だった。

↑↓

近寄って見れば、この岩がカンザス由来ではないことはたやすくわかった。火山岩であることを示す黒いガラス状の質感をそなえていたからだ。月の光が岩の斜めに切り立ったような表面に乳白色の輝きを与え、翡翠《ひすい》や真珠にも通じるつややかな光をつくっていた。

棒人間の男女はみんなで手をつないで踊りながら、曲線で表現された草原にはいっていくところだった。絵が岩に彫りこまれたものか表面に描かれているのか、カルには判断できなかった。

八歩離れたところからは、おそらく黒曜石ではない巨大な岩の表面から、わずかに浮かびあがっているようにも見えた。

六歩離れたところからは、棒人間は黒いガラスのような表面のすぐ下に宙づりになっているように見えた――ホログラム同様に光から象《かたど》られているもののように。目の焦点をうまくあわせられなかった。目をそらすことも不可能だった。

岩まで四歩のところまで来ると、カルには岩がきこえるようになった。岩はひそやかな〝ぶうん〟という音を出していた。電気が通っているときの白熱電球のタングステン製フィラメントが出すような音だ。しかし、岩を感じることはできなかった――自分の顔の左半分が、日焼けでもしたようにピンク色になりかけていることに気づいていなかったのだ。熱の感覚はいっさい感じられなかった。

《あれから離れろ》カルはそう思ったものの、不可解にも簡単にはあとずされなくなっていた。両足が、もう後方へ動いてくれないようだったのだ。

「ぼくをベッキーのもとに連れていってくれるんじゃなかったのか？」

「ぼくは、あなたの妹のようすを確かめにいこうといったんだ。いま確かめてる。岩をつかって確かめようよ」

「そんなくだらないことなんか知るか――ぼくはただベッキーと会いたいだけだ」

「岩に手を触れれば、あなたはもう迷わなくなるよ」トービンはいった。「もう二度と迷わなくなる。あなたは救われる。すてきじゃないかな？」話しながらトービンは心ここにあらずのようすで、口のまんなかあたりに突き立っていた黒い羽を引き抜いた。

「いや」カルはいった。「すてきには思えないよ。迷ったままでいたほうがましだ」

ただの思いすごしかもしれないが、〝ぶうん〟という音が前より大きくなっている気がした。

「迷ったままがいいなんて人はいないよ」少年は陽気にいった。「ベッキーだって迷ったままじゃないほうがいいって思ってる。ベッキーはね、流産したよ。あなたが見つけてあげなかったら、あの人死んじゃうかもね」

「嘘をいいやがって」カルはさしたる確信もないままにいった。

もしかしたら岩に半歩近づいていたのかもしれない。ふわふわ浮かんでいる棒人間の男女のさらに先、岩の中心部に控えめで蠱惑《こわく》的な光が射しはじめていた。〝ぶうん〟と音をたてているタングステンが岩の表面から五、六十センチばかり奥に埋めこまれていて、だれかがゆっくりとダイヤルをまわしているかのようだった。

「嘘なんていってない」少年はいった。「じっくり見てごらんよ。そうすれば妹さんが見えるから」

煙水晶《スモーキークオーツ》のような岩の内側に、淡い線で人間の顔が浮かびあがっていた。最初は自分の顔が映りこんでいるのかと思った。しかし、似通った顔だちとはいえカルの顔ではなかった。ベッキーだった。ベッキーは、苦痛に苛《さいな》まれた犬のように顔をしかめ、歯を剝きだしていた。顔の片側がべっとりと汚れていた。のどに腱がくっきりと浮かんでいた。

「ベック?」カルは、自分の声が妹に届くかのようにいった。

カルはもう一歩前へ進み――自分で自分をとめられなかった――よく見ようと顔を近づけた。まるで〝もうこれ以上は先に進まない〟というように両手を自分の前にかかげてはいたが、手のひらに――岩が放射しているなにが原因かもわからなかったが――水ぶくれが出来はじめていることは感じていなかった。

《だめだ、近すぎる》カルはそう思ってあとずさろうとしたが、必要な力をふるい起こせなかった。それどころか踵が滑ってしまった――柔らかい土の山のてっぺんに立っていたのに、足もとの土が崩れはじめたかのようだった。ただし地面は平らだった。カルが前へ滑ったのは、独自の重力をそなえている岩につかまったからだ。岩は、磁石が鉄屑《てつくず》を引き寄せるようにカルを引き寄せていた。

巨大な岩という不規則なかたちをした水晶球のずっと奥深いところで、ベッキーが目を見ひらき、驚きと恐怖をいっぱいにたたえた目でカルを見つめているかのようだった。

〝ぶうん〟という音が頭のなかでも鳴りはじめた。

同時に風も立ちはじめた。うっとり酔いしれているかのように、草が左右に揺れた。最後の土壇場になって、カルは自分の肌が焼けていることに――岩のごくごく近い空間に存在している不自然なほどの高温で皮膚が沸き立っていることに――ようやく気づきはじめた。本当に岩を触れば、加熱したフライパンに両手を押しあてるも同然になるとわかって、悲鳴をあげはじめ――

――その声がとまった。のどが唐突にぎゅっとすぼまって、声が途中で詰まってしまったのだ。

岩はまったく熱くなかった。冷たかった。恵みにも思える冷たさだった。カルは岩に顔をあずけた。それは、疲れはてた巡礼者がやっと目的の地にたどりつき、ようやく体を休められるようになった、という図だった。

↔

ベッキーが頭をもちあげると、太陽は昇りかけか沈みかけのどちらかで、一週間もつづいた腹にくる風邪から回復しかけているときのような腹痛に襲われていた。片腕の裏側をつかって顔の汗をぬぐい、地面を押して体を起こすと、草原から外へ出て、まっすぐ車にむかった。キーがまだイグニションからぶらさがっているのを目にすると安堵《あんど》がこみあげた。ベッキーは駐車場から車を出すと、のんびりしたスピードで道路に車を走らせはじめた。

最初のうちは、自分がどこへむかっているのかもわからなかった。下腹部からは痛みが波のようにくりかえし襲ってきて、その痛みを無視して考えをめぐらせるのはむずかしかった。体を動かしすぎたあとの筋肉痛めいた鈍痛だけのこともあった。前ぶれもなく痛みが増して、鋭いながらもどこか水っぽい激痛になり、腹部を刺し貫いたり股間を燃やしたりすることもあった。顔は高熱のときのように火照《ほて》り、ふたつの窓をあけていても体を冷ますことはできなかった。

もうじき夜になろうといういま、消えゆく昼の光は刈ったばかりの芝生と裏庭のバーベキュー、デートへ出かける前におめかししている女の子と投光器の光のもとでの野球の香りをたたえていた。くすんだ赤い光のなか、ベッキーはデュラムの街に車を走らせていた――地平線に達した太陽は膨れあがった血のしずくだった。ベッキーの車はストラサム公園の横を走りすぎた――ハイスクール時代に、陸上部の仲間たちと走った公園だった。横道に折れて野球のグラウンドを一周する。アルミニウム製のバットの快音が響いていた。少年たちの大声。黒い人影が頭を低くして一塁へ全力疾走していた。

ベッキーはぼんやりとしたまま車を走らせていた。自作の五行戯詩《リメリック》を声に出していたが、それも半分くらいしか意識していなかった。いま囁くように歌っていたのは、大学一年生の文学の授業でレポートの下調べをしていたときに見つけたなかでは、最古の五行戯詩《リメリック》だった。それも、五行戯詩《リメリック》がくだらない語呂合わせだけに堕《だ》してしまう時代よりもずっと昔の作品だった――とはいえ、後年の傾向はすでに見えているのだが。

「《草に隠れた女の子》」

ベッキーは小声で歌った。

「《通りかかる男の子、かたっぱしからつかまえる。
　ガゼルを食べるライオンみたい、
　殺《や》られた男は数知れず、
　どんどん美味《おい》しくなるばかり》」

《女の子》ベッキーはほぼ脈絡なく思った。《わたしの女の子》

それでようやく、いま自分がなにをしているかを思い出した。こうして出かけているのは女の子をさがすためだった。ベッキーはその女の子のベビーシッター役をこなすはずだったが、ああ、なんという大失態をしでかしたことか——女の子はベッキーの目を盗んで逃げだしてしまい、ベッキーは両親が帰宅する前に女の子を見つけださなくてはならなかった。それなのにあたりはどんどん暗くなり、しかもあの癪《しゃく》にさわるちびの名前さえ思い出せない。

どうしてこんな羽目になったのか、ベッキーは必死に思い出そうとした。つかのま、間近な過去の記憶はまったくの空白だった。ついで思い出されてきたことがあった。女の子が裏庭のぶらんこで遊びたいといいだし、ベッキーはろくに注意を払いもせず、《ええ、かまわないわ。遊んできて》と答えた。トラヴィス・マッキーンとテキストメッセージのやりとりをしていたからだ。トラヴィスとは喧嘩《けんか》中だった。ベッキーは裏口のスクリーンドアがばたんと閉まる音さえきいていなかった。

《ぼくはママにどう話せばいい？》トラヴィスはそう書いていた。《このまま大学に残りたいのか、新たな家庭をもちたいのか、それさえ決められない》それから、こんな珠玉の発言も。《ぼくたちが結婚するとなったらぼくはきみの兄さんとも結婚することになるんじゃないのか？あの人はいつもきみのベッド近くに腰をすえてスケートボードの雑誌なんか読んでるし、ぼくがきみを妊娠させたあの夜に兄さんがあそこにすわってぼくらを見ていなかったのが逆に驚きだ。家庭が欲しけりゃ兄さんと所帯をもてばいい》

ベッキーは小さな悲鳴を飲みこみ、携帯を壁に投げつけ、石膏《せっこう》ボードに凹《へこ》みをつくってしまった。両親が酒に酔って帰宅し、凹みに気づかないことを祈るばかりだった（そもそも、両親はどういう人たちなんだろう？　ここはだれの家？）。ベッキーは顔にかかる髪をかきあげ、落ち着きをとりもどそうとしながら、はめ殺しの窓に近づいて裏庭に目をむけた。見えたのは、だれも乗っていないぶらんこがそよ風に吹かれてのんびりと揺れ、鎖を小さく軋《きし》ませている光景だった。ドライブウェイに通じる裏庭のゲートがあきっぱなしになっていた。

ベッキーはジャスミンが香る夕暮れの戸外へ出ていき、大声をあげた。ドライブウェイでも大声をあげた。庭でも大声をあげた。腹が痛くなるまで大声をあげつづけた。人も車もいない道のまんなかに立ち、両手を口にあてがってメガホン代わりにしたまま、「ねえ、ちょっと、どこ？」と叫びつづけた。一ブロック歩いて草地に足を踏み入れ、何日にも思えるほど長いあいだ背の高い草をかきわけては、手を焼かされる子供を、行方不明になっている責任の対象をさがしつづけた。ようやく草地から出ると、そこに車が待機していたので走らせはじめた。そして、いまにいたる。あてもなく車を走らせ、歩道に目を走らせていくうちに、追いつめられた野生動物ならではのパニックが胸中にこみあげてきた。面倒を見るべき女の子を見うしなった。世話をするべき女の子——手を焼かされる子供、行方不明になっている責任の対象——がベッキーのもとから逃げて……あの女の子の身になにが起こるか、だれにわかるだろう？　いま女の子の身になにが起こりつつあるか。考えてもわからないことで胃が痛くなった。それが本当にひどい胃痛を引き起こした。

小さな鳥の大群が、道路上空の闇をつらぬいて飛んでいた。

のどがからからになっていた。クソなほどひどくのどが渇いていて、もう耐えきれなくなっていた。

激痛のナイフが体を切り裂き、恋人のようにベッキーの体に出入りをくりかえしていた。野球のグラウンドの横を二度めに通りかかったときには、もう選手はみんな帰宅していた。《暗闇を理由に試合終了が宣告された》と思うそばから、そのフレーズに両腕が鳥肌にさあっと覆われ、同時にひとりの子供の大声が耳をついた。

「ベッキー！」そう叫んでいたのはあの幼い少女だった。「**もう食事の時間だよ！**」家から姿をくらましているのはベッキーのほうだ、といいたげな言いぐさだ。「**おいでよ、食事の時間だよ！**」

「**なにをしてるの、お嬢ちゃん？**」ベッキーは車を縁石に寄せてとめながら叫びかえした。

「**こっちへいらっしゃい！　ほら、いますぐここへいらっしゃい！**」

「**そっちがわたしを見つけなくちゃダァアアメだもん！**」少女がいかにも楽しそうに、くすくす笑いながら叫び返した。「**わたしの声を追ってきて！**」

少女の大声はグラウンドをはさんで反対側、背の高い草が茂っているあたりからきこえているようだった。あそこはもう調べたのではなかったか？　少女を見つけようとして、くさむらをすっかり踏み倒したのではなかったか？　そしてあのくさむらでは、自分自身自分自身も迷って行方不明になりかけたのでは？

「**《リーズから来た年寄り農夫！》**」少女が大声でいった。

ベッキーは内野を突っ切るコースに足を進めた。二歩あるいたところで肉が引き裂けるような痛みが子宮に走って、ベッキーは悲鳴をあげた。

「**《袋いっぱい種子《たね》食べた！》**」少女はさえずるような声でいった――ろくに抑えられていない笑い声が混じるビブラートの声だった。

ベッキーは足をとめて、息とともに痛みも吐きだした。最悪の痛みが過ぎ去ると、ベッキーは慎重に一歩踏みだした。即座に痛みがぶりかえした――これまで以上に激しい痛みが。体内でなにかが引き裂けていくような感覚があった。たとえるなら内臓がベッドのシーツで、それが力いっぱい広げられたせいで、中央からびりびりと裂けはじめた感じだった。

「**《そしたらぼうぼう草生えた》**」少女はヨーデルのように節をつけた。「**《おケツの穴から草ぼうぼう！》**」

ベッキーはまたしゃくりあげ、よろめきながら三歩めを歩いた。二塁ベースまであと一歩だった。背の高い草の生えているところもそう遠くはなかった。そこへまた痛みの電撃が全身を貫いていき、ベッキーは地面に膝をついた。

「**《おまけにタマにも、もじゃもじゃ草が生えてきた！》**」少女が大きな声を張りあげた。笑いでびりびりと震えている声だった。

ベッキーは、中身が空《から》になって垂れ落ちた水袋めいた自分の腹をぎゅっとつかみ、目を閉じて頭を垂れ、痛みが楽になるのを待った。そして痛みがごくわずかに軽くなったので目をあけると

↓↑

目の前にカルがいた。夜明けの灰色の光を浴びて、ベッキーを見おろしていた。カルの目は鋭く真剣だった。

「動かなくてもいいよ」カルはいった。「しばらくはね。とにかく休んでいろ。ぼくはここにいる」

カルは上半身裸で、ベッキーの横にひざまずいていた。鳩《はと》の色をした仄暗《ほのぐら》い光のなかで、痩せた胸がやけに青白く見えた。顔は日焼けしていたが——重度の日焼けで、鼻の頭に火ぶくれができていた——それ以外には休息をとって健康そうに見える。いや、それ以上だ。目をきらきらさせ、意気軒昂《いきけんこう》そのものといったようすだ。

「赤ちゃん」そういおうとしても、声は出てこなかった。出たのは、なにかを引っかいたような乾いた音だけだった。だれかが錆びついた錠前を錆びた道具でピッキングしようとしているような。

「のどが渇いてるんじゃないのか？　ああ、まちがいない。さあ。これを手にとって。口に入れるといい」カルはそういうと、自分のTシャツを濡らしてねじった冷たい布をベッキーの口に入れた。あらかじめTシャツに水を含ませ、ねじってロープ状に形をととえていたのだ。

ベッキーは夢中になって水を吸った——腹をすかせて母乳をむさぼる乳児そっくりに。

「よせ。これ以上はやめておけ。でないと具合をわるくするぞ」カルはいいながら、濡れたコットンのロープをベッキーから遠ざけた。残されたベッキーは、バケツに入れられた魚のように口をぱくぱくとさせるばかりだった。

「赤ちゃん」ベッキーは囁いた。

カルがにっこりと笑った――兄のもっとも滑稽な最上の笑顔だった。「すごくかわいい女の子じゃないか？　ちゃんと世話してるさ。完璧な赤ちゃんだよ。オーブンから出したら、ちょうどいい具合に焼きあがってたという感じだね！」

カルは自分の横に手を伸ばし、だれかほかの人のTシャツでくるんだ塊をとりあげた。この屍衣《しい》から青白く見える鼻がちょこんと突きでているのが、ベッキーにも見えた。ちがう、屍衣というのは正しくない。屍衣は遺体をつつむもの。これは産着《うぶぎ》だ。自分はここで、背の高い草に囲まれたこの場所で赤ん坊を産み落とした――新生児を守るかいば桶《おけ》さえ必要のないところで。

カルはいつもどおり、妹の思考と直通回線でつながっているかのような話しぶりだった。「おまえはほんと、小さな聖母マリアじゃないのか？　いつになれば賢者たちがやってくるんだろうな！　賢者たちがどんな贈物をもってくるのか楽しみだよ！」

日焼けした顔にそばかすが散っている少年――左右の目の間隔がわずかにひらきすぎている――が、カルの背後に姿をあらわした。少年も上半身裸だった。赤ん坊をくるんでいるのは、少年が着ていたTシャツかもしれない。少年は膝に両手をついて腰をかがめ、産着にくるまれたベッキーの赤ん坊をのぞきこんだ。

「すごくかわいくないかい」カルは赤ん坊を見せてたずねた。

「食べちゃいたいくらいかわいいよ」少年はいった。

ベッキーは目を閉じた。

↓↓

そしてベッキーは宵闇に車を走らせていた。窓をあけていたので、そよ風が髪を顔から後方へ扇のような形に広げていた。道路を左右からはさんでいるのは背の高い草がつくる草原で、目の届くかぎり遠くにまで伸びていた。このぶんだと、死ぬまでずっと草原のあいだを貫くこの道を走りつづけるのかもしれない。

「草に隠れた女の子」ベッキーはひとり歌った。「通りかかる男の子、かたっぱしからつかまえる」

草はひそやかな音をたてて、空を引っかいていた。

↓↓

おなじ朝の遅い時刻、ベッキーはまたわずかに目をひらいた。

兄のカルは、泥で汚れた人形の片足を片手につかんでいた。人形の足をむしゃむしゃと噛みながら、きらきら輝く愚かしい目に陶酔の光をたたえてベッキーを見つめている。ふっくら肉づきよく見える足は本物そっくりだったが、いささか小さく、おまけに凍りかけた牛乳にも通じる淡いブルーの色を帯びていた。《カル、プラスティックは食べられないわ》そう声をかけようとしたが、とてもこなせない大仕事だった。

トービンという少年はカルの隣にすわっていた。ベッキーに横顔を見せ、手のひらからなにかを舐めとっていた。苺《いちご》のジャムというか、そんなように見えた。あたりには、鼻を刺すにおいが立ちこめていた――あけたばかりの魚の缶詰を思わせた。そのにおいに腹がごろごろと鳴った。しかし力がはいらずに体を起こせず、力がはいらずに言葉を発せず、頭をふたたび地面にもどして瞼を閉じるなり、たちまちベッキーはまた眠りに落ちていった。

今回は夢を見なかった。

どこかで犬が吠えていた――がるるっ・がるるっ。かなづちがふりおろされはじめた。たてつづけに金属音ががんがんと響き、ベッキーに意識をとりもどせと迫ってきた。

唇がかさかさに乾燥して、ひび割れていた。おまけに、またのどが渇いてもいた。のどが渇いていて、おまけに空腹だった。腹部を数十回も蹴られたような感覚があった。

「カル」ベッキーは囁いた。「カル」

「食べなくちゃダメだぞ」カルはそういうと、塩味がする細長い紐のような冷たいものをベッキーの口に押しこめた。兄の指には血がついていた。

ベッキーが多少なりとも正常に近い精神状態だったら嘔吐《おうと》したかもしれない。しかし、甘さをふくんだ塩味がする紐のようなものはおいしく、サーディンに通じる脂《あぶら》っこさもあった。そればかりか、においもサーディンに似ていた。絞ってロープ状にしたカルの濡れたTシャツから水を吸ったように、ベッキーは紐のようなものを吸った。

口に入れられた紐めいたものの正体はわからなかったが、ベッキーがそれを吸っているあいだ、カルはしゃっくりに見舞われていた。ベッキーはスパゲティの要領で紐のようなものを口に吸いこみ、そのまま飲みくだした。えぐみのある苦い後味だったが、それすら喜ばしかった。たとえるなら、マルガリータを飲みおえたあとにグラスのふちに残った塩を舐めたときの味だった。カルのしゃっくりは、むせび泣きながら笑っているようにも響いた。

「その人にもうひと切れ食べさせてあげなよ」カルの肩のむこうから幼い少年が顔をのぞかせて、そう声をかけてきた。

カルは紐のようなものをまたベッキーに食べさせた。「むしゃむしゃ。さあ、このちっこいベビーをごくんとお食べ」

ベッキーは紐のようなものを飲みこむと、ふたたび目を閉じた。

→ ← ← ← ←

次に目を覚ましたとき、ベッキーはカルに背負われて移動していた。頭ががくんがくんと上下に揺れ、一歩進むたびに胃がよじれた。

ベッキーは囁いた。「わたしたち食事をした？」

「ああ」

「なにを食べたの？」

「食べちゃいたいくらいかわいいもの」

「カル、わたしたちはなにを食べたの？」

兄はなにも答えぬまま、海老茶色のしずくが点々と散っている草を横へおしのけ、空地へ足を進めた。空地の中央に巨大な岩があった。岩の横に小さな子供が立っていた。

《あなたはここにいたのね》ベッキーは思った。《あなたを追いかけて、町じゅう駆けずりまわったんだから》

ただし追いかけたのは岩ではない。岩を追いかけることはできない。追いかけていたのはひとりの少女だった。

少女。わたしの女の子。わたしの責任の——

「**わたしたちはなにを食べたの？**」ベッキーは兄を殴りはじめた——しかし手は弱々しく、弱々しかった。「**ああ、なんてこと！　ああ、そんなことって！**」

カルはベッキーを地面におろすと、最初は驚きの、つづいて楽しげな目つきで妹を見つめた。「なにを食べたんだと思う？」そういって少年に視線をむける。少年はにたにた笑いながら、頭を左右にふっていた——とんでもなく笑える大どじを踏んだ人を見ている人がやるように。「ベック……わが妹よ……ぼくたちはただ草をちょっと食べただけさ。草や種子《たね》や、まあ、そんなものを。牛はいつも食べてるじゃないか」

「**《リーズから来た年寄り農夫》**」少年はそう歌うと、口に手をあてがって笑い声を抑えこもうとした。少年の指は真っ赤だった。

「そんなの信じない」ベッキーはいったが、その声は頼りなかった。岩に目をむける。岩の表面には、踊っている小さな棒人間がたくさん彫りこまれていた。たしかに早朝の光で見ると、棒人間は本当に踊っているかのように見えた。理髪店の回転するサインポールの三色の縞模様さながら永遠に立ちのぼりゆく螺旋《らせん》のなかで、気ままに動きまわっているように。

「嘘じゃないよ、ベック。赤ん坊は……元気いっぱいだ。無事だよ。岩に触れれば、おまえにも見える。おまえにもわかるようになる。岩に触れさえすれば、おまえも――」

いいながらカルは少年に目をむけた。

「――救われるんだ！」トービンが大声で締めくくり、ふたりは声をそろえて笑った。

《アイクとマイク》ベッキーは思った。《笑い方だってそっくりだ》

ベッキーは岩に歩み寄って……片手を伸ばし……その手を引っこめた。食べたものは草の味などしなかった。サーディンのような味だった。マルガリータの最後のひと口、甘くて塩からくて苦いあの味に似ていた。それからなにに似ていたかといえば……

《わたしだ。自分の腋の下の汗を舐めたような味だ。あるいは……あるいは……》

ベッキーは金切り声をあげはじめた。しかし力のはいらない腕は片方をカルに、もう一方を少年に押さえられていた。それでも少年の手をふり払うことくらいはできるはずだったが、まだ体の力が抜けたままだった。それだけではなく岩の存在もあった。岩もまたベッキーをこの場に引きとめていた。

「岩に触るんだ」カルが囁いた。「そうすればもう悲しい思いもしなくなる。赤ん坊が元気だということも見える。ちっちゃなジャスティン。あの子は元気どころじゃないくらい元気だ。あの子は大自然にも匹敵する存在だ。ベッキー――あの子は流れてるんだよ」

「ほんと、そうだよ」トービンがいった。「岩に触ってごらん。触ればわかる。触れば、もう二度とここで迷わなくなるよ。草のことも理解できるようになる。あなたは草の一部になる。ジャスティンが草の一部になってるように」

ふたりはベッキーを岩までエスコートした。岩はせわしなくハミングしていた。楽しげにハミングしていた。岩の内部から、これまででも最高にすばらしい輝きが発せられてきた。岩の表面では小さな棒人間の男女が棒の腕を高くかかげて踊っていた。音楽が流れていた。ベッキーは聖書の一節を思った。《すべての肉なる者は草》

そしてベッキー・デムースは岩を抱擁《ほうよう》した。

→

→

→

→

→

唾と乾草《ほしくさ》の梱《こり》につかうワイヤ、それに——おそらく——錆だらけのボディの内側でこれまで吸われてきたもののすべての名残である樹脂《レジン》でつなぎあわされているようなぽんこつの

RVには、総勢で七人が乗っていた。ボディ片側側面に描かれた赤とオレンジ色のサイケデリック模様のなかには、《FURTHUR《ファーザー》》という文字が書いてあった。一九六九年の夏、ケン・キージーとその仲間たちの〈陽気ないたずら者たち《メリー・プランクスターズ》〉がウッドストックに乗りつけたインターナショナル・ハーベスター社製のスクールバスへのオマージュとして、この車にも〝もっと遠く《ファーザー》へ〟のミススペルであるおなじ名を冠したのだった。こちらの車に乗っているのはずっと後年のヒッピー集団で、一九六九年の夏に生まれていたのは最年長のふたりだけだった。

そして、この二十一世紀バージョンの〈陽気ないたずら者たち《メリー・プランクスターズ》〉は、カンザス州コーカーシティの〝世界最大の毛糸玉〟への表敬訪問をすませたばかりだった。そこを出発してから全員で超大量のドラッグをつかっていて、いまは七人全員が腹をすかせていた。教会に〈救い主の黒い岩教会〉を見つけたのは、七人のうち最年少のトゥイスタだった。教会には天を衝《つ》く白い尖塔があったほか、なんともまあ好都合なことに駐車場もあった。

「教会でピクニック！」トゥイスタが、車を運転しているパパ・クールの隣の席で歓声をあげた。さらにトゥイスタはすわったまま上下に飛び跳ねて、オーバーオールの胸あてのバックルをじゃらじゃらと鳴らした。「教会でピクニック！　教会でピクニック！」

ほかの面々も声をあわせた。パパはリアビューミラーごしにママに目顔で問いかけた。ママが肩をすくめてうなずいたのを見て、パパは〈ファーザー号〉を教会の駐車場に入れ、ニューハンプシャー州のライセンスプレートをつけた埃まみれのマツダ車の隣にとめた。〈陽気ないたずら者たち《メリー・プランクスターズ》〉の面々（全員が〝世界最大の毛糸玉〟観光記念のTシャツを着て、スーパーバッド・マリファナのにおいをぷんぷんとさせていた〉は、どやどやとバスから降りた。この〈ファーザー号〉が愛する船だとすれば、最年長のパパとママは船長と一等航海士にあたる。残る五人――メアリキャット、ジープスター、エリナー・リグビー、フランキー・ザ・ウィズ、それにトゥイスタ――は喜んでふたりの命令にしたがい、バーベキューグリルや肉の詰まったクーラーボックス、それに忘れちゃいけないビールを車から降ろしていった。そしてジープスターとザ・ウィズのふたりがグリルの準備をととのえおわったそのとき、一同の耳に最初のかすかな声が届いた。

「助けて！　助けて！　だれか助けて！」

「女の人の声みたいだね」エリナーはいった。

「助けて！　お願い、助けて！　迷っちゃった！」

「あれは女じゃないな」トゥイスタがいった。「小さな子供だよ」

「ずっと遠く」メアリキャットがいった。ドラッグでどうしようもないほどイッちゃった状態だったので、これだけいうのが精いっぱいだった。

パパがママを見た。ママはパパを見返した。ふたりはもうじき六十歳。かなり長いあいだ連れ添っているので、いまではカップルならではのテレパシー能力をそなえていた。

「子供が草原で迷子になったんだね」ママ・クールはいった。

「そして母親が息子の声をききつけ、追いかけて草原にわけいった、と」パパ・クールはいった。

「もしかしたらふたりとも背が低くて、道路への帰り道がわからなくなったのかも」ママはいった。「それでいまは――」

「――ふたりとも迷ってる」パパが締めくくった。

「そりゃまた災難だ」ジープスターがいった。「おれだって前に迷ったことがある。ショッピングモールでね」

「ずっと遠く」メアリキャットがいった。

「助けて！　だれか！」先ほどの女性の声だった。

「あの人たちを助けにいこう」パパがいった。「草原から助けだして、食事をさせてあげるんだ」

「名案だね」ザ・ウィズがいった。「人間味あふれる親切だ。人間味あふれるクソ親切だよ」

　ママ・クールは何年も前から時計とは無縁の暮らしを送っていたが、太陽から時刻を読みとることに長《た》けていた。いまママは細くした目で太陽を見つめ、夕陽で赤くなりつつある太陽と地平線までつづいているらしい草原とのあいだの距離を目で計った。

《人間がやってきて土地を汚《けが》しちまう前のカンザスは、どこもかしこもこういう風景だったんだろうね》ママは思った。

「それはほんとに名案だ」ママはいった。「そろそろ五時半だよ。あの人たちも、お腹がぺこぺこのはずだ。さあて、ここに残ってバーベキューの支度をしたい人は？」

　手をあげる者はひとりもいなかった。みんな空腹だったのは事実だが、それ以上に人助けをする機会を逃したくない気持ちが強かった。最終的には全員が州道七三号線をわたって、背の高い草のなかに足を踏み入れた。

**もっと遠く**《ファーザー》**へ。**

← ← ← ←

# 解放

白石 朗［訳］

# YOU ARE RELEASED

## グレッグ・ホルダー（ビジネスクラス）

ホルダーが三杯めのスコッチを飲み、隣席に有名人の女性がすわっているにもかかわらず冷静にふるまっているそのとき、キャビン内の全スクリーンがいったん暗くなり、つづいて白い大文字でメッセージが表示される――《まもなく大事なご案内があります》。

機内スピーカーから雑音が出てくる。パイロットは若者の声――それも、葬儀で列席者に挨拶をする心もとなげなティーンエイジャーの声をしている。

「ご搭乗のみなさま、機長のウォーターズです。地上チームからメッセージを受けとりました。さまざまな事情を考えた結果、みなさまにこのメッセージをお伝えするのが適切だろうという結論にいたりました。メッセージによれば、グアムのアンダーセン空軍基地においてある種の事象が発生――」

機内放送がいきなり途切れ、不安をかきたてる長い静寂がつづく。

「――したとのことです」ウォーターズは唐突につづける。「またアメリカ戦略軍は、グアム駐留のわが国の軍関係者やグアムの知事室と、いっさい連絡がとれなくなっています。さらに海上からの目撃者による報告では――閃光《せんこう》が見えたということです。ある種の閃光が」

ホルダーは乱気流に見舞われてぎくりとしたときのように、意識しないまま背中をシートの背もたれに押しつける。どういう意味だ、〝閃光が見えた〟とは？　なんの閃光が見えたのか？　世界には閃光なみに一瞬だけ見えるものが掃いて捨てるほどある。若い娘は一瞬だけちらっと足を見せる。大金もちは札びらをわざと一瞬だけのぞかせる。稲妻も一瞬の閃光だ。これまでの一生が目の前を一瞬でよぎっていくこともある。グアムが閃光になる？　島のすべてが一瞬で？

「とにかく、核攻撃だったかどうかを教えて」左隣の有名人女性が、毛並みのいい声、金《かね》と蜂蜜をたっぷりとかけた声で低くつぶやく。

ウォーターズ機長がつづける。「申しわけございませんが、これ以上のことはわかりませんし、いまわかっている事実は……なんというか……あまりにも……」そこまでで機長の声が尻すぼみに消える。

「あまりにも……馬鹿馬鹿しい？」有名人女性がその先につづくべき言葉を提案していく。「それとも、人を落胆させる？　心をかき乱す？　あるいは衝撃的？」

「……不穏なものです」ウォーターズ機長がしめくくる。

「まずまずね」有名人女性はあからさまに不満をにじませる。

「ともあれ、現時点でわたしが把握しているのはこれだけです」ウォーターズ機長はいう。「さらに情報が入手できましたら、随時みなさまにお伝えします。現在この飛行機は高度一万一千三百メートルを飛行中で、予定のコースをほぼ半分飛んだところです。ボストン到着は定刻よりも若干早まる見通しです」

なにかをひっかくような音と鋭い〝かちり〟という音がして、スクリーンにふたたび映画が映されはじめる。ビジネスクラスの乗客の約半数が、おなじスーパーヒーローものの映画を見ている。映画ではキャプテン・アメリカが自身の楯《たて》を――周囲にスチールの刃をつけたフリスビーのように――投げて、ベッドの下から這《は》いだしてきたばかりのようなグロテスクな怪物を一刀両断したところだ。

ホルダーと通路をはさんで反対側の座席に、九歳か十歳ほどに見える黒人の少女がすわっている。少女は母親に目をむけ、よく通る声でこうたずねる。「グアムというのは、正確にいうとどこにあるの？」

少女が〝正確にいうと〟という言葉を口にしたことが、ホルダーには愉快に思える――まるで教師のようであり、子供らしくない言葉づかいだ。

少女の母親が答える。「知らない。たしかハワイの近くだったと思うけど」

母親は娘を見ていない。困惑の表情であちらこちらを見まわしているばかりだ――まるで中空に透明な文字で書きつけられた手引きを――題名は『お子さんと核戦争のことを話すには』といったあたり――読んでいるかのようだ。

「台湾の近くだね」ホルダーは通路に身を乗りだして少女に話しかける。

「韓国のすぐ南」有名人女性がいいそえる。

「あの島には何人の人が住んでいるんだろうな」ホルダーはいう。

有名人女性はぴくりと片眉を吊りあげる。「いまこの瞬間の話？　さっきの報告が正しければ、もう無人島同然になってると思うけど」

# アーノルド・フィデルマン（エコノミークラス）

ヴァイオリニストのフィデルマンは、すこぶる愛らしくて、いまはすこぶる気分がわるそうな顔つきを見せている隣席の若い女が韓国人ではないか、と思っている。女がイヤフォンをはずすたびに——客室乗務員と話をするため、あるいはつい先ほどの機内アナウンスをきくために——女のサムスンからKポップらしき音楽が流れているのがきこえるからだ。フィデルマン自身、かつて韓国人の男と恋愛関係にあった——十歳年下でコミックスが大好き、ヴァイオリンはいささか荒けずりだが演奏の腕はすばらしく、ある日ボストンの地下鉄、レッドラインに飛びこんで自殺した。恋人の男の名前はソー——〝そういうも《ソー・イット・》のだ《ゴーズ》〟や〝かくしてこうなった《ソー・ゼア・ウィ・アー》〟とか〝かわいいだれそれさん《リトル・ミス・ソー・アンド・ソー》〟とか〝それでわたしはな《ソー・ホワット・ドゥー・》にをすればいい《アイ・ドゥー・ナウ》？〟といった言いまわしにつかわれる英語の〝ソー〟という単語とおんなじ。ソーの吐息はいつでもアーモンドミルクのように甘い香り、目はいつも恥ずかしげ、おまけに、いつも自分の幸せにとまどっていた。フィデルマンは同性の恋人のソーが幸せだとずっと思いこんでいた——ソーが五十二トンの重量をもつ地下鉄の先頭車輛《しゃりょう》の前に、バレエダンサーのようにひらりと飛びこんだその日まで。

フィデルマンは若い女を落ち着かせてやりたかったが、同時に不安を感じているところを邪魔したくはない。ひとしきり、言葉をかけるとすればなにを話すべきかを内心で思案したあげく、そっと女の肘を小突く。女がイヤフォンを耳から外すと、フィデルマンはこう話しかける。

「飲み物でもどうかなと思って。コークがまだ半分残っているんだ――いや、口はつけてない。大丈夫、汚くないよ。ぼくはずっとグラスに注いで飲んでいたからね」

女は怯《おび》えたような淡い笑みを見せる。「じゃ、遠慮なく。胃がぎゅっと固まってしまったみたいで」

女は缶を手にとると、ひと口飲む。

「胃の調子がわるいときには炭酸が効くんだよ」フィデルマンはいう。「前々からのぼくの口癖があるんだ――ぼくが死の床《とこ》についたら、この世界を去る前に最後に飲みたいのは冷えたコカ・コーラだってね」

他人にむかって数えきれないくらい披露してきた言葉だが、いまばかりは口にしたとたん撤回したい気持ちになる。いまの情況を思うなら、不適切そのものの発言だ。

「あっちに家族がいるの」女はいう。

「グアムに？」

「朝鮮半島に」女はいい、また神経質な笑みをフィデルマンにむける。機長は先ほどのアナウンスで韓国についてはまったく触れなかったが、過去三週間CNNを見ていた人なら、なにがどうなったかはわかる。

「家族がいるのはどっちの国なんだ？」通路をはさんで反対にすわっている大柄な男がた

ずねる。「善玉の国か？　それとも悪玉か？」

大柄な男は見るだけで不愉快になる赤のタートルネックを着ていて、それがハネデューメロンのような顔の白っぽい色あいを引き立たせている。贅肉《ぜいにく》が座席からはみでて垂れているほどの大柄な男だ。隣にすわっている女性——黒髪で、たとえるなら近親交配などを過剰にくりかえした結果のグレイハウンドのような張りつめた雰囲気をただよわせている——は、窓のほうに体を押しつけられる格好だ。男が着ているスーツの襟にはエナメル製のアメリカ国旗のバッジがある。すでにフィデルマンは、自分がこの男とは友人になれないとわかっている。

若い女は大男に驚いた顔をむけ、スカートの腿のあたりの皺《しわ》を伸ばしながら、「南の韓国よ」と答え、善と悪の対立という男の構図には乗らない。「つい先日、兄が済州島《チェジュとう》で結婚式をあげたの。で、わたしはいま学校にもどろうとしているところ」

「どこに通っているのかな？」フィデルマンはたずねる。

「ＭＩＴ」女はマサチューセッツ工科大学の略称を口にする。

「あの難関にきみが入学できたなんて驚きだ」大男はいう。「あの学校は入学者の割当て枠を埋めるのに、市街中心部のスラム街あたりから、本来なら入学資格のない若者をあつめて入学させてる。つまり、あんたみたいな連中の居場所はどんどん減っているわけだ」

「〝あんたみたいな連中〟だって？」フィデルマンはたずねる——意図的に言葉を区切り、ゆっくりとした口調で。あんた・みたいな・連中？　ゲイとして生きてきてかれこれ五十年という歳月で、フィデルマンが教えられたことがある——この手の発言を黙って受け流すのはまちがいだ、ということだ。

大男は恬《てん》として恥じないようすだ。「入学資格のある人たちという意味だよ。努力して資格を得た人たち。計算がきっちりできる人たち。数学というのは、安物のバッグを買うときの釣り銭の計算とは比較にならないほどむずかしいぞ。模範的な移民社会は、こうした入学者割当て枠の皺寄せを食らってる。とりわけ東洋系はね」

フィデルマンは笑い声をあげる——張りつめた鋭い笑い声、相手の話をまったく信じていない気持ちもあらわな笑い声だ。しかしMITの学生である女は目をつぶって静かにしている。フィデルマンは大男に黙れと一喝してやろうと口をひらき、またその口を閉じる。派手な諍《いさか》いを起こすのは女のためにならない。

「さっきの話はグアムだよ。ソウルじゃない」フィデルマンは女にいう。「それに、向こうでなにがあったのかはまだわからない。発電所の爆発事故とかかもしれないぞ。それなら通常の事故の範囲で、いわゆる——大惨事のレベルじゃないよね」大惨事と口にする前にまず頭に浮かんだ単語は〝ホロコースト〟だ。

「放射性物質をまき散らす〝汚い爆弾《ダーティ・ボム》〟だ」大男がいう。「百ドル賭けてもいい。おれたちがロシアであいつを間一髪で仕留めそこなった件で、あいつが怒り狂ったんだろうよ」

〝あいつ〟というのは、北朝鮮こと朝鮮民主主義人民共和国の最高指導者のことだ。少し前に最高指導者が、北朝鮮とロシアの国境にあるハサン湖のロシア側を国賓《こくひん》として訪問したさい、何者かが狙撃による暗殺をたくらんだという噂が流れている。そればかりか、いずれも裏づけはとれていないが、肩に被弾したという噂や膝に被弾したという噂があり、弾丸は狙いをそれたという噂もある。隣に立っていた外交官が撃たれて死亡したという噂もある。最高指導者の替え玉のひとりが射殺されたという噂もある。インターネットを信じるなら、暗殺の実行犯は反プーチンの無政府主義者《アナーキスト》か、AP通信の取材記者をよそおったCIAの工作員か、はたまたエクストラ・バリュー・ミールという〈マクドナルド〉のメニューめいた名前のKポップスターらしい。アメリカ合衆国の国務省と北朝鮮のメディアはいずれも、最高指導者のロシア訪問中は一発の発砲もなかったし、暗殺のくわだてもいっさいなかった、と発表した——きわめて珍しいことに両者の見解が一致したのだ。そしてこの事件の経緯を追いつづけていた人々の例に洩《も》れず、フィデルマンもこの発表は、じっさいには最高指導者に死の危険が間近まで迫ったという意味だろうと解釈していた。また、いまから八日前に日本海を哨戒《しょうかい》中のアメリカ軍潜水艦が、北朝鮮がテスト発射したミサイルを北朝鮮の領空で撃ち落とすという事件も起こっていた。北朝鮮政府のスポークスマンはこれを戦争行為だと非難し、報復を確約した。いや、そうではない。スポークスマンはあらゆるアメリカ人の口に灰を詰めこむと誓ったのだ。最高指導者その人は沈黙したままだった。起こらなかったとされている暗殺未遂事件以降、最高指導者は人前にいっさい姿をあらわしていない。

「彼らだってそこまで愚かなはずはないな」フィデルマンは韓国人の女をあいだにはさんだまま、大男にそう声をかける。「どんな結果を招くかを考えるといい」

小柄で黒髪、針金のように痩《や》せた例の女性は、忠実な臣民のように誇らしげな目で大男を見つめている——それを見てフィデルマンはふいに、女性が個人空間《パーソナルスペース》に大男の贅肉の侵入を許している理由を理解する。ふたりは連れあいだ。あの女性はこの男を愛している。崇拝さえしているのかもしれない。

大男は落ち着き払った声で答える。「百ドル賭けるよ」

## レナード・ウォーターズ（操縦席《コックピット》）

　旅客機はいまノースダコタ州上空を飛行中だが、機長のウォーターズに見えているのは起伏をくりかえして地平線まで広がる広大な雲海だけだ。ウォーターズはノースダコタに行ったことがないし、どんな土地かを想像しても、頭に浮かぶのは、古くなって錆《さび》ついた農器具や俳優でミュージシャンのビリー・ボブ・ソーントン、それに穀物貯蔵用サイロの物陰でこそこそとおこなわれる男色行為などばかり。無線ではミネアポリスの管制官が一機のボーイング737にむけ、高度を一万一千メートルに、速度をマッハ〇・七八にあげるよう指示している。

「グアムに行ったことはある？」副操縦士が無理をして明るい声を出す。

　ウォーターズが女性の副操縦士と組んだのは今回が初めてで、まともに顔を見ることもできない――とにかく、この世の人とも思えないくらいの美女だ。雑誌の表紙モデルになってもおかしくないほどのルックスだ。顔をあわせたのはフライトの二時間前、場所はロサンジェルス国際空港の会議室だったが、その瞬間までウォーターズに知らされていたのは副操縦士のブロンソンという苗字だけだった。そこでてっきり、昔の映画〈狼よさらば〉の主演男優めいた男を想像していたのだ。

「香港には行ったことがあるよ」ウォーターズは内心、ブロンソン副操縦士がこれほどの美人でなければよかったと思いつつ答える。

ウォーターズは四十代なかばだが、見た目はまるで十九歳。ほっそりした体格で赤毛を短く刈りこみ、顔にはそばかすがつくる地図がある。つい先日結婚したばかりで、まもなく父親になる予定――大きなお腹をした妻の写真が、いまも計器盤にとめてある。妻以外の人に心を惹《ひ》かれてしまいたくはない。それどころか、視線がうっかり美しい女性にむいただけでも恥ずかしくなる。その一方、美しい女性に冷淡に接したり、堅苦しく接したり、あるいはよそよそしく接したりしたくはない。自分の航空会社が前よりも女性パイロットを増やしていることには社員として誇りを感じていたし、その方針に賛意を表して支援もしたい。美女はひとりの例外もなく、ウォーターズの魂にとって試練そのものだ。

「あとはシドニー。台湾。でもグアムは行ったことがないな」

「以前はよく、グアムのファイファイビーチで友人たちとフリーダイビングをしてたの。いっぺん、ツマグロっていう小型の鮫《さめ》に触れそうなほど近づいたこともある。こうやって飛行機を飛ばすこと以上に楽しいのは、裸でのフリーダイビングだけね」

〝裸〟の一語が、いたずらブザーを隠した相手とうっかり握手したときのような電撃めいたショックをウォーターズの体に走らせる。それが最初の反応。つづく二番めの反応は――この女性パイロットがグアムを知っているのも当然だ、という思いだ。このケイト・ブロンソンは海軍出身、飛行機の操縦も軍で身につけた。横目でブロンソンをちらりと見たウォーターズはショックをうける。副操縦士の睫毛《まつげ》に涙がのぞいているからだ。

ケイト・ブロンソンはウォーターズの視線に気がつき、いびつな笑みを気恥ずかしげに浮かべる——口もとがほころんで、二本の前歯のあいだの細い隙間がのぞく。ウォーターズは、首から認識票を下げている丸刈りのブロンソンを想像しようとする。そうむずかしくはない。雑誌の表紙モデルになれそうなルックスのよさだが、その下にわずかながら野性的な雰囲気があるばかりか、しなやかな強靭《きょうじん》さや無鉄砲な性格をもうかがわせている。

「わたしったら、なんで泣いてるんだろ。グアムにはもう十年も行ってないし、そもそもあの島には友だちだってひとりもいないのに」

ウォーターズはこんな場合に口にできそうな慰めの言葉をいろいろ考え、考えつくたびに頭のなかで却下する。きみが思っているほど悲惨じゃないかもしれないぞ——そんな言葉をかけるのは気配りでもなんでもない。なんといっても、おそらく想像以上に悲惨な現実になっているはずのいまは。

ドアにノックの音がする。ブロンソンがさっと立ちあがって手の甲で目もとをぬぐい、ドアスコープから外をのぞいて解錠する。

はいってきたのはヴォーステンボッシュ——ぽっちゃりした体形で女性的なところのある主任客室乗務員の男だ。波打つブロンドの髪と小うるさい性格のもちぬしで、レンズのぶあつい金縁眼鏡《めがね》の奥には金壷眼《かなつぼまなこ》。しらふのときには冷静でプロ意識旺盛、くわえて知識をひけらかすところがあり、酒に酔うと毒舌全開のゲイっぽさで周囲を楽しませる。

「で、だれかがグアムに核爆弾を落としたのかな？」ヴォーステンボッシュは前置きぬきでたずねる。

「地上クルーからは、現地といっさい連絡がつかないこと以外、なにも知らされてないよ」ウォーターズは答える。

「で、それを具体的にいうとどうなる？」ヴォーステンボッシュはたずねる。「こっちは飛行機まるまる一機分の不安でいっぱいの乗客の相手をしなくちゃいけないのに、話してきかせる材料がひとつもないんだぞ」

首をひょいとすくめて天井の操作盤をやりすごそうとしたブロンソンが、頭をごつんとぶつけて、席にもどる。ウォーターズは見なかったふりをする。同時にブロンソンの両手がふるえていることも、見えなかったふりをする。

「具体的にいえば――」ウォーターズは話しはじめるが、そこで警告音が鳴り、ZMP――ミネアポリス航空路管制センターの管理空域――を飛行中の全航空機へむけて、管制官のメッセージが流れはじめる。ミネアポリスからの声は妙に淡々としていてなめらか、かつよどみない。どの地方が高気圧かということ以上に重要な話はないとでもいいたげな口調。彼らはそのような口ぶりで話す訓練をうけている。

「こちらはミネアポリス航空路管制センター。この周波数を受信中の全航空機に、これより最高優先度の指示を伝える。アメリカ戦略軍よりわれわれに、サウスダコタ州エルズワース空港からの作戦行動の都合上、この空域をあけわたすようにという指示が寄せられた。これより当管制センターはすべての航空機にあてて、最寄りの空港への着陸を指示する。くりかえす、当管制センターはZMPを飛行中の商用航空機、および娯楽用航空機すべての着陸誘導を開始する。どうか今後も注意を絶やさず、当方の指示がありしだい即座に反応できるよう準備をととのえておいていただきたい」ここでいったん雑音が混じる。ついで心底からの後悔がにじんでいるようにきこえる声で、ミネアポリスがこういい添える。「みなさんにご迷惑をかけて申しわけない。ただしきょうの午後、アメリカ政府《アンクル・トム》はまったく想定外の世界大戦のために空を必要としているんだ」

「エルズワース空港?」ヴォーステンボッシュがいう。「いったいエルズワース空港になにがあるというんだ?」

「アメリカ空軍第二八爆撃航空団」ブロンソンが頭をさすりながら答える。

ヴェロニカ・ダーシー（ビジネスクラス）

飛行機が方向転換のため、かなりの急角度にまで機体を傾ける。ヴェロニカ・ダーシーがまっすぐ下を見下ろすと、窓の真下に皺だらけになった羽根ぶとんのような雲が見える。キャビンの反対側の窓から、まばゆい日光が何本もの柱になって機内に突き刺さってくる。隣席にすわる顔だちのととのった酒飲み男――ひたいに黒髪がひと房だけ、まるではぐれたように垂れているところがケイリー・グラントやクラーク・ケントを思わせる――が、おそらく無意識にだろう、座席の肘掛けを力いっぱい握っている。飛行機ぎらいの乗客なのか、ただ酔っているだけか。なにせ、旅客機が巡航高度に達するなり、最初のスコッチに口をつけていたほどだ――それがいまから三時間前、午前十時を少しすぎたころだった。

スクリーンが暗くなり、また《まもなく大事なご案内があります》とのメッセージが表示される。ヴェロニカは目を閉じ、集中して言葉を耳に入れるようにする――ちょうど最初の読み合わせの席で、役者たちが初めて台本を声に出して読むところを真剣にきいているように。

ウォーターズ機長（ボイスオーバー）

ご搭乗のみなさまに、ここであらためて機長のウォーターズよりご案内いたします。さきほど航空路管制センターより予期せぬ要請がありました。進路を変更してノースダコタ州ファーゴへむかい、ヘクター国際空港に着陸せよというものです。わたしたちはこの空域を明けわたすように要請されています。それも即座に――

（不穏な間をはさんで）

――というのも、軍事行動がおこなわれるからです。グアムで起こったとされるある種の事象が、その……きょう、空を飛んでいる人々すべてに……影響をおよぼしているようです。いたずらに不安になる必要はありませんが、当機は着陸を余儀なくされます。ファーゴ着陸は四十分後を予定しています。さらなる情報を入手し次第、みなさまにお知らせいたします。

（間）

わたしからも遺憾の意を表明いたします。こんな午後を迎えることを、わたしたちのだれひとり望んでいませんでした。

映画なら、機長がこれから思春期最悪の事態をくぐりぬけようとしている十代の少年のような声であるはずはない。もっと声が渋く、いかにも権威を感じさせる声音《こわね》の役者をあてるはずだ。ヒュー・ジャックマンあたりか。あるいは博識な人物の雰囲気が欲しければ――そして学識をオックスフォードあたりで得たとほのめかしたければ――イギリス人の役者を起用するところだ。デレク・ジャコビあたりがいい。

ヴェロニカはもうかれこれ四十年、おりおりにデレクと共演してきた。実の母親が亡くなった日の夜、デレクはヴェロニカを舞台裏で抱きしめて、心を落ち着かせる穏やかな話しぶりで、その日も舞台に立てとヴェロニカを説得してくれた。四十分後、ふたりはともにローマ人の扮装《ふんそう》で四百八十人の観客の前に立った。その晩のデレクの演技はすばらしく、ヴェロニカの演技も秀逸そのものだった。その夜ヴェロニカは、自分はなにがあっても演技をやりぬけると学んだ――だから、いまの事態でも最後まで演技をやりぬけるはずだ。すでに内面はずいぶん冷静になっているし、あらゆる懸念や憂慮はすでに手放した。あらかじめ決めて演技するのではない感情をおぼえるのは何年ぶりだろうか。

「わたくしね、あなたがずいぶん早くからお酒を飲みはじめたなと思っていたの」ヴェロニカは隣席の男性客にいう。「でも結局、わたくしが飲みはじめたのが遅すぎたみたいね」

そういうとヴェロニカは昼食といっしょに出された小さなプラスティックのコップを手にとり、「乾杯」といってワインをあける。

隣席の男はくつろいだ雰囲気の愛らしい笑みをヴェロニカへむけ、「ファーゴに行ったことはないんです――ドラマのほうの〈ファーゴ〉は見てましたが」といってから、いぶかしげに目を細める。「そういえば〈ファーゴ〉に出演していませんでしたか？　お見かけしたような気がするな。ドラマのあなたは法医学関係者で、ユアン・マクレガーに絞め殺される役だったのでは？」

「いいえ、あなたの勘ちがい。そのドラマは〈殺人契約〉。道具をつかってわたくしの首を絞めたのはジェイムズ・マカヴォイよ」

「ああ、そうでした。あなたがドラマで死んだことは覚えてたんですが。役の上では何度も死んだのではないですか？」

「ええ、それはもうしょっちゅう。前に映画でリチャード・ハリスと共演したことがある――そのときリチャードったら、わたくしを蠟燭《ろうそく》立てで殴り殺すシーンを撮影するのに丸一日もかかってしまって。セットを五回も組みなおして四十テイクも撮影したのよ。かわいそうなリチャード、撮影がおわったら息も絶えだえだったっけ」

隣席の男がぎょろりと目を剝いたので、この男があの映画を見ているばかりか、ヴェロニカの役柄を覚えていることもわかる。出演したのは二十二歳のときで、大げさではなく、ほぼすべてのシーンで裸だった。ヴェロニカは娘からこんな質問をされたことがある。「ねえ。ママが服を発見したのは、正確にいうといつ？」

ヴェロニカはこう答えた。「おまえが生まれた直後よ、ダーリン」

娘は映画に出てもおかしくないほどの美形だが、映画には出ずに帽子づくりをなりわいにしている。娘のことを思うと、ヴェロニカの胸は喜びにきゅっと痛む。あれほど正気そのもの、あそこまで陽気で、しっかり地に足をつけた娘は、ヴェロニカにはもったいないくらいだ。わが身をふりかえると――自分自身の身勝手さや母親としての子育てへの無関心さ、そして女優の仕事を最優先していたことを考えなおすと――人生で自分のもとにあんなにすばらしい人間がやってきたのは不可能事だったとしか思えない。

「ぼくはグレッグ」隣席の男がいう。「グレッグ・ホルダーです」

「ヴェロニカ・ダーシーよ」

「どんな用向きでロサンジェルスにいらしたんです？　お仕事で？　それともご自宅があるとか？」

「世界の終末を迎えるためにロサンジェルスに行く必要ができたの。わたくしが演じるのは荒野に住む老賢者。ええ、たぶん荒野になるのでしょうね。わたくしに見えているのは特撮合成用の緑一色のスクリーンだけ。できたら本物の世界の終末は、せめてこの映画が完成して世に出るまで待っていてもらいたい。待っていてくれると思う？」

グレッグは窓外の雲の景色に目をやる。「ええ、もちろん。北朝鮮ですよね——中国ではなく。だいたいあの国に、アメリカ本土を攻撃できる武器があるんですか？　ぼくたちに世界の終末は来ない。連中のところには来るかもしれませんが」

「北朝鮮には何人の人が住んでるの？」その声は通路の反対側の席にすわっている少女、こっけいなほど大きな眼鏡をかけている少女のものだ。少女はこれまでふたりの会話に真剣にききいっていて、いまは大人を思わせるしぐさで通路に乗りだしている。

母親はグレッグとヴェロニカに引き攣《つ》った笑みをむけ、娘の腕をそっとたたく。「ほかのお客さまの邪魔をしてはいけませんよ」

「邪魔なものですか」グレッグはいう。「ぼくもほんとの答えは知らない。でもたくさんの人たちが農場に住んでいたり、田園地帯に広く散らばって住んでたりするんじゃないかな。大きな街はひとつしかなかったはずだ。なにがあっても、あっちに住んでいる大多数の人は無事だと思うよ」

少女は自分の座席にすわりなおし、いまの答えに考えをめぐらせ、すわったまま体をひねって母親に耳打ちをする。母親はぎゅっと目をつぶって頭を左右にふる。あのお母さんは自分がいまも娘さんの腕を軽く叩きつづけているのを意識しているのだろうか――そうヴェロニカはいぶかる。

「おなじ年ごろの娘がいるんですよ」グレッグはいう。

「わたくしには、あなたとおなじ年ごろの娘がいるわ」ヴェロニカはそう教える。「娘は世界でもわたくしがいちばん好きなものなの」

「ええ。ぼくもおなじです。あ、自分の娘のことですよ――あなたの娘さんではなく。さぞやすばらしい娘さんなのでしょうね」

「では、あなたは娘さんの待つご自宅へむかっているの？」

「ええ。妻から電話で、出張を予定よりも早く切りあげてくれといわれましてね。妻はフェイスブックで出会った男にすっかり熱をあげていて、その男と会うためにトロントまで車で行きたいから、ぼくには早く帰って娘の世話をしろといってきたんです」

「まあ、そんなことを。本当に？　兆《きざ》しのようなものはなかった？」

「妻が妙に長いことネットを見ているなと思ったことはありますが、公平を期していっておくなら、向こうは向こうでぼくが飲んだくれるのに時間を割きすぎだと思ってました。たぶん、ぼくはアルコール依存症でしょう。だったら、手を打つべきなのかもしれません。まあ、とりあえず第一歩としてこいつを片づけましょう」そういってグレッグは残っていたスコッチを飲み干す。

ヴェロニカは離婚を——二回——経験しているし、これまでずっと自分こそが家庭破壊の第一の原因であることを痛いほど意識してもきた。自分の素行のわるさや、ロバートとフランソワーズを自分がどれだけ悪用したかを思うと、いたたまれない気分と自分への怒りを感じる。そのため妻から不当なあつかいをうけた隣席の男性に、いま心の底から同情と連帯の気持ちをさしのべたい。どれほど些細《ささい》でも、かつての罪ほろぼしができるいい機会ではないか。

「本当にお気の毒。そんな恐ろしい爆弾をいきなり落とされるなんて」

「ね、いまなんていったんです？」通路をはさんだ席の少女が、ふたたびふたりにむかって身を乗りだしてたずねる。眼鏡の奥の深みのある鳶色《とびいろ》の目はまばたきをすることがないようだ。「わたしたち、あっちの国の人たちに核爆弾を落とすんですか？」

少女の口調からは恐怖よりも好奇心が感じられるが、母親のほうはとり乱したように、ひゅっと鋭く息を吸いこむ。

グレッグは今回も少女にむかって身を乗りだし、いかにも親切そうでありながら皮肉っぽい感じもどこかにある笑みを顔に貼りつけていて、それを見たヴェロニカは唐突に自分が二十歳若ければよかったと思う。二十歳若ければ、こんな男にお似あいの女だったかもしれない。「ぼくは軍隊がどういう手をつかえるのか、くわしくは知らないんだ。だからはっきりしたことはいえない。でも——」

グレッグが言葉をしめくくる前に、神経をずたずたに切り裂かんばかりの音波の雄叫《おたけ》びが旅客機のキャビンに響きわたる。

すぐ近くを一機の飛行機がすさまじいスピードで飛び去っていく。さらにおなじ飛行機が二機、縦にならんで飛んでいく。そのうち一機は左主翼と目と鼻の先を通過していく――あまりの近さに、コックピットの男の姿がヴェロニカにもちらりと見えるほどだ。男はヘルメットをかぶり、呼吸を補助する道具らしきものを顔に貼りつけている。飛び去っていった三機は、いま一同を東へ運んでいるボーイング777とは似ても似つかない……三機はいわば堂々たる鉄の鷲《わし》、灰色に艶光《つやびか》りする鉛の弾丸の先端だ。至近距離を通過していく三機の余波で、旅客機の機体がふるえる。乗客がてんでに悲鳴をあげ、おたがいの体にしがみつく。乗客たちは、旅客機の針路を横切った爆撃機三機が発する強烈な打撃めいたエンジン音を自身のはらわたや下腹部で感じる。ついで三機は、まばゆい青空に純白の飛行機雲の筋を引きながら飛び去っていく。

あとに残されたのは、衝撃と動揺がもたらす静寂だ。

ヴェロニカ・ダーシーがグレッグ・ホルダーに目をむけると、グレッグがプラスティックのコップを壊してしまったことがわかる――強く握りしめて粉々に砕いてしまったのだ。グレッグもほぼ同時に自分がなにをしたかに気づいて笑い声をあげ、コップの残骸を肘かけに置く。

それからグレッグはまた少女に顔をむけると、発言が中断されたこともなかったかのように答える。「でもいろんな兆候を見ると、答えは〝イエス〟のようだね」

## サンディー・スレイト（エコノミークラス）

「B‐1だ」愛する夫が、ゆったりとくつろいだ口調、まるで楽しんでいるような口調で教えてくれる。「超音速爆撃機で愛称はランサー。以前は搭載量いっぱいの核爆弾を積んでいたが、〝黒人イエスさま〟ことだれかさんが片づけさせた。それでも、平壌《ピョンヤン》にいる犬を一頭残らずこんがり焼けるだけの爆弾は積んでる。考えれば笑える話だな——北朝鮮で犬をこんがり焼いてほしければ、ふつうはレストランに予約をしないといけないはずなのに」

「国民が立ちあがるべきだったのよ」サンディーはいう。「チャンスはあったのに、なぜ立ちあがらなかったの？　まさか、あの人たちが強制収容所を望んでいた？　あの人たちが飢えたがっていたの？」

「それこそ、われわれ欧米人の精神構造と東洋人の世界観のちがいだね」ボビーはまたアジア人とはいわずに、古い言い方をする。「向こうでは個人主義が異常だとみなされるんだ」声を殺して、こういい添える。「彼らの考え方には蟻《あり》の集団を思わせるところがあるね」

「お話し中失礼」アジア人の若い娘の隣、三つならんだ座席のまんなかにすわっているユダヤ人が声をかけてくる。ひげもたくわえていないし、耳の脇に長い巻毛を垂らしてもいないし、礼拝時に男子がつかう肩衣《タリース》をかけてもいないが、ユダヤ人であることは一目瞭然だ。「恐縮だが、もう少し低い声で話をしてもらえないかな。わたしの隣の人が心穏やかでないのでね」

ボビーは声を落としていたが、たとえ静かにしようとしていても大声になりがちだ。そのことで夫婦がトラブルに引きこまれるのも初めてではない。

ボビーがいう。「その子が不安に思う道理などありゃせん。あしたの朝になれば、韓国はようやく非武装地域の先にいるサイコパス連中のことを心配しなくてもよくなる。ばらばらになっていた家族もまたひとつになれる。まあ、ひとつになれる家族もいるって話だ。あいにく大型高性能爆弾《クッキー・カッター・ボム》には、軍人と民間人を区別する能力はそなわってないしな」

ボビーは二十年にもわたってニュース番組内でいくつものコーナーを放送局に提供してきた人間ならではの、さりげなく断言する口調で話しつづける。ちなみにその放送局は地方テレビ局を七十社ばかり所有し、主流派マスコミの偏向報道から解き放たれ、人の心を騒がせるようなコンテンツに特化している。ボビー本人はイラクとアフガニスタンに行ったことがある。エボラ出血熱の大流行のさなかにリベリアにおもむき、この病気のウイルスをISISが武器として利用する計画を立てているというニュースの取材にたずさわりもした。ボビーはなにごとも恐れない。どんなことにも動揺しない。

かつてサンディーは未婚の妊婦だった。両親に家を追いだされ、ガソリンスタンドでアルバイトをしながら、シフトの合間に商品倉庫で眠っていた。そんなある日、ボビーが

〈マクドナルド〉のエクストラ・バリュー・ミールを奢《おご》ってくれて、お腹のなかの子の父親がだれだろうと自分は気にしないといった。いざ生まれたら、わが子同然にかわいがるだろうと。サンディーはすでに中絶手術の予約を入れていた。ボビーは静かで落ち着いた口調でサンディーを説得した——いっしょに来てくれたら、きみとお腹の子供の両方に不自由のない楽しい暮らしを提供する、しかし予定どおり中絶クリニックへ車で行くのなら、きみは子供を殺すだけにとどまらず、自分の魂もうしなうんだぞ、と。そこでサンディーはボビーとともに行き、そのあとはなにもかもがボビーの話していたとおりになった。ボビーはサンディーを誠心誠意愛し、最初からサンディーを敬慕した——ボビーはサンディーにとって奇跡だった。聖書のいう〝パンと魚〟のような現世の利益がなくても、ボビーを信じるには充分だった。ボビーだけがいればよかった。ときおりサンディーはこんな幻想に耽《ふけ》った——ある日、女性平和団体のコードピンクのメンバーとか、あるいはバーニー・サンダーズ支持者のようなリベラルがボビーを暗殺しようとしたら、ボビーと銃のあいだに立ちはだかり、みずからの体で銃弾を受けとめよう。ボビーのために身をなげうって死ぬことが、かねてからの夢だった。自分の口にあふれる自分の血の味を感じながら、ボビーにキスをすることが。

「電話があればいいのに」美しいアジア人の女性客が藪《やぶ》から棒にいいだす。「電話のついている飛行機もあるでしょ？　とにかく——だれかに電話をかける手だてがあればいいのに。さっきの爆撃機はいつごろあっちに着くの？」

「たとえ飛行中の航空機から電話をかけられたとしても——」ボビーがいう。「相手と話すのは至難のわざだろうね。アメリカ政府がまずまっさきにとるはずの対応は、あの地域との通信の遮断だ——遮断するのは朝鮮民主主義人民共和国だけじゃない。アメリカ政府としては、韓国にいる工作員たちの組織が——いわゆる〝潜入工作員《スリーパー》政府〟が——北と足なみをそろえて反撃してくる危険な可能性を無視できないからね。さらに、いまこの瞬間は朝鮮半島に家族や親戚のいる人々がいっせいに電話をかけているはずだ。9・11同時多発テロ当日にマンハッタンに電話をかけるようなものだな。まあ、今回やられるのは連中の番だが」

「連中の番？」ユダヤ人男がいう。「連中の？　ひょっとして、ワールドトレードセンターの南北のタワーが崩落した原因が北朝鮮にあるという報告が出たのに、わたしが読みのがしたのかな？　てっきり、あれはアルカイーダのしわざだと思っていたが」

「北朝鮮はアルカイーダに何年も前から武器や情報を売っていたんだよ」ボビーは男に教えてやる。「すべてがつながっているんだ。北朝鮮はもう何十年も前から、〈打倒アメリカ熱〉とかいう疾病《しっぺい》のナンバーワンの輸出大国だからね」

サンディーはボビーに肩を押しつけて口をひらく。「あるいは〝輸出大国だった〟というべきかも。だっていまその役目は、〈黒人の命を軽く見るな《ブラック・ライヴズ・マター》〉をお題目にしている連中が引き継いでるし」

サンディーのこの言葉は、数日前の夜にボビーが友人たちを前にして口にした発言のくりかえしにすぎない。サンディーにはこれが気のきいた発言に思えたし、自分の自信作といえる発言が他人の口からくりかえされると、ボビーがご満悦になることも知っていた。

「わーお。わーお！」ユダヤ人男がいう。「リアルな場所で、そこまでレイシスト丸出しの発言を耳にしたのは生まれて初めてだ。いままさに数百万人の人間が死のうとしているとすれば、その原因は、あんたみたいな連中が数百万人も束になって、ヘイトまみれの愚かな不適格者をわれらが政府のトップに押しあげたからだね」

若い女は目を閉じてすわりなおし、背もたれに体を押しつける。

「うちの妻がどんな連中だというんだ？」ボビーが片眉をびくんと吊りあげてたずねる。

「ボビー」サンディーが夫に注意する。「わたしなら大丈夫。気にしてないし」

「おまえが気にしているかどうかはたずねちゃいない。おれが知りたいのは、こちらの紳士がどのような人々のことを話題にしているのか、っていうことだ」

ユダヤ人の頬が病的なまでに紅潮している。「どういう連中かというと——冷酷で独善的、おまけに——無知蒙昧《むちもうまい》な連中さ」

ユダヤ人はふるえながら顔をそむける。

ボビーは妻のこめかみにキスをしてから、シートベルトのバックルをはずす。

## マーク・ヴォーステンボッシュ（操縦席《コックピット》）

ヴォーステンボッシュは十分を費やしてエコノミークラスの乗客を落ち着かせてまわり、さらに五分を費やしてアーノルド・フィデルマンの頭からビールを拭きとり、セーターの着替えに手を貸す。それからフィデルマンと喧嘩《けんか》相手のボビーことロバート・スレイトのふたりに、これから着陸までのあいだにふたりのいずれかが座席から離れたら、到着後に空港で即刻ふたりとも逮捕させるからそのつもりで、と申しわたす。スレイトという大柄な男はおとなしく受け入れてシートベルトを締め、両手を膝に置き、落ち着いた顔でじっと前を見ている。フィデルマンのほうは抗議したいようすだ。なすすべもなく体をふるわせているうえ、顔色もかなりわるい。ヴォーステンボッシュが両足を毛布できっちりつつんでやると、ようやく少しは人心地がついたようだ。ヴォーステンボッシュはフィデルマンの座席にむかって体を乗りだしながら、この男にささやきかける。飛行機が着陸したら自分といっしょに報告書を作成し、そのなかでスレイトが言葉による攻撃と実力による攻撃をおこなったむねを記載しよう。フィデルマンは驚きと感謝の目をヴォーステンボッシュにむける——ロバート・スレイトの同類がうようよいる世界で、仲間を気づかいあうふたりのゲイだ。

ついでヴォーステンボッシュもむかつきを感じて洗面所にこもり、気持ちを落ち着ける。機首から尾部にいたるまで、キャビンには反吐《へど》と恐怖のにおいが立ちこめている。子供たちは慰めようもないほど泣きわめいている。祈りを捧《ささ》げている女性をふたりばかり見かけてもいる。

髪をととのえ、手を洗い、深呼吸をくりかえす。ヴォーステンボッシュがかねてから模範としているのは、映画〈日の名残《なご》り〉でアンソニー・ホプキンスが演じた執事だ。あの映画を悲劇だと思ったことはない――むしろ規律を重んじて他者に奉仕しつづけたひとりの人物の生涯を賛美した映画だと思っている。ときおり自分がイギリス人だったらよかったと思うこともある。ビジネスクラスにヴェロニカ・ダーシーが搭乗していることにはすぐ気づいたが、ヴォーステンボッシュのプロ意識は、有名人に気づいたことをあからさまに態度に出すべからずと本人に要求する。

落ち着きをとりもどすと、ヴォーステンボッシュは洗面所から出て操縦席へむかう。ウォーターズ機長に、着陸に先立って空港の警備課への連絡が必要だと伝えるためだ。途中ビジネスクラスで足をとめ、過呼吸を起こしている女性客の手当てにあたる。女性の手をとるなり、ヴォーステンボッシュは最後に祖母の手を握ったときのことを思い起こす――そのとき祖母は柩《ひつぎ》に横たわり、指はこの女性客とおなじように冷えきっていて、命を感じさせなかった。先ほど旅客機のすぐ近くを轟然《ごうぜん》と飛びすぎていった爆撃機のことを思うと――あの勇ましいだけの薄ら馬鹿どものことを思うと――ヴォーステンボッシュはわなわなとふるえるほどの憤《いきどお》りをおぼえる。人間として当たり前の気配りの欠如を前にすると胸がわるくなる。ヴォーステンボッシュは女性客といっしょに深呼吸をくりかえしながら、あと少しでこの飛行機は着陸する、と話して女性をなだめる。

操縦室は日ざしと平穏な雰囲気に満たされている。それも意外ではない。この仕事は一時が万事、危機的事態が発生しても——過去のフライトシミュレイターでもだれひとり予測できなかった種類の事態だが、これこそまさに危機的事態だ——通常の定例業務に、つまりチェックリストと適切な手順の問題に落としこめるように設計されている。

副操縦士は、この機に乗りこむのにランチを入れた茶色い紙袋を持参してきた茶目っけあふれる女だ。副操縦士の左の袖がずりあがった拍子に、ヴォーステンボッシュの目はそこにタトゥーの片鱗《へんりん》をとらえる——手首のわずか上に白いライオンのタトゥー。あらためて副操縦士に目をむけると、その姿のさらに先に見えてきたのはトレーラーハウス団地や麻薬性鎮痛薬《オピオイド》中毒になった兄、離婚した両親、最初の勤め先であるスーパー〈ウォルマート〉、藁《わら》をもつかむ思いで必死に逃げだした先が軍隊だったという現実だ。この副操縦士を好きにならずにいられない——それも当たり前だ。ヴォーステンボッシュ自身も五十歩百歩の子供時代を過ごした——ただし逃げだした先は軍隊ではなく、ゲイとして生きるためのニューヨークだった。先ほど操縦席のドアをあけてくれたとき、この副操縦士は涙を隠そうとした。それに気づいて、心臓をねじられる思いをさせられた。他人の深い悲しみを目《ま》の当たりにすることほど、ヴォーステンボッシュに深い悲しみを味わわせるものはない。

「いまはどんな情況かな?」ヴォーステンボッシュはたずねる。

「十分後に着陸の予定」ブロンソンが答える。

「十分後かもしれない、だ」機長のウォーターズがいう。「ぼくたちの前に半ダースばかりの旅客機が順番待ちをしてるしね」

「世界の反対側からなにか連絡は？」ヴォーステンボッシュは知りたがる。

ひととき、機長も副操縦士も黙っている。ついでウォーターズ機長が当惑もあらわなこわばった口調でいう。「連邦地質調査部は、リヒタースケールでマグニチュード六・三の地震活動がグアムで観測された、と発表したよ」

「二百五十キロトン相当ね」ブロンソンがいう。

「核弾頭か」ヴォーステンボッシュはいう。質問でもなんでもない。

「平壌でもなんらかの事象が発生したみたい」ブロンソンがつづける。「グアムでの事象発生の一時間前、北朝鮮国営テレビの映像がテストパターンに切り替わったって。それから政府高官たちがひとり残らず、わずか数分間でまとめて殺されたという情報もはいってる。つまりいま話題にしているのは宮殿で発生したクーデターなのか、わたしたちの側が思いきった外科手術的な暗殺を複数おこなうことで現体制を倒そうとし、それを相手側がこころよく思っていないという情況なのか、ということね」

「で、ぼくたちになにができるかな？」ウォーターズ機長がたずねる。

「エコノミーで乗客同士の喧嘩騒ぎがあった。ひとりの男が別の男の客の頭にビールをかけて――」

「どうしようもない馬鹿だな」とウォーターズ。

「――とりあえず両者に警告しておいた。それでも、着陸後にファーゴ警察を呼んだほうがいいかもしれない。被害者が正式な刑事告訴を望んでいるようなのでね」

「ファーゴには無線で連絡しておくが、その先は確約できないな。空港が上を下への大騒ぎになるような予感がするんだ。警備の担当者も手一杯だろうし」

「それからビジネスクラスの女性客のひとりがパニック発作を起こした。娘を怖がらせまいとしていたけれど、呼吸困難におちいっていてね。そこでエチケット袋を口にあてがって、そのまま深呼吸をするようにと教えてきた。ただ、着陸後には救急隊に酸素タンクを用意させて女性を迎えてほしい」

「了解。ほかには？」

「それ以外に十件以上のミニ事案が進行中だが、乗務員チームが手分けして当たってる。それとまったく別件がひとつあるみたいだね。どうだろう、あらゆる規則をまっこうから踏みにじることになるが、おふたりはビールかワインの一杯も欲しくはないかな？」

　機長と副操縦士がともにちらりとヴォーステンボッシュをふりかえる。ブロンソンがにやりと笑う。

「あなたの子供が欲しくなっちゃうわ、ヴォーステンボッシュ」ブロンソンはいう。「わたしとなら、とってもかわいい子が生まれるはずよ」

　ウォーターズがいう。「賛成」

「つまり、質問の答えはイエスかな？」

　ウォーターズとブロンソンは顔を見あわせる。

「やめておく」ブロンソンが結論を出し、ウォーターズもうなずいて同意する。

つづいてウォーターズ機長がこういい添える。「ただ、こいつを駐機させたら、すぐにでもきんきんに冷えたドスエキス・ビールを飲みたいね」

「飛行機で空を飛ぶことのうち、わたしがいちばん好きなのはなんだかわかる？」ブロンソンがたずねる。「これくらい高いところまであがると、いつも晴れて日ざしが降りそそいでいること。こんなに晴れわたっているんだから、忌まわしいことなんかぜったいに起こりっこないと思えるほどにね」

そうして三人が雲海の光景をうっとりとながめているそのとき、一同の下に広がる純白のふわふわした雲がつくる床が、いきなり百カ所ばかりで床下から槍《やり》で刺し貫かれる。飛行機の周囲のいたるところで、下方の雲から百本もの白い煙の柱がぐんぐん立ちのぼってくる。まるでマジックを見ているかのよう——雲のなかに棘《とげ》が隠されていて、それが突如いっせいに起きあがったようだ。一拍おいて雷鳴が、同時に乱気流が襲いかかってくる。

機体が蹴りつけられ、上へ叩き飛ばされ、片側に傾く。たちまち計器盤に何十という赤い警告ライトが光りはじめる。金切り声めいたアラーム音が響く。体がふわりと床から浮いたその一瞬、ヴォーステンボッシュはすべてを見てとる。つかのま、パラシュートになったかのように——体がシルクになって空気をいっぱいに孕《はら》んでいるかのように——宙に浮かんだままになる。頭がつんと壁にぶつかる。つぎの瞬間、叩きつけられるように床に落ちる——操縦室の床のトラップドアがいきなりひらき、ヴォーステンボッシュを飛行機の下に広がるまばゆい深みへ突き落とすかのように。

## ジャニス・マンフォード（ビジネスクラス）

「ママ！」ジャニスは叫ぶ。「ママ！　あれ見て！　あれはなに？」

いま大空で起こりつつある事態は、キャビンで発生している事態とくらべても、恐ろしさはいささかもひけをとらない。だれかが悲鳴をあげている——悲鳴がまばゆい銀の糸になってジャニスの脳味噌に刺さり、くねくねと縫うように突き進む。大人たちのあげるうめき声に、ジャニスは亡霊を連想する。

777は左に傾いたかと思うと、突如激しく反対の右に傾く。旅客機は途方もなく巨大な柱がつくる迷宮のなかを、滑るように飛んでいるところだ——たとえるなら、ありえないほど大規模な大聖堂の中庭を囲む柱の多い歩廊《クロイスター》。ジャニスはイングルウッドの地区大会で、〝歩廊《クロイスター》〟という単語のスペルを答えなくてはならなかった（簡単な部類のスペルだ）。

母親のミリーはなにも答えない。白い紙袋を口にあて、一定の間隔で息を吸っては吐いている。母ミリーはこれまで飛行機に乗ったことはなく、それをいうならカリフォルニアから州外へ出たのも初めてだ。そのあたりはジャニスもおなじだが、母親とちがって両方を楽しみに待ちこがれていた。大きな飛行機に乗って空高くへ舞いあがるのが、かねてからの夢だった。いつの日か潜水艦で海中にもぐってみたくもあったが、これについては透明なガラスの船底をもつカヤックで妥協してもいい。

絶望と恐怖のオーケストラが沈んでいって、低い漸次弱声《ディミヌエンド》になる（州の決勝大会ではこの〝漸次弱声《ディミヌエンド》〟のスペルを口にしなくてはならず、本当にあとすこぉぉしでまちがった答えを口にして、早々に敗退する屈辱を味わいかけた）。ジャニスは、飛行機の旅がはじまってからずっとアイスティーを飲んでいる、顔だちのととのった男のほうへ身を乗りだす。

「さっきのはロケットですか？」ジャニスはたずねる。

答えたのは映画に出ている女性だ。女性はすばらしいイギリス英語で話す。これまでは映画でしかイギリス英語を耳にしたことがないが、とにかく大好きだ。

「ＩＣＢＭよ」映画スターはいう。「いまは世界の反対側を目指して飛んでいるところ」

ジャニスはこの映画スターが、自分よりもずっと若くてアイスティーばかり飲んでいる男に手を握らせていることに気づく。女優の顔に浮かんでいるのは氷を思わせるほど冷静な表情。一方その隣にいる男はいまにも吐きそうな顔を見せている。男は関節が白くなるほどの力で、年上の女優の手を握っている。

「おふたりは家族とかですか？」ジャニスはたずねる。それ以外にこの男女が手を握りあっている理由がわからない。

「ちがうよ」ととのった顔だちの男が答える。

「だったら、どうして手を握りあってるんですか？」

「それはね、わたくしたちが怖がっているから」映画スターはそう答えるが、顔には恐怖の色はみじんもない。「手を握りあっていると気持ちが落ち着くの」

「そうなんですね」ジャニスはいい、急いで母親の手を握る。母親は紙でできた肺のようにくりかえし膨らんでは萎《しぼ》んでいる白い紙袋の縁の向こうから、娘ジャニスに感謝の目をむけてくる。ジャニスはととのった顔だちの男に視線をもどす。「わたしの手を握ってくれますか？」

「ああ、喜んで」男はいい、ふたりは通路をはさんで手を握りあう。

「ICBMというのは、なんの略ですか？」

「大陸間弾道《インターコンチネンタル・バリスティック・ミサイル》ミサイルだよ」男はいう。

「あ、それってわたしがスペルを答えさせられた単語だ！　ええ、〝大陸間《インターコンチネンタル》〟という単語が地区大会で出たんです」

「ほんとに？　ぼくだったら、いきなり〝大陸間《インターコンチネンタル》〟のつづりを答えろといわれても無理だと思うな」

「簡単ですよ」ジャニスはいい、つづりをすらすら口にして簡単だと証明する。

「きみの言葉を信じるよ。なんといっても、きみのほうが専門家だ」

「これからボストンへ行くのもスペリングコンテストに出るためです。世界大会の準決勝がおこなわれるんです。もしそこで勝てば、そのあとワシントンでの大会に出られて、テレビでも放送されます。自分がボストンやワシントンの大会にまで進めるかもしれないなんて、思ってもいませんでした。でも、それをいうならファーゴにだって行くとは思ってもいなかった。いまもまだファーゴに着陸の予定なんですか？」

「それ以外に道があるのかどうかも、ぼくにはわからないな」顔だちのととのった男がいう。

「さっきのICBM、何発だったんですか?」ジャニスは質問を口にしつつ、首を伸ばして立ちならぶ煙の柱に目をむける。

「とにかくありったけよ」映画スターがいう。

ジャニスはいう。「これじゃ、もうスペリングコンテストには出られないのかな……」

今回、少女の質問に答えるのは母親だ。母親の声はしわがれている――のどに痛みを感じているのか、さもなければずっと泣いていたかのように。「ええ、やっぱり出られないかもしれないわね」

「そんな」ジャニスはいう。「そんなの……いや」

いまジャニスは、昨年暮れにみんなで〝秘密のサンタ《シークレットサンタ》〟ゲームで、おたがいこっそりプレゼントのやりとりをしたときのような気分になっている。あのときプレゼントをもらえなかったのはジャニスだけだ。ジャニスの〝秘密のサンタ《シークレットサンタ》〟になるはずだったマーティン・コハッシーが、伝染性単核球症のせいで欠席したからだ。

「出場していれば、おまえが勝ったはずよ」母親はそういって目を閉じる。「それも準決勝だけではなく」

「でもコンテストはあしたの夜よ」ジャニスはいう。「あしたの朝になれば、ほかの飛行機に乗り継ぎができるかも」

「あしたの朝になったら、はたして飛ぶ飛行機があるかどうかは疑わしいな」ととのった顔だちの男が、さも申しわけなさそうな口調でいう。

「北朝鮮での出来事のせいで？」

「そうじゃない」通路をはさんで反対の席にすわるジャニスの友人が答える。「それに、向こうでこれから起こるはずの出来事も理由じゃない」

ミリーが目をひらいていった。「しいっ。この子が怖がってるのに」

しかしジャニスは怖がっていない。話が理解できないだけだ。そして通路の反対側の男は、握ったジャニスの手を前へうしろへ、前へうしろへと振り動かしつづけている。

「これまでのスペリングコンテストでいちばんむずかしかった単語は？」男がたずねる。

「〝人新世《アンスロポシーン》〟」ジャニスは即座に答える。「去年、準決勝で負けたときにまちがえた単語です。どこかに〝I《アイ》〟があると思いこんじゃって。〝人類の時代〟という意味の地質学の新語です。たとえば『人新世《アンスロポシーン》はほかの地質年代と比較するときわめて短い』というふうにつかうんです」

男はひとしきりジャニスをぽかんと見つめてから、笑い声をあげる。「お見事だね、お嬢さん」

映画スターは自分の横の窓の外に目をむけて、巨大な白い柱が林立している光景に見入っている。「こんな空を見た人はひとりもいないはずよ。雲があんなにたくさんの塔をつくってる。どこまでも広がる明るい昼間の空なのに、雲のつくる檻《おり》に閉じこめられてる。雲の檻が天国を閉じこめてるみたい。なんてきれいな午後の空。あなたもうじき、わたくしが懲りずにまた死を演じるところを見るはずよ、ミスター・ホルダー。いつもみたいに堂々と演じきれるかどうかは心もとないけれど」そういって目を閉じる。「娘が恋しくてならないわ。たぶん、あの子にはもう二度と――」そこでスターは瞼《まぶた》をひらいてジャニスの姿を目にとめ、口を閉じる。

「ぼくも自分の娘のことではおなじように考えてました」ミスター・ホルダーはそう答えてから顔をめぐらせ、ジャニスの先にいるその母親に目をむけて話しかける。「ご自分がどれほど幸運かはおわかりですよね？」

そういってミリーから娘ジャニスにいったん目を移したのち、視線をミリーにもどす。ジャニスが目をむけると、ミリーは肯定の返事代わりにごく小さくうなずいてみせる。

「どうしてママは幸運なの？」ジャニスがたずねる。

ミリーはジャニスを抱き寄せて、こめかみにキスをする。「馬鹿ね、きょうという日にこうしていっしょにいられるからよ」

「ふうん」ジャニスはいう。それがなぜそんなに幸運なのかがわからない。自分たちは毎日いっしょにいるではないか。

そのあとふとジャニスが気づくと、ととのった顔だちの男はジャニスの手を離して映画スターの体を両腕で抱き、映画スターは男を抱きかえしている。そればかりか、情愛たっぷりにキスを交わしている。ジャニスはショックを、ひたすらショックを受ける。映画スターは隣席のミスター・ホルダーよりもずっとずっと年上だからだ。それなのにふたりは、映画のエンドロールがはじまり、観客が帰りはじめる直前の恋人たちのようにキスをかわしている。あまりにも突飛《とっぴ》なこの光景に、ジャニスは笑いをこらえられない。

## ア・ラ・リー（エコノミークラス）

済州島での兄の結婚式の途中、ほんの一瞬だったが、ア・ラは七年前に世を去った父親の姿を目にした。結婚式と披露パーティーがおこなわれたのは広大で美しいプライベートガーデンで、冷たい水が流れるかなり深い人工川が敷地を二分していた。子供たちは手のひらに握りしめたペレット状の餌を川に投げこみ、水面が錦鯉《にしきごい》たちで沸き立つようすを楽しんでいた——跳ねまわる百尾もの鯉たちはあざやかな色あいで、あらゆる宝物に通じる色がそろっていた。薔薇色《ばらいろ》を帯びた黄金の色、プラチナの色、鋳造《ちゅうぞう》されたばかりの銅の色。そしてア・ラの視線は子供たちを離れ、小川にかかる装飾用の石橋にむかい……そこに安物のスーツを着た父がいた。父は欄干《らんかん》にもたれ、大きくて不細工な顔に深い皺を寄せて、にやにやとア・ラに笑いかけていた。父を目にした驚きで思わず顔をそむけたア・ラは、ひとときショックで息もできなかった。あらためて目をむけたときには、もう父はいなかった。そのあと結婚式の席につくころには、自分が目にしたのは父の実弟で、髪型が似ているジョムだったという結論を出していた。こんなふうにただでさえ感情を揺さぶられる一日なら、父と叔父を見まちがえても不思議はない……なんといっても、結婚式には眼鏡をかけないと決めていたのだから。

地上にいるときなら、ア・ラはマサチューセッツ工科大学で進化言語学を学ぶ学生として、立証できるものや記録できるもの、知識となりうるもの、研究できるものだけを信じている。しかし空に浮かんでいるいまは、もっと心がひらかれたような感じだ。777——三百数十トンもの重さがある機体のすべて——は、いま目に見えない強大な力で浮いたまま大空を突き進んでいる。すべてを背負って運べるものは存在しない。だからいまここにあるのは死者と生者、過去と現在。いまが翼なら、歴史はその下で折り畳まれる。ア・ラの父は楽しむことを愛していた——四十年もノヴェルティグッズの工場を経営していた父にとって、楽しみはビジネスだった。こうして大空にいるいま、父なら自分自身とあれほど幸せな夕暮れのあいだを死などに邪魔されないはずだと、進んでそう信じることもできる。

「いまぼくは、まじでちびりそうなほど怯えてるよ」アーノルド・フィデルマンがいった。

ア・ラはうなずく。おなじ心境。

「おまけに腹が立ってならない。めちゃくちゃ怒ってる」

ア・ラはうなずくのをやめる。怒ってはいないし、怒るまいと決めてもいるからだ。いまこの瞬間、ほかのどんなことにもまして、とにかく怒るまいと決めている。

フィデルマンはいう。「あのクソ野郎……あっちにいる〝メイク・アメリカ・クソったれ・グレイト〟をスローガンにした男だ。ほんとに一日だけでいいから、罪人の晒《さら》し台を復活させてほしいな。そうすれば、みんなであいつに泥だのキャベツだのを投げつけてやれる。どうかな、もしオバマがずっとあの執務室にいたら、こんなことになっていたと思うかい？　こんな——こんな——いかれた事態が少しでも現実になっていたと思うか？　話をきいてほしい。飛行機が着陸したら……もしも着陸したら、そのときはいっしょに搭乗ブリッジにとどまってくれるかい？　さっきの件を警官に通報するためにね。関係者のなかで、きみは公平な立場だ。警察もきみの話なら耳を傾けるだろう。そのうえで、ぼくの頭にビールをかけたあのでぶの変態を逮捕する——逮捕されたら、やつはわめき散らすばかりの酔っ払い連中ともども狭苦しい牢屋に押しこめられて、世界のおわりを堪能するわけだ」

ア・ラはもう目をつぶって、結婚式がおこなわれたプライベートガーデンにいままた自分を置こうと努めている。もう一度あの人工川のほとりに立って頭をめぐらせ、石橋の上にいる父の姿を目にしたい。今度こそ父を見ても怖がらずにいたい。父とちゃんと目をあわせて微笑《ほほえ》みかけたい。

しかしア・ラは、結婚式が挙行された庭——心のなかだけに永遠に存在するプライベートガーデン——にはいられそうもない。ヒステリー状態の高まりにあわせて、フィデルマンの声がどんどん大きくなっているからだ。通路をはさんだ席にすわる大男ボビーは、フィデルマンの発言の最後の部分を小耳にはさむ。

「警察相手に供述をするときにはな——」ボビーはいう。「——おまえが妻を独善的だの無知蒙昧だのと中傷したことも忘れずに話してもらおうか」

「ボビー」隣席にすわっている大男の妻——崇拝の目つきを夫にむける小柄な女性——がいう。「もうよして」

ア・ラは長くゆっくりと息を吐いてからいう。「だれもファーゴの警察になにかを供述するようなことにはならないわ」

「思いちがいだね」フィデルマンはふるえる声でいう。両足もふるえている。

「いいえ」ア・ラはいう。「思いちがいなんかじゃない。確信してる」

「どうしてそう断言できるの？」ボビーの妻がいう。鳥のようなきらきら輝く目と、鳥のようなせわしないしぐさの女性だ。

「この飛行機はファーゴに着陸しないから。さっきのミサイル発射の数分後に、飛行機は空港上空での旋回をやめてる。みんな気がつかなかった？　少し前から着陸待機モードじゃなくなってる。この飛行機はいま北へむかって飛んでる」

「どうして北だとわかるの？」ボビーの妻の小柄な女がたずねる。

「太陽が飛行機の左側にある。だから機首は北をむいてるってこと」

ボビーと妻は窓の外へ目をむける。妻は関心と賞賛のこもった低い声を洩らす。

「ファーゴの北にはなにがあるの？」妻はたずねる。「どうしてそっちへ行くのかしら？」

ボビーはゆっくりと片手をもちあげて口もとにあてがう。この問題に自分なりの考察をめぐらせているところとも考えられるが、ア・ラはこのしぐさをフロイト流に解釈する。すなわちボビーはこの機がファーゴには着陸しない理由をすでに見抜いていて、しかもそれを口に出すつもりはないのだ。

ア・ラは目を閉じるだけで、いまごろ核弾頭がどこを飛んでいるのかを脳裡《のうり》に思いえがくことができる。ミサイルは地球の大気圏をはるかに超えて、すでに死の放物線の頂点を過ぎ、いまは重力井戸のなかへ落ちているところだろう。地球の反対側の攻撃目標まで、あと十分もかからないかもしれない。ア・ラが見ただけでも、打ちあげられたミサイルは少なくとも三十発。ニューイングランド地方よりも狭い国家を破壊するのに必要な数を、それだけで二十発もうわまっている。しかもア・ラたち乗客が目撃した三十発は、この国が解き放った兵器のごく一部にすぎないはずだ。これほどの猛攻撃を仕掛ければ、当然これに見あう反撃を覚悟しなくてはならず、アメリカ発のＩＣＢＭの進路は、反対方向から飛んでくる数百発のミサイルの進路と交差するだろう。どこかで事態の歯車が大幅に狂ってしまった――地政学というひとつらなりの爆竹の導火線に火をつけたが最後、こういう展開になることは避けがたい。

しかしア・ラは、わざわざ攻撃と反撃のようすを思いえがくために目を閉じたのではない。済州島にもどりたかったからだ。川での鯉たちの大騒ぎ。元気に咲きほこっている花々と刈られたばかりの芝生がつくる、かぐわしい夕方の香り。父親は石橋の欄干に両肘をつき、いたずらっぽい笑みをのぞかせている。

「この男は――」フィデルマンがいう。「この男といまいましい女房め。アジア人といえばいいものを、わざわざ古めかしく東洋人呼ばわりしやがった。きみの同郷の人たちを蟻にたとえたりもした。他人にビールをぶっかけて、いやがらせをした。この男といまいましい女房が自分たちの同類を……そう、無鉄砲で愚かしい同類の男を国のトップの椅子にすわらせたせいで、ぼくたちがいまこんな目にあってるんだよ。ミサイルが空を飛び交って……」

そう話す声が張りつめて途切れ、ア・ラはフィデルマンがいまにも泣きそうになっていることを察しとる。

ア・ラはふたたび瞼をひらく。「あんたのいう〝この男〟も〝いまいましい女房〟も、わたしたちとおなじ飛行機に乗ってる。わたしたちみんながひとつの飛行機に乗ってるのよ」いいながらボビーとその妻に目をむけると、ふたりともア・ラの言葉に耳をすませている。「それぞれどんないきさつであれ、とにかくわたしたち全員がこの飛行機に乗ってる。こうして空を飛んでる。トラブルに直面してる。精いっぱい早く逃げようとしているわけ」ア・ラは微笑む。父親の笑みのように感じられる。「この次だれかにビールをかけたくなったら、代わりにわたしにちょうだい。飲みたい気分だから」

ボビーは考えこんでいるような、そして魅せられているような目でしばしア・ラを見つめ――声をあげて笑う。

妻が夫のボビーを見あげてたずねる。「どうしてこの飛行機は北へ飛んでるの？ まさか本気でファーゴが攻撃されるかもしれないと思ってる？ ここにいるわたしたちも攻撃されかねない？ アメリカ合衆国のまんなかへんの上空なのに？」

しかし夫のボビーはなにも答えず、妻はア・ラに目をむける。

ア・ラは頭のなかで、真実を口にするのが慈悲のおこないなのか、それとも新たな打撃になるのかを思案する。とはいえ、こうして黙っていること自体が雄弁な答えになってもいる。

妻の口もとがぎゅっとすぼまる。妻はボビーに目をむける。「わたしたちが死ぬのなら、あなたに知っておいてほしいことがある——いざ死ぬときにあなたの隣にいられるはずだということが、わたしにはうれしいの。あなたはわたしにはもったいない人よ、ロバート・ジェレミー・スレイト」

ボビーは妻にむきなおってキスをすると、いったん体を離してこういう。「からかってるのか？　こっちこそ、おれみたいなでぶ男がきみみたいなノックアウト級の美人と結婚できたことが、いまもまだ信じられないね。きみとの結婚に比べたら、宝くじで百万ドル当てるほうが簡単だろうよ」

フィデルマンはふたりを見つめて顔をそらし、「ったく、勘弁してくれ。いまさらぼくの前で人間っぽい面を見せないでほしいな」といいながら、ビールを吸いこんだペーパータオルをくしゃくしゃに丸め、ボビー・スレイトに投げつける。

ペーパータオルの球がボビーのこめかみに命中して跳ね返る。ボビーは顔をめぐらせてフィデルマンを見つめ……笑いはじめる。なごやかに。

ア・ラは目を閉じ、頭を座席の背もたれに押しつける。

シルクを思わせる春の夜のなか、橋に近づくア・ラを父親が見つめている。

そしてアーチ状の石橋にア・ラが足を踏みだすと、父親が手を伸ばしてア・ラの手をとり、人々が踊っている果樹園へと導いていく。

## ケイト・ブロンソン（操縦席《コックピット》）

ケイトがヴォーステンボッシュの頭部の傷の応急処置をおえるころ、当の主任客室乗務員は操縦室の床に横たわって、うめき声をあげている。ケイトはヴォーステンボッシュの眼鏡をシャツのポケットに入れてやる。先ほど体が落下したときに、眼鏡の左のレンズがひび割れてしまった。

「転んだことなんか一度もなかったんだ」ヴォーステンボッシュはそう話している。「この仕事を二十年もつづけていてね。そう、わたしは大空のフレッド・すっごい・アステアだ。いや、ちがう。グレース・すっごい・ケリーだ。ほかの客室乗務員がやるような仕事はひとつ残らずこなせるよ――ハイヒールを履いて、うしろむきに歩くこと以外はね」

ケイトはいう。「フレッド・アステアの映画は一本も見てないな。わたしって、ずっとシルヴェスター・スタローン贔屓《びいき》だったし」

「信者だな」ヴォーステンボッシュはいう。

「ええ、骨の髄まで」ケイトは同意し、ヴォーステンボッシュの手を握る。「だめ、起きあがっては。いまはまだ」

ケイトは身軽に立ちあがると、ウォーターズ機長の隣の席に腰をおろす。先刻ミサイルが発射されたときには、操縦席のディスプレイがたくさんの亡霊の光で明るくなった――ピンの先で刺したような赤い輝点が百以上もいっせいに表示されたのだ。しかしいまはもう、付近の空域を飛行中のほかの航空機が表示されているだけだ。しかもその航空機の大半はこの飛行機よりも後方にいて、いまなおファーゴ空港の上空で旋回をつづけている。ケイトがヴォーステンボッシュの手当をしているあいだに、ウォーターズ機長が新しい目的地を設定したらしい。

「どうなってるの？」ケイトはたずねる。

機長の表情を見るなり不安が高まる。青白くなったその顔は、血色をほぼ完全になくしている。

「なにもかもがいっせいに起こってる」ウォーターズはいう。「大統領は安全が確保できる場所に移動した。ニュース専門のケーブルテレビ局によれば、ロシアがミサイルを発射したそうだ」

「どうして？」ケイトはたずねる――理由が重要であるかのように。

ウォーターズはお手あげだといいたげに肩をすくめてから答える。「まずロシアか中国、あるいはその両国が上空に防衛線を設置した――アメリカの爆撃機が朝鮮半島に達する前に追い返そうとしたんだ。これに応じて、南太平洋にいたアメリカの潜水艦がロシアの航空母艦を攻撃した。あとは……ドミノ倒しだよ」

「つまり」ケイトはいう。

「ファーゴは無理だ」

「どこへ？」いまケイトは一度に一語しか口にできないかのようだ。胸骨の奥で、なにか

が息苦しいほどに張りつめている。

「とにかく北へ行けば、着陸できる場所があるはずだ。遠く離れた場所——ぼくたちの背後で空から降ってきているものから遠く離れた場所がね。だれにとっても脅威にならないような場所がどこかにあるはずだ。カナダ北部のヌナヴト準州はどうかな？　去年、州都のイカルイトにある空港に７７７が着陸した。世界の果てにある空港の狭くて短い滑走路だが、理論上は着陸可能だし、そこまで飛べるだけの燃料もあるはずだよ」

「いっけない」ケイトはいった。「スーツケースに冬用のコートを入れてくるのを忘れちゃった」

ウォーターズはいう。「おやおや、これまで長時間フライトになじみがなかったと見えるね。この手のフライトではどこへ連れていかれるかわかったものじゃない。だから荷物にはいつでも、水着と手袋の両方を忘れずに詰めておかなくてはね」

長時間フライトになじみがないのは事実だ——７７７の操縦レベルに達したのはつい半年前。しかしウォーターズのいまのアドバイスは、わざわざ胆《きも》に銘じるだけの価値があるとは思えない。この先、別の旅客機を飛ばす機会があるとは思えないからだ。それはウォーターズもおなじだろう。もう飛行機を飛ばしても、目的地がひとつもなくなるのだ。

〝ペンシルタッキー〟などと揶揄《やゆ》されるペンシルヴェニア州の辺鄙《へんぴ》な田舎に住んでいる母親とは、もう二度と会えまい。しかし、悲しみはない。母親は再婚相手の男——ケイトにとっては義父——といっしょに、こんがり焼け焦げて死ぬことになる。そして義父は、か

つてケイトが十四歳のとき、ラングラーのジーンズに前から手を突っこもうとしてきた。義父がなにをしようとしたかを母親に訴えたが、母親は淫売《いんばい》のような服を着ていたおまえの自業自得だ、といっただけだった。

十二歳の義弟とも二度と会えないだろうが、こちらは心から悲しく思える。義弟の名前はリアム、心やさしく穏やかな性格の自閉症者だ。クリスマスにはリアムにドローンをプレゼントした。リアムがいま世界でいちばん好きなのは、ドローンを飛ばして空中写真を撮影することだ。ケイトにはその楽しさが理解できる。ほかならぬケイト自身も飛行機に乗っていていちばん楽しいのは、地上の家々が鉄道模型のジオラマのサイズにまで縮んでいくあの瞬間にほかならなかったからだ。てんとう虫のサイズになったトラックが何台も車体をきらめかせ、日光をきらりと反射しながら、摩擦など存在しないかのように幹線道路を滑るように移動していく。高度がぐんぐんあがれば、湖は手鏡ほどのサイズにまで縮小される。千五、六百メートル上空から見れば、ひとつの町全体が手のひらに載ってしまいそうだ。リアムは、ドローン撮影の写真に写った人々のように小さな体になりたがっている。そのくらい小さくなれば――リアムはいう――ケイトにポケットに入れてもらって、いっしょに連れていってもらえるからだ、と。

一行を乗せた旅客機は、ノースダコタ州最北端部の上空を飛び越えて進んでいく――かつてケイトがグアムのファイファイビーチ沖で、バスタブの湯のような温かさの海水のなかを、ガラスのようにきらめく緑の太平洋を突っ切って進んだように。海底世界を眼下に見ながら無重力状態にあるように水中を滑って進んでいくのが、どれほど気持ちよかったか。重力から解放されれば――ケイトは思う――肉体から逃げだして純粋に精神だけの存在になったときのような感覚を味わえるのではないか。

ミネアポリスの管制センターが呼びかけてくる。「デルタ航空二三六便、飛行コースをはずれているぞ。そちら、まもなく当方の管制空域外へ出ようとしているが、どこを目指しているんだ?」

「ミネアポリス」ウォーターズ機長が答える。「現在の磁針路は〇六〇度、空港コードY F B《ヤンキー・フォックストロット・ブラヴォー》のイカルイト空港への目的地変更を了承ねがいたい」

「デルタ二三六、なぜファーゴに着陸できない?」

ウォーターズは長いあいだ操縦盤にじっと顔を近づけたままだ。ダッシュボードにぽとりと汗がひとしずく落ちる。視線がちらりと揺れる――機長が妻の写真に目をむけたことをケイトは見てとる。

「ミネアポリス、ファーゴは第一核攻撃地点だ。われわれの生存確率は北へ行く方が高くなる。当機には乗客乗員あわせて二百四十七人が乗っているんだ」

無線からばちばちという雑音だけが出てくる。ミネアポリスは考えをめぐらせている。

目もくらみそうな強烈な光が空を満たす――太陽とおなじ大きさのフラッシュが大空のどこか、この飛行機よりも後方で閃《ひらめ》いたかのようだ。ケイトは窓から顔をそむけて目を閉じる。深みのある重低音が襲いかかる――耳できとるというよりも体で感じるような衝撃は、飛行機の機体という実存そのものが震動させられているかのよう。ふたたび目をあけると、目のすぐ前に、ふわふわと緑のしみめいた残像が浮かんでいる。ファイファイビーチでのダイビングが、ここでいきなり再現されたようだ――発光する海草と、身をくねらせながら蛍光を発するクラゲの群れに囲まれたあのときが。

ケイトは身を乗りだし、首を伸ばす。雲の覆いの下でなにかが光っている――おそらく機の後方、百五、六十キロ程度の場所だろう。ついで雲そのものが変形して広がり、上方へむかって膨張しはじめる。

ケイトがまた副操縦士席に腰を落ち着けると同時に、ふるえるような衝撃をともなった、なにかが砕け散るようなくぐもった重低音がふたたび襲いかかり、まぶしい光があふれる操縦室内が、ほんの一瞬また明暗が逆転した陰画《ネガ》に変わる。今回ケイトが熱気を感じたのは顔の右側だけだ――まるで、だれかが太陽灯のスイッチを入れて、すぐに切ったかのように。

ミネアポリスがいう。「了解した、デルタ二三六。一二七・三メガヘルツでカナダ・ウィニペグ管制センターに連絡をとるように」航空管制官はろくに関心もないような、無造作そのものの口調だ。

ヴォーステンボッシュが起きあがる。「まぶしい光が見えたぞ」

「ええ、わたしたちも見たわ」ケイトは答える。

「ああ、まいったな……」ウォーターズがいう。声はひび割れている。「せめて妻に電話をかけるべきだった。なんでぼくは妻に電話をかけようともしなかった？　妊娠五カ月で、家にたったひとりでいるのに」

「無理よ」ケイトはいう。「電話は無理だった」

「でも、なんでぼくは妻に電話で教えなかったんだろう？」ウォーターズはケイトの言葉も耳にはいっていないようにつづける。

「奥さんは知ってるはず」ケイトはウォーターズにいう。「伝えなくても知ってるはずよ」ただし伝えるのが夫婦の愛なのか世界の終末なのか、ケイトにも判然としない。

またもや閃光。またもや腹の底を揺るがす意味深な重低音の衝撃。

「いますぐウィニペグ飛行情報区に連絡をとるんだ」ミネアポリスがいう。「ただちに、カナダ民間航空管制《NAVCANADA》に連絡をとりたまえ。デルタ二三六、これよりそちらの機は当センターの管制下より解放される」

「了解、ミネアポリス」ケイトはそう答える――ウォーターズが両手で顔を覆って悲嘆の声を洩らすばかりで、とても会話できる状態ではないからだ。「ありがとう。そちらの無事を祈る。こちらデルタ二三六。交信終了」

# 作品ノートと謝辞

本書の序文で、ぼくは影響を受けたアーティストたちのことを話した。そこで書き洩《も》らしていたひとりが、『修理屋』や『店員』などで知られる作家のバーナード・マラマッドだ。この作家はかつて、柩《ひつぎ》のなかの遺体こそが完璧な芸術作品といえるのではないか、という意見を述べたことがある。いわく——〝形を得られるばかりか内容も得られるからだ〟と。

ぼくが初めて書いたまともな短篇《たんぺん》「ポップ・アート」は、マラマッドの「ユダヤ鳥」に強く影響されているし、作品集にまつわる考え方はマラマッドによって形づくられたものだ。作品集は長篇ではないし、長篇ならではの一貫した語りのドライブ感はそなわっていない。それでもぼくは作品集にも、前進していく感覚や、作品が相互につながっている感覚がそなわるように努めるべきだとも考えている。たとえるなら作品集はドライブ旅行だ。旅行をしながら、ぼくたちは毎晩ちがう宿に泊まる——ある夜はヴィクトリア朝様式のロマンティックなB&B（敷地のずっと奥にあるあずまやには幽霊出没の噂《うわさ》がある）に泊まり、次の夜はお世辞にも清潔とはいえない〈モーテル6〉チェーンの部屋だ（天井には血に見えなくもない染《し》みや汚れがついたまま）。旅の途上で眠って夢を見る場所は毎回変わる。しかし道路はずっと変わらずに待っていて、ぼくたちを次の場所へ——どんな場所かはともかく

――連れていってくれる。そして旅がおわれば、ぼくたちはどこか新しい場所、そして（望むらくは）景色のいい場所にたどりつく。深々と息を吸いこみ、すべてを堪能できる場所に。

ぼくとしては、本書がテンポよく楽しさに満ちたドライブ旅行になっていることを祈っている。みなさんがフルスロットルで一気に通読されたことも祈っている。ただ、ぼくの側はこの旅にもう少し時間がかかった。本書中でもっとも古い作品は二〇〇六年に書いた。最新の作品を書きあげたのは、本書の原稿が印刷にまわるわずか数カ月前のことだった。ということは所要期間は十年強。これは、ひとつ前の作品集『20世紀の幽霊たち』に収録した作品を書きあげるまでにかかった歳月とほぼおなじだ。このペースで作品を仕上げていくとなると、悲劇を避けられたとして（悲劇を避けられる人がいるだろうか？）、ぼくは死ぬまでにあと三十篇から五十篇の中短篇を完成させられる計算になる。

こういう話は気味がわるくなるかもしれないが、もしあなたがここまで読み進めているのなら、いまさら苦情をいうのは手おくれだ。

読者のなかには、ある小説が書かれたいきさつや、書いているあいだに作家がなにを考えていたかを知りたがる向きがある。二一七号室の天井にあんな血の染みがついたのは、どういった事情によるものか？　庭の古いあずまやに、ライラック色の服を着た青ざめた女の幽霊が出るという証拠はあるのか？　ぼくとてすべての質問に答えられはしないが、答えられるものもあるかもしれない。興味のある向きはこのまま読み進めてほしい。小説だけで充分に満ち足りた方々には、ここまでぼくのドライブにつきあってくれたお礼をいいたい。ドライブでスリルを感じてくれたなら幸いだ。またのご利用をお待ちしている。

●序文　きみの父さんはだれ？

みなさんが、〝なあぁぁぁんだと？　序文にも作品ノートがつくんだって？〟といっているのが、ぼくにもきこえるようだ。いかにも。ただしここでは、序文はぼくがこの数年ばかり考えつづけているあれこれを書きとめたものだ、と表明するにとどめよう。「きみの父さんはだれ？」の一部は、異なった形で他の媒体に掲載されたものだ。たとえば「トラック」（初出『ロードレイジ』*Road Rage*、ＩＤＷパブリッシング刊）や「悪党どもを連れてこい」（初出は読書コミュニティ・サイトの*Goodreads*）だ。作品へのトム・サヴィーニの影響についても、どこかで書いたことがあるはずだ。ぼくが小説を書きつづけてきたのは、やはりいいことだったのかもしれない――自分自身について語れる物語も、その物語を語るための手だても、ぼくには数少ないもちあわせしかないからだ。

●スロットル

第二次世界大戦の戦場から家へ帰ったリチャード・マシスンは、タイプライターの前にすわって、荒々しく無駄のいっさいないスタイルの傑作サスペンスを次々に叩《たた》きだした。『アイ・アム・レジェンド〈地球最後の男〉』『縮みゆく人間』『地獄の家』などはその一例だ。マシスンは基本的にジャンル横断作家だが――その作品は犯罪小説からウェスタンや戦争小説、さらには〈宇宙大作戦《スター・トレック》〉のオリジナルシリーズでも最高のエピソードをはじめとするＳＦまでに及ぶ――影響をいちばん色濃く残したジャンルはホラーだろう。良質なリチャード・マシスン小説はブレーキをかけず、行く手になにがあろうとおかまいないしに坂道を轟然《ごうぜん》と走りおりていく十八輪トラックのように突き進む。

それどころかマシスンのもっとも有名な作品のひとつである「激突！」は、暴走するトレーラートラックを敵として描いたもので、本書序文で話題にしたスピルバーグ映画の発想の源《みなもと》にもなっている。

二〇〇八年のこと、ぼくのもとにマシスン作品へのトリビュート・アンソロジーをつくるので寄稿してもらえないかという要望が寄せられた。それぞれの寄稿者はマシスン作品をひとつ選び、その作品からコンセプトを拝借して再構築することで、予想外の新しい方向へ進んだ作品を寄せる、というのが基本方針だった。無理やり執筆を強制される必要はなかった。依頼のメールを最後まで読みおえもしないうちから、ぼくには自分のやりたいことがわかっていた。その場ですぐ、顔の見えないトラック運転手が無法者のバイカー集団をつけ狙って追いかけ、それが砂漠での戦争に発展する物語が頭に浮かんだほどだ。

しかしすぐ、ぼくにはその小説を書くうえで大きな問題があるとわかった——生まれてから一度もバイクに乗ったことがなかったのだ。しかし、父はバイク乗りだった——ティーンエイジャーのころから、ハーレーなどの大型バイクを乗りまわしていた。そこでぼくは作品のアイデアを父に投げ、ぼくと共作をするつもりはあるかとたずねた。父の答えはイエスだった。かくしてぼくたちは、なんと二十六年ぶりにふたたび〝トラックごっこ〟に興じることになったのである。

ふたりで「スロットル」を書きあげたのちの夏、ぼくはバイクの運転免許をとり、最終的にはトライアンフ・ボンネビルを購入した。父が好きなのはハーレーのほうだ。夏のある日、ぼくと父はツーリングに出た——ぼくは自分のボンネビル、父はハーレーのファットボーイで。楽しい午後のひとときだった。帰りつくと父はいった。「おまえもそこそこまともなバイクに乗ってるな——ただしエジン音はミシンそっくりだ」

## ●闇のメリーゴーラウンド

作品集は長篇になれないが、先ほども述べたように作品集にも前へ進んでいるという感覚は必要だし、ひとつの物語から次の作品へと自然な流れでつながる感覚も必要だと思う。その意味からも、ぼくが最初に父と共作した作品の次に来る作品として、この「闇のメリーゴーラウンド」——すなわちぼくのこれまでの作品のうち、いちばん臆面もないほどスティーヴン・キング的といえる作品——がふさわしいと考えたしだいだ。本作は事実上、『ライディング・ザ・ブレット』や「道路ウイルスは北にむかう」のカバーだといっても過言ではない。ぼくは、本作のインスピレーション源となったような作品群から、あえて逃げようとはしなかった——ただ作品が求めるとおりの姿に仕立てただけだ。さらには登場する悲劇の兄妹の苗字《みようじ》をレンショウとしたが、これは父の短篇「戦場」に登場する非情な殺し屋レンショウにちなんだもので、本作には「戦場」のこだまも読みとれるのではないかと思っている。

ミュージシャンは敬愛するミュージシャンの作品を自分なりにカバーできる。ブラック・クロウズならオーティス・レディングの〈ハード・トゥ・ハンドル〉をカバーできるし、かつてのビートルズならバディ・ホリーの好きな作品をカバーできた。しかし、作家にはおなじような特権はない（もしある作家がほかの作家の作品を一言一句たがわずに〝カバー〟したら、それは剽窃《ひようせつ》と呼ばれる行為になり、敬愛する作家から連絡をもらうことになる——弁護士を通じて)。文学的な物真似《ものまね》は、その次善の策といえる——カバーというよりは、むしろ世間に広く知られた有名人を俳優が演じるようなものだろう(たとえばゲイリー・オールドマンがチャーチルを、ラミ・マレックがフレディ・マーキュリーを演じるような)。

「闇のメリーゴーランド」の初出は、ネイト・コードドライが朗読したビニール盤仕様のオーディオブック、それも驚くなかれ二枚組のアルバムだ。クールじゃないか? ちょうどいま、ロックンローラーたちによるほかのミュージシャンの作品のカバーについて話していたのも奇遇——このアルバムには、マシュー・ライアンというアメリカ人ギターつかい《ギタースリンガー》によるローリング・ストーンズの〈ワイルド・ホース〉のカバーも収録されている。首尾よく入手できたら、古いターンテーブルの埃《ほこり》を払って一聴する価値がある。マシューはストーンズのナンバーだけではなく、ぼくの小説の感情面での中核に鋭く切りこんでくれているのだ。

●ウルヴァートン駅

この「ウルヴァートン駅」を書いたのは、長篇『ホーンズ—角—』のイギリスでのプロモーションツアーのあいだのことだ。ツアーの日々をともに過ごしたのは、ジョン・ウィアというウイットに富んだ控えめな広告宣伝担当者。ジョンはツアー初日の朝、二階建てバスに轢《ひ》かれかけたぼくを、ぎりぎりで引っぱって助けてくれた。このニアミスに動揺するあまり、ジョンはしばし歩道のへりに腰かけて息をととのえなくてはならなかった。

ぼくたちはこの週の大部分をつかって、英国鉄道の列車で国のこちら側からあちら側へ行っては引き返していた。そうした移動の最初のころ、まもなく停車する駅の駅名表示がちらりと目に飛びこみ――ウルヴァーハンプトン駅――そのとたん、頭のなかでウォーレン・ジヴォンが咆哮《ほうこう》しはじめた。その日の午後、ジョンとぼくはサイン会のために一軒の書店に立ち寄った。そのおりにぼくはノートを一冊買い求めた。「ウルヴァートン駅」の草稿はつづく五日をかけて、すべて列車の車内で手書きでこのノートに書きつけられた。列車右側の窓の外をホグワーツ魔法魔術学校がかすめ過ぎたとしても、ぼくは気づかなかっただろう。

そして物語はどこでおわるのか？　いろいろな意味において、ぼくはテーマ面からいっても、物語は映画〈狼男アメリカン〉が幕をあけた場所でおわるのがふさわしいと感じている――そう、パブで。

ぼくの奢《おご》りだ、飲んでくれ。

●シャンプレーン湖の銀色の水辺で

「スロットル」がリチャード・マシスンへのオマージュとして書かれたように、この作品はサム・ウエラーとモート・キャッスルが編纂《へんさん》したレイ・ブラッドベリへのトリビュート・アンソロジー『影絵芝居』（原題：*Shadow Show*）が初出だ。建前では、この作品は「霧笛」――ブラッドベリ作品群のなかでも屈指の知名度をそなえる短篇――にインスパイアされたものということになっている。しかし（ここから先はモートとサムには秘密だ）、この作品の本当の責任者は母だ。ブラッドベリは関係していない――最初のうちは。

育ったのはメイン州だが、ぼくのいちばん古い記憶はイギリスにまつわるものだ——それも弟のオーウェンが生まれてから数カ月後のことだ。当時うちの両親は髪をもじゃもじゃに伸ばしたヒッピーで、ジェラルド・フォードによるリチャード・ニクソンへの特別恩赦をきっかけにアメリカという国に嫌気がさし、この国から出たい気持ちになった。同時に父は、ヘミングウェイやドス・パソスのように国外で執筆をつづける作家になるというアイデアに魅力を感じてもいたようだ。そこで両親はあたふたと、ぼくたち全員をロンドン郊外の湿気がこもる薄暗い小さな家へと引っ越させた。

当時のぼくはちびっ子だったので、ネス湖の深みに恐竜が潜んでいるかもしれないとの思いに胸をときめかせていた。その話をはじめると、口がとまらなくなった。しまいに母は弟と妹とぼくの三人をまとめて列車に乗せ、四人でスコットランドへむかった。父はロンドンに滞在して、ピーター・ストラウブとビールをひとケース飲み干すという共同作業中だった。

ところが現地は〝世界終末は近い〟と思わせるバケツをひっくりかえしたような豪雨で、古代からある湖に通じる道は冠水してしまっていた。ネス湖までの道のりの半分までは行ったが、そこから引き返すほかはなかった。それが、子供時代のもっとも古い記憶のひとつだ——フロントガラスを流れていく大量の雨水、黒いアスファルト舗装の路面を横切って流れていく洪水、そしてぼくたちの進むはずだった道を封鎖しているオレンジ色のロードコーン。また、そのあとで黒々としたゴシック様式の尖《とが》ったウォルター・スコット記念塔が、低く垂れこめたふやけたような雲を突き刺している光景を見たときに全身を走り抜けていった畏怖のおののきは、いまも記憶に残っている。

それから何十年もたってから——例の『ホーンズ』のプロモーションツアーでジョン・ウィアと旅

まわりをしているさなかに――ふたたびウォルター・スコット記念塔をちらりと目にした瞬間、果たせずにおわったネス湖への旅の一部始終の記憶が一気に押し寄せてきた。わずか六歳でありながら、ぼくがそこまで怪物《モンスター》にとり憑《つ》かれていたというのも奇妙な話だ。

それから数日間、ぼくは未遂におわったネス湖への家族旅行のてんまつをあれこれ考えつづけ、ツアーがおわるころには一篇の小説のアイデアを得たが、すっかりだめになったネッシーの死体を見つけた子供たちのことは、結局小説に書かずじまいだった。書こうともしなかった――子供たちなら書けるし、怪獣のことも書けるが、スコットランドについて説得力ある文章が書けるかどうか心もとなかった。

しかし、アメリカにもアメリカなりに湖に棲《す》む怪物がちらほら存在している。いちばん有名なのはシャンプだろう――シャンプレーン湖を泳いでると噂される首長竜《プレシオサウルス》だ。そしてあるとき、たまたま一九三〇年代なかばの事実をそのまま記述したとしか思えない記事に行きあたった。フェリーが半分水中に没していた生物に衝突し、そのかなりの衝撃でフェリーに被害が生じたという記事だった。その瞬間、怪物が死んだ理由がわかったばかりか、わが物語をアメリカへ――作家としての自分がより確実に足がかりを得ていると感じられる地へ――移植する方法も見えてきた。アンソロジー『影絵芝居』への寄稿を打診されたときにはもう草稿が仕上がっていたので、あとは多少のブラッドベリ風の味つけをほどこすだけでよかった――そう、ぼくが自分なりの声を見いだすにあたって大いに助けられた大作家への賞賛の意を示すために。

ときには人生が本当に長篇小説のようになる。初期のシーンがのちのちやってくる事態の先触れになることもあれば、ある種のモチーフが定期的にあらわれることもある。はるかな昔の前世紀のこと、ぼくは映画〈クリープショー〉のセットにおいてトム・サヴィーニと一週間過ごし、そのあいだに大きくなったらなにになりたいかを初めてうっすらと意識させられた。そして二〇一九年になったいま、〈クリープショー〉は悲鳴だらけの動画ストリーミング・サービスの〈シャダー〉で、〈CREEPSHOW／クリープショー〉となって復活している。トム・サヴィーニの弟子であるグレッグ・ニコテロがこの番組の創作面での推進役となり、「シャンプレーン湖の銀色の水辺で」は同局が命を吹きこむ予定の小説作品のひとつにあがっている。しかもサヴィーニその人が監督するという話を、みなさんは信じられるだろうか？　続報を刮目《かつもく》して待て。〔編集部注：本作が原作となったドラマ〈CREEPSHOW／クリープショー〉第六話〈霧のシャンプレーン湖畔で〉は二〇一九年に公開。二〇二一年五月現在、日本でも配信されている〕

●フォーン

その一方、この作品はブラッドベリの名品「いかずちの音」の子孫であることをしっかりと意識しながら書いた。オズの国やナルニア国、あるいは不思議の国を舞台にした作品では、しっちゃかめっちゃかな異世界への小さな扉を見つけるのは決まって、なにかを必要としている子供たちだ——おうち《ホーム》の価値を学ぶ必要がある子供、自分自身よりもずっと大きな大義に仕える必要のある子供、あるいはチャールズ・ラトウィッジ・ドジスンのような老いぼれ変態男から逃げる必要のある子供。けれどもぼくは、異世界への魅惑の門が子供たちではなく、もっと商魂がたくましく、もっと道徳観念が希薄な人物に発見されていたらどうなっていただろうか、考えずにいられなかった。

本作はC・S・ルイスに負うところがあるものの、同時にローレンス・ブロックの諸作にも多くを負っている。ブロックの得意技といえば、ラストでの残酷なまでのひねりだ。そのブロックから編纂中のアンソロジー『闇のなかのわが家にて』（原題：*At Home in the Dark*）への寄稿を求められると、ぼくはブロックの価値とその本能を反映させるような作品を書きたがっている自分に気がついた。この「フォーン」がそうなっていることを祈る。これほど長い歳月にわたってラリーの作品を楽しく読みつづけてきて、いまその作家ご本人とメールをやりとりできる仲になるなんて、喜び以外のなにものでもない。

●遅れた返却者

一冊の本を最後まで読みおわらずに死ぬなんて考えるだけでもいやだ。

●きみだけに尽くす

いずれ近いうちに、ぼくはハッピーエンドでおわる小説を書くテクニックを学ぶつもりだ。

この作品集でぼくは創作面の親たちや影響の強さについて、くりかえし語ってきた。しかし、これについてはニーチェがこんな鋭い箴言《しんげん》を残している——「いつまでも一介の弟子にとどまるのは師に報いる道にあらず」だ。「きみだけに尽くす」は独自のリズムとアイデアと感情面での特質をそなえたユニークな作品だと思う。初出は『言葉の重み』（原題：*The Weight of Words*）で、これはイラストレーターのデイヴ・マッキーンの多種多様な作品に触発された小説をあつめたアンソロジーだった。そして「シャンプレーン湖の銀色の水辺で」と同様、寄稿を呼びかけられた時点ですでに草稿が手もとにあった。寄稿者はひとそろいのイラスト作品を見せられ、そこから選んだ一枚のイラストにちなんだ小説を書くよう求められた。たまたまそのなかに、「きみだけに尽くす」のために描かれたようなイラストがあった。ぼくがまだ書いてもいないうちから、マッキーンにはぼくがなにを書くかが見えていたかのようだった。いや、本当に見えていたのかもしれない。

これはあながちジョークでもない。最上の芸術作品は時間をくぐり抜けるにあたって、人間とは異なる動き方をする傾向がある。人は記憶をとどめ、人はまた予感する。そしてすぐれた作品は、異なる時代の異なる人々それぞれに異なる意味をそなえる——たとえ矛盾があったとしても、そのすべてが真実である。マッキーンはぼくがなにを書くかを知らなかったが、知っている必要もなかった。マッキーンの想像力は書かれてもおかしくないことを察しとっていた——それだけで充分だった。

## ●親指の指紋

「親指の指紋」は本書中でいちばん古い作品だ。書いたのは二〇〇六年、PSパブリッシング社から『20世紀の幽霊たち』が刊行されたあと、まだ長篇『ハートシェイプト・ボックス』が刊行されていない時期だった。当時のぼくは、自分がある問題に囚《とら》われていることを漠然と意識していた。作家活動の面だけを見ればこのうえなく順調だったものの、心理面でぼくは、不安や次の長篇を書くことにまつわるプレッシャーと格闘するようになっていた。すでに二作ほどには手をつけはしたが、どちらも十ページよりも先に進まなかった。短篇が咆哮《ほうこう》とともに生まれては、最初の一歩を踏みだしもしないうちに撃ち殺されていた。この「親指の指紋」だけが、縦射《じゅうしゃ》を浴びても生き残った作品だ。血まみれの良心をかかえてイラクから帰国したにもかかわらず、ここ合衆国では姿を見せないハンターにストーキングされているとわかった、手ごわく一徹な女性を主人公にした後味わるい一篇だ。いま思い返すと、主人公のマルは砂漠の国から生きて帰れるほどタフだったからこそ、この特異な物語の結末までぼくを引っぱれるほどタフでもあったのだろう。本作は二〇〇七年に、ポストスクリプト誌に発表された。そののち「親指の指紋」はコミックブック作家のジェイスン・キアラメッラとアーティストのヴィク・マルホータによって、戦争を大きく扱う一方で平和の扱いが少ない過激なグラフィックノヴェルに翻案された。

## ●階段の悪魔

断言しよう。
この短篇作品は
あなたが長い年月の
あいだにも初めて読む
パラグラフで書かれていない
階段のようにして書かれた小説だ。

本篇の最初の草稿は、イタリアのポジタノで過ごしていた休暇中に手書きで書きとめたものだ。休暇旅行だったので、なにかを書くつもりはなかった。というのも〝休暇〟という単語のもっとも一般的な定義は、〝仕事をしない帰還〟だからだ。ただし、ぼくはなにも書かないと落ち着かなくなる性《た》質《ち》だ。自分が自分でなくなった気分になる。休暇旅行も二日めになり、アマルフィ海岸の眩暈《めまい》がするような階段のひとつをハイキングでのぼっているあいだにアイデアがひょいと頭に浮かび、そのあと翌朝には急いで書きとめていた。

この最初の草稿は、ほかの小説と変わらない見た目だった。しかし第二稿をタイプで打ったときには、題名は——中央ぞろえ《センタリング》処理をする前は——こんな感じだった。

階段
　の悪魔

これが、ぼくの目には下へおりていく二段の階段に見えた。マラマッドの〝内容に見あった形式〟についてのコメントを思い出したぼくは、わが空想の階段を現実の階段に再構築するという仕事にとりかかった。

デザイン・マニアへのトリビア。階段が階段のように見えるのは、Courier（クーリエ）のように、すべての文字の幅がほかの文字すべてとおなじ等幅フォントで印刷された場合だけだ。わが言葉の階段をキャズロンやフールニエといったフォントで印刷すると、階段は溶けて崩れてしまう。

●死者のサーカスよりツイッターにて実況中継

この作品で、ぼくはひとつの過ちをおかした。この作品を書いた当時、生ける屍《しかばね》の群れと向かいあった若者がソーシャルメディアに助力を求めるのは当然だと思えた。しかし二〇一九年という現時点で現実を見ると、ソーシャルメディアはぼくたちをゾンビから救わないことが、ますます明らかになった——ソーシャルメディアはぼくたちをゾンビにしているのだ。

●菊《マム》

ときおり、わが国を代表する作物は小麦やとうもろこしではなくて疑心暗鬼《パラノイア》ではないかと思ったりもする。

●イン・ザ・トール・グラス

この文章を書いている時点では、ちょうど監督のヴィンチェンゾ・ナタリが本作を映画化するための脚本を完成させたところだ。この『怪奇疾走』が書店にならぶころには、映画〈イン・ザ・トール・グラス―狂気の迷路―〉が百九十近い国で動画配信される予定になっている。〔編集部注：ネットフリックスで二〇一九年に公開され、二〇二一年五月現在、日本でも配信されている〕これは大幅に予想外の結果だといえる……なにせこの作品は……たった六日で書きあげたのだから。

この作品のときも、そして「スロットル」のときも、父と共同で執筆を進めるのはおなじ経験をさせられた。ロード・ランナーが出てくるアニメをごらんになったことがあるだろうか？　毎回ぼくはミサイルに縛りつけられたワイリー・コヨーテの気分になる。父がミサイルだ。ぼくたちがこの小説の着想を得たのは、ふたりともひと仕事おわって一段落の期間に、〈インターナショナル・ハウス・オブ・パンケーキ〉でパンケーキを食べていたときのこと。ぼくたちは翌朝には書きはじめていた。完成した作品は、エスクァイア誌に二号にわたって分載された。

弟のオーウェンも父と合作をしている。ふたりが書いたのは長篇『眠れる美女たち』――長大で波《は》瀾万丈《らんばんじょう》、驚異とサスペンスとアイデアに満ちたディケンズ風の物語だ。一発のミサイルから生まれたというより、大陸間弾道ミサイルの一斉発射から生まれたような物語だ。ご一読あれ。

## ●解放

あれ、だれかがミサイル発射がどうこうという話をしていなかったかな?

父は昔から飛行機に乗ると不安にさいなまれ、関節が白くなるほど拳を握りしめていた。そんな父が二〇一八年に、高い空にまつわる恐怖小説のアンソロジーを編集した(副操縦士をつとめたのはホラーとファンタジーの批評家であるベヴ・ヴィンセント)。ぼく自身は飛行機にはよく乗るほうだし、いつもとはかぎらないが空の旅をおおむね楽しんでいる。そして大西洋を横断する旅客機に乗ったおりに窓の外に目をむけたぼくは、そこに広がる雲の絨緞《じゅうたん》がいきなり数十発のミサイルの尾から出ている飛行機雲で刺し貫かれたらどうなるだろうか、と夢想した。父からそのアンソロジー『死んだら飛べる』に作品を寄せないかといわれたときには、本作の構想はすでにあらかた出来あがっていた。

「解放」は、ぼくなりにデイヴィッド・ミッチェル作品を書こうとした試みだといえる。ミッチェルは『クラウド・アトラス』や『ブラック・スワン・グリーン』(原題:*Black Swan Green*)、それに『出島の千の秋』などの作者であり、この十年ぼくは、ミッチェルの文章——ふわりと浮かんでは急降下したり高く舞いあがったりする、まるで凧《たこ》のような文章——や、ある時間と空間と視点から別の時間と空間と視点へてきぱき切り替われる万華鏡的な語りを駆使するその才能に惚《ほ》れこみっぱなしだ。パイロットという職業については、わずかながらデイヴィッド・ミッチェルに通じる声のもちぬしであるマーク・ヴァンホーナッカーの『グッド・フライト、グッド・ナイト──パイロットが誘う最高の空旅』から多くを学んだ。航空管制官が受け持ち空域を出ていく航空機のパイロットにむけて口にする「そちらの機は当センターの管制下より解放される」という、いささか意味深なフレーズにぼくの注意をひきよせてくれたのもヴァンホーナッカーだ。

操縦室内の一般的な行動手順についてご教示くださった元パイロットのブルース・ブラックに感謝する。細部をゆるがせにしないブルースの注意力のおかげで、「解放」はずっとすぐれた作品になった。ここで定番の注記を。専門分野での描写にミスがあれば、それは作者の──作者ひとりの──責任である。

世界終末をテーマにした作品について語るには奇妙な発言かもしれないが、ぼくはここでこの作品を書く理由を授けてくれたベヴと父に感謝したい──おかげでぼくは幸せな気分になれた。

本書『怪奇疾走』は、ここに収録した作品を初出時に担当してくれた編集者諸氏のお力添えと配慮なしには刊行されることはなかった。すなわち、クリストファー・コンロン、ビル・シェイファー、サム・ウェラー、モート・キャッスル、ローレンス・ブロック、ピーター・クロウザー、クリストファー・ゴールデン、タイラー・キャボット、デイヴィッド・グレンジャー、そしてベヴ・ヴィンセント。ウィリアム・モロウ社のわが担当編集者であるジェニファー・ブレールは収録作品のすべてを読み、編集し、改善してくれた。本書収録のある作品は、特別に名前をあげるならジム・オールのために書かれたものだ──その作品をより広い読者とわかちあうことを許してくれたジムに深く感謝しているし、いま話題にしている作品は〈ピクセル・プロジェクト〉へのジムの気前いい寄付なくしては存在しなかったこともいい添えておくべきだろう——〈ピクセル・プロジェクト〉は女性への暴力の撲滅を目指す組織である（くわしくはthepixelproject.netを参照のこと）。

ジェンことジェニファー・ブレールは出版業界屈指の優秀な人材とともに仕事を進めた——その大多数が、本書を刊行するために全力をあげて手腕をふるってくれた。タヴィア・コワルチャック、イライザ・ローゼンベリー、レイチェル・メイヤーズ、ウィリアム・ルオト、アラン・ディングマン、アーヤナ・ヘンドラーワン、ネイト・ランマン、そしてスザンヌ・ミッチェル。すべてを実現させた版元代表のライアト・ステーリク。ぼくが特段の感謝を捧《ささ》げたいのは、原稿整理係のモーリーン・サグデンだ——モーリーンは『ハートシェイプト・ボックス』からいまにいたるまでの本すべてにおいて、ぼくの文法面での大失敗を未然に防いでくれている。同等の感謝を捧げたいのは、イギリスでジェンとおなじ役割を果たしている編集者のマーカス・ギップスだ。おなじく以下の方々にも感謝したい。クレイグ・ライアナー、ブレンダン・ダーキン、ポール・ハッシー、ポール・スターク、ラバブ・アダムズ、ニック・メイ、ジェニファー・マクメネミー、そしてヴァージニア・ウールステンクロフト——すべてみなさんのおかげだ。また作家のマイク・コールは本書収録の二作品に目を通し、ぼくが銃器について書いたときに多少なりとも正確に書いていることを確かめてくれた。誤りがあったとしたら、それはマイクの責ではない。

「イン・ザ・トール・グラス」の映画化のために粉骨砕身の努力をした監督のヴィンチェンゾ・ナタリには心から感謝している——また、そもそもの最初にハリウッドで高い草をばっさばっさと切って突き進んで契約を実現してくれたランド・ホルステンにも感謝を。そして近日中に公開される〈CREEPSHOW／クリープショー〉の第二シーズンに「シャンプレーン湖の銀色の水辺で」のドラマ化である「霧のシャンプレーン湖畔で」を含めてくれた製作総指揮のグレッグ・ニコテロにも感謝したい。

友人のショーン・デイリーはほぼ十年前から、ぼくの作品の映像化権担当のエージェントをつとめ、八百ページの大長篇から二千語のブログ投稿にいたるまで、数えるのも馬鹿馬鹿しいほど多くの作品について、ぼくの代理として映画化やテレビ化の話をまとめてくれている。本書収録の作品についても代理をつとめてくれるショーンに感謝を。

本書のなかでもいちばん古い作品のエージェントは、長年の友人でいまは亡きマイクル・チョートだった。それよりも最近の作品はローレル・チョートによって売りこみがなされている。ローレルはわが生活のビジネス面をとどこおりなく動かしてくれている。おふたりにぼくからの愛と感謝を。

ぼくの作品について好意的な言葉をかけてくださり、ぼくの本を多くの読者にとどけるために尽力くださっているすべての書店員の方々に、ぼくはどれだけお世話になっていることか。読者と小説を結びつけることに喜びを見出《みいだ》している、あらゆる拳銃《ガンスリンガー》つかいならぬ書物《ブックスリンガー》つかいのみなさんに、わが最大限の謝意を表したい。

ああ、そうだ——ぼくからのちょっとした感謝はいかがかな、読者のみなさん？　ツイッターをながめることも、ユーチューブで動画鑑賞することも、それどころか〈プレイステーション〉のコントローラーで親指をめっちゃ酷使することもできたのに、みなさんは本をひらくことを選んだ。みなさんの頭のなかの小さなスペースをぼくに割いてくださったことに感謝している。みなさんが少しでも本書を楽しまれたことを願う。ぼくのほうは、いまから次の機会が楽しみだ。

わが日々の幸せは、ぼくの知りあいのなかでもっとも配慮と慈愛に満ちた人々との共同作業のたまものである――その人々とは両親と妹、そして弟とその一家の面々だ。なかでも、イーサンとエイダンとライアンという三人の息子たちには、そのユーモアと思いやりの心、そしてしじゅう上の空になる父親を大目に見てくれている点にお礼をいいたい。最後にジリアンへの謝意を表したい――ジリアンは自分の人生に、そして自分のすぐ隣に、このぼくの居場所をつくってくれた。心から愛しているよ。きみといっしょにいれば、ぼくはいつだって王様になった気分だ。

ジョー・ヒル

ニューハンプシャー州エクセター

二〇一八年、魔女の季節に。

（白石 朗 訳）

## 著者紹介

ジョー・ヒルはこれまでに脚本、長篇小説、コミックス原作、および多数の短篇小説を書いてきた。以下はその一篇である。

## 小さな悲しみ

アトキンスンという名前の男――漂流者ほどにも孤独で、食器棚なみに空虚――が、名もない小路のとっつきにある、じめじめした骨董《こっとう》店にたどりついた。アトキンスンは店主に、痛みをやわらげるための品は置いてあるかとたずねた。

店主は病身じみた子供――色のない目の下に黒い隈《くま》があった――の体に手を置いた。

「ではあなたには、長つづきする小さな悲しみをお売りしましょう。永久保証で維持管理の手間もほとんどかからず、おまけに忠実なこと折り紙つきだ。こちらの品はほのかなナフタリンの香り。ほかの香りがお好み？　ならミントを」

両者はすぐに値段の折りあいをつけ、アトキンスンは床に片膝をついてしゃがみ、〈小さな悲しみ〉が背中にのぼれるようにしてやった――これからアトキンスンの寿命が尽きるまで、〈小さな悲しみ〉はそこに身を置いたままになる。小柄な子供はアトキンスンにむかって、おまえにはいいところがなにもないと囁き、これまでの人生は無意味だと囁き、母親はおまえが初めて乳房に吸いついた瞬間から、おまえのことが大きらいだったと囁いた。子供がそう語りかける声はたいそう重々しく、静かな確信に満ちていた。

立ちあがろうとしたアトキンスンは、背中のくぼみに激痛を感じて思わずよろめいた。背中の重みのせいで、早くも疲れからくる痛みを感じていた。アトキンスンは深々と息を吸いこみ(くらくらするほどのナフタリン臭だった)、努力の大きなため息とともに――さらには安堵《あんど》とともに――息を吐いた。

「ようやく仲間ができたよ」そういうと、アトキンスンは店へ来たときよりもずっと軽い気持ちで、囁きつづける子供をおんぶしたまま店を出た。

(白石 朗 訳)

## 初出書誌一覧（＊初出は原書によるもの）

「スロットル」スティーヴン・キング＆ジョー・ヒル／白石 朗 訳：
“Throttle” Stephen King and Joe Hill
（初出：*He Is Legend: An Anthology Celebrating Richard Matheson*, ed. Christopher Conlon, 2009）
邦訳：コンロン編、ヒル＆キング他著『ヒー・イズ・レジェンド』（小学館、2010年）

「闇のメリーゴーラウンド」ジョー・ヒル／白石 朗 訳：“Dark Carousel” Joe Hill
（初出：a vinyl original by HarperAudio〔レコード盤オーディオブック〕, 2018）

「ウルヴァートン駅」ジョー・ヒル／玉木 亨 訳：“Wolverton Station” Joe Hill
（初出：*Subterranean: Tales of Dark Fantasy 2*, ed. William Schafer, 2011）

「シャンプレーン湖の銀色の水辺で」ジョー・ヒル／高山真由美 訳：
“By the Silver Water of Lake Champlain” Joe Hill（初出：*Shadow Show: All-New Stories in Celebration of Ray Bradbury*, ed. Mort Castle and Sam Weller, 2012）

「フォーン」ジョー・ヒル／安野 玲 訳：“Faun” Joe Hill
（初出：*At Home in the Dark*, ed. Lawrence Block, 2019）

「遅れた返却者」ジョー・ヒル／高山真由美 訳：“Late Returns” Joe Hill（書き下ろし）

「きみだけに尽くす」ジョー・ヒル／安野 玲 訳：“All I Care About Is You” Joe Hill
（初出：*The Weight of Words*, ed. Dave McKean and William Schafer, 2017）

「親指の指紋」ジョー・ヒル／玉木 亨 訳：“Thumbprint” Joe Hill
（初出：*Postscripts 10*, ed. Peter Crowther and Nick Gevers, 2007）

「階段の悪魔」ジョー・ヒル／安野 玲 訳：“The Devil on the Staircase” Joe Hill
（初出：*Stories*, ed. Neil Gaiman and Al Sarrantonio, 2010）

「死者のサーカスよりツイッターにて実況中継」ジョー・ヒル／高山真由美 訳：
“Twittering from the Circus of the Dead” Joe Hill
（初出：*The New Dead*, ed. Christopher Golden, 2010）

「菊《マム》」ジョー・ヒル／玉木 亨 訳：“Mums” Joe Hill（書き下ろし）

「イン・ザ・トール・グラス」スティーヴン・キング＆ジョー・ヒル／白石 朗 訳：“In the Tall Grass” Stephen King and Joe Hill（初出：*Esquire*, June/July and August issues, 2012）

「解放」ジョー・ヒル／白石 朗 訳：“You Are Released” Joe Hill
（初出：*Flight or Fright*, ed. Stephen King and Bev Vincent, 2018）
邦訳：キング＆ヴィンセント編、キング 他著『死んだら飛べる』（竹書房、2019年）

## 訳者紹介

**白石 朗**《しらいし・ろう》

東京都生まれ。英米文学翻訳家。早稲田大学第一文学部卒。主な訳書にヒル『ファイアマン』（小学館）、キング『アウトサイダー』『任務の終わり』（文藝春秋）、ハイスミス『見知らぬ乗客』（河出書房新社）、共訳にヒル『怪奇日和』（ハーパーBOOKS）など。

**玉木 亨**《たまき・とおる》

東京都生まれ。慶應大学経済学部卒。英米文学翻訳家。主な訳書にクリーヴス『地の告発』『空の幻像』、トラス『図書館司書と不死の猫』（以上、東京創元社）、ハンター『マスター・スナイパー』（扶桑社）、共訳にヒル『怪奇日和』（ハーパーBOOKS）など。

**安野 玲**《あんの・れい》

東京都生まれ。お茶の水女子大学文教育学部卒。英米文学翻訳家。主な訳書にキング『死の舞踏』（筑摩書房）、カヴァン『草地は緑に輝いて』（文遊社）、リーヴ《移動都市クロニクル》全4巻（東京創元社）、共訳にヒル『怪奇日和』（ハーパーBOOKS）など。

**高山真由美**《たかやま・まゆみ》

青山学院大学文学部卒業、日本大学大学院文学研究科修士課程修了、英米文学翻訳家。主な訳書にロプレスティ『休日はコーヒーショップで謎解きを』、ベンツ『おれの眼を撃った男は死んだ』（以上、東京創元社）、共訳にヒル『怪奇日和』（ハーパーBOOKS）など。

ハーパーBOOKS

# 怪奇疾走《かいきしっそう》

2021年6月20日　第1刷

著　者　ジョー・ヒル
訳　者　白石《しらいし》 朗《ろう》 玉木《たまき》 亨《とおる》、安野《あんの》 玲《れい》、高山《たかやま》真由美《まゆみ》
発行人　鈴木幸辰
発行所　株式会社ハーパーコリンズ・ジャパン
東京都千代田区大手町1-5-1
03-6269-2883（営業）
0570-008091（読者サービス係）
印刷・製本　中央精版印刷株式会社


ISBN978-4-596-54158-1